HEYNE <

W0323754

Madeline Hunter

Gefangen im Glück

Roman

Aus dem Amerikanischen
von Norbert Jakober

WILHELM HEYNE VERLAG
MÜNCHEN

HEYNE ROMANE FÜR ›SIE‹
Band-Nr. 04/407

Titel der Originalausgabe
BY POSESSION

Umwelthinweis:
Dieses Buch wurde auf
chlor- und säurefreiem Papier gedruckt.

Deutsche Erstausgabe 02/2003
Copyright © 2000 by Madeline Archer
Published by Arrangement with Bantam Books,
an imprint of The Bantam Dell Publishing Group,
a division of Random House, Inc.
Copyright © der deutschsprachigen Ausgabe 2003
by Ullstein Heyne List GmbH & Co. KG
Wilhelm Heyne ist ein Verlag der Verlagsgruppe
Ullstein Heyne List GmbH & Co. KG
http://www.heyne.de
Printed in France 2003
Umschlagillustration: Victor Gadino/Agentur Schlück
Umschlaggestaltung: Nele Schütz Design, München
Satz: Satz-Studio Prechtl, Passau
Druck und Bindung: Brodard & Taupin

ISBN 3-453-86240-6

Für Jean,
meine liebe Freundin und meine erste Leserin

Prolog

Baltikum, 1324

Addis war überrascht, als ihn die Zauberin zu sich rief. Normalerweise ließ sie ihn nur in Vollmondnächten kommen. Doch er gehorchte und verließ den Hof, wo er sich um die Pferde ihres Vaters kümmerte, und machte sich auf den Weg zu ihrem Haus am Waldrand. Es wäre sein Tod gewesen, wenn ihr Vater erfahren hätte, dass er sich immer dann, wenn die weiße Scheibe am Himmel erschien, heimlich mit seiner Tochter unter den Kiefern traf, um mit ihr zu schlafen. Er hatte gelernt, die seltenen Augenblicke zu nützen, in denen ihm so etwas wie menschliche Wärme zuteil wurde, auch wenn dieses Zusammensein auf recht eigenartige Weise zustande kam.

Als er ihr Haus erreichte, stand sie schon draußen und hielt die Zügel eines Pferdes in der Hand. Das überraschte ihn noch mehr als die Tatsache, dass sie ihn überhaupt gerufen hatte. Ihre Treffen verliefen für gewöhnlich so, dass sie ihm in den Abendstunden irgendeine Arbeit übertrug, sodass es nicht weiter auffiel, wenn er bei ihr war.

Im ersten Jahr seines Sklavendaseins hatte sie ihn sehr oft zu sich gerufen und ihm dabei zugesehen, wie er irgendwelche Reparaturarbeiten am Haus durchführte. Sie hatte ihn ihre Sprache gelehrt und sich von ihm die seine wenigstens so weit beibringen lassen, dass sie sich einigermaßen verständigen konnten. Und so hatte sie ihm eines Tages ihre Vermutung mitgeteilt, dass er gar kein Pferdeknecht war, wie er behauptet hatte, sondern ein Ritter. Außerdem hatte sie ihm zu verstehen gegeben, dass es ihre Berufung als Priesterin verlange, dass er ihr auf eine ganz bestimmte Weise diente. Er hatte erwartet, irgendwo zwischen den Bäumen geopfert zu werden, was gelegentlich das Schicksal von christlichen Rittern war, wenn sie den heidnischen Barbaren in die Hände fielen. Umso überraschter war er gewesen, dass sie ihm befahl, sich nackt auszuziehen, um sich mit der Zauberin zu vereinigen, während sie irgendwelche Zauberformeln hersagte, die an ihren Mondgott gerichtet waren.

Sie hatte einen harten Ausdruck auf dem Gesicht, der um nichts sanfter wurde, als er auf sie zukam. Das Licht der späten Nachmittagssonne hob die Fältchen um ihren Mund und ihre Augen hervor. Sie war keine junge Frau mehr, und ihr dünner, fast abgezehrter Körper zeugte vom Fasten und anderen Entsagungen, die für ihren Zauber notwendig waren.

"Das kommt unerwartet", sagte er in ihrer baltischen Sprache. Mit den Jahren hatten sie zu einem weniger förmlichen Umgang miteinander gefunden. Er mochte ein Sklave sein und sie die Tochter eines *Kunigas*, eines Priesters, doch zwei Menschen können nicht wiederholt miteinander schlafen und trotzdem Fremde bleiben.

"Ich brauche einige Pflanzen, die nur am Fluss wachsen. Du wirst mir helfen, sie zu sammeln." Eine weitere Überraschung. Sie hob einen großen Korb auf, der bei der Tür stand, und reichte ihn ihm. Der Inhalt des Korbs war mit einem Tuch abgedeckt.

Seine Neugier war geweckt, als er sie in den Sattel hob, die Zügel des Pferdes nahm und sie zum Waldweg führte, der sich zum Fluss hinunterschlängelte. Sie sprach den ganzen Weg kein Wort, und er fragte sich, ob wohl irgendjemand in dem großen Haus oder in einer der Hütten sie beide gesehen hatte und ihnen folgen würde. Nie zuvor hatte sie sein Leben so leichtfertig aufs Spiel gesetzt.

Sie erreichten schließlich das sumpfige Ufer des Flusses, das von hohem Schilf bewachsen war. Er half ihr vom Pferd und band die Zügel an einen dünnen jungen Baum.

"Unser König wird die Taufe verweigern", sagte sie völlig unvermutet. "Wir haben es heute Morgen erfahren. Er wird es den päpstlichen Legaten sagen, wenn sie im Herbst kommen, aber seine Entscheidung ist schon gefallen."

Ihre Worte versetzten ihm einen Stich ins Herz. Er wusste, dass ihr König mit dem Papst verhandelt hatte. Es ging um ein politisches Tauschgeschäft – mit dem Ziel, dass der Papst den Kreuzzug in den baltischen Ländern beendete, der von den Rittern des Deutschen Ordens geführt wurde. Dafür musste der König jedoch zusammen mit seinem ganzen Volk den christlichen Glauben annehmen.

Er hatte sich selbst jede Hoffnung versagt, hatte das zarte Pflänzchen der Sehnsucht aus seinem Herzen gerissen, das verzweifelt dem Licht der Freiheit entgegenstrebte – doch das Pflänzchen hatte trotz allem neue Wurzeln geschlagen, so wie die Wildblumen, die da und dort aus dem Waldboden wuchsen. Wenn der König sich für die Bekehrung entschieden hätte, dann hätte ihm das vielleicht seine Freiheit wiedergegeben. Tiefe Enttäuschung machte sich in ihm breit, doch er hielt sie in seinem Inneren verborgen, so wie er mittlerweile gelernt hatte, all seine Gefühle für sich zu behalten.

"Es wird erbitterte Kämpfe geben – schlimmer noch als im letzten Jahr", sagte sie. "Die Ritter werden wiederkommen und ihren Kreuzzug führen. Und das ist noch nicht alles. Viele von uns sind zornig, weil der König auch nur daran gedacht hat, sich zum Christentum zu bekehren. Sie werden die erzürnten Götter besänftigen wollen, und der *Bajorai* wird sie diesmal nicht aufhalten."

Er hörte sehr wohl den besorgten Unterton in ihrer Stimme. "Weiß es dein Vater?", fragte er.

"Das mit uns beiden weiß er nicht. Aber über dich weiß er möglicherweise Bescheid. Bisweilen lässt er eine Bemerkung fallen. Ich mache mich dann darüber lustig, und er beharrt auch nicht weiter darauf. Er bewundert, wie geschickt du mit den Pferden umgehst, aber dass du auch so ein guter Reiter bist ... das gibt ihm schon zu denken. Außerdem siehst du überhaupt nicht wie ein Pferdeknecht aus. Du bist zu groß dafür. Ich erinnere ihn dann immer daran, dass die Leute eures Volkes größer sind, aber ..."

Aber die Gefahr war nicht zu unterschätzen – ja, sie war noch nie so groß gewesen, seit sie ihn vor sechs Jahren zwischen den Toten gefunden hatten, die bei jener ›Reise‹, wie man diese Kriegszüge nannte, ums Leben gekommen waren. Er war bei Bewusstsein gewesen und hatte gesehen, wie sie das Schlachtfeld absuchten, und es war ihm noch gelungen, seinen Wappenrock und den Großteil seiner Rüstung auszuziehen. Falls sie sich gefragt haben sollten, wer er war, so vergaßen sie ihren Argwohn, als sie einen anderen Ritter fanden, den sie noch in der gleichen Nacht ihren Göttern als Brandopfer darbringen konnten. In den folgenden Jahren hatte sein geschickter Umgang mit Pferden ihm eine gewisse Anerkennung und Sicherheit eingebracht. Pferde galten bei diesem Volk als heilige Tiere.

Die Zauberin namens Eufemia ging weg, die knochigen Arme um den Körper gelegt. "Warte hier. Ich sammle meine Pflanzen und komme dann zurück." Ihre leise Stimme klang ein wenig rau. Nach und nach verschwand ihre Gestalt zwischen den hohen Pflanzen. Da sah er, dass sie ihren Korb vergessen hatte; er hob ihn hoch und rief ihr nach.

Sie drehte sich um, und er sah nur noch ihren Kopf und einen Teil des Oberkörpers. Hinter ihr rauschte der Fluss, der seine Stimme fast unhörbar werden ließ und der die Luft mit einem frischen Duft nach Wasser und Erde erfüllte. Sie musterte ihn von oben bis unten, und ihre dunklen Augen funkelten. Sie beachtete den Korb, den er hochhielt, gar nicht, drehte sich um und ging weiter.

Er blieb allein zurück. Die Geräusche des Waldes und des Flusses schwollen mit einem Mal zu einem ohrenbetäubenden Rauschen an. Das Pferd trat ungeduldig von einem Bein auf das andere. Der Korb wog schwer in seiner Hand. Sie würde doch nicht ...

Sein Mund fühlte sich trocken an vor Angst und Hoffnung. Er blickte auf das Pferd, dann auf den Weg, der sich am Ufer des Flusses entlangschlängelte, und schließlich auf den fernen Punkt, wo soeben ihr schwarzes Haar verschwunden war. Das Blut begann vor Aufregung in seinem Kopf zu hämmern – ein schmerzhaftes Gefühl, das er seit Jahren nicht mehr empfunden hatte. Er zog das Tuch beiseite, das den Korb bedeckte.

In dem Korb lagen zwei Dolche, ein Stück Brot und etwas gepökeltes Schweinefleisch. Darunter glitzerte etwas, und er begann in dem Korb zu kramen, um es hervorzuholen. Es waren zwei goldene Armspangen, wie sie Eufemia bei ihren Zeremonien trug.

Er blickte erneut in die Richtung, in der sie verschwunden war. Ob sie dafür würde büßen müssen? Sie war die Tochter eines *Kunigas* und eine Priesterin, die Riten praktizierte, die älter waren als die Götter des Mondes und des Himmels. Vielleicht würden sie es nicht wagen, die Geschichte anzuzweifeln, die sie ihnen erzählte.

Er wünschte sich, sie hätte ihm irgendetwas gesagt. Er hatte es in all den Jahren seiner Gefangenschaft nie zugelassen, für sie oder sonst jemanden etwas zu empfinden, weil er das als eine Art der Aufgabe betrachtet hätte. Doch sie war für ihn fast so etwas wie eine Freundin gewesen, und in diesem Moment empfand er gleichzeitig Bedauern und Dankbarkeit.

Möglicherweise ging sie um seinetwillen ein hohes Risiko ein. Ihre Tat kam auch deshalb so überraschend für ihn, weil sie immer darauf beharrt hatte, dass sie sich nicht wirklich mit ihm vereinigte, sondern nur seinen Körper dem Gott Menulius zur Verfügung stellte. Nun, aus welchem Grund auch immer – sie hatte jedenfalls beschlossen, ihm eine Chance zu geben, die Freiheit wiederzuerlangen, und diese Chance würde er nützen.

Die Hoffnung, die er so lange unterdrückt hatte, flammte erneut in ihm auf und trieb ihn an zu handeln. Er schwang sich auf das Pferd und stellte fest, dass es eines der besten Tiere ihres Vaters war. Als er den Korb am Sattel festband, sah er, dass auf der anderen Seite eine Ledertasche hing, in der sich Kleider befanden. Eufemia hatte an alles gedacht.

Er hielt einen Moment lang inne und blickte zum Fluss hinunter. Von seiner erhöhten Position aus konnte er gerade noch den Scheitel ihres schwarzen Haars erkennen. Er bewegte die Lippen zu einem stillen Abschiedsgruß und spornte das Pferd zum Galopp an.

1. Kapitel

Wiltshire, England, 1326

Moira spürte die Gefahr, bevor sie sie kommen hörte. Der Boden unter ihren Füßen begann plötzlich zu beben, während sie sich über die Feuerstelle beugte, um etwas Wasser zu erwärmen. Sie erstarrte, als ein fernes Donnern die kühle morgendliche Luft erzittern ließ, die durch die offene Tür hereindrang. Das Geräusch wurde immer lauter, und sie eilte rasch zur Türschwelle. Da sah sie die Männer, die sich durch den morgendlichen Dunstschleier dem Dorf näherten.

Sie ritten den Hügel vom Herrschaftssitz von Darwendon hinunter – direkt auf das Dorf zu. Vier dunkle Schatten waren es, die mit wehenden Mänteln auf ihren Streitrössern herangestürmt kamen. Wie Falken schwebten sie durch den silbrigen Nebel herab.

Sie eilte rasch zu dem Strohlager in der Ecke hinüber und schüttelte die kleine Gestalt, die friedlich schlummernd dalag. "Brian, los, wach auf! Schnell!"

Sonnengebräunte Arme und Beine streckten sich, und sie packte eines der Handgelenke, um das Kind aus dem Bett zu ziehen. "Rasch, Brian! Und ganz still, wie ich es dir gesagt habe!"

Blaue Augen blinzelten erschrocken, und der Junge folgte ihr rasch zu einem der hinteren Fenster. Sie hörte jetzt, wie die Reiter auf das kleine Haus zugeritten kamen. Brian hielt zögernd auf dem Fensterbrett inne und drehte sich noch einmal mit angsterfülltem Gesicht zu ihr um.

"Lauf zu dem Platz, den ich dir gezeigt habe, und versteck dich gut. Und komm auf keinen Fall heraus, egal, was du hörst", sagte sie eindringlich und schob ihn entschlossen an. *Auch wenn du mich schreien hörst.*

Sie sah ihm nach, bis er in dem Schuppen verschwand, in dem sie ihre Körbe aufbewahrte. Dann schloss sie die Fensterläden und setzte sich auf das schmale Bett.

Rasch band sie ihr zerzaustes Haar mit einem Tuch im Nacken zusammen, strich ihr fleckiges Kleid aus grobem Tuch glatt und zog ihren Nähkorb zu sich. Sie nahm einen zerrissenen Schleier zur Hand und tat so, als würde sie ihn flicken.

Sie bemühte sich, ruhig zu bleiben, als das Hufgetrappel immer lauter wurde. Sie blieben nicht irgendwo im Dorf stehen. Sie ritten hierher, zu ihrem Haus. Sie zwang sich, die Angst zu unterdrücken, die in ihr hochkam.

Draußen vor dem Haus kam das Hufgetrappel schließlich zum Stillstand. Zwei Männer schwangen sich aus den Sätteln und schritten auf die Haustür zu. Sie traten ein und blickten sich in dem düsteren Raum um.

"Wo ist der Junge?", fragte einer der beiden.

"Welcher Junge? Hier gibt es keinen Jungen."

Der Mann schritt zu dem breiten Schrank an der Wand, öffnete ihn und begann in den Kleidern zu wühlen. Sie erhob keinen Einwand. Brians Sachen waren nicht im Schrank – und auch sonst nirgends, wo man sie so leicht hätte finden können. Sie hatte sich auf diesen Tag vorbereitet, obwohl sie im Laufe der vergangenen Jahre immer mehr das Gefühl bekommen hatte, dass ihr Junge in Sicherheit war und man ihn vergessen hatte.

Der andere Mann packte sie am Arm und zog sie

vom Bett hoch. "Sag uns, wo er ist, oder du wirst es bereuen."

"Ich habe keinen Jungen. Ich weiß nicht, was ihr meint."

"Aber sicher weißt du es", warf eine andere Stimme ein.

Sie drehte sich um und sah einen hoch gewachsenen hageren Mann in der Türe stehen. Sein langes blondes Haar sah im frühmorgendlichen Licht fast weiß aus.

"Raymond!"

Brians Onkel Raymond Orrick trat lächelnd ins Haus ein. Er gab dem Mann, der sie festhielt, ein beiläufiges Zeichen, worauf sich der schmerzhafte Griff um ihren Arm löste. "Du musst ihnen verzeihen, Moira. Es war nicht meine Absicht, dir Angst zu machen. Sie ritten ein wenig voraus und dachten ..."

"Sie dachten, ich wäre eine Bäuerin, die man nicht höflich zu behandeln braucht."

Er schlenderte zur Feuerstelle hinüber und blickte sich in dem schlichten Raum um, der mit zwei Schränken, einem Bett, einem Tisch und mehreren Schemeln möbliert war. Zuletzt fiel sein Blick auf das Strohlager. "Ist er in Sicherheit?"

Sie trat nahe zu ihm und blickte sich wachsam nach den beiden anderen um. Auch wenn sie seine Lehnsmänner waren, sollte er so etwas nicht in ihrer Gegenwart ansprechen. "Ja, er ist in Sicherheit."

Raymond sah sie mit einem Lächeln an, wie er es allzu oft getan hatte, seit sie fünfzehn Jahre alt war. Es war das Lächeln, das ein großzügiger Herr einer Lieblingsdienerin schenkte. Doch sie war nicht seine Dienerin – und vor allem diente sie ihm nicht in der Weise, wie es ihm am liebsten gewesen wäre.

"Du hast deine Sache gut gemacht, aber jetzt sind wir gekommen, um ihn zu holen", sagte er.

"Um ihn zu holen?"

"Es ist Zeit."

Angst schnürte ihr die Kehle zu. Plötzlich wünschte sie sich, sie hätte behauptet, dass Brian an der Seuche gestorben wäre, die das Dorf diesen Sommer heimgesucht hatte. Sie spürte, wie hinter ihr ein vierter Mann eintrat.

"Hier ist er sicherer", sagte sie.

"Es ist Zeit", sagte Raymond mit etwas mehr Nachdruck.

"Nein. Es ist unklug, das weißt du genau. Deine Schwester Claire hat mich gebeten, für ihren Sohn zu sorgen, bevor sie starb. Du hast zugestimmt, weil du gewusst hast, dass Brian hier gut aufgehoben ist. Wenn du ihn jetzt mit nach Hawkesford nimmst, werden die Männer, die hinter ihm her sind, davon erfahren und ihn dir wegnehmen. Gegen die, die ihre Verbrechen im Namen des Königs begehen, bist auch du machtlos."

Der Mann, der als Letzter das Haus betreten hatte, kam von hinten auf sie zu und blieb hinter Raymond bei der Feuerstelle stehen. "Wo ist der Junge?", fragte er mit befehlsgewohnter Stimme.

Erschrocken wandte sie sich dem Mann zu. Er war noch größer als Raymond und kräftiger gebaut, und er war im Gegensatz zu diesem nicht blond, sondern hatte rabenschwarzes Haar. Er trug seltsame Beinkleider und hatte keine Rüstung und kein Schwert. Wie er so im Halbdunkel hinter Raymond stand, konnte sie sein Gesicht nicht genau erkennen, doch er machte keinen freundlichen Eindruck.

Raymond blickte zu dem Mann hinüber und schien ein klein wenig den Kopf zu senken, was wie eine unwillkürliche Geste der Ehrerbietung wirkte. So etwas war sie von dem stolzen Raymond überhaupt nicht gewohnt.

"Der Junge", wiederholte der Mann in forderndem Ton.

Raymond warf ihr einen vielsagenden Blick zu. Er trat auf sie zu, doch sie hätte nicht sagen können, ob er damit andeuten wollte, dass er keine Verantwortung für das übernahm, was gleich passieren würde, oder ob er sie in Schutz nehmen wollte. Da Raymond sich von der Feuerstelle entfernt hatte, fiel das Licht nun ganz auf den Fremden.

Sie stieß einen erschrockenen Laut aus. Nein! Das konnte einfach nicht sein!

Ihr Blick fiel auf ein wohlgeformtes Gesicht mit ausgeprägten Zügen. Er erwiderte ihren entgeisterten Blick mit seinen dunklen, tief in den Höhlen liegenden Augen, in denen ein eindringliches Funkeln zu erkennen war.

Er drehte sich ein klein wenig zur Seite, und sie erschrak erneut, als sie die blasse Narbe sah, die sich auf der linken Gesichtshälfte von der Stirn bis zum Mund zog und die sich deutlich von seiner sonnengebräunten Haut abhob.

Unmöglich!

"Du weißt, wer ich bin?"

Sie wusste, wer er zu sein schien – zumindest wenn man nach der Narbe, den Augen und dem schwarzen Haar ging. Doch das war auch schon alles, was sie an ihn erinnerte. Gar nicht ähnlich sah ihm der misstrauische, äußerst wachsame Gesichtsausdruck, und die groben Kleider, die er trug, erinnerten mehr an irgendeinen räuberischen Barbaren als an einen Ritter. Im Licht der Feuerstelle konnte sie erkennen, dass seine Kleider aus Wildleder und nicht aus Wolle gefertigt waren. Der hüftlange, ärmellose Rock betonte seine sehnigen, kräftigen Arme. Seine Beine waren über die ganze Länge mit strumpfähnlichen Beinkleidern aus

Wildleder bedeckt. Der Rock war mit orangen Perlen geschmückt, die im Feuerschein leuchteten.

"Du hast doch vorhin offen gesagt, was du denkst", sprach er zu ihr. "Traust du etwa deinen eigenen Augen nicht?"

"So ist es, denn der Mann, an den du mich erinnerst, ist seit acht Jahren tot."

"Nun, ich bin nicht tot, und auch kein Geist."

"Wenn du wirklich der bist, der du zu sein scheinst, dann müsstest du mich genauso kennen."

Seine Augenbraue, die von der Narbe gespalten war, hob sich überrascht. "Komm näher."

Sie trat zu ihm, und er musterte aufmerksam ihr Gesicht. Sie zwang sich, mit keiner Wimper zu zucken, als er sie mit seinem durchdringenden Blick ansah. Doch er sah aus der Nähe nicht mehr ganz so Furcht erregend aus, und sie erkannte in ihm ein wenig von dem hübschen fröhlichen Jungen, den sie in Erinnerung hatte. Er war magerer und hatte kantigere Gesichtszüge, doch die hohen Wangenknochen und das kräftige Kinn waren unverändert.

"Als ich Raymonds Vater Bernard Orrick noch als Schildknappe diente, hatte er eine Leibeigene namens Edith als Geliebte", sagte er. "Du bist Ediths Tochter, doch du bist nicht mehr das kleine Mädchen mit den rosigen Wangen, das du vor acht Jahren warst." Sein durchdringender Blick wanderte nach unten und schließlich wieder zu ihrem Gesicht zurück. Sie sah, dass er sie nun wiedererkannte, und vielleicht war da auch noch etwas anderes in seinem Blick, was ihr ein Prickeln im Nacken verursachte.

Dass er sie so seltsam ansah, ließ sie aufs Neue daran zweifeln, dass er es war. Der Mann, der er zu sein behauptete, hatte sie nie so angeblickt, und er hätte es sein Lebtag nicht getan.

"Raymond hat dir bestimmt gesagt, wer ich bin", sagte sie.

"Du traust wohl nicht einmal Raymond, was? Kein Wunder, dass der Junge bei dir in Sicherheit war. In diesen Zeiten ist man wirklich gut beraten, wenn man niemandem traut. Aber Raymond konnte ja nicht wissen, wie ich dich nannte, als du noch eine kleine Göre warst."

Nein, Raymond kannte den Namen nicht, der so klar und deutlich ausdrückte, was sie damals war und welchen Rang sie im Hause Orrick innehatte. Wie unbedeutend sie gewesen war.

Er streckte die Hand aus und berührte sie an der Nasenspitze, wie er es manchmal getan hatte, als sie noch ein Kind war. "Du bist die kleine Moira, Claires Schatten."

Sie war ebenso verdutzt wie erfreut, doch da war auch ein Gefühl, als breche es ihr das Herz. Brians Vater, den man seit acht Jahren tot geglaubt hatte, war zurückgekehrt, um seinen Sohn zu sich zu holen.

"Und jetzt sag mir, wo ist der Junge?"

Die Trauer überwog alle anderen Gefühle. Sie wandte sich ab und machte sich stille Vorwürfe. Sie hatte sich all die Jahre um Brian gekümmert und dafür gesorgt, dass er in Sicherheit war – doch er war nicht wirklich ihr Kind. Sein Platz war woanders, nicht bei ihr. Und dieser Mann würde dafür sorgen, dass der Junge eines Tages den ihm zustehenden Platz einnehmen würde und das Leben führte, das ihm vorherbestimmt war.

Sie hätte eigentlich glücklich sein sollen und nicht am Boden zerstört – doch in ihr war nichts als tiefe Trauer, als ihr bewusst wurde, dass sie Brian für immer verlor. "Ich zeige dir, wo er ist. Sag den anderen, dass sie hier bleiben sollen. Sie könnten ihm Angst machen."

Raymond und seine Männer blieben im Haus, während sie ihn zum Schuppen führte. Sie rief Brians Namen, als sie zu dem großen Haufen Schilfrohr kamen, das sie hier zum Trocknen ausgelegt hatte, um später Körbe daraus zu flechten. Im nächsten Augenblick begann sich zwischen den Schilfbündeln etwas zu regen, und ein blonder Haarschopf kam zum Vorschein. Neugierige blaue Augen betrachteten den Fremden wachsam.

"Sei unbesorgt. Du kannst rauskommen."

Er kletterte über die Schilfbündel hinweg und kam zu ihr. Moira trat einen Schritt zur Seite. Der Mann und der Junge musterten einander aufmerksam. Sie war froh, dass Brian keine Bemerkung über die Narbe und die Kleider machte, wenngleich ihn beides sichtlich faszinierte. Er wirkte so klein und doch so tapfer, wie er sich zwang, nicht vor dem harten, grimmigen Gesicht zurückzuweichen, das auf ihn hinabblickte. Es war ihr weh ums Herz, als sie mit ansah, wie die beiden einander aufmerksam musterten.

Sie kniete sich zu ihm und legte ihm die Hände auf die Schultern. Mit geschlossenen Augen genoss sie es, seine Gestalt unter ihren Händen zu spüren. *Wahrscheinlich nie wieder*. Sie wünschte sich, sie hätte gewusst, dass es heute sein würde. Dann wäre sie gestern noch einmal mit ihm an den Bach gegangen, um mit ihm zu spielen, und hätte etwas Besonderes für ihn gekocht. Tränen traten ihr in die Augen, und sie blickte zur Seite und biss sich auf die Unterlippe, um sich zu beherrschen. Dann drückte sie seine Schultern und lächelte ihm in sein fragendes Gesicht.

"Brian, das ist dein Vater, Addis de Valence."

"Mein Vater ist tot. Er starb auf dem Kreuzzug in die baltischen Länder."

"Nein."

Er blickte stirnrunzelnd zu ihr auf. Da begann ihm bewusst zu werden, was das für ihn bedeutete. Angst trat in seine Augen, und er warf sich in ihre Arme und barg sein Gesicht an ihrer Brust. Sie wiegte ihn in ihren Armen und flehte Addis stumm an, Geduld mit dem Jungen zu haben.

Der Ritter mit der Narbe wandte sich dem Haus zu, und als sie seinem Blick folgte, sah sie, dass Raymond und die anderen ihnen gefolgt waren. Vielleicht dachten sie, dass Addis de Valence es nicht allein schaffte, einen siebenjährigen Jungen zu bändigen. Sie versuchte Brian von sich zu lösen, doch er drückte sich nur noch fester an sie. Vielleicht hatten sie Recht.

Addis streckte die Arme aus und zog den Jungen von ihr weg. Brian wand sich in seinen Armen, doch Addis hob ihn hoch und blickte ihn streng an, worauf der Junge seinen Widerstand aufgab. Addis ging mit dem Jungen weg, dessen verzweifelte Augen sich immer noch nach ihr umsahen. Sie streckte beruhigend die Hand nach dem Jungen aus, der vier Jahre lang ihr Sohn gewesen war.

Addis ging mit dem Jungen weg, als kümmerten ihn seine Tränen nicht. Als er an Raymond vorüberging, blickte er kurz zu ihr zurück und sagte: "Nimm die Frau mit."

Das Privatgemach des Herrn von Darwendon lag über der Osthälfte des großen Saals. Addis stand auf dem Treppenabsatz vor der Tür des Gemachs und beobachtete die Dienstboten bei ihrer Arbeit. Der Herrschaftssitz war die Mitgift seiner Frau gewesen, als er und Claire geheiratet hatten. Der Wert des Ansitzes lag mehr in den umgebenden Gehöften als im Haus selbst, das auf dem Hügel nur von zwei hölzernen Palisaden geschützt war.

Der Junge war nicht von Moiras Seite gewichen, doch als einige Kinder von Dienstboten kamen, lief er mit ihnen hinaus. Moiras Anwesenheit sollte dem Jungen helfen, sich auf die Veränderung einzustellen, doch Brian konnte nicht auf Dauer hier bleiben – weder hier noch in ihrem Haus außerhalb des Dorfes. Addis würde sich schon bald um einen sicheren Aufenthaltsort für ihn kümmern müssen.

"Er sieht Claire ähnlich", sagte er zu seinem Schwager Raymond, der neben ihm stand. Addis hatte bis vor wenigen Stunden gar nicht gewusst, dass es Brian überhaupt gab. Es irritierte ihn, dass der Junge Claire ähnlich sah. Brians Anblick rief alte Erinnerungen in ihm wach, die ziemlich bitter waren.

Raymond nickte. "Das stimmt", sagte er leise.

Addis betrachtete Raymonds nachdenkliches Gesicht. Sie hatten einander schon als Kinder gekannt. Beide waren sie die ältesten Söhne von zwei alten Freunden, die ihre Jungen einander anvertrauten, um sie zu erziehen. Er hatte Bernard als Knappe gedient, während Raymond in den Diensten seines Vaters Patrick gestanden hatte. Seine Heirat mit Raymonds Schwester Claire war seit dem Tag ihrer Geburt vorherbestimmt gewesen. Ein Traumpaar, hatten alle gesagt, und er und Claire hatten es ebenso gesehen. Ein schönes Mädchen und ein hübscher Junge, die dazu ausersehen waren, eine überaus glückliche Ehe zu führen.

Er wollte jetzt nicht an Claire denken, wenngleich sie in den zwei Jahren, seit Eufemia ihm die Freiheit geschenkt hatte, oft in seinen Gedanken gewesen war. Waren es vielleicht sogar seine Erinnerungen an Claire gewesen, die ihn bewogen hatten, seine Heimkehr immer wieder aufzuschieben und zwei lange Winter in Norwegen zu verbringen? Schließlich hatte er sich gezwungen, nach Hause zurückzukehren – um schon kurz nach seiner Rückkehr festzustellen, dass zwar das Problem, das ihn zum Weggehen bewogen hatte, durch Gottes Hand gelöst worden war, dass aber weit größeres Ungemach vor ihm lag. Vielleicht hatte es gar nicht an Claire gelegen, dass er seine Heimkehr so lange hinausgeschoben hatte. Eufemia hätte gesagt, dass seine Seele vorhergesehen hatte, was ihn erwartete.

Addis zeigte auf Moira, die sich dreisterweise auf den Stuhl des Herrn beim Kamin gesetzt hatte; andererseits gab es keine Schemel oder Bänke, auf die sie sich hätte setzen können. Dennoch ... "Wie kam es, dass sie Brian zu sich nahm?", fragte er Raymond.

"Als dein Vater starb, war Claire so klug, das Haus deiner Familie in Barrowburgh zu verlassen. Sie kam zu uns nach Hawkesford zurück. Moira kümmerte sich um sie wie früher, und als Claire krank wurde, bat sie Moira, sich um euren Sohn zu kümmern. Als dein Stiefbruder Simon die Ländereien deines Vaters an sich riss, war uns allen klar, dass Brian Simons Begehrlichkeit im Wege stand und dass er möglicherweise in Gefahr war. Moira brachte Brian hierher, als Claire starb. Dein Stiefbruder kannte Moira kaum und wäre nie darauf gekommen, dass Brian hier sein könnte."

Mehrere Dienstboten huschten hin und her und blickten sich gelegentlich nach ihrem Herrn um. Als er in der vergangenen Nacht angekommen war, hätten sie ihm beinahe den Zutritt verwehrt. Sie hatten insgeheim einen Boten zu Raymond geschickt, und Claires Bruder war kurz vor Sonnenaufgang angekommen, um den Eindringling hinauszuwerfen.

Er blickte auf Moira hinunter, die mit zurückgelehntem Kopf und geschlossenen Augen dasaß. Sie hatte sich in den vergangenen acht Jahren sehr verändert, so dass er sie beinahe nicht mehr wiedererkannt hätte.

Raymond hatte ihm nicht gesagt, wer die Frau war, die sich um den Jungen kümmerte, doch sie war ihm sofort seltsam vertraut vorgekommen, als er ihr düsteres Häuschen betreten hatte.

Ihr altes grünes Kleid war recht weit geschnitten – dennoch zeichneten sich ihre wohlgeformten Brüste darunter deutlich ab. Sie trug keinen Schleier, und ihr etwas zerzaustes kastanienbraunes Haar, das über ihre Schultern herabfiel, verlieh ihr das Aussehen einer Frau, die gerade ein Schäferstündchen genossen hatte. Ihr Gesicht war von der Sonne goldbraun getönt. Als sie ihn in ihrem Haus angestarrt hatte, war ihm die unglaubliche Klarheit und das intelligente Funkeln ihrer hellblauen Augen aufgefallen. Er stellte sich vor, dass ihr Haar wahrscheinlich nach Heu und Klee duftete. Ihr ganzes Äußeres versprühte Sinnlichkeit, aber auch etwas Warmes und Tröstliches. Es wunderte ihn nicht, dass Brian die Geborgenheit ihrer Brüste nicht hatte verlassen wollen.

Moira Falkner. Claires Schatten … Die stille Tochter von Edith, Bernard Orricks Hure. Moiras Vater, ein irischer Falkner, hatte die Übereinkunft stillschweigend akzeptiert, bis er eines Tages für immer fortging. Moira … die von allen übersehene, unscheinbare Spielgefährtin und Vertraute der wunderschönen, strahlenden Claire.

Addis hatte in all den Jahren, als er Bernard auf Hawkesford gedient hatte, kaum einmal mit Moira gesprochen, doch aus irgendeinem Grund war ihm die Erinnerung an sie, auch wenn sie noch so vage war, durchaus angenehm. Sie war nach seiner Rückkehr der einzige Mensch außer Raymond, der ihn an die schönen Jahre seiner Jugend erinnerte.

Ja, sie war stets im Schatten der schönen Claire gestanden, deren Leuchten alles überstrahlt hatte. Wenn die liebliche, anmutige Claire in diesem Moment das Haus betreten hätte, so hätte wohl keiner mehr auch nur einen Blick für Moira übrig gehabt. So war es immer gewesen, wenn seine Ehefrau in Erscheinung trat – und auch er selbst hatte sich ihrer Ausstrahlung nicht entziehen können. Doch wie Moira in diesem Augenblick im Stuhl des Herrn saß, wofür er sie eigentlich hätte auspeitschen lassen sollen, wirkte sie alles andere als unscheinbar.

"Ist sie immer noch eine Leibeigene?", fragte er Raymond.

"Das Haus, in dem sie wohnt, und ein Feld gehören ihr. Du weißt ja, als mein Vater dir Darwendon als Claires Mitgift gab, bestimmte er, welche Gehöfte von unabhängigen Bauern bewirtschaftet werden sollten. Ihr Hof war einer davon. Als Edith starb, ging der Hof auf Moira über."

"Aber die Mutter war eine Leibeigene, also ist sie auch eine – egal, ob sie Land besitzt oder nicht."

"Sie behauptet, dass mein Vater auf seinem Totenbett Edith und ihren Nachkommen die Freiheit gegeben habe. Ich war nicht dabei, und der Priester ist tot." Raymond betrachtete die junge Frau mit einem lüsternen Blick. *Ich weiß, was in dir vorgeht,* dachte Addis. Bernards Sohn hatte offensichtlich vor, dort weiterzumachen, wo sein Vater aufgehört hatte – nur dass er es auf die Tochter abgesehen hatte. Er hatte bestimmt schon versucht, sie in sein Bett zu locken – doch sie hatte ihn offenbar abgewiesen. Das erklärte auch, warum ihr Haus so kärglich eingerichtet war. Raymond hätte sie bestimmt großzügig unterstützt, wenn sie seinem Drängen nachgegeben hätte.

"Solange sie nicht das Gegenteil beweisen kann, ist sie immer noch eine Leibeigene und gehört zu diesem Haus", sagte Addis. "Ich habe fast alles verloren – da kann ich es mir nicht leisten, auch noch das Wenige zu verlieren, das mir geblieben ist."

"Da ist immer noch Barrowburgh, aber du wirst darum kämpfen müssen."

Ja, er würde darum kämpfen müssen – und zwar gegen Männer, die Günstlinge des Königs waren. Ein verzweifeltes Unterfangen, dessen Ausgang höchst ungewiss war. Raymond hatte ihm mitgeteilt, dass Addis' Stiefbruder Simon im Lager der Despensers stand, jener Familie, unter deren Einfluss der König stand. Mit ihrer Hilfe war es ihm gelungen, Barrowburgh und die dazugehörigen Ländereien an sich zu reißen, nachdem Patrick de Valence gestorben war. Es würde nicht leicht werden, ihm auch nur einen Morgen davon wieder abzunehmen.

Wie müde und erschöpft er sich fühlte! Er hatte, seit er das Schiff in Bristol verlassen hatte, nur schlechte Neuigkeiten vernehmen müssen. Er war in ein Reich heimgekehrt, das innerlich zerrissen war und in dem ein Baron gegen den anderen Krieg führte. Die Mächtigen setzten sich ungestraft über die Gesetze hinweg, und das Volk litt unter den Räuberbanden, denen niemand Einhalt gebot. König Edward führte seine Regentschaft genauso ziellos weiter, wie er sie begonnen hatte – ein schwacher Herrscher, der Wachs in den Händen von ehrgeizigen Männern war, die ihm schmeichelten und ihn in ihrem Sinne beeinflussten.

Während Addis' Abwesenheit war es sogar zu einer regelrechten Rebellion gekommen, die von einem Freund seines Vaters, Thomas von Lancaster, angeführt wurde. Vor vier Jahren war Thomas besiegt und hingerichtet worden, und der Makel des Verrats hatte auch Patrick de Valences Namen befleckt. Auf diese Weise war es Simon umso leichter gefallen, sich nach Patricks Tod dessen Besitz anzueignen.

Addis biss die Zähne zusammen. Während seiner Abwesenheit waren sie alle gestorben. Sein Vater. Claire. Bernard. Edith. Sogar sein Vetter Aymer, der Earl of Pembroke, war vor zwei Jahren ermordet worden – und zwar von Männern, die mit der Familie Despenser verbündet waren. Nur Raymond war noch da. Er hatte sich standhaft Simons Anspruch auf Darwendon widersetzt – mit der Begründung, dass es nicht Patricks Land gewesen sei, sondern das von Addis, und dass es davor Bernard Orrick gehört habe. Er hatte darauf beharrt, dass es nach Addis' Tod von den Orricks verwaltet werde, bis Brian es übernehmen könne.

Sein Blick wanderte durch das Zimmer, bis er schließlich wieder auf der Frau vor dem Kamin ruhte. Nein, Raymond war nicht der Einzige, der überlebt hatte.

"Sie singt auch, wenn ich mich recht erinnere." In seiner Erinnerung nahm das vage Bild eines rundlichen Mädchens Gestalt an, das seine wohlklingende Stimme im großen Saal ertönen ließ.

"Ja, aber nicht für mich", murrte Raymond. Addis hob erstaunt eine Augenbraue und hätte beinahe gelacht. Es war ein seltsames Gefühl, dass ihm nach so langer Zeit wieder einmal zum Lachen zumute war. "Sie flicht Körbe", fuhr Raymond fort. "Sie macht das angeblich sogar sehr gut." Er zuckte die Achseln, wie um zu sagen, dass er das selbst nicht so genau wisse. "Sie wird wahrscheinlich weggehen wollen – jetzt, da du zurückgekehrt bist und ihr den Jungen weggenommen hast. Sie hat einmal davon gesprochen, dass sie das Haus und das Land verkaufen möchte, damit sie eine Mitgift hat."

"Sie ist noch unverheiratet?"

"Sie war zweimal verheiratet. Mein Vater hat die erste Ehe eingefädelt. Ein alter Mann aus dem niederen

Adel. Er starb gleich nach dem Hochzeitsschmaus. Der zweite war nicht ganz so alt und lebte noch einen ganzen Monat." Und mit einem anzüglichen Grinsen fügte er hinzu: "Man nennt sie die jungfräuliche Witwe. Aber nachdem ihre beiden Ehemänner so rasch gestorben sind, hat niemand mehr um ihre Hand angehalten, soviel ich weiß."

"Glauben die Leute denn, dass sie sie umgebracht hat?"

"Nein. Sie glauben, dass den beiden das Herz stehen geblieben ist, als sie sie nackt sahen. Sie ist sehr ..." Er machte eine Geste, um ihre Rundungen anzudeuten.

Addis betrachtete die ausgeprägten Formen, die sich unter dem Kleid abzeichneten. Sie musste ungefähr fünfzehn Jahre alt gewesen sein, als er weggegangen war. Er konnte sich jedenfalls nicht erinnern, dass ihm ihre Figur damals schon aufgefallen wäre.

Sie öffnete die Augen und blickte sich mürrisch um. Schließlich stand sie auf und ging mit verschränkten Armen vor dem Kamin auf und ab. Soweit man das unter dem weit geschnittenen Kleid erkennen konnte, hatte sie eine schmale Taille, runde Hüften und lange kräftige Beine. Er hatte sie lange warten lassen, während er sich mit Raymond unterhielt und sich von ihm schildern ließ, worauf er sich gefasst machen musste. Sie warf verärgert die Arme in die Höhe und setzte sich wieder auf den Sessel.

"Ich werde die Zinsbauern und Pächter benachrichtigen, dass ich morgen unter dem alten Baum Gericht halten werde", sagte er, zu Raymond gewandt. "Wie viele Männer kannst du mir vorerst überlassen?"

"Die sechs Männer, die mit mir gekommen sind, und ich schicke dir noch sechs dazu. Aber wenn Simon erfährt, dass du wieder da bist, und er gegen dich loszieht, wird das nicht genügen. Und ich schicke dir auch etwas zum Anziehen, damit du nicht wie ein Barbar aussiehst, wenn du vor deine Leute trittst."

Seine Leute. Die paar hundert, die ihm noch dienten und den Flecken Land bewirtschafteten, der ihm von seinen großen Besitzungen geblieben war.

Er wusste, was man von ihm erwartete und was die Familienehre ihm gebot. Und er wusste auch, dass sein Stiefbruder Simon auf jeden seiner Schritte vorbereitet war und alles unternehmen würde, um seine Bemühungen zu vereiteln. Doch er stellte fest, dass ihm der Antrieb zum Kämpfen fehlte. Er fühlte sich so unsagbar müde und voller Bitterkeit darüber, dass seine alte Welt ganz und gar nicht mehr so war, wie er sie verlassen hatte. Er hatte erwartet, dass er durch das Tor der Burg seiner Familie in Barrowburgh treten würde und die Jahre, die er in den baltischen Ländern verbracht hatte, hinter sich lassen konnte. Er musste seine ganze Willenskraft aufbieten, um das zusammenzuhalten, was ihm noch geblieben war – und jetzt sollte er auch noch um das kämpfen, was er verloren hatte.

Er ging auf Moira zu – missmutig über die Zwänge, die ihm auferlegt wurden. Sie sah ihn kommen, erhob sich aber nicht. Vielleicht meinte sie es nicht beleidigend, doch es ärgerte ihn trotzdem. Durch den Platz, den ihre Mutter in Bernards Haus innegehabt hatte, und auch durch ihren eigenen Platz in Claires Nähe mochte sie sich die Manieren einer Lady angeeignet haben – dennoch war sie eine Leibeigene, und es stand ihr nicht zu, sich über ihre wahre Position zu erheben. Und es stand ihr ganz bestimmt nicht zu, auf seinem Sessel zu sitzen.

Die Versuchung, sie an ihren braunen Locken zu packen und zu zwingen niederzuknien, war nahezu überwältigend. Nur die Erinnerung daran, dass man ihn einst selbst gezwungen hatte niederzuknien, ließ ihn innehalten. Er rang seinen Ärger nieder, und eine innere Stimme rief ihm in Erinnerung, dass sie ja nichts für seinen Groll konnte, sondern dass all die Beleidigungen und Erniedrigungen daran schuld waren, die er über sich hatte ergehen lassen müssen.

Ihre Augen trafen die seinen, und er stellte fest, dass sie seinem Blick nicht auswich, wie es die meisten Frauen taten. Selbst zuvor in ihrem Haus war sie höchstens darüber erschrocken, dass sie ihn wiedersah; jedenfalls schien sein Anblick sie nicht abgestoßen zu haben. Er war es mittlerweile gewohnt, dass ihm die Frauen nicht direkt in die Augen sahen und dass die Huren meist eine Münze mehr für ihre Dienste verlangten. Doch während ihn ihr offener Blick zuvor in ihrem Haus einfach nur überrascht hatte, empfand er ihn hier eher als unverschämt.

Er blickte mit vorwurfsvoller Miene auf den Sessel, auf dem sie saß. Nervös erhob sie sich und sagte zu ihrer Rechtfertigung: "Als wir ankamen, hast du gesagt, dass ich hier warten soll. Seither sind einige Stunden vergangen, und die Binsen auf dem Boden sind schmutzig."

Sie waren tatsächlich schmutzig. Die Diener waren schlampig geworden, seit kein Herr und keine Herrin mehr da waren, um sie zu beaufsichtigen. Seine erste Anweisung war deshalb gewesen, dass das gesamte Haus gereinigt werden sollte, und so machten sich nun die Diener in allen Räumen zu schaffen, um dem Befehl nachzukommen.

Er nahm auf dem Sessel Platz, und sie stand vor ihm, die Arme vor der Brust verschränkt, als wolle sie sie verbergen.

"Du wirst noch einige Tage hier bleiben, bis sich der Junge an mich gewöhnt hat", sagte er.

Sie sah ihn missbilligend an; offensichtlich gefiel es

ihr nicht, wie er mit ihr redete. Doch im Moment, wo er noch ganz unter dem Eindruck von Raymonds düsterem Lagebericht stand, war ihm das ziemlich egal.

"Wenn es Brian hilft, könnte ich es schon machen – aber mein Haus ist ja ganz in der Nähe."

"Du bleibst hier."

"Ich hätte nichts dagegen – aber nur für ein paar Tage."

Raymond hatte Recht – sie nahm tatsächlich für sich in Anspruch, frei zu sein. Er stand zwar in ihrer Schuld, da sie sich um Brian gekümmert hatte – doch andererseits war es das Beste, wenn er sie hier und jetzt auf ihren Irrtum aufmerksam machte. "Deine Zustimmung ist nicht notwendig. Du wirst es tun, weil ich es von dir verlange – und zwar für so lange, wie ich es sage. Wenn ich dich hier nicht mehr brauche, kannst du in dein Haus zurückkehren."

Ihre Wangen röteten sich. "Du warst viele Jahre fort, deshalb kannst du nicht wissen, dass sich etwas verändert hat. Ich bin die Eigentümerin des Hauses und des Landes."

"Mag sein, aber du bist nicht frei geboren. Deine Mutter war eine Leibeigene auf diesen Ländereien. Als Bernard mir das Land überließ, schloss das dich mit ein."

Sie bemühte sich sichtlich, ihren Zorn zu bezähmen. Sie war keine Schönheit, aber sehr temperamentvoll, und ihre leuchtenden Augen machten einiges wett, was ihr an Ebenmaß der Gesichtszüge fehlte. Früher war ihm nie aufgefallen, wie ausdrucksstark ihre Augen und wie feurig ihr Temperament waren – doch damals hatte er auch nur Augen für Claire gehabt.

"Sir Bernard schenkte meiner Mutter die Freiheit, nachdem du weggegangen warst. Ich war dabei, als er es sagte – und er schloss mich mit ein."

"Raymond hat mir schon gesagt, dass du diesen Anspruch erhebst. Gibt es Zeugen für das, was du behauptest?"

"Der Priester war dabei. Und Alice, Claires Dienstmagd. Und ich natürlich."

"Raymond sagt, dass der Priester tot ist. Wo ist Alice?"

"Sie ist fortgegangen, nachdem Claire starb ... nach London, glaube ich. Es gibt aber Dokumente. Ich erinnere mich genau, dass Bernard sie unterzeichnet hat. Aber wenn sie der Priester mitgenommen hat, dann sind sie wahrscheinlich verbrannt, als die Kapelle vor ein paar Jahren niederbrannte ..." Sie sprach unzusammenhängend, während sie in ihren Erinnerungen kramte. "Vielleicht hat Raymond die Dokumente."

"Er hat jedenfalls nichts davon erwähnt."

Sie sah immer noch zornig aus, aber auch besorgt. Es wäre nur recht und billig gewesen, ihren Anspruch zu akzeptieren. Schließlich hatte sie ihm gut gedient, obwohl sie ihrer Ansicht nach gar keine Verpflichtung dazu hatte. Doch irgendetwas in ihm sträubte sich dagegen, ihr die Freiheit zu geben – und es lag nicht nur daran, dass er das Wenige, das er noch besaß, behalten wollte. Raymond hatte gesagt, dass sie vorhätte, Darwendon zu verlassen. Sie gehörte zu seiner alten Welt, und er würde es nicht zulassen, dass ein weiterer Teil davon verschwand.

Sie ließ die Arme sinken und ballte die Hände zu Fäusten. "Frag die Leute im Dorf, wer und was ich bin. Alle wissen Bescheid."

"Jeder weiß, dass deine Mutter in Bernards Bett gelegen hat. Jeder weiß, dass sie wie eine Lady gelebt hat und dass ihre Tochter so behandelt wurde, als wäre sie Bernards Kind. Aber das heißt nicht, dass die Leibeigenschaft aufgehoben ist."

"Du nennst mich eine Lügnerin?"

"Nein, ich nenne dich eine Leibeigene. Selbst wenn Bernard das wirklich gesagt haben sollte, was du behauptest, ist es nicht rechtskräftig ohne Zeugen und Dokumente."

Ihre Augen funkelten vor Zorn. "Ist das der Dank für alles, was ich getan habe?"

"Ich bin dir dankbar, dass du dich um Brian gekümmert hast, obwohl du es nicht um meinetwillen getan hast. Vielleicht hast du es für Claire getan, vielleicht auch für dich selbst – aber sicher nicht für mich. Ich war tot, hast du das schon vergessen?"

"Ich würde mir fast wünschen, du wärst es geblieben!"

"Seltsamerweise wünsche ich mir das auch manchmal. Jetzt geh und hol den Jungen, und sag den Frauen, dass sie eine Kammer für euch beide herrichten sollen. Ein Mann bringt dich zu deinem Haus, damit du alles holen kannst, was du für dich und den Jungen brauchst."

Sie wandte sich wütend von ihm ab, um hinauszugehen. Er erinnerte sich an die lüsternen Blicke, mit denen Raymond sie bedacht hatte. Raymond war ein alter Freund, doch er hatte seine eigene Art, mit Frauen umzugehen – und es sah ganz danach aus, als hätte diese Frau sich schon seit Jahren gegen seine Zudringlichkeiten gewehrt. Vielleicht war das der Grund, warum sie fort wollte.

"Raymond wird zum Mittagessen bleiben", sagte er, während sie hinausging. "Du wirst für ihn singen."

Sie blieb wie erstarrt stehen und drehte den Kopf ein Stück zur Seite, sodass er ihr Profil sehen konnte. "Auch Leibeigene haben gewisse Rechte", sagte sie in scharfem Ton. Das eine Auge, das er von ihr sah, funkelte wie klares Wasser, das die Sonnenstrahlen reflektierte. "In dieser Hinsicht bin ich nicht die Tochter meiner Mutter. Erwarte nicht von mir, dass ich für deinen Schwager zur Hure werde – oder für irgendeinen anderen Herrn oder Ritter."

Ihre Botschaft war unmissverständlich. *Erwarte nicht von mir, dass ich für dich zur Hure werde.* Diese attraktive, wohlgeformte Frau hatte sich zweifellos schon gegen mehr als einen Mann zur Wehr setzen müssen – so gesehen war es verständlich, dass sie so aufgebracht war.

Außerdem war ihre wütende Ablehnung gar nicht so weit hergeholt; er hatte es sich zwar nicht anmerken lassen, aber er hatte sich tatsächlich schon einige Male vorgestellt, wie es wäre, sie im Bett zu haben. In seiner Zeit als Sklave hatte er jedoch gelernt, seine Wünsche zu verbergen und seine Hoffnungen zu begraben. Sie konnte also unmöglich wissen, dass sie sehr wohl bestimmte Gedanken in ihm geweckt hatte, seit er zum ersten Mal ihr bescheidenes Haus betreten hatte.

"Leibeigene haben wohl Rechte, aber sie haben auch Pflichten, wofür sie den Schutz ihres Herrn erhalten. Du wirst für ihn singen, aber auf meinen Befehl – und er wird verstehen, was das bedeutet. Danach wird er dich nicht mehr belästigen."

Sie wandte sich ihm zu und sah ihm direkt in die Augen – so wie sie es zuvor in ihrem Haus getan hatte, und auch vor wenigen Minuten, als er auf sie zu gekommen war.

Ihr Blick wirkte kein bisschen erschrocken, aber auch nicht unverschämt, sondern vielmehr vertraut und wissend – so als wäre sie es gewohnt, den Barbaren mit der hässlichen Narbe jeden Tag zu sehen, und als fände sie überhaupt nichts Bemerkenswertes oder Beängstigendes dabei.

Und in dem Moment, als ihre Blicke sich trafen,

fühlte sich Addis zum ersten Mal, seit er englischen Boden betreten hatte, nicht mehr als Fremder in seiner Heimat.

2. Kapitel

Schritte ertönten hinter ihr in der Dämmerung, als sich die jungen Burschen ihr näherten. Sie drückte das Kinn gegen die Brust und krümmte den Rücken, wie um sich unsichtbar zu machen, und ging ein wenig schneller auf das Dorf zu. Sie lachten und stießen sich gegenseitig an, ganz offensichtlich bereit, irgendwelchen Unfug zu treiben – wie immer, wenn die Schildknappen für eine Weile von ihren Pflichten befreit waren. Sie betete still, dass sie an ihr vorübergehen würden.

Sie schlossen zu ihr auf, und ihre Nähe jagte ihr einen kalten Schauer über den Rücken.

Sie waren nun still – nur gelegentlich war leises Flüstern oder Kichern zu hören. Schon sah sie ihre Stiefel und langen Beine neben sich.

"Was hast du denn da, Mädchen?"

Sie duckte sich und tat so, als hätte sie nichts gehört. Ihre Hand schloss sich noch fester um den Korb mit den alten Bändern, die Claire ihr gegeben hatte.

"Ich rede mit dir, Mädchen. Was hast du da im Korb? Hast du vielleicht etwas gestohlen?"

"Sie ist die Tochter des Falkners. Hast du vielleicht ein Geschenk für den Mann von Bernards Hure in deinem Korb? Eine Entschädigung vom Herrn? Vielleicht Wein oder Fleisch?"

"Wenn es Wein ist, dann gib ihn her. Dann sparen wir uns das Geld für Bier."

Sie umringten sie, sodass sie nicht weitergehen konnte. Trotz ihrer Angst, die sie erzittern ließ, blickte sie sie zornig an und sagte: "Meine Mutter ist keine Hure!"

"Oh! Wie temperamentvoll du bist. Aber deine Mutter besucht Bernard bestimmt nicht, damit sie ihm aus dem Gebetbuch vorliest. Vielleicht teilt er sie ja mit uns allen. Als Geschenk, wenn wir uns die Sporen verdienen."

"Warum sollen wir auf die Mutter warten, wenn die Tochter schon da ist?"

"Ja. Sie sieht zwar aus wie ein kleines Fass, aber vielleicht hat sie ja mehr Kurven unter dem Kleid, als man ihr ansieht."

Sie traten noch näher und schlossen den Kreis, um sie einzuschüchtern. Eine Hand streckte sich nach ihr aus und zog leicht an ihrem Kleid. Grinsende Gesichter blickten auf sie herunter – spielerisch und neckend zwar, doch mit einem gefährlichen Funkeln in den Augen. "Lasst mich in Ruhe!"

Einer der Jungen, der kühner als die anderen war, überschritt schließlich die Grenze des Spielerischen, wie sie an seinem Blick erkannte. "Mir gefällt das nicht, wie du mit uns sprichst, Mädchen. Vielleicht brauchst du eine kleine Lektion, damit du weißt, was du bist."

"Lass sie in Ruhe, John", wandte eine andere Stimme von weiter hinten ein. Sie drehte sich um und sah ihn herankommen – ein wenig außer Atem, nachdem er gelaufen war, um die anderen einzuholen. Er war groß und schön und hatte rabenschwarzes Haar. Manche sagten, er sei das Ebenbild von Adonis, wer immer das war. Ihr Herz machte einen erleichterten Sprung und hüpfte ihr bis in die Kehle hinauf.

"Sie ist doch nur eine Leibeigene, Addis. Keine hilflose junge Dame."

"Sie ist ein Kind. Lasst sie in Ruhe. Was glaubst du, wird Bernard sagen, wenn er erfährt, dass ihr Ediths Tochter belästigt habt?"

Die Vorstellung, dass ihr Herr ihnen zürnen könnte, ließ die Jungen – mit Ausnahme von John – zurückweichen. Sie traten zurück und öffneten den Kreis. Mit einem Mal wirkten sie gelangweilt und schienen es eilig zu haben, wegzukommen. Sie blickte John kämpferisch an; nun, da er ihr allein gegenüberstand und Addis de Valence gekommen war, um ihr beizustehen, fühlte sie sich plötzlich ungemein tapfer. "Meine Mutter ist keine Hure", zischte sie.

John grinste sie hämisch an und wandte sich von ihr ab, um mit den anderen wegzugehen. Addis schickte sich an, ihnen zu folgen, blieb dann aber noch einmal stehen und wandte sich ihr zu. Es war das erste Mal, dass er sie richtig ansah, das wusste sie genau. "Geh nach Hause zu deinem Vater, Mädchen. Es ist fast dunkel, du solltest dich nicht hier draußen aufhalten."

Sie erwachte aus den Träumereien, denen sie sich hingegeben hatte, während sie auf den Sonnenaufgang wartete. Es ärgerte sie, dass sie sich ausgerechnet jetzt an die Ehrfurcht und die Verliebtheit erinnerte, die sie als junges Mädchen empfunden hatte. Andere Erinnerungen drängten in ihr hoch – wie sie sich in ihrer Fantasie tatsächlich als schöne junge Dame in Bedrängnis gesehen hatte, die von ihrem Helden gerettet wurde, doch sie schob diese unwillkommenen Bilder rasch beiseite. Sie drehte sich im Bett um – peinlich berührt von all diesen Erinnerungen. Andererseits – ein zwölfjähriges Mädchen hatte ja wohl das Recht, sich gelegentlich dumm zu benehmen, nicht wahr?

Vielleicht war das Mittagessen gestern schuld an diesen Erinnerungen. Er hatte sie an seinem Tisch Platz nehmen lassen, und Brian hatte zwischen ihnen beiden gesessen, damit sie sich um ihn kümmern konnte. Raymond hatte auf der anderen Seite des Tisches gesessen, und keiner hatte sich um sie und Brian gekümmert, bis die Mahlzeit zu Ende war und Addis sie höflich bat, zu singen.

Sie war aufgestanden und hatte ein altes religiöses Lied vorgetragen. Es war ihr nicht entgangen, wie aufmerksam Raymond sie beobachtete. Es war das erste Mal seit Jahren, dass sie vor anderen Leuten sang, und alle Anwesenden lauschten still ihrem Gesang. Aus dem Augenwinkel bemerkte sie, dass Addis ein paar Worte zu Raymond sagte, worauf dieser ein überraschtes Gesicht machte und sie von da an mit deutlich geringerem Interesse betrachtete.

Er musste Raymond irgendetwas gesagt haben, was sie betraf. Als Raymond nach dem Mittagessen aufbrach, verzichtete er auf die üblichen Andeutungen, mit denen er sich üblicherweise von ihr verabschiedete. Ja, er verabschiedete sich überhaupt nicht von ihr – doch andererseits hatte ein Ritter ganz sicher nicht die Pflicht, sich höflich gegenüber einer Dienerin zu verhalten.

Das beginnende Tageslicht drang durch den Fensterspalt, und sie griff nach ihrem Unterhemd. Wenn Addis dachte, dass sie sich nach seiner schützenden Geste sicher fühlte, so täuschte er sich. Sie war lange genug eine Leibeigene gewesen, um zu wissen, wie wenig Rechte sie hatte. Außerdem brauchte sie seine Hilfe nicht, um mit Raymond fertig zu werden. Immerhin hatte sie sich gegen den Mann zur Wehr gesetzt, seit Addis fort war.

Sie weckte Brian und ließ ihn sich anziehen, wie es dem Sohn eines Lords gebührte, mit Rock und Beinkleidern. Kaum hatte er sich gewaschen und angezogen, sauste er auch schon hinaus, um seine Freunde zu suchen.

Als sie in den großen Saal kam, herrschte bereits ein munteres Kommen und Gehen. Sie sah Leonard, den Gutsverwalter, und ging zu ihm hinüber. Leonard hatte früher für Bernard gearbeitet; er war in den vergangenen Jahren die einzige Autorität im Herrenhaus gewesen. Er zog die Pacht ein und sah nach den Zinsbauern

– doch er war ein alter Mann und schon etwas gebrechlich, und es war auch nie ein Aufseher oder Herr gekommen, um ihn zu unterstützen, wie es üblich war.

"Warum trägst du dein bestes Gewand, Leonard? Der grüne Samt ist doch zu warm für einen Sommertag."

"Heute wird Gericht gehalten. Es wurde gestern verkündet."

"So früh schon? Addis verliert wahrlich keine Zeit."

"Das ist längst überfällig. Wir hatten jahrelang kein Gericht mehr. Die meisten Fälle sind so alt, dass sich wahrscheinlich niemand mehr an die Einzelheiten erinnert. Zum Glück habe ich alles aufgeschrieben. Wer glaubt, dass er für irgendein Vergehen ungeschoren davonkommt, wird eine Überraschung erleben." Er lächelte zufrieden und war sichtlich stolz darauf, dass er seine Pflicht getan hatte, obwohl so lange unklar gewesen war, wem die Herrschaft nun eigentlich gehörte. "Ich bin letzte Nacht einige Stunden mit ihm beisammen gesessen und habe ihm die Geschäftsbücher gezeigt. Er hat gemeint, dass alles in Ordnung ist. Die Geldstrafen sollten heute ein hübsches Sümmchen ergeben, aber ich glaube, er wird mehr brauchen, denn ich habe gehört, dass er bereit ist, alle Leibeigenen für einen entsprechenden Preis in die Freiheit zu entlassen."

Das überraschte sie. Es geschah mittlerweile recht häufig, dass Herren ihre Leibeigenen gegen ein entsprechendes Entgelt in die Freiheit entließen – doch nach dem, wie er sie gestern behandelt hatte, dachte sie, dass er diesen neuen Brauch nicht guthieß. Doch wenn er wirklich Geld brauchte, war das eine einleuchtende Maßnahme. Auch wenn sie frei waren, würden die Bauern weiter das Land bebauen und ihm ein schönes Einkommen verschaffen; statt der Abgabe, die sie ihm als Leibeigene zu entrichten hätten, würden sie ihm Pacht bezahlen, sodass ihre Freilassung zusätzliche Einkünfte bringen würde, ohne langfristig einen nennenswerten Verlust darzustellen.

Nun verstand sie auch, warum er so fest behauptet hatte, dass sie immer noch eine Leibeigene war. Es widerstrebte ihr zwar, für etwas zu bezahlen, was ihr schon gehörte, doch wenn sich damit dieses Missverständnis aus der Welt schaffen ließ, sollte es ihr recht sein. Wenn Addis sie nicht unentgeltlich in die Freiheit entlassen wollte, dann hätte er doch nur seinen Preis nennen müssen.

"Was glaubst du, wie hoch der Preis sein wird?"

Leonard zuckte die Achseln. "Das kommt darauf an, um wen es sich handelt und wie hoch der Wert des Betreffenden ist. Er wird den Preis aber nicht allzu hoch ansetzen – sonst könnte ihn ja niemand bezahlen, nicht wahr? Das hätte also überhaupt keinen Sinn."

Der Zorn, der sich in ihr breit gemacht hatte, wich einer gewissen Erleichterung. Ihr Rang war bestimmt nicht allzu hoch; es gab andere Leibeigene im Dorf, die wohlhabender und geachteter waren als die meisten Freien. Dennoch gehörte ein Leibeigener immer noch seinem Herrn – und wenn dieser ihn grausam behandelte, so nützten auch all die Rechte nicht viel, die Leibeigene im Laufe der Zeit erworben hatten. Die Freiheit war eine der drei Gaben gewesen, die ihre Mutter von Bernard erhalten hatte – und auch mit Abstand die wichtigste.

Das Gericht wurde unter der alten Eiche außerhalb des Dorfes abgehalten. Die Leute aus dem Herrenhaus strömten zur Mittagszeit herbei, um sich den Leibeigenen und freien Bauern anzuschließen, die von den anderen Teilen der Herrschaft gekommen waren. Es waren vielleicht zweihundert Menschen, die sich rund um die Bänke für die zwölf Geschworenen versammelt hatten. Der Stuhl des Herrn stand neben den Bänken.

Addis traf als Letzter ein. Hoch gewachsen, wie er war, und mit seiner Narbe im Gesicht bot er ein Ehrfurcht gebietendes, für manchen einschüchterndes Bild. In dem langen blauen Gewand, das Raymond ihm geschickt hatte, war er schon auf den ersten Blick als Herr zu erkennen. Moira setzte sich zusammen mit einigen der Frauen ins Gras.

In den folgenden Stunden wurden vor allem kleinere Vergehen behandelt. Es ging um Leibeigene, die sich vor der Arbeit gedrückt hatten, oder um freie Bauern, die sich geweigert hatten, den entsprechenden Anteil der Ernte abzuliefern. Es gab Frauen, denen vorgeworfen wurde, dass sie zu schwaches Bier gebraut hätten, und unverheiratete Mädchen, die man beim Beischlaf erwischt hatte, außerdem einige Fälle von Diebstahl. Die Geschworenen setzten die Geldstrafen fest, wie sie mittlerweile von vielen Herren als Ersatz für die Prügelstrafe verhängt wurden.

Leonard sprach im Namen des Herrn, und Addis saß schweigend da und stellte nur hin und wieder eine Frage, wenn Aussage gegen Aussage stand. Die Sonne hing bereits tief am Himmel, als endlich alle Fälle, die sich im Laufe der Jahre angesammelt hatten, behandelt waren. Nun war es Zeit für Gesuche, die direkt an den Herrn gerichtet wurden. Es kamen die Bauern, Viehtreiber und Handwerker herbei, die ihre Freiheit erkaufen wollten.

Moira rückte etwas näher heran, während Addis den Wert eines jeden Einzelnen für das Land bestimmte und danach den Preis festsetzte. Die meisten lagen zwischen drei und zehn Pfund, was für diese Leute dem Einkommen eines ganzen Jahres entsprach. Die Leute hielten die von ihm festgesetzten Preise meist für angemessen. Moira wartete, bis alle anderen an der Reihe waren, ehe sie selbst vor den Herrn trat.

Sie kniete nieder, wie es vorgeschrieben war; schließlich konnte sie nicht gut darum bitten, ihre Freiheit zu erkaufen, wenn sie sich so benahm, als wäre sie ohnehin längst frei. Es verletzte ihren Stolz, vor ihm niederzuknien. Sie hörte überraschte Laute ringsum – denn es hatte sie ohnehin niemand mehr als Leibeigene betrachtet. Den Blick zu Boden gerichtet, wartete sie, bis er sie ansprach. Er ließ sich lange Zeit damit.

"Du möchtest mich um etwas bitten, Moira?"

Sie blickte auf und sah sofort, dass er nicht gerade erfreut war. In seinen Augen war ein bedrohliches Funkeln. "Ja, Mylord. Ich möchte auch meine Freiheit erkaufen."

"Du gestehst also in aller Öffentlichkeit ein, dass du tatsächlich eine Leibeigene bist?" Sie gab keine Antwort, während er sie durchdringend ansah. "Glaubst du, dass du genug Geld dafür hast?"

"Ich denke schon. Der Preis für eine Frau muss ja wohl niedriger sein als der eines Mannes, und mein Wert für Euch kann unmöglich groß sein."

"Da irrst du dich, Moira. Dein Wert für mich ist sogar sehr hoch."

Leises Gemurmel erhob sich aus der Menge der Zuschauer. "Nennt den Preis, und ich werde ihn zahlen", sagte sie, erzürnt über seine ungerechtfertigte Andeutung. Dass er sie so eindringlich ansah, beunruhigte sie zusätzlich. Ein wenig wie Raymond, nur nicht so offensichtlich, aber dafür viel gefährlicher. Und er sah sie nur deshalb so an, um sie in Verlegenheit zu bringen. Addis de Valence würde bestimmt niemals ein echtes Interesse an einer Frau wie ihr haben. Doch das zwölfjährige Mädchen in ihr errötete angesichts der Aufmerksamkeit, mit der er sie betrachtete – und sie verfluchte das dumme Kind, das sie immer noch in sich trug.

"Der Preis für dich ist zweihundert Pfund."

Zweihundert Pfund! Am liebsten hätte sie ihn mit wüsten Flüchen überhäuft, für die man sie in aller Öffentlichkeit ausgepeitscht hätte. "Dann würde ich gern wissen, wie hoch die Abgabe ist, die ich im Falle der Heirat entrichten müsste."

"Hier in Darwendon?"

"Nein."

"Wer ist der Mann?"

"Ich werde einen finden."

"Soviel ich gehört habe, dürfte das nicht ganz einfach sein."

Gelächter erhob sich unter den Zuschauern. Ihr Gesicht brannte. Großer Gott, er hatte also auch davon schon gehört. Wahrscheinlich hatte Raymond es ihm erzählt.

"Nicht alle Männer sind abergläubisch."

"Das stimmt. Ich zum Beispiel bin überhaupt nicht abergläubisch." Einige Frauen schnalzten mit der Zunge, als sie die unverhohlene Anspielung hörten. "Wenn du einen anderen findest, der nicht abergläubisch ist – egal ob hier in Darwendon oder woanders –, so hoffe ich, dass er reich ist und dich unbedingt haben will. Die Abgabe für dich beträgt einhundert Pfund."

Der Zorn erstickte ihr fast die Stimme. "Das ist hier in Darwendon nicht üblich."

"Maße dir nicht an, mich zurechtzuweisen. Wenn du außerhalb von Darwendon heiratest, ist es genauso, wie wenn ich deine Dienste durch deine Freiheit verliere. Der Preis sollte eigentlich auch zweihundert Pfund betragen, aber da du mir ja während deiner Abwesenheit eine jährliche Abgabe zahlen wirst, will ich großzügig sein. Früher hätte ich dir verbieten können zu heiraten, aber die Kirche ist damit nicht einverstanden. Aber immerhin ist es mein Recht, die Höhe des Betrags festzusetzen."

Es kam noch mehr Unruhe in die Menge. Die gemurmelten Kommentare wurden immer lauter. Sie erhob sich gedemütigt und verzweifelt und wandte sich den Geschworenen zu. "Ich bitte um ein Urteil. Meine Mutter und ich wurden beim Tod des letzten Herrn freigelassen. Ihr alle wisst das."

Die zwölf Männer wanden sich unschlüssig. Addis erhob sich. "Diese Frau behauptet das, aber selbst wenn es so wäre, hat es keine Gültigkeit. Ihre Mutter war Leibeigene von Darwendon, und obwohl Edith nach Hawkesford ging, als sie den Falkner heiratete, blieb sie doch an dieses Land gebunden. Und dieses Land ging an mich über, bevor Sir Bernard starb. Also ist dieser Anspruch auf Freiheit ungültig, auch wenn die Frau die Wahrheit spricht."

Sie biss die Zähne zusammen und sah Addis direkt in die Augen. "Meine Mutter wurde hier geboren, aber ich nicht. Dass Bernard ihr die Freiheit gab, mag für sie ungültig sein, nicht aber für mich."

"Deine Situation ist bestenfalls zwiespältig, und du bist sowohl Hawkesford als auch Darwendon verpflichtet. Und was deine angebliche Befreiung angeht – gibt es irgendjemanden hier, der deine Behauptungen bestätigt, Moira? Jemanden, der schwört, dass du die Wahrheit sagst?"

Selbst wenn jemand anwesend gewesen wäre, der es hätte beschwören können, hätte er es wohl kaum gewagt, sich zu melden. "Ich werde einen Zeugen finden", antwortete sie. "Ich erbitte mir eine Frist bis zum nächsten Gerichtstag."

Die Geschworenen stimmten erleichtert zu – froh, dass das Problem aufgeschoben wurde. Sie wartete angespannt, und Addis nickte schließlich. "So sei es, aber bis dahin wirst du mir dienen, wie ich es von dir verlange." Einige der anwesenden Frauen bedachten seine Worte mit einem anzüglichen Kichern. Addis trat näher zu ihr und sprach so leise, dass niemand sonst es hören konnte. "Bis du den Beweis oder einen Zeugen gefunden hast, würde ich dir raten, dass du dich mir nicht mehr widersetzt."

Sie antwortete ebenfalls mit leiser Stimme: "Ich werde das nicht hinnehmen und alles tun, um die Fesseln abzustreifen, die du mir ungerechterweise angelegt hast."

"Ich bin im Recht, das weißt du genau", erwiderte er in scharfem Ton. "Du solltest froh sein über meinen Schutz. Die Freiheit hat ihre Gefahren für eine Frau, die ganz allein ist."

"Ich bin bisher recht gut zurechtgekommen und brauche deinen Schutz nicht – worin er auch bestehen mag. Ich werde dir die üblichen Dienste leisten, bis diese Ungerechtigkeit beseitigt ist, aber das bedeutet nicht, dass ich mich damit abfinde. Und wenn du findest, dass ich mich dir widersetze, dann kann ich dir auch nicht helfen!"

Sie stieß die Worte in einem erregten Flüsterton hervor, und als sie geendet hatte, blickte sie ihn wütend an. Er erwiderte ihren Blick so lange, dass ihre trotzige Haltung ein klein wenig lächerlich zu wirken begann. Dann senkten sich seine Augenlider und verdeckten einen Blick von überraschender Wärme. Er fand ihre Beharrlichkeit amüsant!

"Es freut mich, dass du bereit bist, nachzugeben. Du wirst dich weiterhin um den Jungen kümmern, und du wirst Leonard dabei helfen, die Frauen in meinem Haus zu beaufsichtigen."

Nachgeben! "Ich werde mich gern um Brian kümmern. Was das andere betrifft, das ist die Aufgabe deiner Lady."

"Ich habe keine Lady, also wirst du es übernehmen, und die Frauen werden dir gehorchen, weil ich es ihnen sage. Ich bin sicher, dass du weißt, was du zu tun hast. In deiner Zeit in Hawkesford als Claires Schatten solltest du alles Nötige gelernt haben."

Er machte sie zu einer Hausdienerin! Eine wirklich ungeheure Beleidigung. Sie drehte sich abrupt um, ohne darauf zu warten, dass er sie entließ.

Nach dem ersten Schritt hielt sie jedoch inne – erschrocken über die Stille und die faszinierte Aufmerksamkeit, mit der die Anwesenden die persönliche Auseinandersetzung verfolgt hatten.

Er hatte zu ihr gesagt, dass er von ihr wolle, dass sie sich um Brian kümmerte – doch drei Tage später wurde das hinfällig, als er sie anwies, die Sachen des Jungen zu packen. Als sie seinen plötzlichen Befehl vernahm, brach es ihr das Herz.

"Du bringst ihn weg?"

"Er ist hier nicht sicher."

"Wohin bringst du ihn?"

"Nur ich allein kenne den Ort."

"Wann brecht ihr auf?"

"Sofort."

Er stand auf der Schwelle des Hauses und blickte auf den Hof hinaus. Er hatte ihr sein Profil zugewandt – und zwar jene Seite, die ohne Narbe war. Ein bedrückendes Vorgefühl des Verlusts machte sich in ihrem Inneren breit. Es ärgerte sie, dass dieser Mann nicht das Gleiche empfand wie sie. Ihm fiel es offensichtlich nicht schwer, Brian wegzubringen. Er hatte dem Jungen kaum Aufmerksamkeit geschenkt, seit er ihn zu sich geholt hatte. Sie beobachtete ihn, wie er nachdenklich vor sich hin blickte; offensichtlich beschäftigte ihn so manches, aber sicher nicht die Frage, wie es seinem Sohn ging oder wie groß ihr Kummer war.

Er hatte sich unglaublich verändert. Der fröhliche, immer lächelnde Junge von einst war unter undurchdringlichen Schichten verborgen – so wie die Insekten in einigen der Bernsteine, die seinen schlichten Rock zierten.

Und dennoch sah sie noch den Jungen in ihm. Sie wusste noch, wie sein hübsches Gesicht mit dem lächelnden Mund ausgesehen hatte, bevor sich die Lippen zu einem schmalen Strich zusammengepresst hatten – was noch mehr zu seinem finsteren Äußeren beitrug als die Narbe. Wie hatten diese goldenen Augen lebhaft gefunkelt, als er jung war! Nun funkelte in ihnen höchstens Misstrauen oder die Vorahnung einer Gefahr.

Sie hatten alle Angst vor ihm – die Dienstboten, die Bauern und sogar Raymond. Sein durchdringender Blick brachte sie dazu, augenblicklich zu gehorchen. Die strenge Miene duldete keinen Widerspruch. Seine kräftige Gestalt und die blasse Narbe, die von einem Schwerthieb stammte, sagte ihnen, dass er Schlimmes durchgemacht hatte und gestählt daraus hervorgegangen war. Er trug bisweilen immer noch die Wildlederkleider, aber auch wenn er die herkömmliche Kleidung aus Leinen und Wolle trug, war er von einer Aura des Geheimnisvollen und Fremden umgeben – so als wäre er während seiner Abwesenheit ein klein wenig zum Barbaren geworden.

Alle hatten sie Angst vor ihm – alle außer ihr. Zumindest hatte sie nicht die Art von Angst, wie die anderen sie hatten. Das war es vor allem, was ihr Autorität über die anderen Frauen verlieh – und nicht so sehr, dass er ihnen befohlen hatte, ihr zu gehorchen. Die anderen waren erstaunt über ihre Furchtlosigkeit. Manchmal, wenn er mit ihr sprach und sie nicht ängstlich zusammenzuckte, fragte sie sich, ob auch er erstaunt war. Doch sie hätte nie vor einem Mann Angst haben können, nachdem sie ihn einmal tröstend in den Armen gehalten hatte, auch wenn er sich nicht daran erinnern konnte.

Er wandte sich abrupt zu ihr um. "Du denkst wahrscheinlich, ich hätte es dir früher sagen sollen. Der Schmerz wäre nicht kleiner gewesen, wenn du es früher gewusst hättest."

Nein, kleiner nicht, aber mit Sicherheit länger. Vielleicht war es eine Gnade, dass er es ihr nicht früher gesagt hatte. So hatte sie wenigstens noch ein paar unbeschwerte Tage verbringen können.

"Wenn er fort ist, wird das Ganze wohl vorbei sein, nehme ich an?"

"Vorbei?"

"Meine Gefangenschaft und Versklavung."

Er blickte sie an, wie er es beim Gericht getan hatte – mit einer Mischung aus Zorn, Amüsiertheit und Neugier. Ihre Kehle fühlte sich trocken an. Nein, er machte ihr keine Angst so wie den anderen – aber er hatte eine Art, sie anzustarren, die sie einigermaßen verwirrte, was sie nur mit Mühe verbergen konnte. Er sah sie so eindringlich an, als wolle er etwas über sie herausfinden, was seine Augen nicht ganz erkennen konnten. Sie hasste es, wenn er sie so ansah, doch sie konnte sich andererseits nicht von ihm abwenden, um die seltsame Verbindung zu durchbrechen, die er mit seinem Blick herstellte.

"Du weißt anscheinend nicht, wovon du redest, Moira. Vielleicht sollte ich dir erzählen, was mit Frauen passiert, die wirklich gefangen und versklavt sind."

Er streckte die Hand aus und griff nach einer Haarsträhne, die sich aus ihrem Schleier gelöst hatte. "Sei froh, dass ich es dir nicht zeige."

Schweigend standen sie da, und seine Fingerspitzen strichen sanft über ihr Haar. Moira stockte der Atem. Dann trat er abrupt einen Schritt von ihr weg, sodass sie sein Gesicht kaum noch sehen konnte. Erst jetzt merkte sie, dass sie wie erstarrt war.

"Es ist vorüber, wenn ich es sage. Und jetzt bereite den Jungen vor. Es ist Zeit, dass er von hier wegkommt."

Es ist Zeit. Raymond hatte in ihrem Haus das Gleiche gesagt. Nun, jetzt war der Moment wirklich gekommen.

Sie packte Brians Sachen. Seine jungen Augen betrachteten sie feierlich, während er sie auf seine kindliche Art zu trösten versuchte. Er versicherte ihr tapfer, dass sein Vater ihm versprochen habe, dass sie sich wiedersehen würden.

Addis wartete schon mit zwei Pferden. Dass Brian allein auf einem Pferd reiten durfte, nahm ihm die Traurigkeit über den Abschied. Er ließ sich fröhlich von seinem Vater auf das Pferd heben und sah sich kaum nach ihr um, bis es Zeit zum Abschiedskuss war.

Mit gebrochenem Herzen sah sie den beiden nach, wie sie wegritten. Fast eine Stunde stand sie noch am Tor, bis Addis und Brian nur noch als winzige Punkte am südlichen Horizont zu erkennen waren.

Und dann war Brian fort, und mit ihm der einzige Inhalt ihres Lebens.

Sie blieb noch eine Weile dort stehen und bemühte sich, den Schmerz zu verdrängen, den dieser jähe Abschied ihr bereitete. Schließlich ging sie die Straße zum Dorf hinunter.

Zu beiden Seiten der Straße standen Häuser mit

etwas Land, das von einem Graben oder Zaun umgeben war und auf dem die Hühner nach Körnern pickten. Die Männer kehrten von der Arbeit auf den Feldern heim, um zu Mittag zu essen, und ihre Frauen kamen aus dem Haus, um sie zu begrüßen. Sie tat so, als bemerke sie nicht, wie aufmerksam man ihre Gegenwart registrierte.

Paul der Böttcher trat an ihre Seite, als sie am Haus der Bierbrauerin vorbeikam. Er war ein gut aussehender junger Mann, schlaksig und doch kräftig gebaut. Paul war es gewesen, der ihr einst den Namen ›die jungfräuliche Witwe‹ gegeben hatte. Eines Nachts hetzten ihn einige Männer auf, dass er den Aberglauben auf die Probe stellen sollte, an dem er selbst mit schuld war, und so war er im Vollrausch zu ihrem Haus gekommen, um seine Furchtlosigkeit zu beweisen. Sie hatte sich gezwungen gesehen, ihn mit einer eisernen Pfanne bewusstlos zu schlagen.

"Jetzt genießt du also die Gunst des Herrn, was?", sagte er.

"Red nicht so einen Unsinn, Paul."

"Zweihundert Pfund hat er als Preis für dich festgesetzt. Da fragt man sich doch, was eine Frau zu bieten hat, das ihm so viel wert ist. Kein Wunder, dass die beiden alten Ehemänner gestorben sind."

"Wir reden kaum ein Wort miteinander. Er hat überhaupt kein Interesse an mir, und ich nicht an ihm. Da ist überhaupt nichts zwischen uns."

Sie sprach mit mehr Überzeugung, als sie empfand. Dabei hatte Addis absolut nichts getan, worüber sie beunruhigt sein musste. Im Gegensatz zu Raymond zog er sie nicht mit den Augen aus, und er suchte auch nicht ständig irgendeinen Vorwand, um in ihrer Nähe zu sein. Und doch sah sie manchmal, wenn sie sich umdrehte, wie er sie auf ganz seltsame und eindringliche

Weise ansah – so als trage er irgendeinen inneren Konflikt in sich aus. Da war eine eigenartige Anziehung zwischen ihnen, die sie mehr beunruhigte, als Raymonds lüsternes Grinsen es je vermocht hätte.

Ihr weiblicher Instinkt warnte sie bereits, während ihr Verstand die Möglichkeit noch als unsinnig verwarf. Schließlich war er Addis de Valence, und sie war nur Claires Schatten. Doch sie spürte genau, wie er sie ansah, und sie fühlte sich in seiner Gegenwart ganz und gar nicht so furchtlos, wie sie vorgab – auch wenn ihre Angst vor ihm nicht daher kam, dass er der Herr war und alle Macht in seinen Händen hielt; nein, sie fürchtete ihn, weil uralte Gefühle tief in ihrem Inneren verborgen waren, die nach oben drängten.

"Wir haben doch alle gehört, was er unter der Eiche zu dir gesagt hat. Alle haben gesehen, wie vertraulich ihr miteinander geredet habt", sagte Paul mit einem anzüglichen Grinsen.

"Du bist schon wieder betrunken."

"Es heißt, dass du bei ihm am Tisch sitzt und den Haushalt für ihn führst. So wie es die Herrin des Hauses machen würde."

"Ich kümmere mich um Brian. Ich ..."

"Wir Männer aus dem Dorf sind wohl nicht gut genug für eine feine Lady wie dich, was? Zuerst ein Ritter, dann ein Städter, dann vier Jahre als tugendhafte Witwe, und wenn sich's ergibt, wirst du im Handumdrehen zur Hure."

Das war der Stein des Anstoßes, der Grund, warum sie alle Blicke auf sich zog, wenn sie durch das Dorf spazierte. Die Dorfbewohner nahmen heimliche Abenteuer in Kauf, wenn sie unter ihresgleichen passierten. Eine Frau, die mit einem anderen Mann als dem ihren schlief, tat das aus Liebe oder Vergnügen – aber wenn sie sich mit einem Herrn oder Ritter einließ, so tat sie es höchstwahrscheinlich für Geld, also war sie eine Hure.

Dieses Urteil hatte man über Edith gefällt – trotz der Zuneigung zwischen ihr und Bernard, und offensichtlich dachten die Leute das Gleiche über sie. Wenn sie jemals in ihr Häuschen zurückkehrte, würden die Männer sich wahrscheinlich in ihrem Garten anstellen und mit den Geldbeuteln klimpern.

Nun, sie hatte ohnehin beschlossen, dass sie nicht zurückkehren würde. Genauso wenig würde sie im Herrenhaus bleiben. Der Grund, warum sie noch hier war, war soeben fortgeritten. Es war endlich Zeit, sich wieder um ihr eigenes Leben zu kümmern, anstatt das Leben weiterzuführen, das Addis de Valence für sie bestimmte.

Sie würde einfach verschwinden. Das hatten auch andere so gemacht. Ihr Vater zum Beispiel, und Claires Dienstmagd Alice. Nur selten kam es vor, dass ein Herr den Ausreißer verfolgte.

Sie ließ Paul stehen und verließ das Dorf in Richtung des Häuschens, das sie von ihrer Mutter geerbt hatte. Es war ebenfalls eines von Bernards Geschenken. Sie hatte im Moment nicht genug Zeit, um das Haus oder das Feld zu verkaufen – doch Land war andererseits eine ebenso gute Mitgift wie Geld.

Ja, sie würde von hier weggehen, und zwar sehr weit. Weit weg von den dummen Gerüchten über den Tod ihrer früheren Ehemänner, weit weg von den Erinnerungen an Brian, die ihr so zu schaffen machten, und weit weg auch von Addis de Valence, der sie offensichtlich besitzen wollte, auch wenn sie sich nicht vorstellen konnte, warum.

Vor einigen Jahren noch hätte ich nichts dagegen gehabt, wenn du mich mit eisernen Ketten hier festgebunden hättest, Addis. Aber ich bin nicht mehr das kleine Mädchen, das so leicht zu beeindrucken ist, und du bist nicht mehr der Junge, den ich bewundert habe.

Sie würde heute Abend mit Tom Reeve sprechen und ihm die Bewirtschaftung ihrer Felder und das Haus überlassen, wenn er ihr dafür seinen zweiten Esel und einen Wagen gab. Und morgen würde sie dann aufbrechen. Addis würde ungefähr eine Woche fort sein, und sie würde alles daransetzen, dass sie bei seiner Rückkehr möglichst weit weg von hier war.

Sie beugte sich zur Feuerstelle hinunter und drückte gegen einige der Steine ganz unten. Einer der Steine lockerte sich, und sie zog ihn heraus. Sie griff in den Hohlraum, und ihre Hand schloss sich um einen kleinen Beutel aus Leder. Sie zog ihn hervor und setzte sich aufs Bett, um den Sack auszuleeren.

Eine Hand voll Münzen fiel auf das Laken zwischen ihren Beinen. Sie brauchte sie nicht zu zählen, um zu wissen, dass es genau acht Pfund, fünf Shilling und zehn Pence waren – der Erlös aus dem Anbau ihrer Felder und aus dem Verkauf ihrer Körbe, der Lohn des genügsamen Lebens, das sie in den vergangenen vier Jahren geführt hatte.

Sie schob die Münzen beiseite, auf der Suche nach etwas, das darunter lag. Sie hob das kleine Ding hoch, und ein Lichtstrahl, der durchs Fenster hereindrang, brachte seine roten Flächen zum Leuchten.

Ein Rubin. Bernards drittes Geschenk, das mindestens zweihundert Pfund wert war. Die Versuchung, nach dem Gericht in ihre Hütte zu gehen, den Edelstein zu holen und ihn Addis de Valence vor die Füße zu werfen, war enorm gewesen. Doch zweihundert Pfund war ein zu hoher Preis für ein wenig Genugtuung – vor allem, da sie doch verschwinden konnte, ohne einen Penny zu bezahlen. Sie hatte diesen Edelstein für einen ganz bestimmten Zweck aufbewahrt – doch diesen

Zweck hatte man ihr soeben geraubt, und so würde sie sich einen neuen suchen müssen.

Sie füllte die Münzen zurück in den Beutel, behielt jedoch den Rubin in der Hand, während sie ihren Nähkorb zu sich zog. Der Edelstein verströmte ein warmes Funkeln in ihrer Hand. Sie lächelte. Wenn Edith schon Bernards Hure gewesen sein sollte, so war sie bestimmt die teuerste Hure in der christlichen Welt.

3. Kapitel

Sie schlich sich zum Bach hinunter und erfreute sich am Zirpen der Grillen und dem Rauschen der Zweige. Es war ein wundervoller Abend, kühl und luftig nach einem heißen Tag, und so klar, dass der Himmel voller Sterne war. Sie folgte dem Plätschern des Bachs, um zu ihrem Lieblingsplatz zu gelangen, dem großen flachen Felsen, wo sie in der Einsamkeit daliegen und träumen konnte. An einem Abend wie diesem konnte man sich verwandeln, in wen man wollte, und sich an jeden Ort der Welt versetzen.

Sie näherte sich der kleinen Lichtung, wo der Bach etwas breiter war und der Fels einen Vorsprung bildete. Da bewegte sich etwas, und sie blieb abrupt stehen. Im nächsten Augenblick sah sie die dunkle Gestalt auf ihrem Felsen. Neugierig trat sie einen Schritt vor.

"Wer geht da?", fragte eine Stimme.

Sie erkannte die Stimme und brauchte einige Sekunden, bis sie antworten konnte. Am besten wäre es wohl gewesen, wegzulaufen, dachte sie – doch andererseits war es ihr Felsen. "Nur ein Mädchen aus dem Dorf."

"Dein Vater wird dich verprügeln, wenn er erfährt, dass du

dich so spät noch hier draußen herumtreibst." Die Stimme, die normalerweise tief und melodisch klang, hörte sich irgendwie angespannt und fast erstickt an.

Ihr Vater würde nichts dergleichen tun, weil er seit drei Tagen fort war. Es war ihr schließlich in den Sinn gekommen, dass er möglicherweise nicht mehr zurückkehren würde – doch das sagte sie niemandem, nicht einmal ihrer Mutter, die diesmal über eine Woche lang auf der Burg geblieben war. Sie trat noch etwas näher an ihren Felsen heran. Er saß mit angezogenen Beinen da; seine Arme ruhten auf den Knien.

"Du solltest auch nicht so spät hier draußen sein", sagte sie, denn sie kannte einige der Regeln, die für die Knappen galten.

"Es fällt bestimmt niemandem auf, dass ich weg bin. Sie feiern immer noch Claires Geburtstag."

Wie seltsam, dass er so etwas sagte. Zumindest Claire sollte ihn doch vermissen. Moira war selbst beim Festmahl zu Mittag dabei gewesen, doch zum Abendessen hatte man sie nicht eingeladen.

Sie erinnerte sich daran, was für ein Gesicht er zuvor beim Fest gemacht hatte und wie er sich schließlich von der ausgelassenen Feier zurückgezogen hatte. Claire hatte sich über ihn geärgert, weil er nicht so lustig wie sonst war. Claire konnte manchmal ziemlich rücksichtslos sein.

"Tut mir Leid wegen deiner Mutter", flüsterte sie. Sie wollte ihm zu verstehen geben, dass sie wusste, warum er hier war. Im Grunde war sie selbst aus einem ähnlichen Kummer hierher gekommen. Ihr Herz war schwer, weil sie wusste, dass ihr Vater für immer fort war – so als wäre er gestorben.

Er wandte sich ihr zu. Sie konnte sein Gesicht in der Dunkelheit kaum erkennen – nur seine Augen glühten wie die eines Tieres in der Nacht. Sein stiller Blick ruhte eine ganze Weile auf ihr, und sie fragte sich, ob sie ihn verärgert hatte. "Wirst du nach Hause reiten?", fragte sie.

"Nein. Sie wäre begraben, bevor ich ankommen würde." Er wandte sich ab und fuhr in bitterem Ton fort: "Die Leute hier berührt das kaum. Sie haben sie kaum gekannt, außer Bernard, aber auch er ... ein Mensch stirbt, und das Leben geht weiter. Der Tag war so verdammt normal ..."

"Ja, erstaunlich, nicht wahr? Ich erinnere mich daran, als mein kleiner Bruder starb. Ich spürte, dass sich alles verändert hatte – die Erde, die Luft, jede einzelne Pflanze. Nachdem wir ihn begraben hatten, ging meine Mutter ins Haus und kochte und putzte so wie jeden Tag. Ich war sehr wütend auf sie. Dabei war etwas passiert, das alles für uns veränderte. Aber die anderen begannen sofort damit, die Lücke, die er hinterlassen hatte, zu schließen."

"Du warst wenigstens unter Menschen, denen dein Bruder etwas bedeutet hat und die wenigstens kurz um ihn getrauert haben ... Bernard hat gemeint, die Messe morgen wird für sie sein, aber ich weiß nicht, ob ich hingehen kann. Die Leute werden tratschen wie bei jeder anderen Messe, und ich werde das Gefühl haben, dass ich sie umbringen könnte."

Sie sprang auf den Felsen neben ihm. Seine Worte kamen seltsam abgehackt, so als eilten seine Gedanken seiner Zunge voraus. Seine Traurigkeit berührte sie in ihrem Innersten. Er war hierher gekommen, um allein zu sein, doch er forderte sie nicht auf, zu gehen. "Wie war sie denn?", fragte sie.

Zuerst dachte sie, er würde nicht antworten oder sie zornig auffordern, dass sie gehen solle. Stattdessen streckte er ein Bein aus, ließ das Kinn auf dem Knie des anderen Beins ruhen und erzählte von seiner Mutter. Er sprach von der Geborgenheit, die er bei ihr erfahren hatte. Er erzählte sehr lange – zuerst stockend, dann immer flüssiger und schließlich mit rauer, heiserer Stimme, und sie erkannte, dass er dabei war, seine Fassung zu verlieren. Ohne zu überlegen, legte sie eine Hand auf seine Schulter.

Sie konnte sich nicht mehr erinnern, wie es kam, dass sie schließlich auf dem Felsen lag und ihn in ihren Armen hielt, so wie ihre Mutter sie einst getröstet hatte, als ihr Bruder gestorben war. Sein Gesicht hatte er an ihrer Brust geborgen. Es kam *ihr so vor, als hätte er lautlos und still geweint. Ihre eigene Traurigkeit über ihren Vater wurde gemildert durch seinen noch größeren Kummer.*

Sie lagen eine ganze Weile so da, verbunden durch die Gefühle, die sie miteinander geteilt hatten. Sie blickte zu dem sternenklaren Himmel auf und genoss das Plätschern des Wassers. Wie schön es war, jemandem so nahe zu sein, dachte sie, auch wenn er nahezu ein Fremder für sie war und er in der Dunkelheit gar nicht erkennen konnte, wer sie war.

Die Stimmung zwischen ihnen veränderte sich allmählich auf ganz seltsame Weise. Da war mit einem Mal eine Spannung zwischen ihnen, die sie nicht verstand. Er stützte sich auf einen Arm und blickte auf sie hinunter. "Wie alt bist du, Mädchen?"

"Dreizehn."

Er blickte in die Nacht hinaus. "Zu jung."

"Zu jung wofür?"

Er lachte, und ihr Herz machte einen Sprung vor Freude darüber, dass er nicht mehr so traurig klang. "Eindeutig zu jung." Er rollte sich zur Seite und sprang von dem Felsen hinunter. "Lauf jetzt nach Hause. Wenn deine Eltern merken, dass du fort bist, werden sie dir ordentlich die Leviten lesen."

Sie schob ihre Tagträume beiseite und sah wieder den Esel vor sich, der sich im immer gleichen Rhythmus bewegte, während er den Wagen die Straße entlang zog. Sie blickte zurück, um zu sehen, wie weit sie gekommen war, während sie ihre Gedanken hatte schweifen lassen. Sie musste etwas langsamer geworden sein, denn der Wagen des Weinhändlers, dem sie den Großteil des Vormittags gefolgt war, war nicht mehr in Sicht.

Immer wieder kamen die Erinnerungen aus ihrer Kindheit in ihr hoch, die in den Tiefen der Zeit verschüttet waren. Menschen starben, und das Leben ging weiter – und man beschäftigte sich am besten nicht allzu lange mit den Erinnerungen an sie, weil der Kummer sonst nie wirklich nachließ. Doch auch wenn man sie ignorierte – vergessen waren all die Ereignisse trotzdem nicht. Wenn sie an Claire oder Edith dachte, spürte sie immer noch den Schmerz über den bitteren Verlust, so als wäre es erst gestern geschehen.

Und so war es auch mit Addis gewesen – nur dass er jetzt von den Toten zurückgekehrt war. Die Erinnerungen drängten sich immer wieder in ihr Bewusstsein und ließen die alten Gefühle erneut aufleben, auch wenn er längst nicht mehr der Jüngling war, dem ihre Gefühle einst gegolten hatten.

Sie drehte sich um und betrachtete den Wagen, der voll war mit Truhen, Körben und Schemeln. Die Münzen waren sicher darunter verstaut. Den Rubin hatte sie in das Futter ihres Nähkorbs eingenäht. Die schmerzlichen Erinnerungen lasteten immer noch schwer auf ihr.

Sie war froh, dass sie weggegangen war. Wenn sie geblieben wäre, hätte sie ihm möglicherweise nichts abschlagen können, obwohl sie jetzt erkannte, was Claire ihm angetan hatte und wie er sich dafür gerächt hatte.

Ihr kam in den Sinn, dass sie an der Straße in Richtung Süden nach Salisbury vorbeigekommen war, während sie sich ihren Tagträumen hingegeben hatte. Ursprünglich hatte sie diese Stadt zum Ziel gehabt – doch nun erschien sie ihr zu nahe und zu klein. Sie musste weiter weg.

Die Straße war den ganzen Vormittag über von Reisenden bevölkert gewesen, doch nun war weit und breit niemand zu sehen. Sie trieb den Esel mit der Weidenrute zur Eile an, weil sie dachte, dass es klug wäre, den Weinhändler wieder einzuholen.

Sie folgte einer Biegung, hinter der plötzlich, wie von ihren bösen Vorahnungen gerufen, drei Männer vor ihr auftauchten. An ihren blinkenden Sporen und ihrer arroganten Haltung war unschwer zu erkennen, dass es sich um Ritter handelte. Einer von ihnen überquerte die Straße, und so warteten sie, bis sie zu ihnen kam. Sie trieb den Esel zu größerer Eile an und blickte geradeaus, in der Hoffnung, dass die Männer sie passieren ließen.

Die beiden Männer am linken Straßenrand schienen durchaus bereit zu sein, sie vorbeizulassen, doch derjenige auf der rechten Seite trat auf die Straße und griff nach dem Zaumzeug des Esels. Ihr Instinkt sagte ihr sogleich, dass nun höchste Wachsamkeit geboten war.

"Woher kommst du, Frau?", fragte er. Dichte Bartstoppeln verdunkelten sein Gesicht, und sein Rock war von Schmutz und Essensresten befleckt.

"Mein Zuhause ist weit weg von hier. Ich war in einigen Städten auf dem Markt."

"Warst du auch in Darwendon?", fragte ein anderer, während er einen ihrer Körbe auf dem Wagen hochhob. Sie fragte sich, ob er den Wert des Korbes einschätzen konnte. Ein Korb wie dieser mit seinen verschiedenen Farben und der kunstvollen Verarbeitung wurde nicht auf dem Markt in der Stadt angeboten, sondern eher direkt an eine hohe Dame verkauft.

"Nein. Wenn Ihr den Korb für Eure Dame wollt, könnt Ihr ihn gern behalten", bot sie an, in der Hoffnung, die Männer damit loszuwerden.

"Aber du musst doch auch in den Städten gehört haben, was man sich über Darwendon erzählt."

"Ja, ein paar Bemerkungen habe ich wohl gehört, aber ich habe nicht allzu sehr darauf geachtet."

"Was denn für Bemerkungen?"

"Ach, dies und jenes. Wie die Ernte ist, wie viele junge Schafe es gibt ..."

"Sonst nichts? Ich meine, über den Herrn vielleicht?"

Ein unangenehmes Gefühl machte sich in ihr breit. Diese Ritter trugen keine Wappenröcke, an denen man hätte erkennen können, zu welchem Herrn sie gehörten. Entweder hatten sie keinen Lehnsherrn und waren möglicherweise Räuber, die davon lebten, dass sie Reisende überfielen, oder sie wollten ihre Identität verbergen. In jedem Fall schienen sie gefährlich zu sein. "Über den Herrn? Oh, Ihr meint den, der erst kürzlich heimgekehrt ist. Ja, die Leute haben wohl über ihn gesprochen. Er soll ein recht harter Mann sein, heißt es."

"Ist er jetzt dort? In Darwendon?", fragte der Ritter, der den Esel festhielt. Seine Augen erinnerten sie an einen Fuchs.

Was sollte sie nur sagen? Wenn sie erfuhren, dass er fort war, würden sie ihm möglicherweise auflauern. "Ja, er ist dort."

Der Fuchs ließ die Zügel los und lächelte sie verschlagen an, was ihr zu erkennen gab, dass sie das Falsche gesagt hatte. Die Hände in die Hüften gestemmt, trat er mit einer Arroganz, die ihr Übelkeit verursachte, auf die andere Seite des Wagens und begann ihr Reisegepäck zu untersuchen. "Andere, die hier vorbeigekommen sind, sagen, dass er gestern fortgeritten ist. Du lügst also. Ich frage mich, warum."

"Ich lüge nicht. Wie ich schon sagte, ich habe nicht auf das Gerede geachtet. Was geht es mich an, was in Darwendon passiert?"

Er kehrte zu ihr zurück und musterte sie mit einem Blick, der ihr sagte, dass es ihn wenig interessierte, ob sie nun gelogen hatte oder nicht, und dass seine Gedanken längst eine andere Richtung einschlugen. Seine Fuchsaugen funkelten und betrachteten sie von oben bis unten. "Nimmt eine Korbflechterin immer ihre Truhen und Schemel mit, wenn sie auf den Markt fährt?

Vielleicht kommst du ja aus Darwendon. Vielleicht willst du dem harten Herrn entwischen, so lange er fort ist."

"Vielleicht ist es so, vielleicht komme ich auch von einem der anderen Lehnsgüter oder aus einer Stadt in der Gegend. Was spielt das schon für eine Rolle?"

Er grinste seinen Freunden zu. "Gar keine."

Sie gab dem Esel mit der Gerte das Signal zum Loslaufen, und das Tier setzte sich in Bewegung. "Dann wünsche ich Euch noch einen guten Tag."

Mit ihrem geringschätzigen Ton gelang es ihr normalerweise immer, sich zudringlicher Männer zu entledigen. Bei Raymond klappte es jedenfalls immer – aber Raymond war ja auch im Grunde seines Herzens ein ehrenwerter Ritter. Diese drei waren es nicht. Eine Hand schnellte hervor und packte die Zügel erneut. Sie sah, wie sich die Finger um das Leder schlossen, und wusste augenblicklich, dass ihr große Gefahr drohte. Die nackte Angst fuhr ihr in die Glieder.

"Wo ist dein Mann?", fragte der Fuchs und blickte die Straße auf und ab. Er spielte offensichtlich mit ihr, indem er darauf hinwies, dass weit und breit niemand zu sehen war.

Sie kämpfte gegen die Panik an, die in ihr aufstieg. "Ein Rad hat sich an seinem Wagen gelöst. Er muss jeden Augenblick nachkommen."

Er lächelte – amüsiert, dass sie sich mit einer List zu retten versuchte. "Es ist sehr ruhig auf der Straße geworden", sagte er zu den beiden anderen. "Es muss wohl Essenszeit sein."

Sie lachten und starrten sie an wie Wölfe, die ein Huhn in die Enge getrieben hatten. Sie spürte nichts als nackte Verzweiflung. Im nächsten Augenblick schwang sie ihre Gerte und schlug auf die Gesichter der Männer ein, ehe sie den Esel zum Loslaufen antrieb.

Das Tier setzte sich mit einem Ruck in Bewegung und galoppierte etwas mühsam los – doch ein Esel, der einen Wagen zog, konnte den Männern wohl kaum davonlaufen. Dennoch schlug sie mit der Gerte verzweifelt auf das Tier ein und betete, dass die Kerle sie laufen lassen würden. Doch da hörte sie schon das Trampeln der Stiefel, und im nächsten Augenblick hatten sie den Wagen erreicht. Der Fuchs sprang neben ihr hoch und schnappte sich mit einer Hand die Zügel, während er mit der anderen ihren Schleier und ihr Haar packte.

"Verdammtes Miststück!", brummte er und wischte sich mit dem Ärmel den dünnen Blutstreifen vom Gesicht. Er stieß sie vom Wagen hinunter – direkt in die ausgestreckten Arme, die sie auffingen.

Sie kämpfte wie eine Löwin; Angst und Wut verliehen ihr zusätzliche Kräfte. Wie eine Furie biss, schlug und trat sie um sich. Eine Hand schlug sie hart ins Gesicht, doch sie gab nicht auf. Eine Faust wurde in ihren Magen gerammt, dass der Schmerz ihren ganzen Körper erschütterte.

Resignation machte sich in ihr breit, doch als die Männer sie zu den Bäumen trugen, kehrte die grässliche Angst zurück, und sie schlug verzweifelt die Fingernägel in das Gesicht des Mannes, der ihre Schultern festhielt. Ihr Widerstand erschwerte es den Männern, sie zu bändigen, und so brauchten sie eine ganze Weile, um sie auf eine Lichtung zwischen den Bäumen zu schleppen.

Sie zerrten sie zu einem umgestürzten Baumstamm und warfen sie mit dem Gesicht nach unten darauf. Der harte Stamm drückte sich in ihren immer noch schmerzenden Bauch.

"Halt sie fest. Verdammt, sie ist eine richtige Wildkatze."

"Ja, umso besser."
"Halt sie fest, verdammt noch mal!"
Einer der Männer stieg über den Baumstamm hinweg und kniete sich vor sie, um ihre Schultern mit beiden Händen niederzudrücken. Andere Hände schoben ihren Rock hoch. Besinnungslos vor Angst hob sie den Kopf und biss mit aller Kraft in den Arm über ihr, und der Griff löste sich.
"Verdammtes Miststück!"
Sie stemmte sich hoch und trat verzweifelt nach hinten. Sie traf den Mann hinter ihr zwischen den Beinen, worauf dieser einen lauten Schrei ausstieß.
"Du wirst wohl als Letzter drankommen", sagte der Fuchs lachend. Die groben Hände drückten sie wieder auf den Baumstamm hinunter, und der Mann beugte sich über sie und presste sie mit dem ganzen Gewicht seines Oberkörpers nach unten.
"Zieh ihren Rock hoch. Ich werd ihr eine kleine Lektion erteilen, damit sie nicht mehr so widerspenstig ist", sagte der Fuchs.
Sie konnte sich nicht mehr bewegen. Ihr Kopf war unter dem Bauch des Mannes eingeklemmt, der sie festhielt, sodass sie kaum noch atmen konnte. Wenn sie hin und wieder ein klein wenig Luft bekam, atmete sie den Gestank des Mannes ein. Er riss ihren Rock hoch und entblößte ihren Hintern. Sie versuchte immer noch, sich zu wehren, doch es war vergeblich.
Der Mann, den sie getreten hatte, lachte. "Gott, was für ein Anblick. Gib's ihr ordentlich, damit sie es sich merkt."
Mit einem höllischen Brennen ging ein Riemen auf ihr Gesäß nieder. Wütend biss sie die Zähne zusammen. Sie versuchte sich noch einmal gegen die Brust des Mannes zu stemmen, der ihren Rücken niederdrückte. Die drei Männer lachten. Der Riemen kitzelte

ihre Haut, um wenige Augenblicke später erneut mit aller Wucht niederzugehen.

"Verdammt, ich bin schon scharf vom Zusehen", stöhnte der Mann, der sie festhielt. "Mach weiter."

Sie biss die Zähne zusammen. Sie würde sie alle töten – und wenn es ein Leben lang dauern würde, bis sie sie erwischte.

Plötzlich stöhnte der Mann über ihr erneut – doch diesmal war es mehr ein erstickter Schrei, und er ließ sich auf ihren Rücken sinken. Im nächsten Augenblick hörte sie Schreie und Zurufe, und ringsum entstand ein wildes Getümmel. Sie versuchte den Mann über sich hochzustemmen, was ihr jedoch nicht gelang, und so drehte sie sich, bis er von ihr herunterglitt.

Rund um sie herrschte ein einziges Durcheinander. Schwerter blitzten auf und klirrten gegeneinander, und Schmerzensschreie erfüllten die Luft. Zuerst kam es ihr vor, als würden zehn Männer gegeneinander kämpfen, doch nach und nach erkannte sie in ihrer Benommenheit, dass es nur drei Männer waren, und wenig später nur noch zwei. Sie blickte auf den Kopf herunter, der auf dem Baumstamm lag. Blut tropfte vom Hals herab und bildete eine Pfütze.

Plötzlich trat eine schreckliche Stille ein. Fassungslos starrte sie auf die Überreste des Gemetzels, das sich soeben vor ihren Augen ereignet hatte. Überall war Blut, so als würde die Natur selbst aus zahllosen Wunden bluten. Nachdem die Gefahr vorüber war, fuhr ihr der Schreck erst so richtig in die Glieder, und sie begann am ganzen Leib zu zittern.

Kräftige Arme hoben sie hoch und drückten ihr Gesicht gegen eine breite Brust, während die Bäume an ihr vorüberzogen. Dann fand sie sich auf feste Schenkel gebettet, in menschliche Wärme eingehüllt und von wärmendem Sonnenlicht bestrahlt, das die Kälte vertrieb, die sich in ihr ausgebreitet hatte, sodass sich ihre zitternden Glieder einigermaßen beruhigten.

Ihre Sinne schärften sich allmählich wieder, und sie sah vor sich einen Bernstein, in den ein kleines Insekt eingeschlossen war. Sie hob den Kopf und sah ein steinernes Profil mit einer blassen Narbe von der Stirn bis zum Mund. "Wo warst du so lange?", murmelte sie.

Er drehte den Kopf und sah sie an. Sie zitterte immer noch, doch ihr Blick schien schon wieder klarer zu werden. Da waren Blutflecken auf ihrem Kleid, und er fragte sich, ob das Blut wohl von ihr war. Ihr Schleier hing schlaff hinter einem Ohr herab, und ihr Haar war halb geöffnet. "Ich beschloss zu warten, bis die Kerle dich verprügelt hatten, damit ich es nachher nicht mehr zu machen brauchte."

Sie schürzte die Lippen. Er hatte auf eine etwas temperamentvollere Erwiderung gehofft, dass die Kerle wahrscheinlich nichts anderes getan hatten, als sie auszupeitschen.

"Wie hast du ...?"

"Ich sah den Wagen auf der Straße stehen und wurde neugierig."

"Aber die Straße nach Osten war verlassen."

"Ich kam von Westen."

Sie runzelte die Augenbrauen. "Du bist nicht nach Darwendon geritten, sondern in die andere Richtung?"

Er sah deutlich, dass ihr der Schrecken immer noch in den Gliedern saß. Er legte eine Hand auf ihre Wange. Immer noch zu kühl, dachte er, doch die Wärme strömte allmählich wieder in ihren Körper zurück. Sie schien seine Berührung gar nicht zu bemerken, und so ließ er seine Hand ein wenig länger als notwendig auf ihrer Wange ruhen. "Ich muss noch woanders hin, bevor ich nach Darwendon zurückkehre."

Als er zuvor zu dem Wagen gekommen war, wäre er beinahe vorbeigeritten, bis ihm die Truhen und Schemel ins Auge stachen. Und dann die Körbe, die, wie ihm Raymond schon gesagt hatte, wirklich außergewöhnlich schön gearbeitet waren. Er hatte eigentlich nicht gedacht, dass sie so dumm oder so kühn sein könnte, wegzulaufen, sobald er ihr den Rücken zukehrte, und so war er erst einmal den Geräuschen gefolgt, die zwischen den Bäumen hervordrangen.

Er hatte sofort gewusst, dass sie es war, obwohl er nur die weißen Hinterbacken und die nackten Beine sah. Er wusste es und war außer sich vor Wut. Er ließ den Kerl noch einmal mit dem Riemen zuschlagen, während er sich in eine günstigere Position schlich, um zuerst den Mann zu töten, der sie festhielt. An das, was danach geschah, konnte er sich kaum noch erinnern. Er kochte innerlich immer noch vor Wut. In Wahrheit hatte er sich in einem nicht viel besseren Zustand befunden als sie, als er sie von der Lichtung weggetragen hatte.

Plötzlich wurde ihr bewusst, dass sie in seinen Armen saß, und sie schob sich ein Stück zur Seite, um sich auf den Boden zu setzen. Sie verzog das Gesicht, als sie mit dem Hintern unsanft am Boden aufprallte, und beugte sich vor, die Hand an den Bauch gedrückt.

"Sie haben nach dir gefragt", murmelte sie. "Vielleicht haben sie auf dich gewartet." Sie berichtete ihm von den Fragen, die die Männer ihr gestellt hatten.

"Warte hier. Nicht bewegen. Ich bin gleich wieder zurück." Er warf ihr noch einen besorgten Blick zu, bevor er zurück auf die Lichtung ging.

Er konnte sich nicht erinnern, das Gemetzel verursacht zu haben, dessen Folgen er hier vor sich sah. Es sah ihm gar nicht ähnlich, dermaßen die Beherrschung zu verlieren, doch nachdem er es mit drei Gegnern zu tun hatte, war es wahrscheinlich ganz gut gewesen, dass er so gewütet hatte. Er ging zu dem Mann hinüber, der es gewagt hatte, sie mit dem Riemen zu schlagen. Er kannte ihn. Damals war er noch ein Jüngling gewesen, der sich vor allem durch anzügliche Bemerkungen hervortat, als er Simon auf Barrowburgh besuchte.

Er bezweifelte, dass die drei ihm auflauern wollten. Vermutlich wollten sie nur Informationen sammeln. Doch wenn er nichtsahnend auf sie zugeritten wäre, so hätten sie zweifellos die Gelegenheit ergriffen, noch höher in Simons Gunst zu steigen. Sie hätten ihn bestimmt eher erkannt als er sie. Die Narbe war wie ein Banner, an dem alle Welt ihn erkennen konnte.

Er kehrte zu Moira zurück. Sie kniete vornüber gebeugt am Boden und übergab sich unter einem Busch. Wahrscheinlich verdankte er sein Leben der Tatsache, dass die Kerle sie in ihre Gewalt bekommen hatten. Wie lange war sie ihnen wohl ausgeliefert gewesen? An ihrem Verhalten konnte er es nicht erkennen. Er hatte schon genug Sklavinnen gesehen, die vergewaltigt worden waren, um zu wissen, dass jede Frau anders damit umging. Sie war zäh und willensstark und tat möglicherweise so, als wäre nichts geschehen; ihr ruhiger Gesichtsausdruck, als sie sich langsam aufrappelte, vermochte ihn deshalb keineswegs zu beruhigen.

Er nahm sie am Arm und führte sie zur Straße, wo er seinen Zelter an ihrem Wagen festgebunden hatte. Er reichte ihr einen Wasserschlauch, und sie spülte sich den Mund aus.

"Du humpelst ja", stellte sie fest, während sie sich den Schleier vom Kopf nahm. "Das hast du vorher nicht getan. Ich dachte, deine Hüfte wäre wieder verheilt."

"Normalerweise habe ich auch keine Probleme, aber

einer der Kerle hat mich vorhin mit der Breitseite seines Schwerts getroffen." Er hob sie auf den Wagen und kletterte ebenfalls hinauf.

"Wir haben damals Schlimmeres befürchtet – wegen der Hüfte, meine ich. Als sie dich nach Hawkesford brachten, war die Wunde stark entzündet, und es sah so aus, als könntest du sterben oder nie wieder gehen können. Daran kannst du dich natürlich nicht erinnern. Du bist damals tagelang im Fieber gelegen."

Wenn es ihr half, einfach so vor sich hin zu reden, so würde er sie nicht daran hindern, wenngleich ihm jedes Thema lieber gewesen wäre als ausgerechnet dieses. "Nein, ich erinnere mich an fast gar nichts davon. Ich weiß noch, dass ich gerade zum Ritter geschlagen worden war und mich verlobt hatte und dass ich Ruhm und Ehre für meine Dame erwerben wollte. Und ich erinnere mich noch an das Schwert, das plötzlich vor mir aufblitzte. Das Nächste, woran ich mich erinnere, ist, dass ich in Barrowburgh lag und meine Wunden heilen ließ." In Wirklichkeit erinnerte er sich noch an einiges mehr.

"Sie brachten dich zuerst nach Hawkesford, weil das näher lag."

Er erinnerte sich an all das mehr, als ihm lieb war, auch wenn diese Erinnerungen nur sehr bruchstückhaft und wie in dichten Nebel getaucht waren. "Warst du auch dort?"

"Wo hätte ich sonst sein sollen? Edith und ich lebten ja damals dort. Sie hat sich um dich gekümmert. Sie öffnete die Wunde an deiner Hüfte noch einmal, um sie zu reinigen. Und sie hat auch dein Gesicht genäht."

"Dann verdanke ich ihr viel. Ich habe später erfahren, dass ich leicht das Augenlicht hätte verlieren können und dass ich beinahe gelähmt geblieben wäre, wenn das Ganze nicht so sauber gemacht worden wäre."

Sie betrachtete die Narbe aufmerksam. Dann streckte sie die Hand aus und strich mit den Fingerspitzen prüfend die Narbe entlang, als begutachte sie einen frisch geflochtenen Korb. Er wäre beinahe zurückgezuckt, als er ihre Hand spürte. Er konnte sich nicht erinnern, dass jemals eine Frau die Narbe freiwillig angesehen, geschweige denn berührt hätte.

"Eine saubere Linie – aber die Wunde war zum Glück nicht allzu tief. Edith hat gesagt, dass das sehr wichtig war. Du hast Glück gehabt."

"Ja, ich habe wirklich Glück gehabt. Die Wunde hat mir bloß das Gesicht gespalten."

Sein schroffer Ton ließ sie rasch die Hand von seinem Gesicht zurückziehen. Sie blickte sich um und bemerkte jetzt erst, dass er ebenfalls im Wagen saß und vorhatte, ihn zu lenken. "Du brauchst mich nicht zurückzubringen", sagte sie. "Ich verspreche dir, dass ich nach Darwendon zurückkehre."

"Ich lasse dich nicht allein fahren."

"Ich kann selbst auf mich aufpassen."

"Ach ja? Und warum habe ich dich dann vorhin gefunden, wie du hilflos mit entblößtem Hintern auf dem Baumstamm gelegen hast – und das nicht einmal einen halben Tag, nachdem du Darwendon verlassen hast."

Trotz ihrer sonnengebräunten Haut war zu erkennen, dass sie errötete. "Dann begleitest du mich eben ein Stück. Wenn wir auf den ersten Wagen treffen, der nach Westen fährt, kann ich mich ihm anschließen."

Ohne auf ihre Worte einzugehen, gab er dem Esel mit der Gerte das Signal zum Loslaufen. "Wo wolltest du denn hin?"

"In eine Stadt."

"Eine freie Stadt? Weit weg? Wo ich dich zumindest für ein Jahr und einen Tag nicht finden würde – so lange wie es dauert, bis du deine Freiheit gewonnen hättest?", sagte er verärgert.

Sie wandte sich schweigend den Bäumen zu, die an ihnen vorüberzogen. Ihre Hände ruhten auf ihrem blutbefleckten Kleid. Es waren wohlgeformte Hände mit langen Fingern. Er spürte immer noch ihre warmen Fingerspitzen, mit denen sie seine Narbe berührt hatte.

"Was wolltest du denn in der Stadt tun? Einen Ehemann finden?"

"Ja", antwortete sie mit einem Funkeln in ihren blauen Augen.

"Einen bestimmten Mann?"

Sie schüttelte den Kopf.

"Was für Voraussetzungen muss er denn erfüllen? Eine stolze Frau wie du stellt bestimmt hohe Ansprüche. Vielleicht begegnet mir ja ein Mann, der deine Ansprüche erfüllt – dann mache ich ihn auf dich aufmerksam. Vorausgesetzt natürlich, er hat die hundert Pfund, die ich verlange."

Sie neigte nachdenklich den Kopf. "Ich habe mir gedacht, dass er ein Steinmetz sein sollte. Am besten einer, der Aussichten hat, einmal Baumeister zu werden."

"Warum gerade ein Steinmetz?"

"Die Steinmetze, die ich getroffen habe, waren kluge Männer. Sie verdienen gut, sind angesehen und haben so gut wie immer Arbeit."

"Aber wenn sie Arbeit haben, sind sie den Großteil des Jahres fern von zu Hause."

"Ja, das ist ein weiterer Vorteil."

So war das also. Die jungfräuliche Witwe war zwar keine Jungfrau mehr, doch sie hielt offensichtlich nicht allzu viel vom trauten Zusammensein. Dass sie sich einen Steinmetz angeln wollte, war also völlig verständlich.

Sie schien sich von ihrem Schrecken mittlerweile wieder völlig erholt zu haben, und er beschloss, sie das zu fragen, was ihn am meisten beunruhigte. "Haben sie dir vorhin noch mehr angetan als das, was ich gesehen habe?"

"Nein."

Ihre prompte Antwort erleichterte ihn mehr, als er gedacht hatte. Er wusste nicht, was er getan hätte, wenn ihre Antwort anders ausgefallen wäre. Er hatte die Kerle bereits getötet, also konnte er ja wohl nicht gut hingehen und sie noch einmal töten.

Sie fuhren eine ganze Weile schweigend dahin. Moira drehte sich um und holte einen Beutel mit Brot und Käse hervor, von dem sie ihm etwas anbot. Sie zwang sich, ein paar Bissen zu essen, obwohl sie eigentlich keinen Appetit hatte. Der Bauch tat ihr weh, und ihr Hintern brannte; außerdem bedeuteten die jüngsten Ereignisse einen schweren Schlag für sie.

Diese Männer hatten ihr den ganzen Mut genommen. Bald würde sie wieder in Darwendon sein. Es würde möglicherweise sehr lange dauern, bis sich eine Chance bieten würde, fortzugehen, ohne derartige Gefahren auf sich zu nehmen.

Vielleicht würde sie überhaupt nie mehr den Mut aufbringen, um wegzugehen. Jedenfalls fühlte sie sich im Moment alles andere als stark genug, um auch nur daran zu denken. Außerdem hatte die Vorstellung, in Darwendon zu leben und Addis und sein mächtiges Schwert stets in ihrer Nähe zu haben, auch etwas Beruhigendes an sich. Der groß gewachsene, kräftige Mann an ihrer Seite vermittelte ihr ein angenehmes Gefühl der Sicherheit, und ihr gemeinsames Erlebnis von vorhin hatte eine gewisse Nähe zwischen ihnen hergestellt.

Sie betrachtete die Blutflecken auf ihrem Kleid. Sie

würden sich nicht herauswaschen lassen. Doch das machte ihr überhaupt nichts aus, weil sie dieses Kleid ohnehin nie wieder anziehen würde. Das Kleid roch nach diesem Mann, der sie festgehalten hatte. Sie roch nach diesem Mann.

"Waren sie von Simon?", fragte sie.

"Ja. Ich habe einen von ihnen erkannt. Simon hat sie wahrscheinlich losgeschickt, als er von meiner Rückkehr hörte, damit sie etwas herausfinden. Simon ist ziemlich schlau. Er lässt sich bestimmt Zeit, bis er entscheidet, wie er vorgeht."

"Woher kann er es erfahren haben?"

"Irgendjemand muss es ihm gesagt haben. Es haben mich viele gesehen, seit ich in Bristol an Land ging. Mit diesem Gesicht kann ich schwer verbergen, wer ich bin."

Es ärgerte sie, dass er so leichtfertig über die Gefahr sprach, in der er schwebte. "Er wird versuchen, dich zu töten."

"Nicht unbedingt. Wenn er weiß, dass ihm die Gunst des Königs sicher ist, betrachtet er mich vielleicht nur als ein kleines Ärgernis, das er ignorieren kann."

"Er muss doch wissen, dass du etwas gegen ihn unternehmen wirst – egal, ob er die Gunst des Königs genießt oder nicht."

"Woher soll er das wissen? Ich weiß es ja noch nicht einmal selbst."

"Du kannst das doch nicht hinnehmen! Simon hat dir etwas weggenommen, was dir gehört – dir und deinem Sohn. Wozu hätte ich Brian vier Jahre lang beigebracht, was seine künftigen Pflichten sind, wenn sein Vater dann nichts unternimmt, um die Rechte der Familie zu wahren?"

"Hast du das wirklich getan? Hast du dem Jungen beigebracht, stark und rechtgläubig zu sein, damit er eines Tages gegen Simon kämpfen kann, wenn er erwachsen ist?"

In seinem Ton war eine Mischung aus Faszination und Sarkasmus. Es klang so, als würde er sie nicht ganz ernst nehmen. "Er hat ein Recht, zu wissen, wer er ist und was von Rechts wegen ihm gehört. Findest du das so lächerlich?", erwiderte sie.

Seine Lippen verzogen sich zu einem Lächeln. Es war das erste Lächeln, das sie von ihm sah, seit er zurückgekehrt war. "Ich finde es nicht lächerlich – aber es hat schon eine gewisse Ironie."

Sie bemerkte, dass sich vor ihnen in der Ferne etwas bewegte. Ein großer, von Pferden gezogener Wagen rumpelte ihnen entgegen. Vorne saßen ein Mann und eine Frau. Sie hatte den Eindruck, dass sie durchaus in Sicherheit wäre, wenn sie sich den beiden anschloss. Sie hob die Hand, um ihnen zuzurufen.

"Nein", sagte Addis. "Wenn ich dich zurückschicke, läufst du gleich wieder weg."

"Ich würde sagen, dass ich meine Lektion gelernt habe."

"Ja, für einen oder zwei Tage vielleicht. Du bist eine dickköpfige, willensstarke Frau. Bald wirst du dir einreden, dass dir das sicher nicht noch einmal passiert. Ich werde vielleicht mehrere Wochen weg sein, und wenn ich dich jetzt heimfahren lasse, wird eine Leibeigene weniger da sein, wenn ich zurückkomme. Nein, ich habe beschlossen, dass du mit mir kommst."

"Ich verstehe nicht, dass du so stur bist, dich mit einer Frau herumzuplagen, die …"

"Nein, im Gegenteil, es kommt mir sogar sehr gelegen. Es war ein richtiges Glück für mich, dass ich dich gefunden habe. Du willst in eine freie Stadt? Ich bringe dich nach London. Meine Mutter hatte dort ein Haus, und mir ist eingefallen, dass es schon seit Jahren leer stehen muss. Es wird Zeit, dass ich mich darum kümmere. Ich glaube nicht, dass noch irgendwelche Dienstboten dort sind. Also kannst du dort meine Dienerin sein und dich gleichzeitig nach einem Steinmetz umsehen."

"Du reist nach London?" Sie bemühte sich, nicht zu zeigen, wie aufgeregt sie war. London, die größte von allen Städten. London mit seinen vom König garantierten Rechten. London mit seinen zahllosen Menschen, wo eine Frau sich leicht ein Jahr und einen Tag verborgen halten konnte, wenn es nötig war. Claires Dienstmagd Alice war nach London geflüchtet, und auch sie selbst war nach London unterwegs gewesen, als diese Männer sie aufhielten.

Sie fasste sofort neuen Mut, und alle Gedanken an ein freudloses Leben in Darwendon waren mit einem Schlag verflogen. Sie lächelte innerlich und blickte den Mann an, der den Anspruch stellte, ihr Herr zu sein. Ja, sie würde sich von Addis de Valence nach London bringen lassen, doch wenn sie dort waren, würde sie ihm nicht dienen.

"Ja, wir fahren nach London", sagte er. "Aber zuerst müssen wir nach Barrowburgh."

4. Kapitel

Friede – das war es, was er in ihrer Gegenwart empfand. Er konnte es sich selbst nicht erklären. Sie brauchte gar nichts zu sagen und auch gar nicht zu wissen, dass er in der Nähe war – die tröstliche Kraft ging auch so von ihr aus. Seit er wieder in der Heimat war, hatte er stets ein seltsames Gefühl der Fremdheit empfunden. Nur wenn sie bei ihm war, fühlte er sich ganz bei sich und als Teil der Welt, in der er lebte.

Er wäre beinahe nach Darwendon zurückgefahren – und das nur wegen ihr. Als sie die Straße nach Salisbury erreichten, hatte er angehalten und ernsthaft überlegt, was er tun sollte. Der Friede, der in der einen Richtung auf ihn wartete, war viel verlockender als der Hader, der ihm in der anderen Richtung drohte. Es gefiel ihr zwar nicht sehr, dass er überhaupt zurückgekehrt war und dass er sie nicht weggehen lassen wollte – doch sie hatte trotzdem diese friedvolle Wirkung auf ihn, wenn sie nur durch das Haus ging und sich mit ihm an den Tisch setzte. Er bezweifelte, dass er sie zu mehr hätte überreden können. Sie hasste es, dass er ihre Freiheit einschränkte; außerdem würde der missgestaltete Addis de Valence wohl kaum etwas erreichen, was dem gut aussehenden Raymond Orrick versagt geblieben war.

Er fuhr weiter, bis sich die Dämmerung herabsenkte, obwohl ihn seine Hüfte schmerzte und Moira müde wurde und kaum noch sitzen konnte. Nein, sie fiel ihm überhaupt nicht zur Last, wie sie vorhin gemeint hatte; was ihn störte, war der Wagen und der Esel. Auf diese Weise dauerte die Reise viel länger als zu Pferd. Doch er fuhr nicht zuletzt auch deshalb weiter, weil er wollte, dass sie beide erschöpft waren, wenn sie das Nachtlager aufschlugen. Sie würde dann trotz der Ereignisse des vergangenen Tages gut schlafen können, und er würde schlafen können, obwohl die Verlockung eines noch viel größeren Friedens nur wenige Schritte entfernt war.

Doch es war nicht so einfach, wie er es sich vorgestellt hatte. Der Schlaf wollte einfach nicht kommen. Er lag am Feuer und lauschte auf ihr leises Atmen, das von dem Schlafplatz, den er ihr im Wagen bereitet hatte, durch die Nacht zu ihm getragen wurde. Er stellte sich vor, wie es wäre, wenn er ihren Atem am Ohr und auf der Haut spüren würde und wenn er sich gegen ihren warmen weichen Körper sinken lassen könnte. Er stand auf und ging zu den Bäumen hinüber, weg von ihr, und zwang sich, noch einmal darüber nachzudenken, wie er gegen Simon vorgehen würde.

Der Mann würde vorerst sicher nichts gegen ihn unternehmen – zumindest nicht so, dass irgendjemand davon erfuhr. Er würde nicht riskieren, die Gunst des Königs zu verlieren, indem er vor aller Augen einen Mord beging und damit vielleicht die Barone erzürnte, die gegen den König eingestellt waren. Wenn sich für Simon eine Gelegenheit ergab, wie er die Tat still und heimlich durchführen konnte, so würde er gewiss nicht zögern – doch bis dahin würde er sich bestimmt zurückhalten und abwarten.

Folglich hing die unmittelbare Zukunft ganz vom König, von den Gesetzen sowie den Sitten und Gebräuchen im Reich ab. Wenn man seinen Anspruch auf Barrowburgh abwies, dann würde es sehr schwer werden, sich das zurückzuholen, was ihm gehörte – viel schwerer, als Raymond und Moira es sich vorstellten. Dass er seinen Kampf von London aus führen konnte, war ein kleiner Vorteil. Hier würde es für Simon viel schwerer sein, die Gelegenheit zu finden, die er suchte. Und Moiras Anwesenheit würde ihm die Ruhe geben, die er brauchte, um klar denken zu können.

Der Gedanke an das, was ihm bevorstand, beunruhigte ihn, und er ging zum Feuer zurück. Er blieb beim Wagen stehen und blickte hinein. Sie lag auf der Seite, eine Hand neben dem Gesicht zu einer lockeren Faust geballt, so wie es Kinder im Schlaf taten, während ihr kastanienbraunes Haar wie ein Nest war, in dem ihr Kopf ruhte.

Er hatte sich vorgenommen, diese Reise möglichst schnell hinter sich zu bringen, doch das war nun nicht mehr notwendig. Er konnte so lange in London bleiben, wie es nötig war, weil der Grund für eine rasche Heimkehr nach Darwendon hier bei ihm war.

Er sollte sie gehen lassen, wenn sie nach London kamen, damit sie das Leben führen konnte, das ihr zustand, doch er brachte es nicht über sich. Wenn sie ihren Steinmetz fand, sollte er ihr erlauben zu heiraten – doch das würde er nicht tun. Ein Mann, der selbst einmal zum Sklaven geworden war, sollte eigentlich Verständnis für ihren Wunsch haben – und das hatte er auch, wenngleich ihr Rang nicht der einer Sklavin war, was ihm sehr wohl bewusst war. Wenn sie nämlich seine Sklavin gewesen wäre, so hätte sie von der ersten Nacht an sein Bett geteilt, und er würde nicht heimlich in den Wagen spähen, in dem sie lag, und gegen sein Verlangen ankämpfen.

Ja, er hatte wohl Verständnis für ihre Wünsche, doch das wog wenig im Vergleich zu diesem Verlangen, dem Frieden, den sie ihm schenkte, und dem unerklärlichen Besitzanspruch, den er ihr gegenüber empfand und der ihn dazu gebracht hatte, drei Männer zu töten, weil sie versucht hatten, sie zu schänden.

Sobald der Morgen zu dämmern begann, weckte er sie, damit sie möglichst rasch weiterfahren konnten. Moira fand etwas trockenes Gras zwischen den Bäumen, aus dem sie sich ein Kissen machte. Sie sah aus wie eine Erntegöttin, die auf Heu gebettet neben ihm saß und die ihn an einige der Riten erinnerte, die er in den baltischen Ländern gesehen hatte. Zur Zeit der Aussaat und der Ernte hatte Eufemias Volk seine ältesten Riten praktiziert – Riten, die eine Erinnerung an alte Zeiten darstellten, in denen die oberste Gottheit weiblich gewesen war und in denen die Leben spendende Kraft der Erde größeres Gewicht hatte als die unendliche Weite des fernen Himmels.

Sie kamen an ausgedehnten Wäldern vorbei, und er dachte an die Jahre zurück, die er bei den Menschen im Baltikum verbracht hatte. Die Erfahrungen, die er dort gemacht hatte, erschienen ihm heute vertrauter als die Erinnerungen an seine eigene Familie und das Land seiner Vorfahren. Die Leute dort glaubten, dass in jedem Strauch und jeder Pflanze, in jedem Bach und jedem Tümpel, ja sogar in jedem Felsen ein Geist wohnte. Nach einigen Jahren hatte er verstanden, warum sie das glaubten. Manchmal, wenn er mit Eufemia geschlafen hatte, konnte er selbst die Geister spüren, die sich rund um ihn regten und wie in einer Ursprache zu seiner Seele redeten.

Die Bäume, von denen sie hier umgeben waren, hatten jedoch nichts davon. Wenn es jemals Geister auf englischem Boden gegeben haben sollte, so waren sie vor langer Zeit verschwunden oder zum Schweigen gebracht worden. Hier dienten die Felsen und Steine dazu, behauen zu werden, die Bäche waren dazu da, um sich zu waschen oder zu trinken, und die Bäume lieferten das Holz für ein Feuer. Eufemias Volk vollführte seine Zeremonien unter freiem Himmel, von all den Geistern umgeben. Der Gott der Christenheit wurde dagegen in Gebäuden verehrt, die von klugen Architekten, Steinmetzen und Maurern gebaut wurden, die den Stein mit ihren Werkzeugen und ihrer Logik so formten, wie sie ihn haben wollten.

Er betrachtete die Frau, die ihm verraten hatte, dass sie gern einen solchen Mann heiraten würde. Sie beugte gerade den Kopf nach vorn, um an sich selbst zu riechen, und verzog das Gesicht. Mit ihren langen Fingern zog sie ein wenig an dem Stoff über ihrer Brust, um sich etwas Luft zuzufächeln. Als er am Abend zuvor die Straße verlassen hatte, um einen Schlafplatz zu suchen, hatte er sich nicht darum gekümmert, ob Wasser zum Waschen in der Nähe war. Doch er wusste, dass es nicht der Geruch von ihrem Schweiß war, was sie so angewidert das Gesicht verziehen ließ.

Sie merkte, wie er die Rundungen betrachtete, die zum Vorschein kamen, als sie ihr Kleid lüftete, und richtete sich sogleich damenhaft auf.

"Warst du eigentlich all die Jahre eingesperrt?", fragte sie, um seine Aufmerksamkeit von sich abzulenken.

"Nein." Sie war der erste Mensch, der ihn so geradeheraus danach fragte. Nicht einmal Raymond hatte nach irgendwelchen Einzelheiten gefragt. Alle nahmen sie an, dass er entsetzliche heidnische Torturen über sich hatte ergehen lassen müssen, über die man unmöglich sprechen konnte.

"Warum bist du dann nicht nach Hause zurückgekehrt oder hast eine Nachricht geschickt? Alle haben gedacht, du wärst tot – und jetzt siehst du ja, was für Probleme sich daraus ergeben haben. Auch wenn du auf einem Kreuzzug zur Ehre Gottes warst – du hast hier deine Pflichten, die du erfüllen musst."

"Wenn man bedenkt, dass du fest entschlossen bist, deinen Verpflichtungen mir gegenüber zu entwischen, dann ist es ziemlich gewagt, mich an meine Pflichten zu erinnern."

"Was für ein unsinniger Vergleich. Du hast deine Pflichten schon von Geburt an."

"Du genauso. Sag, wer hat euch eigentlich gesagt, dass ich tot wäre?"

"Die Ritter, die mit dir zusammen waren. Als sie nach Barrowburgh zurückkehrten, erzählten sie überall, dass du bei einem Feldzug gefallen wärst, während einer ..."

Sie hatten sich im Sumpf verirrt, und der französische Narr, der sie anführte, hatte keine Ahnung, was er tun sollte. "Während einer Reise. So nannten die Ritter des Deutschen Ordens die Kämpfe auf dem Kreuzzug in die baltischen Länder."

"Sie sagten, dass es dich erwischt hätte. Einer sah dich mit eigenen Augen fallen."

Aus allen Richtungen kamen Pferde auf sie zu. Der Feind, den sie seit Tagen verfolgten, tauchte plötzlich in großen Massen auf, mit Schwertern und Lanzen bewaffnet, und beseelt von einer Entschlossenheit, der der bunt zusammengewürfelte Haufen der Kreuzritter nichts entgegenzusetzen hatte.

"Aber sie konnten sich doch nicht sicher sein, dass ich tot war." *Welcher von ihnen hatte ihn wohl fallen gesehen? Wer war an jenem Tag bei ihm gewesen?*

"Nur einige wenige kamen bei dem Angriff davon. Sie sagten, dass auch die Verwundeten von den Heiden getötet wurden."

"Es sind die Ritter des Deutschen Ordens, die alle töten, die sie erwischen – auch Frauen und Kinder. Die Heiden tun so etwas nicht." Das war keine von unseren Lanzen, hatte Eufemia gesagt. Sonst sähe die Wunde anders aus.

"Wenn sie sich endlich bekehren würden, dann hätte das alles ein Ende", wandte Moira ein und drückte damit einen der Grundgedanken der christlichen Welt aus.

"Wenn sie sich bekehren, verlieren sie nicht nur ihre Götter. Bei diesem Kreuzzug geht es nicht nur um das Christentum, sondern auch um Land. Der Deutsche Orden hat ein Reich, das sich über Hunderte von Meilen rund um die Marienburg erstreckt. Sie haben dieses Land erobert, als sie einen Stamm nach dem anderen besiegten – und sie wollen immer noch mehr. Sie geben das Land den Kreuzrittern, die für sie kämpfen. Sogar mir haben sie etwas gegeben, als Entschädigung für meine Qualen. Aber jetzt sind sie auf ein Volk getroffen, das nicht so leicht zu besiegen sein wird. Der König der Litauer ist genauso schlau wie irgendein deutscher Ritter oder der Papst in Rom."

Es platzte einfach so aus ihm heraus – Gedanken, die er noch nie ausgesprochen hatte, seit er nach seiner Befreiung durch Eufemia den ganzen Kreuzzug plötzlich in einem anderen Licht zu sehen begann. Mit einem Mal sah er alles so wie Eufemia. Als er sich wieder den anderen Kreuzrittern anschloss und auf eine letzte Reise in die Wildnis ging, fiel es ihm wie Schuppen von den Augen. Er hatte es zuerst als seinen persönlichen Rachefeldzug betrachtet – doch als er in jenem schutzlosen Dorf auf seinem Pferd zwischen all den Niedergemetzelten hindurchritt, wusste er, dass er so etwas nie wieder würde tun können.

Er hatte erwartet, dass Moira ihn entsetzt ansehen würde. Schließlich waren diese Leute Heiden, die man nicht in Schutz nahm. Stattdessen sah er Neugier in ihren Augen. "Was denn für Qualen? Sie gaben dir Land, hast du gesagt, als Entschädigung für deine Qualen. Wenn du nicht eingesperrt warst ..."

"Sie sind ein Volk, das Sklaven hält. Sie handeln mit ihnen und schicken die meisten ostwärts nach Russland oder südwärts bis zu den Sarazenen. Sie holen sich die Sklaven durch Überfälle auf die benachbarten Länder. Ich wurde zwar gefangen genommen, aber nicht eingesperrt, wie du es dir vorstellst. Ich war sechs Jahre lang ein Sklave. Ich wurde aber nicht verkauft, sondern war der Sklave von einem ihrer Priester." Er hatte sich geschworen, niemandem in England von dieser Erniedrigung zu erzählen. Möglicherweise hatte der Friede, der ihm von ihr zuteil wurde, auch seine gefährlichen Seiten.

Ihre blauen Augen funkelten. "Du hast als Sklave gelebt, du weißt, was das bedeutet – und das Erste, was du machst, nachdem du zurückkommst, ist, mich wieder in die Unfreiheit zu zwingen!"

"Das ist nicht dasselbe. Ich wurde nicht als Sklave geboren, und auch du bist ja keine Sklavin. Ein Sklave fährt nicht im Wagen, sondern muss ihn ziehen. Ein Sklave besitzt kein Eigentum, sondern ist selbst Eigentum. Und glaubst du vielleicht, eine Sklavin könnte so mit mir reden, wie du es tust, ohne bestraft zu werden?"

Er hatte seine Worte nicht als Bedrohung verstanden, doch sie zuckte dennoch zurück. Schließlich redete auch eine Leibeigene nicht so mit ihrem Herrn, wie er ihr erlaubte, mit ihm zu sprechen.

"Trotzdem könnte man annehmen ..."

"Man könnte annehmen, dass ein Mann, der einmal Sklave war, die ganze Welt befreien möchte? So ist das nicht. Ein Mann, der ganz unten war, will wieder nach oben und sich vergegenwärtigen, dass es einen Unterschied zwischen Vergangenheit und Gegenwart gibt."

"Also benutzt du mich, um dich selbst daran zu erinnern, dass du nicht mehr auf derselben Stufe stehst wie ich. Ich bestärke dich in deinem Ehrgefühl, so wie Darwendon das auch tut. Ich hoffe, dass du dann, wenn dir Barrowburgh wieder gehört und du massenhaft Besitz und Diener hast, mich nicht mehr brauchst, um deinen Stolz zu nähren und dich zu erinnern, wer du von Geburt an bist!"

Er bezweifelte, dass es so sein würde, weil er sie aus einem ganz anderen Grund bei sich behielt. Doch ihre Erklärung war viel einleuchtender als die seine – und so verzichtete er darauf, ihr zu widersprechen.

Sie wandte sich von ihm ab und sprach stundenlang

kein Wort mehr mit ihm. Doch ihr Ärger tat dem friedvollen Gefühl keinen Abbruch, das ihre Gegenwart ihm vermittelte; außerdem war er es ohnehin nicht gewohnt, viel zu reden. Nachdem sie sich von ihm abgewandt hatte, konnte er sie ansehen, ohne dass sie es sah, sodass er sie nicht in den Gedanken störte, die ihr wahrscheinlich gerade durch den Kopf gingen. Gelegentlich sah er, dass sie wieder einmal an ihrem Kleid roch.

Er hätte früher daran denken müssen. Fast alle Sklavinnen verhielten sich so. Wenn ihnen Gewalt angetan wurde, hatten sie hinterher das Bedürfnis, sich zu waschen. Er hielt nach einem Bach oder Teich Ausschau.

"Hast du eine Familie gehabt? Ist das den Sklaven dort gestattet?", fragte sie plötzlich, so als wäre ihre Unterhaltung nicht für Stunden unterbrochen gewesen.

"Es ist erlaubt – sie dürfen den Partner aber nicht frei wählen, und natürlich gibt es keine christliche Ehe. Auch darin unterscheiden sich Sklaven von Leibeigenen."

"Du hast ja selbst zugegeben, dass das nur so ist, weil die Kirche ihren Einfluss geltend gemacht hat."

Die Sonne hatte den Zenit schon überschritten, als er die Wälder hinter sich ließ und das Land überblickte. Er erspähte das Glitzern von Wasser nicht allzu weit entfernt und lenkte den Wagen darauf zu. Sie verließen die Straße und fuhren einen niedrigen Hügel hinunter, direkt auf einen kleinen See zu.

Moira kletterte vom Wagen hinunter, streckte sich und seufzte übertrieben, um ihm zu verstehen zu geben, dass er schon viel früher hätte anhalten sollen.

"Der See sieht recht seicht aus. Geh und wasche dich, wenn du möchtest. Ich bleibe hier bei deinem Wagen", sagte er.

Sie sah ihn überrascht und ein wenig misstrauisch an. Er machte es sich auf dem Hügel hinter dem Wagen bequem, von wo er die Straße im Auge behalten konnte. Es musste ihr klar geworden sein, dass er sie von dort aus nicht beobachten konnte, denn sie kramte kurz in einem ihrer Körbe und ging dann zum See hinunter.

Er zog seinen Rock aus Wildleder aus. Das dünne Leder war kühler als Wolle, aber immer noch zu warm für den Sommer. Er streckte sich im Gras aus, schloss die Augen und versuchte, sich nicht den üppigen Körper vorzustellen, der gerade dreißig Schritte von ihm entfernt entblößt wurde.

Doch es stellte sich als unmöglich heraus, denn im Laufe des Vormittags waren seine Gedanken immer wieder zu ihr zurückgekehrt, um sich diesen oder jenen Körperteil von ihr vorzustellen, bis er ein ziemlich vollständiges Bild vor sich gesehen hatte. Sie musste volle, feste Brüste haben – groß genug, um seine Hände auszufüllen, wahrscheinlich mit samtigen braunen Spitzen. Der Rest ihres Körpers war bestimmt elfenbeinfarben, so wie die runden Hinterbacken, die er gesehen hatte – viel heller jedenfalls als ihr gebräuntes Gesicht. Und der Oberkörper ging gewiss in anmutigen Kurven in die Taille über, von wo sich ihr Körper zu den schönen fraulichen Hüften verbreiterte. Und dann ihre langen Beine, mit Schenkeln, die … Jedenfalls würde es gar nicht angenehm werden, sie in London bei sich zu haben, wenn er nach dem momentanen Zustand seines Körpers ging. Ihre Gegenwart mochte vielleicht seiner Seele Frieden bringen, aber der Preis dafür waren Qualen ganz anderer Art.

Zwischen Vogelgezwitscher und all den anderen Geräuschen der Umgebung war nun auch das Plätschern von Wasser zu hören. Moira konnte an dem kleinen

See keine Stelle finden, die von der Straße aus nicht zu sehen gewesen wäre – und so verzichtete sie darauf, sich auszuziehen, wie sie es eigentlich vorgehabt hatte. Stattdessen raffte sie ihre Röcke hoch und begann, mit dem Rücken zum Wagen stehend, ihre Beine zu waschen.

Dann öffnete sie die Bänder ihres Kleids und streifte es über die Schultern und Arme hinunter. Sie hatte mehr als einen Tag lang den Geruch dieser Männer in der Nase gehabt, der sie an den abscheulichen Vorfall erinnerte. Auch wenn sich ihre Weiterreise nun um eine gute Stunde verzögerte, war sie dankbar, dass Addis bei dem See angehalten hatte. Er humpelte immer noch ein wenig, sodass die Rast seiner Hüfte bestimmt gut tat – doch sie vermutete trotzdem, dass er vor allem deshalb stehen geblieben war, damit sie sich waschen konnte. An solchen Kleinigkeiten traten immer wieder kleine Risse in seiner unerbittlichen Fassade zutage.

Es gefiel ihr, sich vorzustellen, dass eines Tages die ganze raue Schale von ihm abbröckeln könnte und der alte Addis zum Vorschein kam – doch sie bezweifelte, dass es je dazu kommen würde. Sie war sich nicht einmal sicher, ob sie sich das wünschte. Er mochte ja härter geworden sein – doch andererseits auch umsichtiger und scharfsinniger, was ihm in den kommenden Monaten sehr zugute kommen würde. Sie war in den vergangenen Jahren selbst reifer geworden und musste sich eingestehen, dass der junge Addis nicht ohne Schwächen gewesen war. Das Mädchen in ihr mochte sich vielleicht den jungen Knappen zurückwünschen, doch die Frau, die sie heute war, zog den Mann vor.

Nachdem sie auch Arme und Hals gewaschen hatte, blickte sie sich kurz nach ihm um. Sie konnte ihn jedoch nirgends sehen, und so zog sie das Kleid noch ein

Stück weiter hinunter, um auch ihre Brüste zu waschen. Ja, ihr war er als Mann lieber – doch auf seine schweigsame Selbstbeherrschung hätte sie verzichten können. Es waren nicht nur seine Jahre in den baltischen Ländern, die diese Veränderung bei ihm bewirkt hatten. Sein Leben als Sklave hatte ihn gewiss geprägt, doch der innere Wandel hatte schon begonnen, bevor er aufgebrochen war. Wahrscheinlich war er deshalb fortgegangen – und die eigentliche Ursache war wohl Claire.

Die schöne Claire. Die elegante, charmante, strahlende Claire. Die leichtfertige, verwöhnte, eitle Claire. Sie hatte Claire geliebt wie eine Schwester – doch sie hatte immer gewusst, wie wenig sich unter der strahlenden Oberfläche befand. Im Grunde hatte sie sich gewundert, dass es niemandem außer ihr auffiel. Vor allem die Männer schienen es überhaupt nicht zu bemerken, und Addis war da keine Ausnahme. Doch Addis war ja selbst verwöhnt und eitel gewesen. Sie waren wie füreinander geschaffen – zwei perfekte, selbstsüchtige Kinder, die glaubten, dass die ganze Welt nichts anderes war als eine Bühne für ihre idyllische Liebe.

Sie erinnerte sich noch gut an ihre Verlobung; sie waren damals wie zwei Gestalten, die aus einem der Wandteppiche herausgetreten waren. Wer wäre nicht beeindruckt gewesen von dem Bild der Vollkommenheit, das die beiden boten? Addis war so groß und kräftig, der perfekte Ritter mit seinen dunklen, tief liegenden, funkelnden Augen. Claire hingegen wirkte wie ein himmlisches Wesen, und sie war zutiefst überzeugt, dass sie mit Addis genau das bekommen hatte, was sie verdiente.

Dann ging der Traum plötzlich zu Ende, als die Welt mit ihrer Grausamkeit die Idylle zerstörte. Und Claire war unfähig gewesen, sich dem Trümmerhaufen zu stellen, vor dem sie stand. Moira wusste mehr über Claire und Addis als jeder andere Mensch auf der Welt. Mehr als Addis vermutet hätte. Viel mehr, als ihr selbst lieb war.

Plötzlich brachen laute Geräusche in ihre Träumereien ein. Ein ganzer Schwarm Vögel flog vom Wasser auf. Sie drehte sich um und sah Addis mit entblößtem Oberkörper durch das seichte Wasser schreiten. Er schien es aus irgendeinem Grund eilig zu haben und hatte einen finsteren Ausdruck im Gesicht.

Beunruhigt blickte sie an sich herab und sah ihre nackten Beine und den feuchten Stoff über ihren Brüsten, die nur notdürftig bedeckt waren. Sie erschrak, als ihr klar wurde, wie verwundbar sie war. Und als sie sah, wie entschlossen er auf sie zugeeilt kam, drehte sie sich um und lief los.

Warum gerade jetzt? Wenn er vorhatte, ihr Gewalt anzutun, dann hätte er es doch jederzeit tun können. Letzte Nacht zum Beispiel, oder schon gestern.

"Lauf nicht weg." Er rief es nicht laut, doch seine Worte waren dennoch deutlich zu hören. Sein befehlender Ton beunruhigte sie noch mehr. Sie konnte nicht gut laufen, wenn sie das Kleid hochhielt, und so ließ sie die Röcke los. Ein schwerer Fehler. Der Stoff sog sich mit Wasser voll und wurde immer schwerer, als sie ihn hinter sich herschleppen musste.

Schon nach wenigen Sekunden war er bei ihr und packte sie um die Taille. Sie wand sich in seinem Griff und versuchte ihn wegzustoßen. Sie öffnete den Mund, um zu schreien, doch eine raue Hand drückte sich auf ihre Lippen. "Wenn du schreist, schlage ich dich", knurrte er.

Er zerrte sie zum Ufer und sagte etwas zu ihr, das sie nicht verstand, weil sie in ihrer Not blindlings um sich schlug. Wie hatte sie nur so dumm sein können! Natürlich wollte er seine Leibeigene auch dafür! Das war schließlich bequemer, als sich eine Hure zu suchen.

Sie stieß ihm den Ellbogen kräftig in den Magen, und er presste einen Fluch hervor. Der See und das Ufer verschwammen vor ihren Augen, als er sie herumdrehte, hochhob und über seine Schulter schwang.

Verzweifelt redete sie auf ihn ein, um ihn doch noch umzustimmen. "Lass mich los! Tu das nicht! Du bist doch ein ehrenwerter Ritter ..."

"Sei still!"

"Nein! Denk an deine Seele. Mein Gott, du warst doch auf einem Kreuzzug. Dir ist die Erlösung sicher. Willst du das wirklich aufs Spiel setzen, nur wegen ein paar Augenblicken der ..."

"Verdammt noch mal, ich hab dir gesagt ..." Er kletterte mit ihr die Uferböschung hinauf und ließ sie hinter einem hohen Busch auf die Erde nieder. Sie drehte sich um und versuchte, von ihm wegzukriechen, während sie mit einer Hand immer noch das nasse Kleid über ihrer Brust festhielt. Kräftige Hände packten sie an den Hüften, zogen sie zurück und drehten sie auf den Rücken. Sie sah mit Entsetzen, wie er sich auf sie legte, sodass sie sich nicht mehr bewegen konnte.

"Beine auseinander."

Sie schlug mit ihrer freien Hand auf seine Schultern und sein Gesicht ein. "Du solltest mich töten, du Tier, denn wenn ich es überlebe, werde ich nicht schweigen. Ich werde zum königlichen Gerichtshof gehen! Ich werde dafür sorgen, dass sie dich verbrennen oder kastrieren!"

"Beine auseinander!" Er presste ihren wild um sich schlagenden Arm über ihrem Kopf auf den Boden und drückte mit der anderen Hand ihre Beine auseinander, worauf er ihren nassen Rock hochriss.

O Gott! Wie hatte sie sich nur so täuschen können? Wie hatte sie nur so dumm sein können, dass sie gar nicht sah, wozu er fähig war?

Er packte sie an den Haaren und zwang sie, ihn anzusehen. "Ich habe gesagt, ich werde dir nicht wehtun! Hör mir zu!" Der Ton seiner Stimme ließ sie in ihrer Panik innehalten. Er blickte über die Schulter zurück, zum gegenüberliegenden Ufer des Sees hinüber. "Hör mir zu."

Schwer atmend blickte sie in die Richtung, in die er zeigte. Sie hörte Hufgetrappel und menschliche Stimmen. Ihre Angst vor ihm wurde von einer Angst ganz anderer Art abgelöst.

"Wie viele?"

"Zwischen zwanzig und dreißig."

"Farben?"

"Weiß und Scharlachrot."

"Simon ..."

"Ich bin mir nicht sicher. Wahrscheinlich findest du, ich hätte mich zuerst auf die Straße stellen und ihnen zurufen sollen, um sicherzugehen."

"Wir sind aber noch weit von Barrowburgh entfernt."

"Aber andererseits nahe genug."

Sie konnte über seine Schulter hinweg die Straße sehen. Die ersten Reiter kamen in Sichtweite. Was würden sie sehen, wenn sie zum See hinunterblickten? Den Wagen eines Korbmachers, außerdem einen Mann und eine Frau, die sich unter einem Busch miteinander vergnügten. Immer noch besser als eine halb nackte Frau, die im See badete, während Addis de Valence auf dem Hügel schlief. Das wäre fatal gewesen – vor allem, wenn die Männer von Barrowburgh kamen. Und auch ein unbewachter Wagen wäre vielleicht verlockend gewesen.

Ein Wagen, in dem ihr Rubin versteckt war.

"Kannst du ein Banner oder eine Standarte erkennen?", fragte Addis leise an ihrem Hals. Obwohl sie ihre Aufmerksamkeit auf die Straße gerichtet hatte, verwirrte sie seine Wärme und sein Atem.

"Ja. Einer reitet gerade vorüber. Ein Banner. Scharlachrot, dann Weiß. Und darauf ein goldener Falke."

"Sie kommen von Simon."

"Glaubst du, dass sie nach Darwendon reiten?"

"Schwer zu sagen. Soll ich hingehen und sie fragen?"

"Das Pferd ..."

"Es grast irgendwo in der Nähe. Wahrscheinlich sehen sie es gar nicht, und wenn doch, dann können sie nicht wissen, dass es mir gehört. Das Schwert ist nicht einmal die Waffe eines Ritters."

Sie legte ihren freien Arm um seine Schultern. Sie glaubte nicht, dass man mehr sah als zwei ineinander verschlungene Körper und die nackten Beine einer Frau, und wenn die Männer in ihre Richtung blickten, würden sie wohl annehmen, dass ein Handwerker und seine Frau sich gerade ein Schäferstündchen gönnten.

Sie wurden bemerkt. Sie sah, wie ein Arm in ihre Richtung zeigte, worauf Gelächter und ein paar deftige Bemerkungen zu hören waren. "Ein paar von ihnen bleiben stehen."

"Dann vergebt mir, Madam." Er begann seine Hüfte ein wenig gegen sie zu drücken. Sie schloss die Augen angesichts der demütigenden Erkenntnis, dass das, was sie soeben taten, um die Männer zu täuschen, mehr war als nur Theater. Andererseits – wenn es ihn völlig kalt gelassen hätte, zwischen den Schenkeln einer Frau zu liegen, dann wäre wohl etwas mit ihm nicht in Ordnung gewesen.

"Sie reiten weiter." Sie blickte den Männern nach, bis die Geräusche immer leiser wurden und der Letzte von ihnen verschwunden war. "Sie sind weg", sagte sie, lächelnd vor Erleichterung.

Das Gesicht, das nur wenige Zentimeter über dem ihren auf sie herabsah, ließ sie innehalten. Er blickte sie ernst und durchdringend an und schien sich kein bisschen um irgendwelche vorbeireitenden Soldaten zu scheren. Nun kam auch ihr schlagartig die körperliche Nähe zwischen ihnen zu Bewusstsein.

Sie hatte immer noch ihren Arm um seine Schultern gelegt und spürte nur zu deutlich, wie sich seine warme Haut unter ihrer Hand anfühlte. Plötzlich sah sie ihn wieder vor sich, wie er durchs Wasser gewatet war; die Muskeln an seiner Brust hatten in der Sonne geglänzt, das Wildleder war an seinen Hüften und Oberschenkeln durchnässt, und sein schwarzes Haar wehte im Wind. Die Bilder übten eine gefährliche Anziehung auf sie aus.

Die Stille zwischen ihnen wurde immer drückender. Sie versuchte zu ignorieren, dass sie sich in einer äußerst heiklen Position befanden – doch sie spürte jeden Zentimeter seines Körpers, und der Ausdruck in seinen Augen sagte ihr, dass es ihm genauso ging. Er betrachtete ihre Augen, ihre Nase und ihre Wangen und neigte dann den Kopf, um sich ihren Schultern und ihrem nackten Oberkörper zuzuwenden; wenigstens hielt sie mit einer Hand immer noch das Kleid über ihre Brüste, um sie notdürftig zu bedecken. Seine Blicke trieben ihr die Röte in die Wangen; sie konnte unmöglich so tun, als ließe sie das alles kalt.

"Du würdest also zum königlichen Gerichtshof gehen, Moira? Du würdest mich verbrennen oder kastrieren lassen? Du bist wirklich eine bösartige Frau." Er lächelte. Es war das zweite Lächeln, das sie von ihm gesehen hatte. "Und ich habe gedacht, dass wenigstens du keine Angst vor mir hast."

Ich habe nicht die gleiche Angst wie die anderen, aber Angst habe ich sehr wohl vor dir. Ein seltsam anregendes und belebendes Gefühl ging ihr durch und durch, das alle ihre Sinne wacher werden ließ. *Nichts als Ärger, nichts als Scham,* warnte ihr Gewissen, doch ihr Körper wollte nicht darauf hören und schmiegte sich an ihn, das Gewicht genießend, das auf ihr lastete. Ob er es merkte? Ob auch er die Wärme spürte, von der sie sich umgeben fühlte? Irgendetwas strahlte von ihm aus, das ihr sagte, dass er es sehr wohl merkte.

"Ich habe die lächerliche Angewohnheit, gleich hysterisch zu werden, wenn ein Mann sich auf mich wirft und mir befiehlt, dass ich die Beine spreizen soll", sagte sie trocken – in der Hoffnung, dass sie sich selbst und ihn von dem Abgrund zurückreißen konnte, auf den sie zuzutreiben schienen.

Er hob seine Hüfte von ihr herunter, sodass ihre Beine frei waren, doch sein Oberkörper blieb über ihr. Seine Augen betrachteten sie eindringlich, so als sehnten sie sich nach einer unsichtbaren Verbindung. "Wenn du dich nicht so verbissen gewehrt hättest, dann hättest du gehört, dass ich dir alles erklärt habe."

Sie hätte sich jetzt leicht von ihm lösen können. Sie brauchte nur gegen seine Schultern zu drücken, und alles wäre vorbei gewesen. Doch seine Männlichkeit übte einen unwiderstehlichen Zauber auf sie aus, sodass ihr ganzer Körper in einen Zustand der sehnsüchtigen Erwartung versetzt wurde, wie sie es noch nie zuvor erlebt hatte.

Die Zeit verstrich still, während sie einander schweigend in die Augen sahen. Ihr Atem ging längst schneller, und ihr verwirrtes Herz pochte wie wild, doch er wartete immer noch. Sie wussten beide, dass sie sich nicht wehren würde, als sich endlich sein Mund auf ihre Lippen herabsenkte.

Wer hätte gedacht, dass dieser harte Mund so zärtlich küssen konnte? Seine Lippen drückten und streichelten und bissen in einem zärtlichen, verführerischen Tanz, als wolle er erkunden, wie sie schmeckte. Nach dem, was Claire ihr erzählt hatte, war sie auf einen heftigen Ausbruch der Leidenschaft gefasst gewesen. Eine so galante, fast jungenhafte Beherrschung und Zurückhaltung hatte sie jedenfalls nicht erwartet. Diese zärtlichen, tastenden Küsse riefen in ihr den Liebeskummer wach, den sie als Mädchen erlebt hatte, aber auch das atemlose Verlangen einer Frau, die allzu lange ohne Mann gewesen war. Sie war selbst verblüfft, wie heftig sie auf seine Nähe reagierte. War es nun das Mädchen oder die Frau in ihr, die impulsiv seine Schultern umschlang, um ihn an sich zu drücken?

Seine Arme umfassten ihren Körper und hoben sie zu ihm hoch, und der nächste Kuss war schon weit weniger zurückhaltend; er war Besitz ergreifend und leidenschaftlich, und seine Zunge suchte die Öffnung zwischen ihren Lippen – zärtlich und spielerisch zuerst, doch bald fordernd und voll ungezügeltem Verlangen. Die Wärme seiner Brust brannte durch den kühlen, feuchten Stoff ihres Kleids hindurch, das notdürftig ihre Brüste bedeckte. Gefühlvolle Erinnerungen und aufregende Empfindungen vermischten sich und verlangten nach mehr. Sie vergrub ihre Hand in seinem Haar und gab der wachsenden Leidenschaft nach, die nichts anderes mehr zuließ als diesen erstaunlichen Drang, zu geben und zu empfangen.

Es war er, der den Kuss beendete, nicht sie. Sie spürte, wie ein plötzlicher Ruck durch ihn hindurchging, und er ließ seinen Mund über ihren Hals und ihre Schultern wandern. Die Hitze, die er auf ihrer kühlen Haut erzeugte, schien sie zu versengen. Fast hätte sie zustimmend aufgestöhnt, als er ihren Körper zu erkunden begann und seine feste Hand über ihre Hüften, ihren Bauch und schließlich über ihre Schenkel wandern ließ, die noch von dem durchnässten Stoff bedeckt waren.

Sie hatte von ihrem zweiten Ehemann ein paar Dinge über das Zusammensein zwischen Mann und Frau gelernt – doch nie zuvor hatte sie ein solches Verlangen verspürt. Noch nie hatten sie kleine Berührungen so erzittern lassen, und noch nie hatte sie so sehnlich gehofft, dass es nicht enden möge. Der Städter, mit dem sie verheiratet gewesen war, hatte sich nie so lang damit aufgehalten, sie zu küssen und zu liebkosen, und in ihr nie eine solche Leidenschaft geweckt.

Er zog den Stoff von ihrer Brust herunter, sodass ihre Brüste entblößt waren. Er liebkoste sie, und sie biss die Zähne zusammen, um das atemlose Verlangen zu ertragen, das seine Berührungen und sein Blick in ihr auslösten. Als er mit dem Daumen eine ihrer festen Brustwarzen streichelte, streckte sie sich unwillkürlich, um ihm ihren Körper darzubieten. Er ließ sein Gesicht noch einmal sanft über ihre Brust wandern, ehe er sich schließlich auf einen Arm stützte.

"Nicht hier", sagte er. Er umschloss ihre Brust mit seiner Hand und beobachtete, wie seine Hand nach unten zu ihrer Taille, ihrer Hüfte und ihrem Bauch wanderte. Schließlich umschloss er mit sanftem Druck ihren Venushügel und löste damit überaus lustvolle Empfindungen in ihr aus. Seine zärtliche Geste versprach, dass er sie ganz in Besitz nehmen würde, wenn auch nicht sofort. "Nicht jetzt."

Er küsste sie, indem er sie nur sanft mit den Lippen streifte, und löste sich schließlich von ihr. Die Muskeln in seinem Rücken strafften sich, während er sich erhob. Plötzlich fühlten sich ihre Arme leer an ohne ihn.

Einander widerstreitende Gefühle kamen in ihr

hoch. Da war eine gewisse Dankbarkeit, dass er Zurückhaltung gezeigt hatte, aber vor allem Enttäuschung, dass er nicht weiter gegangen war. Es ärgerte sie, dass sie dieses eine Mal, wo sie sich genau das gewünscht hätte, zurückgewiesen wurde.

Sie blickte zum See und zur Straße hinunter, und die Wirklichkeit drang in ihre benebelten Sinne ein. Erschrocken kam ihr zu Bewusstsein, wie man sie von der Straße aus gesehen haben musste.

Er reichte ihr die Hand, und sie blickte an seinem Arm hoch. Plötzlich wurde ihr bewusst, was für ein Bild sie boten: eine halb nackte Leibeigene, die zu Füßen ihres Herrn lag. Und sie zweifelte nicht daran, dass er ihre Beziehung genau so und nicht anders sah. Es kam ihr in den Sinn, was er zuletzt zu ihr gesagt hatte. Mit einem Mal wurde ihr bewusst, was für einen entsetzlichen Fehler sie gemacht hatte.

Sie kämpfte sich aus den Tiefen der Leidenschaft empor und gewann schließlich ihren klaren Verstand wieder. *Nicht jetzt,* hatte er gesagt. Nein, es durfte überhaupt nie dazu kommen. Sie zog ihr Kleid hoch und rappelte sich auf die Beine. Peinlich berührt wandte sie sich von ihm ab.

"Hast du noch ... andere Kleider?", fragte er.

"Am Ufer ... wo ich mich gewaschen habe ..."

Er ging zum Ufer hinunter und brachte ihr die Kleider. Während er erneut zum Wasser ging, zog sie sich rasch zwischen die Bäume zurück, um sich umzuziehen. Dabei lauschte sie auf das Plätschern des Wassers, als er sich wusch. Sie schlüpfte in das blaue Kleid und nahm sich vor, dass sie in Zukunft auch dann ein Unterhemd tragen würde, wenn es eigentlich zu heiß dafür war. Sie setzte sich den Schleier aufs Haar, auch wenn die Kopfbedeckung während der Reise etwas unbequem sein würde.

Von Kopf bis Fuß in Kleider gehüllt, ging sie zum Wagen zurück, wo er schon auf sie wartete. Sein feuchtes Haar glänzte in der Sonne, und auch seine entblößte Brust und seine Beinkleider waren nass. Seine dunklen Augen blickten so eindringlich wie immer drein – doch nun war ihr klar, was sein Blick zu bedeuten hatte. Wie hatte sie nur so naiv sein können?

Er hatte sich ziemlich heimtückisch verhalten. Warum hatte er sie nicht lüstern ansehen und ihr eindeutige Angebote machen können, so wie andere Männer auch, sodass man gleich hätte erkennen können, worum es ihm ging? Warum konnte er nicht ein Fremder sein, damit gar nicht erst solche Erinnerungen und Gefühle in ihr hätten aufkommen können? Sie hätte darauf bestehen sollen, mit ihrem Wagen nach Darwendon zurückzufahren, anstatt mit ihm zu reisen. Jetzt würden sie zusammen nach London fahren, und dieser Vorfall würde ständig zwischen ihnen schweben und alle möglichen Probleme hervorrufen. Wahrscheinlich hatte er erwartet, dass sie ihm auch als Geliebte diente, und ging nun gewiss davon aus, dass sie sich in diese Rolle gefügt hatte. Das Ganze würde ziemlich unangenehm und peinlich werden – vielleicht sogar gefährlich.

Sie stieg den Hügel hinauf, und das Geklapper des Wagens folgte ihr. Sie musste sich eingestehen, dass die Gefahr von ihr selbst genauso drohte wie von ihm. Die Vorstellung, dass sich ihre Kindheitsträume nun erfüllen könnten, hatte etwas Verlockendes an sich – denn die wohlgeformte männliche Gestalt an ihrer Seite versprach Leidenschaft und Wärme. Das Allerschlimmste aber war, dass sie wahrscheinlich trotz der drohenden Schande in manchen Augenblicken immer noch bereit wäre, der Verlockung nachzugeben.

Großer Gott, was hatte sie nur getan? Sie kannte die Antwort nur zu genau. Sie hatte alles aufs Spiel gesetzt

– ihre Chance auf eine geordnete Zukunft, ihre Pläne, zu heiraten und eine Familie zu gründen, ihr Recht auf Ansehen und Respekt und sogar ihren Willen – und alles nur wegen ein paar zügelloser Küsse und Liebkosungen.

"Ich gehe eine Weile zu Fuß", sagte sie, ohne ihn anzublicken, als sie die Straße erreichten. Der Wagen folgte ihr. Sie drehte sich um und sah, dass er im Wagen saß. Als sie sich etwas später noch einmal umdrehte, hatte er seinen Rock wieder angezogen, was das Ganze ein wenig leichter machte, doch die Sonne brachte sein Gesicht so wunderbar zum Leuchten, dass sie ihn kaum ansehen konnte.

Nichts als Ärger. Sie seufzte tief. In den vergangenen Tagen hatte sie Gefühle mit sich herumgetragen wie Öl in einer Schüssel – und jetzt hatte sie etwas davon verschüttet und wusste nicht, wie sie den Fleck beseitigen sollte.

Sie war wohl schon eine Stunde gegangen, als der Wagen näher kam und der Atem des Esels ihre Schulter wärmte. "Steig jetzt ein", sagte Addis. "Wir kommen sonst zu langsam voran."

Sie stapfte einfach weiter, ohne auf ihn einzugehen. Der Wagen blieb stehen. Wenige Augenblicke später wurde sie von zwei kräftigen Armen hochgehoben. Er trug sie zurück, hob sie auf den Wagen und setzte sich neben sie. "Jetzt benimm dich nicht wie ein Kind. Ich werde dich schon nicht fressen."

Sie rückte so weit wie möglich von ihm weg und deckte mit ihrem wallenden Kleid so viel wie möglich von sich zu. Addis beobachtete sie gleichzeitig verärgert und amüsiert. Dachte sie wirklich, dass es etwas änderte, wenn sie sich verhüllte? Wenn er sie nur anblickte, sah er nicht den wachsamen Ausdruck, den sie jetzt auf dem Gesicht hatte, sondern immer noch die überschäumende Leidenschaft, die er eine Stunde zuvor an ihr gesehen hatte. Wie leicht fiel es ihm, ihr in seiner Fantasie das blaue Kleid auszuziehen und ihren üppigen Körper mit den vollen Brüsten vor sich zu sehen. Sie mochte jetzt noch so steif und unbeweglich dasitzen – er konnte sich trotzdem nur zu gut daran erinnern, wie sie vor Lust gebebt hatte. Und ihre fest zusammengepressten Lippen erinnerten ihn an ihre heißen, innigen Küsse.

Es waren wundervolle Küsse gewesen. Er hatte schon vergessen, wie lange es her war, seit er es zum letzten Mal genossen hatte, eine Frau zu küssen. Das musste schon Jahre zurückliegen. Es musste irgendwann in seiner Jugend gewesen sein. Zwischen ihm und Eufemia hatte es kaum Küsse gegeben, und die Huren davor hatte er überhaupt nie geküsst. Küssen – das war etwas, das er einst als Knappe getan hatte; damals waren es kleine Schritte auf dem Weg zu einem oft unerreichbaren Ziel gewesen, als er sich als Ersatz für die tugendhafte Claire irgendwelchen Dienstmägden und Dorfmädchen zugewandt hatte. Wenn man sie nicht von der Straße aus hätte sehen können, wäre er vorhin vielleicht stundenlang mit Moira liegen geblieben und hätte ihre Lippen und ihren ganzen Körper geküsst.

Offensichtlich bereute sie, was vorgefallen war. Sie wäre wahrscheinlich zu Fuß bis London gegangen, wenn er sie nicht mit sanftem Nachdruck in den Wagen geholt hätte. Er hätte ihr einen echten Grund geben sollen, um Schuldgefühle zu haben, dachte er sich. Er hätte sie gleich dort am Seeufer nehmen sollen, anstatt sich Sorgen zu machen, dass sie sich erniedrigt fühlen würde, wenn er sich mitten in der Landschaft rasch einmal mit ihr vergnügte. Sie war seine Leibeigene, und er hatte sich so rücksichtsvoll verhalten, als wäre sie eine jungfräuliche Lady, die ein Federbett gewohnt war. So wie es aussah, würde es nicht leicht sein, sie noch einmal so weit zu bekommen.

Er betrachtete die wasserblauen Augen, die entschlossen geradeaus gerichtet waren. Nein, leicht würde es nicht werden, doch er wusste, dass er nicht von ihr lassen konnte. Er würde sie verführen müssen. Das war auch etwas, das er seit seiner Zeit als Knappe nicht mehr versucht hatte. Ob er sich überhaupt noch erinnern konnte, wie man es anstellte?

Er würde damit warten, bis sie Barrowburgh verlassen hatten. Dass er sich zurückhielt, sollte ihr die Sicherheit wiedergeben. So lange sie so übertrieben wachsam und argwöhnisch war, würde er wahrscheinlich ohnehin nichts erreichen. Außerdem wäre es sehr unritterlich gewesen, sie jetzt zu verführen, da er womöglich eine Stunde später auf Barrowburgh den Tod finden konnte.

Sie merkte, dass er sie beobachtete. Rasch wandte sie sich wieder ab, und sie errötete, als hätte sie seine Gedanken gelesen. Er lächelte, was sie jedoch nicht sehen konnte.

Du fürchtest, dass du einen entscheidenden Fehler begangen hast, kleiner Schatten, und du hast Recht. Ich hätte gedacht, dass du mich nicht willst, und wollte mich schon mit deiner tröstlichen Gegenwart begnügen. Aber wo einmal ein solches Verlangen erwacht ist, schläft es so schnell nicht wieder ein. Das Ganze kann nur auf eins hinauslaufen: früher oder später wirst du ganz mein sein.

5. Kapitel

"Schneid sie ab."

Addis hielt ihr das gut geschliffene Messer hin. Moira betrachtete mit Bedauern die dichten rabenschwarzen Locken, die auf seine nackten Schultern und den Rücken herabfielen. Er hatte schöneres Haar als die meisten Frauen. Es waren die ersten Worte, die er an diesem Morgen gesprochen hatte, an dem sie zuerst gefrühstückt und sich dann zum Aufbrechen fertig gemacht hatten. Er hatte sie die ganze Zeit kaum einmal angesehen; es war, als wäre sein Blick nur noch nach innen gerichtet. Seine Stimmung hatte sich merklich verdüstert.

"Muss das wirklich sein?"

"Kein Ritter in England trägt sein Haar so."

"Raymond schon."

"Raymond war schon immer eitler als andere – sogar eitler als Claire –, wenn es um seine Haare ging. Los, schneid sie ab. Ich werde Barrowburgh nicht betreten, solange ich aussehe wie ein Barbar."

Ihre Hand zuckte von dem Messer zurück, das er ihr hinhielt.

"Du willst … du kannst doch nicht so einfach dort hinein …"

"Hast du gedacht, ich bin nur hergekommen, um mir die Mauern meines alten Zuhauses anzusehen?"

"Du bist wahnsinnig! Er wird dich töten!"

"Das kann dir ja nur recht sein. Dann bist du frei. Brian wird wohl kaum darauf bestehen, dass du noch länger eine Leibeigene bist." Er drückte ihr das Messer in die Hand. "Jetzt mach schon."

Sie nahm eine dichte Strähne in die Hand, und die

Klinge durchtrennte sie, als wäre es Seide. Das sah Gott wieder einmal ähnlich, so schönes Haar an einen Mann zu verschwenden. Die Wellen in seinem Haar traten stärker hervor, während eine Strähne nach der anderen zu Boden fiel. Als sie fertig war, strich sich Addis mit der Hand über den Kopf. Ohne ein Wort zu sagen, ging er zu seinem Sattel, holte Kleider aus einer Tasche hervor und verschwand zwischen den Bäumen.

Sie begann damit, die Schemel und Körbe wieder auf den Wagen aufzuladen, nachdem Addis sie abgeladen hatte, damit sie Platz für ihr Nachtlager hatte. Nach dem, was vor zwei Tagen am See vorgefallen war, hatte sie sich mit Bangen gefragt, was wohl die Nächte bringen würden – doch als sie an jenem Tag ihr Nachtlager aufschlugen, tat er so, als hätte sich überhaupt nichts verändert. Und so hatte sie darauf verzichten können, ihn mit aller Entschlossenheit zurückzuweisen, worauf sie sich schon den ganzen Nachmittag vorbereitet hatte.

Ja, er war in den vergangenen beiden Tagen sogar ausgesprochen rücksichtsvoll gewesen, er hatte mehr gesprochen als sonst und eine gewisse unverbindliche Höflichkeit an den Tag gelegt, die sie ein wenig an den alten Addis erinnerte. Offensichtlich hatte er erkannt, dass ihr zügelloses Verhalten nur eine unbedachte Reaktion auf die Umarmung gewesen war, die ihnen durch die plötzliche Gefahr aufgezwungen worden war. Gestern hatte ihr Misstrauen bereits ein wenig nachgelassen. Als sie dann Erinnerungen an einen besonders komischen Wächter von Hawkesford austauschten, hatte sie sogar gelacht und schließlich die Überzeugung gewonnen, dass ihr Ausrutscher doch nicht die unangenehmen Folgen mit sich brachte, die sie befürchtet hatte.

Ihr kurzes Gespräch über Hawkesford hatte erneut

eine gewisse Vertrautheit zwischen ihnen aufkommen lassen, die aus dem Wissen entstanden war, dass sie vor vielen Jahren beide dort gelebt hatten. Die Leichtigkeit, mit der er über die Vergangenheit sprach, verblüffte sie – denn er hatte bisher nie über solche Erinnerungen gesprochen. Während sich dieses Gefühl der Gemeinsamkeit zwischen ihnen ausbreitete, wartete sie darauf, dass er ihr all die Fragen über Claire und Brian stellte, die ihn doch gewiss beschäftigen mussten.

Doch statt sie etwas zu fragen, fiel er wieder in sein düsteres Schweigen zurück. Er mochte vielleicht bereit sein, mit ihr über einen O-beinigen Wächter zu scherzen – doch über die wirklich wichtigen Dinge wollte er nicht mit ihr sprechen. Wenn er nicht Claire kurz erwähnt hätte, bevor sie ihm die Haare schnitt, hätte man meinen können, er habe längst vergessen, dass es sie je gegeben hatte. War ihm ihr Name nur deshalb über die Lippen gekommen, weil sie nur noch eine Meile von Barrowburgh entfernt waren, wo das Allerschlimmste zwischen ihnen vorgefallen war?

Nein, sie sollte nicht über ihn urteilen. Die Geschichte, die Claire ihr erzählt hatte, war ihr nie ganz wahr erschienen – und selbst wenn sie wahr gewesen wäre, war Claire gewiss auch nicht ohne Schuld. Was hatte sie denn erwartet? Moira kannte die Antwort auf diese Frage. Claire hatte erwartet, dass sie ihren Willen durchsetzen würde. Schließlich war immer alles nach ihrem Kopf gegangen.

Er kam zwischen den Bäumen hervor. Ihr Herz machte einen kleinen Sprung, als sie ihn so verwandelt sah. Er sah nicht länger wie ein Barbar aus, sondern genau so, wie man es vom Sohn von Patrick de Valence erwarten würde. Sein Haar war in dichten Wellen zurückgekämmt, so wie er es als Jüngling getragen hatte. Und sein Gesicht erschien ihr mit einem Mal schmerzhaft vertraut, wenn auch ein wenig älter und von einer gewissen Erfahrung gezeichnet. Er trug Beinkleider aus schwarzem Leder und einen kurzen blauen Rock, der von einem Rittergürtel zusammengehalten wurde. An seinen Stiefeln blitzten goldene Sporen. Sie hatte bisher keinerlei Zeichen seines Standes an ihm gesehen; er musste das alles während seiner Reise mit Brian besorgt haben. Die einzigen anderen Anzeichen von Reichtum waren zwei goldene Armspangen an den Unterarmen, doch sein ganzes Äußeres drückte aus, dass er von seiner Herkunft her einen rechtmäßigen Anspruch auf Barrowburgh stellen konnte.

Er begann sein Pferd vorzubereiten. Während sie ihm zusah, hatte sie das seltsame Gefühl, dass ihre kurze Vertrautheit sich wieder in Luft aufgelöst hatte, während er sich umgezogen hatte. Sie spürte seine Entschlossenheit, doch da war auch noch dieses beunruhigende Etwas, das sie nicht genau beschreiben konnte.

"Das Schwert ist hier im Wagen", sagte sie und schickte sich an, es ihm zu holen.

"Ich nehme es nicht mit."

"Du gehst ohne Waffen hin?"

"Ich werde keine Waffen brauchen."

"Du bist ein Narr."

Er schwang sich auf sein Pferd und warf ihr einen drohenden Blick zu, der sie zusammenzucken ließ. Es war viel schwerer, offen mit diesem Addis zu sprechen, der hier vor ihr stand, als mit dem Mann, der neben ihr im Wagen gesessen hatte. "Ich habe keine Rüstung, und das hier ist nicht das Schwert eines Ritters. Waffen und Rüstung werden mir nicht viel nützen, wenn Simon vorhat, mich zu töten. Es soll ruhig jeder sehen, dass ich ohne Waffen komme. Wenn sie mich töten, wird jeder wissen, dass es Mord war." Er blickte zu den Baumwipfeln hinauf. "Komm her."

Sie trat zu ihm hin. Er beugte sich zu ihr herab und zeigte zu den Bäumen. "Warte, bis die Sonne hinter den hohen Ästen verschwindet. Wenn ich bis dahin nicht zurück bin, nimm den Wagen und fahr auf der Römerstraße ostwärts. Du solltest bis zum Abend in Waverly sein."

"Kann es vielleicht sein, dass du dir doch nicht ganz so sicher bist, dass dir keine Gefahr droht?"

Er richtete sich auf. "Man kann nie wissen, was passiert."

"Stimmt. Dann können wir auch gleich ganz offen über alles reden. Wenn du nicht zurückkommst, werde ich westwärts fahren, und nicht nach Osten. Ich werde Brian holen. Wo ist er?"

"Er ist in Sicherheit. Du brauchst dich nicht mehr um ihn zu kümmern."

"Nein? Wer kümmert sich dann um ihn? Wissen jene, bei denen er ist, was sie tun sollen, wenn du stirbst? Werden sie verstehen, dass Simon ihn niemals ..."

"Wenn ich sterbe, wird ihn niemand jemals finden."

"Er wird Angst haben und denken, dass alle ihn verlassen haben. Sag mir, wo er ist, dann werde ich ihn zusammen mit Raymond holen und in Sicherheit bringen. Ich werde mit ihm in Hawkesford leben und mich um ihn kümmern."

"Wirst du um Brians willen in Raymonds Bett steigen? Du musst wissen, dass das der einzige Weg ist, wie du jemals nach Hawkesford zurückkehren kannst."

Würde sie das tun? Raymond hatte ihre Liebe für den Jungen nie gegen sie ausgespielt, doch wenn das die Voraussetzung war, um Brian zurückzubekommen – würde sie es akzeptieren?

"Wenn ich wieder tot sein sollte, ist die Situation nicht anders, als sie vor einigen Monaten war. Er wäre in Hawkesford einfach nicht sicher, und Simon würde jetzt auch in Darwendon nach ihm suchen." Er ließ das Pferd wenden und ritt auf den Weg zu, der zur Straße nach Barrowburgh führte. Am Waldrand blieb er stehen und blickte zu ihr zurück. "Komm her", befahl er ihr noch einmal.

Sie ging zu ihm hin. Er sah einfach umwerfend aus, wie er da auf seinem Pferd saß. Kein Banner oder Gefolge würde seinen Rang unterstreichen, doch seine bloße Präsenz strahlte auch so genug Autorität aus.

"Denk ja nicht daran wegzulaufen, Moira. Ich werde dich finden, wenn du es tust, und ich wäre ziemlich verärgert, wenn ich Zeit für die Suche verschwenden müsste."

"Großer Gott, wir wollen unter keinen Umständen, dass Ihr Euch ärgern müsst, Mylord", antwortete sie in sarkastischem Ton, um zu verbergen, dass sie vor allem um sein Wohlergehen besorgt war und dass sie sich ärgerte, weil er sie nicht zu Brian lassen wollte. Und zu ihrer Bestürzung stellte sie fest, dass sie an eine Flucht nicht einmal gedacht hatte.

Der Herr von Barrowburgh fand den Sarkasmus seiner Leibeigenen gar nicht komisch. Raue Finger umschlossen ihr Kinn und zwangen sie, ihn anzusehen. "Das will ich hoffen. Ich lasse dir viele deiner Launen durchgehen, aber über eines solltest du dir im Klaren sein: dein Herr lebt nicht mehr nur nach den Grundsätzen der christlichen Ritterlichkeit. Er weiß ganz genau, wie man Gehorsam einfordert, wenn es nötig ist. Du bist klug genug, zu wissen, dass heute nicht der geeignete Moment ist, um dich mir zu widersetzen. Du kannst meinetwegen beten, dass er mich tötet, aber falls er es nicht tut, solltest du lieber auf mich warten."

Er gab dem Pferd die Sporen und verschwand zwischen den Bäumen.

Sie sah ihm nach, wie der Wald ihn verschluckte.

Und sie verspürte erneut dieses schreckliche Gefühl des Verlusts, das sie bereits erlebt hatte, als er mit Brian fortgeritten war. Lag es nur daran, dass sie über den Jungen gesprochen hatten?

Sie packte ihre Sachen auf den Wagen, um sich von ihrer eigenartigen Stimmung abzulenken. Sie sollte eigentlich beten, dass er starb. Hatte sie nicht Darwendon verlassen, um ihr altes Leben hinter sich zu lassen und ein neues zu beginnen? Wenn Simon in den nächsten paar Stunden einem seiner Männer nur ein kleines Zeichen gab, würde sie möglicherweise für den Rest ihres Lebens frei sein.

Plötzlich sah sie alles mit einer unheimlichen Klarheit vor sich. Sie sah, wie Simon Addis begrüßte wie einen Bruder, wie er ihm Wein anbot und dabei kaum merklich ein Zeichen gab, worauf das tödliche Schwert zuschlug. Sie stieß einen stillen Schrei aus, als die Waffe niederging. Sie sah seine Augen, in denen fast so etwas wie Erleichterung war, während das Leben aus ihm wich.

Sie blinzelte, um das Bild zu verscheuchen, und wirbelte herum, um zu der Stelle hinüberzublicken, wo er verschwunden war.

Plötzlich wurde ihr klar, warum er an diesem Morgen etwas Düsteres ausgestrahlt hatte. Ein kleiner Teil von ihm wünschte sich, dass es genau so passieren möge. Sie wusste es, auch wenn es ihm selbst vielleicht gar nicht bewusst war. Sie hatte es schon früher gespürt; irgendetwas in ihm zog ihn zu einer Verzweiflung hin, die so groß war, dass ihm der Abgrund als etwas Verlockendes erschien. Dieser düstere Drang mochte durch all das, was er in seinem Zuhause vorfinden würde, neue Nahrung finden. Schließlich mochte er so stark werden, dass Addis' Wachsamkeit vermindert war. Sie hätte das alles schon viel früher erkennen müssen und irgendetwas sagen oder tun sollen, um diese düstere Macht in ihm zu brechen.

Sie verfluchte sich selbst wegen ihrer Dummheit und holte aus einem ihrer Körbe ein Messer hervor. Dann kniete sie sich hin und schnitt die Riemen durch, die ihren Geldbeutel unter dem Wagen befestigten. Schließlich holte sie ihren Nähkorb hervor, legte den Beutel hinein und ging in den Wald, wo sie den Korb unter dichtem Gestrüpp verbarg.

Er hatte ihr befohlen, hier zu bleiben, und ihr eine Strafe angedroht, falls sie es nicht tat, doch sie konnte nicht einfach nur dasitzen und dem Lauf der Sonne zusehen, bis genug Zeit vergangen war, dass sie das Schlimmste annehmen musste. Sie musste auch dort sein. Sie konnte ihm nicht helfen, wenn etwas schief ging, aber sie würde wenigstens sehen, was passierte. Es sollte wenigstens ein Mensch in Barrowburgh sein, der willens war, die Wahrheit auszusprechen.

Rasch nahm sie einige Körbe vom Wagen, steckte sie ineinander und hängte sie sich an den Arm. Sie sah auf ihr blaues Kleid hinunter, das zum Glück schon abgetragen und von den vergangenen beiden Tagen ein wenig schmutzig war. Sie war nur noch eine Handwerkerin, die keiner kannte, als sie ihm auf dem Weg nach Barrowburgh folgte.

Der Wächter am Tor trat zur Seite, ohne ein Wort zu sagen, den Mund vor Staunen weit geöffnet. Keiner stieß einen Schrei aus, keiner lief voraus, um sein Kommen anzukündigen – doch bald schon sammelten sich die Leute am Straßenrand, um ihn zu betrachten, während er an ihnen vorüberging. Simon mochte bereits wissen, dass er noch lebte – doch die Bewohner der Stadt Barrowburgh starrten den wieder auferstandenen Addis de Valence mit großen Augen an.

Er ließ sich Zeit, da er wusste, dass die Nachricht von seiner Ankunft ohnehin lange vor ihm die Burg erreichen würde. Er wollte Simon Zeit geben, um sich zu überlegen, was er tun sollte. Immer mehr Schaulustige strömten aus den Häusern und Geschäften hervor und versammelten sich an der Straße. Einige aus der Menge folgten ihm. Als er den Taubenschlag des Herrschaftssitzes erreichte, hatte er bereits ein großes Gefolge von Stadtbewohnern hinter sich.

Das Burgtor war geöffnet. Pferdewagen standen im äußeren Hof, wo Kaufleute und Handwerker ihre Waren feilboten. Auf den Zinnen wehte die Flagge in Scharlachrot und Weiß. Die gleichen Farben sah man an den Gewändern der Wächter und Ritter, die sich zwischen den Kaufleuten tummelten. Er ließ das bunte Treiben im Hof hinter sich und gelangte zur inneren Burgmauer.

Dieses Tor war verschlossen. Er ritt nahe an die Mauer heran und wartete. Ein Wächter suchte sein Pferd und ihn selbst nach Waffen ab und gab dann das Signal, ihn einzulassen.

Die Stadtbewohner waren ihm gefolgt und drängten sich nun vor dem Burgtor. Als sich das Fallgitter hob und er durch das Tor ritt, strömten die Leute hinter ihm her, sodass das Gitter nicht wieder gesenkt werden konnte.

Er ritt zur Treppe des Bergfrieds hinüber. Sein Blick fiel sofort auf den stämmigen schwarzhaarigen Mann, der oben auf der Treppe wartete. Er trug ein kostbares rotes Gewand, das mit gelben Edelsteinen verziert war. Neben ihm standen eine Frau im mittleren Alter mit verhärmtem Gesicht und ein gut aussehender junger Ritter mit rotem Haar.

Auf Simons gerötetem bärtigem Gesicht erschien ein breites Lächeln, als Addis näher kam. Er hob die Arme zum Gruß und ging die Treppe hinunter. "Was für ein schöner Tag, Bruder, ein wahrhaft gesegneter Tag! Ich habe geweint vor Hoffnung, als ich die Leute reden hörte, dass du noch lebst, aber jetzt, da ich dich vor mir sehe, bin ich überwältigt vor Freude!"

Er spielte also den liebevollen Bruder. Addis stieg vom Pferd und nahm die Umarmung seines Stiefbruders entgegen. "Es tut wirklich gut, endlich wieder englischen Boden unter den Füßen zu haben und englische Luft zu atmen", sagte er, auf Simons Spiel eingehend.

"Bei allen Heiligen, du siehst wirklich gut aus! Ein wenig abgemagert vielleicht, aber trotzdem prächtig, wenn man bedenkt, was du durchgemacht hast."

"Du auch, Bruder. Etwas dicker vielleicht, aber glücklich und zufrieden. Es freut mich sehr, dass es so ist."

"Ja, eine Spur zu dick, fürchte ich", sagte Simon lachend und klopfte sich auf seine breite Brust. "Aber komm doch erst einmal herein." Er zeigte auf die Treppe. "Unsere Mutter konnte es gar nicht mehr erwarten, irgendetwas von dir zu hören. Siehst du, wie ungeduldig sie schon ist?"

Addis blickte zu der Frau in dem rosafarbenen Seidenkleid hinauf, die ein gezwungenes Lächeln auf den Lippen hatte. In seinem Herzen war nichts als Abscheu für Lady Mary, die hinterhältige Witwe, die sich Patrick de Valences Kummer nach dem Tod von Addis' Mutter zunutze gemacht hatte. Als Patrick seine Zeit der Trauer hinter sich hatte, hatte sich Mary bereits zusammen mit ihrem Sohn in Barrowburgh breit gemacht. Nach nicht einmal einem Jahr hatte Patrick seinen Irrtum eingesehen – doch da war nichts mehr zu machen. Lady Mary war wohl schon zu alt, um sich noch geschickt verstellen zu können – denn ihre Begrüßung war bei weitem nicht so überschwänglich wie die von Simon.

"Und du erinnerst dich bestimmt an Owen", fügte Simon hinzu und stellte ihm den rothaarigen Mann vor. "Er war früher Sir Theos Knappe."

Addis betrachtete den jungen Ritter aufmerksam. Damals war er Sir Theos Knappe, und heute Simons Günstling. Sir Theo war einer der Ritter gewesen, die an dem Kreuzzug in die baltischen Länder teilgenommen hatten.

Simon legte den Arm um Addis' Schultern und wandte sich mit ihm der Türe zu. "Wir haben so vieles zu besprechen, Bruder. Manches davon ist ziemlich traurig, fürchte ich. Und du hast sicher auch viele Fragen. Unsere Mutter hat schon Anweisungen für ein Festmahl gegeben, um deine Heimkehr gebührend zu feiern. Aber gehen wir erst einmal in mein Privatgemach; dort können wir offen über alles reden."

Addis ließ sich in den großen Saal führen – einen Ort, den er so gut kannte, dass er mit verbundenen Augen von einem Ende zum anderen hätte gehen können, ohne über einen Schemel oder ein Podest zu stolpern. In dieser vertrauten Umgebung war es ihm plötzlich, als würde er in einen Traum voller Geister eintauchen. Bruchstückhafte Erinnerungen blitzten in ihm auf, während er den Saal durchquerte, sodass er die höflichen Worte kaum wahrnahm, die der Mann an seiner Seite plapperte.

Im Privatgemach des Herrn von Barrowburgh wurde das Gefühl noch stärker. Er blickte sich in dem Zimmer um, das einst seinem Vater gehört hatte. Hier zu stehen rief in ihm ein Gefühl hervor, das seltsam unwirklich war. Erst als Simon auf dem Stuhl des Herrn Platz nahm, kehrte er wieder in die Wirklichkeit zurück.

Owen setzte sich auf einen Stuhl an der Wand gegenüber von Simon, direkt hinter einen leeren Stuhl. Addis erkannte sofort, wie verwundbar er auf dem Platz sein würde, den man ihm zugedacht hatte. Er betrachtete seinen Stiefbruder, der friedlich lächelnd auf seinem Sessel ruhte und nach Wein rief. *Er genießt es sichtlich, auf dem Sessel meines Vaters zu sitzen. Auf meinem Sessel.*

Er setzte sich auf den leeren Stuhl, sodass er Simon gegenübersaß, und ignorierte Owens Anwesenheit. "Ich habe deine Frau gar nicht gesehen. Wie geht es Lady Blanche?"

"Sie starb voriges Jahr im Kindbett. Vielleicht eine Gnade. Sie war ein kränkliches Mädchen und zu schwach, um ein Kind zu gebären. Sie hat insgesamt vier Babys verloren. Nun, so ist nun einmal Gottes Wille. Ich handle gerade einen neuen Ehevertrag aus. Es ist eine Verwandte von Hugh Despenser. Du musst unbedingt zur Verlobung kommen."

Addis nickte nur, ohne darauf einzugehen, dass Simon soeben ziemlich unverhohlen klar gemacht hatte, welche Macht hinter seinem Anspruch auf Barrowburgh stand. Raymond hatte nichts von Lady Blanches Tod gewusst, der Simon ziemlich gelegen gekommen sein musste.

"Erzähl mir vom Tod meines Vaters."

Simon hatte den Anstand, ein betrübtes Gesicht zu machen. "In jenem Jahr plagte eine schlimme Seuche das Land, an der viele starben. Er musste nicht allzu sehr leiden, und deine Frau kümmerte sich um ihn – doch ich fürchte, dass ihr unermüdlicher Einsatz für deinen Vater sie zuletzt doch sehr geschwächt hatte, sodass sie schließlich selbst krank wurde. Es brach mir das Herz, als er starb, aber wenn ich ehrlich bin, Addis, dann war auch das vielleicht eine Gnade."

So viele, die durch die Gnade Gottes aus dem Leben geschieden waren. Und Gottes Gnade war nicht gerade zu Simons Nachteil. "Wie meinst du das?"

Simon machte ein nachdenkliches Gesicht. Er tat so, als falle es ihm schwer, eine unangenehme Wahrheit auszusprechen. "Sei mir nicht böse, wenn ich das sage – und ich versichere dir, dass ich keineswegs die Ehre dieses guten Mannes beflecken will –, aber Lancasters Rebellion war ein Teufelswerk; und als unser König den Aufstand niederwarf, kannte er keine Gnade. Es gab kaum eine Straßenkreuzung im ganzen Reich, wo nicht irgendeiner am Galgen hing. Dein Vater war in seiner Ansicht, wie man der Rebellion begegnen solle, zu nachsichtig gegenüber den Verrätern, sodass ein gewisser Verdacht auf ihn fiel. Wenn Patrick länger gelebt hätte ... Nun, jedenfalls dachte der König schon daran, seine Ländereien wegen Verrats zu beschlagnahmen. Nur dank meiner Freundschaft mit einigen seiner Berater gelang es mir, den Besitz in der Familie zu halten."

"Aber du bist doch kein de Valence, Simon, und auch nicht Patricks Sohn – daran ändert auch die Heirat deiner Mutter nichts."

"Aber gerade deshalb ließ der König mit sich reden. Wenn ich nicht gewesen wäre, hätte er den ganzen Besitz irgendeinem fremden Baron gegeben, der in keiner Weise mit uns verwandt ist und dem er vielleicht einen Gefallen schuldete. Wenigstens ist so für Patricks Gemahlin gesorgt, und auch für sein Gefolge. Das Land bleibt ungeteilt und ganz."

"Wie hat man denn die Vorwürfe gegen meinen Vater begründet?"

"Da war vor allem seine Freundschaft mit Lancaster. Sie haben sich einige Male getroffen – und zwar in dem Jahr, bevor die Rebellion ausbrach. Ich habe gehört, dass sie noch mehr Beweise hatten, aber nachdem es keinen Prozess gab ..."

"Ich habe gehört, dass es überhaupt keine Prozesse gab. Die Männer, die dem König nahe stehen, nützten die Gelegenheit, um sich ihrer Feinde zu entledigen und große Besitztümer an sich zu reißen."

"Die Berater des Königs sind ehrenwerte Männer, die ihm stets mit gutem Rat zur Seite stehen", erwiderte Simon gereizt. "Du weißt ja, wie es mit Edward ist. Er braucht starke Männer um sich. Er hat ja selbst kaum Interesse an den Regierungsgeschäften."

"Alle Könige brauchen starke Männer um sich, und auch guten Rat. Aber ich habe gehört, dass Hugh Despenser mehr ist als das, und dass sein Einfluss auf den König mehr persönlicher Natur ist. Es heißt, dass er ein neuer Piers Gaveston ist."

Simons Gesicht rötete sich, als er den Namen des jungen Ritters aus der Gascogne hörte, der angeblich Edwards Geliebter gewesen war, als der König ein junger Mann war. "Das sind absurde Lügen, sonst nichts."

"Na, wenn du es sagst. Ich bin Edward nur einmal begegnet und kann das nicht beurteilen. Willst du damit sagen, dass du Barrowburgh ohne irgendwelche Formalitäten bekommen hast? So leicht kann man einer Familie nicht ihre Rechte entziehen."

Simon wirkte zum ersten Mal ein klein wenig unsicher. "Das Reich war in Aufruhr. Du warst tot ..."

"Ich war auf einem Kreuzzug, und die Rechte und der Besitz eines Ritters sind geschützt, während er für Gott kämpft."

"Jemand sah, wie du auf dem Schlachtfeld fielst. Es gab keinen Grund mehr, zu glauben ..."

"Und der Junge? Was ist mit dem Jungen?"

Simons Gesicht erstarrte. "Was meinst du damit?"

"Nachdem niemand meine Leiche gefunden hat – wie

konntet ihr da so sicher sein, dass ich tot war? Unter diesen Umständen hätten die Ländereien bis zum Beweis meines Todes für Brian verwaltet werden müssen. Man hätte dich zum Vormund bestimmen können, bis er volljährig wird, aber es ist schon eigenartig, dass der Sohn eines Kreuzritters so einfach enterbt wird. Bedeuten unserem König die Sitten und Gebräuche des Reiches denn gar nichts?"

Simon war kein dummer Mensch, und er wusste, dass Addis ihm vor Augen führte, dass sein Anspruch auf Barrowburgh auf tönernen Füßen stand. "Unser König ist von allen Seiten von Verrat bedroht, und seine Rechte stehen über jedem Brauch. Und was den Jungen betrifft – ich habe Brian gesucht, um ihm ein Zuhause zu geben, wo man für ihn sorgt."

Addis lächelte. "Das war sehr großzügig von dir. Aber mein Schwager hat sich um ihn gekümmert. Du wirst erleichtert sein zu hören, dass er in Sicherheit ist und dass es ihm gut geht. Nur ich weiß, wo er versteckt ist. Er ist also sicher vor jedem Streit, der ausbrechen könnte."

Er ließ seine Worte wirken und beobachtete, wie Simon sie aufnahm. Sein Stiefbruder warf ihm einen scharfen, nachdenklichen Blick zu, und mit einem Mal lag eine Spannung in der Luft, die mit Händen zu greifen war. Schweigend musterte ihn Simon, als schätze er seine Möglichkeiten ab. Und Owens stille Anwesenheit wurde immer spürbarer und bedrohlicher.

Wie sicher bist du dir wirklich der Gunst des Königs, Simon? Sicher genug, um mich hier in deinem Privatgemach erschlagen zu lassen? Addis spürte die bedrohlichen Gedanken, die dem Mann vor ihm durch den Kopf gehen mussten, und er spürte auch die Anspannung und wachsende Bereitschaft des Mannes hinter ihm. Er blickte sich um, betrachtete den Tisch, das Bett und die Wandteppiche

– ein jedes Ding an dem Platz, der ihm seit Generationen zugedacht war. Das Gefühl der Unwirklichkeit wuchs erneut, und mit ihm eine betäubende Gleichgültigkeit gegenüber der Gefahr, die ihn umgab.

"Wo ist das Schwert von Barrowburgh?", fragte er, als er die leere Stelle sah, wo die mächtige Waffe immer gehangen hatte. Als der vorige König darauf bestanden hatte, dass alle seine Kronvasallen den Anspruch auf ihre Besitzungen bis zurück zur Regentschaft von König William nachweisen, hatte Addis' Großvater dieses alte Schwert von der Wand genommen und es als Beweis vorgewiesen.

"Fort. Gestohlen."

Interessant. Konnte man ein Schwert so einfach stehlen? Er spürte immer noch, dass Owen wie ein Todesengel hinter ihm schwebte. Er wusste, dass es klüger gewesen wäre, Simons Misstrauen vorerst zu zerstreuen – und genau das hatte er auch vorgehabt –, doch plötzlich war ihm das alles egal. Er verspürte nur noch den unwiderstehlichen Drang, ihn zu provozieren.

"Du musst verstehen, dass ich das nicht akzeptieren kann."

Simons Augen flackerten überrascht, als Addis plötzlich so offen mit ihm zu reden begann. Dann verengten sie sich und blickten ihn verschlagen und kalt an, wie Addis es in ihrer Jugend oft an Simon gesehen hatte. "Du wirst nichts damit gewinnen, wenn du es nicht akzeptierst."

"Ich werde nichts gewinnen, wenn ich es akzeptiere. Oder hast du etwa vor, von deinem Anspruch zurückzutreten – jetzt, da du siehst, dass ich am Leben bin?"

"Als mir der König diese Ländereien gab, ging es kaum um die Frage deines Todes. Also spielt jetzt die Tatsache, dass du lebst, keine große Rolle. Mit dem Verrat deines Vaters habt ihr Barrowburgh verloren."

Nun war sein Vater nicht mehr der ›gute Mann‹, sondern nur noch ein Verräter. "Wir haben Barrowburgh verloren, weil mein Vater gnädigerweise starb, was dir sehr gelegen kam. Nachdem ich fort war, gab es niemanden, der für unsere Familie hätte sprechen können – doch was geschehen ist, kann sehr wohl wieder geändert werden." Er erhob sich. "Nun muss ich aber aufbrechen. Entschuldige mich bitte bei Lady Mary, dass ich dem Festmahl zu meinen Ehren nicht beiwohnen kann."

Simon stand ebenfalls auf – nun nicht länger der freundliche Bruder, sondern ein Gegner, der soeben eine ernste Warnung erhalten hatte. Addis wandte sich Owen zu. "Ihr wart mit Sir Theo auf dem Kreuzzug, auf dem ich dem Feind in die Hände fiel. Hat Theo überlebt?"

Owen schüttelte den Kopf.

"Aber Ihr habt überlebt. Was für ein Glück für Euch."

Owens Gesicht rötete sich angesichts der Anspielung, dass ihm seine Feigheit das Leben gerettet hatte, während die meisten gefallen waren.

"Kehrst du nach Darwendon zurück?", fragte Simon, während sie in den Saal hinuntergingen. Addis ging mit voller Absicht direkt vor Owen die Treppe hinunter. Das traumartige Gefühl hatte sich noch gesteigert und umgab ihn wie mit einem verzaubernden Nebel. Etwas in ihm forderte Simon auf, seinem Handlanger das Signal zu geben – denn im Grunde war doch alles egal. Er konnte ja nicht wirklich getötet werden, wenn all das gar nicht existierte, sondern nur ein Traum war.

"Nein. Ich glaube nicht, dass ich mich in den nächsten Monaten in Darwendon aufhalten werde."

Er durchquerte den großen Saal, wo alles für ein

Festmahl vorbereitet wurde, an dem er nicht teilnehmen würde. Die Vormittagssonne blendete ihn für einen Augenblick, als sie aus dem Bergfried hervortraten. Er blickte auf die Stadtbewohner und Kaufleute hinunter, die sich im Hof tummelten. Die Farben ihrer Kleider erschienen ihm irgendwie zu grell. Die Einzelheiten der Mauern und Zinnen wirkten auf sein Auge allzu scharf. Etwas stieß gegen seinen Ellbogen, und er sah, wie Simon sich ein Stück weit umdrehte und etwas zu dem rothaarigen Mann hinter ihnen sagte. Addis erkannte die Gefahr nur zu deutlich und verspürte fast so etwas wie Verärgerung über Simons Zurückhaltung. *Tu es,* flüsterte eine Stimme in ihm. *Denk daran, wie viel Ärger du uns beiden damit ersparst.*

Er stand lange oben auf der Treppe, wie erstarrt durch die innere Stimme, während wehmütige Gefühle zusammen mit Müdigkeit und Resignation ihn einhüllten. Er sah die mächtigen Befestigungsanlagen, die sich ringsum erhoben, die Mauern des Zuhauses, das er würde zerstören müssen, um es wiederzugewinnen. Er sah, dass ihn einige der Wächter und Stadtbewohner beunruhigt ansahen. Plötzlich spürte er, wie Owen sich bewegte und wie seine Hand zu dem Dolch ging, den er im Gürtel trug. Er reagierte nicht und blickte nur in die Menschenmenge hinunter.

Und dann, so wie die Sonne den Nebel durchdringt, war er mit einem Schlag hellwach. Mitten in der Menschenmenge sah er eine Frau in der Nähe des Tores, die über die Schulter eines Kaufmanns hinweg, dem sie ihre Körbe zeigte, zu ihm heraufsah.

Die Gefahr war plötzlich sehr real. Die traumartige Lethargie war verschwunden. Er trat abrupt vor, sodass Simon zwischen ihm und Owen stand.

"Leb wohl, Simon." Er drehte sich um und ging zu seinem Pferd hinunter.

6. Kapitel

Er stand regungslos da – nur ein kleines Kopfnicken oder Augenzwinkern vom Tod entfernt. Moira sah es genau, während sie dem Kaufmann ihre besten Körbe zeigte. Sie wünschte sich, sie hätte Flügel; dann würde sie die Treppe hinauffliegen und ihn kräftig schütteln, damit er endlich aufwachte und die Gefahr erkannte, die mit jedem Augenblick größer wurde.

Man spürte förmlich, dass der Tod in der Luft lag – so als hätten sich die Spannungen zwischen den drei Männern über den ganzen Hof ausgebreitet. Sogar der Kaufmann, der ihre Körbe begutachtete, schien etwas zu merken. Er blickte sich neugierig um, als spüre er, dass irgendetwas nicht in Ordnung war.

Addis sah einfach umwerfend aus. Simon konnte sich trotz seiner Juwelen nicht mit ihm vergleichen; neben Addis wirkte er wie ein eitler, aufgeblasener Wicht, der meilenweit entfernt war von der noblen Größe, die sein Stiefbruder ausstrahlte. Ihr Herz schwoll vor Stolz und Kummer, als sie ihn betrachtete. Man wusste auf den ersten Blick, dass er hierher gehörte, dass dieser Ort ihm zustand, und nicht dem Mann neben ihm.

Mit der gleichen Gewissheit wurde ihr klar, dass ihr Platz hier unten im Volk war – doch sie akzeptierte diese Tatsache als etwas Unabänderliches, so wie sie den Lauf der Sonne oder den Wechsel der Jahreszeiten hinnahm. Sie beobachtete ihn, wie er die Burgmauern und die Menschenmenge überblickte – seltsam, ruhig und gelassen trotz der Gefahr, in der er schwebte, als wisse er genau, dass er eines Tages für immer hierher zurückkehren würde, wenn er es nur wollte. Wenn dieser Tag gekommen war, würde Moira die Korbflechterin wieder ein Schatten für ihn sein; er würde sich nur noch vage an die Leibeigene erinnern, die ihm einst gedient hatte, als er damit beschäftigt war, seinen verlorenen Besitz zurückzugewinnen.

Sie ließ ihn nicht aus den Augen und beantwortete die Fragen des Kaufmanns, ohne wirklich zu hören, was er sagte. Sie konnte die Anspannung kaum noch ertragen. Mit Beklemmung sah sie, wie Simon dem rothaarigen Ritter etwas zuflüsterte und dieser sich darauf vorbereitete, zu handeln. Wenn er einen Dolch als Waffe wählte, dann konnte er Addis in den Saal hineinzerren, ohne dass irgendjemand mitbekam, was da vor sich ging.

Pass auf, Addis. Gleich wird er handeln. Du musst etwas tun!

So als hätte er ihre stille Botschaft gehört, wanderte sein Blick an ihr vorüber, hielt inne und kehrte rasch zu ihr zurück. Einen Moment lang blickten sie einander direkt in die Augen. Gerade als Simon dem Ritter ein kaum merkliches Handzeichen gab, trat Addis auf die andere Seite seines Stiefbruders.

"Gott sei Dank", stieß Moira leise hervor und atmete erleichtert aus.

Ganz so leise konnte sie es doch nicht gesagt haben – denn ein Ritter in scharlachrotem Gewand drehte sich plötzlich zu ihr um. Er trat näher heran und neigte seinen kahlen Kopf, um sie besser sehen zu können. Moira versuchte ihn zu ignorieren, indem sie dem Kaufmann mehr Aufmerksamkeit schenkte, ohne jedoch Addis aus den Augen zu lassen, der gerade zu seinem Pferd ging.

"Ich kenne Euch", sagte der Ritter.

"Das kann ich mir nicht vorstellen. Ich bin nicht aus dieser Gegend."

"Von Hawkesford. Ich habe Euch dort gesehen." Seine dunklen Augen blickten sie aufmerksam an, während er in seinem Gedächtnis kramte. Der Kaufmann hatte sich entschieden, alle Körbe zu kaufen, und sie nahm die Münzen dafür entgegen und ging weg.

Eine schwere Hand legte sich auf ihre Schulter. "Jetzt weiß ich's wieder. Ihr wart Lady Claires Freundin. Ich erkenne Euch an Euren Augen – die verändern sich nicht. Ich merke mir immer die Augen der Leute."

"Ihr irrt Euch." Addis saß nun auf seinem Pferd und ritt auf das Tor zu. Der Ritter packte sie am Arm und zog sie in den Schatten der Mauer. Sie wehrte sich gegen seinen Griff und blickte zu der Treppe hinauf. Simon stand immer noch da und sah Addis mit finsterer Miene nach – doch der rothaarige Ritter war verschwunden.

Der Mann drückte sie gegen die Mauer und stellte sich so vor sie, dass man sie vom Hof aus nicht sehen konnte. Er war kein junger Mann mehr, doch die Jahre schienen ihm nichts von seiner Kraft genommen zu haben. "Seid Ihr mit ihm hier?", fragte er.

"Mit wem?"

"Stellt Euch nicht dumm. Seid Ihr mit unserem Herrn gekommen? Ich habe gesehen, wie Ihr Euch gerade angesehen habt."

"Ihr habt Euch getäuscht."

Er riss so kräftig an ihrem Arm, dass es ihren ganzen Körper durchschüttelte. "Jetzt hört mir mal gut zu. Wenn Ihr mit ihm gekommen seid, dann sagt ihm Folgendes: Sir Richard rät ihm, in das Dorf Whitly zu reiten – das liegt bei der Abtei St. Dominic. Unser Vogt dort, ein Mann namens Lucas, wird ihn für die Nacht beherbergen, und ich komme dann morgen früh nach."

Addis ritt keine fünf Schritte von ihr entfernt vorüber. Er suchte nach ihr, konnte sie jedoch nicht sehen, weil Sir Richard immer noch dicht vor ihr stand. "Sagt es ihm doch selbst", erwiderte sie.

"Damit dieser Wolf es sieht, der da oben auf der Treppe steht? Nein, Mädchen, jene, die noch zu ihm halten, nützen ihm nicht viel, wenn sie tot sind."

Simon ließ Addis tatsächlich nicht aus den Augen. Moira nickte und schob Richard zur Seite. Wo war nur der rothaarige Ritter?

Sie blickte zum Tor hinüber, durch das Addis soeben geritten war. Die Leute traten beiseite und machten ihm den Weg frei. Simon blieb auf der Treppe, als würde er darauf warten, dass etwas passierte.

Sie blickte sich im Hof um, auf der Suche nach dem roten Haarschopf des Ritters. Es war schwer, in der Menschenmenge irgendetwas zu erkennen – doch andererseits würde der Mann hier unten kaum etwas unternehmen können. Sie blickte zu den Zinnen hinauf und eilte in die Mitte des Hofs, um besser sehen zu können.

Ein roter Haarschopf bewegte sich den Wehrgang entlang, in Richtung des Bergfrieds. Sie blickte in die Richtung, aus der er gekommen war. Da stand ein Wächter genau an der Stelle, wo die Mauer auf einen Turm stieß. Panik brach in ihr hervor. Sie sah, wie der Mann seine Armbrust anlegte. Im nächsten Augenblick wirbelte sie herum und sah, wie Addis sich dem äußeren Tor näherte – ein Ziel, das sich nur sehr langsam bewegte.

Sie zögerte keinen Augenblick. "Pass auf!", rief sie und zeigte auf den Armbrustschützen. Diesmal rief sie laut – mit der ganzen Kraft einer Stimme, die in großen Sälen gesungen hatte, als sie ein Mädchen war.

Dutzende Gesichter wandten sich ihr zu. Sie hörte nicht auf zu rufen und zeigte dabei auf den Armbrustschützen. Aufregung und Verwirrung erhob sich im

Hof. Finger zeigten auf den Schützen, und Hunderte Augen verfolgten den Mann, der sich auf den Schuss vorbereitete.

Der Lärm lenkte ihn ab. Der Bolzen sauste durch die Luft, und Moira hörte das hohe Surren trotz des Lärms, der um sie herum herrschte. Addis' Pferd bäumte sich auf, während er sich umdrehte und zu den Zinnen hinaufblickte. Der Bolzen verfehlte sein Ziel, doch alle hatten gesehen, was passiert war. Im nächsten Augenblick brach im äußeren Hof ein Tumult los. Hände streckten sich und klopften dem Pferd auf die Flanken, und im nächsten Augenblick galoppierte Addis, ob er es wollte oder nicht, unter dem Fallgitter hindurch.

Moira wandte sich erleichtert ab und sah im nächsten Augenblick die zornigen Augen, die sie von der Treppe her anstarrten. Simon streckte die Hand aus und zeigte auf sie. Der rothaarige Ritter lief los, direkt auf sie zu.

"Raus hier, Mädchen, lauft los", murmelte Sir Richard und ging voraus. "Ich sorge dafür, dass Ihr durch die Tore kommt."

Ihr Herz pochte wild vor Angst, und sie drehte sich rasch um und schlängelte sich durch die Menge hindurch. Im äußeren Hof waren die Leute so dicht gedrängt, dass sie nur noch langsam vorankam, doch sie drängte sich immer weiter, bis sie schließlich das Tor erreichte. Sie schlüpfte hinaus, doch Addis konnte sie nirgends erkennen. Obwohl sie immer noch von einer ganzen Schar aufgeregter Menschen umgeben war, beschloss sie, dass es sicherer war, auf den kleinen Seitenstraßen zu bleiben – für den Fall, dass der rothaarige Ritter ihr immer noch folgte.

So schnell sie konnte lief sie auf die Gebäude der Stadt zu. Dort hielt sie sich immer im Schatten der

Dachvorsprünge, um möglichst wenig aufzufallen. Ob Simon wohl seine Männer losschickte, um Addis zu verfolgen? Die ganze Stadt war in Aufruhr, und die Leute strömten nun auch in die Seitenstraßen, durch die sie lief.

Plötzlich hörte sie laute Rufe, die den allgemeinen Lärm übertönten. Nicht weit von ihr entfernt trommelten Pferdehufe über die Pflastersteine. Addis mochte auf seinem Pferd noch durch das Stadttor kommen, bevor Simon es schließen ließ, doch sie selbst würde es zu Fuß kaum schaffen. Sie fragte sich, was Simon wohl mit Leuten machte, die seinem Feind halfen, und verspürte erneut Panik in sich aufkommen.

Das Hufgetrappel wurde lauter und näherte sich ihr von hinten. Sie rannte um ihr Leben. Die Hufe folgten ihr.

Wenige Augenblicke später hatte der Reiter sie eingeholt und stellte sich ihr mit dem mächtigen Körper des Pferdes in den Weg. Völlig außer Atem rang sie nach Luft und schloss resignierend die Augen.

Als sie sie wieder öffnete, sah sie einen starken Arm mit einer goldenen Armspange, der sich ihr entgegenstreckte. Sie blickte zu dem schwarzhaarigen Haupt auf, das sich vor dem strahlenden Himmel abzeichnete. "Schnell, rauf zu mir", befahl er. "Es sei denn, du willst mit mir in einem Verlies von Barrowburgh alt werden."

Sie griff nach seinem Arm, und er schwang sie hinter sich aufs Pferd. Kaum saß sie hinter ihm, gab er seinem Pferd die Sporen, und das Tier preschte in rasendem Galopp davon. Die Leute machten rasch Platz, während das Pferd durch die engen Gassen stürmte.

"Folgen sie uns?", rief sie ihm zu, während sie auf dem Rücken des Pferdes durchgeschüttelt wurde.

"Woher soll ich das wissen? Soll ich stehen bleiben

und nachsehen?", rief er zurück. Sein zorniger Tonfall erinnerte sie daran, dass er sich in noch größere Gefahr begeben hatte, indem er nach ihr gesucht hatte, anstatt fortzureiten. "Aber jedenfalls nicht zu Pferd. Da waren keine gesattelten Pferde im Hof."

Er ritt auf die Hauptstraße hinaus – direkt auf das Stadttor zu. Das Fallgitter senkte sich herab. Die Leute sahen sie kommen, und viele hoben die Hände und jubelten ihnen zu, als sie vorbeisausten. Addis ritt unter dem Eisengitter hindurch und in das offene Land hinaus. Moira zitterte immer noch, als die Anspannung nachzulassen begann.

Er ritt im gleichen Tempo weiter, bis sie den Wald erreichten. Dann trabten sie auf dem Waldweg dahin, bis sie zu der Lichtung kamen, auf der ihr Wagen stand. Addis schwang sich aus dem Sattel und zog sie zu sich herunter.

"Ich habe dir doch gesagt, dass du hier warten sollst", stieß er zornig hervor. Er packte sie fest um die Taille, und sie wehrte sich gegen seinen groben Griff.

Mit der Erleichterung war ihr eigener Ärger über sein leichtsinniges Verhalten hochgekommen. Der Ton, in dem er mit ihr sprach, ließ nun ihren Geduldsfaden reißen. "Du hast mir auch gesagt, dass er nicht versuchen würde, dich zu töten." Sie sah die Szene wieder deutlich vor sich und wurde noch wütender über seinen sträflichen Leichtsinn. Sie schlug mit der Hand gegen seine Brust, um ihrem Ärger Luft zu machen. "Was hast du denn da oben getan? Wolltest du ewig so dastehen und in die Luft starren? Du weißt doch, was Simon vorhat! Wolltest du den Teufel in Versuchung führen? Ich wette, du hast ihm ganz offen ins Gesicht gesagt, was du denkst, nicht wahr? Bestimmt hast du ihm gesagt, dass du eines Tages zurückkehren würdest, um dir das zu nehmen, was dir gehört. Ein edler Ritter muss zuerst eine Warnung aussprechen, was? Weißt du, was du bist? Ein Dummkopf!"

Er packte ihre Hand und riss sie hinter ihren Rücken, um sie noch näher zu sich zu ziehen. "Und du hättest es fast geschafft, dass sie uns beide schnappen!", presste er hervor.

Sie legte eine Hand an seine Brust und stieß sich von ihm ab. Ein kräftiger Arm umfasste ihre Taille und hinderte sie daran, sich von ihm loszureißen. "Du warst in Sicherheit, als du das Burgtor hinter dir hattest. Und der Schuss mit der Armbrust war deine eigene Schuld. Warum musstest du ihn auch so reizen mit deiner verdammten Kühnheit? Gib ja nicht mir die Schuld, dass du in Gefahr geraten bist."

"Hätte ich vielleicht losreiten sollen und dich in diesen Mauern zurücklassen? Das hätte mir gerade noch gefehlt, dass Simon dich schnappt und herausfindet, wer du bist, damit er dich gegen mich einsetzen kann."

"Wenn er mich geschnappt hätte, was hätte er schon davon gehabt? Eine Leibeigene. Eine Dienerin mehr oder weniger wird den Streit zwischen euch nicht entscheiden. Der Mann ist klug genug, das zu wissen."

Sie starrte ihn mit zornfunkelnden Augen an. Sie wollte ihn noch einmal schlagen, doch ihre Hand war zwischen ihnen eingeklemmt. Ein goldenes Leuchten flackerte in diesen Augen, die aus dem finsteren Gesicht auf sie herunterblickten.

"Dieser Mann ist klug genug, zu ahnen, dass du viel mehr bist", murmelte er und drückte sie noch fester an sich. Seine Lippen pressten sich auf die ihren, als wolle er sie mit einem Kuss bestrafen.

Überrascht riss sie den Kopf zur Seite. Sein Mund fand ihren Hals und versengte ihre Haut mit seiner Glut. Die Hitze ging ihr durch und durch und verwandelte den Zorn und die Sorge in Gefühle der Leidenschaft. Er ließ ihre Hand los und hielt dafür ihren Kopf fest, damit sie ihm nicht ausweichen konnte. Ihr Blut, das von der ganzen Aufregung ohnehin schon aufgewühlt war, pulsierte nun noch schneller und heißer durch ihren Körper. Die gemeinsam durchgestandene Gefahr und die hitzige Auseinandersetzung hatten ihren Schutzschild bröckeln lassen.

Er nahm ihren Mund in Besitz, als wolle er sie verschlingen, doch sie ließ es nicht einfach nur über sich ergehen. Sie riss ihre Arme los und umschlang seinen Nacken. Ihre Zunge und ihre Lippen trafen die seinen, sodass sie ihre Auseinandersetzung ohne Worte, aber mit der gleichen Heftigkeit fortsetzten. Das Verlangen prickelte auf ihrer Haut, breitete sich in ihrem Bauch aus und pulsierte zwischen ihren Schenkeln. Sie konnte an nichts mehr denken und gab sich ganz dem Gefühl hin, das seine lebendige Nähe in ihr auslöste.

Ihr Kopf ruhte an seiner Brust, seine Arme hielten sie umschlungen, und seine Lippen waren gegen ihre Schläfe gepresst. "Wenn du dein Leben noch einmal ihm oder sonst jemandem so bereitwillig auslieferst, dann erwürge ich dich", flüsterte sie.

Er lachte leise. "Ich hab's ja gesagt – du bist eine bösartige Frau." Er löste sich sanft von ihr. "Wir müssen los, Moira."

Sie wollte die innige Umarmung noch nicht beenden – diese wortlose Vereinigung in Freundschaft und Verlangen. Widerstrebend löste sie sich schließlich von ihm und zwang sich, ihre Gedanken in vernünftige Bahnen zu lenken. "Kennst du das Dorf Whitly?"

"Ja, es liegt auf dem Gebiet des benachbarten Dominikanerklosters. Einige unserer Leute leben dort."

Sie berichtete ihm, was Sir Richard ihr gesagt hatte und welchen Rat er ihr mitgegeben hatte. Addis nickte. "Richard war der Verwalter meines Vaters. Wenn es in

Barrowburgh jemanden gibt, dem man trauen kann, dann ihm. Und wenn Simon uns folgt, wird er die Empörung nicht riskieren, die ein Angriff auf das Kloster hervorrufen würde." Er blickte zum Wagen hinüber. "Wir haben nicht genug Zeit, um ihn mitzunehmen. Nimm dir, was du brauchst. Vielleicht kann später jemand von uns den Wagen holen."

Sie lief in den Wald und holte ihren Nähkorb. Außerdem nahm sie sich ein paar saubere Schleier und Unterhemden aus einer der Truhen und stopfte das Ganze in ihren Korb. Er stieg aufs Pferd, nahm ihr den Korb ab und streckte ihr den Arm entgegen. Als sie rittlings hinter dem Sattel saß, nahm sie den Korb wieder an sich. Es war mit dem Korb auf dem Arm nicht ganz einfach, sich festzuhalten, und sie wankte hin und her, als das Pferd sich in Bewegung setzte.

Addis ritt zuerst auf den Wegen, die nach Süden führten, und trieb das Pferd dann zu einem schnelleren Galopp an. Sie betrachtete den kräftigen Rücken vor ihrem Gesicht und wusste, dass sie alles nur noch komplizierter gemacht hatte, indem sie ihm diesen Kuss erlaubte.

Lass dich nicht von diesen Gefühlen überwältigen, sagte sie sich vorwurfsvoll. Vergiss nicht, wer er ist und sein wird und was in einigen Monaten unweigerlich passieren wird. Stell ihn dir vor, wie er auf dieser Treppe steht, und vergiss nicht, was es bedeutet. Er wird eines Tages wieder dort oben stehen – mit einer neuen Claire an seiner Seite. Wenn er dir jetzt eine gewisse Leidenschaft entgegenbringt, dann kommt das einzig und allein daher, dass du eben gerade in seiner Nähe bist. Mach dir deshalb nur keine Illusionen.

Sie redete weiter still auf sich ein, und ihre Vernunft führte ihrem unentschlossenen Herzen die harte Realität vor Augen. Sie fühlte sich verwirrt und war froh, dass sie zumindest für ein paar Stunden nicht mit ihm sprechen oder ihm in die Augen sehen musste.

Nach einigen Meilen verließ Addis die Straße und ritt querfeldein. Sie wurde so heftig durchgerüttelt, dass sie überzeugt war, irgendwann vom Pferd zu stürzen. Ganz unerwartet griff er plötzlich nach hinten und nahm ihre rechte Hand vom Sattel, wo sie sich festgehalten hatte. Sanft zog er ihren Arm zu sich und legte ihn um seinen Körper herum, sodass ihre Handfläche auf seinem Bauch ruhte.

Sie saß nun ganz dicht hinter ihm und ließ nach wenigen Augenblicken ihre Schultern und ihren Kopf gegen seinen Rücken sinken. Sie gab sich dem beruhigenden Gefühl hin, seinem gedämpften Herzschlag zu lauschen. In der neuen Position saß sie etwas sicherer und bequemer als vorher. Er ließ ihre Hand nicht mehr los, sondern hielt sie während des ganzen Ritts unter der seinen an seinen Körper gedrückt.

Die Sonne hing bereits niedrig am Himmel, als sie Whitly erreichten. Addis blieb am Rand des Dorfes stehen.

"Es gibt drei Herrschaftssitze hier, aber das Land gehört der Abtei", erläuterte er. "Fast die Hälfte der Leute gehören zu uns."

Moira blickte um seine Schulter herum zu den Häusern hinüber. "Hilf mir bitte hinunter. Ich bin schon ganz wund."

Er reichte ihr den Arm, und sie glitt vom Pferd. Sie glättete ihren Rock und ging weg. Er wusste, dass sie nicht wirklich wund war, sondern dass sie aus einem anderen Grund hatte absteigen wollen. Sie wollte nicht mit ihm zusammen auf dem Pferd ins Dorf reiten, um zu vermeiden, dass die Leute Vermutungen anstellen würden. Er betrachtete sie, während sie ihrem Weg folgten. Er würde es auch in Zukunft nicht leicht mit ihr haben. Sie wollte es einfach nicht akzeptieren. Sie wollte nicht sehen, dass es einfach sein musste.

Aus den Häusern drangen die Geräusche der Familien, die gerade beim Abendessen saßen, doch es dauerte nicht lange, bis man sie bemerkte. Männer erschienen in den Türen und Frauen an den Fenstern. Einige Jungen kamen auf die Straße gelaufen. Als er schließlich das Pferd bei der Kirche anhalten ließ, erwartete ihn bereits eine Gruppe von Männern.

"Ich suche Lucas Reeve", sagte er, während er abstieg.

Ein weißhaariger Mann kam von einer der Haustüren herübergetrottet und wischte sich mit dem Ärmel über den Bart. "Ich bin Lucas."

Addis drehte sich zu ihm um. Er ließ sich von den grauen Augen betrachten und sah die Bestürzung darin, als der Blick des Mannes auf die Narbe fiel. "Ich komme gerade aus Barrowburgh. Sir Richard, der alte Verwalter meines Vaters, hat vorgeschlagen, dass ich heute Nacht hier bleiben soll. Er meint, dass man mich in diesem Dorf aufnehmen würde."

"Allen Heiligen sei Dank", murmelte Lucas mit geweiteten Augen. Nach und nach erschien ein breites Lächeln auf seinem wettergegerbten Gesicht. "Allen Heiligen sei Dank!", rief er erneut. Er hob die Arme und wandte sich an die immer größer werdende Menschenmenge. "Das ist der Sohn des Herrn – der, der gestorben ist!" Er grinste breit und zwinkerte fröhlich. "Ich hoffe natürlich, dass Ihr nicht wirklich gestorben seid, denn dann wärt Ihr ja ein Geist, nicht wahr?"

Die Dorfbewohner zerstreuten sich und verbreiteten die Nachricht im ganzen Dorf. Lucas lud Addis ein, in sein Haus zu kommen. "Kommt und esst und trinkt mit mir. Das Essen steht schon auf dem Tisch, und wir werden den Frauen gleich sagen, dass sie noch mehr kochen sollen. Wir werden Eure Heimkehr feiern und Gott danken, dass er Euch wieder heimgeführt hat. Die Leute hier im Land brauchen Euch dringend, das steht fest." Er führte Addis in sein Haus und drückte ihn auf einen Schemel nieder. "Ihr kommt aus Barrowburgh, sagt Ihr? Ich hätte alles darum gegeben, wenn ich das Gesicht dieses Teufels hätte sehen können, als Ihr durch das Tor geritten seid." Er reichte ihm eine hölzerne Schüssel mit Suppe. "Fleisch, Frau! Sag dem Jungen, er soll ein Huhn schlachten."

Immer mehr Männer kamen ins Haus geströmt, sodass es bald eng im Zimmer wurde. In den folgenden Stunden wurde gegessen und getrunken, und auch andere Dorfbewohner steuerten kleine Gaben zu dem Fest bei. Lucas' Frau verfolgte von der Feuerstelle aus die Feier. Addis sah, dass die Leute bei aller Freigiebigkeit nicht mehr allzu viel hatten, was sie anbieten konnten. Simon schien sie mit seiner Gier geradezu ausgeplündert zu haben. Dennoch herrschte fröhliche Ausgelassenheit im ganzen Haus. Die Sonne ging bereits unter, während sich die Dorfbewohner immer noch um den Tisch drängten und Addis mit Klagen über Simon überhäuften, der die Menschen mit seinen überhöhten Steuern und seiner Missachtung der geltenden Rechte unterdrückte.

Er wusste, dass er diese Menschen schwer beleidigt hätte, wenn er ihre Gastfreundschaft nicht noch länger in Anspruch genommen hätte – und so ließ er das alles über sich ergehen. Moira hatte sich bei der Kirche von ihm getrennt und saß nun bei den anderen Frauen. Zuerst hatte man ihr neugierige Blicke zugeworfen, und Addis zweifelte nicht daran, dass sie genau wusste, was sich die Leute fragten. Sie beantwortete diese Frage, indem sie ihn ignorierte. Ihre Kleider hoben sie nicht von den anderen Frauen ab – sehr wohl aber ihre damenhaften Manieren und ihre feinere Sprache, und so beschlossen die anderen, sie vorsichtshalber als Dame zu behandeln.

Die Ungewissheit aller Anwesenden darüber, in welcher Beziehung sie nun eigentlich zu Sir Addis stand, wurde noch verstärkt, als ein Mädchen mit dunkelblondem Haar namens Ann ihm einladend zuzulächeln begann. Dabei schien sie es irgendwie zu schaffen, immer nur die rechte Seite seines Gesichts anzusehen und die linke Seite mit der Narbe zu ignorieren. Die Dorfhure, vermutete er.

"Meine Tochter und ihr Mann sind auf eine Messe gefahren, und ihr Haus steht leer", teilte ihm Lucas mit. "Es wäre ihnen eine Ehre, wenn Ihr Euch dort einquartiert. Es ist das neue Häuschen am anderen Ende der Straße, und wir werden uns gleich darum kümmern, dass alles vorbereitet wird."

Das Letzte, was Addis wollte, war, dass ihn das ganze Dorf zu diesem Haus begleitete. Ebenso wenig wollte er, dass Moiras Gleichgültigkeit ihm gegenüber die Leute auf die Idee brachte, sie getrennt von ihm in einem ihrer Häuser unterzubringen. Unterdrücktes Verlangen glühte tief in seinem Inneren, und es gelang ihm nur mit größter Willensanstrengung, die Geduld mit diesen Bauern nicht zu verlieren. "Meine Frau kümmert sich schon darum", sagte er.

Lucas blickte zu ihr hinüber. Das Bier verlieh ihm den Mut, seine Frage offen auszusprechen: "Sie ist ...?"

"Sie ist eine Leibeigene in Darwendon. Sie hat geschäftlich im Osten zu tun, und ich begleite sie, da ich dort auch ein paar Dinge zu erledigen habe." Es war die reine Wahrheit, doch er hoffte, dass Lucas die unausgesprochene Botschaft mitbekam.

Lucas nahm die Erklärung zur Kenntnis, ohne etwas darauf zu erwidern, doch seine grauen Augen funkelten. Kein Dorfbewohner würde sich in dieser Nacht oder dem nächsten Morgen diesem Haus nähern. Ein scharfer Blick vom Vogt sorgte dafür, dass Ann ihre Bemühungen aufgab. Addis wandte seine Aufmerksamkeit einem Mann zu, der ihn bat, seine Kinder zu segnen.

Es gab allgemeine Regeln der Gastfreundschaft, auf die man sich in jedem Dorf verlassen konnte, und so wartete Moira darauf, dass ihr eine der Frauen anbot, in ihrem Haus zu übernachten. Als jedoch die Stunden vergingen, ohne dass ihr irgendjemand ein Bett anbot, kam sie zu dem Schluss, dass diese Leute offensichtlich davon ausgingen, dass sie und Addis auf ganz bestimmte Weise zusammengehörten. Nachdem sie sich völlig gleichgültig ihm gegenüber gegeben hatte, war die einzig mögliche Erklärung dafür, dass Addis etwas zum Vogt gesagt hatte und dass Lucas es an die anderen weitergegeben hatte. Sie wollte es zunächst nicht glauben, doch schließlich gab auch die junge Ann mit dem dunkelblonden Haar widerstrebend ihre Versuche auf, ihn zu beeindrucken, was der Beweis dafür war, dass ihre Vermutung zutraf.

Obwohl sie ihn den ganzen Abend nie direkt angesehen hatte, war sie sich doch ständig seiner Gegenwart bewusst. Und das umso mehr, als ihr nun mit aller Deutlichkeit zu Bewusstsein kam, was er in dieser Nacht mit ihr vorhatte. Trotz ihrer verführerischen Erinnerungen an gewisse Dinge, die zwischen ihnen vorgefallen waren, war ihr als Leibeigene nur allzu deutlich bewusst, was für eine Katastrophe seine Absichten für ihr Leben bedeuten würden.

Sie versuchte sich die Worte ins Gedächtnis zurückzurufen, die sie sich vor zwei Tagen zurechtgelegt hatte, um ihn zurückzuweisen – doch angesichts des Kusses einige Stunden zuvor bezweifelte sie, dass ihre Worte allzu glaubwürdig klingen würden. Sie konnte den ersten Vorfall vielleicht noch als Ausrutscher abtun – doch was heute passiert war, war etwas anderes – etwas Willkommenes, ja fast Notwendiges. Etwas, das sich all ihren vernünftigen Zukunftsplänen zum Trotz nicht verleugnen ließ.

Was sollte sie nur zu ihm sagen? *Ich habe mich vergessen vor lauter Erleichterung, dass du in Sicherheit warst.* Das stimmte zum Teil. Ja, so konnte es gehen. Eigentlich war es nur ein freundschaftlicher Kuss. Ja, und Schweine haben Flügel. *Ich werde das nicht mit dir tun, Addis, das steht für mich fest. An meinem Entschluss ist nicht zu rütteln.* Es sei denn, du küsst mich wieder; in diesem Fall werde ich wieder hinschmelzen und auch noch das letzte bisschen Vernunft wegwerfen.

Schon allein die Erinnerung an gewisse Augenblicke ließ ihre Knie weich werden. Eine anregende Wärme prickelte in ihren Hüften und strömte durch ihre Glieder, und ein Gefühl des Verlangens begann sich in ihrem Inneren auszubreiten. Sie warf einen kurzen Blick auf dieses so vertraute Gesicht und sah es erneut vor sich, wie er über ihr war und ihre Leidenschaft einforderte, als hätte er jedes Recht darauf. Er hatte ihr an diesem Abend nicht mehr Aufmerksamkeit geschenkt als sie ihm, doch sie spürte ganz genau, dass auch er sich in jedem Augenblick ihrer Anwesenheit bewusst war.

Sie drehte sich um und sah, dass Ann sie mit kritischem Blick musterte, so als vergleiche sie sich mit ihr. Ich verzichte gern, antwortete Moira mit ihren Augen. Wirklich. Hör nicht auf Lucas. Sei kühn. Denk an den Nutzen für dich und deine Familie, wenn du dem Herrn Vergnügen schenkst. Vielleicht lässt er dich sogar in der Burg wohnen, bis er wieder heiratet.

Moira blickte zu Addis hinüber und sah, dass er sich gerade zu einem Mann hinüberbeugte – doch seine Augen trafen die ihren. Sein Blick war so eindringlich wie immer, und sie sah die Gefahr, die ihr drohte. Für einige zeitlose Momente war es ihr, als wären nur noch sie beide im Zimmer, und über ihnen hing die Erwartung dessen, was vor ihnen lag. Eine unwillkürliche und höchst unwillkommene Erregung bemächtigte sich ihrer.

Ann schien beschlossen zu haben, dass die Großzügigkeit des Herrn ein gewisses Risiko wert war, und trat mit einem Krug Bier zwischen sie beide, wodurch sie die Spannung des Augenblicks löste. Seine Aufmerksamkeit wandte sich Anns geschmeidigem Körper zu, und Moira fühlte sich wie ein in die Enge getriebenes Kaninchen, das noch einmal davongekommen war, da der Jäger durch etwas anderes abgelenkt wurde.

Ann wusste genau, wie man die Aufmerksamkeit eines Mannes auf sich zog, und ihre Brüste streiften seinen Arm, während sie lächelnd seinen Becher füllte. Addis wandte sich ihr zu, was einige der Männer mit einem Grinsen beobachteten. Moira wusste, dass sie eigentlich erleichtert sein sollte, doch es gab ihr dennoch einen schmerzhaften Stich ins Herz, der nichts anderes als Eifersucht war.

"Wirklich schade, nicht wahr?", sagte eine leise Stimme an ihrer Schulter. Lucas' Frau Joan hatte sich ihr genähert, um ein wenig zu tratschen. "Ich meine, das mit seinem Gesicht. Er war so ein hübscher Junge."

Moira nahm seine Narbe kaum zur Kenntnis – jedenfalls sah sie sie nicht als etwas so Ungewöhnliches. Sie gehörte ganz einfach zu ihm wie seine Augen und sein Haar. Gewiss, sie hatte ihn auch gesehen, als die Wunde sein Gesicht fast gespalten hatte, sodass ihr dieses Überbleibsel davon kaum der Rede wert erschien.

"Es heißt, dass es mit seiner Hüfte noch schlimmer ist", fuhr Joan fort und beugte sich etwas näher zu Moira, wie um sie zu einem vertraulichen Gespräch einzuladen. Die Frau hatte an diesem Abend offensichtlich ebenfalls schon ihr Quantum Bier getrunken. "Ich kenne einige der Frauen, die ihn pflegten, als er zurückkam. Schrecklich, haben sie gesagt. Sie waren sich sicher, dass er daran sterben würde."

Sie hatte die Wunde selbst gesehen, als sie wirklich schrecklich ausgesehen hatte. "So schlimm kann es nicht sein, wenn er immer noch gehen und kämpfen kann."

"Ja, es ist ein Wunder. Vielleicht hat seine junge Braut für ihn gebetet, und Gott hat sie erhört. Sonst hat sie ja nicht viel getan, was ich gehört habe. Sie soll sich in all den Monaten kaum um ihn gekümmert haben. Es hat uns alle überrascht, dass sie überhaupt heirateten. Ein stolzes und selbstsüchtiges Mädchen."

"Es war weniger Stolz. Ich glaube, sie war einfach nur jung und ängstlich. Lady Claire war meine Freundin."

Joan schürzte die Lippen. Es tat ihr Leid, dass Moira ihr nicht den Gefallen tun wollte, weiter über dieses Thema zu reden. "Es hat geheißen, dass er nie mehr richtig würde gehen können."

Ich weiß.

"Er wäre besser dran, wenn er sterben würde, haben manche gemeint."

Ja. Das hat auch Addis selbst so gesehen.

"Aber noch bevor die Wunde richtig verheilt war, befahl er ihnen, dass sie ihm helfen sollen, aufzustehen. Trotz der Schmerzen ging er mehrmals am Tag im Zimmer auf und ab, und seine Diener stützten ihn. Die Männer, die ihm halfen, haben geweint, als sie es erzählten. Es war, als würde man zusehen, wie ein

Mensch gefoltert wird. Sie baten ihn, er möge aufhören, sich so zu quälen, aber er wollte nichts davon hören. Manche sagen, dass die Hüfte nur deshalb so gut verheilt ist und dass er sonst wahrscheinlich ein Krüppel geblieben wäre. Ich sage, es waren die Gebete seines Vaters, die ihm geholfen haben, und vielleicht auch die von seiner Lady – wenn sie mal Zeit fand, für jemand anders als sich selbst zu beten. Er ging auf diesen Kreuzzug, noch bevor seine Wunden richtig verheilt waren. Angeblich hat er gesagt, dass er sich damit bei Gott bedanken will, dass er ihn überleben ließ."

Ach, hat er das wirklich gesagt?

Joan sah sie mit einem vielsagenden Blick an, als wolle sie nähere Einzelheiten erfahren. Moira konnte ihr den Gefallen nicht tun, selbst wenn sie es gewollt hätte. Sie war in jenen Monaten nicht auf Barrowburgh gewesen – ja, sie war nicht einmal zur Hochzeit gekommen. Zum letzten Mal hatte sie Addis gesehen, als man seinen geschundenen Körper auf den Wagen gehoben hatte, der ihn heimbringen sollte. Neben ihm saß Claire, das Gesicht in einer Maske des Pflichtbewusstseins erstarrt. Nein, sie war nicht stolz – sie war jung und ängstlich.

Sie wollte über all das nicht sprechen. Und so suchte sie nach irgendeinem Thema, ehe ihr bewusst wurde, dass sie eigentlich über gar nichts sprechen wollte. Ja, sie wollte am liebsten gar nicht mehr hier sein. Ann hatte es inzwischen geschafft, sich zwischen den Männern an den Tisch zu zwängen, sodass sie Addis nun ihre volle Aufmerksamkeit widmen konnte. Lucas schien es ein wenig peinlich zu sein, wie unverhohlen sich das Mädchen aufdrängte. Addis ermutigte sie nicht, er wies sie aber auch nicht ab.

"Macht es Euch nichts aus?", fragte Joan und blickte zu Addis und Ann hinüber.

"Das steht mir nicht zu."

"Nein, ich verstehe ... aber eine Frau hat doch ihre Gefühle."

"Es macht mir nichts aus." Das entsprach nicht der Wahrheit. Sie hatte zwar nicht die Absicht, ihm das zu geben, was er wollte – doch es gefiel ihr ganz und gar nicht, sich vorzustellen, dass er mit Ann das Bett teilen könnte.

Nun, alles konnte sie nicht haben. Schließlich war sie selbst es, die, zumindest mit dem Verstand, darum gebetet hatte, aus ihrem Dilemma erlöst zu werden. Und nachdem sie selbst offensichtlich zu schwach war, um der Gefahr auszuweichen, war ihr die Rettung in Gestalt dieses Mädchens zuteil geworden.

Plötzlich fiel Moira ein, dass Joan zuvor vom Zuhause ihrer Tochter erzählt hatte, und sie stand abrupt auf. "Ich werde im Haus alles vorbereiten", sagte sie und fragte sich, ob Addis wohl mit Ann dorthin gehen würde und ob sie Joan fragen sollte, ob sie in einem anderen Haus schlafen konnte.

"Ann und ihre Mutter haben ihr eigenes Haus ganz in der Nähe", teilte ihr Joan wohlmeinend mit und gab ihr eine Kerze.

Moira schlüpfte zwischen den Anwesenden hindurch zur Tür. Als sie die Schwelle erreichte, war es ihr, als berühre sie jemand an der Schulter. Sie blickte sich um und sah diese dunklen Augen, denen nicht entgangen war, dass sie aufbrach.

Sie fand das kleine Haus ohne Schwierigkeit. Das neue Strohdach ließ erkennen, dass es das Heim von Jungvermählten war. Sie öffnete die Tür, und die Kerzenflamme erleuchtete das dunkle Innere. Nachdem sie eingetreten war, ging sie sogleich zum Fenster über dem Bett und öffnete es, um das Mondlicht hereinzulassen.

Dann machte sie Feuer, nahm zwei von den Eimern, die dort standen, und ging zum Dorfbrunnen. Die Geräusche aus Lucas' Haus sagten ihr, dass dort immer noch gefeiert wurde. Sie kehrte in die willkommene Stille des Häuschens zurück und stellte die vollen Eimer bei der Feuerstelle ab.

Lucas' Tochter führte ihren Haushalt offensichtlich tadellos, denn es brauchte überhaupt nichts mehr für die Übernachtung vorbereitet zu werden. Es war alles sauber und wohlgeordnet, sodass sich Moira schmerzlich an ihr eigenes Haus in Darwendon erinnert fühlte. Sie dachte voller Heimweh an die vier Jahre mit Brian zurück. Damals war es fast so gewesen, als hätte sie ein richtiges Zuhause und eine Familie.

Sie setzte sich an die Feuerstelle, und während sie sich mit dem angewärmten Wasser wusch, kämpfte sie gegen die bittersüße Stimmung an, die diese Erinnerungen in ihr hervorriefen. Ein richtiges Zuhause. Ein Ort der Sicherheit. Sie hatte beides nicht gehabt, seit sie dreizehn Jahre alt war. Ein Ort der Geborgenheit und Wärme in einer gleichgültigen oder gar feindseligen Welt.

Die Gedanken lasteten schwer auf ihr und verstärkten noch dieses Gefühl der Einsamkeit, die sie so oft in ihrem Leben hatte erdulden müssen. Es war besonders schlimm gewesen, als Edith starb. Und geradezu unerträglich wurde es, als auch noch Claire sie verließ. Ihre kurze Ehe konnte die Einsamkeit auch nicht lindern; erst die vier wunderbaren Jahre mit Brian ließen sie das tiefe Gefühl des Alleinseins vergessen.

Wie sehr sie sich nach diesem Balsam sehnte. Sie wünschte sich einen Platz, der ihr Lebensmittelpunkt war, eine sinnvolle Aufgabe und eine kleine Welt, die ihr für immer gehörte. Sie wollte kein Schatten sein, den keiner wirklich brauchte – sie wollte wenigstens für einige wenige Menschen, für ihre Familie ein Licht entzünden, das immer leuchtete.

Ihre Gedanken machten sie traurig, und sie versuchte diese Stimmung zu verscheuchen. Als ihr das nicht gelang, ging sie ins Freie hinaus, um der seltsamen Wirkung zu entgehen, die dieses Haus auf sie ausübte. Am Rand der Felder sah sie einen überdachten Heuhaufen, wo sie ein gemütliches Plätzchen zu finden hoffte, und so ging sie durch den hübschen Garten darauf zu.

Die kühle Brise wehte ihr den süßen Duft des Heus entgegen. Sie machte sich im Heu ein Plätzchen zurecht und ließ sich nieder, um den Halbmond und die Sterne am samtschwarzen Himmel zu betrachten.

Sie begann die kleinen Lichtpunkte zu zählen, und ihre Gedanken wanderten zu alten Erinnerungen zurück, die ihr Herz erfüllten. Sie löste sich von allem, was um sie herum war, und sah nur noch den weiten Himmel über sich, der ihre Gedanken durch Zeit und Raum wandern ließ.

7. Kapitel

Sie war nicht stolz, nur jung und ängstlich …

Im Korridor roch es kühl und feucht, und ihre Schuhe erzeugten nur ein leises schlurfendes Geräusch auf dem steinernen Boden. Es war weit und breit kein Laut zu hören – wie fast überall in der Burg an diesem Tag. Alle im Haus waren bedrückt und hielten den Atem an; es war das Warten auf den Tod.

Sie hatte schon in allen anderen Verstecken nachgesehen, die Claire für gewöhnlich aufsuchte – in der Kapelle, im Ostturm und in der Nische im großen Saal. Nun blickte sie unter die Treppe, die von der Küche hinaufführte. Im Licht ihrer Kerze erschien langes blondes Haar, das über einen zusammengekauerten Körper herabfiel.

Ein Kopf regte sich, und blaue Augen blickten zu ihr auf – weit und verängstigt, und im nächsten Moment erleichtert. "Gott sei Dank bist du es."

Sie beugte sich zu ihrer Freundin hinab. Claire war zwei Jahre älter als sie, doch in diesem Moment war sie wieder ein Kind. "Du musst kommen", redete Moira ihr zu.

"Ich kann nicht", stieß Claire leise hervor und schüttelte langsam den Kopf, den Blick zu Boden gerichtet.

"Du musst. Dein Vater hat mich losgeschickt, um dich zu suchen ..."

"Ich kann nicht!", rief sie und blickte mit großen Augen auf. "Hast du ihn gesehen? Hast du? Sie haben ihn in Stücke gehauen. Mein Gott, er hat gar kein richtiges Gesicht mehr, und sein Körper ..." Da war blankes Entsetzen in ihrer Stimme, und mühsam gebändigte Hysterie.

"Wunden sehen am Anfang immer schlimmer aus, als sie sind. Meine Mutter hat gesagt, dass sein Gesicht nur geschwollen ist und dass nichts gebrochen ist. Sie wird sich um ihn kümmern. Es wird eine Narbe zurückbleiben, aber alle Ritter haben Narben ..."

"Er wird ein Krüppel bleiben und wie ein Ungeheuer aussehen", erwiderte Claire voller Bitterkeit, den glasigen Blick nach innen gerichtet. Was sah sie da nur in ihrem Inneren? Ein Mädchen, das nicht die Kraft aufbrachte, seine Pflicht gegenüber dem Verlobten zu erfüllen? Ein verwöhntes Mädchen, das mit dem Schicksal haderte? Nun, jedenfalls lag da oben ein leidender Mann, und Moira stellte fest, dass sie plötzlich kein Verständnis mehr für Claires Empfindlichkeit und Selbstsucht hatte.

"Er fragt nach dir. Jedes Mal, wenn er zu Bewusstsein kommt, sagt er deinen Namen. Du musst ..."

"Ich muss, ich muss! Wer bist du, dass du mir sagst, was ich tun muss? Geh zurück und sag ihnen, du hast mich nicht gefunden. Oder sag, dass du mich gefunden hast, dass ich aber krank bin. Sag, was du willst, aber ich werde nicht mit dir kommen. Ich kann den Anblick nicht ertragen." Sie begann zu zittern – unmerklich zuerst, doch schließlich so heftig, dass sie die Arme über der Brust verschränkte. Sie schüttelte den Kopf und begann zu schluchzen. "Oh, mein Addis. Mein schöner, schöner Addis ..."

Moira warf ihr noch einen letzten Blick zu. Das war also Liebe. Was für eine zerbrechliche selbstsüchtige Sache sie doch war. Sie drehte sich abrupt um und lief dann die Treppe hinauf.

Sir Bernard kam aus dem Zimmer heraus, so besorgt, als wäre der junge Mann hinter der Tür sein eigener Sohn. "Wo ist sie?"

"Ich ... sie ist sehr krank. Sie hat starke Magenschmerzen."

Seine Augen verengten sich zornig, und er blickte den leeren Korridor hinunter, von wo eigentlich seine Tochter hätte kommen sollen. Er schüttelte den Kopf und nahm sie am Arm. "Deine Mutter wird die Wunde an der Hüfte öffnen und reinigen. So Gott will, wird ihn der Schmerz ohnmächtig werden lassen, außerdem hat er starkes Fieber, also vielleicht ..."

Sie sträubte sich, denn sie wollte genauso wenig dort drin sein wie Claire. Seine Finger schlossen sich fester um ihren Arm. "Setz dich zu ihm ans Bett, Mädchen, und sprich zu ihm, während deine Mutter sich um ihn kümmert. Vielleicht denkt er, dass sie es ist."

Er zog sie in diese Folterkammer hinein. Ihre Mutter blickte erwartungsvoll auf und verzog den Mund, als sie sah, dass Claire nicht mitgekommen war. Moira flehte sie mit einem stummen Blick an, dass man ihr diesen Anblick ersparen möge – doch Edith hatte für solche Empfindlichkeiten keinen Sinn mehr; sie dachte nur noch an die heikle Aufgabe, die vor ihr lag, und legte einen Dolch ins Feuer.

Im ganzen Zimmer roch es nach Fäulnis und Schweiß – ein Geruch, der ihr den Magen umdrehte. Raymond und zwei andere Männer standen am Bett. Sie zwang sich, um sie herum zu gehen und den Mann anzublicken, der auf dem Bett lag.

Sein halbes Gesicht war in Verbandszeug gehüllt, nachdem Edith die Wunde genäht hatte. Der Verband bedeckte die Hälfte seines geschwollenen Mundes, sodass man die zusammenhanglosen Worte, die er im Fieber hervorstieß, kaum verstehen konnte. Sein Gesicht, das schmaler wirkte, als sie es in Erinnerung hatte, war vom Schmerz verzerrt und von Schwellungen entstellt. Der Jüngling sah fast wie ein alter Mann aus. Das Mitleid mit ihm zerriss ihr das Herz, sodass sie sich nicht länger sträubte, ihm beizustehen.

Sie hatten ihn entkleidet, und sie blickte auf die eiternde Wunde hinunter, die von der Taille schräg hinunter bis zum Oberschenkel verlief. Jemand hatte sie noch auf dem Schlachtfeld notdürftig genäht, um die hervortretenden Knochen und den Magen zu bedecken. Edith vermutete, dass das Schwert die Eingeweide verletzt hatte, wodurch es zum Brand kam.

Sie trat an das Kopfende des Bettes. Raymond warf seinem Vater einen fragenden Blick zu; dieser zeigte jedoch keinerlei Regung. Edith erhob sich von der Feuerstelle und trat mit dem Dolch ans Bett, den Griff in ein dickes Tuch gehüllt.

Jemand hatte etwas Wasser auf einen Tisch am Kopfende gestellt. Moira befeuchtete ein Tuch und wischte das zerschundene Gesicht so sanft sie konnte ab – in der Hoffnung, dass sie ihm damit ein klein wenig Linderung verschaffte. Es war ihr, als könne sie seinen Schmerz am eigenen Leib fühlen. Oh, Addis. Mein schöner, schöner Addis.

Er spürte die Berührung und griff nach ihrem Arm. Das Auge, das nicht vom Verband verhüllt war, öffnete sich, und sie sah das unruhige Flackern darin. Er sah sie an, und auf seiner Miene war so etwas wie Wiedererkennen zu sehen. Er blickte an seinem Körper hinunter und sah die Männer an seinem Bett stehen. Dann fiel sein Blick auf die hässliche Wunde und *schließlich auf Edith, die mit dem Dolch neben ihm stand. Er erstarrte bei dem Anblick.*

Jemand brachte einen Schemel, und Moira kniete sich darauf. Sie beugte sich vor, strich ihm übers Haar und barg seinen Kopf an ihrer Brust. "Ich bleibe bei dir", flüsterte sie und hoffte, er würde sie für Claire halten – doch an seinem Blick erkannte sie, dass er sich nicht täuschen ließ. Trotzdem schien ihre Anwesenheit ihn zu trösten.

Bernard nickte, und acht Hände drückten ihn auf das Bett hinunter. Addis streckte die rechte Hand aus und suchte die ihre, um sie fest an seine Brust zu drücken. Edith beugte sich über seine Hüfte.

Er riss den Kopf zu ihr herum, als er den ersten Schnitt spürte, und drückte ihre Hand wie ein Sterbender. Sie presste die Lippen auf seine Schläfe und zwang sich, die Fassung nicht zu verlieren. Und während er seine Schreie an ihrer Brust erstickte, flüsterte sie ihm Gebete und tröstende Worte ins Ohr.

Es dauerte eine Weile, bis ihr seine Anwesenheit bewusst wurde. Sie spürte ihn, noch ehe sie die Gestalt, die an einem Pfosten lehnte, in der Dunkelheit erkannte. Sie erschrak nicht, als sie ihn sah. Es war vielmehr so, als wäre er direkt aus ihren Gedanken aufgetaucht. Wie lange mochte er wohl schon da stehen?

Nicht jetzt. Ich habe jetzt nicht die Kraft.

Er lehnte mit der Schulter an dem Pfosten und hatte die Arme vor der Brust verschränkt. Sie hätte sich wohl noch eine Weile ihren Träumereien hingegeben, wenn er nicht plötzlich aufgetaucht wäre. Sie sagte kein Wort, um ihn nicht wissen zu lassen, dass sie ihn bemerkt hatte, sondern wartete einfach nur darauf, dass die gefährliche Stimmung verschwand, in die ihre Erinnerungen sie gebracht hatten.

"Ich dachte mir, dass du vielleicht eingeschlafen bist", sagte er.

Woher wusste er so genau, dass sie nicht schlief? Er konnte ihr Gesicht in der Dunkelheit doch kaum erkennen. Vielleicht hatte er das langsame, aber heftige Pochen ihres Herzens gehört.

"Willst du etwa die ganze Nacht hier draußen bleiben?"

"Das hatte ich eigentlich nicht vor, aber nachdem du ... Warum bist du nicht bei Ann?" Es platzte einfach so aus ihr heraus und klang verdrossener, als sie sich fühlte.

Er antwortete nicht sofort. Er stand einfach nur da und erfüllte die Nacht mit einem Hauch von Gefahr; mit einem Mal war der Heuhaufen, auf dem sie lag, gar nicht mehr so friedlich und beschaulich wie zuvor. "Ich bin aber nicht bei ihr, weil ich nicht bei ihr sein will."

"Es würde einiges einfacher machen."

"Ach, wirklich? Das glaube ich nicht. Ja, für diese Nacht vielleicht, mehr nicht."

Sie setzte sich im Heu auf und blickte auf die dunklen Felder hinaus. Seine Gegenwart hatte etwas in ihr zum Schwingen gebracht, das auf alles um sie herum überzugreifen schien. Es war ein ebenso beunruhigendes wie anregendes Gefühl. Er stand regungslos da, doch in dem Raum zwischen ihnen machte sich sein eigener Puls bemerkbar – so als wollte sich seine Lebensenergie mit der ihren vereinen. Ihr Instinkt flüsterte ihr warnende Worte ins Ohr, doch ihre Seele, die nach Vereinigung strebte, antwortete mit einer erstaunlichen Sehnsucht.

"Was willst du hier bei mir, Mylord?", seufzte sie und betonte dabei das Wort *mir*.

"So hast du mich noch nie genannt. Fang jetzt nicht damit an."

"Ich halte es für das Beste, wenn ich es tue. Es ist

eine Realität, die ich oft vergesse – aber ich muss dann immer dafür bezahlen."

"Als dein Herr verbiete ich dir, dass du mich mit ›Mylord‹ ansprichst." Er ging auf sie zu. Die Vernunft sagte ihr, dass sie vor ihm zurückweichen sollte. Doch sie tat es nicht.

Er ließ sich neben ihr auf dem Heu nieder, und all ihre Sinne erwachten zum Leben. Sie hätte ihr kleines Lager breiter machen sollen, damit sie von ihm hätte wegrücken können – dann hätte seine Hüfte und seine Schulter nicht die ihre gestreift und nicht dieses schreckliche, wundervolle Gefühl in ihr hervorgerufen.

"Ich möchte im Augenblick einfach nur mit dir unter diesem wundervollen Sternenhimmel sitzen. Es ist eine Ewigkeit her, seit ich zum letzten Mal mit einem Menschen, der mir nahe steht, einen solchen inneren Frieden erlebt habe." Er lehnte sich gegen den Heuhaufen. Sie konnte sein Gesicht nicht mehr sehen, doch sie spürte seine Wärme an ihrem Rücken.

"Als ich in den baltischen Ländern war, saß ich auch manchmal unter einem solchen Himmel und dachte mir, dass derselbe Mond und dieselben Sterne in diesem Augenblick auch den Himmel über England erleuchten. Ein Gedanke, der tröstlich und schmerzlich zugleich war."

Sie konnte sich die Einsamkeit gut vorstellen, die er durchgemacht haben musste, und fühlte plötzlich mit ihm. "Ist es auch umgekehrt? Gleichzeitig tröstlich und schmerzlich, wenn du dir vorstellst, dass die Leute dort den gleichen Himmel über sich sehen?"

"Ein wenig."

Sie hatte schon vermutet, dass es so war. "Sie haben dich zum Sklaven gemacht."

Sie spürte ein leichtes Ziehen am Kopf. Er hatte wohl eine Strähne entdeckt, die aus dem Schleier hervortrat, und hielt sie sanft zwischen zwei Fingern, was ihr ein seltsames Prickeln auf der Kopfhaut verursachte.

"Ja, ich verstehe es selbst nicht ganz. Es ist schon seltsam, was in einer solchen Situation in einem vorgeht. Im ersten Jahr war ich voller Hass und Wut und Verachtung. In den Nächten schmiedete ich alle möglichen Fluchtpläne. Ich sah nur ihre barbarischen Bräuche und die vielen Unterschiede zwischen ihnen und uns. Aber das bleibt nicht so. Nach einer gewissen Zeit wird einem das Fremde irgendwie vertraut. Man richtet sich darin ein. Ich habe mich zwar nie mit dem Sklavendasein abgefunden, aber man kann auch nicht sechs Jahre lang voller Wut sein. Mit der Zeit sah ich auch ähnliche Dinge zwischen uns. Wir haben unsere Barone, sie haben ihre *Bajorai*. Wir haben unsere Priester, sie ihre *Kunigai*. Wir verbrennen unsere Ketzer, sie verbrennen die Opfer, die sie ihren Göttern darbringen."

"Wir haben *einen* Gott, aber sie verehren viele Götter."

"Ihre Götter und unsere Heiligen haben vieles gemeinsam. Sie machen da keinen Unterschied, so wie wir."

"Und wie siehst du das eigentlich selbst? Das sind ketzerische Gedanken, Addis."

"Ich sehe die Dinge heute ein wenig so wie sie. Seltsamerweise verstehe ich sie erst so richtig, seit ich wieder daheim bin. Ich sehe mein eigenes Land plötzlich so, wie ich jenes fremde Land am Anfang gesehen habe – wie ein Fremder, dem auf Schritt und Tritt seltsame Dinge begegnen. Ich sehe all die Sitten und Gebräuche, die für mich völlig selbstverständlich waren, mit einem Mal ganz neu."

Er strich immer noch geistesabwesend über ihr Haar. Sie spürte, dass sich sein Herzschlag nun dem ihren angeglichen hatte, so als würde ihr Blut in völligem Einklang mit dem seinen pulsieren. Die unsichtbare Verbindung zwischen ihnen war gefährlicher als eine zärtliche Berührung – wie ein eigenartiger Zauber, dem sie sich nicht entziehen konnte. "Und du, Moira? Wie war dein Leben in diesen Jahren?"

"Mein Leben? Was für eine Frage! Es ist nichts Besonderes passiert. Ich habe ein ganz normales Leben geführt, nicht mehr."

"Raymond hat mir erzählt, dass du einen Ritter aus dem Landadel geheiratet hast."

Immer noch spielte er sanft mit ihrem Haar. Die kaum merkliche Berührung ließ ihre Schultern beben. Sie verspürte das schreckliche Verlangen, zu schnurren wie eine Katze. "Ja, ich glaube, du kennst ihn sogar – es war Sir Ralf. Bernard hat die Heirat eingefädelt, damit ich versorgt wäre. Er gab mir sogar eine Mitgift. Natürlich bekam er sie wieder zurück; das war nur recht und billig, weil Ralf ja während des Hochzeitsmahls starb; es war also keine wirkliche Ehe."

"Hat Bernard dir auch zu deinem zweiten Mann verholfen?"

"Nein. Das war nach Bernards Tod. Raymond war damals schon Herr auf Hawkesford, und ... na ja, ich beschloss, dass es das Beste wäre, Hawkesford zu verlassen, obwohl Raymond meiner Mutter und mir zu bleiben erlaubte. Edith war damals schon krank, und ich fühlte mich dort nicht mehr recht wohl. James war ein Wollhändler aus Salisbury. Er kam jedes Jahr nach Hawkesford, wenn die Schafe geschoren waren. Er schien mir ein anständiger Mann zu sein und verlangte auch keine Mitgift. Gewiss, er wusste, dass Edith ein Haus und ein Feld besaß, und dachte sich, dass er es eines Tages durch mich bekommen würde. Er hatte einen erwachsenen Sohn, deshalb würde mir im Falle seines Todes wenig bleiben, und ich hatte ja keine Kinder. Dennoch, er verlangte keine Mitgift und ..."

"Raymond hat mir erzählt, dass er ebenfalls kurz nach der Hochzeit starb."

"Ja. Er wurde nach einem Monat krank und starb wenig später. Ich wollte um ihn trauern und hatte ein schlechtes Gewissen, weil ich es nicht konnte – aber er war für mich im Grunde immer ein Fremder gewesen. Und wenn meine Gründe für diese Heirat rein praktischer Natur waren, so traf das auf ihn noch viel mehr zu. Ich glaube, er hatte sich gedacht, dass ihn eine Ehefrau billiger käme als eine Dienstmagd und irgendwelche Huren."

"Hat er dir wehgetan?"

"Nein. Er hat mich gelangweilt. Es ist schrecklich, so etwas über einen Toten zu sagen – aber es ist die Wahrheit. Er legte großen Wert darauf, ein frommer Mann zu sein. Am Abend betete er immer besonders lang – und wenn er dann ins Bett kam, war er fest entschlossen, nicht den Sünden des Fleisches nachzugeben – doch manchmal ließ ihn seine Frömmigkeit im Stich. Das Bett mit ihm zu teilen war nicht abstoßend – nur ... langweilig." Warum erzählte sie ihm das so genau? Diese Details konnten ihn unmöglich interessieren – und doch schien es in dieser friedlichen Nacht, wo sie so vertraut nebeneinander saßen, ganz natürlich zu sein, dass sie darüber redeten.

"Ich nahm es in Kauf, weil ich seine Frau war und weil ich Kinder wollte. Nicht wegen der Sicherheit, die mir die Kinder im Falle seines Todes gegeben hätten. Ich wollte eine Familie und ein Heim. Ganz einfache Dinge also, wie sie jede Frau hat. In der kurzen Zeit hat sich kaum Zuneigung zwischen uns entwickelt, aber ich war zufrieden. Ich würde diese Zufriedenheit gern wieder erleben."

Es wurde ihr bewusst, dass sie ihm nun endlich darlegte, warum sie ihrer Leidenschaft für ihn nicht nachgeben wollte – und er war es, der sie dazu gebracht hatte. Doch es war für sie fast so, als würde sie es einem guten Freund anvertrauen.

"Und dann hast du deine Pläne aufgeschoben, weil du für Brian gesorgt hast."

"Ja, aber ich bedaure es überhaupt nicht – nichts, was in diesen vier Jahren passiert ist. Aber jetzt wird es Zeit, mein Leben wieder in die Hand zu nehmen."

Sie erwartete, dass ihn diese Bemerkung etwas ernüchtern würde, doch stattdessen wickelte er sich ihre Haarsträhne um den Finger.

"Mit einem Steinmetz."

"Ja, zum Beispiel. Mit einem guten Mann jedenfalls, der ein fürsorglicher Ehemann und Vater ist und mir ein Zuhause gibt, in dem ich mich wohl fühle. Ein solcher Mann wird mich nicht haben wollen, wenn ich zuvor mit einem anderen geschlafen habe."

Sie hatte es einfach sagen müssen – doch ihre Worte hatten eine unerwartete Wirkung; es kam ihr vor, als würde sich in seiner Ausstrahlung etwas verändern, als ginge plötzlich etwas Besitzergreifendes, Forderndes von ihm aus. Sie wusste nicht genau, was es war, doch es fühlte sich an, als hätte er einen unsichtbaren Mantel über sie geworfen. Es änderte nichts an der Harmonie zwischen ihnen – doch es war ihr, als würde er sie plötzlich unausgesprochen zwingen, sich seinem Rhythmus anzupassen. Die plötzliche Veränderung erstaunte sie, und sie bemühte sich vergeblich, der fordernden Kraft zu widerstehen, die von ihm ausging.

"Nicht alle Männer sind so fromm wie James", sagte er in beiläufigem Ton.

Warum machte es sie traurig, ihm erklären zu müssen, was sie meinte? Sie zögerte und genoss einen Moment lang den Einklang, in dem sich ihre Seelen befanden. "Nein, aber alle Männer sind stolz. Keiner will eine Frau, über die hinter ihrem Rücken geredet wird. Keiner will eine Frau, welche die Hure des Herrn gewesen ist. Wer immer es ist – er wird mich nach dir fragen, so wie James nach Raymond gefragt hat. Ich möchte ihm genauso wahrheitsgemäß antworten können, wie ich James geantwortet habe."

Er richtete sich auf und setzte sich dicht neben sie. Sie erschrak und wäre beinahe zurückgewichen, als sein warmer Körper plötzlich neben ihr aufragte.

"Und was hast du zu James gesagt, als er dich fragte?" Es klang beiläufig, doch sie wusste in ihrem tiefsten Inneren, dass unter der Oberfläche ihres Geplauders noch etwas anderes vor sich ging. Eine innere Stimme riet ihr, vor ihm auf der Hut zu sein. Ihre Füße baumelten dicht über dem Boden, und sie hätte jederzeit von dem Heuhaufen hinunterhüpfen und weglaufen können. Aber wohin hätte sie laufen sollen? Der unsichtbare Mantel, den er über sie gelegt hatte, schien sie noch fester einzuhüllen und sie am Weglaufen zu hindern. Sie konnte sich nicht von der Stelle rühren. Es war ihr, als würde ihr ihre Stimme nicht mehr gehorchen – umso schwerer fiel es ihr, in einigermaßen beiläufigem Ton zu antworten.

"Ich habe ihm gesagt, dass ich nicht in Raymonds Bett war."

"Das klingt ziemlich ungenau. Ein kluger Mann wird sich denken, dass es noch andere Möglichkeiten gibt. Wenn man bedenkt, wie viel Zeit wir schon miteinander verbracht haben, wirst du deinem Steinmetz schon eine genauere Auskunft geben müssen."

Sie spürte, wie ihr die Röte ins Gesicht stieg. "Ich werde ihm sagen, dass ... Addis de Valence nie mein Geliebter war."

Er lachte leise. "Immer noch ein bisschen vage, Moira, und im Grunde auch nicht ganz die Wahrheit. Nein, du müsstest ihm schon etwas sagen wie: ›Mein Herr hat mich nie gehabt.‹"

Sein Lachen beruhigte sie ein klein wenig. Vielleicht setzte sich ihre Vernunft nun doch durch. "Oder, um es noch klarer auszudrücken, könnte ich zum Beispiel schwören, dass ich nie Unzucht mit dir getrieben habe."

"Ja, das sollte genügen."

Sie lachte ebenfalls. "Es freut mich wirklich, Addis, dass du mich verstehst und sogar darüber scherzen kannst."

Er gab keine Antwort. Sie wandte sich ihm zu und sah, dass er sie aufmerksam betrachtete. Sie konnte sein Gesicht im Mondschein nicht allzu deutlich erkennen, doch dafür spürte sie seinen Gemütszustand und wurde augenblicklich wieder wachsam.

"Glaubst du wirklich, dass es das war, Moira? Ein Scherz?" Sein Arm wanderte ihren Rücken hinauf und zog sie zu ihm. "Nein, meine reizende Lady. Das Ganze ist kein Scherz."

Seine Lippen schlossen sich über den ihren, bevor sie auch nur den geringsten Widerstand aufbringen konnte. Sein sanfter, aber inniger Kuss sagte ihr, dass sie sich schon auf das heftigste würde wehren müssen, wenn sie ihn zurückweisen wollte. Der eine oder andere halbherzige Einwand kam ihr in den Sinn, ehe sie sich schließlich der Schönheit des Augenblicks hingab. Der unsichtbare Mantel hüllte sie nun beide ein und spendete eine wunderbar tröstliche Wärme. Es fühlte sich so einzigartig an, dass all ihre Einwände sich zusammen mit ihren übrigen Gedanken in Luft auflösten und mit der nächtlichen Brise davongeweht wurden.

Seine Zunge drang in ihren Mund ein – tastend, schmeckend und fordernd. Die Hitze, die sich in ihr ausbreitete, löste die letzten Reste des Widerstands, die noch in ihr waren, in nichts auf. Sie umarmte ihn, um ihn noch besser zu spüren, und er zog sie an sich, sodass ihre Brüste gegen seine Brust gedrückt wurden. Es war ebenso beängstigend wie aufregend, wie rasch sich ihr Verstand der Leidenschaft geschlagen gab. Sie verlor alle Selbstbeherrschung und konnte dem gefährlichen Verlangen, das in ihr bebte, nichts mehr entgegensetzen.

Er löste seine Lippen von den ihren und begann ihr Gesicht zu liebkosen. Seine Finger wanderten hinter ihr Ohr und machten sich an den Nadeln zu schaffen, mit denen ihr Schleier befestigt war. Nachdem er den feinen Stoff entfernt hatte, drückte er seine Lippen auf ihren Hals.

"Du hast mich gefragt, was ich hier bei dir will, Moira", sagte er, während er ihr Ohr küsste und biss und leckte, dass es ihr durch und durch ging. "Ich will alles. Ich will jeden Fingerbreit von dir kennen lernen und jeden deiner Gedanken. Ich will dich haben, so wie ein Mann eine Frau nur haben kann." Wie um sein Verlangen zu unterstreichen, wanderte seine Hand mit einer zärtlichen, aber bestimmten Geste an ihrem Körper hinunter. "Aber ich will dich nicht gegen deinen Willen zu etwas verführen. Ich verhehle nicht, dass ich dich ganz will – aber ich werde mich mit weniger zufrieden geben, solange es sein muss."

Seine offenen Worte entfachten ihre Leidenschaft. Sie hörte kaum noch, wie er ihr versicherte, sich zurückzuhalten, als seine Lippen die ihren in einem innigen Kuss fanden. Es war ein langer, fordernder Kuss. Seine Hand drückte sich gegen ihren Bauch, als könne er das Pochen ihres Blutes darunter fühlen.

Sein Arm umschloss ihren Nacken, und seine Hand wanderte zu den Bändern ihres Kleids hinunter. Er küsste sie auf die Schläfe und auf das Haar, während seine Finger sich an den Bändern zu schaffen machten, die das Kleid zusammenhielten. Mit jähem Entsetzen kam ihr zu Bewusstsein, dass sie das nicht zulassen sollte.

"Nein, Moira", sagte er vorwurfsvoll und ließ seine Hand an ihrem Hals hinunterwandern. "Ich nehme mir nur, was du mir schon geschenkt hast."

Seine Hand schlüpfte unter den dünnen Stoff, der ihre Brüste bedeckte – eine Berührung, die sie innerlich erbeben ließ. Seine verführerischen Küsse und Zärtlichkeiten lösten die letzten Reste ihres kläglichen Widerstands auf. Alles in ihr spannte sich an, um sich nicht ganz in den Lustgefühlen zu verlieren, die über sie hereinbrachen. Seine Finger begannen mit ihren Brustwarzen zu spielen, was ein ungeahntes Verlangen zwischen ihren Beinen wachrief. Ein leises Stöhnen entrang sich ihren Lippen, und sie ließ sich ganz von der Woge der Leidenschaft mitreißen. In dieser Welt der Sinne gab es für sie nur noch Addis. Seine Gegenwart war für sie wirklicher als ihre eigene; seine Stärke war wie ein rettendes Floß, an das sie sich klammern konnte.

Er zog das Kleid an ihren Schultern und Armen hinunter, sodass ihre Brüste entblößt waren. Die kühle Brise prickelte auf ihrer Haut. Das Kleid schränkte die Bewegungsfreiheit ihrer Arme ein, sodass sie seine Küsse und Zärtlichkeiten entgegennahm, ohne ihn umarmen zu können. Sie war ihm wehrlos ausgeliefert, was gleichermaßen erregend wie beängstigend war.

Er beugte sich über sie, sodass sein Körper den nächtlichen Himmel verdunkelte. Sein Atem vermischte sich mit der kühlen Brise, ehe sein Mund ihre Brüste zu wärmen begann. Sie spürte seinen Arm an ihrem Rücken, während sie sich seinen berauschenden Zärtlichkeiten darbot. Sie bebte am ganzen Körper, während er mit seinen Lippen und seiner Zunge ihre Brüste liebkoste.

Sie hatte längst alle Gedanken hinter sich gelassen. Es gab kein Gestern und kein Morgen mehr. Keinen Verstand und keine Pläne. Nur noch dieses süße Ausgeliefertsein und ein alles durchdringendes Verlangen.

Er streifte ihre Brustwarzen mit den Zähnen, und ihr leises Stöhnen verschmolz mit den Geräuschen der Nacht. Er begann an ihr zu saugen, und ihr rasches Atmen an seinem Ohr erschien ihm wie der hörbare Ausdruck seines eigenen rasenden Pulsschlags. Und die Nacht ringsum schloss sich ihnen an; die Geräusche der Insekten, das Strömen der Luft und die Geister der Steine und Bäume – alles um sie herum bildete eine harmonische Einheit mit ihrem zärtlichen Zusammensein.

Er lehnte sich im Heu zurück und hob sie auf seinen Schoß, sodass ihr Rücken an seiner Brust ruhte. Auf diese Weise konnten sie gemeinsam den Nachthimmel betrachten, und er konnte ihr mondbeschienenes Gesicht sehen. Er nahm ihre Brüste in beide Hände, und sie schloss die Augen und öffnete die Lippen. Während er mit ihren dunklen Brustspitzen spielte, spürte er jede Reaktion ihres Körpers – den rhythmischen Druck ihrer Hüften und ihres Hinterns, das Beugen und Strecken ihres Körpers, der nach mehr verlangte. Es erstaunte ihn selbst, wie sehr es ihn freute, dass sie dieses Zusammensein so zu genießen schien. Außerdem fühlte es sich wunderbar beruhigend an, sie so nah bei sich zu haben. Selbst die Sterne schienen im Rhythmus ihrer kleinen Seufzer zu funkeln. Mitten unter ihnen leuchtete der Mond am Himmel. *Such dir selbst eine Frau, Menulius, alter Mondgott. Die hier gehört mir ganz allein.*

Ihre wachsende Leidenschaft ließ sie leise aufstöhnen, und als sie ihre Beine öffnete, beugte er das Knie, sodass sie auf seinem Oberschenkel ritt. Der Druck an ihrer intimsten Stelle ließ sie jede Zurückhaltung vergessen. Ihre Arme waren immer noch durch ihr halb herabgezogenes Kleid gebunden, doch nun versuchte sie verzweifelt, eine Hand freizubekommen. Sie hielt sich an seinem anderen Schenkel fest, während sich ihr ganzer Körper an ihn drückte und sie einen erstickten Schrei hervorstieß.

Er drückte sie fest an sich, die Lippen an ihrer Wange, während seine Hände immer noch mit ihren Brüsten spielten. Sein Verstand rang mit seinem Verlangen um die Vorherrschaft. Wenn er vorhätte, sie hier und jetzt zu nehmen, würde sie sich ihm nicht verweigern. Das Beben ihres Körpers sprach eine eindeutige Sprache. Genau das hatte er erreichen wollen, auch wenn er ihr versichert hatte, sich zurückhalten zu wollen. Doch nun wurde ihm bewusst, wie wichtig es ihm war, dass sie es auch wollte. Er wollte auf keinen Fall, dass es ihr hinterher Leid tat.

Die Sterne und alles um ihn herum lockte ihn, sich ganz fallen zu lassen. Die Geister drängten ihn, den uralten Ritus zu vollenden und sie ganz in Besitz zu nehmen. Sein eigener Körper verlangte dasselbe. Der Mond blickte auf ihn herab – mit einem spöttischen Lächeln, so kam es ihm vor.

Er schob einen Arm unter ihre Beine. "Ich bringe dich jetzt ins Bett, Moira." Er hob sie hoch und trug sie ins Haus, weg von den Geistern, die ihm ins Ohr flüsterten, dass er sie nehmen solle.

Das Innere des Hauses war nur vom kühlen Licht des Mondes und vom warmen Lichtschein der Feuerstelle erleuchtet. Er legte sie auf das Bett unter dem Fenster. In dem gedämpften Licht erschien sie ihm wie ein überirdisches Wesen.

Er setzte sich zu ihr und küsste sie, während seine Hände sich an ihrem Kleid zu schaffen machten. Sie stieß einen leisen Laut des Protests aus, als er ihr das Kleid über die Beine hinunterzog. Sie runzelte ein klein wenig die Stirn, als hätte das Bett und das Entkleiden ihr ihre Einwände ins Gedächtnis zurückgerufen. Doch er erstickte ihren beginnenden Widerstand im Keim, indem er ihr über den Rücken strich und mit ihren empfindlichen Brustspitzen spielte, bis sie sich das Unterhemd von den Armen streifte, damit sie ihn umarmen konnte.

Das Gefühl, ihre Hände auf seinen Schultern und seinem Rücken zu spüren, schenkte ihm eine ungeahnte Wonne, und er ließ sein Gesicht einen Moment lang an ihren Brüsten ruhen. Dann zog er ihr Hemd ganz hinunter und bedeckte zuerst den Bauch, dann die Hüften und schließlich ihre Schenkel mit zärtlichen Küssen. Als er nur noch eine Handbreit vom Mittelpunkt ihrer Lust entfernt war, drohte sein Vorsatz ins Wanken zu geraten. Irgendwie gelang es ihm jedoch, das animalische Verlangen zu bändigen, und er erhob sich vom Bett.

Er sah sie an, während er seinen Gürtel abnahm und den Rock auszog. Sie war so wunderschön. Das Licht des Mondes ergoss sich über ihre blasse Gestalt und spiegelte ihre wunderbar klaren Augen. Obwohl man in dem schwachen Licht nur wenig erkennen konnte, sah er, dass sie ihn verwirrt ansah. Er streifte sein Hemd ab und legte sich neben sie.

Wenn sie es wollte, würde er sich vollauf damit zufrieden geben, in ihren Armen zu schlafen. Er würde versuchen, sie allein dadurch an sich zu binden, wenngleich das möglicherweise zu wenig sein mochte. In der Zeit, als er mit einem Gott um Eufemias Leidenschaft hatte wetteifern müssen, war ihm einiges klar geworden. Er wusste, wie die Macht der Leidenschaft eine Frau beeinflussen konnte.

Sie umarmte ihn, doch er spürte das Zögern in ihren Armen. Er liebkoste sie, doch in ihrem Seufzen war immer noch eine kleine Spur Wachsamkeit und Verlegenheit. Wenn er ihr die Wahl ließ, würde sie wahrscheinlich lieber draußen im Stroh schlafen. Sie hätte selbst nicht sagen können, was sie wollte oder brauchte, weil sie einfach nicht wusste, was auf sie beide wartete, wenn sie es zuließe. Schließlich rang er sich zu einem Entschluss durch. Er würde sie nicht nehmen, doch in gewisser Weise würde er sie trotzdem bekommen.

Er liebkoste sie mit seinen Händen und seinem Mund, bis sie sich an ihn drückte, die Arme um seinen Rücken schlang und ihre Schreie an seiner Schulter erstickte. Er nahm sich Zeit für endlose Küsse und genoss die berauschenden Freuden des Zusammenseins mit ihr. Mit suchenden Händen erkundete er ihren Körper, der bald straff und fest, bald weich und nachgiebig war. Ihr eigenes Verlangen ließ nun auch ihre Hände aktiv werden – schüchtern zuerst, doch bald schon mit größerer Sicherheit. Ihre zärtlichen Berührungen brannten sich unter seine Haut und brachten sein Inneres zum Glühen.

Er drückte sie an sich und begann sie zwischen den Beinen zu streicheln. Schon die erste Berührung ließ sie jede Zurückhaltung verlieren. Sie stieß verzückte Laute der Wonne hervor und öffnete einladend die Beine. Er streichelte sie immer weiter, und sie schlang die Arme um seinen Hals und grub die Finger in seine Schultern, als der Höhepunkt nahte. Ein heftiges Beben ging durch ihren ganzen Körper, und ein Schrei entrang sich ihren Lippen. Sie klammerte sich an ihn wie ein ängstliches, Schutz suchendes Kind, als das aufgestaute Verlangen sich in einem alles erschütternden Höhepunkt entlud.

Er drückte sie an sich und barg sein Gesicht in ihrem Haar, während ihr allmählich langsamer werdender Atem sein eigenes schmerzendes Verlangen besänftigte. Still lag sie da, in seinen Armen ruhend, während die nächtliche Luft ihre Glut kühlte.

"Warum hast du nicht ...?", murmelte sie schließlich an seiner Brust.

"Ich habe dir doch gesagt, dass ich es nicht tun würde."

Sie schmiegte sich enger an ihn, so als wäre es ihr peinlich, ihn anzusehen. "Am Schluss ... warum hast du das gemacht?"

"Um dir zu zeigen, dass es nicht langweilig wäre, wenn du das Bett mit mir teilen würdest. Hat es dir nicht gefallen?"

"Ja. Zu sehr sogar. Aber trotzdem werde ich das Bett nicht mit dir teilen, Addis."

"Aber das tust du doch gerade."

Sie hob den Kopf und blickte sich um. "Nicht dein Bett. Nicht das Bett des Herrn. Das hier ist mehr wie mein Bett daheim in Darwendon."

Sie sah bezaubernd im fahlen Mondlicht aus, das ihr Profil beleuchtete. Wenn sie dachte, dass sie es dabei belassen konnte, was hier und jetzt zwischen ihnen geschehen war, dann würde er ihr im Moment nicht widersprechen. "Ja, es ist nicht das Bett des Herrn. Heute Nacht war es einfach nur so, dass Addis bei Moira Trost gefunden hat."

Er setzte sich auf und zog seine Beinkleider aus. Nur noch mit der Unterhose bekleidet, streckte er sich auf dem Bett aus und ließ sich die kühle Brise über die Haut streichen. Ihre Wärme bildete einen wunderbaren Kontrast zur kühlen Luft, und als er sie wieder zu sich zog, nahm er jede noch so kleine Berührung zwischen ihnen wahr. Sie streichelte mit einer Hand sein Gesicht und scheute dabei auch nicht vor der Narbe zurück, als gäbe es diese Verunstaltung gar nicht. Dann umfasste sie seine Schulter mit einem Arm, worauf er instinktiv, als wäre es das Natürlichste auf der Welt, den Kopf an ihrer Brust ruhen ließ – und ein unbeschreiblicher Friede erfüllte seine Seele.

Er schlief tief und fest, doch sie konnte nicht einschlafen. Sie hielt ihn in den Armen und blickte über seine Schulter hinweg zum Fenster hinaus. Wie schön es doch war, dachte sie, während sie den Himmel betrachtete, einem Menschen wie ihm so nahe zu sein, wenn auch nur für einige wenige Stunden.

Sie strich mit den Fingerspitzen über seine muskulösen Schultern. Was für ein seltsamer Mann – und was für eine seltsame Nacht. Sie bezweifelte, dass ihm ihr Zusammensein viel Trost gespendet hatte, auch wenn er das behauptet hatte und nun tief und fest schlief. Er hatte ihr etwas gegeben – doch war das wirklich so selbstlos von ihm gewesen? Wahrscheinlich wusste er genau, worauf sie sich eingelassen hatte. Keine Frau kann mit einem Mann auf so intime Weise zusammen sein und dann am nächsten Morgen so tun, als wäre nichts geschehen, als gäbe es gar nichts, was sie und ihn verbindet. Das, was er getan hatte, legte die Vermutung nahe, dass er etwas viel Gefährlicheres von ihr wollte als ihre vorübergehenden Dienste als Geliebte. Sie würde ihre ganze Kraft aufbieten müssen, wenn sie sich ihm verweigern wollte – was immer es war, das er von ihr wollte. Allerlei Gedanken schwirrten ihr durch den Kopf, als sie schließlich in einen unruhigen Schlaf sank.

Das Licht des Morgengrauens weckte sie. Sie lag auf dem Bauch – unter der Wolldecke, die Addis über sie beide gebreitet haben musste. Er hatte den Arm auf ihren Rücken gelegt. Als sie die Augen öffnete, sah sie, dass er wach neben ihr lag, den Kopf auf eine Hand gestützt, und sie betrachtete. Sein vom Schlaf zerzaustes rabenschwarzes Haar umrahmte sein Gesicht. Seine Schultern und sein Oberkörper waren nur eine Hand breit von ihrer Nase entfernt. Das graue Licht des anbrechenden Tages hob den Mund und die lange Narbe besonders hervor, was ihm einen strengen Gesichtsausdruck verlieh. Sie lag regungslos da und erfasste sogleich, was sein Gesichtsausdruck zu bedeuten hatte.

Er stützte sich auf einen Unterarm und zog die Decke von ihr herunter, sodass er sie in ihrer ganzen Nacktheit sah. Er küsste ihren Rücken, was ein heißes Prickeln auf ihrer Haut hervorrief. Er streichelte ihre Hinterbacken und ließ seine Finger mit erschreckender Vertrautheit über den Spalt dazwischen gleiten. Seine Augen trafen die ihren. "Ich habe in den sechs Jahren meiner Gefangenschaft gelernt, was Selbstbeherrschung ist – aber jetzt, da ich dich so vor mir sehe, sind all meine Vorsätze von gestern dahin. Diesmal werde ich dich nehmen. Wenn du dich mir verweigern willst, dann solltest du jetzt schnell weglaufen."

Sich ihm verweigern? Um nein zu sagen, hätte sie eine Stimme gebraucht – und die ihre war ihr abhanden gekommen, weil ihr das Herz bis in die Kehle hinauf pochte. Und um wegzulaufen, hätte sie einen Körper gebraucht, der sich bewegen konnte – und der ihre war wie erstarrt vor Erwartung. Er ließ ihr nicht lange Zeit, um sich zu entscheiden. Er drehte sie herum und legte sich auf sie, ohne einen Zweifel daran zu lassen, was diesmal zwischen ihnen passieren würde.

Diesmal gab es keine Zurückhaltung. Das war ein anderer Addis mit anderen Absichten als gestern Nacht. Seine Küsse und Zärtlichkeiten zeigten ihr unmissverständlich, wie sehr er sie begehrte. Es dauerte nicht lange, bis auch in ihr eine unbändige Leidenschaft erwachte.

In ihrem Kopf begann es leise zu pochen. Sie brauchte einen Augenblick, um zu merken, dass es weder ihr Herzschlag noch der seine war, was sie hörte. Das Pochen kam überhaupt nicht aus dem Inneren des Hauses, sondern vom Fenster über ihnen. Sie versuchte das Geräusch zu verdrängen, doch es wurde immer lauter.

"Verdammt!", murmelte Addis und blickte zur Tür hinüber, wo sich, nach den Geräuschen zu schließen, ein kleiner Trupp zu Pferd versammelt hatte.

Der Taumel der Sinne verflog mit einem Schlag, als die Tür aufging und ein blonder junger Mann hereintrat. "Ja, da ist er!", rief er und ging lachend wieder hinaus. "Wir sind aber zu früh gekommen. Er vergnügt sich noch mit einer Hure."

Die Männer waren guter Laune und feuerten ihn mit unzüchtigen Zurufen an. Moira schloss die Augen, um die bittere Wirklichkeit zu verdrängen. Auf die Nacht voller Schönheit folgte ein Morgen voller Scham. Ihr Verstand, der sich so lange von ihrer Leidenschaft hatte beherrschen lassen müssen, gewann wieder die Oberhand und überschüttete sie mit Vorwürfen. Das war einfach nicht fair. Sie hatte sich im Grunde nichts zuschulden kommen lassen und musste jetzt dennoch büßen.

Als sie ihre Fassung einigermaßen wiedergefunden hatte und die Augen öffnete, sah sie, dass Addis auf sie hinunterblickte und erkannte, wie peinlich ihr das alles war. Er strich mit der Hand über ihre Wange, um sie zu beruhigen.

"Wie es scheint, ist Sir Richard nicht allein gekommen." Er schwang sich aus dem Bett und griff nach seinen Kleidern.

Sie schlüpfte rasch in ihre Kleider und verbarg ihr zerzaustes Haar unter dem Schleier. Jetzt, da sie das Bett verlassen hatte, verspürte sie eine wachsende Verlegenheit ihm gegenüber. Die Morgenluft begann den Duft ihres trauten Zusammenseins zu zerstreuen, und die aufgehende Sonne ließ die süße Verbindung zwischen ihnen beiden wegschmelzen. Sie sah zu, wie Addis seine Kleider anlegte und sich den Gürtel umschnallte, sodass er wieder ganz der Ritter und Herr war. Sie blickte sich in dem kleinen Haus um, das ihr mit einem Mal ganz fremd erschien.

Er wandte sich der Tür zu, doch sie blieb stehen. Er trat zu ihr und nahm ihren Kopf in beide Hände, um sie zu küssen. "Du kannst entweder an meiner Seite als meine Frau oder in meinem Schatten als meine Hure hinausgehen, Moira. Wenn du an meiner Seite hinausgehst, werden sie dir Respekt erweisen, um mich zu ehren."

Er nahm sie an der Hand und führte sie ins Freie hinaus. Sie sah Rüstungen und Waffen im Sonnenlicht glänzen. Die Straße war voll mit Männern, Pferden und Wagen. Als sie hinaustraten, wurde es schlagartig still ringsum. Sieben Augenpaare blickten auf Addis' Hand, die immer noch die ihre hielt.

Sir Richard trat vor und warf ihr einen entschuldigenden Blick zu. Während er an den Männern vorüberging, holte er plötzlich aus und schlug den blonden jungen Mann, ohne ihn anzusehen, so hart ins Gesicht, dass dieser kurz taumelte. Sir Richard ging unbeirrt weiter und blieb direkt vor ihnen beiden stehen. Er sah Addis mit einem traurigen Lächeln an.

"Nun, ein wundervoller Morgen heute, nicht wahr, Mylord?"

Addis ließ ihre Hand los und umarmte den Verwalter seines Vaters. Sie hielt sich im Hintergrund, in einigem Abstand von dieser Szene des Wiedersehens der beiden Männer.

Richard zeigte auf die wartenden Männer. "Alan und Marcus bestanden darauf, mitzukommen. Und das ist Small John, Big Johns Sohn. Er ist genauso aufrichtig wie sein Vater, das verspreche ich Euch. Es gibt noch einige andere, aber wir haben sie zurückgelassen. Hier sind sie uns vielleicht nützlicher. Es ist ganz gut so, dass der Bastard nicht weiß, wem er hier trauen kann." Er ging zu den Pferdewagen hinüber. "Kommt und seht Euch an, was wir mitgebracht haben."

Moira sah erst jetzt, dass der letzte Wagen der ihre war. "Den haben ein paar Dorfbewohner heute Morgen hergebracht", erklärte Richard. "Aber das hier müsst Ihr Euch ansehen. Die Rüstung Eures Vaters. Und etwas Geld. Nicht viel, nachdem dieser Hurensohn das meiste gefunden hat, obwohl ich es an zehn verschiedenen Stellen versteckt hatte. Und wir haben auch Patricks Streitrösser hier in der Nähe. Sie sind immer noch dieselben Teufel wie früher und kaum zu bändigen. Ah, und dann haben wir noch das hier." Er holte eine lange, schwere Waffe aus dem Wagen hervor. "Das Familienschwert. Ich habe es an mich genommen, als Euer Vater starb. Ich dachte mir schon, dass Simon etwas vorhatte, nachdem Ihr für tot erklärt wart und der Junge noch so klein war. Es hat mich nicht überrascht, dass er das Land an sich riss – aber das Schwert wollte ich ihm keinesfalls überlassen."

Addis nahm das alte normannische Schwert in beide Hände. Sein Gesicht war ernst und gefasst, doch Richard schien tief bewegt zu sein. Er packte den Griff unterhalb von Addis' Hand. "Wir haben ihm nie den Treueid geleistet, jedenfalls nicht im Herzen. Unsere Treue gehört nur unserem Herrn, und das war er nie."

Addis zögerte. Sie alle standen wie erstarrt da. Er

blickte in die Runde der Ritter und Knappen, bis seine Augen schließlich die ihren trafen. Einen Moment lang betrachtete er das Haus, ehe er sich wieder dem Schwert zuwandte, dessen Spitze zum Boden zeigte. Sein Gesicht zeigte einen entschlossenen Ausdruck, doch da war auch ein Hauch von Melancholie. Er ließ das Schwert sinken. Sir Richard kniete nieder, um ihm die Lehnstreue zu schwören.

Moira schlüpfte durch die Tür ins Haus zurück und verbiss sich die Tränen, die ihr in den Augen brannten. Der Kampf hatte begonnen – und er würde damit enden, dass er entweder starb oder triumphierte. Sie war froh, dass Sir Richard an seiner Seite sein würde. Er schien ein Mann zu sein, auf den Addis sich verlassen konnte. Einen so treuen Freund würde Addis noch dringend brauchen.

Sie hörte die Stimmen der anderen, die ebenfalls ihren Treueid leisteten, während sie im Haus aufzuräumen begann, um ihre innere Leere mit Arbeit auszufüllen. Als sie fertig war, blickte sie sich in dem Häuschen um. Auf dem grob gezimmerten Tisch standen verwelkte Blumen in einem Krug, und sie eilte hinaus und holte frische Blumen, ohne dass jemand sie sah. Dann breitete sie die Tagesdecke über das Bett und sah mit Anerkennung, wie sorgfältig die Decke gearbeitet war. Es fiel ihr auf, wie sauber der Fußboden war und wie wohl geordnet das Geschirr.

Es fiel ihr nicht schwer, sich das junge Paar vorzustellen, das hier lebte. Die beiden liebten einander, das spürte man geradezu. Sie waren glücklich, obwohl sie nicht viel besaßen. Sie fanden Geborgenheit in der Tatsache, dass sie einander hatten. Es war der Geist dieser Liebe gewesen, was sie so beunruhigt hatte, als sie gestern Abend das Haus betrat.

Sie nahm ihren Korb, holte einen Shilling aus dem

Lederbeutel hervor und schob ihn unter das Kissen. Eine Gestalt trat in die Tür und verhinderte so, dass das Licht von draußen hereindringen konnte. Als sie sich umdrehte, sah sie den blonden jungen Knappen in der Türe stehen.

"Mylady, Seine Lordschaft hat gesagt, ich soll Euch sagen, dass wir bereit zum Aufbrechen sind."

Sie hielt den Korb an den Bauch gedrückt und sah ihn an. Er hatte sie sicherheitshalber mit ›Mylady‹ angesprochen, doch sein neugieriger Blick sagte ihr, dass er sich fragte, wer und was sie wirklich war.

"Ich bin keine Lady", korrigierte sie ihn und rief sich damit die wesentliche Tatsache ihrer Beziehung zu Addis in Erinnerung. "Ich heiße Moira Falkner, und meine Mutter wurde als Leibeigene geboren."

8. Kapitel

Die Straße wurde immer belebter, als sie sich London näherten. In beiden Richtungen waren Reisende unterwegs, sodass die Mitglieder von Addis' Gefolge einer hinter dem anderen reiten mussten. Moira lenkte ganz hinten ihren Wagen, während Addis an der Spitze der Gruppe ritt. Es war ihr durchaus recht, dass sie so weit auseinander waren.

Die vier Tage dauernde Reise war eine stille Hölle gewesen, in der sie sich in allen Einzelheiten ausmalte, was für ein Leben sie als die Hure des Herrn führen würde. Addis hatte in aller Öffentlichkeit seinen Anspruch auf sie bekundet, und die Ritter und Knappen zeigten ihren Respekt, indem sie keinerlei Interesse an ihr erkennen ließen. Sie halfen ihr auf förmliche, zurückhaltende Weise, doch keiner sprach viel mit ihr. Genau so hatten die Männer auch Edith behandelt, wenn Bernard in der Nähe war; ganz anders waren sie jedoch mit ihr umgegangen, wenn er nicht bei ihr war.

Manchmal bemerkte sie, dass einer der Ritter sie auf eine Art und Weise ansah, als wolle er sagen, meinen Respekt hast du nur, weil er es so will, aber wir wissen beide, was du wirklich bist; eine Frau wie du könnte genauso gut mir gehören wie ihm – und wer weiß, wenn er dich satt hat, könnte es noch so kommen.

Sir Richard nahm Addis' ganze Aufmerksamkeit in Anspruch, doch hier inmitten seines Gefolges hatte sie auch gar nicht erwartet, dass er sich viel mit ihr abgeben würde. Sie wechselten den ganzen Tag kaum mehr als ein paar Worte, und vom frühen Morgen bis zum Abend, wenn sie ihr Lager aufschlugen, dachte sie an nichts anderes als an die Möglichkeiten, die am Ende dieser Reise auf sie warteten.

Wenn er sie völlig allein gelassen hätte, so hätte sie wenigstens in Ruhe überlegen können, was sie tun sollte. Doch als sie am Morgen des zweiten Tages erwacht war, lag er plötzlich neben ihr im Wagen. Er hatte sich unter der Decke eng an sie geschmiegt und hielt sie in den Armen. Und er kam jede Nacht wieder, um bei ihr zu liegen. Letzte Nacht hatte sie sich unter dem sternenlosen Himmel an ihn gedrückt und sich gewünscht, dass sie ihn für immer festhalten könnte – doch sie wusste, dass das nicht möglich war. Seine Welt würde das niemals zulassen, außerdem hatte er mit keinem Wort angedeutet, dass er sich das wünschte.

Wenn ich mich darauf einlasse, wird alles nur noch schlimmer, rief sie sich in Erinnerung, während sie darauf achtete, nicht mit den anderen Wagen zusammenzustoßen, die links und rechts von ihr dahinrollten, als die Straße breiter wurde.

In der Ferne tauchten schon die Stadtmauern auf, und sie sah mit Staunen, wie endlos lang sie sich dahinzogen. Sie hatte schon gehört, dass London eine riesige Stadt war, doch so etwas hatte sie nicht erwartet. Die Stadt war über ihre Mauern hinausgewachsen und breitete sich entlang der Straße aus – mit zahllosen Häusern und Gaststätten jeder Art und Größe. Mit jedem Schritt nahmen die Geräusche und Gerüche zu, bis schließlich alle ihre Sinne von den Aktivitäten der Stadtbewohner erfüllt waren. Am Ende der Straße ragte ein riesiges Tor vor ihnen auf.

Addis und Richard näherten sich dem Tor, und einige Wächter kamen auf sie zu. Die Reihen der Reisenden kamen hier zum Stillstand. Ein Wagen fuhr dicht neben den ihren, und der alte Mann, der ihn lenkte, verdrehte die Augen angesichts der verzögerten Einfahrt in die Stadt. "Verdammte Ritter", murmelte er.

"Was ist denn los?"

"Sie mögen es nicht, dass bewaffnete Männer in die Stadt kommen – auch nicht, wenn es nur eine kleine Gruppe ist. Die Stadt liegt im Streit mit dem König, und sie sehen es nicht gern, wenn zu viele von seinen Leuten in der Stadt sind. Du wirst schon sehen, sie werden sie gleich auf die Seite holen."

Die Wächter bedeuteten Addis und Richard mit einer Geste, dass sie mit ihnen kommen sollten. "Werden sie ihnen den Zutritt verweigern?", fragte sie, als die Menge sich wieder ein Stück vorwärts schob.

"Das kommt darauf an, wer sie sind. Sie müssen ihnen zuerst einen Haufen Fragen stellen."

Noch mehr Wächter erschienen vor der Stadtmauer. Auf der Straße herrschte allgemeines Chaos. Moira blickte zu Addis hinüber, der mit Fragen überhäuft wurde. Musste sie schon wieder von ihm Abschied nehmen? Gefühle, die sie ihr halbes Leben lang tief in ihrem Inneren verborgen gehalten hatte, erfüllten ihre Brust und brachten sie beinahe dazu, ihren Esel zum Ausscheren aus der Reihe zu veranlassen, damit er sie zu ihm brachte. Sie wandte den Blick nicht von ihm, um sich seine Gestalt fest einzuprägen.

Ihr Wagen tat einen Ruck und riss sie aus ihren Träumereien. Immer mehr Reisende drängten sich um sie herum und bewegten sich mit ihr auf das Stadttor zu. Sie zwang sich, den Blick von ihm zu lösen und sich dem Eingang zur Freiheit zuzuwenden, der sich vor ihr auftat. Seine Ritter und Knappen ritten ebenfalls beiseite, um sich Addis und Richard anzuschließen. Sie blieb in der Reihe und ließ sich mit der Menge dahintreiben – weg von ihm, und weg von der schrecklichen und doch so wunderbaren Leidenschaft, die er in ihr entfachte.

Der Schatten des Stadttors fiel auf sie, und sie stand dem Wächter gegenüber, der jedoch die Auseinandersetzung bei der Stadtmauer interessanter fand, als sich mit ihr abzugeben. Er gab ihr mit einer Armbewegung zu verstehen, dass sie passieren konnte.

Auf der anderen Seite der Mauer erwartete sie ein solches Chaos, dass sie beinahe kehrtgemacht hätte, um zu Addis zurückzukehren. Da waren so viele Leute und Straßen und Geschäfte und Tiere. Schreiende Kinder, quiekende Schweine und bellende Hunde sausten vor ihr über den Weg. Über ihr hingen farbenfrohe Schilder an Gebäuden, die hoch emporragten – manche von ihnen drei oder vier Stockwerke hoch. Überall dort, wo eine Seitenstraße in die Hauptstraße einmündete, standen dicht gedrängt Pferdewagen und Verkaufsstände mit allerlei Gemüse und anderen Lebensmitteln, mit Kunsthandwerk und Lederwaren.

Sie fühlte sich verloren und überwältigt und seufzte vor Erleichterung, als sie die Turmspitze in der Ferne aufragen sah. In Salisbury war die Kathedrale ein Ort der Begegnung und gleichzeitig Marktplatz, und sie nahm an, dass es in London ebenso war.

Vor der Kathedrale wurde die Straße etwas breiter. Der Platz war voll mit Straßenverkäufern und anderen Leuten, die mit irgendwelchen Waren handelten oder sich einfach nur die Zeit vertrieben. Sie sprang von ihrem Wagen hinunter und führte den Esel auf den großen Platz. Sie blieb am Rand des Getümmels und hielt dabei nach irgendeinem freundlichen Gesicht Ausschau.

Eine dicke Frau, die Körbe verkaufte, sah ihren Wagen und runzelte die Stirn. "Nicht hier neben mir, wenn ich bitten darf", sagte sie.

Moira betrachtete die einfachen, aber sauber geflochtenen Körbe der Frau. "Nein, ich bin heute gar nicht hier, um etwas zu verkaufen."

Die Frau konnte ihre Neugier nicht bezähmen. Sie ging um Moiras Wagen herum, um einen Blick auf ihre Körbe zu werfen. "Saubere Arbeit. Der hier ist interessant. Er ist nicht ganz rund, aber das ist Absicht, nicht wahr?" Sie hob den Korb hoch und drehte ihn um. "Wie kommt man denn zu solchen Farben? Ich meine das Rot und Violett."

"Mit Beeren. Ich tauche das Schilfrohr in den Saft, den ich mit Wasser mische."

"Aha. Na ja, hier in London wachsen keine Beeren – auch nicht in der Umgebung, außer vielleicht im Jagdrevier des Königs. Was man hier findet, wird gleich gepflückt und gegessen. Ihr verlangt bestimmt ein hübsches Sümmchen für diese Körbe. Da habt Ihr sicher mehr Glück drüben in Westminster, wo die Damen vom Hof vorbeikommen. Sie schauen manchmal auch hier vorbei, und es gibt gewiss auch Kaufmannsfrauen, die Euren Preis zahlen würden, aber das hier sind Körbe für höhere Ladys, wenn Ihr mich fragt."

Moira merkte sich den Rat der Frau. Dass sie beide dem gleichen Gewerbe nachgingen, hatte eine Brücke zwischen ihnen hergestellt, und die Frau machte außerdem einen recht freundlichen Eindruck. "Könnt Ihr mir ein Gasthaus empfehlen, wo ich ein Zimmer bekommen könnte?"

"Gasthäuser gibt es jede Menge in London, und auch auf der anderen Seite der Brücke in Southwark. Es kommt ganz darauf an, was Ihr sucht. Es gibt Zimmer für Ladys und Zimmer für Pilger."

"Es sollte ein sauberes Haus sein, wo ich ein Zimmer für mich allein haben kann. Und es sollte ehrlichen Leuten gehören."

"Na ja, wenn Ihr genug Geld habt, gäbe es da ein kleines Gasthaus, das von Master Edmund und seiner Frau geführt wird. Er ist Gerber von Beruf, darum riecht es dort ein bisschen streng, weil er seine Werkstätte auch dort hat – aber schließlich riecht es überall in London ein bisschen streng, nicht wahr? Sie ist eine gottesfürchtige Frau und hält das Haus schön sauber. Für gewöhnlich quartieren sich Leute aus dem Landadel dort ein, wenn sie in die Stadt kommen, aber Ihr redet genauso wie solche Leute – also nehmen sie Euch vielleicht auch dort auf."

Moira fragte, wie sie zu Master Edmunds Haus kam, und die Frau beschrieb ihr den Weg, worauf sie hinzufügte: "Aber gebt gut Acht. Ein hübsches Ding wie Ihr muss sich hier in der Stadt vorsehen. Es gibt jede Menge Wölfe, die ein zartes Häschen vom Lande nicht verschmähen würden."

Eine Stunde später hatte sich Moira in dem einfachen kleinen Zimmer niedergelassen, das ihr Goodwife

Elsbeth angeboten hatte. Ihren Wagen samt Reisegepäck hatte sie im Stall untergebracht. Edmund hatte ihr versichert, dass ihre Sachen dort sicher seien, da hier in der Stadt Diebe sofort gehängt würden, sodass nur wenige das Risiko auf sich nahmen.

Sie saß auf der mit Stroh gefüllten Matratze und versuchte ihre Gedanken zu ordnen. Sie bezweifelte, dass Addis nach ihr suchen würde, und wenn er es doch tat, würde er sie in einer so großen Stadt niemals finden. Es war wohl nicht nötig, dass sie sich versteckte – doch sie würde trotzdem zur Sicherheit für ein, zwei Tage die großen Straßen und Marktplätze meiden.

Sie vermied es, sich sein Gesicht vorzustellen, wenn ihm bewusst wurde, dass sie weggelaufen war. Wie würde er reagieren? So wütend, wie er es ihr versichert hatte? Oder überrascht? Vielleicht auch gleichgültig. Schließlich war er im Moment ganz mit Barrowburgh beschäftigt. Außerdem würde es ihm in dieser Stadt nicht schwer fallen, eine Frau zu finden, die willens war, das Bett mit einem Ritter zu teilen.

Die tausend Geräusche der Stadt drangen durch das Fenster herein, und sie stellte sich schließlich doch sein Gesicht vor. Sie sah ihn weder zornig noch gleichgültig vor sich, sondern mit einem warmen Ausdruck in den Augen, während er sich zu ihr hinunterbeugte, um sie zu küssen. Sie verspürte eine seltsame Leere in ihrem Inneren. Es war ein wunderschöner Traum gewesen, ihm in Freundschaft zugetan zu sein und auch die Freuden der Leidenschaft mit ihm zu teilen. Ob es für ihn genauso gewesen war? Wenn ja, würde er dann verstehen, dass sie auf den Himmel verzichtete, um der Hölle zu entgehen? Sie bezweifelte, dass er sie verstand. Männer hatten keine Ahnung, wie hoch der Preis war, den Frauen für diese Dinge bezahlen mussten; schließlich waren niemals sie es, die bezahlen mussten.

Ihre innere Leere füllte sich mit Einsamkeit und Angst. Nie zuvor hatte sie sich so elend gefühlt, wenn sie der Stimme der Vernunft gefolgt war.

Elsbeth kam zu ihr ins Zimmer und lud sie ein, einen Becher Bier mit ihr zu trinken, und sie nahm an – dankbar für die Abwechslung.

"Habt Ihr vor, in der Stadt zu bleiben?", fragte Elsbeth, während sie das Bier einschenkte.

"Ja."

"Dann habt Ihr hoffentlich mehr Geld, als ich gesehen habe. Es ist nicht leicht hier für Fremde, und besonders schwer hat man es als Frau ganz allein. Ihr könnt hier sicher kein Geschäft aufmachen. Wenn Ihr Eure Körbe verkaufen wollt, dann müsst Ihr es auf der Straße tun."

"Ich habe noch etwas Geld. Nicht viel, aber genug, hoffe ich." Sie hatte den Lederbeutel im Nähkorb auf ihrem Wagen versteckt. Dort war er sicherer als in ihrem Zimmer, da Edmund jeden sah, der den Stall betrat. "Ihr habt ein schönes Gasthaus hier. Was kostet so ein Haus hier in der Stadt?"

Elsbeth nahm auf einem Schemel Platz. "Ihr habt vor, ein Haus zu kaufen? Euer Ehemann muss ein guter Kaufmann gewesen sein."

"James war Wollhändler in Salisbury."

"Nun, Wollhändler oder nicht – ich bezweifle, dass Ihr genug Geld habt, um ein Haus wie dieses zu kaufen. Es hat hundertfünfzig Pfund gekostet. Mein Mann hat lange dafür gespart, fast zwanzig Jahre."

Moira dachte sich, dass ihr Rubin bestimmt so viel wert war. Sie hatte immer vorgehabt, den Edelstein für Brians Ausbildung zu verwenden. Ihr Plan war recht einfach gewesen. Er sollte sich von Raymond zum Ritter ausbilden lassen, und sie hätte ihm Pferd und Rüstung gekauft. Nun würde sie den Rubin eben für sich selbst verwenden, und es war bestimmt keine schlechte Idee, ein Haus zu erwerben. Ein Mann würde den Wert eines Gasthauses, das ein regelmäßiges Einkommen brachte, gewiss höher schätzen als den weniger greifbaren Wert eines kleinen roten Edelsteins.

"Vielleicht könnt Ihr ein Handwerkerhaus in einem der nördlichen oder östlichen Bezirke auch für fünfzig Pfund bekommen. Wir sind hier in der Nähe des Flusses – das macht schon einen Unterschied. Und wenn Ihr Pilger beherbergen wollt, wär's am besten, wenn Ihr Euch auf der anderen Seite des Flusses, in Southwark, niederlasst. Dort machen die Pilger auf dem Weg nach Canterbury Halt."

"Ich habe einmal eine Frau gekannt, die vor einigen Jahren hierher kam. Sie wollte in einem Gasthaus für Pilger arbeiten, das ihrem Vetter gehört. Meint Ihr, dass dieses Haus auch dort sein müsste?"

"Ja. Hier in der Stadt sieht man die Pilger nicht so gern. Es gibt einfach zu viele von ihnen. Darum bleiben sie heute großteils drüben in Southwark."

Sie hatte vorgehabt, nach Alice zu suchen, nachdem sie hier in der Stadt ein Haus gefunden hatte – doch wenn es so einfach sein sollte, sie zu finden, würde sie das vielleicht zuerst erledigen. In dem unwahrscheinlichen Fall, dass Addis sie doch finden sollte, wäre es hilfreich, wenn sie Alice an ihrer Seite hätte, die bezeugen konnte, dass Bernard ihr die Freiheit geschenkt hatte. Und obwohl sie und Alice keine engen Freundinnen waren, wäre es doch angenehm, in dieser großen fremden Stadt jemanden zu haben, den man kannte.

"Wollt Ihr hier einen Ehemann finden?", fragte Elsbeth geradeheraus. "Wenn ja, so gibt es hier eine Menge Männer, die eine Frau suchen. Wenn Ihr genug Geld oder ein Haus hättet, könntet Ihr sogar einen Mann bekommen, der die Bürgerrechte der Stadt besitzt. Die Mitgift beträgt für gewöhnlich hundert Pfund – aber Ihr seid eine gute Handwerkerin und hübsch obendrein, also müsste es vielleicht nicht ganz so viel sein."

"Ich suche keinen Mann", erwiderte sie – eine Antwort, die sie selbst überraschte. Natürlich suchte sie einen Ehemann. Doch wenn sie das jetzt zugab, würden ihr möglicherweise die Freier die Tür einrennen, was ihr im Moment überhaupt nicht gefiele. Allein der Gedanke, was es bedeuten würde, mit einem Unbekannten verheiratet zu sein, war ihr schon zuwider. Sie war immer davon ausgegangen, dass es ihr nichts ausmachen würde, mit ihrem zukünftigen Ehemann auch das Bett zu teilen, so wie sie es mit James getan hatte – doch nun ... Nein, sie würde zuerst Alice aufsuchen und dann ein Haus kaufen und weiter Körbe flechten. Später würde sie dann daran denken, einen Ehemann zu finden. Bis dahin würde Addis bestimmt wieder aus ihren Gedanken verschwunden sein.

Müde, aber zuversichtlich kehrte sie schließlich in ihr Zimmer zurück. Es würde schon alles gut werden. Schließlich hatte sie sich auch in Salisbury gut zurechtgefunden. London war zwar um vieles größer – doch daran sollte es nicht scheitern. Sie legte sich ins Bett und dachte darüber nach, was sie am nächsten Tag unternehmen würde. In ihren Gedanken tauchten Bilder von Addis auf, wie er am Stadttor gestanden hatte – und sie fragte sich, ob er überhaupt Zutritt zur Stadt bekommen hatte.

Southwark war ganz anders als London. Es kam ihr so vor, als wären die meisten Leute, die sie auf den Straßen sah, nur auf der Durchreise, als hätte niemand die Absicht, lange hier zu bleiben. Man sah verhärmte Pilger ebenso wie umherziehende Knappen und Lehrlinge, die auf einen kräftigen Trunk aus waren. Moira brauchte nicht lange, um zu erkennen, welchen Beruf die vielen Frauen ausübten, die die Straßen entlang schlenderten oder an den Fenstern bestimmter Häuser saßen.

Elsbeth hatte ihr gesagt, dass Southwark nicht zu London gehörte, sondern eine Stadt für sich war, und dass dort eher lockere Sitten herrschten, sodass die Stadt keinen guten Ruf genoss. Sie hatte Moira geraten, überhaupt nicht hinzugehen – und wenn doch, gut auf ihre Geldbörse Acht zu geben. Moira hatte sich gedacht, dass es schon nicht so schlimm zugehen würde, und war trotzdem hingegangen; zur Sicherheit hatte sie jedoch nur einige wenige Pence mitgenommen.

Sie war davon ausgegangen, dass sie Alice im Handumdrehen finden würde. Wie viele Gasthäuser konnte es hier schon geben, in denen sie suchen musste? Nun, es stellte sich heraus, dass es mehrere Dutzend waren. Als sie am späten Abend wieder eines der Gasthäuser verließ, dachte sie sich, dass sie schon am frühen Morgen mit ihrer Suche hätte beginnen sollen. Sie hatte bis zum späten Nachmittag gewartet, weil es dann weniger wahrscheinlich war, dass sie Addis oder einem seiner Männer über den Weg lief. Doch ihre Suche hier in Southwark dauerte länger als erwartet – zum Teil auch deshalb, weil sie sich immer wieder Häuser ansah, die als Gasthaus infrage kamen. Nun zögerte sie, als sie wieder auf der Straße stand und sah, dass die Sonne bereits unterging.

Sie ging zur Brücke zurück und überquerte sie. Sie schaffte es gerade noch, durch das Stadttor zu kommen, ehe es von den Wächtern geschlossen wurde. In Gedanken versunken folgte sie dem Weg zu ihrem Gasthaus, ohne in der Dunkelheit irgendetwas um sich herum wahrzunehmen. Und so erschrak sie, als sie um eine Ecke bog und es plötzlich ganz hell um sie herum wurde.

Drei Männer mit Fackeln in der Hand standen plaudernd am Straßenrand. Sie hörten sie und blickten sich nach ihr um.

"Oho, wen haben wir denn da?", sagte einer von ihnen.

Sie wollte an ihnen vorbeigehen, doch sie versperrten ihr den Weg.

"Wir kommen wohl gerade von der Arbeit, was?"

"Du bist weit von der Cock Lane entfernt, Mädchen", sagte ein anderer.

Sie blickte verwirrt von einem Gesicht in das andere. Die Männer sahen sie im Licht der Fackeln mit strenger Miene an.

"Lasst mich bitte vorbei."

"Das können wir nicht. Es ist unsere Pflicht, diesen Bezirk zu überwachen und dafür zu sorgen, dass Mädchen wie du dort bleiben, wo sie hingehören. Als du durch das Stadttor gekommen bist, war dir doch sicher bewusst, was für ein Risiko du eingehst", sagte der Erste.

"Ich komme gerade aus Southwark zurück. Ich lebe hier in der Stadt."

"Ach, wirklich? Das kannst du gleich dem Kerkermeister erzählen. Huren dürfen sich hier in der Stadt nur in der Cock Lane aufhalten." Er packte sie mit festem Griff am Arm.

Sie hielten sie tatsächlich für eine ... Das war doch einfach lächerlich! Sie hatte an diesem Tag genug Huren gesehen, um zu wissen, dass sie ihnen nicht einmal entfernt glich. "Meine Herren, Ihr seid im Irrtum! Ich bin nur auf dem Weg zurück in mein Gasthaus."

"Oho! Sie ist eine von den Feinen, die ihre Freier daheim aufsuchen."

"Das ist doch lächerlich. Sehe ich denn aus wie ... wie eine ..."

"Im Dunkeln sehen alle Frauen gleich aus. Das solltest du doch am besten wissen."

Das Ganze wurde immer widersinniger. "So hört doch ...", begann sie verärgert.

"Nein, du hörst uns jetzt zu", sagte der Mann. "Du weißt, dass man sich um diese Zeit nicht mehr auf den Straßen herumtreiben darf – und nach meiner Erfahrung gibt es nur einen Grund, warum eine Frau so etwas tut. Dafür kommst du in den Kerker."

In den Kerker! "Das ist ja ungeheuerlich!"

Der Mann, der sie am Arm festhielt, betrachtete sie eingehender. Er zögerte kurz und zuckte schließlich die Achseln. "Nun, du kannst deine Geschichte ja morgen dem Friedensrichter erzählen. Es ist jedenfalls meine Pflicht, die Nachtschwärmer und Huren auf den Straßen aufzusammeln – und du bist, soweit ich das erkennen kann, beides. Also los, gehen wir. Bis zum Gefängnis ist es ein langer Marsch."

"Das kann doch nicht Euer Ernst sein", rief sie, als er sie mit sich zog.

"Mach jetzt keinen Ärger."

"Lasst mich los", sagte sie in ruhigerem Ton. "Ich komme mit Euch – aber wagt es ja nicht, mich noch einmal anzufassen."

Der Mann blickte sich zu seinen beiden Begleitern um und lachte. "Sie ist gut. Sie ist wirklich gut. Den hochnäsigen Ton beherrscht sie wirklich ausgezeichnet. Ich wette, die Kleine ist ziemlich teuer."

Moira blickte zu den Augen hinüber, die im Lichtschein der Fackel leuchteten. Es waren die Augen des Oberaufsehers der Festung, in der die Stadt all jene einsperrte, die in der Nacht aufgegriffen wurden. Der

Wärter hatte sie nur einmal kurz angesehen und sie sogleich in dieses fensterlose Zimmer bringen lassen, anstatt in eine Gefängniszelle.

Dankbar für seine Rücksicht nahm sie das Bier an, das er ihr anbot, und erklärte ihm dann, warum sie zu so später Stunde noch in der Stadt unterwegs war. "Ich habe dem Polizisten gesagt, dass er Elsbeth kommen lassen soll", fügte sie zuletzt hinzu. "Sie weiß, dass ich neu in der Stadt bin und noch nicht so gut über die Sitten hier Bescheid weiß."

"Er wird sie benachrichtigen, wenn er sie findet. Aber das heißt noch lange nicht, dass sie auch kommt. Habt Ihr Verwandte oder Bekannte hier? Irgendjemanden, der für Euch aussagen kann oder die Kaution für Euch stellt?"

Sie würde eher hier verrotten, bevor sie jemanden bat, Addis zu benachrichtigen. Außerdem hatte man ihn vielleicht gar nicht in die Stadt gelassen.

Der Wärter lehnte sich an die Wand hinter seiner Bank und tätschelte nachdenklich seinen dicken Bauch. "Das Komische ist, dass die Frauen, die man hierher bringt, in Wirklichkeit gar keine Huren sind. Nacht für Nacht machen die Polizisten den gleichen Fehler und nehmen irgendwelche Frauen fest, die eine ganz ähnliche Geschichte haben wie Ihr. Es tut mir weh, mit anzusehen, was man dann am nächsten Tag mit ihnen macht – ich meine, mit denen, die nicht in der Nacht freikommen."

"Was passiert denn mit ihnen?"

"Na ja, wenn der Friedensrichter ihnen nicht glaubt – und aus irgendeinem Grund glaubt er ihnen so gut wie nie –, dann wird die Frau auf einem Wagen durch die Straßen gezogen und dem öffentlichen Spott preisgegeben. Und das den ganzen Weg bis Newgate – also bis ans andere Ende der Stadt. Die Leute können ganz schön grob sein, das kann ich Euch sagen. Dann bringt man die Bedauernswerte in die Cock Lane zu den anderen Huren."

Das klang nicht allzu schlimm. Jedenfalls nicht so schlimm, wie öffentlich ausgepeitscht zu werden oder monatelang in einem feuchten Kerker eingesperrt zu sein.

"Es ist schlimmer, als man denkt, so erniedrigt zu werden. Eine solche Frau ist für immer als Hure gebrandmarkt. Die ganze Stadt hat sie gesehen. Außerdem wird eine Akte darüber angelegt. Die Stadt führt über alles genau Buch. Es ist ein weiter Weg bis Newgate, und die Männer machen unterwegs ziemlich unzüchtige Bemerkungen – besonders die jungen –, obwohl die Frauen oft nicht viel besser sind. Und sie darf auch nicht mehr in die Stadt zurückkehren. Wenn man eine Frau öfter als einmal dabei ertappt, dass sie hier ihrem Beruf nachgeht, dann schert man ihr den Kopf, bevor man sie im Wagen durch die Stadt schickt." Er musterte sie eingehend mit seinen hellen Augen. "Wir Wärter sind über all das gar nicht glücklich. Wir tun, was wir können, um den armen Frauen zu helfen."

Moira verstand sofort, dass der Mann gegen eine kleine Bestechung nichts einzuwenden hätte. "Ihr habt gesagt, dass manche Frauen während der Nacht freikommen. Was ist dafür notwendig?"

Er sah sie anerkennend an. "Manchmal kommt jemand und zahlt eine Geldbuße. So wie wir das sehen, spart die Stadt auf diese Weise viel Geld und vereinfacht sich die Sache obendrein."

"Wie hoch ist die Geldbuße?" Sie hatte nicht mehr als drei Pence bei sich.

"Für Euch würde ich sagen – zwei Shilling."

Zwei Shilling!

"Ihr seht ziemlich teuer aus. Sagt mir den Namen

Eures Zuhälters, und ich lasse ihn benachrichtigen. Er wird es schon bezahlen – das ist schließlich seine Pflicht. Warum solltet Ihr mit einem Mann teilen, wenn er in einem solchen Fall nicht bezahlt?"

Er hatte kein Wort von dem geglaubt, was sie gesagt hatte. Die Tür des Zimmers war zwar geschlossen – doch die stechenden Gerüche des Kerkers schienen durch die Wände hereinzudringen. Sie spürte, wie Übelkeit in ihr hochkam, und fühlte sich unendlich hilflos. "Ich habe keinen Zuhälter. Ich bin keine Hure", sagte sie und schlug die Hände vors Gesicht.

Sie wartete resignierend darauf, dass er die anderen Wärter rief und sie wegbringen ließ. Irgendwie würde sie die Nacht und den morgigen Tag schon überstehen.

"Nun, also", sagte der Wärter mit ruhiger Stimme, "wenn Ihr kein Geld habt und Euren Zuhälter nicht benachrichtigen wollt, dann gäbe es noch eine andere Möglichkeit. Ihr gebt Euch wie eine richtige Lady, und die meisten Männer können nur davon träumen, einen Körper wie den Euren zu berühren. Das wäre wohl zwei Shilling wert."

Es drehte ihr fast den Magen um bei dem Gedanken. Sie schluckte die Bitterkeit hinunter, ehe sie den Kopf hob und sagte: "Nein."

Zwei lüsterne Funken flammten im Schein der Fackel auf. Wenn dieser Mann die Absicht hatte, ihr Gewalt anzutun, gäbe es kein Entkommen für sie. Sie nahm all ihre Kraft zusammen und sah ihn mit dem hochnäsigen Blick an, den Claire so gut beherrscht hatte. Es hatte ihr im Laufe ihres Lebens schon öfter genützt, sich Claires Art anzueignen – und zwar bei Männern verschiedenster Art –, doch sie fürchtete, dass sie diesen Mann hier damit nur noch mehr anstacheln könnte.

Der Mann blickte sie zornig an, doch er fasste sich

rasch. Er stand auf, packte sie am Arm und zog sie zur Tür. "Wie du wünschst. Wir werden ja sehen, ob du immer noch so stolz bist, wenn sie dich in die Cock Lane bringen."

9. Kapitel

Elsbeth kam am nächsten Morgen, doch als Moira ihre saure Miene sah, fragte sie sich, ob es nicht ein Fehler gewesen war, sie holen zu lassen. Man sah der Frau nur zu deutlich an, wie peinlich es ihr war, dass sie zur Verhandlung einer mutmaßlichen Hure gerufen wurde.

Moira wünschte sich, sie würde vor einem Gericht wie dem in Darwendon stehen. Hier jedoch lag ihr Schicksal in den Händen von zwei gelangweilten Friedensrichtern, die dreinsahen, als hätten sie die Geschichten, die man ihnen auftischte, schon tausendmal gehört.

Die beiden sahen sie kaum an, was ihr angesichts der Umstände nur recht war. Die Nacht im Gefängnis hatte sie in ein zerzaustes, stinkendes Zerrbild von einem Menschen verwandelt. Im ganzen Gefängnis gab es nur eine einzige große Zelle für alle Frauen; da gab es keine Bänke oder Stühle, sondern nur stinkendes Stroh auf dem schmutzigen Boden. Im Laufe der Nacht waren die echten Huren eine nach der anderen verschwunden, als ihre Zuhälter kamen, um die Bestechungsgelder zu zahlen. Am Morgen war nur noch sie und eine andere Frau übrig.

Man ließ sie die Sache aus ihrer Sicht schildern, ohne dass irgendjemand ihr eine Frage stellte. Als sie fertig war, kam sogar ihr selbst ihr Bericht irgendwie unglaubwürdig vor. Sie konnte nur hoffen, dass Elsbeth bereit war, zu bestätigen, dass sie die Wahrheit sagte. Die Friedensrichter riefen die Gastwirtin zu sich.

"Genau so hat sie es mir auch erzählt", bestätigte Elsbeth.

"Kennen Sie jemanden, der bestätigen könnte, dass sie die Wahrheit sagt?"

"Ich zweifelte nicht daran, als sie es mir erzählte. Ihr Benehmen kam mir aber ein wenig eigenartig vor. Etwas zu fein für ihren Stand. Aber sie war ganz sicher allein. Sie fragte mich, wie man nach Southwark kommt. Sie meinte, dass sie eine Frau kennt, die vor ein paar Jahren dorthin gegangen wäre."

Einer der Friedensrichter schürzte die Lippen und sah den anderen mit einem wissenden Blick an.

"Sie erkundigte sich nach dem Preis für ein Haus in der Stadt", fuhr Elsbeth bereitwillig fort. "Eines mit genügend Zimmern, damit man es als Gasthaus verwenden konnte."

"Ah ja", sagte der Friedensrichter missmutig.

Moira stöhnte auf, als ihr klar wurde, welchen Schluss die Männer aus der Schilderung der Frau zogen. Es wäre besser gewesen, Elsbeth wäre zu Hause geblieben.

Die Gastwirtin spürte das Interesse, mit der man ihren Ausführungen folgte, und genoss sichtlich die Aufmerksamkeit, die ihr zuteil wurde. "Sie hat jedenfalls gesagt, dass sie nicht nach einem Ehemann Ausschau hält – da bin ich mir ganz sicher."

Moira hatte den Eindruck, dass diese Tatsache mehr als alles andere ihr Schicksal besiegelte. Als ihre Strafe verkündet wurde, war sie so müde und erschöpft, dass es ihr kaum noch etwas ausmachte.

Sie wurde in eine Zelle gebracht, bis auch die restlichen Fälle abgehandelt waren. Zu Mittag wurde sie zusammen mit der echten Hure in den Hof gebracht, wo zwei Wagen warteten. In der Nähe der Mauer versammelte sich eine Schar Männer, die mit Fahnen und Trommeln ausgerüstet waren.

Das Gefängnistor stand offen, und Menschen strömten herein, um bei den Vorbereitungen zuzusehen. Während sich eine immer größere Menge versammelte, legte ihr jemand einen gelb und weiß gestreiften Mantel um die Schultern und drückte ihr eine nicht angezündete Kerze in die Hand, bevor man sie auf den Wagen schob.

Sie wurde von aufmerksamen Gesichtern beäugt; es waren feindselige Gesichter, in denen Hohn, Selbstgerechtigkeit und Lüsternheit zu lesen war.

Sie spürte, wie ein ungeahntes Grauen in ihr hochkam, das ihre betäubten Sinne weckte. Das alles würde viel schlimmer werden, als sie es sich vorgestellt hatte. Die Schaulustigen waren alle Fremde für sie, doch die Erniedrigung würde dennoch unerträglich werden. Vielleicht wäre sie noch besser dran gewesen, wenn man sie öffentlich ausgepeitscht hätte.

Sie versuchte, all ihre Kraft zusammenzunehmen – doch nach der schlaflosen Nacht, die sie hinter sich hatte, war sie völlig erschöpft. Immer mehr Finger zeigten auf sie. Der Wagen hatte sich noch nicht einmal in Bewegung gesetzt – und doch spürte sie bereits, wie etwas in ihr zu zerbrechen begann.

"Du hättest mir sagen sollen, dass man nur ein paar Münzen braucht, um sich deine Dienste zu erkaufen, Moira. Ich hätte dich schon seit einigen Wochen haben können und wusste es gar nicht."

Addis. Sie wirbelte herum, und ihr Herz machte einen Sprung vor Erleichterung. Doch im nächsten Augenblick begann es vor Angst heftig zu pochen, als sie sein

Gesicht sah. Die mühsam gebändigte Wut, die darin zum Ausdruck kam, schnürte ihr die Kehle zu.

Sie vermutete, dass sein Zorn weniger damit zu tun hatte, dass er sie hier gefunden hatte, sondern vielmehr, dass sie ihm zuvor davongelaufen war. Das alles war mehr, als sie ertragen konnte.

"Genießt du es, dass die Frau, die sich geweigert hat, deine Hure zu werden, vor aller Welt als Hure angeklagt wird?", sagte sie voller Bitterkeit. "Ich hatte die ganze Nacht Zeit, um über diese furchtbare Ironie nachzudenken – und ich muss sagen, ich kann über das alles nicht mehr lachen."

"Dein Gedächtnis lässt dich wohl im Stich. Ich habe dir nie den Lohn einer Hure angeboten. Und du hast mir ganz und gar nichts verweigert."

"Geh weg, Addis."

Er packte ihr Kinn. "Es ist in so einem Moment nicht klug von dir, respektlos mit deinem Herrn zu sprechen."

Sie brauchte nicht erst daran erinnert zu werden, dass ihr großer Ärger von ihm drohte; es war ihm mehr als deutlich anzusehen. Sie drehte sich um und sah die Hure, die hinter ihr auf ihrem Wagen stand. Ein Wärter kam herbei und nahm die Zügel des Esels an sich, um den kleinen Umzug der Schande anzuführen. Die Schaulustigen mit ihren Fahnen und Trommeln bereiteten sich auf den Abmarsch vor.

Addis trat vor und legte dem Wärter die Hand auf die Schulter. Der Mann zuckte zusammen, als er den kräftig zupackenden Griff spürte. "Geht und holt den Friedensrichter", befahl ihm Addis.

Der Wärter machte sich rasch davon. Addis wandte sich wieder ihr zu. "Hast du wirklich gedacht, dass du dich hier in der Stadt vor mir verstecken kannst?"

"Es ist eine sehr große Stadt."

"Nicht groß genug. Und sie wird auch beim nächsten Mal nicht groß genug sein, falls du es noch einmal versuchen solltest." In der Menge der Zuschauer regten sich erste Stimmen des Unmuts darüber, dass sich der Umzug verzögerte. "Vielleicht sollte ich dich wirklich der Meute überlassen. Ich habe langsam genug von deiner Aufmüpfigkeit. Vielleicht sollte ich dich einmal die Freiheit schmecken lassen, die dir deiner Ansicht nach zusteht. Das ist bestimmt leichter, als den Friedensrichter zu überzeugen, dass er einen Irrtum begangen hat."

"Könntest du das tun?"

"Dich der Meute überlassen?"

"Den Friedensrichter überzeugen."

"Adelige Herkunft zählt auch in dieser Stadt noch etwas." Er hob ihr Kinn mit einem Finger an, damit sie ihm ins Gesicht sah. "Ich werde ihm sagen, dass du meine Leibeigene bist – aber nur, wenn du dich von nun an auch so benimmst. Und du musst schwören, dass du nicht mehr wegläufst."

Die Trommler versuchten mit ihren Instrumenten ein wenig Stimmung zu erzeugen, um die Menge bei Laune zu halten. Auf der anderen Seite des Tores sah Moira eine noch größere Menge, die sich am Straßenrand angesammelt hatte, sodass nur noch wenig Platz für die Wagen frei blieb. Einige Wärter drängten die Menge zurück, um für den sichtlich verärgerten Friedensrichter Platz zu schaffen.

"Schwöre es", befahl Addis.

"Ich werde nicht mehr weglaufen. Ich schwöre es", flüsterte sie.

Der Friedensrichter kam keuchend herbei. "Was ist hier los? Man hat mir gesagt, ein Ritter hätte verlangt, dass ich komme. Was habt Ihr für ein Interesse an der Hure?"

"Ich bin Addis de Valence, Lord of Barrowburgh

und ein Verwandter des verstorbenen Earl of Pembroke. Diese Frau hier gehört mir. Sie ist meine Leibeigene und an meinen Besitz in Darwendon gebunden."

"Dann könnt Ihr sie haben, wenn die Stadt mit ihr fertig ist."

"Bestraft die Stadt immer unschuldige Frauen, um die Leute zu unterhalten? Sie ist gestern hier mit mir angekommen. Wir wurden getrennt, als ich am Stadttor aufgehalten wurde. Sie ist keine Hure, sondern eine Frau vom Land, die nicht weiß, wie es hier in der Stadt zugeht."

Der Friedensrichter grinste spöttisch. "Ihr wurdet getrennt? Ich schätze eher, sie ist weggelaufen, um sich ein anderes Bett zu suchen." Er wandte sich ihr zu. "Was sagt Ihr dazu, Frau? Ihr habt mir nichts von alldem erzählt, obwohl Ihr mit einer Bestrafung rechnen musstet. Mit diesem Wagen seid Ihr vielleicht noch gut dran, wenn Ihr wirklich weggelaufen seid und er Euch jetzt mit sich nimmt."

Die Umstehenden waren still geworden, um etwas von dem Gespräch beim Wagen mitzubekommen. Wenn sie nicht so schmutzig und erschöpft gewesen wäre, hätte sie sich vielleicht geweigert, diese öffentliche Erklärung abzugeben – doch in ihrem momentanen Zustand war der Schutz, den Addis ihr bot, doch einigermaßen verlockend. "Er ist mein Herr", flüsterte sie, und ihre Kehle brannte vor unterdrückten Tränen.

Der Friedensrichter nahm ihr den Mantel von den Schultern. "Dann zeigt den Leuten, dass es wirklich so ist. Ich will keinen Aufruhr hier, weil die Leute vielleicht glauben, ich lasse es zu, dass irgendein Ritter einer Hure die Freiheit erkauft."

Sie brauchte einen Augenblick, bis sie verstand, was er meinte. Sie war zu erschöpft, um sich noch allzu viele Gedanken zu machen. Für sie zählte nur noch eins:

das alles möglichst rasch hinter sich zu haben. Und so ließ sie die Kerze fallen, kletterte vom Wagen hinunter und ging auf Addis zu. Ohne ihn anzublicken, kniete sie vor ihm nieder.

"Nehmt sie mit und seht zu, dass sie sich ordentlich benimmt, solange sie sich innerhalb der Stadtmauern aufhält", sagte der Friedensrichter mit finsterer Miene. Addis nahm sie an der Hand und zog sie auf die Beine. Im nächsten Augenblick tauchte Sir Richard wie aus dem Nichts auf und nahm ihren anderen Arm, und die beiden zogen sie mit sich durch die Menge.

Einige der Schaulustigen waren nicht bereit, auf ihre Unterhaltung zu verzichten. "Hure!", tönte es hier und dort, und andere Stimmen forderten Addis auf, sie mit der Rute zu züchtigen. Manche warfen mit faulem Obst nach ihr und trafen sie im Rücken. Erst als sie das Tor hinter sich hatten, ließ die Menge von ihr ab – und auch das nur, weil der andere Wagen sich in Bewegung gesetzt hatte.

Sie zogen sie in eine Seitenstraße, wo bereits zwei Pferde warteten. Addis fasste sie um die Taille, warf sie auf den Sattel und schwang sich hinter ihr aufs Pferd. Richard stieg auf das andere Pferd, machte jedoch kehrt und ritt in der entgegengesetzten Richtung davon.

Sie trabten gemächlich durch kleine Straßen.

"Wie hast du mich gefunden?"

"Ich habe mit den Korbverkäufern auf den Märkten gesprochen." Sein kalter Ton ließ sie zusammenzucken. Der Lord of Barrowburgh würde nicht so schnell vergessen, wie viel Ärger sie ihm bereitet hatte. Jedenfalls nicht, bevor sie bei seinem Haus angekommen waren. "Ich habe angenommen, dass ihnen deine Körbe aufgefallen sind, und schließlich habe ich eine Frau getroffen, die gestern mit dir gesprochen hat. Sie hat mich zum Haus von Master Edmund geschickt, und der hat mir gesagt, wohin seine Frau heute Morgen gegangen ist."

So einfach war das. Wie dumm von ihr, zu glauben, dass sie so einfach verschwinden konnte – auch wenn die Stadt ungewöhnlich groß war. "Mein Wagen steht immer noch bei Edmund und seiner Frau", sagte sie mit plötzlicher Sorge um ihre Habseligkeiten und besonders um den Nähkorb. Erst jetzt wurde ihr bewusst, was ihr geblüht hätte, wenn man sie in die Cock Lane gebracht hätte. Wenn sie die Stadt nie mehr hätte betreten dürfen, hätte sie alles verloren, auch den Rubin.

"Wenn Richard zurückkommt, werde ich ihn hinschicken. Sie haben nur uns beide in die Stadt gelassen. Die anderen haben die vergangene Nacht auf der anderen Seite des Flusses verbracht, und er muss sich um sie kümmern."

Er ritt durch das niedrige Tor eines langen, zweistöckigen Hauses in einen kleinen Hof ein. Auf der einen Seite des gepflasterten Hofes waren die Ställe, während sich auf der anderen Seite ein Saal befand. Ganz hinten lag ein vernachlässigter, von Unkraut überwucherter Garten, der von den Überresten einer Steinmauer umgeben war.

Sie drehte sich im Sattel um und warf einen Blick auf das Haus. Es war recht stattlich und musste gewiss fünf oder sechs Zimmer haben, schätzte sie. Ihr erster Gedanke war, dass es nach einigen dringend notwendigen Reparaturen ein recht ansehnliches Gasthaus abgeben würde.

Addis hob sie vom Pferd herunter und zog sie mit sich zum Haus hinüber. Sie stolperte hinter ihm her, während er ein Zimmer am anderen Ende des Saals betrat. Er zog sie mit sich in die Küche hinein. Eine knochige alte Frau, die an der Feuerstelle stand und in einem Topf rührte, erhob sich überrascht, als sie so jäh hereingeplatzt kamen.

"Sie soll ein Bad nehmen und dann zu mir hinaufkommen. Verbrennt das Kleid", befahl er.

Und dann war er fort, und seine sich entfernenden Schritte hallten durch das Haus.

Die alte Frau rümpfte die Nase. "Wo hat er Euch denn aufgegabelt?"

"Im Gefängnis."

"Ach, das erklärt einiges. Ihr riecht wie ein Teufelsfurz."

"Nachdem ich die Nacht in der Hölle verbracht habe, überrascht mich das nicht."

"Ihr habt ihm ziemlich viel Ärger bereitet, Moira Falkner. Mein Mann ist immer noch draußen und sucht die Stadt nach Euch ab." Sie zeigte mit dem Daumen in Richtung Tür. "Er ist wahrscheinlich nahe daran, Euch umzubringen. Ganz schön mutig, dass Ihr Euch mit ihm anlegt." *Oder eher ziemlich dumm,* wie ihr Gesichtsausdruck zu sagen schien.

"Wer seid Ihr?"

"Ich bin Jane, und mein Mann heißt Henry. Wir haben für seine Mutter gearbeitet. Als Sir Patrick starb, blieben wir hier, obwohl alle anderen weggingen. Wir gehören nicht zu Barrowburgh, sondern zu den Ländereien ihrer Familie. Außerdem sind wir lange genug hier, um frei zu sein." Sie beugte ihren steifen Körper hinunter, um einige Eimer zu holen. "Kommt mit, wir holen Wasser für Euer Bad. Es ist sicher nicht ratsam, ihn den ganzen Nachmittag auf Euch warten lassen."

Moira nahm zwei Eimer und folgte Jane durch eine Seitentür, die in den Garten führte. Ein paar Schritte entfernt stand ein Brunnen, wo sie die Eimer füllten und zurück in die Küche trugen. Zusammen rollten sie die große hölzerne Wanne von der Wand weg, um sie in die Nähe des Herds zu stellen. Jane setzte ihre Eimer beim Feuer ab, um das Wasser zu wärmen, während Moira ihre Eimer in die Wanne entleerte. Sie ging noch einige Male hinaus, um mehr Wasser zu holen, und wartete dann zusammen mit Jane, dass das Wasser warm wurde.

"Wovon habt Ihr hier gelebt?", wollte sie von Jane wissen.

"Wir haben ein paar versteckte Münzen gefunden, damit kamen wir eine Weile aus. Wir haben hauptsächlich Möbelstücke verkauft. Im Saal standen ein paar hübsche Stühle, für die wir gutes Geld bekamen. Wir konnten von jedem einzelnen Stuhl vier Monate leben. Es gefiel mir zwar nicht, alles zu verkaufen, aber wir brauchten schließlich etwas zu essen. Und so verkauften wir vor allem Dinge, die nicht so notwendig waren. Schließlich sitzt man auch in den besten Sälen oft auf Bänken. Was soll das Ganze, sagte ich zu Henry, um das Haus kümmert sich sowieso keiner mehr. Er wollte nicht auf mich hören. Er bestand darauf, dass wir alles tun sollten, um es in Schuss zu halten – aber er ist schon alt, und deshalb sind die Mauern schon ziemlich heruntergekommen, und der Stall braucht ein neues Dach und ... na ja, Ihr werdet Euch bald selbst ein Bild machen können." Sie blickte zum Haus hinüber. "Er hat es noch gar nicht bemerkt. Er kam ziemlich schlecht gelaunt hier an, weil sie seine Männer nicht in die Stadt lassen wollten – aber vor allem, weil Ihr plötzlich weg wart. Zuerst machte er sich Sorgen, dann wurde er ziemlich wütend, als ihm klar wurde, dass Ihr weggelaufen seid. Das war nicht sehr klug, was Ihr da gemacht habt, Moira Falkner."

Moira nickte zustimmend und sah nach dem Wasser in den Eimern. Sie leerte das Wasser in die Wanne und begann sich auszuziehen – froh darüber, dass sie die schmutzigen, stinkenden Kleider loswerden konnte.

Jane musterte ihren Körper, während Moira in die Wanne stieg. "Na ja, jetzt, da ihr Eure Kleider abgelegt habt, ergibt das Ganze schon etwas mehr Sinn. Henry und ich haben uns schon gefragt, warum er eine Leibeigene aus Darwendon hierher mitgenommen hat. Wir waren neugierig, warum er alles liegen und stehen ließ, um Euch zu finden."

Moira ließ sich tief in das lauwarme Wasser sinken. "Habt Ihr vielleicht Seife hier?"

"Ja, ein wenig. Ihr werdet sicher Eure Haare waschen wollen. Die sehen aus wie ein Rattennest. Wir werden zusehen, dass Ihr wieder sauber und hübsch seid – dann wird's vielleicht nicht allzu schlimm für Euch ausgehen."

Moira wollte gar nicht daran denken, was sie von Addis zu erwarten hatte oder wie schlimm es für sie ausgehen könnte. Möglicherweise sehr schlimm, doch sie verspürte keine große Angst. Die einzigen Gefühle, die sie im Moment aufbringen konnte, waren eine gewisse Verbitterung und Traurigkeit. Sie hatte öffentlich erklärt, dass er ihr Herr war, und geschworen, dass sie nicht mehr weglaufen würde. Sie hatte also die Fesseln akzeptiert, die sie vermeintlich für immer abgestreift hatte. Als sie das Gefängnis betreten hatte, war sie noch die alte Moira Falkner gewesen – doch als sie herauskam, hatte man ihr ihre Identität genommen. Er hatte ihre Schwäche und Verletzlichkeit ausgenützt, um sie gefügig zu machen, und das sagte mehr als deutlich, welcher Art ihre Beziehung war.

Ihr früheres Leben im Schatten von Claire hatte ihr reichlich Gelegenheit geboten, zu beobachten, wie Männer wie Addis sich gegenüber den Frauen benahmen, für die sie etwas empfanden, und wie sie alle anderen behandelten, die bloß ihre Aufmerksamkeit geweckt hatten. Durch die Zuwendung verlor ein Ritter seine Neigung, zu unterwerfen und zu besitzen. Fast hoffte sie, dass er sie schlagen würde, wie die Menge es gefordert hatte. Das würde jene Nacht endlich aus ihrem Gedächtnis auslöschen. Vielleicht würde es sie sogar dazu bringen, dass sie ihn ein wenig hassen konnte. Sie verließ sich darauf, dass er ihr dabei helfen würde, und nach seiner Stimmung zu schließen, würde er sie möglicherweise nicht enttäuschen. Die Frage war nur, mit welchen Mitteln er vorhatte, ihr eine Lektion zu erteilen.

Sie seifte sich die Haare ein und tauchte mit dem Kopf ins Wasser, um den Schaum auszuspülen. Als sie wieder auftauchte, hob Jane gerade ihr Kleid und Unterhemd vom Boden auf und warf beides ins Feuer.

"Nein!"

"Er hat gesagt, ich soll es verbrennen."

"Das ist alles, was ich habe – zumindest bis jemand meinen Wagen holt."

"Ich bringe Euch eine Decke. Es ist zwar heute ein bisschen warm dafür, aber immer noch besser als das hier. Nicht mal ein Bettler würde so was anziehen."

"Könnt Ihr mir nicht ein Kleid leihen, nur für heute? Ich bin zwar ein bisschen stärker gebaut als Ihr, aber wenn es groß geschnitten ist ..."

Jane drehte sich zu ihr um und stemmte die Hände in die Hüften. "Also, wenn Ihr ihm nicht gehorcht und ständig weglauft, dann ist das Eure Sache. Ich habe den Mann nicht mehr gesehen, seit er ein Junge war – aber ich kenne mich mit den Herrschaften aus und weiß, dass der hier nicht mit sich spaßen lässt. Wo sollten Henry und ich denn hingehen, wenn er uns rauswirft? Wenn er sagt, ich soll die Kleider verbrennen, dann verbrenne ich sie. Solange er nicht sagt, dass ich

Euch eines meiner Kleider geben soll, tue ich es auch nicht. Ich habe selbst nur drei Kleider, und so wie ich das sehe, gibt es nur zwei Dinge, die Euch passieren können: entweder er schlägt Euch oder er nimmt Euch mit Gewalt; mein Kleid wäre in jedem Fall ruiniert."

Sie hätte darauf verzichten können, dass die Frau ihr so offen ins Gesicht sagte, was ihr bevorstand – zumal sie selbst es bisher vermieden hatte, den Tatsachen ins Auge zu sehen. Aber vielleicht würde es ja gar nicht so weit kommen. Sie hatte schließlich auch schon eine gütigere Seite an ihm gesehen.

Jane brachte ihr etwas Bier und Brot. "Esst erst mal etwas, dann fühlt Ihr Euch gleich besser."

Das Essen weckte ihre Lebensgeister ein wenig. "Ich sag Euch was", redete Jane ihr tröstend zu, während sie ihr ein altes Leinenhandtuch reichte. "Ich hab gestern draußen im Garten ein paar Erdbeeren gefunden. Kommt nachher runter, dann essen wir sie zusammen. Ich habe auch Salben hier, falls Ihr sie braucht. Jetzt trocknet Euch erst mal ab, dann kämme ich Euch das Haar."

Sie setzte sich auf einen Schemel und starrte auf die verkohlten Überreste ihres Kleids, während Jane ihr mit dem Kamm durchs Haar fuhr. Es war nun über eine Stunde her, seit sie hier angekommen war, doch sie bezweifelte, dass Addis sie vergessen hatte.

Jane brachte ihr eine Decke, die Moira sich überwarf. Es tat gut, sich in die Wolle zu hüllen, und das Bad sowie das Essen hatten ihr wieder ein wenig Kraft gegeben. Schließlich beschloss sie, dass sie der Konfrontation nicht länger ausweichen konnte, und folgte dem Weg, den Jane ihr beschrieb – durch den Saal und hinauf in sein Privatgemach.

Er war nicht da. Sie stieß ein stilles Dankgebet aus. Sie beschloss, ein wenig zu warten, damit sie nachher wahrheitsgemäß sagen konnte, dass sie auf ihn gewartet hatte, und trat in das Zimmer ein.

Das Privatgemach erinnerte eher an ein großes Schlafzimmer. Ein Stuhl war noch übrig, den Jane und Henry nicht verkauft hatten. Er stand an einem Tisch direkt am Fenster, von wo aus man die Straße überblickte. Ein Bett mit Vorhang sowie mehrere Schemel und Truhen bildeten die restliche Einrichtung.

Sie trat ans Fenster und blickte auf die Stadt hinunter. Sie wünschte sich, sie wäre daheim in Darwendon, wo die Leute sie kannten. London war zu groß für sie, zu laut, zu grausam. Doch sie war nun einmal hier – völlig abgeschnitten von ihrem gewohnten Leben. Und sie hatte ihm geschworen, dass sie nicht weglaufen würde.

Wenn sie Addis den Rubin anbieten würde, um sich zu dem hohen Preis, den er festgesetzt hatte, die Freiheit zu erkaufen – würde er dann akzeptieren, dass sie von dem Eid entbunden war, den sie geleistet hatte? Wenn man frei war, brauchte man nicht wegzulaufen – nein, dann konnte man einfach gehen. Doch was dann? Wie sollte sie in dieser Stadt überleben – ohne Haus und mit wenig Geld in der Tasche? Wie sollte sie allein nach Darwendon zurückkehren? Und wenn es ihr gelang – was für ein Leben wartete dort auf sie? In Darwendon hatte sie sich um Brian gekümmert und ihre Zukunft geplant. Konnte sie jemals wieder dort leben – ohne die Hoffnung, die der rote Rubin ihr stets gegeben hatte?

Er würde nicht darauf bestehen, sie für immer festzuhalten. Nachdem nur noch zwei alte Dienstboten im Haus waren, brauchte er sie zwar jetzt – aber das würde sich eines Tages ändern. Vielleicht würde es gar nicht so lange dauern …

Ein Geräusch brach in ihre Gedanken ein. Sie blickte sich um und zuckte erschrocken zusammen, als sie ihn an der Türschwelle stehen sah. Sie trat vom Fenster weg und wich in einen dunklen Winkel zurück, so als könne sie einfach verschwinden, wie sie es so oft in ihrem Leben getan hatte.

"Du brauchst keine Angst zu haben", sagte er.

Ich hab aber Angst, dachte sie verzweifelt. Als sie nämlich seinen Gesichtsausdruck gesehen hatte, war ihr augenblicklich klar geworden, dass sie auf der Hut sein musste, wenn sie nicht ihre Freiheit für immer verlieren wollte.

10. Kapitel

"Du brauchst keine Angst zu haben", sagte er, doch sie glaubte ihm nicht. Ihr war nicht entgangen, wie er sie ansah; sein Gesicht drückte einen Zorn aus, der von der Erleichterung, sie wieder bei sich zu haben, nicht gänzlich besänftigt war. Sie zog die Decke noch enger um sich und wich zurück zur Wand. Er spürte ihre Angst und musste sich schuldbewusst eingestehen, dass sie sich nicht ohne Grund fürchtete.

Während der vergangenen Stunde hatte er versucht, die gefährlichen Gefühlsstürme zu besänftigen, die in ihm tobten. Die Sorge um ihre Sicherheit und der schmerzliche Verlust ihrer tröstlichen Nähe hatten ihn fast in den Wahnsinn getrieben. In den dunkelsten Stunden ihrer Abwesenheit hatte ihre Flucht ihm in Erinnerung gerufen, wie er einst von einer anderen Frau im Stich gelassen worden war. Als er sie dann im Gefängnis wiederfand, hatte er erkennen müssen, dass sie eher bereit war, den Spott der ganzen Stadt zu ertragen, als ihn um Hilfe zu bitten.

Aus Angst davor, irgendetwas Unüberlegtes zu tun, hatte er sie in der Küche zurückgelassen und war in die Stadt gegangen – in der Hoffnung, sich dadurch etwas besänftigen zu können. Nach einer Weile war er zur Pfarrkirche gelangt, einem alten Gebäude mit dicken Mauern. Er war in das kühle Kirchenschiff getreten, das von dem wenigen Licht, das hier und dort durch die hohen, schmalen Fenster fiel, nur schwach erleuchtet war.

Es roch nach Weihrauch und den Ritualen seiner Jugendzeit, die ihm in jenen Tagen bisweilen Trost und Kraft gespendet hatten. In der Hoffnung, ein wenig von der Gnade aus jener Zeit zu erlangen, trat er zum Altar und wartete.

Was hatte er erwartet? Dass Licht den Stein durchdringen würde und eine geisterhafte Hand sein Herz berührte? Dass ihm der Kirchenheilige erschien und ihm sagte, dass alles gut werden würde? Er wusste es nicht, doch er hatte gehofft, dass er diesen Ort etwas weniger verwirrt verlassen würde, als er ihn betreten hatte. Doch es sollte nicht sein. Er stand einfach nur da – hungrig nach dem Trost, der ihm einst in seiner Jugend zuteil geworden war. Stattdessen kam es ihm einmal mehr so vor, als wäre er an einen fremden Ort in eine andere Zeit versetzt worden, als würde er den Tempel eines fremden Glaubens besuchen.

Er war zur Küche zurückgekehrt und hatte durch die geschlossene Tür hindurch dem Plätschern von Wasser gelauscht. Er stellte sich den üppigen Körper vor, der in der Wanne saß, die klaren Augen, die sich ihm zugewandt hätten, wenn er eingetreten wäre. Dann drangen andere Bilder in seine Gedanken ein – Vorstellungen von Liebe und Bestrafung, von Zärtlichkeiten und wüsten Flüchen. Er wäre beinahe eingetreten, um seinen Besitzanspruch geltend zu machen und sie zum Gehorsam zu zwingen, wie sein aufgewühltes Blut es ihm befahl.

Doch er hatte sich schließlich von der Küchentür losgerissen und war hinausgegangen – dorthin, wo einst ein gepflegter, blühender Garten gewesen war. In seinem momentanen Zustand hätte man ihn für irgendein überwuchertes Feld fernab der Stadt halten können. Das Unkraut reichte ihm bis zu den Knien, während er durch den Garten schritt, um sich so weit wie möglich von ihr zu entfernen. Die Geräusche der Stadt drangen nur noch gedämpft herein; stattdessen war das Summen der Bienen und das Zirpen der Grillen zu hören. Er legte sich ins Gras und blickte zum Himmel hinauf, wie er es während seiner Gefangenschaft getan hatte, um sich vorzustellen, er wäre zu Hause.

Das Reich des Himmelsgottes Perkunas hatte sich wolkenlos wie ein ruhiger See gezeigt, als wäre angesichts seiner Unendlichkeit jeder irdische Zwist belanglos. Langsam und unmerklich begannen die Geister des Gartens mit ihrem rhythmischen Raunen. Auch in diesem Land waren sie noch nicht tot oder zum Schweigen gebracht worden, wie er bereits in jener Nacht auf dem Heuhaufen festgestellt hatte. Sie hatten sich einfach nur zurückgezogen, sodass nur eine Seele, die wirklich einen Sinn dafür hatte, sie noch wahrnehmen konnte. Das Geflüster der Geister beruhigte ihn. Wie alte Freunde nahmen sie seine innere Aufgewühltheit hin, ohne Fragen zu stellen, und trugen so dazu bei, dass seine Wut allmählich verrauchte.

Nein, sie hatte ihn nicht wirklich im Stich gelassen, befand er schließlich. Nicht so, wie Claire es getan hatte. Diese Frau schuldete ihm nichts außer der Treue einer Leibeigenen – und selbst dazu war sie ihrer Ansicht nach nicht verpflichtet. Eine stille Stimme, die der Wind zu ihm hertrug, sagte ihm, dass er sie gehen lassen solle und dass er sie genauso wenig festhalten konnte, wie die Gartenmauern die Geister einsperren konnten. Doch in den vergangenen Stunden war ihm wieder klar geworden, dass er nicht fähig war, sie gehen zu lassen. Sein körperliches Verlangen hätte er auch bei einer anderen Frau stillen können – doch seine Seele würde bei keiner anderen Frieden finden. Es erschreckte ihn, wie schwach und abhängig er war. Er hatte sechs Jahre der Versklavung überlebt, weil er gelernt hatte, nichts und niemanden zu brauchen – und jetzt, da er frei und wieder in der Heimat war, fühlte er sich plötzlich von Ketten gebunden, die stärker waren als jede Sklaverei.

Er war schließlich die Treppe zu seinem Privatgemach hinaufgestiegen, den feuchten Fußabdrücken folgend, die sie kurz zuvor hinterlassen hatte. Wut und Verlangen ließen ihn immer noch erzittern, doch er hatte nun beides unter Kontrolle. Er hatte sie schließlich am Fenster stehend vorgefunden, von sanftem Licht beleuchtet, während sie auf die Straßen der Stadt hinunterblickte. In ihrer braunen Decke sah sie wie ein Bettelmönch aus. Er hatte sie eine Weile beobachtet, während sie ihren Gedanken nachhing, und ihm wurde klar, dass er gar nicht wusste, was er zu ihr sagen sollte. Und dann hatte sie sich plötzlich umgedreht und die widerstreitenden Gefühle in seinem Gesicht gesehen, die er am liebsten für sich behalten hätte.

Sie sah so schön und verletzlich aus mit ihren feuchten Locken, die bis zu den Hüften herunterwallten. Sie zog die Decke über der Brust zusammen, sodass nur ein kleines dreieckiges Fleckchen Haut unter dem Hals sichtbar blieb. Ihre nackten Füße und Knöchel lugten unter der Decke hervor. Ihm war noch gar nicht aufgefallen, wie schön ihre Füße waren. Sie waren schlank und zart, so wie ihre Hände. Ihre klaren blauen Augen betrachteten ihn wachsam.

Etwas in ihm drängte ihn immer noch, seine Wut an ihr auszulassen, weil sie ihn beleidigt und hintergangen hatte. Eine andere Stimme in ihm hätte sie gern gefragt, wie sie ihm nur den Trost und Frieden ihrer Gegenwart hatte entziehen können. Doch als einstiger Sklave kannte er die Antwort auf diese Frage. Außerdem hätte er niemals die Abhängigkeit eingestanden, die aus dieser Frage hervorging. Der von den Toten auferstandene Lord of Barrowburgh mochte vielleicht wütend sein, und der Ritter, der sich fremd in der Heimat fühlte, mochte verletzt sein – doch der Sklave der *Kunigas* verstand sie nur zu gut. Sie hatte eine Gelegenheit gesehen, die Freiheit zu erlangen, und hatte sie beim Schopf gepackt.

Sie trat einen Schritt vor – eine tapfere Frau, die auf das Schlimmste gefasst war. "Bringen wir es hinter uns, Mylord."

"Was sollen wir hinter uns bringen?"

"Das, weswegen du mich hierher befohlen hast. Wenn du vorhast, mich zu bestrafen, dann erledigen wir das lieber gleich."

"Ich habe dir gesagt, dass du nichts zu befürchten hast. Ich habe nie vorgehabt, dich zu bestrafen", log er.

"Nicht? Dann willst du mich vielleicht in meine Pflichten hier im Haus einweisen. Ich habe schon gesehen, dass viel Arbeit nötig ist. Es wird einige Zeit brauchen – aber mit Janes und Henrys Hilfe werde ich es schon schaffen. Keine Sorge, ich kenne meine Pflichten. Ich weiß, was ich zu tun habe."

"Gut, dass wenigstens einer von uns beiden das weiß. Glaubst du wirklich, dass ich dich deswegen habe kommen lassen? Um dich zu bestrafen oder dir Befehle zu erteilen?"

"Ich hoffe es wenigstens."
"Du hoffst vergeblich."
Bestürzt senkte sie den Blick. "Ja. Das habe ich befürchtet. Dann bitte ich dich, dass du mir nicht Gewalt antust", sagte sie leise.
Ihre plötzliche Zerbrechlichkeit und ihr respektvoller Ton versetzten ihm einen Stich ins Herz. So wie sie ihn jetzt anflehte, hatten seit Anbeginn der Zeit die Schwachen die Mächtigen angefleht – doch es tat ihm weh, solche Worte von dieser stolzen Frau zu hören. "Wie kommst du denn darauf, dass ich das vorhaben könnte, Moira? Ich habe das ja auch früher nicht getan."
"Vielleicht liegt es daran, dass ich ganz nackt hier stehe, nur in diese Decke gehüllt, wie du es befohlen hast", erwiderte sie verlegen. "Jane wollte mir keins von ihren Kleidern leihen, nachdem sie meine Kleider verbrannt hat."
Er war so in ihren Anblick vertieft gewesen, dass ihm gar nicht zu Bewusstsein gekommen war, dass sie nackt war, und sich auch gar nicht gefragt hatte, warum sie sich an einem so warmen Sommertag in eine Decke gehüllt hatte. "Ich werde bald deinen Wagen holen lassen. Hast du Kleider im Wagen?"
"Nur noch ein Kleid, aber ich habe ein wenig Geld und werde mir neuen Stoff für Kleider kaufen."
Bei den heutigen Preisen würde sie wohl ihr ganzes Geld für neuen Stoff aufwenden müssen. Er ging zu einer Truhe an der Wand hinüber und öffnete sie. "Komm her."
Sie zögerte und kam schließlich aus ihrem dunklen Winkel hervor.
"In dieser Truhe sind noch Kleider von meiner Mutter. Nimm dir, was du brauchst. Du kannst alles haben."

Sie kniete neben ihm nieder. Neugierig griff sie nach einem der gefalteten Kleidungsstücke und begann alles Stück für Stück zu untersuchen. Dabei glitt ihr die Decke von der Schulter herunter, sodass dicht vor seinem Knie ein Stück von ihrem weißen Rücken sichtbar wurde.

"Es ist alles viel zu fein. Fast nur Seide."

Ich würde dich am liebsten jeden Tag in Seide und Schmuck sehen, dachte er. "Es ist besser, die Sachen werden getragen, als dass sie hier drin verrotten."

"Sie werden nicht verrotten, wenn man auf sie Acht gibt. Wenn du heiratest, wird deine Dame froh sein, so etwas zu bekommen." Sie begann die Kleider wieder in der alten Ordnung zu stapeln. Immer noch hielt sie die Decke mit einer Hand zusammen, doch dadurch, dass der andere Arm sich ständig vor und zurück bewegte, entstand ein kleiner Spalt, durch den ein Stück von ihren Brüsten und Schenkeln zutage trat, was ihn über die Maßen erregte.

"Wenn ich heirate, werde ich über das Vermögen von Barrowburgh verfügen, um neue Kleider zu kaufen. Nimm sie ruhig. Ich habe derzeit nicht so viel Geld, dass ich einfachere Kleider kaufen kann, wo wir doch das verwenden können, was wir haben."

Sie nahm ein Leinenkleid heraus und betrachtete es. Die Decke glitt von ihren Schultern herunter. Direkt vor ihm zeigte sich der bezaubernde Anblick ihrer nackten Haut und ihres kastanienbraunen Haars. Er strich ganz sanft mit den Fingerspitzen über ihre nackte Schulter.

"Ich habe nicht vor, dich zu bestrafen, dich herumzukommandieren oder dir Gewalt anzutun, Moira. Ich will dich bei Tag an meiner Seite haben, und nachts in meinen Armen."

Sie erstarrte und erhob sich rasch. "Es wäre besser,

wenn du mich bestrafst. Das Brennen des Riemens hört irgendwann auf."

"Du sprichst sehr kalt für eine Frau, die vor kurzem noch eine zärtliche Geliebte war. Hat ein Tag der Freiheit dein Herz so sehr verändert?"

"Nein, weil ich in meinem Herzen immer frei war. Die Kälte kommt von ein paar Stunden der Unfreiheit."

Seine Hand lag immer noch auf ihrer Schulter, und er zog sie zu sich. "Dann lass mich dich wärmen."

Irgendetwas in ihm stöhnte vor Erleichterung, als sich seine Arme um sie schlossen. Ihre weiche Weiblichkeit schien die aufwühlenden Gefühle zu besänftigen, die ihn an diesem Tag hin und her getrieben hatten. Er ließ seine Hände über ihre runden Schultern wandern, die sich glatt und rein anfühlten.

Ihr war tatsächlich kalt – ob vom Bad oder vor Erschöpfung, hätte sie nicht sagen können. Die Kraft und Wärme seiner Arme hatten etwas Verlockendes an sich. Sie versuchte sich gegen die plötzliche Umarmung zu wehren, doch stattdessen schmiegte sie sich nur noch enger an seine Brust.

Seine Lippen strichen sanft über ihr Haar und ihre Schläfen, als wolle er beweisen, dass sie sich vor ihm nicht zu fürchten brauchte. Eine tiefe Sehnsucht erwachte in ihr, als er sie noch enger an sich zog. Kräftige Hände streichelten ihren nackten Rücken, während er ihren Hals und schließlich ihren Mund mit Küssen bedeckte.

Sie ließ ihn gewähren und schwelgte in träumerischen Gefühlen, die niemals Wirklichkeit werden konnten. Sie überließ sich der Sehnsucht, die in ihr hochwallte und die etwas von der Bitterkeit eines Abschieds an sich hatte.

"Ich habe mich in all den Stunden, seit ich merkte, dass du weg warst, immer wieder gefragt, ob ich irgendetwas falsch verstanden habe, was zwischen uns war", murmelte er in ihr Haar.

Sie schloss die Augen, um die Liebkosungen seiner Hand zu genießen, die eine wundervolle Wärme auf ihren Schenkeln und Hinterbacken hervorrief. Sie bedauerte es, dass er so früh schon wieder zu sprechen begonnen hatte und den Zauber damit durchbrach. "Du hast nichts missverstanden, aber ich will, dass wir damit aufhören", flüsterte sie und blinzelte, um die Tränen zurückzuhalten.

Er wich zurück, um sie anzusehen, ohne sie jedoch loszulassen. "Kannst du denn sagen, dass diese Hände dir Gewalt antun, Moira, und dass du es nicht selbst willst?"

Sie löste sich widerwillig aus seinen Armen, warf sich die Decke wieder über die Schultern und hüllte sich darin ein. "Die Leidenschaft ist etwas Verlockendes, aber was du mir bietest, würde mir eines Tages nur Elend bringen, und das will ich nicht ertragen müssen. Ich habe mir schon als junges Mädchen geschworen, dass ich niemandes Hure sein werde – und schon gar nicht die Hure eines Ritters oder Herrn."

In seinen Augen begann es gefährlich zu funkeln. "Du sagst das oft, und du beleidigst mich damit. Du bist es, die etwas missversteht und die nur das Schlechteste von mir denkt – und das ohne jeden Grund. Diese Kleider sind kein Bestechungsgeld, mit dem ich mir eine Bettgefährtin für ein paar Nächte erkaufen will. Ich will dich nicht zur Hure machen."

Sie hatte so etwas schon vermutet, als sie ihn in der Türe hatte stehen sehen. Es wäre besser gewesen, wenn er sich nur kurz mit ihr hätte vergnügen wollen. "Es spielt keine Rolle, wie du es nennst. Die anderen wissen genau, wie man eine solche Frau nennt."

Er trat zur Seite, einen verärgerten Ausdruck auf

dem Gesicht. Er warf ihr einen Blick zu, der all die aufwühlenden Gefühle ausdrückte, die sie zuvor an ihm gesehen hatte, als er hereingekommen war. "Was ist mit Edith? Sie hat in gegenseitiger Zuneigung mit ihrem Herrn gelebt. Alle sahen, was zwischen ihnen war. Hast du deine Mutter wirklich als Bernards Hure gesehen?"

"So hast du sie doch gesehen, gib es ruhig zu. Alle habt ihr sie so genannt, wenn nicht in ihrer Gegenwart, dann eben wenn ihr unter euch wart. Für meine Mutter war es mehr als nur ein bisschen Zuneigung – es war Liebe, was sie für Bernard empfand. Sie war nur seine Geliebte, doch sie war mehr in seinem Herzen, als die meisten Frauen im Herzen ihres Mannes sind – und trotzdem schämte sie sich."

"Du wirst dich nicht zu schämen brauchen, wenn die anderen ihre Zunge im Zaum halten."

"Sie brauchen gar kein Wort zu sagen – ich wüsste auch so, was sie denken. Bitte, hör mir zu und versuche zu verstehen, was ich dir sage. Du kannst mir nicht einmal das geben, was Bernard meiner Mutter gegeben hat. Bernard hatte seinen Sohn und wurde allmählich alt. Er hatte seiner Familie gegenüber seine Pflicht erfüllt und beschloss, nicht mehr zu heiraten. Er konnte meine Mutter so behandeln, als wäre sie seine Auserwählte, weil es auf Hawkesford keine Herrin gab. Bei dir wird es anders sein, das weißt du genau. Der Lord of Barrowburgh ist nicht wie der Lord of Hawkesford – er hat eine besondere Stellung im Reich, und keine Leibeigene kann an deinem Tisch sitzen. Außerdem bist du noch jung. Wenn du schon keine weiteren Söhne willst, so wirst du schon allein um deiner Ehre willen wieder heiraten, Addis."

Er konnte ihre Einwände nicht von der Hand weisen, und sie war dankbar, dass er es gar nicht erst versuchte.

"Sie wird es akzeptieren. Sie muss einfach."

"Aber ich werde es nicht akzeptieren. Ich bin nicht die Frau, die sich im Südturm der Burg einsperren lässt und darauf wartet, dass der Herr sich für eine Weile von seiner Familie und seinen Verpflichtungen davonstehlen kann, um mein Bett zu teilen. Ich werde keine Leibeigene mit unehelichen Kindern sein, die verzweifelt nach Anerkennung durch den Herrn streben."

"Zweifelst du daran, dass ich mich um ein Kind kümmern würde, das von meinem Blut ist?"

"Ich will keine Leibeigene sein, die in zunehmendem Alter mit ansehen muss, wie der Herr sich einer Jüngeren zuwendet, oder die eifersüchtig sein muss, weil er seine Frau liebevoll behandelt."

"Ich werde auch älter werden, Moira."

Mit seiner Beharrlichkeit drohte er ihre Entschlossenheit ins Wanken zu bringen. "Ich will es mir nicht nehmen lassen, ein eigenes Heim zu haben, einen Platz, wo ich Liebe und Geborgenheit finde. Ich habe zu lange im Schatten anderer Menschen gelebt, Addis. Ich werde so etwas nicht noch einmal tun, wenn ich es verhindern kann – auch nicht, wenn es in deinem Schatten wäre, und auch nicht für die Leidenschaft, die du in mir zu wecken vermagst. Ich will nicht länger als Schatten von jemand anderem leben."

Er trat ans Fenster und blickte hinaus, die Arme vor der Brust verschränkt. Als er sich schließlich wieder ihr zuwandte, blickte sie in seine Augen und wusste, dass er sie verstand, dass ihn das aber nicht an dem hindern würde, was er vorhatte.

"Erwartest du von mir, dass ich das akzeptiere, Moira? Soll ich den Frieden vergessen, den ich in deinen Armen finde? Soll ich das Verlangen ignorieren, das ich schon gespürt habe, als ich dich zum ersten Mal in deinem Haus sah?"

"Wenn du es nicht kannst, dann lass mich gehen! Schick mich doch wenigstens nach Darwendon zurück. Lass mich frei und vergiss mich! Du wirst bestimmt bald jemanden finden, der dir diesen Frieden genauso gibt."

"Du wirst nirgendwohin ohne mich gehen!"

"Aber wie soll es dann weitergehen? Du bringst uns in eine unmögliche Lage. Oder willst du mir Gewalt antun und damit die Zuneigung zunichte machen, die zwischen uns war?"

Er vermittelte ihr nicht das Gefühl von Sicherheit, nach dem es sie so sehr verlangte. Stattdessen sah er sie so lange an, dass sie sich trotz der Decke, in die sie gehüllt war, nackt fühlte. Alle ihre Einwände erschienen bedeutungslos, als sein Blick immer eindringlicher wurde und sie geradezu zwang, dass sie sich an die Momente der Leidenschaft erinnerte, die es zwischen ihnen gegeben hatte.

Innerlich erschöpft stemmte sie sich gegen die Gefühle, die diese intimen Erinnerungen in ihr auslösten – ein Kampf, den irgendetwas in ihr gar nicht gewinnen wollte. Ihr Körper reagierte auf seinen eindringlichen Blick auf eine Weise, die gleichzeitig beängstigend und verlockend war. Ihre Entschlossenheit begann zu bröckeln, und in ihrem verräterischen Herzen machte sich Sehnsucht breit.

"Ich glaube nicht, dass ich Gewalt anwenden muss", sagte er, als hätte er ihre Gedanken gelesen und erkannt, dass ihr Widerstand nicht allzu stark war. Er streckte ihr die Hand entgegen. "Schlaf mit mir, Moira. Du wirst sehen, dass alles gut wird."

Sein Befehl schockierte sie, hatte aber gleichzeitig etwas beängstigend Erregendes an sich. Sie blickte von der starken Hand weg, die nach ihr ausgestreckt war. "Nein."

"Leg die Decke weg und komm mit. Ich will dich sehen und spüren."

Um ein Haar hätte sie die Wolldecke sinken lassen. "Ich habe schon gesagt, dass ich es nicht tun werde."

"Soll ich es dir befehlen, damit du dir hinterher sagen kannst, dass du es aus Gehorsam und nicht aus Leidenschaft getan hast?"

Der Ärger über seine Worte weckte ihren Stolz. "Ich bin dir dankbar, dass du mich daran erinnerst, wer wir beide sind, Mylord. Ich vergesse es nämlich manchmal. Die freie Frau in mir hat sich dummerweise auf etwas eingelassen, was die Leibeigene niemals tun wird."

"Sie sind ein und derselbe Mensch."

"Nein, das sehe ich nicht so. Ich streite nicht ab, dass es süße Augenblicke mit dir waren. Aber der Himmel, den du mir anbietest, ist gleichzeitig die Hölle – vor allem, wenn man nicht frei ist. Du hast mich durch einen Eid an dich gebunden, und ich kann nichts dagegen tun – aber es wird nicht so kommen, wie du es dir vorstellst, es sei denn, du wendest Gewalt an."

Sie dachte schon, dass er auf sie zukommen würde, um zu prüfen, ob ihre stolzen Worte auch wirklich so gemeint waren. Die Spannung zwischen ihnen war mit Händen zu greifen, und die Art und Weise, wie ihr Körper auf seine Nähe reagierte, sagte ihr, dass er keine Gewalt würde anwenden müssen, wenn er hier und jetzt auf sie zukam.

Er wandte sich ab, und ihr fiel ein Stein vom Herzen. "Dann sollten wir beide beten, dass ich in der Sklaverei wirklich gelernt habe, mich zu beherrschen, Moira. Nimm dir Kleider aus der Truhe und geh jetzt."

Sie hörte den warnenden Unterton in seiner Stimme und ließ es sich nicht zweimal sagen. Rasch holte sie das Leinenkleid aus der Truhe und eilte aus dem Zimmer. Draußen auf der Treppe verließ sie auch noch der letzte Rest ihrer Stärke. Sie stützte sich gegen die Wand und unterdrückte das Schluchzen, das ihr die Kehle zuschnürte.

In den nächsten Tagen bekam sie Addis kaum zu sehen. Zusammen mit Sir Richard ritt er stets schon frühmorgens nach Westminster, um sich mit dem König zu treffen. Manchmal kehrten sie nicht einmal zum Mittagessen zurück, sodass sie mit Jane und Henry allein im großen Saal bei Tisch saß.

Sie arbeiteten von früh bis spät. Zusammen mit Jane reinigte sie alle Zimmer des Hauses und legte frische Binsen aus. Mit Henrys Hilfe gelang es ihr, die Löcher im Dach des Stalles auszubessern sowie die Wände des Gebäudes zu tünchen. Für das Ausbessern der Steinmauer und der Feuerstelle hätten sie jedoch einen Handwerker gebraucht. Sie verzichtete aber zunächst darauf, Addis um das Geld für die notwendigen Reparaturen zu fragen, da er nach der Rückkehr aus Westminster stets schweigsam und mürrisch war. Er sprach über seine Besuche beim Königshof mit niemandem außer Sir Richard – doch an seiner Stimmung erkannte sie, dass er mit seinen Anliegen keinen Erfolg hatte.

Das Haus hatte neben dem Privatgemach des Hausherrn vier weitere Räume. Sie selbst bewohnte eine kleine Kammer im Erdgeschoss – weit weg von Addis' Schlafzimmer. Sir Richard hatte ihren Wagen geholt, aus dem sie ihre Sachen abgeladen und entlang der Wände ihrer Kammer gestapelt hatte. Am Abend war sie von der Arbeit stets so erschöpft, dass sie sofort einschlief, wenn sie zu Bett ging, wofür sie sehr dankbar war. Es wäre schrecklich gewesen, wenn sie noch lange wach gelegen und über den Mann nachgedacht hätte, der über ihr wohnte – über seine Möglichkeiten, Barrowburgh zurückzugewinnen, über Simon und alles andere.

Eine Woche nach ihrer Ankunft kehrte er einmal rechtzeitig zum Mittagessen aus Westminster zurück. Er kam zusammen mit Richard in die Küche, um sich etwas Bier zu holen.

"Er ignoriert Euch", stellte Richard fest und führte damit ihr Gespräch weiter, so als wäre Moira gar nicht anwesend.

"Mag sein. Oder man hat ihm noch gar nicht gesagt, dass ich da bin."

"Glaubt Ihr wirklich? Ihr meint, dass Ihr über eine Woche lang Tag für Tag hingeht und auf ihn wartet, und er gar nicht weiß, dass Ihr da seid? Ihr seid doch nicht irgendein x-beliebiger Ritter, den seine Beamten ignorieren können."

"Die Despensers und ihre Leute schirmen ihn streng von der Außenwelt ab. Ich glaube, dass auch niemand in den Kreis vordringen kann, ohne dass diese Familie es zulässt. Wenn Hugh Despenser Simons Freund ist, kann ich auf den König warten, bis ich schließlich verrotte."

Richard schüttelte den Kopf. "Das sind ja schöne Zustände in diesem Reich, wenn der Sohn von Patrick de Valence …"

"Gerade weil ich sein Sohn bin, lassen sie mich nicht zu ihm. Wer weiß, welche Geschichten Hugh seinem Freund Edward erzählt hat, als er dafür sorgte, dass Simon Barrowburgh bekam? Wer weiß, ob Edward überhaupt eine Ahnung hat, was vor sich geht? Es heißt, dass er für die Regierungsgeschäfte nichts übrig hat und dass er viel lieber die Äcker bestellt wie ein Bauer oder über einen See rudert."

"Das sind ja wirklich schöne Zustände in diesem Reich …", murmelte Richard angewidert.

"Ich muss einfach einen anderen Weg finden, wie ich mit ihm sprechen kann."

"Unmöglich, wenn er tatsächlich so abgeschirmt wird, wie Ihr sagt."

"Ich muss den König irgendwie dazu bringen, dass er die Tore öffnet."

"Ihr könntet einen Antrag stellen, wenn das Parlament das nächste Mal zusammentritt."

"Auf das Parlament werde ich nicht warten. Ich werde vorher herausfinden, wie Edward zu all dem steht."

Moira und Jane beeilten sich, das Mittagessen aufzutischen. Addis und Richard setzten sich mit ihnen zu Tisch und führten am Ende der Tafel ihr Gespräch fort. Moira aß ihren Lachseintopf und begutachtete dabei die strahlenden Wände des Raums. Zusammen mit Henry hatte sie an diesem Vormittag den Anstrich beendet, sodass die Wände nun frisch und sauber wirkten. Sie bezweifelte jedoch, dass Addis die Veränderung bemerkte.

"In sieben Tagen soll ein Turnier stattfinden", sagte Addis nachdenklich.

"Edward will die Barone mit Spielen und einem prallen Geldbeutel zufrieden stellen. Ziemlich dumm, wenn Ihr mich fragt. Eine Chance für seine Gegner, sich zu treffen."

"Aber unter dem wachsamen Auge von Despensers Spionen. Vielleicht doch kein so dummer Gedanke."

"Denkt Ihr daran, auch teilzunehmen?"

"Warum nicht?"

"Es wäre aber vergeblich, wenn Ihr nicht gewinnt. Ihr werdet dort nur einer von vielen Teilnehmern sein. Und selbst wenn Ihr den Sieg erringt, heißt das noch lange nicht, dass Ihr Edwards Aufmerksamkeit gewinnt. Er macht sich nicht viel aus Turnieren, deshalb wird er das Ganze nicht sehr aufmerksam verfolgen.

Wahrscheinlich wird er ein Nickerchen machen, sobald der festliche Umzug vorüber ist."

"Wenn der König so großen Gefallen an festlichen Umzügen findet, dann sollte man vielleicht versuchen, seine Aufmerksamkeit während des Umzugs zu erlangen", warf Moira ein.

"Oh, nichts leichter als das", sagte Richard spöttisch. "Da ist jede Menge Prunk zu sehen, Mädchen. Ein königliches Turnier ist nicht irgendeine Dorfveranstaltung. Die Ritter tragen ihre feinsten Kleider und vergoldeten Rüstungen, und sie kommen mit ihrem ganzen Gefolge von Knappen und Pferdeknechten. Selbst der Papst würde auf so einer Festlichkeit nicht weiter auffallen, und Addis hat noch nicht einmal einen Knappen, der sein Streitross führen würde."

"Dann sollte man vielleicht gar nicht versuchen, mit all dem Prunk mitzuhalten", sagte sie. "Vielleicht weckt man mehr Aufmerksamkeit mit Schlichtheit oder neuen Ideen."

"Du meinst, dass ich dem König auffallen könnte, wenn ich mich wie ein ganz einfacher Ritter kleide? Das glaube ich nicht", erwiderte Addis.

"Nicht wie ein einfacher Ritter, sondern wie ein Kreuzritter, der aus den baltischen Ländern heimgekehrt ist."

Addis blickte Richard fragend an. Der alte Ritter zuckte die Achseln. "Könnte hinhauen, wer weiß?", sagte er. "Viele Männer reden davon, dass sie an einem Kreuzzug teilnehmen wollen, tun es dann aber nie. Es ist immer noch einiger Ruhm damit verbunden, und es hat etwas Abenteuerliches an sich. Edward könnte Interesse daran haben."

"Die Frage ist nur, wie ich zeigen soll, dass ich einiges erlebt habe."

Moira erfuhr die Antwort auf seine Frage, als Addis

sie am nächsten Tag in sein Privatgemach holen ließ. Sie sah ihn beim Bett stehen – in seinen Wildlederkleidern, die er seit seinem Besuch auf Barrowburgh nicht mehr getragen hatte. Überall im Zimmer waren bunte Kleider verstreut. Sie erkannte, dass es die Kleider seiner Mutter waren, die in der Truhe aufbewahrt waren.

Er hob ein Gewand aus roter Seide auf. "Du ziehst die Kleider nicht an, obwohl ich es dir gesagt habe."

"Ich habe mir ein paar von den schlichteren Sachen genommen. Man zieht keine Seidenkleider an, um den Stall auszumisten."

Sie sah ein kurzes Zucken in seinem Gesicht. "Du solltest nicht den Stall ausmisten."

"Wer soll es denn sonst machen? Henry ist zu alt, um es allein zu tun. Aber bitte, reden wir nicht mehr darüber. Schließlich sind Leibeigene für solche Arbeiten da, nicht wahr? Nun, kann ich dir auf irgendeine Weise dienen?"

Er ließ das seidene Gewand sinken, das er in den Händen hielt. "Ich brauche dich nicht, um mir zu dienen, sondern um mir zu helfen. Du hast vorgeschlagen, dass man die Aufmerksamkeit des Königs durch irgendeine neue Idee gewinnen könnte. Wenn ich an dem Turnier teilnehme, werde ich tatsächlich etwas ganz Neues bieten. Ein Ritter, der wie ein Barbar gekleidet ist, sollte auf jeden Fall einiges Aufsehen erregen."

"Du nimmst also daran teil?"

"Ja. Richard erweist mir die Ehre, meine Waffen zu tragen, aber ich brauche noch jemanden, der mein Pferd führt", sagte er und hob fragend die Augenbraue.

"Vielleicht eine Lady, das wäre nett."

"Nein, ich habe an etwas noch Außergewöhnlicheres gedacht."

"Ich bin keine Lady, und alle wissen das. Ich werde aussehen wie eine Närrin, und du wie ein Narr."

"Du wirst wunderschön aussehen, außerdem ziemlich exotisch. Es wird ein Spektakel sein, das der König einfach nicht ignorieren kann." Er hielt ihr das seidene Gewand hin. "Zieh das an, Moira."

Sie nahm ihm das seidene Kleidungsstück aus der Hand und hielt es an sich hoch. Sie hatte nicht die Absicht, sich vor seinen Augen umzuziehen. "Das ist ja nur ein ärmelloses Gewand."

"Ja, die Töchter des *Bajorai* tragen so etwas in den warmen Monaten." Er betrachtete sie nachdenklich. "Dein Haar müsste offen sein, denke ich. Du wirst ein paar Bernsteine von meinem Rock abschneiden und sie dir als Kopfschmuck um die Stirn binden."

Sie würde noch barbarischer aussehen als er. Wahrscheinlich würden die Leute glauben, dass der Kreuzritter sie als Trophäe mitgebracht hatte.

"Wirst du es tun?"

Als sie den Vorschlag gemacht hatte, hatte sie nicht im Traum daran gedacht, dass sie selbst eine Rolle dabei spielen würde. Dennoch – der Plan könnte gelingen und ihm eine Audienz beim König einbringen. Solange ihm das nicht gelang, würde sich an dem Patt nichts ändern – denn Addis würde niemals etwas unternehmen, solange er nicht wusste, ob Edward seine Familie tatsächlich im Stich ließ.

"Ich werde es tun."

Er trat zu ihr und nahm seine goldenen Armspangen ab. Dann griff er nach ihren Händen, um ihre Arme mit den prächtigen Spangen zu schmücken. "Die hier wirst du auch tragen."

Sie blickte auf die dicken Armspangen hinunter, die mit ineinander verschlungenen Schlangen verziert waren. Heidnische Bilder auf barbarischem Gold. Der Wert dieser Schmuckstücke war so hoch, dass sie davon länger hätte leben können als von ihrem Rubin, wenn sie sich während des Turniers davonmachen würde. Es irritierte sie, dass er ihr diese wertvollen Stücke anvertraute. "Sie sind wunderschön. Wo hast du sie her?"

"Die Tochter eines Priesters hat sie mir gegeben."

Es konnte kein christlicher Priester sein, wenn er eine Tochter hatte. Er hatte ihr erzählt, dass er der Sklave eines *Kunigas* war. Es musste also die Tochter dieses Mannes gewesen sein.

"Sie hat mir geholfen zu fliehen", fügte er hinzu.

Die Bedeutung der goldenen Armspangen schien recht eindeutig zu sein. "Sie muss dich sehr geliebt haben", sagte sie.

"Die Tochter eines *Kunigas* kann keinen christlichen Sklaven lieben."

Er zog seinen Rock aus, damit sie ein paar Bernsteine davon abschneiden konnte. Er hatte etwas Primitives und Barbarisches an sich, wie er mit seinen in Wildleder gekleideten Beinen und seiner bronzeschimmernden nackten Brust vor ihr stand. Die lange Narbe sah aus, als wäre sie aufgemalt, um seine wilde Erscheinung noch zu verstärken.

Die Tochter des Priesters musste ihn wohl täglich gesehen haben. Ob sie wohl ein Liebespaar gewesen waren? Er hatte davon gesprochen, dass er in diesen Jahren Zurückhaltung und Beherrschung gelernt hatte – doch das bedeutete nicht, dass er enthaltsam gelebt hatte. Sie verspürte eine seltsame Eifersucht auf die unbekannte Frau, aber auch eine tiefe Dankbarkeit dafür, dass er in diesen langen Jahren nicht völlig allein gewesen war.

Plötzlich kamen Erinnerungen an ihre gemeinsame Reise in ihr hoch – vor allem an jenen Tag beim See, als sie ihn zum ersten Mal halb nackt gesehen hatte, so wie jetzt. Die ausgeprägten Muskeln an seiner Brust, die sehnige Kraft seiner Arme, der flache Bauch ... sie stellte fest, dass sie ihn schon zu lange anstarrte und dass er es bemerkt hatte. In seinen Augen schimmerte eine einladende Wärme, so als fordere er sie auf, seinen Körper zu berühren, der nur eine Hand breit von ihr entfernt war.

"Ich werde versuchen, so barbarisch wie möglich auszusehen", murmelte sie und wandte sich von ihm ab, um der Versuchung zu entgehen. Man irrte sich so leicht, wenn man der Leidenschaft nachgab. Vor allem, wenn man eine Frau war. Die Männer hatten das wahrscheinlich seit Urzeiten ausgenutzt.

Ja, er hatte Recht. Die Tochter eines *Kunigas* kann keinen christlichen Sklaven lieben. Und genauso unmöglich ist es, dass der Sohn eines englischen Barons eine Leibeigene liebt.

11. Kapitel

Addis trat durch die Tür der Schenke und überblickte die Schar der anwesenden Pilger. An diesem warmen Abend floss das Bier schon seit Stunden in Strömen. Die Pilger, die nach Canterbury zum Grabmal des heiligen Thomas unterwegs waren, hatten längst ihre Rangunterschiede vergessen und sich zu einer fröhlichen, lärmenden Schar vereint.

Er ging zum Bierfass hinüber. Der Mann, der das Bier ausschenkte, drückte ihm einen Becher in die Hand. "Zwei Pence."

Addis bezahlte. "Ich suche eine Frau", sagte er. "Man hat mir gesagt, dass sie hier lebt und arbeitet. Ihr Name ist Alice. Ich möchte mit ihr sprechen. Es soll ihr Schaden nicht sein."

"Sie ist da hinten, durch diese Tür da. Sie wäscht gerade Geschirr ab."

Er ging mit seinem gefüllten Becher in das Hinterzimmer. Eine stämmige Frau stand über eine Wanne mit trübem Wasser gebeugt und wusch Becher und Krüge ab. Über der vorstehenden Nase spannten sich buschige dunkle Augenbrauen. Aus dem Kopftuch traten schwarze Haarsträhnen hervor. Richard hatte fast eine Woche gebraucht, um sie in all den Schenken von Southwark ausfindig zu machen.

Sie richtete sich auf und blickte ihn an. Er trat näher zu einer der Kerzen, die das Zimmer erleuchteten. Ihre Augen weiteten sich vor Schreck.

Sie bekreuzigte sich dreimal hintereinander. "Heilige Maria, Mutter Gottes!"

"Ich bin kein Geist, Alice."

"Heilige Maria!"

"Ich würde gern mit dir sprechen."

Sie wich vor ihm zurück. "Ich bin seit mehr als einem Jahr hier!"

"Ich will dich ja auch gar nicht nach Hawkesford zurückbringen – aber wenn ich es wollte, würde es dir auch nichts nützen, wenn du zehn Jahre hier wärst." Er ließ seine Drohung erst einmal einwirken und legte dann eine Silbermünze auf den Tisch mit der Kerze.

"Ich mache das nicht mehr. Ich habe jetzt einen Mann, und dem würde das nicht gefallen. Es gibt aber Frauen draußen in der Schenke, die ..."

"Ich will nur reden."

Ihr Gesichtsausdruck ließ erkennen, wie seltsam sie das fand. Addis ließ sich auf einem Schemel nieder, und nach kurzem Zögern setzte sie sich ebenfalls.

"Du hast Hawkesford verlassen, nachdem Claire starb?"

"Ja, ich dachte mir, dass das der richtige Zeitpunkt wäre. Mein Vetter war ein paar Jahre vorher gegangen, und ich wusste, dass er hier ist. Raymond ist kein schlechter Herr, aber nachdem Claire nicht mehr da war, hätte ich keiner Dame mehr gedient, sondern wäre eine ganz gewöhnliche Dienerin gewesen – also bin ich gegangen."

"Warst du bei Bernards Tod dabei?"

"Ja. Claire fuhr nach Hause, um ihn noch einmal zu sehen, bevor er starb. Ich begleitete sie."

"Und was hat er gesagt, als er im Sterben lag? Über Edith, meine ich."

"Es war tragisch, ihre Liebe und ihren Kummer mit anzusehen. Er hat ihr und ihren Leuten die Freiheit geschenkt. Es war auch höchste Zeit dafür, da er sie doch immer über alle anderen gestellt hat wie eine Lady; dabei wussten wir doch, dass sie auch nichts anderes war als wir alle. Aber was konnte sie da noch mit ihrer Freiheit anfangen, da sie doch schon schwer krank war und selbst nicht mehr lange zu leben hatte?"

"War ein Priester dabei?"

"Ja. Und wir alle unterschrieben auf einem Stück Papier."

"Bist du ganz sicher, dass er auch alle Verwandten von Edith mit einschloss? Auch ihre Tochter?"

Sie nickte. "Er sprach über Moira, als wäre sie seine eigene Tochter. Er wollte, dass sie frei war. Klingt ja auch einleuchtend. Sie hatte schon seit Jahren nicht mehr so gelebt wie wir anderen, nicht wahr? Da wäre es auch schwer, sich wieder einzuschränken, wenn man es schon einmal besser gehabt hat. Ich jedenfalls könnte es nicht, auch wenn ich hier jede Menge Arbeit habe."

Er kramte in seinem Geldbeutel und holte einen Shilling hervor, den er neben die Münze auf den Tisch legte. "Du bist dir also ganz sicher, dass er auch die Tochter meinte?"

Alice sah überrascht auf.

Er legte noch einen Schilling dazu. "Wirklich absolut sicher? Könntest du es beschwören?"

Sie leckte sich über die Lippen. "Es ist schon ein paar Jahre her. Ob ich es beschwören könnte ..."

Er legte noch einen dritten Shilling auf die beiden anderen.

"Wenn ich's recht bedenke, war es vielleicht doch nicht so eindeutig. Er hat davon gesprochen, aber niedergeschrieben hat man es nicht, glaube ich."

Addis nickte. Sie griff mit ihrer plumpen Hand nach den Münzen.

Er packte ihr Handgelenk, ehe sie die Münzen einsammeln konnte. "Ich finde, du solltest dich den Pilgern nach Canterbury anschließen."

"Eine Pilgerreise? Ich habe hier viel zu viel zu tun. Ich wäre einen ganzen Monat weg, bis ich zum Grabmal und wieder zurück gewandert wäre."

"Denk nur, welchen Wert es für deine Seele hätte. Ihr habt doch genug Geld, um jemanden zu bezahlen, der deinem Vetter hilft, während du weg bist."

Sie dachte über seinen Vorschlag nach. "Na ja, wenn ich ehrlich bin, wollte ich die Pilgerreise immer schon mal machen. Man hört ja so manche Wunderdinge. Es heißt, die Kathedrale soll wie der Himmel selbst sein."

Addis legte noch einen Shilling auf den Tisch. "Vielleicht könntest du am Grabmal des heiligen Thomas auch ein Gebet für mich sprechen."

"Aber sicher, Mylord." Sie betrachtete die Münzen. "Ist das alles? Ich muss noch diese Becher hier waschen und ..."

Er schob die Kerze näher zu ihr hin. Sie war keine allzu kluge Frau und zu ängstlich, um gut lügen zu können. "Nein, das ist nicht alles. Ich möchte, dass du mir von Claire erzählst – und zwar über die Zeit, nachdem ich Barrowburgh verlassen hatte. Ich will wissen, wie es war, als Brian zur Welt kam und mein Vater starb."

Die buschigen Brauen hoben sich überrascht. Sie blickte ihn argwöhnisch an. "Da gibt es nicht viel zu sagen."

"Ich will es trotzdem hören."

"Die Toten soll man in Frieden ruhen lassen."

"Fang mit dem Jungen an. Hatte sie ihn gern?"

Ihre Augen verengten sich zu schmalen Schlitzen. "So, wie man es unter den Umständen erwarten konnte. Schließlich wurde er gewaltsam gezeugt, nicht wahr?"

Selbst ihre Angst konnte sie nicht daran hindern, diese Verurteilung auszusprechen. "Hat sie das gesagt? Wenn meine Frau dir das anvertraut hat, dann müssen wir etwas früher beginnen. Ich will hören, was Claire dir erzählt hat – und zwar alles."

Addis starrte auf die Münzen, die er vor sich auf dem Tisch in seinem Privatgemach liegen hatte. Er hatte sie unter einem Stein in der Feuerstelle gefunden, in dem Versteck, das seine Mutter ihm gezeigt hatte, als er ein kleiner Junge war. Jane und Henry hatten das Versteck nicht entdeckt.

Dreißig Pfund. Er würde damit nicht weit kommen, wenn es galt, eine Armee zusammenzustellen. Seine Gedanken wanderten zurück zu den Münzen, die er Alice gegeben hatte. Ein hoher Preis für eine Frau, mit der er noch nicht einmal geschlafen hatte. Schon mit einer Mark hätte er einen Ritter für einen Monat anheuern können. Das war es jedoch wert, wenn Alice

Southwark für einen Monat verließ. Er sollte eigentlich ein schlechtes Gewissen haben, dass er die Frau, die Moiras Freiheit hätte bezeugen können, so einfach bestochen hatte – doch er brauchte Moira einfach zu sehr, um sich deswegen schuldig zu fühlen. Alices Aussage hätte Moira zwar nicht von ihren Verpflichtungen gegenüber Darwendon befreit – doch er wollte jetzt nicht über rechtliche Fragen mit ihr diskutieren.

Alice hatte nicht über Claire reden wollen. Es war ihr nicht schwer gefallen, Moira zu verraten – die Leibeigene, die über ihren natürlichen Platz in der Welt erhoben worden war –, doch über ihre Herrin wollte sie nicht sprechen. Und er hatte im Grunde auch nichts hören wollen. Dass er es dennoch auf sich genommen hatte, lag daran, dass er schlicht und einfach die Wahrheit wissen musste. Er hatte vieles von dem, was sie ihm erzählt hatte, ohnehin schon vermutet, und nur wenig davon konnte ihn noch überraschen. Er hätte mehr Mitgefühl empfinden sollen, nachdem Alice von Claires Einsamkeit erzählt hatte – doch es bereitete ihm auch eine gewisse Genugtuung, dass die Frau, die ihn in seiner schwersten Stunde im Stich gelassen hatte, ihre eigene Last hatte tragen müssen.

Zum ersten Mal seit Jahren stellte er sich wieder ihr Bild vor, und die Erinnerung an ihre Schönheit hätte ihn beinahe dazu gebracht, sie zu verstehen. Eine Frau, deren Aussehen eine solche Wirkung auf ihre Mitmenschen hatte, brauchte so etwas wie innere Stärke nicht. Die Claires dieser Welt nahmen sich, was sie wollten, ohne zu fragen, weil alle Welt es ihnen gern überließ. Kein Wunder, dass sie niemals gelernt hatte, zu geben.

Die Erinnerungen ließen einen bitteren Geschmack in seinem Mund zurück. Er wandte sich wieder den Münzen zu und überlegte, wie viele Männer er für wie lange damit anheuern konnte. Wenn er die goldenen

Armspangen verkaufte, hätte ihm das beträchtlich weitergeholfen – doch wenn der König ihn im Stich ließ und er Barrowburgh belagern musste, dann brauchte er Katapulte und eine große Streitmacht – und das vielleicht für viele Monate. Und auch dann waren seine Aussichten auf Erfolg gering, und ein möglicher Sieg mochte nur von kurzer Dauer sein, wenn Simon Hilfe von den Despensers bekam.

Der laute Schrei einer Frau unterbrach ihn jäh in seinen Gedanken. Er horchte aufmerksam – es war jedoch nichts mehr zu hören. Die Stimme hatte nach Moira geklungen. Noch bevor er einen bewussten Entschluss gefasst hatte, war er schon aus dem Zimmer gestürmt und die Treppe hinuntergeeilt.

Im Lichtschein der Fackeln sah er sie draußen im Hof beim Tor stehen. Sie war seltsam verrenkt, und er brauchte einige Augenblicke, bis er erkannte, dass ein Mann sie festhielt und ihr die Hand auf den Mund drückte. Addis eilte zu den beiden hinüber und griff instinktiv nach seinem Schwert, das er jedoch nicht bei sich trug.

"Lasst sie los!", befahl er.

Der Mann, der ihr irgendetwas ins Ohr zu sagen schien, blickte auf. Er hatte langes schwarzes Haar, das im Nacken zusammengebunden war, und trug die schlichten Kleider eines Londoner Bürgers.

"Ich konnte nicht das Risiko eingehen, dass sie das Tor zuschlägt", erklärte der Mann. "Verzeiht mir, Madam, dass ich Euch Angst gemacht habe, aber es gibt etwas zu erledigen, das keinen Aufschub bis morgen duldet."

"Lasst sie los", drohte Addis erneut und ballte die Hand zur Faust, falls der Mann sich widersetzte.

"Ich lasse sie ja los, wenn auch ungern", antwortete der Mann mit einem strahlenden Lächeln. "Sie fühlt sich wirklich nett an. Ihr werdet doch nicht wieder schreien, nicht wahr, Madam?"

Sie schüttelte den Kopf, und der Mann ließ sie los. "Seid Ihr Sir Addis? Ich muss Euch bitten, einen Augenblick hier zu warten. Ich muss schnell die anderen holen."

Der Mann eilte durch das Tor hinaus. Wenig später kam er mit fünf Männern zurück. Einer von ihnen – er trug das Gewand eines Geistlichen – schien die Gruppe anzuführen.

"Addis de Valence?", fragte der Mann.

"Das bin ich."

"Mein Name ist Michael. Ich bin der Sekretär von John Stratford, dem Bischof von Winchester. Wir würden gern mit Euch sprechen. Verzeiht, dass wir zu so später Stunde stören, aber es ist wichtig, dass niemand weiß, dass ich in London bin."

"Gehen wir in den Saal. Moira, sag Jane, sie soll Bier für die Männer bringen."

"Sie ist schon schlafen gegangen. Ich mache es selbst."

Addis geleitete die Männer in den Saal. Sie ließen sich rund um den Tisch nieder. "Ich würde gerne wissen, was Euch zu mir führt", sagte er. "Wenn Ihr mich so spät abends aufsucht, dann nehme ich an, dass Ihr dem König nicht unbedingt freundlich gesinnt seid."

Michael nickte. "Ihr seid ein kluger Mann, Sir Addis. Es tut gut, zur Abwechslung einmal mit einem klugen Mann zu sprechen. Nein, unsere Sache ist nicht im Sinne des Königs, sehr wohl aber im Sinne des Reiches. Wir verraten Euch auch gern unsere Namen, aber ich muss Euch zuvor ersuchen zu schwören, dass Ihr zu niemandem über unser Treffen hier sprecht, und auch nicht über das, was wir miteinander besprechen."

Wenn diese Leute einen Eid von ihm verlangten,

dann musste es sich um Hochverrat handeln. Er hätte sie auf der Stelle wegschicken sollen, doch nachdem er tagelang vergeblich darauf gewartet hatte, mit dem König sprechen zu dürfen, war er nicht mehr allzu königstreu gesinnt. Und so leistete er den Schwur, den man von ihm verlangte.

Michael zeigte auf die Männer, die bei Tisch saßen. "Das ist Sir Robert, Lord of Cavenleigh in Yorkshire. Thomas Wake, Schwiegersohn von Thomas of Lancaster. Peter Comyn, Vetter von Elizabeth Comyn, einer Erbin von Lancaster. Sir Matthew Warewell, einst Angehöriger des königlichen Hofes."

Addis bemerkte, dass der Mann, der Moira festgehalten hatte, nicht vorgestellt wurde und auch ein wenig abseits saß, als gehöre er nicht zu der Gruppe. Als Moira mit dem Bier eintraf, erhob er sich, um ihr zu helfen. Der Mann musste der Diener des Geistlichen sein, vermutete Addis.

"Es gibt noch viele andere", sagte Michael. "Ihr seid also nicht allein in Eurer Unzufriedenheit mit dem, was im Reich vor sich geht. Robert zum Beispiel wurde gezwungen, ein Dokument zu unterschreiben, wonach er Hugh Despenser zwanzigtausend Pfund schulde – sonst hätte man ihm sein Land weggenommen. Peters Cousine wurde in den Kerker geworfen, bis sie bereit war, eine ähnliche Erklärung zu unterzeichnen und zwei Landgüter abzutreten. Sir Matthews Bruder wurde hingerichtet, obwohl er mit dem Aufstand überhaupt nichts zu tun hatte. Sein Pech war, dass seine Ländereien an jene von einem von Despensers Günstlingen grenzten. Die Leute des Königs setzen sich über alle Gesetze hinweg. Euch wird es auch nicht besser ergehen."

"Mag sein. Ich habe aber noch nicht mit dem König gesprochen."

"Wir wissen aber, dass Ihr es schon seit Tagen versucht. Es wird nichts dabei herauskommen. Seht doch nur, wie es Eurem Verwandten Aymer ergangen ist. Der Earl of Pembroke sprach sich für einen Kompromiss aus und versuchte dem König einen vernünftigen Weg aufzuzeigen. Da wurde er den Leuten des Königs lästig und wurde ermordet, während er auf dem Abort saß."

"Mir ist das alles bewusst, was Ihr da sagt. Ich habe mir nicht die Ohren zugehalten, als ich auf eine Audienz beim König wartete und durch die Straßen dieser Stadt ging. Ich weiß auch, dass nicht nur die Barone allmählich genug haben, sondern auch die Bürger der Stadt und das einfache Volk. Niemand ist erfreut darüber, wie Edward seine Freunde auswählt und welchen Einfluss sie auf ihn haben. Wenn Ihr gekommen seid, um mir das alles mitzuteilen, dann kann ich Euch versichern – ich weiß es selbst."

Michael breitete die Hände aus. "Ich sehe schon, Ihr seid ein Mann, der nicht lange herumredet. Dann kommen wir also zum Kern der Sache. Ich komme gerade aus Hainault, wo der Bischof mit Königin Isabelle im Exil weilt. Er ist dort ebenso wie die Bischöfe von Hereford und Norwich, weil sein Leben bedroht war, nachdem er es gewagt hatte, sich für eine vernünftige Form des Regierens auszusprechen – und das gegenüber Leuten, die keine Ahnung haben, was das bedeutet."

Addis hatte einiges über die Bischöfe im Exil gehört. Stratford war ein ehrgeiziger Mann, doch er war bekannt für seine vernünftigen Ansichten. Er hatte den König zu unterstützen versucht, bis gewisse Umstände sowie sein Gewissen von ihm verlangten, dass er offen seine Meinung sagte.

"Die Königin hat ihren Sohn Prinz Edward mit Philippa von Hainault, der Tochter des Grafen, verlobt. Dafür hat der Graf versprochen, Isabelle zu unterstützen. Sie hat gesagt, dass sie und der Junge nicht hierher zurückkehren werden, solange die Despensers das Sagen haben. Wir haben sie schon einmal vertreiben können, aber als der Aufstand scheiterte, holte der König sie wieder zurück – und heute ist ihr Einfluss stärker denn je. Die Königin und der Prinz können erst zurückkehren, wenn die Despensers weg sind, doch mit Hilfe des Parlaments können wir das nicht mehr erreichen."

Das Anliegen war damit klar und deutlich ausgesprochen. Fünf Augenpaare betrachteten ihn gespannt, um zu sehen, wie er auf dieses Angebot reagierte.

Der Mann mit dem langen Haar saß immer noch etwas abseits und trank sein Bier.

Moira kam gerade aus der Küche herein, stellte etwas Obst auf den Tisch und ging gleich wieder hinaus. Sie musste sich gerade auf das Zubettgehen vorbereitet haben, als sie Geräusche am Tor hörte und hinunterging, um nachzusehen – denn ihr Haar war bereits geöffnet. Sie trug eines der Leinenkleider seiner Mutter, ein schlichtes grünes Gewand, das ihre Brüste eng umschloss und dann gerade nach unten fiel. Dem prüfenden Blick des Dieners schien nichts davon zu entgehen.

"Ich hoffe, Ihr wollt mich nicht fragen, ob ich bereit bin, Hugh Despenser zu töten", sagte Addis und versuchte, die Aufmerksamkeit zu ignorieren, die Moira hervorrief. "Es wäre so gut wie unmöglich und würde auch gar nichts lösen."

"Nein", ereiferte sich Sir Matthew. "Wenn ihn jemand tötet, dann ich, und Lancasters Bruder Henry wird die Axt schleifen."

"Wir wollten Euch nur fragen, ob Ihr auf unserer

Seite wärt, wenn wir weitere Schritte unternehmen", sagte Michael.

"Das kommt darauf an, wie diese Schritte aussehen."

"Isabelle stellt eine Armee zusammen. Der Graf von Hainault unterstützt sie dabei. Es wird nicht mehr allzu lange dauern, bis sie so weit sind."

"Ihr sprecht von einer Invasion? Dazu bräuchte es die größte Armee der Welt, um Erfolg zu haben."

"Nicht unbedingt. Edward hat das Vertrauen der Barone und auch der Bürger verloren. Es ist nur noch eine kleine Gruppe, die ihm die Treue hält. Wenn das Land Isabelle mit offenen Armen aufnimmt ..."

"Glaubt Ihr denn, dass Edward nicht kämpfen wird?"

"Es gibt kein stehendes Heer. Er wird nicht genug Zeit haben, um seine Gefolgsleute zu den Waffen zu rufen, und wenn er es tut, werden nicht allzu viele Folge leisten."

"Ihr sprecht davon, dass ein König vom Thron gestürzt werden soll."

"Wir sprechen davon, dass ein unfähiger, korrupter Herrscher abgesetzt werden soll, damit er durch seinen rechtmäßigen Erben ersetzt werden kann."

"Sprechen wir doch ganz offen aus, was das bedeutet. Der Prinz ist noch minderjährig. Wenn der König wirklich abgesetzt werden kann und sein Sohn seinen Platz einnimmt, muss es einen Regenten geben. Man hört, dass Isabelle Roger Mortimer als Geliebten auserwählt hat. Er war schon vor Jahren als besonders ehrgeiziger Mann bekannt. Wenn er der Regent sein sollte, oder die Königin, dann haben wir es mit einem neuen Hugh Despenser zu tun."

"Es wird ein Rat gebildet, sodass der junge König nicht von einem Mann allein beraten wird. Und auch wenn Mortimer es zu einer gewissen Macht bringen sollte, wird das nur von sehr kurzer Dauer sein. Der Prinz ist immerhin schon fünfzehn", warf Thomas Wake ein.

"Euer Vorschlag erscheint mir zu übereilt."

"So etwas hat es auch früher schon gegeben. Ist nicht der König von Schottland einmal von seinem eigenen Vater abgesetzt worden?", fragte Thomas.

Addis dachte über den kühnen Plan nach. Wenn das Volk das Vorhaben unterstützte, konnte es tatsächlich gelingen. Wenn der Plan jedoch scheiterte, würden all jene, die damit auch nur entfernt zu tun hatten, am Galgen enden. Sie taten also gut daran, die Stimmung im Lande genau zu beobachten.

"Wir sind aus einem ganz bestimmten Grund gekommen", sagte Michael. "Ihr seid im Gegensatz zu uns kaum bekannt – und wir werden darauf achten, dass das so bleibt. Wir brauchen jemanden, der sich frei bewegen kann, ohne beschattet zu werden. In zwei Wochen wird Isabelle uns mitteilen, wann und wo sie ins Land kommen wird. Jemand muss den Boten an der Küste treffen und uns die Nachricht überbringen. Wir dachten uns, dass Ihr das übernehmen könntet."

"Warum ich?"

"Es wird ein Mann von Hainault sein. Ein Kaufmann. Er wird keinen von uns kennen. Eure Narbe ... er würde Euch sofort daran erkennen."

Es hatte also endlich jemand einen Nutzen für sein ganz persönliches Kennzeichen gefunden.

Sie drängten ihn nicht, sich zu entscheiden. Das Gespräch wandte sich wieder den verschiedenen Exzessen der Despensers zu, und den Familien, die durch ihre Gier und Ungerechtigkeit zerstört wurden. Währenddessen dachte Addis über den Vorschlag nach. Sein Vater hätte ihn nicht gutgeheißen. Patrick hatte stets an die Wirksamkeit von Verhandlungen geglaubt und nahm seinen Treueid überaus ernst. Doch Addis hatte niemals einen Eid gegenüber Edward geschworen und würde das auch nicht tun, solange er Barrowburgh nicht wiederhatte.

Moira kam mit Brot und Käse herein. Der Mann mit dem langen Haar betrachtete sie, während sie sich vorbeugte, um das Essen auf den Tisch zu stellen. Addis warf dem Mann einen drohenden Blick zu, was dieser jedoch nicht bemerkte, da er Moira nachsah, als sie wegging.

"Werdet Ihr es tun?", fragte Thomas Wake.

"Ich werde es mir überlegen."

"Wann sagt Ihr uns Bescheid? Michael muss in drei Tagen wieder aufbrechen."

Addis beschloss, noch abzuwarten, ob König Edward ihn in den kommenden drei Tagen empfangen würde. "Dann lasse ich es Euch vorher wissen."

Michael schien damit nicht ganz zufrieden zu sein. Aus dem Augenwinkel sah Addis, wie der namenlose Mann sich langsam erhob und in Richtung Küche schlenderte.

"Wer ist er?", fragte er Thomas Wake und zeigte auf den leeren Stuhl.

"Sein Name ist Rhys. Er ist ein Londoner Bürger und kennt sich in den Straßen aus. Der Bürgermeister ist zwar auf unserer Seite, aber wir kennen nicht alle Polizisten – und Rhys kann uns überall hinführen, ohne dass wir Fackeln brauchen."

"Er hat sich auch in anderer Hinsicht als große Hilfe erwiesen", fügte Sir Peter hinzu. "Er arbeitet in Westminster und bekommt so einiges mit, während er seiner Arbeit nachgeht. Es gibt Leute, die sich nicht viel darum kümmern, ob irgendjemand in der Nähe ist und mithören kann. Er hat zum Beispiel den König selber sagen hören, dass er Isabelle töten würde, wenn sie ihm noch einmal unter die Augen kommt. Er trägt allein dafür ein Messer im Stiefel."

Addis blickte kurz zu der geschlossenen Tür hinüber, durch die Rhys Moira gefolgt war. "Er ist ein Handwerker?"

"Er ist mit den neuen Räumen in Westminster beschäftigt. Er arbeitet für den Baumeister und macht das Maßwerk an den Fenstern."

Er arbeitet für den Baumeister. Er macht das Maßwerk an den Fenstern. Addis blickte erneut zur Tür hinüber.

Verdammt. Der Mann war ein Steinmetz.

Moira betrachtete die halbe Fleischpastete, die vom Abendessen übrig war, und fragte sich, wie sie sie in sieben Teile schneiden konnte, ohne dass es allzu spärlich aussah. Es war ziemlich peinlich, Ritter und Barone im Haus zu empfangen und nichts zu haben, das man ihnen anbieten konnte.

"Habt Ihr gutes Brunnenwasser hier?", fragte plötzlich eine freundliche Stimme. "Ich habe für heute genug Bier gehabt."

Sie blickte auf und sah die blauen Augen und das sympathische Lächeln des Mannes, der sie zuvor am Tor festgehalten hatte. Sie bückte sich nach einem Eimer. "Ja, es ist gutes Wasser. Ich hole Euch welches."

Er nahm ihr den Eimer mit einem fragenden Blick aus der Hand. Sie zeigte zur Tür, die zum Garten führte, und wandte sich wieder der Fleischpastete zu.

"Ihr seid eine gütige Herrin, dass Ihr Eure Dienstmagd schlafen lasst und ihre Arbeit für sie macht", sagte er, als er zurückkehrte. Er nahm sich einen Becher und schenkte sich etwas Wasser ein.

Dann nahm er auf einem Schemel Platz, als habe er vor, noch ein Weilchen zu bleiben. Er betrachtete sie neugierig, und sie fragte sich, wie sie wohl ihr verworrenes Leben irgendjemandem hätte erklären sollen – dieses Leben als Leibeigene, in dessen Verlauf sie sich Manieren angeeignet hatte, die ihn annehmen ließen, dass sie die Herrin des Hauses war.

"Mein Name ist Rhys. Wie heißt Ihr?"

"Moira."

"Ihr seid neu in London?"

"Sieht man das so deutlich?"

"Ich lebe hier in diesem Bezirk. Ich habe Euch noch nie gesehen."

"Ich gehe höchstens auf den Markt – sonst komme ich nicht viel herum. Mir gefällt Eure Stadt nicht sehr, Master Rhys." Sie hatte keine Ahnung, ob die Anrede ›Master‹ gerechtfertigt war – doch sie ging davon aus, dass er sie schon korrigieren würde, wenn es nicht so sein sollte. Er sah jedenfalls alt genug dafür aus; er musste wohl an die dreißig sein.

"Die Stadt ist laut und groß und steckt voller interessanter Dinge. Mit der Zeit werdet Ihr vielleicht die Scheu vor der Stadt verlieren und könnt sie auch genießen."

"Ich glaube nicht, dass ich genug Zeit dafür habe. Ich bin allein mit zwei alten Dienstboten hier, und wir haben jede Menge zu tun." Sie betrachtete die Pastete und wandte sich wieder dem freundlichen Mann zu, der ihr Gesellschaft leistete. "Mögt Ihr vielleicht etwas davon? Ich habe nicht genug für Euch alle."

"Ja, danke."

Sie schnitt ein großes Stück ab und reichte es ihm. "Ihr hättet vorhin auch einfach fragen können, ob man Euch einlässt. Ihr hättet wirklich nicht einzudringen brauchen."

"Ich wollte nicht zu lang beim Tor gesehen werden. Ich bin sicher, Sir Addis wird Euch hinterher erklären, dass dieser Besuch nie stattgefunden hat und dass diese

Männer nie hier waren." Er lächelte charmant. Er sah wirklich nett aus, dachte sie; außerdem sah man an seinen kräftigen Schultern und seiner breiten Brust, dass er körperliche Arbeit leistete. Als er sie zuvor festgehalten hatte, war ihr nicht entgangen, wie kräftig er war. Er konnte also kein Kaufmann sein.

"Dieses Haus hat viele Jahre leer gestanden", sagte er, als er sich umblickte. "Es hat einige hier im Bezirk gegeben, die es kaufen wollten, doch der alte Mann hat gesagt, es wäre nicht zu verkaufen."

"Ja, es hat sich niemand darum gekümmert. Addis war auf dem Kreuzzug in den baltischen Ländern, und dann ..." Sie hielt inne und errötete. Rhys hatte offensichtlich bemerkt, dass sie nicht ›Seine Lordschaft‹ oder ›Sir Addis‹ gesagt hatte, wie es eigentlich zu erwarten gewesen wäre. "Ich kenne ihn nämlich schon, seit ich ein kleines Mädchen war", fügte sie hastig hinzu.

Er erhob sich und trat zu ihr. "Kann ich noch ein Stück von der Pastete haben? Sie ist ausgezeichnet."

Sie gab ihm noch eine Scheibe – dankbar, dass er ihr die hilflosen Erklärungsversuche ersparte, die ihr schon auf der Zunge lagen.

"Wenn Ihr in diesem Bezirk wohnt, dann müsst Ihr doch die Handwerker hier kennen", sagte sie und setzte sich auf den Schemel neben ihm.

"Ja, so ziemlich alle."

"Dann könnt Ihr mir vielleicht einen Rat geben. Die Mauer und die Feuerstelle müssen ausgebessert werden, und der Stall braucht ein neues Dach. Könntet Ihr mir ein paar Männer nennen, die das übernehmen könnten?"

"Holz ist teuer. Wahrscheinlich wäre ein Strohdach die beste Lösung. Ich kenne einige Leute, die das für Euch machen würden. Was die Mauer betrifft, da kann ich Euch, glaube ich, höchstpersönlich helfen. Ich bin nämlich Steinmetz."

Ein Steinmetz. "Wenn Ihr mit solchen Männern, wie sie heute bei uns sind, Umgang habt, dann müsst Ihr ein sehr guter Steinmetz sein. Eine so einfache Arbeit wie diese ..."

"Ja, ich kann nicht klagen. Derzeit bin ich in Westminster beschäftigt. Aber abends habe ich noch etwas Zeit, ehe es dunkel wird. Ich werde morgen vorbeikommen und mir ansehen, was zu tun ist." Er aß den letzten Bissen von der Pastete. "Wenn Sir Addis nur Euch und zwei alte Dienstboten hat, dann hat er wohl nicht allzu viel Geld. Aber ein Haus wie dieses sollte nicht verfallen. Sagt ihm, ich mache es für das Abendessen. Irgendjemand hier im Haus muss sehr gut kochen."

"Ist Eure Frau denn keine so gute Köchin? Sie wird es gar nicht schätzen, dass Ihr abends spät nach Hause kommt, nur weil es hier eine bessere Fleischpastete gibt."

Er rieb sich lächelnd die Hände und stand auf. Er war ein wirklich gut aussehender und freundlicher Mann. "Ich habe keine Frau, und ich habe es sowieso satt, immer in den Schenken zu essen. Ich komme dann morgen."

Ehe er die Küche verlassen konnte, trat Addis ein. Er musterte Rhys, der Addis seinerseits genauso prüfend ansah. Es herrschte eine seltsam angespannte Stille zwischen den beiden Männern, was Moira ein wenig verwirrte.

"Eure Freunde brechen auf", sagte Addis.

Rhys ging zur Tür und hielt an der Schwelle noch einmal inne. "Sir Addis, heute ist eine kleine Gruppe in Westminster eingetroffen. Ihr Banner war weiß und scharlachrot mit einem goldenen Falken. Man sagte mir, dass die Gruppe von einem gewissen Simon of Barrowburgh angeführt wurde."

"Wie viele Männer waren es?"

"Nur vier Ritter, soviel ich weiß. Sie wollen sicher an dem Turnier teilnehmen."

"Ja, bestimmt. Hatte einer der Ritter rotes Haar?"

"Ja, feuerrot."

"Ich danke Euch, dass Ihr mir das gesagt habt."

Rhys zuckte nur die Achseln, warf Moira ein warmes Lächeln zu und ging zusammen mit Addis hinaus.

Addis geleitete seine Gäste hinaus und kam dann in die Küche zurück. Moira trocknete gerade die Becher ab und tat so, als bemerke sie ihn nicht.

"Weiß er, wer du bist?", sagte er schließlich.

"Er hat mich nach meinem Namen gefragt und weiß, dass ich als Dienstmagd hier bin."

"Weiß er, dass du zu mir gehörst?"

Sie trug die Becher zum Wandregal. "Er wird die Mauer und die Feuerstelle ausbessern und will nichts als das Abendessen dafür."

"Sehr großzügig für einen Steinmetz, der schon als Gehilfe von großen Baumeistern tätig ist."

"Ja, sehr großzügig."

"Du wirst ihm sagen, dass ich seine Dienste nicht brauche."

Sie blickte ihn mit großen Augen an. "Aber du brauchst seine Dienste sehr wohl. Die Mauer ist schon so löchrig, dass jeder, der will, hereinkann. Wenn diese Männer hier waren, um das mit dir zu besprechen, was ich denke, dann brauchst du sehr wohl eine hohe Mauer rund um das Grundstück – vor allem, wenn Simon in London ist. Ich kann den Stall ausmisten und zur Not auch Wände verputzen, aber ich kann keine Mauern ausbessern."

Mit drei langen Schritten war er bei ihr. "Du wirst ihm sagen, wer du bist."

Sie sah ihn herausfordernd an. "Ich werde ihm sagen, dass ich eine Leibeigene bin, wenn es das ist, was du meinst. Aber das wird er sich ohnehin denken."

Er stützte sich mit einer Hand neben ihrem Kopf gegen die Wand und beugte sich über sie, sodass sein Gesicht nur noch eine Handbreit von dem ihren entfernt war. Er sah das Flackern in ihren Augen; wahrscheinlich hatte sie Angst vor der Nähe zwischen ihnen, dachte er. Nachdem er gesehen hatte, wie sie dem Steinmetz zugelächelt hatte, war es ihm ziemlich egal, ob sie Angst vor ihm hatte oder nicht.

"Du wirst ihm sagen, dass du mir gehörst."

"Das werde ich nicht. Es stimmt nämlich nicht."

"Und ob es stimmt." Er stemmte seine andere Hand ebenfalls gegen die Wand, sodass sie zwischen seinen Händen eingesperrt war. Sie berührten einander an keiner Stelle, doch ihre Wärme füllte den kleinen Zwischenraum zwischen ihnen aus und rief auf seiner Haut Empfindungen hervor, die er nur schwer im Zaum halten konnte.

Er sah zu ihr hinunter und zwang sie, seinen Blick zu erwidern. Das Interesse des Steinmetzen an ihr hatte einen unbezähmbaren Besitzerinstinkt in ihm wachgerufen, was er ihr auch ohne Umschweife zu verstehen gab. Sie sah ihm herausfordernd in die Augen, wie um ihm zu sagen, dass er es ja nicht wagen solle, ihr seinen Willen aufzuzwingen. Ihre herausfordernde Haltung brachte sein Blut in Wallung und rief ein glühendes Verlangen in ihm hervor, das er nur mühsam bezähmen konnte.

Ihr Gesichtsausdruck veränderte sich und wurde etwas milder. Ein leises Beben ging durch ihren Körper. Plötzlich wirkte sie sehr zerbrechlich und verletzlich. Er spürte, dass auch sie erregt war und dass sie Angst davor hatte – doch das steigerte sein Verlangen nur noch mehr.

"Glaubst du, ich sehe einfach zu, wie ein anderer Mann um dich wirbt?"

"Du redest Unsinn. Er wollte doch nur etwas Wasser."

"Er hat dich nicht aus den Augen gelassen. Und er hat schon einen Grund gefunden, um wiederzukommen."

"Selbst wenn du Recht haben solltest, steht es dir nicht zu, dich einzumischen."

"Und ob es mir zusteht."

"Nein, tut es nicht!"

Er konnte einfach nicht anders. Er beugte sich vor, und seine Lippen streiften die ihren. Es war nur eine kleine Zärtlichkeit, nicht mehr, doch sein ganzer Körper verlangte nach mehr. Er musste seinen Besitzanspruch um jeden Preis deutlich machen. "Es steht mir sehr wohl zu. Du bist mein. Deine Leidenschaft gehört mir. Glaubst du, meine Geduld bedeutet, dass ich auf dich verzichte? Nein, ich warte nur, bis du es auch einsiehst."

"Nein."

"Nein? Das wollen wir doch gleich auf die Probe stellen. Wir werden schon sehen, was die stolze Moira wirklich empfindet."

Er küsste sie erneut; er schmeckte und biss und drängte sie, die Lippen zu öffnen. Sie versuchte ihm auszuweichen, doch er hielt ihren Kopf mit beiden Händen fest. Etwas in ihr brach in sich zusammen, und ihre Entschlossenheit schwand. Mit einem tiefen Seufzer gab sie ihren Widerstand auf und öffnete die Lippen für ihn.

Er erkundete ihren weichen Mund und zog sie näher

zu sich, um in ihrer wunderbaren Wärme zu schwelgen. Eine alles überschwemmende Flut des Verlangens brach über ihn herein. Er umfasste die Rundungen ihres Gesäßes mit beiden Händen und zog sie an sein hartes Geschlecht, während er ihren Mund in jeder Weise erkundete.

"Bitte nicht ...", stieß sie flüsternd zwischen zwei feurigen Küssen hervor. Doch während sie noch protestierte, teilte sie bereits seine Leidenschaft, und er hörte gar nicht auf ihren schwachen Einwand. Er hielt ihren schlaffen Körper in einem Arm und erkundete mit der freien Hand die weichen Rundungen ihrer Brüste. Seine Hand traf auf ihre angeschwollenen Brustspitzen. Er begann sie sanft zu liebkosen, und ihre Hüften drückten sich gegen ihn.

Er beugte sich hinunter und nahm eine der Brustwarzen zwischen die Zähne. Ihr ganzer Körper streckte sich, während sein Mund den Stoff benetzte, bis er kaum noch ein Hindernis darstellte, und er sog an ihrer Brustwarze, bis sie leise zu stöhnen begann.

Er trug sie zum Tisch und setzte sie auf die Tischkante. Ihr Kopf lag an seiner Brust, während er das Kleid am Rücken öffnete. Ihre Haut schien zu glühen, als das Kleid bis zur Taille herabsank. Er strich ihr Haar zurück und betrachtete sie.

Wunderschön. Reizend. Was für makellose Schultern, was für einladende Brüste. Die Leidenschaft erzeugte ein unglaubliches Funkeln in ihren klaren Augen. Er ließ die Hände an ihren Beinen hinaufwandern und schob den Rock hoch. Er streichelte ihre weichen Schenkel und dann die Löckchen ihres Venushügels, während er sich vorstellte, dass sie hier vor ihm im tanzenden Feuerschein auf dem Tisch lag. Er sah sie vor sich, wie sie sich vor Wonne an ihn drückte, so wie sie es in Whitly getan hatte – nur dass er sie diesmal ganz bekommen würde. Sie sollte ihn diesmal in sich aufnehmen und sich ihm ganz hingeben.

Er hielt ihre Brüste in den Händen und liebkoste sie mit den Daumen, bis sie die Augen schloss und sich auf die Lippen biss.

Er beugte sie zurück und neckte sie mit der Zunge, während seine Hände wieder zu ihren Schenkeln wanderten. Mit sanftem Nachdruck drängte er sie, sich hinzulegen, während er ihren Rock noch höher schob.

Sie widersetzte sich und fasste ihn an den Armen.

"Dann komm mit in mein Bett oder in den Garten."

Sie blickte ihn mit verschwommenen Augen an, als wäre sie in Trance. Dennoch war sie noch in der Lage, den Kopf zu schütteln.

"Hast du Angst davor, seit du mit diesem Kaufmann verheiratet warst? Das musst du nicht – es kann sehr schön sein, Moira. Ich werde dir nicht wehtun."

Ihre Stirn sank an seine Brust, und er hielt sie mit einem Arm fest, während er sie mit der freien Hand an ihrer intimsten Stelle liebkoste. Er spürte, wie feucht sie war, und sog den Moschusduft in sich auf, der sie beide einhüllte.

"Es ist nicht das – das weißt du genau. Tu nicht so, als wüsstest du es nicht", murmelte sie mit zittriger Stimme. "Du hast in Whitly gesagt, dass du mich nicht gegen meinen Willen verführen würdest – aber jetzt tust du es trotzdem."

Er hörte ihre Vorwürfe und musste sich eingestehen, dass sie Recht hatte – doch irgendetwas in ihm war erzürnt, dass sie sich ihm immer noch widersetzte. Er wollte, dass sie verrückt vor Verlangen war – doch sie klammerte sich immer noch an ihren verdammten Stolz, obwohl sie ihn genauso begehrte wie er sie. Er spürte, dass er sein Verlangen kaum noch bezähmen konnte, während er ihren kleinen Spalt streichelte.

Sie atmete kurz und heftig ein und versuchte seine Hand wegzuschieben. Er drückte seine Lippen auf ihr Haar und spürte ihren rasenden Herzschlag an seiner Brust. Er nahm seine Hand nicht von ihr weg und erkundete weiter die weichen Hautfalten zwischen ihren Beinen. Seine Berührung jagte ihr Wonneschauer durch den ganzen Körper.

Nein, er würde sich jetzt nicht von ihr aufhalten lassen. Hinterher würde sie schon sehen, dass es gut und richtig war – und dass sie beide zusammengehörten. Sie gehörte ganz einfach ihm und sonst niemandem. Nachher würde sie es bestimmt nicht als Gewalt bezeichnen, und nicht einmal als Verführung.

Doch da meldete sich eine andere Stimme in ihm zu Wort, die nicht bereit war, sein Vorgehen zu rechtfertigen – auch wenn über viele Generationen hinweg die Herren genau so mit ihren weiblichen Leibeigenen umgegangen waren, wie er im Begriff war, es zu tun. Doch das hier war Moira und nicht irgendeine Dienstmagd, die ihm nichts bedeutete.

Wenn du es auf diese Weise machst, dann wirst du sie nie wirklich bekommen.

Er hasste diese Stimme der Vernunft. Er betrachtete ihre Arme, die immer noch versuchten, schwachen Widerstand zu leisten. In diesem Augenblick hasste er all die Schranken, die sich aus der Herkunft und dem Blut ergaben und die sie voneinander trennten. Er wollte diese Schranken einreißen. Sie konnte ihn nicht aufhalten und wollte es auch gar nicht wirklich. Sie würde es schon akzeptieren.

Zwei Seelen wohnten in seiner Brust, die einen heftigen Kampf miteinander austrugen. Es siegte schließlich der Drang, sie für immer für sich zu gewinnen – und sie nicht bloß für eine Nacht zu besitzen.

Sie hob den Kopf, und ihre feuchten Augen blickten

direkt in die seinen. Ein zögerndes Lächeln umspielte ihre Mundwinkel, so als wollte sie sagen, dass sie es akzeptiere, egal was geschah. Ihr Vertrauen rief ihm in Erinnerung, wer sie war und was sie ihm bedeutete, und auch, was er wirklich von ihr wollte.

"Lass den Steinmetz kommen", murmelte er schließlich. "Er soll dich kennen lernen und die Wahrheit sehen, auch wenn du sie nicht sehen willst."

Er drehte sich um und ging so abrupt hinaus, als wäre ein Engel gekommen, um ihn zu holen.

12. Kapitel

Richard hatte zu Recht gemeint, dass die Teilnehmer an dem Turnier ein prunkvolles Schauspiel bieten würden. Man sah jede Menge juwelenbesetzte Gewänder, verzierte Sättel, farbenfrohe Wimpel und schimmernde Rüstungen. In all dem Prunk und Reichtum fiel Addis in seinem ledernen Gewand und mit der exotisch aussehenden Frau an seiner Seite umso mehr auf, sodass ihn die anderen Ritter und die Zuschauer neugierig betrachteten.

Moira hatte zuvor ein wenig mit dem riesigen Streitross geübt, dessen Zügel sie in den Händen hielt. Addis hatte beschlossen, auf seinen Zelter zu verzichten, und saß nun auf seinem Streitross, das er mehr mit den Beinen lenkte, als sie es mit den Händen tat. Hinter ihm trug Richard die Waffen und den Schild von Barrowburgh. Obwohl er selbst ein hochrangiger Ritter war, übernahm er voller Stolz die Rolle des Knappen für seinen Herrn.

So erregten sie einiges Aufsehen unter den anderen Turnierteilnehmern und den Zuschauern. Ob jedoch ein König, der von Neuigkeiten ohnehin übersättigt war, auf sie aufmerksam wurde, war eine andere Frage.

"Bleib in der Nähe, wenn wir zum Turnierplatz kommen", sagte Addis zu ihr. "Ich bin überzeugt, die Hälfte der anwesenden Männer würde nicht von deiner Seite weichen."

Er klang verärgert, weil Moira ein solches Aufsehen erregte, was sie nicht ganz verstand. Schließlich war es seine Idee gewesen, sie so zur Schau zu stellen. Ihr ärmelloses Gewand aus roter Seide reichte nur bis zur Mitte der Waden, sodass ihre Beine teilweise entblößt waren. Der sanft fließende Seidenstoff ließ noch einiges mehr von ihrem Körper erahnen. Alle anderen Frauen trugen Schleier auf dem Haar, sodass sie mit ihrem offen herabhängenden langen Haar ebenfalls einiges Aufsehen erregte. Auf der Stirn trug sie kleine Bernsteine, während sich quer über ihre Brust eine dünne goldene Kette spannte und ihre Oberarme von den Armspangen geschmückt wurden. Addis hatte sie mit seinem ganzen Reichtum ausgestattet, und als sie sich im Spiegel betrachtete, musste sie sich eingestehen, dass sie tatsächlich äußerst exotisch aussah.

Der festliche Umzug bewegte sich vorwärts, und sie nahmen ihren Platz darin ein. Sie ging an der Menge der Zuschauer vorüber. Plötzlich fiel ihr ein blaues Augenpaar in der Menge auf, und sie sah, dass Rhys ebenfalls gekommen war. Er war zuvor an zwei Abenden in das Londoner Haus gekommen, um an der Mauer zu arbeiten und danach in der Küche zu Abend zu essen. Gestern hatte sie ihm erzählt, welche Rolle sie heute beim Turnier spielen würde, und er hatte im Scherz ein schockiertes Gesicht gemacht, als sie ihm das Gewand beschrieb, das sie tragen würde. Nun lächelte er ihr aufmunternd zu, wofür sie ihm dankbar war.

Sie bewegten sich langsam auf die überdachte Galerie zu, wo die königliche Familie mit ihren Gefolgsleuten saß. Ein roter Haarschopf stach ihr ins Auge. Er bewegte sich ganz hinten auf der Galerie, und sie streckte sich, um besser sehen zu können. Ihr Herz begann schneller zu schlagen, als sie den Ritter aus Barrowburgh erkannte – und neben ihm saß niemand anderer als Simon höchstpersönlich.

Sie sah sich besorgt nach Addis um, und er nickte ihr beruhigend zu, wie um ihr zu sagen, dass er die beiden ebenfalls gesehen hatte. Dann wandte er sich dem König zu, um ihn zu grüßen.

Man hätte nicht sagen können, dass Edward nicht wie ein König aussah – doch sie hatte einen Mann erwartet, der alle anderen überstrahlte, und nicht dieses eher durchschnittliche Gesicht mit dem gestutzten Bart und dem schlichten braunen Haar. Seine Kleider waren zwar prunkvoll, doch das traf auch auf die ihn umgebenden Höflinge zu. Er hatte keine Lady an seiner Seite, sondern saß zwischen zwei Männern, die offensichtlich verwandt waren. Einer der beiden war im mittleren Alter, der andere schien sein Vater zu sein. Sie nahm an, dass das die Despensers waren, von denen Addis gesprochen hatte. Edward betrachtete den barbarisch aussehenden Ritter, der da an ihm vorüberging, mit einigem Interesse. Er zeigte mit der Hand auf ihn und wandte sich fragend dem jüngeren Mann zu seiner Rechten zu.

Sie gingen weiter zu den Zelten auf dem Feld, wo sich die Ritter auf das Turnier vorbereiteten. Richard hatte bereits in einem der Zelte Rüstung und Lanzen vorbereitet. Addis sprang von seinem Streitross, und Moira ließ erleichtert die Zügel los.

"Glaubst du, es hat geklappt?", fragte sie.
"Ja. Ob es genügt, damit er mich zu sich rufen lässt, werden wir hinterher sehen."
Nachdem sie ihre Aufgabe erfüllt hatte, drehte sie sich um, um wegzugehen.
"Bleib hier, Moira."
"Ich möchte mir das Turnier ansehen."
"Bevor ich an der Reihe bin, wird Richard dich in den Zuschauerraum bringen – aber geh nicht allein."
"Wenn du dir um das Gold Sorgen machst – ich kann es ja hier lassen."
"Man könnte auch etwas anderes stehlen als das Gold."
Sie setzte sich in den Schatten des Zelts. So großes Aufsehen hatte sie nun auch wieder nicht erregt, dachte sie. Es war das erste Mal, dass sie einem Turnier beiwohnte – doch es schien nicht so unterhaltsam zu werden, wie sie gehofft hatte. Sie hatte eigentlich vorgehabt, sich unter die Menge zu mischen und sich all die Verkäufer und Gaukler anzusehen, die sich rund um den Turnierplatz aufhielten. Die Aussicht, stundenlang unter Addis' wachsamem Auge dazusitzen, war nicht gerade erfreulich.
Sie fragte sich, ob er wohl Rhys in der Menge gesehen hatte. Lass ihn kommen, hatte er zu ihr gesagt, doch aus irgendeinem Grund war sie nie auch nur eine Minute mit dem Steinmetz in der Küche allein gewesen. Immer schienen Jane oder Henry irgendetwas in der Küche zu tun zu haben. Sie hegte den starken Verdacht, dass Addis sie angewiesen hatte, sich als Aufpasser zu betätigen.
Sie blickte auf und sah, dass er sie betrachtete. Mit einem Mal hatte sie ein Gefühl, als wäre sie halb nackt in ihrem roten Seidengewand. Seit jenem Vorfall in der Küche hatte er sie stets mit zurückhaltender Höflich-

keit behandelt, doch manchmal traf sie sein eindringlicher Blick, um diese intensive Verbindung herzustellen, die die Luft zwischen ihnen zum Knistern brachte. Sie wusste, dass sie es ihm übel nehmen sollte, dass er auch auf diese Weise Macht über sie besaß. Noch dazu, da er jetzt genau zu wissen schien, wie schwach im Grunde ihr Wille war, ihn zurückzuweisen.

Er wandte seinen Blick von ihr ab. Ja, sie hätte es ihm verübeln sollen, dass er sie nicht in Ruhe ließ – doch sie musste sich widerstrebend eingestehen, dass ihre geröteten Wangen und ihr pochendes Herz ganz und gar nicht daher kamen, dass sie ihm irgendetwas übel nahm.

Er hatte in jener Nacht beschlossen, Zurückhaltung zu üben. Er hatte genau gewusst, dass ihr Widerstand auf wackeligen Beinen stand und dass ihr Verlangen ähnlich groß sein musste wie das seine. Er war nicht bis zum Äußersten gegangen, doch sein Blick sagte ihr, dass er nur darauf wartete, bis sie endlich akzeptierte, dass sie ihm gehörte.

Es war ein langer heißer Tag. Es hatte mehrere Stunden in Anspruch genommen, Addis beim Anlegen der Rüstung zu helfen, sodass sie danach nur noch vier Ritter auf dem Turnierplatz beobachten konnte. Schließlich trottete sie hinter Addis her, als dieser zu seinem ersten Kampf aufbrach, und stellte sich zu den anderen Knappen, um das Geschehen auf dem Turnierplatz zu verfolgen. Sir Richard wich nicht von ihrer Seite und wies sogar einige besonders kecke junge Männer in die Schranken, die versuchten, mit ihr ins Gespräch zu kommen.

"Ihr müsst nicht über mich wachen – schließlich seid Ihr nicht mein Kindermädchen, Sir Richard. Diese Jungen hier sind wohl kaum gefährlich", murmelte sie, während sie beobachtete, wie Addis in Position ritt, um seinem ersten Gegner im Zweikampf gegenüberzutreten.

Sir Richard wischte sich mit dem Ärmel den Schweiß von seinem kahlen Kopf. "Nein, aber mein Herr ist gefährlich. Er wollte Euch fast nicht herkommen lassen, als er Euch heute sah. Fast hätte er seinen Plan aufgegeben. Wenn es heute nicht so verdammt heiß wäre, hätte er Euch einen langen Mantel überziehen lassen. Es wäre gar nicht gut, wenn er irgendetwas sieht, was ihm nicht gefällt, und mit seiner Lanze zu uns herüberreitet."

"Er übertreibt die Wirkung von ein paar Bernsteinen und ein wenig roter Seide."

"Er übertreibt gar nichts. Glaubt das einem Mann, der noch nicht zu alt ist, um das zu beurteilen. Also, Ihr bleibt hier bei mir – sonst tragen diese jungen Hengste hier ein eigenes Turnier aus, um Euch zu imponieren."

Addis warf seinen Gegner im zweiten Durchgang aus dem Sattel, und Richard nickte anerkennend. "Ihr solltet beten, dass er weiter gewinnt, sonst braucht er eines dieser Armbänder, um Pferd und Rüstung zurückzukaufen, wenn er sie verliert."

Und er gewann tatsächlich weiter. Sie beobachtete stolz, wie er einen Kampf nach dem anderen siegreich beendete. Und so gehörte er schließlich zu den Finalisten, die am nächsten Tag um den Sieg kämpfen würden.

Während Richard gerade damit fertig wurde, Addis seiner Rüstung zu entledigen, kam ein königlicher Page zu ihrem Zelt. Moira hatte etwas Wasser zum Waschen gebracht und sah, wie der Edelknabe eine kurze Nachricht überbrachte, ehe er wieder ging. Sie stellte den Eimer nieder, und Addis begann seinen Kopf zu waschen.

"Nun?", fragte sie ungeduldig.

Er schüttelte sich und nahm das Handtuch, das Richard ihm reichte. "Der König hat mir eine Nachricht geschickt, dass ich ihn morgen vor den Turnierkämpfen besuchen soll."

"Dann hat es also funktioniert. Das ist ja sehr erfreulich."

"Ja, es hat funktioniert."

"Du siehst nicht gerade erfreut aus."

"Ich werde einen König um Gerechtigkeit bitten, der gar nicht weiß, was dieses Wort bedeutet. Hugh Despenser wird an seiner Seite stehen und ihm ins Ohr flüstern, und hinter Hugh wird Simon stehen. Der König weiß bestimmt nicht, warum ich nach Westminster gekommen bin – aber Hugh und Simon wissen es, und sie werden ihn bestimmt in ihrem Sinn beeinflussen. Ja, Edward könnte mir Gerechtigkeit widerfahren lassen – aber ich glaube nicht, dass er es tun wird."

"Trotzdem musst du es versuchen."

"Ja, versuchen muss ich es."

"Und wenn er dich abweist?"

Er machte eine weit ausladende Geste. "Es liegt einige Unzufriedenheit in der Luft. Man kann es richtig spüren. In einigen dieser Zelte hier werden Treffen abgehalten. Die Knappen und Stallburschen erzählen einander so manches Gerücht. Es gibt viele Streitigkeiten im ganzen Land – und meine Geschichte ist bei weitem kein Einzelfall. Hugh Despenser und sein Vater sind in ihrer Gier zu weit gegangen – und Edward ist ihrem Einfluss hilflos ausgeliefert. Ich habe gehört, dass in manchen Gegenden die Leute zu Thomas of Lancaster beten und ihn als Heiligen und Märtyrer ansehen. Wenn der König mich abweist, stehe ich jedenfalls nicht allein da."

"Ich habe auch viele Leute murren gehört, als ich auf

dem Markt war. Es scheint kaum noch jemanden zu geben, der Edward freundlich gesinnt ist."

"Er hat die Freiheiten der Stadt beschnitten", erklärte Addis. "Er ist nicht nur schwach, sondern auch noch dumm. Die Londoner würden ihren König bestimmt gegen die Barone unterstützen – es sei denn, sie fühlen sich von ihm bedroht. Wir werden ja sehen, was der morgige Tag bringt, Moira, aber ich bin nicht sehr zuversichtlich."

Er würde es ihr gegenüber nicht erwähnen – aber es war ihr klar, dass ihm Gefahr drohte, wenn der König sein Ansuchen zurückwies. Große Gefahr. Er hatte ihr nichts davon erzählt, worum es bei dem Besuch jener Männer in seinem Londoner Haus gegangen war – doch sie hatte einiges aufgeschnappt und sich den Rest selbst zusammenreimen können. Die Lage hatte sich dermaßen zugespitzt, dass die Leute zum Äußersten bereit waren. Man konnte es auf den Straßen und Märkten spüren und aus dieser oder jener Bemerkung heraushören. Alle schienen auf etwas zu warten – so wie sie an jenem Tag im Hof von Barrowburgh gewartet hatte.

Würde er sich diesen Männern anschließen? Sie sah ihm nach, als er wegging, und dachte über die Dinge nach, die er nicht mit ihr besprach. Wenn Edward sein Ansuchen zurückwies, würde er womöglich zur Ansicht kommen, dass er nichts mehr zu verlieren hatte.

Sie wollte gar nicht daran denken, welches Risiko er einging, wenn er sich an einer Rebellion gegen den König beteiligte. Sie hatte davon gehört, was für ein schrecklicher Tod solchen Männern blühte. Hier und dort hatte sie sogar selbst die verstümmelten Leichen am Galgen gesehen. Eine quälende Übelkeit überkam sie bei dem Gedanken, dass sie auch ihn derart zurichten könnten.

Richard kam mit verschiedenen Teilen von Addis' Rüstung aus dem Zelt, um sie auf die Pferde zu packen, die sie zu diesem Zweck mitgebracht hatten. Addis zog sich einen Rock über die Wattierung, die er unter der Rüstung trug. Er hob sie in den Sattel, um mit ihr nach Hause zu reiten.

"Du siehst heute wunderschön aus, Moira. Nur dir verdanken wir es, dass der König auf uns aufmerksam wurde." Sie erschrak, als er ihre Hand nahm und sie zärtlich küsste. "Ich danke dir. Du hilfst mir wirklich sehr."

Addis wälzte sich unruhig im Bett hin und her. Morgen würde er die Entscheidung treffen, die sich schon seit längerem angebahnt hatte. In gewisser Weise hatte er sich schon entschieden – doch das letzte Wort hatte der König. Und nur wenn Edward sich der Treue würdig erwies, würde er sie ihm auch erweisen.

Morgen würde sich eine der beiden Türen öffnen – und ein Mann, den er nicht kannte, von dem es aber hieß, dass er für die Krone ungeeignet war, hatte die Schlüssel zu diesen Türen in seiner Hand. Er war innerlich aufgewühlt, während er immer wieder die verschiedenen Möglichkeiten durchging. In Augenblicken wie diesen wünschte er sich, noch beten zu können, wie er es früher getan hatte.

Die Nacht war genauso heiß wie der Tag davor. Er streifte die Decke von seinem nackten Körper, um sich ein wenig Kühlung zu verschaffen. Nachdenklich streckte er den Arm nach dem freien Platz neben ihm aus, wo sich das Laken kühler anfühlte. Er dachte an die Frau, die hier neben ihm liegen sollte, was ihm in seiner schlaflosen Nacht noch eine zusätzliche Qual bescherte.

Er wollte sie. Großer Gott, und wie er sie wollte. Er

hatte versucht, sich wieder mit der tröstlichen Wirkung ihrer Gegenwart zufrieden zu geben – doch das genügte ihm nicht mehr. Sogar wenn er mit ihr bei Tisch saß, schweiften seine Gedanken regelmäßig zu irgendwelchen ausschweifenden Liebesspielen ab. In Gedanken hatte er sie bereits in jedem Zimmer des Hauses genommen, und draußen im Garten ebenso. Er hatte sich alle möglichen Argumente einfallen lassen, um sie von ihrem Widerstand abzubringen – doch sie alle wären nicht gut genug gewesen, weshalb er sie gar nicht erst aussprach. Sie war der Ansicht, dass sie einen zu hohen Preis hätte bezahlen müssen, wenn sie seinen Wünschen nachgegeben hätte – und wenn er ehrlich zu sich selbst war, musste er sich eingestehen, dass er sie verstand. Er vermutete, dass sie den Preis auch dann noch als zu hoch ansehen würde, wenn er Barrowburgh irgendwann wiederhätte und sie mit Schmuck überhäufen würde. Sein Pech war, dass er eine so stolze Frau begehrte, die noch dazu viel Verstand besaß.

Wer hätte sich gedacht, dass dieses stille, rundliche Mädchen, das sie früher war, so viel von dem wahrnahm, was um sie herum vorging? Kinder sollten nicht so viel mitbekommen. Sie hätte damit zufrieden sein sollen, dass sich ihre Lebensumstände besserten und dass sie an dem Luxus teilhaben konnte, den Edith durch ihre Beziehung zu Bernard genoss. Doch sie hatte auch den Spott mitbekommen, der Edith hinter vorgehaltener Hand zuteil geworden war, und hatte gesehen, wie einsam eine Frau wurde, die aus der einen Welt herausgehoben und in eine andere verpflanzt wurde – nur weil sie die Wünsche eines Mannes erfüllte.

Bernards Hure. Hatte er selbst ihre Mutter jemals so genannt? Sehr wahrscheinlich. Doch die Tochter hatte nicht jeden Blick und jedes Wort richtig gedeutet. Sie hatte zwar die Missbilligung und die anzüglichen Bemerkungen der Knappen mitbekommen – doch anscheinend war ihr der Neid entgangen, den viele empfanden, wenn sie sahen, wie glücklich Bernard mit seiner Leibeigenen war.

Er blickte auf das sichtbare Zeichen seiner Erregung hinunter und sprang aus dem Bett. Rasch schlüpfte er in seine Beinlinge aus Wildleder und schritt aus dem Zimmer und in den Hof hinaus. Es verblüffte ihn, wie still die Stadt dalag. Wie seltsam, dass der Lärm und das Chaos mit der Sonne verschwanden.

In einigen Fenstern des Hauses war schwaches Kerzenlicht zu sehen. Er hatte gar nicht wissen wollen, welches Zimmer das ihre war – doch nun ging er wieder ins Haus und weiter in den kurzen Korridor im Erdgeschoss. Er wusste instinktiv, dass sie im Zimmer am Ende des Ganges war – so weit weg von ihm wie möglich. Sie musste dieses Zimmer gewählt haben, weil sie Angst hatte. Wovor? Dass der Herr ihre Dienste in Anspruch nahm, wie es seit Urzeiten gang und gäbe war? Wenn es so war, dann hatte sie jener Vorfall in der Küche bestimmt noch mehr verunsichert. Ihn aber ebenso. Der Sohn von Barrowburgh geriet immer wieder einmal in große Versuchung.

Bei einer anderen Frau wäre es vielleicht die Lösung gewesen, dem Drang nachzugeben – doch diese Frau würde nur verbittert sein, auch wenn er sie dazu verführen könnte, sich ihm hinzugeben. Er wollte, dass sie sich ihm freiwillig und gern hingab – und das würde vielleicht nie der Fall sein.

Er stieß die niedrige Tür zu der kleinen Kammer auf. Ihre Truhen und Schemel standen dicht gedrängt an den Wänden, und ihr Strohlager befand sich an der gleichen Stelle wie ihr Bett in Darwendon – mit dem Fußende zur Tür. Beim Kopfende war etwas freier

Platz, wo Brian geschlafen hätte. Sie lag still und friedlich da. Unter der alten Decke zeichneten sich die Konturen ihres nackten Körpers ab.

Sie schlief tief und fest und rührte sich nicht. Ob sie wohl von dem Steinmetz träumte? Er war ein kluger und fähiger Mann, der sicher bald Baumeister werden würde. Genau so einen Mann hatte sie sich vorgestellt. Er erwies sich auch in anderer Hinsicht als überaus geschickt; stets teilte er sich die Arbeit so ein, dass er kurz nach dem Abendessen fertig wurde, sodass er in ihrer Gegenwart in der Küche essen konnte, wo Addis sich unter keinem Vorwand hinbegeben konnte. Er hatte dem Drang widerstanden, den Mann zu warnen, sie in Ruhe zu lassen – doch jedes Mal, wenn er den dunklen Haarschopf im Garten auftauchen sah, um sich am Brunnen zu waschen, kam er erneut in Versuchung. Rhys hatte bestimmt vor, sie um ihre Hand zu bitten – daran bestand für Addis kein Zweifel.

Das rote Seidengewand lag fein säuberlich gefaltet auf einer der Truhen. Sie hatte einfach umwerfend darin ausgesehen, und er hoffte, dass sie es behielt. Seine Schritte störten sie nicht im Schlaf, als er an ihre Bettstatt trat, um ihr Gesicht zu betrachten. An die Wand gelehnt ließ er sich auf den Boden sinken – genau an der Stelle, die Brian eingenommen hätte –, und ließ die Ruhe auf sich einwirken, die sie ihm schenkte, ohne es zu wissen.

Der Page führte ihn durch mehrere Gänge und Zimmer zu einer Tür, durch die sie in einen eingefriedeten Garten gelangten. Höflinge saßen unter sauber zurückgeschnittenen Bäumen und ordentlich gestutzten Hecken und aßen Früchte und gebratenen Fasan. Auch einige Frauen nahmen an dem Mahl teil, doch nur Männer umgaben den König, der auf einer niedrigen Bank saß.

Edward blickte auf, als er ihn kommen sah – zuerst etwas verwirrt, dann sichtlich enttäuscht, als er sah, dass Addis nicht seine Barbarenkleider trug. Er kam zu diesem Treffen als Patrick de Valences Sohn, und auf seinem Rock war sein Wappen zu erkennen.

Hugh Despenser hatte sich hinten bei der Mauer mit einem Mann unterhalten, doch als Addis kam, trat er ebenfalls hinzu. Edward nahm Addis' Gruß entgegen und musterte ihn aufmerksam.

"Euer Gesicht. Das ist ja eine fürchterliche Narbe. Habt Ihr sie von einem Kreuzzug?"

"Nein. Aus dieser Zeit habe ich Narben genug – aber die hier hatte ich schon vorher."

"Sie ist ein Ehrenzeichen, wenn Ihr sie aus einer Schlacht davongetragen habt – aber ich schätze, den Frauen wird sie nicht sehr gefallen."

"Ja, Frauen und Kinder erschrecken oft, wenn sie sie sehen – aber einige hat sie nicht allzu sehr gestört."

"Ja, außerdem mögen es manche Frauen durchaus, wenn man sie ein wenig erschreckt." Einige Höflinge lachten pflichtbewusst, als Edward grinste, als hätte er einen Witz gemacht. "Setzt Euch doch und erzählt uns davon. Wie geht es mit dem Kreuzzug gegen die Heiden voran? Hugh wollte selbst nächstes Jahr teilnehmen, aber ich habe ihm erklärt, dass das Reich nicht auf ihn verzichten kann."

"Die Kreuzritter wären sicher dankbar über Sir Hughs Hilfe", sagte Addis. Männer wie Hugh Despenser nahmen niemals an einem Kreuzzug teil – und schon gar nicht an einer Reise in die baltischen Länder, wo die Ritter des Deutschen Ordens die Kriegsbeute und die gesamten Ländereien für sich in Anspruch nahmen. Er ließ sich im Gras vor Edward nieder und erzählte eine halbe Stunde von verschiedenen Abenteuern. Zuletzt betonte er noch, wie tapfer sich die Kreuzritter auf jener Reise geschlagen hatten, auf der er schließlich gefangen genommen wurde.

"Die Heiden nahmen Euch also gefangen?", fragte Edward, von der Vorstellung sichtlich fasziniert. Er betrachtete ihn neugierig. "Habt Ihr Eurem Glauben abgeschworen, um der Folter zu entgehen?"

"Das haben sie nicht von mir verlangt. Nur die Christen wollen ihre Gefangenen bekehren."

"Trotzdem müsst Ihr einiges mit angesehen haben. Ich meine irgendwelche Riten, die kein christliches Auge sehen sollte." Der Gedanke an irgendwelche verbotenen Rituale erregte ihn sichtlich.

"Ein paar einfache Riten habe ich wohl gesehen. Aber es hat niemand von mir verlangt, dass ich irgendwelchen rituellen Opferungen beiwohne."

"Es wird erzählt, dass sie Menschen verbrennen. Ich meine Ritter, die sie gefangen nehmen."

"Ich habe eine solche Opferung gesehen. Der Ritter trug seine Rüstung und saß auf dem Pferd. Man hatte ihn mit irgendwelchen Substanzen betäubt, sodass er sein eigenes Ende nicht mitbekam."

"Aber Euch haben sie nicht verbrannt."

"Nein. Ihre Götter mögen keine Narbengesichter – so wie bei uns die Frauen und Kinder."

Edward blickte sich in der Runde um. "Wir müssen uns etwas einfallen lassen, um Sir Addis zu ehren. Er hat auf Gottes Krieg viel erdulden müssen."

"Ich erstrebe keine neuen Ehren, sondern nur das, was mir von Rechts wegen zusteht", erwiderte Addis vorsichtig.

Edward sah ihn verwirrt an. Hugh Despenser beugte sich zu ihm hinunter und flüsterte ihm etwas ins Ohr, worauf dem König sichtlich unangenehm zumute war.

"Euer Vater Patrick gehörte zu jenen, die gegen uns aufbegehrten", sagte Edward mit mitfühlender Miene, so als würde er Addis damit eine schlimme Neuigkeit mitteilen. "Dadurch hat er seine Ländereien eingebüßt."

"Er hat nie gegen seinen König gekämpft."

"Es gibt Zeugen, die behaupten, dass er es doch getan hat", warf Hugh ein.

"Für Geld und Land sind Menschen oft bereit, falsches Zeugnis abzulegen. Haben sie es denn geschworen?"

"Nachdem Euer Vater starb, war das nicht mehr nötig. Außerdem sind solche Formalitäten bei einem so offensichtlichen Verrat nicht nötig", wies ihn Hugh in kühlem Ton zurecht.

"Das Gesetz besagt, dass es immer notwendig ist", erwiderte Addis, direkt zum König gewandt, und ignorierte Hugh, der das Gespräch an sich gerissen hatte.

"Nicht, wenn ein Mann gegen seinen Lehnsherrn zu den Waffen greift", warf Hugh verärgert ein.

"So ist es", bestätigte Edward. "Die Rebellion hat unsere Person und das Reich bedroht. Die Barone haben das bekommen, was sie verdienten. Mein Berater sagt, dass die Ländereien nicht zerrissen wurden und zur Gänze Eurem Bruder übergeben wurden. Wir waren also großzügiger, als man hätte erwarten können."

"Er ist nicht mein Bruder, sondern der Sohn der zweiten Gemahlin meines Vaters. Er ist also nicht von unserem Blut. Ich ersuche Euch, dieses Unrecht zu korrigieren."

Edwards Augen funkelten in jähem Zorn. "Unrecht? Unrecht, sagt Ihr? Diese Barone maßen sich an, zu verlangen, dass ich auf königliches Hoheitsrecht verzichte. Sie wagen es, mich zu belehren, wen ich zu meinen Ratgebern ernennen soll. Sie legen mir Regeln vor, an die ich mich halten soll, und wollen Männer, die mir zuwider sind und denen ich nicht traue, als meine rechte Hand einsetzen. Außerdem ermorden sie meine teuersten Freunde, zetteln Aufstände an und stellen Heere gegen mich auf – und dann wollen sie mir sagen, was Recht und was Unrecht ist? Lancaster und die anderen haben das bekommen, was ihnen gebührte – so wie Gott es wollte, als ich zum König erwählt wurde!"

Er schien von seinem plötzlichen Zorn selbst ein wenig überrascht zu sein, beruhigte sich jedoch sogleich, als Hugh ihm die Hand auf die Schulter legte und ihm etwas ins Ohr flüsterte.

"Es ist wirklich bedauerlich, dass Euer Vater den Treueid gegenüber seinem König verletzt hat, während sein Sohn zur Ehre Gottes kämpfte. Ein so tapferer Mann sollte nicht für die Sünden seines Vaters bezahlen müssen – aber so ist es nun einmal. Darwendon gehört jedoch Euch – außerdem wollen wir Euch ein Lehnsgut in Wales anvertrauen, um Euch für Eure Mühen in Gottes heiligem Krieg zu entlohnen."

Wales. Das Land, wo die Despensers das Sagen hatten. Addis bezweifelte, dass es ihm jemals gestattet würde, dieses Lehnsgut zu betreten. Und er legte auch gar keinen Wert darauf, wenn es bedeutete, dass er diesem selbstgerechten Mann, der den König beherrschte, die Lehnstreue schwören musste.

Er erhob sich und wusste in diesem Moment, wie er weiter vorgehen würde. Er hatte erfahren, was er wissen musste, und die Entscheidung des Königs erleichterte sein Gewissen. "Ihr seid zu großzügig, doch ein wahrer Kreuzritter will keinen Lohn, außer den, den Gott ihm eines Tages zuteil werden lässt, wenn er stirbt." Er lächelte. "Ich bin Euch dankbar, dass Ihr mich angehört habt. Nun würde ich aber mit Eurer Erlaubnis gerne aufbrechen. Ich möchte mich auf das Turnier vorbereiten."

Seine höflichen Worte ließen auf Edwards Gesicht ein warmes Lächeln erstrahlen. "Dann lebt wohl, Sir Addis. Ich werde Euch heute beim Turnier beobachten."

Addis wandte sich ab und sah Simon beim Gartentor stehen, der das Gespräch aus der Ferne mitverfolgt hatte. "Bist du auch zum Turnier gekommen, Simon?", fragte Addis, als er zu ihm kam.

"Ja, und wer hätte gedacht, dass ich dich hier sehen würde, Addis? Eigentlich bin ich gekommen, um meine zukünftige Braut zu besuchen, aber natürlich konnte ich mir die Festlichkeiten hier nicht entgehen lassen."

"Du nimmst aber nicht am Turnier teil. Und Owen auch nicht."

"Owen wollte teilnehmen, aber ich habe andere Aufgaben für ihn."

"Davon bin ich überzeugt."

"Wer war übrigens die reizende Frau, die gestern dein Pferd geführt hat? Wirklich ein bezauberndes Ding."

"Ach, nur eine Frau, die ich zufällig kenne."

Simon zeigte mit einem Grinsen auf den König. "Er hat beim Abendessen von nichts anderem gesprochen. Du hättest sie heute mitbringen sollen."

"Ich glaube nicht, dass Edward sie wirklich so reizend gefunden hat, Simon. Er mag ja vier Kinder von seiner Frau haben – aber diese Plage ist für ihn wohl vorbei."

Simons Miene verdüsterte sich. "Es ist Verrat, so etwas anzudeuten."

"Dann ist das ganze Reich des Verrats schuldig. Es ist mir egal, mit wem jemand ins Bett geht, aber es sollte sein Urteil nicht beeinflussen."

"Heißt das, du bist mit seinem Urteil nicht zufrieden?"

"Das kann dich wohl kaum überraschen. Dein Freund Hugh Despenser wird dir alles erzählen, da bin ich ganz sicher."

Simon streckte ihm die Hand entgegen. "Trotzdem wirkst du irgendwie versöhnt. Vergessen wir doch das Ganze, Addis, und reichen wir uns die Hände wie Brüder. Es ist nicht meine Schuld, dass alles so gekommen ist."

Addis blickte auf die zur Versöhnung ausgestreckte Hand hinunter, die genauso gut nach dem Dolch hätte greifen können. "Geh zu deiner Braut, Simon. Wenn man einen Mann wie Hugh Despenser zum Freund hat, sollte man immer wachsam sein."

"Dieser fette Geldbeutel sollte helfen", sagte Richard, als sie die Pferde die Straße zum Haus entlang führten. "Wirklich angemessen, dass ein Kreuzritter gewonnen hat. Vielleicht hat Gott beschlossen, Euch schon hier auf dieser Welt Gerechtigkeit widerfahren zu lassen."

"Sie haben mich gewinnen lassen, das wisst Ihr genau."

"Nun, da wäre ich mir nicht so sicher ..."

"Sie haben es dem Favoriten des Königs ermöglicht, in die Finalrunde aufzusteigen, obwohl ihn zuvor drei Ritter hätten besiegen können. Er war immer noch halb betrunken von einer durchzechten Nacht – und ich glaube, dass sie das auch so eingefädelt haben. Sie wollten, dass der Mann des Königs gegen den Sohn einer Familie verliert, der Edward alles genommen hat. Der König hat das vielleicht gar nicht mitbekommen – aber Hugh Despenser hat die Botschaft bestimmt verstanden."

"Wenn sie es wirklich so wollten, kann es Euch nur

recht sein. Wie ich schon sagte, mit einem prallen Geldbeutel kann man einiges bewirken."

"Genau. Auch das ist eine Botschaft. Und zwar eine Botschaft der Freundschaft an meine Adresse."

Als sie den Hof betraten, kam der alte Henry herbeigeeilt, um die Pferde zu übernehmen. Addis und Richard halfen ihm, die Tiere abzuladen und zu versorgen. Die Dämmerung war bereits hereingebrochen, als Addis schließlich aus dem Stall kam. Er und Richard hatten schon auf einem Bankett nach dem Turnier zu Abend gegessen, und das Abendessen im Haus war gewiss längst vorbei. "Sieh nach, ob der Steinmetz in der Küche ist", trug er Henry auf. "Sag ihm, ich möchte mit ihm sprechen."

Während er wartete, spazierte er in den Garten hinüber. Irgendjemand hatte begonnen, das Unkraut zu jäten, damit die Sommerblumen ungehemmt wachsen konnten. Und auch die umgebende Hecke war vom Unkraut gesäubert worden. Moira versuchte offensichtlich, etwas Ordnung in die Wildnis zu bringen, so wie sie das wilde Verlangen in ihm im Zaum hielt.

Rhys ließ sich Zeit, bis er endlich kam, was bestimmt mit Absicht geschah. Er wollte zeigen, dass er als freier Bürger Londons keinem Befehl eines Herrn zu gehorchen hatte. Schließlich trat er aus dem Saal hervor und schlenderte in den Garten.

"Wisst Ihr, wo Ihr Michael finden könnt, Stratfords Sekretär?", fragte Addis.

"Er ist in der Stadt. Ich weiß, wo er sich aufhält."

"Sagt ihm, ich nehme das Angebot an."

Rhys drehte sich um, um zu gehen.

"Warum tut Ihr das?", fragte Addis.

"Was meint Ihr? Warum ich diesen Männern helfe, oder warum ich um die Frau werbe, die Ihr wollt?"

Der Mann nahm wahrlich kein Blatt vor den Mund,

was einerseits ziemlich mutig, andererseits vielleicht ziemlich dumm war. "Warum Ihr diesen Männern helft. Die Stadt kann Euch nicht schützen, wenn es misslingt."

"Euch auch nicht. Bevor sie mich abholen, werden die Hälfte der Barone im Reich gestreckt und gevierteilt."

"Uns hat man großes Unrecht zugefügt."

"Uns vielleicht nicht? Ich habe zwar kein großes Gut verloren, aber ich habe auch meine Gründe, warum ich diese Leute gestürzt sehen will. Wir haben alle unsere Gründe."

Sie standen sich gegenüber und musterten einander in der zunehmenden Dunkelheit. Rhys stand regungslos da, als warte er auf etwas, das noch kommen musste. Aus irgendeinem Grund schien er die Konfrontation zu suchen, und Addis hielt seine Zunge nicht im Zaum.

"Ihr wisst, dass sie meine Leibeigene ist", sagte er.

Ein Lächeln leuchtete in der Dunkelheit auf. "Das hat sie mir gesagt. Aber als was man geboren wird, ist purer Zufall – das gilt auch für Euch und mich. Sie ist eine stolze Frau mit einem starken Herzen. Ein Mann kann es schlechter treffen als mit ihr."

Viel schlechter. "Wenn ich von hier abreise, wird sie mit mir kommen."

"Mag sein."

"Ich werde sie nicht freigeben."

"Das habe ich auch nicht angenommen. Trotzdem – es gibt Dinge, über die Ihr Macht habt, und andere, die Ihr nicht beeinflussen könnt, auch wenn Ihr ein Baron seid. Zum Beispiel könnt Ihr ihre Herkunft und die Eure nicht ändern, und auch nicht ihren Charakter. Ihr Körper und ihre Augen wecken die Aufmerksamkeit eines Mannes – aber es ist ihr Stolz und ihre Aufrichtigkeit, was ihn wirklich für sie einnimmt. Und aufgrund dieser Eigenschaften wird sie ihre Entscheidung treffen – und da sieht es nicht gut für Euch aus, nicht wahr? Aufgrund Eurer Herkunft könnt Ihr Moira nicht die Würde bieten, die ihr kostbarer ist als alle Perlen. Ich glaube nicht, dass Ihr sie kaufen könnt – nicht jetzt und auch nicht später. Eine solche Frau lässt sich nicht umstimmen – und wenn man ihr halb Barrowburgh anbietet."

Ihr gehört ja schon meine halbe Seele. Es würde mir nicht schwer fallen, ihr auch noch halb Barrowburgh zum Geschenk zu machen.

"Ein bisschen hoffe ich fast, dass Ihr ihr Gewalt antut", sagte Rhys, während er sich zum Gehen wandte. "Dann wird endgültig alles ausgelöscht sein, was sie mit Euch verbindet – das versichere ich Euch."

Und er verschwand in der Nacht. Addis durchquerte den Garten und trat in die Küche ein.

Moira saß mit dem Rücken zur Feuerstelle in Gedanken versunken. Sie sah müde aus, als denke sie über etwas nach, das sie traurig stimmte. Ihr kastanienbraunes Haar fiel über ihre Schultern hinab, und er fragte sich, ob sie ihre Haarpracht immer zur Schau stellte, wenn der Steinmetz hier zu Abend aß. Jane war nirgends zu sehen.

Sie hörte seine Schritte und sah ihn vorwurfsvoll an. Plötzlich fiel es Addis wie Schuppen von den Augen. Der Mann hatte sie berührt, er hatte sie geküsst. *Dann wird endgültig alles ausgelöscht sein, was sie mit Euch verbindet.* Rhys hatte gespürt, was zwischen ihnen beiden bestand.

Er legte den Geldbeutel des Königs auf den Tisch. Ein Lächeln hellte ihre Miene auf. "Du hast gewonnen? Du warst der Beste?"

Der Wettkampf hatte ihm keine allzu große Genugtuung bereitet, dafür freute ihn das Leuchten in ihren

Augen umso mehr, als er ihr die Nachricht überbrachte. "Ja. Nimm dir, was du brauchst, um den Steinmetz zu bezahlen."

"Du brauchst das Geld doch selbst, außerdem hat er gesagt ..."

"Ich weiß, was er gesagt hat, aber ich will ihm nichts schuldig bleiben. Außerdem kannst du einen Teil davon für all die Dinge ausgeben, die wir hier noch brauchen, damit man sich für dieses Haus nicht zu schämen braucht. Wir werden in Zukunft öfter Besuch bekommen. Und stell noch einen Diener ein."

"Jane und ich kommen schon zurecht."

"Trotzdem."

"Und der König?"

Er schüttelte den Kopf. "Er hat mir für Barrowburgh ein Lehnsgut in Wales angeboten."

"So groß und schön wie Barrowburgh?"

"Bestimmt nicht. Trotzdem, wenn er meinen Vater nicht zu Unrecht des Verrats bezichtigt hätte und wenn mich nicht die Geister meines Vaters und meines Großvaters an meine Pflicht erinnern würden ..."

Er verspürte ein unendliches Bedürfnis, sie die ganze Nacht in den Armen zu halten und ihr alles zu sagen. Er hatte zwar einen Entschluss gefasst, doch der Weg, den er vor sich hatte, würde bestimmt nicht leicht werden.

Sie trat an den Tisch und hob den Geldbeutel auf. "Wie viel ist es denn?"

Sie stand so nah, dass er ihren Duft wahrnahm. Und den Geruch eines anderen. "Fünfzig Mark."

"Das ist viel. Aber nicht genug, oder?"

Ihr war wohl kaum etwas entgangen, als sie aus dem Hintergrund zugehört hatte. "Nein, nicht genug."

Sie öffnete den Beutel und holte drei Münzen hervor. "Es gibt immer einen Weg. Eine Heirat vielleicht."

Er biss die Zähne zusammen. Die stolze, praktische Moira. "Wenn es dazu kommt, gib dann nicht mir die Schuld", murmelte er.

"Wie sollte ich dir die Schuld geben?", erwiderte sie. "Genauso gut könnte ich dem Wind die Schuld geben, dass er die Blätter bewegt. Menschen von deinem Rang müssen es eben so machen. In gewisser Weise bist du weniger frei als deine Leibeigenen."

Es klang so, als hätte sie ausführlich über diese Dinge nachgedacht. Hatte sie über ihrer beider Herkunft gegrübelt, als er die Küche betreten hatte? Er wünschte, er hätte gewusst, was vorhin zwischen ihr und dem Steinmetz vor sich gegangen war. Wie praktisch dachte sie wirklich, wenn es darauf ankam?

"Wirst du es tun? Wirst du den Männern helfen, die zusammen mit Rhys hier waren?"

"Ja."

Sie atmete tief durch. "Ich habe Angst um dich, Addis."

Addis. Endlich. Endlich sagte sie wieder seinen Namen. "Ich habe nichts mehr zu verlieren. Alles Geld im Königreich würde nicht ausreichen, um mir Barrowburgh wiederzubeschaffen, solange die Despensers anstelle des Königs regieren."

Sie blickte geistesabwesend auf den Geldbeutel hinunter. "Trotzdem ..." Sie sah abrupt zu ihm auf, und ihre Augen waren voller Wärme und Sorge. Plötzlich waren sie einfach nur Moira und Addis, die fernab von der Welt auf einem Pferdewagen durch das Land fuhren. "Wirst du es mir sagen? Wenn du etwas Gefährliches machen musst, wenn es sein kann, dass du nicht zurückkommst ..."

Er strich ihr eine Haarsträhne aus dem Gesicht und genoss diesen Augenblick, den sie bestimmt nicht lange andauern lassen würde und von dem er sich wünschte, dass er nie enden möge. "Ich werde es dir sagen."

Sie blickte mit zitternden Lippen zu ihm auf. Ihre Sorge um ihn erfüllte ihn mit einer solchen Freude, dass er glaubte, sein Herz würde zerspringen. "Du wirst doch nichts Dummes tun, nicht wahr? Du wirst nicht wieder so leichtsinnig sein wie auf Barrowburgh, oder?"

"Nein." Es stimmte tatsächlich. Er würde den Ausdruck ihrer Augen mit sich tragen, um irgendwelche Anwandlungen von Leichtsinn abzuwehren, die ihn überkommen mochten. Egal, wie erschöpft sein Geist sein mochte – er würde nie wieder so gleichgültig und verzweifelt sein, solange sie auf dieser Welt war.

Er spürte, wie sie sich aus der süßen Verbindung zurückzog, die sich zwischen ihnen aufgebaut hatte – so als hätte sie Angst davor. Er kämpfte gegen den Drang an, sie zu umarmen, damit der Augenblick nicht enden würde. *Es ist so. Ich weiß es, und der Steinmetz weiß es – warum willst du es nicht einsehen?*

Sie hielt ihm den Geldbeutel hin. "Vorerst habe ich, was ich brauche." Als er keine Anstalten machte, ihr den Beutel abzunehmen, legte sie ihn auf den Tisch und ging hinaus.

13. Kapitel

Moira saß im Garten, von der bunten Blütenpracht des Spätsommers umgeben. Sie nahm ein Schilfrohr aus einem Bottich mit Wasser und flocht es geschickt in den Korb ein, der auf ihrem Schoß allmählich Gestalt annahm. Der Fleck, auf dem sie saß, war immer noch von Unkraut überwuchert, doch der Rest des Gartens war gejätet, die Hecken geschnitten und die Wege neu angelegt.

Addis hatte bei dieser Umgestaltung selbst Hand angelegt. Nachdem es nun nicht mehr notwendig war, dass er seine Tage am Königshof verbrachte, um auf eine Audienz zu warten, hatte er sich den Arbeiten an Haus und Garten angeschlossen. Am Morgen nach dem Turnier war Moira früh aufgestanden, um Henry im Stall zu helfen, doch sie musste feststellen, dass die Arbeit bereits getan war. Mit jedem neuen Tag wurde dem Unkraut ein weiteres Stück Garten abgetrotzt. Es war zwar keine Arbeit, wie sie einem Ritter ziemte – und Sir Richard war dementsprechend schockiert –, doch Addis schien das nichts auszumachen. Sie vermutete, dass er ganz einfach etwas suchte, um Körper und Geist zu beschäftigen – doch sie war dankbar für seine Mithilfe, die ihr die allerschwersten Arbeiten ersparte.

Sie hatte nun wieder Zeit, um neue Körbe zu flechten, und suchte auch nach dem Mittagessen stets diesen Platz auf, um sich auszuruhen. Es zog sie geradezu hierher zu diesem Abschnitt des Gartens, den Addis aus irgendeinem Grund nicht vom Unkraut befreit hatte. Der Platz erschien ihr wie ein Stück offenes Land mitten in dem nun wieder geordneten Garten.

Sie sang vor sich hin, während sie an dem Korb arbeitete, und bekam schließlich die Geräusche der Stadt, die von draußen hereindrangen, gar nicht mehr mit – so versunken war sie in ihrer eigenen kleinen Welt. Und so bemerkte sie seine Anwesenheit nicht gleich.

Er stand in Reitkleidung im Schatten eines Baums an der Mauer. Sie blickte in den Hof hinüber und sah Henry und Richard sowie zwei Pferde. Plötzlich war es ihr, als würde es eine Spur kühler um sie herum, und sie hörte auf zu singen.

Er schien in Gedanken versunken, und seine Stirn war leicht gerunzelt. Er konnte noch nicht lange da stehen, doch es war ihr klar, dass er ihr schon eine Weile zugehört haben musste.

"Du singst nicht mehr oft", sagte er, während er zu ihr kam und sich neben ihr ins Gras setzte. Seine Stimme klang nachdenklich, so als wäre ihm erst jetzt aufgefallen, dass sie sich in den letzten Jahren verändert hatte.

"Das stimmt nicht. Ich singe oft. Ich habe Brian jeden Abend in den Schlaf gesungen. Und ich singe auch, wenn ich arbeite."

"Aber nicht mehr für andere."

"Ich habe auf Darwendon gesungen."

"Ja, ein religiöses Lied. Früher auf Hawkesford hast du noch Liebeslieder gesungen. Und auf Darwendon hast du auch nur gesungen, weil ich es befohlen habe."

"Ich habe auf Hawkesford gesungen, weil Bernard es wollte – aber ich habe es nie gern getan." Das war eine faustdicke Lüge. Im Saal vor allen Anwesenden zu singen war das Einzige gewesen, was ihr eine gewisse Anerkennung eingetragen hatte – und deshalb hatte sie es sehr genossen. Doch sie wollte nicht, dass er sie aufforderte, auch hier bei Tisch zu singen. Sie wollte keine Liebeslieder singen, während Addis de Valence anwesend war.

"Es ist also heute etwas ganz Privates für dich – etwas, das du ganz für dich allein hast."

"Ja, etwas ganz Privates." Und die Lieder, die sie sang, waren mit ganz privaten Erinnerungen verbunden. Mit verborgenen Sehnsüchten und Kindheitsträumen, aber auch mit herzzerreißenden Gefühlen, die von diesen Liedern sowohl hervorgerufen als auch besänftigt wurden.

Sie sah, dass Richard zu ihnen herüberblickte. "Du reitest fort?"

"Ja. Ich habe dir ja gesagt, dass ich es tun würde."

"Für wie lange?"

"Drei Tage. Vielleicht auch vier. Sicher nicht länger als eine Woche."

"Ich bin froh, dass Sir Richard bei dir ist."

"Er hat es sich nicht nehmen lassen."

Sie nahm ein Schilfrohr zur Hand und begann es in den Korb einzuflechten, damit er nicht sah, wie besorgt sie war. "Wenn irgendjemand davon erfährt ... wenn der König weiß, dass du diese Reise unternimmst ..."

"Das glaube ich nicht. Es wissen nur ganz wenige davon – und sie wären selbst in Gefahr, wenn sie es weitererzählen würden. Das Ganze ist sicher nicht ganz ungefährlich – aber ich glaube nicht, dass das Risiko sehr groß ist."

Sie wünschte, sie hätte ihm das glauben können. "Du willst mir immer noch nicht sagen, wo Brian ist, oder?"

"Nein. Er wäre bei dir niemals so sicher wie dort, wo er jetzt ist. Außerdem will ich nicht, dass du dein Leben damit verbringst, für ein Kind zu sorgen, das nicht das deine ist."

"Das sollte ich selbst entscheiden."

"Mag sein, aber ich entscheide es trotzdem für dich."

Sie zwang sich zu einem Lächeln. "Ich glaube, dass ich nicht sehr glücklich mit all den Entscheidungen bin, die du für mich triffst."

"So viele sind es ja nicht", sagte er lachend. "Für eine Leibeigene bist du sogar ziemlich unabhängig." Er beugte sich vor und küsste sie – es war ein süßer Abschiedskuss voller Sehnsucht. "Wenn irgendetwas schief geht, dann wird dir nichts geschehen. Leibeigene werden nicht für die Taten ihrer Herren bestraft", sagte er, während seine Lippen ihre Wange streiften. Es klang so, als würde er mit dieser Feststellung mehr sich selbst beruhigen als sie.

Er erhob sich.

"Leb wohl, Addis. Gib gut auf dich Acht."

Er blickte kurz zu ihr hinunter und ging dann zu Sir Richard hinüber.

Sie sah ihm nach, wie er durch das Tor hinausging, und nahm dann wieder ihren Korb zur Hand, um die Arbeit fortzusetzen. Von Gefühlen und Ängsten erfüllt, die sie sich nicht einzugestehen wagte, begann sie geistesabwesend ein Liebeslied aus ihrer Jugend zu singen, das sie viele Jahre nicht mehr gesungen hatte. Sie dachte, dass sie den Text schon vergessen hatte, doch die Worte tauchten aus den Tiefen ihres Gedächtnisses auf und brachten damit all die Erinnerungen wieder zutage, die damit verbunden waren.

Sie saß im Dunkeln – stets halb wach, auch wenn sie immer wieder einnickte. Sie hatte sich so sehr an das ständige Herumwälzen gewöhnt, dessen Geräusche vom Bett kamen, dass sie aus dem Schlaf hochschreckte, als plötzlich nichts mehr zu hören war.

Sie blickte zu der Gestalt hinüber, die von der Kerze in einen goldenen Schimmer getaucht wurde. Das linke Knie war abgewinkelt und ruhte auf einem Kissen. Im nächsten Moment sah sie die Augen, die in ihre Richtung blickten, und eine große Freude erfüllte ihr Herz. Er war nach vier Tagen endlich erwacht.

"Wer ist da? Komm her, damit ich dich sehen kann."

Sie trat ans Bett, und er gab ihr mit einer Geste zu verstehen, dass sie die Kerze näher zu ihm bringen solle. Sie tat es, und ihre Freude schwand wieder. Der feuchte Schimmer in seinen Augen sagte ihr, dass er zwar bei Bewusstsein, aber den-

noch nicht ganz bei sich war. Seine gerötete Haut ließ erkennen, dass er immer noch hohes Fieber hatte. Es war eine Illusion, zu glauben, dass er sich so plötzlich erholt haben könnte; es war eher wie die kurze Ruhephase inmitten des Sturms. Wenn er überlebte, würde er sich wahrscheinlich gar nicht daran erinnern.

"Ah, Claires Schatten. Hat meine Frau Angst, dass ihre Gebete meinen Schlaf stören könnten?"

"Sie ist gerade gegangen. Ich habe ihren Platz eingenommen, damit sie ein wenig schlafen kann."

"Lüg mich nicht an, meine Kleine."

"Wirklich, sie ist ..."

"Sie ist überhaupt nie hier gewesen. Hast du gedacht, ich würde das nicht merken? Sogar als sie mich zerstückelt haben, hat eine Dienstmagd meinen Kopf und meine Hand gehalten. Ich weiß nicht mehr, wer es war, aber ich weiß, dass es nicht Claire war."

Ihr fiel keine passende Antwort darauf ein, deshalb goss sie etwas Bier in einen Becher und hob seinen Kopf ein wenig an, damit er trinken konnte.

"Hilf mir, mich aufzusetzen."

"Das dürft Ihr nicht. Die Wunde ..."

"Ich bin schon ganz steif vom Liegen, verdammt! Ich will sitzen."

"Vielleicht könnte ich Euren Kopf ein wenig anheben." Sie holte eine Decke, die sie gemeinsam unter seine Schultern stopften, sodass er halb aufgerichtet war. Er blickte auf seinen zugedeckten Körper hinunter und riss die Decke beiseite.

Sie hatte ihn schon oft nackt gesehen, wenn sie Edith half, ihn zu betreuen, doch da war er nie wach gewesen. Es schien ihm jedoch nichts auszumachen, dass sie anwesend war. Er überprüfte den Verband, der an Hüfte und Oberschenkel befestigt war. Mit einem angewiderten Laut deckte er sich wieder zu.

"Setz dich. Nein, nicht da drüben. Hol den Schemel und setz dich zu mir."

Sie gehorchte und setzte sich zu ihm ans Bett. Sein Blick schien sie einerseits eingehend zu betrachten, andererseits aber ziellos umherzuwandern, als wären sie beide Teil eines Traums, den er in seinem Fieber träumte. Wie lange mochte es dauern, bis er wieder im Fieber versank?

"Wie geht es der reizenden Claire?"

Sein bitterer Ton machte sie wachsam. "Es geht ihr nicht gut, Sir Addis. Sie ist geschwächt von der Sorge und dem Beten um Euch."

"Du lügst gut, kleiner Schatten, aber nicht gut genug. Wenn sie betet, dann wohl eher, dass ich sterbe."

"Das ist nicht gerecht."

"Was für eine Treue. Sie kann sich glücklich schätzen, eine solche Freundin zu haben, aber ich hoffe, du erwartest nicht die gleiche Treue von ihr. Hat sie schon mit ihrem Vater gesprochen?"

Claire hatte tatsächlich mit Bernard gesprochen und sogar Moira zur Unterstützung mitgenommen. Verschiedene Bilder von diesem bedrückenden Gespräch gingen ihr durch den Kopf; Claire hatte zuerst gefordert, dann gefleht und war schließlich in Schluchzen ausgebrochen, als Bernard ihr zum ersten Mal in ihrem Leben einen Wunsch abschlug.

Addis sah die Verwirrung in ihren Augen. "Er hat nicht zugestimmt, die Verlobung zu lösen?" Man hatte ihm den Verband vom Gesicht abgenommen, und die grob genähte Wunde krümmte sich, als er das Gesicht verzog. "Nein, Bernard wird nicht lösen, was schon vollzogen wurde."

Sie sah ihn verwirrt an, was ihn amüsierte. "Ich habe mit ihr geschlafen. Bevor ich aufbrach. Wir haben auch kein großes Geheimnis daraus gemacht. Bernard weiß es. Das ganze Haus weiß es. Da war Claire einmal in ihrem Leben großzügig – und jetzt muss sie bitter dafür bezahlen." Er blickte auf seine übel zugerichtete Hüfte hinunter, die unter der Decke verborgen war. Dann hob er die Hand an sein Gesicht und strich mit den Fingerspitzen die Wunde entlang. "Die arme Claire."

Seine Stimme klang bitter, aber auch ein klein wenig mitfühlend.

Als er sich abwandte, war ein so unruhiges Flackern in seinen Augen, dass sie fürchtete, er könnte dem Wahnsinn verfallen. Sie erschrak, als er nach einer Weile wieder zu ihr sprach. "Damit kann ich leben." Er zeigte auf sein Gesicht. "Aber die Hüfte ... ich kann mein Bein nicht mehr ausstrecken. Wird es immer so bleiben? Werde ich nie mehr richtig gehen können?"

"Das kann niemand sagen. Es ist nichts gebrochen, aber die Wunde ..."

"Nimm das Kissen weg."

"Sie ist noch nicht verheilt."

Er streckte den Arm aus, um das Kissen unter dem Bein zu erreichen – und sein Gesicht verzerrte sich vor Schmerz. Rasch zog sie das Kissen unter seinem Bein weg.

Er zog erneut die Decke zur Seite und riss den Verband herunter, sodass die hässliche scharlachrote Wunde zutage trat, die von seinem Bauch über die Hüfte bis zur Mitte des Oberschenkels reichte. Der Anblick ließ ihn innehalten. "Ich muss sagen, ich kann es ihr nicht übel nehmen", murmelte er. Mit zusammengebissenen Zähnen versuchte er, sein Bein auszustrecken. Sie sah, wie die Nähte sich spannten und sich seinem Versuch widersetzten. Seine Augen verdunkelten sich, doch er ließ nicht locker, bis sie es nicht länger mit ansehen konnte.

"Nein! Ihr reißt noch die Wunde auf!" Sie eilte ans Ende des Bettes und drückte sich mit dem ganzen Gewicht gegen sein Schienbein, damit er aufhörte.

Er ließ sich zurücksinken und schloss die Augen. Sie wartete, bis sie sicher war, dass er es nicht noch einmal versuchen würde, legte das Kissen unter sein Bein und deckte ihn zu.

Sein keuchender Atem beruhigte sich allmählich, doch seine Augen blieben geschlossen. Sie hoffte, dass er eingeschlafen war, doch nach einiger Zeit richteten sich seine flackernden Augen wieder auf sie – mit einem dunklen Funkeln, das sie beunruhigte.

"Hat er dich schon gehabt?"

Seine Frage verwirrte sie. "Mich gehabt?"

"Raymond. Bist du noch Jungfrau?"

"Natürlich. Ihr sprecht im Fieber. Raymond ist wie ein Bruder zu mir."

"Er mag ja wie ein Bruder zu dir sein – aber du bist trotzdem nicht seine Schwester, und das ist ihm wohl bewusst. Er hat dich mit ganz neuen Augen angesehen, als er voriges Jahr zurückkehrte."

Addis de Valence hatte in all den Jahren kaum einmal mit ihr gesprochen – umso mehr verwirrte sie dieses allzu persönliche Gespräch. Doch er war ja im Delirium – auch wenn er zusammenhängend und verständlich sprach. Er sagte alles, was ihm durch den Kopf ging – ohne die übliche Zurückhaltung.

Außerdem spürte sie, dass etwas Seltsames von ihm ausging – irgendwelche dunklen Schwingungen, die sie sehr beunruhigten. Ob es wohl Hass auf Claire war?

"Er wird bald heiraten", sagte sie und versuchte ihr Unbehagen abzuschütteln.

"Ja, aber die Lady ist nicht ganz nach seinem Geschmack. Er wird es tun, weil Bernard es von ihm verlangt, aber sie ist nicht seine Wahl. Er glaubt, dass es ihm mit dir besser gefallen würde, kleiner Schatten. Er will dich so, wie Bernard Edith hat."

"Ihr irrt Euch."

"Er wartet, Moira – aber du bist jetzt ... wie alt? Fünfzehn? Du wirst dich bald entscheiden müssen. Er hat den Knappen und den Dorfjungen gesagt, dass du ihm gehörst."

Es war ihr wohl aufgefallen, dass Raymond hin und wieder jemanden aus ihrer Nähe verscheucht hatte, doch sie dachte, er wolle sie nur schützen wie ein Bruder. "Ihr irrt Euch bestimmt – aber wenn Ihr doch Recht haben solltet, wird es nicht so weit kommen."

Er zuckte die Achseln. "Das ist wahrscheinlich auch besser so. Raymond ist zwar ein guter Mann, aber solche Frauen haben keine Rechte. Ein Mann kann es sich irgendwann anders überlegen, und dann steht die Frau allein da – von ihren eigenen Leuten verachtet und von ihm und den Seinen vergessen."

Das hätte er ihr gar nicht zu erklären brauchen. Als Tochter der Geliebten eines Herrn kannte sie diese Unsicherheit sehr gut.

"Solltest du die Wunde nicht wieder verbinden?", fragte er, auf die Hüfte zeigend.

Sie holte den Korb mit dem sauberen Verbandszeug. Er sah zu, wie sie die Wunde wusch und trocknete. Er hielt den Korb, während sie Tücher zurechtschnitt, und nahm ihr das Messer ab, als sie fertig war. Die dunklen Schwingungen, die von ihm ausgingen, schienen immer stärker zu werden. Sie beugte sich hinunter, um seinen Oberschenkel zu verbinden, und sein Geschlecht schwoll an, als sie ihn berührte.

"Verdammt", murmelte er. "Trotzdem – gut zu wissen, dass mir das Schwert nicht auch noch meine Männlichkeit genommen hat."

Mit schamrotem Gesicht brachte sie ihre Arbeit zu Ende und deckte ihn zu. Er selbst schien kein bisschen verlegen zu sein.

"Ich brauche wohl nicht zu hoffen, dass meine Frau zu mir kommt, um mir Erleichterung zu verschaffen", sagte er lächelnd. Es war ein seltsames Lächeln, das ihr irgendwie leer vorkam. Er betrachtete sie eingehend, und das dunkle Feuer in seinen Augen gefiel ihr überhaupt nicht. "Kennst du Eva, die Hure im Dorf? Geh zu ihr und sag ihr, sie soll zu mir kommen."

"Ihr könnt doch nicht …"

"Geh und hol sie, Mädchen. Ich finde sonst keine Ruhe."

"Ihr seid sehr krank."

"Mir fehlt etwas ganz Bestimmtes – und nachdem Claire gerade betet und du noch Jungfrau bist … jetzt geh schon und hol sie."

Das Fieber musste ihm den Verstand geraubt haben. "Ihr könnt Euch doch gar nicht bewegen. Wie wollt Ihr denn …?"

"Sie wird es mit dem Mund machen, du kleine Närrin", erwiderte er gereizt.

Schockiert wandte sie sich ab.

"Es tut mir Leid. Ich bin nicht ganz ich selbst. Ich habe vergessen, dass du ein anständiges Mädchen bist. Aber jetzt geh, Moira, und hol sie her. Ich befehle es dir."

Wenn es ihm Erleichterung und Ruhe bringen würde, wie konnte sie ihm dann einen Vortrag über Tugend halten? Widerstrebend nickte sie und ging hinaus. In der Tür blickte sie sich noch einmal um und sah ihn mit einem seltsam entschlossenen Ausdruck an die Decke starren.

Draußen am Gang, wo nicht diese gedrückte Stimmung herrschte wie in seinem Zimmer, sah sie seinen Gesichtsausdruck erneut vor sich. Und er blieb in ihren Gedanken, als sie die Treppe hinunterstieg. Plötzlich, als hätte sich eine Tür geöffnet, verstand sie alles. Sie verstand die seltsame Stimmung, in der er sich befand. Er wollte gar nicht wirklich, dass sie Eva holte. Er wollte nur, dass sie hinausging, damit er allein war!

Sie wirbelte herum und lief, so schnell sie konnte, zurück.

Als sie ins Zimmer kam, lag er, auf einen Arm gestützt, da – das Messer, mit dem sie den Verband zugeschnitten hatte, immer noch in der Hand haltend. Und mit der anderen Hand tastete er suchend die Innenseite seines Beines ab – auf der Suche nach der Schlagader.

"Nein, tut das nicht!", rief sie.

Er starrte sie finster an und suchte weiter. "Verschwinde, Mädchen."

"Nein!" Sie warf sich mit ihrem ganzen Gewicht gegen den Arm, auf den er sich stützte, und griff nach der Hand, in der er das Messer hielt. Es glitt ihm aus der Hand und flog in hohem Bogen durch die Luft, um schließlich auf dem Boden zu landen. Er stieß sie von sich und verfluchte sie, während er auf das Bett niedersank.

Sie kauerte am Boden neben dem Bett und bemühte sich, die

Tränen der Bestürzung zurückzuhalten. Eine schreckliche Stille erfüllte das Zimmer.

Eine Hand berührte sie am Kopf. "Geh und hol es mir", befahl er leise.

"Nein", flüsterte sie.

"Es ist besser so. Normalerweise machen so etwas die Kameraden auf dem Feld. Wie viele verstümmelte Ritter hast du denn schon gesehen?"

"Man kann doch gar nicht sagen, ob die Verletzung wirklich so schlimm ist. Euer Bein war ganz gerade, als Edith die Wunde versorgte. Vielleicht ist es auch wieder gerade, wenn die Wunde verheilt ist."

"Du willst mir nicht helfen? Dann hol Claire und sag ihr, was ich will. Dafür kommt sie bestimmt."

Sie blickte zu ihm auf und schüttelte den Kopf. Das dunkle Feuer darin verzehrte sie geradezu. Er stemmte sich trotz der Schmerzen hoch und schwang sein gesundes Bein aus dem Bett. Sie sprang auf und zwang ihn nieder – und er erwies sich als zu schwach, um ihr lange Widerstand zu leisten.

"Ich werde sie nicht holen. Und ich werde auch nicht weggehen, bis meine Mutter kommt und mich ablöst. Ihr seid so krank, dass Ihr nicht wisst, was Ihr tut, und so schwach, dass Ihr Euch nicht gegen die Verzweiflung wehren könnt." Sie setzte sich zu ihm ans Bett und legte ihm die Arme um die Schultern. "Ruht Euch jetzt aus."

"Verdammte Göre!"

"Ruht Euch aus."

Er starrte sie zornig an, doch sie wich seinem Blick nicht aus und zeigte ihm ihre Entschlossenheit, worauf das dunkle Funkeln in seinen Augen allmählich schwächer wurde und schließlich erlosch. Es dauerte Stunden, bis er sich ganz beruhigt hatte.

"Vielleicht wird es wirklich irgendwann wieder gerade sein", sagte er in die Stille. "Wir werden ja sehen." Er schloss die Augen. "Sing für mich, Moira. Aber diesmal kein religiöses

Lied. Ich bin heute auf Gott nicht gut zu sprechen. Leg dich zu mir und sing. Vielleicht finde ich dann ein wenig Ruhe."

Ihre Stimme war kräftig genug für einen großen Saal – nun musste sie nur die kurze Distanz zwischen ihren Köpfen überbrücken. Sie legte sich neben ihn, umfasste ihn an den Schultern und sang von der Liebe, bis sich sein fiebriges Gesicht an ihre Brust schmiegte und er wieder in die Bewusstlosigkeit sank.

Sie schüttelte sich, um in die Wirklichkeit zurückzukehren. Der Korb in ihren Händen war fertig, doch sie konnte sich nicht erinnern, ihn vollendet zu haben. Mit verschwommenen Augen untersuchte sie ihn nach möglichen Fehlern.

Da nahm sie aus dem Augenwinkel eine Bewegung wahr. Ein Mann drang in ihre verträumte Stimmung ein. Sie blickte auf und sah freundliche blaue Augen.

Der falsche Mann.

Ihr Lächeln kaschierte den leisen Seufzer, der ihr entfuhr. Nie hätte sie sich gedacht, dass das Leben so schwierig sein könnte.

Rhys reichte ihr einen kleinen Sack, und sie spähte neugierig hinein. "Kirschen! Wo habt Ihr die denn gefunden?"

"Das ist ein Geheimnis. Ihr könnt damit Euer Schilfrohr genauso gut färben wie mit Beeren."

"Das wäre eine Verschwendung. Jane und ich werden einen Kirschkuchen backen, und Ihr müsst unbedingt davon kosten."

"Ich habe sie Euch für die Körbe gebracht – aber ein Kuchen wäre natürlich auch ganz nett."

Er setzte sich neben sie. "Ihr arbeitet sogar am Sonntag, Moira? Das tun nicht einmal die Bauern."

Seine Frage war eine verhohlene Kritik an Addis. "Bei den Bauern können auch nur die Männer am Sonntag rasten. Irgendjemand muss schließlich kochen und sauber machen. Außerdem arbeite ich im Moment ja nicht wirklich. Die Körbe sind keine Arbeit für mich."

Er streckte sich im Gras aus und stützte sich auf die Ellbogen. Zum hundertsten Mal betrachtete sie den gut aussehenden, kräftigen Mann und sagte sich, wie glücklich sie sich schätzen könnte, ihn zum Gemahl zu bekommen. Er war anständig, verlässlich und in seinem Beruf überaus geschickt. Sie sollte froh sein, dass er sich für sie interessierte, und sich auf seine Besuche freuen, die er ihr auch jetzt abstattete, wo die Reparaturarbeiten längst abgeschlossen waren. Und er kam immer noch – trotz jenes Vorfalls in der Küche.

Sie war wie erstarrt gewesen, als er sie umarmte und küsste. Sie hatte sich so sehr gewünscht, ihn zu begehren, dass sie gegen diese intime Geste überhaupt nichts einzuwenden hatte. Doch als er sie dann küsste, empfand sie überhaupt nichts. Sie blieb seltsam kühl und steif – ja, es war ihr richtiggehend peinlich, genau wie einst als jungfräuliche Braut in James' Bett. Es hätte vieles für sie erleichtert, wenn sie eine gewisse Erregung verspürt hätte – doch ihr Mangel an Leidenschaft war so offensichtlich, dass sie ihn gar nicht erst bitten musste, die Hand von ihrer Brust zu nehmen. Er hatte es von selbst getan, und sie trennten sich just in dem Moment, als Henry hereinkam, um ihr zu sagen, dass Addis sie brauchte.

Sie sprachen nicht darüber, doch er kam jedenfalls wieder.

"Ist er weg?"

"Ja. Habt Ihr gewusst, dass es heute sein würde?"

Er nickte. "Das Ganze wird jetzt ziemlich gefährlich – und da ist diese Reise noch das wenigste. Was werdet Ihr tun, wenn ihm etwas zustößt?"

"Ich habe ein eigenes Haus in Darwendon. Vielleicht

gehe ich dorthin zurück. Wahrscheinlich werde ich Brian suchen. Das ist der Junge, um den ich mich bisher kümmerte, als wir dachten, dass Addis tot wäre. Er hat ihn irgendwo versteckt und will mir nicht sagen, wo."

"Sir Addis' Sohn?"

"Ja."

Er zögerte nachdenklich. "Und auch der Eure?"

"Nein." Sie erzählte ihm von ihrer Rolle in Hawkesford, von der Bedrohung durch Simon und wie es dazu kam, dass sie Brian zu sich nahm.

"Das erklärt vieles, aber nicht alles", sagte er. "Ich bin heute aus einem ganz bestimmten Grund hergekommen, Moira. Ich wusste, dass er weg sein würde, und dachte mir, dass Ihr offen mit mir reden würdet. Ich bin überzeugt, dass Ihr eine gute Ehefrau wärt, aber ich spüre, dass Euer Platz hier nicht der übliche ist. Ich würde gern die Wahrheit erfahren, damit ich mich nicht zum Narren mache. Was ist zwischen Euch und Sir Addis?"

Er stellte diese Frage viel rücksichtsvoller und zartfühlender, als es James einst getan hatte. Sie hatte James empört zurückgewiesen – doch Rhys hatte eine andere Antwort verdient. Ihr fiel ein, dass sie in jener Nacht im Heu zusammen mit Addis schon einige mögliche Antworten auf genau diese Frage vorbereitet hatte. Sie entschied sich für eine Variante, die ihr selbst eingefallen war. "Wir haben nicht Unzucht miteinander getrieben."

Ihre Antwort schien ihn zu amüsieren, was sie sehr erleichterte. "Eine seltsame Antwort. Erstaunlich präzise."

"Ja, nicht wahr?" Sie würden vielleicht nie heiraten – doch sie konnte diesen Mann nicht anlügen.

Er setzte sich vor ihr auf. "Moira, Ihr seid kein Mädchen mehr, und ich bin kein kleiner Junge. Dass ich noch unverheiratet bin, liegt nicht daran, dass ich kein Haus oder keine Arbeit hätte. Und ich bin auch nicht auf eine große Mitgift aus. Ich habe nur deshalb gewartet, weil ich keine gewöhnliche Frau suche. Mir gefällt Eure Art, Eure Manieren und Eure Aufrichtigkeit. Ich glaube, wir würden eine gute Ehe führen können. Ich hätte Euch schon einen Heiratsantrag gemacht, wenn Sir Addis nicht wäre."

"Es klingt auch jetzt nicht so, als würdet Ihr mir einen Antrag machen."

"Nein, das tu ich auch nicht. Ich erwarte keine Erklärungen von Euch und mache Euch auch keine Vorwürfe." Er nahm ihre Hand in die seine. Man sah, dass seine kräftige Hand gewohnt war, mit Werkzeug umzugehen. "Egal, wie es ausgeht – was mit Sir Addis' Reise beginnt, wird so oder so recht bald eine Entscheidung bringen. In einem Monat werden wir entweder tot sein oder gesiegt haben. Dass Ersteres eintreten könnte, ist Grund genug, Euch keinen Antrag zu machen. Wenn es aber das Schicksal so will, dass ich überlebe und er nicht, dann könnte alles recht einfach sein. Ich würde auch den kleinen Brian in unserem Heim aufnehmen, wenn Ihr es wollt. Aber wenn Sir Addis überlebt, dann wird er gleich darauf von hier aufbrechen, und Ihr werdet eine Entscheidung treffen müssen, weil ich dann wahrscheinlich um Eure Hand anhalten werde. Wenn Ihr mich nehmt, werde ich durchsetzen, dass wir heiraten können – egal, was für Ansprüche er auf Euch stellt."

Sie lächelte ihn mit aufrichtiger Zuneigung an. Er war ein kluger, ehrlicher und vernünftiger Mann. Er meinte es so, wie er es sagte. Irgendwie würde er es durchsetzen – und wenn er Addis die hundert Pfund bezahlte. Doch er sprach kein Wort von Liebe. Nein,

Rhys würde sie genauso wenig anlügen, wie sie ihn anlügen konnte.

Sie hatte seinen Worten nichts hinzuzufügen. Sie nickte nur, und er legte sich wieder ins Gras, worauf sie sich über ganz alltägliche Dinge unterhielten. Er war ein praktisch denkender Mann, der das Feld bearbeitete, für das er vielleicht eines Tages die richtigen Samen haben würde. Er hatte viel Geduld und zählte darauf, dass ihr Stolz sie zu der einzig vernünftigen Entscheidung führen würde.

14. Kapitel

Moira knetete gerade Brotteig, als Sir Richard vom Garten hereinkam. Sie starrte zuerst auf ihn, dann auf die leere Tür – in der Hoffnung, dass noch ein anderer hereinkommen würde.

"Wo ist er?"

Ihre Stimme verriet ihre Besorgnis. Er war länger weg gewesen, als sie erwartet hatte, länger als die Woche, die er ihr als äußerste Grenze genannt hatte. Sie hatte die letzten paar Nächte nicht gut geschlafen. Immer wieder waren ihr quälende Vorstellungen gekommen, wie er vielleicht auf der Straße überfallen oder in einem Kerker von Westminster gefoltert wurde.

Richard hob beruhigend die Hand. "Er wurde verwundet, aber er lebt."

"Verwundet!"

"Wir wurden auf dem Rückweg angegriffen."

"Warum habt Ihr ihn nicht hergebracht? Wenn Ihr ihn allein zurückgelassen habt, werde ich ..."

"Er liegt in einem Haus in Southwark. Er hielt es für das Beste, die Stadt im Moment nicht zu betreten. Er lässt Euch ersuchen, dass Ihr zu ihm kommt."

Er ersuchte sie, zu kommen? Die gesamte königliche Garde hätte sie nicht davon abhalten können!

"Nehmt einen Korb mit, damit es so aussieht, als würdet Ihr auf den Markt gehen. Ich erwarte Euch bei dem Pier westlich der Brücke."

Er ging hinaus, und sie wusch sich rasch die Hände und überlegte fieberhaft, was sie mitnehmen sollte. Ob man seine Wunden schon versorgt hatte? Gab es in dem Haus, wo er sich aufhielt, die richtigen Salben? Brauchte er saubere Kleider? Sie verfluchte Sir Richard, weil er verschwunden war, ehe sie ihn das alles hatte fragen können.

Sie stopfte einige saubere Kleidungsstücke in den Korb, dazu eine Wundsalbe, und eilte in den Hof hinaus. Er war also verwundet. Gewiss nicht allzu schwer, wenn er noch imstande war, Anweisungen zu geben. Doch war das wirklich sicher? Man konnte auch mit tödlichen Verletzungen noch eine ganze Weile bei Bewusstsein sein. Doch sie bemühte sich, diesen Gedanken zu verdrängen, was ihr nicht allzu gut gelang – denn als sie Sir Richard beim Pier traf, war sie außer sich vor Sorge.

Sie sprang aus dem Boot, noch bevor es am Dock in Southwark vertäut war. Richard führte sie an den kleinen Häusern vorbei, in denen die Dirnen ihrem Gewerbe nachgingen. Marcus wartete vor einem der Bordelle und trat zur Seite, um sie eintreten zu lassen.

"Small John und Marcus kannten dieses Haus", erklärte Richard. "Es ist weit von der Stadt entfernt und leichter zu verteidigen."

"Heißt das, er ist in Gefahr?"

"Das wissen wir noch nicht."

Im Haus hielten sich jede Menge Ritter und Knappen und auch zwei Frauen auf. Es wurde viel getrunken und auch um Geld gespielt. Hinter einem Vorhang drang lautes Stöhnen hervor. Richard errötete und warf ihr einen entschuldigenden Blick zu, ehe er auf eine Tür zeigte, die zu einem Hinterzimmer führte.

Addis lag auf einem Bett, und eine dünne blonde Frau mittleren Alters saß bei ihm und fütterte ihn mit Suppe. Sein Arm war verbunden, und sein linkes Bein war unter der Decke abgewinkelt. Die Frau stellte die Schüssel beiseite und stand auf, um nach dem Wasser zu sehen, das sie auf der Feuerstelle erwärmte, ehe sie zu ihm zurückkehrte, um ihn weiter zu füttern. Sie beugte sich zu ihm hinunter und flüsterte ihm etwas zu, was ihm ein steifes Lächeln entlockte. Etwas Suppe tropfte vom Löffel auf seine nackte Brust, und sie beugte sich hinunter und leckte es auf.

Moira kam sich ziemlich dumm vor, dass sie vor Sorge um ihn nächtelang kaum geschlafen hatte.

Richard räusperte sich vernehmlich.

Addis blickte auf und murmelte der Frau etwas zu. Die Hure musterte Moira eingehend und stand auf. Als sie und Richard gegangen waren, trat Moira zu ihm ans Bett.

"Es scheint dir nicht allzu schlecht zu gehen, eigentlich sogar ziemlich gut. Ich habe mir Sorgen gemacht, ob man sich auch richtig um dich kümmern würde – aber wie ich sehe, war meine Sorge unnötig." Sie verschränkte die Arme vor der Brust und ging um das Bett herum. "Ja", sagte sie und nickte anerkennend, "gut genährt, gut gebadet und gut gebettet."

Er grinste. "Ja, es geht."

"Und diese Ladys scheinen sich wirklich rührend um dich zu kümmern. Gibt es einen Grund, warum du mich hast rufen lassen?"

"Jedenfalls nicht, um mich zu baden oder zu füttern."

"Offensichtlich nicht." Sie sah ihm in die Augen, die Hände in die Hüften gestemmt. "Wenn du schon seit Tagen hier in diesem Freudenhaus liegst, während ich mir auf der anderen Seite des Flusses Sorgen gemacht habe, dann dürfte dein Arm nicht das Einzige sein, was jetzt Schonung braucht."

Lachend fasste er sie am Handgelenk und zog sie zu sich, damit sie sich auf die Bettkante setzte. "Ich bin erst heute Morgen hierher gekommen, und ich habe dich gerufen, weil die Frauen hier so still und sanftmütig sind, dass ich schon fürchtete, sie wären Engel und ich wäre im Himmel gelandet. Deine scharfe Zunge soll mich daran erinnern, dass ich noch unter den Lebenden weile."

"Ein solcher Ort muss für einen Ritter ja wie der Himmel sein."

Er schenkte ihr das wärmste Lächeln, das sie je gesehen hatte. "Nicht für mich."

Seine Liebenswürdigkeit brachte sie so durcheinander, dass sie ihren Ärger ganz vergaß. Sie war nur noch von Erleichterung und Freude erfüllt, sodass sie sich fast schämte, ihn so unfreundlich begrüßt zu haben.

"Es freut mich sehr, dich lebendig und heil zu sehen."

"Nicht ganz heil."

"Du hast gesagt, du würdest höchstens eine Woche wegbleiben ..."

"Durch die Verwundung kamen wir nicht mehr so schnell voran."

Sie berührte sanft seinen verbundenen Oberarm, der mit Stoffstreifen an den Oberkörper gebunden war. "Was ist denn passiert?"

"Ein Pfeil. Ein paar Männer lauerten uns auf dem Rückweg auf."

"Dann ist es kein Geheimnis mehr, warum du die Mission unternommen hast? Wenn es so ist, dann bist du auch in diesem Haus nicht sicher. Vielleicht solltest du nach Darwendon zurückkehren."

"Wir werden bald erfahren, was die andere Seite weiß. In London wurde jedenfalls niemand festgenommen, was ziemlich seltsam ist. Vielleicht will uns Edward eine raffinierte Falle stellen, vielleicht ist die Sache aber auch ganz anders. Ich werde hier ein, zwei Tage bleiben und dann in die Stadt zurückkehren, wenn nichts Besonderes passiert. Wer immer hinter dem Überfall steckt, müsste eigentlich erfahren haben, dass ich nicht tot bin – und zwar bevor Richard und ich hier ankamen. Sie hätten also genug Zeit gehabt, mich auf der Straße abzufangen."

"Das klingt nicht gerade einleuchtend."

"Je länger ich darüber nachdenke, umso weniger Sinn macht es für mich selbst. Die Männer, die mich angriffen, wollten mich töten. Edward müsste mich aber eigentlich lebend haben wollen, damit er von mir erfährt, was ich über die Ankunft der Königin weiß. Vielleicht hat der König überhaupt nichts damit zu tun."

"Simon?"

"Oder jemand anders."

"Wie viele waren es?"

"Fünf, soweit ich erkennen konnte. Aber mir war so, als wäre noch ein sechster Mann hinter den Bäumen verborgen gewesen."

"Du bist verwundet, aber Richard hat keinen Kratzer abbekommen." Es war ziemlich eindeutig, was das zu bedeuten hatte. Richard hätte bis zum Tod gekämpft, um seinen Herrn zu beschützen. Sie blickte ihn mit verengten Augen an. "Du hast allein gegen sie gekämpft, nicht wahr?"

"Jetzt schimpf nicht mit mir, Moira. Ich hatte keine

andere Wahl. Ich habe Richard losgeschickt, weil einer von uns versuchen musste, die Nachricht zu überbringen. Schließlich mussten wir Thomas Wake und die anderen warnen, dass der Plan möglicherweise verraten wurde."

"Es ist ein Wunder, dass du noch lebst, nicht wahr? Du warst wie immer – edel und dumm und heldenhaft. Du hast mir doch versprochen ..."

"Es war nicht so, wie du denkst. Nicht so wie in Barrowburgh", sagte er sanft und streichelte ihre Wange. "Es war nicht so."

Erst jetzt kam ihr zu Bewusstsein, in welcher Gefahr er geschwebt hatte. Fünf gegen einen. Es war tatsächlich ein Wunder, dass er noch lebte.

Seine warme Hand an ihrer Wange machte ihr noch schmerzlicher bewusst, was sie beinahe verloren hätte. Sie hatte schon einmal um ihn getrauert. Nun hätte sie um ein Haar wieder um ihn trauern müssen. Aber die Gefahr war noch lange nicht ausgestanden. Wer sagte denn, dass sie nicht in den nächsten Tagen doch noch Grund zur Trauer haben würde? Ihre Augen wurden feucht. Sie verbarg ihre Bestürzung, indem sie seinen Arm zu untersuchen begann. "Ist die Wunde schon gereinigt und genäht?"

"Ein Arzt hat sie behandelt. Ich konnte den Arm überhaupt nicht mehr bewegen – deshalb dachte ich, er wäre gebrochen. Der Arzt meinte aber, dass es nicht so ist. Er band den Arm fest, weil er mir nicht recht traute, ob ich ihn auch still halten würde."

"Er muss ein guter Arzt sein, dass er so genau weiß, was in euch Rittern vorgeht." Sie wandte sich dem abgewinkelten Bein zu. "Auch ein Pfeil?"

"Nein, ein Schwerthieb. Ich kann das Bein nicht mehr ausstrecken, und das wird wohl ein paar Tage so bleiben. Durch Wärme wird es besser."

"Dann werden wir dafür sorgen, dass es Wärme bekommt." Sie holte das erhitzte Wasser und einige Tücher und stellte einen Schemel ans Bett. Sie war froh, dass sie etwas zu tun hatte und ihre Hände beschäftigen konnte, die geradezu magisch zu ihm hingezogen wurden, um ihn zu berühren – als müsse sie sich immer wieder vergewissern, dass er noch lebte.

Sie schob die Decke an seiner Hüfte nach oben. Zum ersten Mal sah sie die Narbe jener Wunde, die sie einst behandelt hatte, als sie frisch war. So wie bei der Narbe in seinem Gesicht wäre sie vielleicht von dem Anblick schockiert gewesen, wenn sie nicht die grässliche Wunde gesehen hätte. Deshalb erschreckte sie die lange Narbe bei weitem nicht so sehr wie der riesige, dunkel verfärbte Fleck daneben. Sanft betupfte sie die Stelle mit der Fingerspitze.

Die Hand seines verletzten Armes packte sie am Handgelenk, um ihr Einhalt zu gebieten. Sie errötete und beugte sich hinunter, um den Wickel ins heiße Wasser zu tauchen. "Es wundert mich nicht, dass du nicht gehen kannst."

"Der blaue Fleck ist kein Problem, aber es hat den Muskel erwischt."

Sie legte ein heißes Tuch an seine Hüfte und drückte es gegen die Haut. "Der Hieb hätte den Knochen brechen können, genauso wie der Pfeil deinen Arm hätte zertrümmern können. Bei all deinen Narben hast du immer noch reichlich Glück mit deinen Verwundungen, Addis."

"Das stimmt, Moira. Ich habe wirklich Glück."

Sie tauchte den Wickel wieder ins heiße Wasser, um ihn aufs Neue anzuwärmen. Er sah ihr mit ernster Miene zu. Sie lächelte und genoss die stille Freude, wieder mit ihm zusammen zu sein.

"Hat er dich schon gehabt?"

Die Frage traf sie völlig unvorbereitet. Sie brauchte einen Augenblick, um zu verstehen, was er meinte. "Du hast kein Recht ..."

"Hat er oder hat er nicht?"

"Du liegst hier in einem Freudenhaus und lässt dir von einer Hure die Suppe von der Brust lecken – und du wagst es, meine Tugend anzuzweifeln? Also, das ist doch wirklich ..."

Er packte sie erneut am Handgelenk. "Hat er?"

"Nein."

Er ließ sie los. "Aber gewollt hätte er es bestimmt. Hat er meine Abwesenheit weidlich ausgenützt?"

Seine Beharrlichkeit machte sie zornig. "Er hat mich nur zweimal kurz besucht. Einmal am Tag, als du aufbrachst, und dann kürzlich noch einmal. Nachdem ich überzeugt war, dass du tot warst, war mir die Abwechslung sehr willkommen."

Er bekam den Sarkasmus in ihren Worten nicht mit und sah sie stirnrunzelnd an. "Wie viele Tage hattest du ihn nicht gesehen?"

"Fünf ... sechs ..." Plötzlich wurde ihr klar, worauf er hinauswollte. "Du glaubst doch nicht ... Nein, Addis, das ist unmöglich."

"Er wusste ganz genau, wann ich aufbrach und wo ich hinwollte. Er wusste einfach alles. Die Männer, die mich angriffen, wurden bestimmt von jemandem angeheuert – sie waren keine allzu fähigen Kämpfer. Der Mann, der sie geschickt hat, kämpfte nicht selbst. Hugh Despenser könnte sich bestimmt bessere Ritter leisten."

Wenn es das Schicksal so will, dass ich überlebe und er stirbt, dann könnte alles recht einfach sein. "Du irrst dich. Er ist ein guter Mann und würde niemals einen solchen Verrat begehen."

"Auch gute Männer tun manchmal alles Mögliche, um ihre Ziele zu erreichen."

Wenn Ihr mich nehmt, werde ich es durchsetzen, dass wir heiraten können. "Du verstehst das falsch. Es ist nicht so. Da ist nichts zwischen uns beiden, das ihn dazu bringen könnte, jemanden zu töten. Dieses Ziel ist ihm nicht so wichtig."

"Das werden wir bald wissen."

"Ich lasse es nicht zu, dass du ihn wegen mir verfolgst."

"Wenn er diese Männer bezahlt hat, um mich an meiner Rückkehr zu hindern, egal aus welchen Gründen – dann bin ich die geringste Gefahr, die ihm droht. Ich werde ihn nicht beschuldigen, aber Wake wird bald davon erfahren, wenn er die Stadt verlässt."

"Thomas Wake ist hier?"

Plötzlich wirkte er ein wenig unschlüssig. Er vermied es, ihr in die Augen zu sehen. "Er kam, um die Nachricht zu hören, die ich mitbrachte."

Sie verspürte plötzlich ein seltsames Gefühl der Leere – so wie an jenem Tag, als Brian von ihr weggebracht wurde. "Nur deswegen?"

Er blickte zu Boden und schwieg, sodass sie schon dachte, er würde überhaupt nicht antworten. Das Gefühl der Leere und des Verlusts wurde immer stärker. Schließlich blickte er wieder zu ihr auf.

"Er kam auch aus Freundschaft, und um mir seine Hilfe anzubieten."

Die Leere war nun so allumfassend, dass sie kaum noch atmen konnte. "Will er dir etwa die Verbindung Eurer Familien anbieten?", stieß sie hervor. "Durch eine Ehe?"

"Moira ..."

"Das ist doch großartig, Mylord. Ein solcher Mann, eine solche Familie ... Ich hab dir doch gesagt, dass sich ein Weg finden würde. Thomas Wake hat in die Familie Lancaster eingeheiratet, nicht wahr? Wenn euer Plan gelingt, dann wird die Familie wieder so mächtig sein wie zuvor. Es freut mich, dass du bald die nötigen Verbündeten hast, um Barrowburgh zurückzugewinnen."

Sie tauchte den Wickel ins Wasser ein, das jedoch mittlerweile abgekühlt war. Sie war froh, irgendetwas zu tun zu haben, um die unerwartete Enttäuschung zu verbergen, die sie empfand.

Dies war das letzte Mal, dass sie ihm half. Sie würde ihm im Haus dienen – doch das war nicht dasselbe. Wenn er London verließ, würde sie ihn bitten, dass er sie hier bleiben ließ. Vielleicht würde sie auch Rhys' Angebot annehmen. Jedenfalls konnte er unmöglich so grausam sein, von ihr zu erwarten, dass sie ihm auch noch diente, wenn er verheiratet war. In wenigen Wochen würde er für sie wieder gestorben sein – und diesmal würde sie nicht einmal Brian haben, um ihn in Erinnerung behalten zu können.

Ihre Augen brannten, und sie starrte auf ihre Hände hinunter, mit denen sie das Tuch an seinen Arm drückte. Sie biss die Zähne zusammen und zwang sich, die Fassung nicht zu verlieren. Vielleicht machte ihr die Nachricht nur deshalb so zu schaffen, weil sie sich solche Sorgen um ihn gemacht hatte. Schließlich hatte sie gewusst, dass es eines Tages so kommen würde. Sie selbst hatte ihn ja darauf aufmerksam gemacht. Doch ›eines Tages‹ war etwas anderes als jetzt sofort.

Seine Hand schloss sich um die ihre. "Genug davon. Es fühlt sich schon viel besser an – und ich kann nicht sagen, ob das von dem warmen Wasser kommt oder von dem tröstlichen Gefühl deiner Freundschaft."

Sie selbst hatte es nicht zugelassen, dass sich diese Freundschaft in ihrer ganzen Tragweite entfalten konnte – doch das war eine kluge Entscheidung gewesen, wie die jüngste Neuigkeit bewies. Sie ließ das Tuch in den Eimer fallen, setzte sich traurig auf ihren Schemel und blickte in ihren Schoß hinunter. Sie fragte sich, ob sie nicht zu sehr auf die Stimme der Vernunft gehört hatte. Aber hätte sie diese Nachricht nicht noch viel härter getroffen, wenn sie ihrem Herzen gefolgt wäre? Nein, viel schlimmer hätte es gar nicht kommen können. Sie hätte sich nie gedacht, dass sie dermaßen am Boden zerstört sein würde, wenn das Unvermeidliche Wirklichkeit wurde.

"Komm und setz dich zu mir, Moira. Hier an meine gesunde Seite. Ich möchte mich ein Weilchen mit dir freuen, dass ich noch am Leben bin."

Sie blickte auf und sah ihn lächeln. Obwohl ihr mehr nach Weinen zumute war, zwang sie sich, ebenfalls zu lächeln. Und sie stand auf, ging um das Bett herum und setzte sich zu ihm.

Es kam ihr wie das Natürlichste auf der Welt vor, sich zu ihm zu legen und sich von ihm den Arm um die Schultern legen zu lassen. Und so lagen sie nebeneinander und genossen die süße Nähe – wie in jener Nacht, bevor sie nach London aufbrachen. Dass es so schön war, linderte ihren Schmerz und machte ihn gleichzeitig noch tiefer.

"Ich glaube, dass ich deinen Steinmetz beneide", sagte er.

"Manchmal redest du Unsinn."

"Sein einfaches Leben gibt ihm eine gewisse Freiheit. Ihn suchen nicht die Geister von irgendwelchen Vorfahren heim, um ihm etwas ins Ohr zu flüstern. Wenn er sich für etwas entscheidet, dann hat das nur mit dem Hier und Jetzt zu tun – und nicht mit der Vergangenheit oder der Zukunft. Aber es ist nicht nur das. Ich beneide ihn, weil ihm nichts fehlt."

"So schlimm sind deine Verletzungen und Narben doch auch wieder nicht."

"Ich rede nicht von Narben oder Wunden. Ich glaube, früher fiel es mir schwer, sie zu akzeptieren – aber das ist lange her. Nein, ich meine Folgendes: er ist mit sich und der Welt im Einklang. Das ist es, worum ich ihn beneide."

Sie drehte sich auf die Seite, um ihm ins Gesicht sehen zu können. Dabei rückte sie ihm noch etwas näher, sodass sie seine Schulter an ihrer Wange spürte, was sich sehr gut anfühlte. "Du bist genau richtig, so wie du bist."

"Ich fühle mich aber so, als wären zwei Menschen in mir, zwei Welten und zwei Seelen. Ich fühle mich nur manchmal als ein ganzer Mensch – jetzt zum Beispiel. Und ohne dieses Gefühl des Einsseins gibt es keinen inneren Frieden."

Sie verstand ihn nur teilweise, doch sie spürte den Frieden, von dem er sprach. Wie sie so still nebeneinander lagen, machte sich sogar ein gewisses Glücksgefühl breit. Selbst in dem bevorstehenden Verlust steckte noch eine gewisse Schönheit. Er hatte gesagt, dass er sich mit ihr freuen wollte, dass er am Leben war – und sie selbst fühlte sich sehr lebendig und war sich der Kostbarkeit jedes Augenblicks durchaus bewusst.

Sie wandte sich ihm zu und drückte die Lippen auf seine Haut, um ihn noch intensiver zu spüren. Mit der Hand auf seiner Brust fühlte sie seinen Herzschlag. Sie atmete tief ein, um sich seinen Duft für immer einzuprägen. Sie schmiegte sich noch enger an ihn und genoss seine körperliche Nähe. Ja, sie genoss es, auch wenn sie weinte.

Ihre Hand wanderte seinen Arm entlang, der am Körper festgebunden war. Sie spürte die Muskeln in seinen Schultern, seinem Oberkörper und seinem Bauch und sog jedes kleine Detail in sich auf. Es gab für sie nur noch das Hier und Jetzt, als sie sich über ihn beugte, um ihn so vollständig wie möglich kennen zu lernen, bevor sie ihn wieder verlor.

"Moira ..."

Sie kümmerte sich nicht um seinen Einwand und beugte sich hinunter, um seine Brust zu küssen. Sie leckte seine Haut, so wie es die Hure zuvor gemacht hatte – damit diese Frau nicht mehr von ihm kannte als sie. Was sich in ihr regte und sie schließlich ganz einnahm, war mehr als Erregung oder Begehren – es war eine Freude, die ihr Herz und ihre Seele erfüllte.

Sie genoss jede einzelne sinnliche Wahrnehmung, ohne an irgendetwas anderes zu denken, als dass sie ihn ganz kennen lernen wollte und ihn dieses erste und letzte Mal ganz haben wollte. Seine Hand grub sich in ihr Haar. Sie blickte kurz in seine wachsamen Augen und wandte sich dann wieder ihren Erkundungen zu.

Sie zog die Decke zur Seite, während ihr Mund der Linie seiner Narbe folgte. Ihr heißer Atem schenkte ihm das gleiche wohltuende Gefühl wie der heiße Wickel zuvor. Sie küsste die Narbe, so wie eine Mutter ihr Kind an einer Stelle küssen würde, wo es sich wehgetan hatte. Ihre Finger erkundeten seine sehnigen Oberschenkel, seinen harten Bauch, die schmalen Hüften und schließlich die glatte Haut seines aufgerichteten Geschlechts.

Sie wollte ihn voll und ganz erkunden und wenigstens für einen Augenblick auch besitzen. Ohne nachzudenken folgte sie ihrem Gefühl und empfand eine erstaunliche Freude über die offenkundige Tatsache, dass er sie begehrte. Sie spürte, wie er nach ihr dürstete, was ihr eigenes Begehren entfachte. Und sie ließ ihre Lippen an all jene Stellen wandern, wo zuvor noch ihre Hand gewesen war.

Er hielt den Atem an, und sie ließ sich von seinen kleinsten Reaktionen leiten. Sie spürte, wie er unter ihren Liebkosungen erbebte, wie seine Anspannung immer stärker wurde und sich schließlich zu entladen drohte. "Genug", stieß er hervor, zog sie zu sich herauf und küsste sie leidenschaftlich, während die Spannung sich in seinem bebenden Körper entlud.

Sie war ganz in der Leidenschaft des Augenblicks versunken und spürte schließlich, wie sich sein Körper entspannte. Er löste seine Lippen ruckartig von den ihren, und sie öffnete die Augen und sah seinen funkelnden Blick, der auf sie gerichtet war.

Er war wütend.

Er hielt ihr Gesicht so nah vor dem seinen fest, dass sich ihre Nasen beinahe berührten. "Was war das? Mein Verlobungsgeschenk?"

"Ich wollte nur … ich musste einfach …"

"Du wolltest? Du musstest? Ich will dich schon so lange, Moira, und jetzt, wo mein halber Körper bewegungsunfähig ist, kommst du und schenkst mir diese Freuden, die ich nur passiv über mich ergehen lassen kann. Ich lasse mir aber keine Geschenke von dir machen – nein, ich will dich für alles bezahlen."

Auch wenn er zornig war, konnte sie nicht bedauern, was sie getan hatte. "Schimpf nicht mit mir, Addis. Das Geschenk habe ich mir selbst gemacht. Außerdem hättest du mich ja aufhalten können."

"Ein Mann wird doch nicht plötzlich etwas dagegen haben, wenn sein Traum wahr wird, auch wenn es nicht ganz so ist, wie er es sich erträumt hat." Er zog sie noch näher an sich. "Dann lass es uns zu Ende bringen, soweit ich dazu noch in der Lage bin. Du scheinst ganz zufrieden damit zu sein, dass du deine eigenen Leidenschaften so gut beherrschst. Ich will aber dafür sorgen, dass du deine Leidenschaften genauso freilässt."

Er küsste sie ganz langsam, worauf sich ihre etwas benommenen Sinne augenblicklich schärften. Er ließ es nicht zu, dass sie sich bewegte, sondern drückte sie eng an sich. Ihren Kopf hielt er mit einer Hand fest, während er ihren Mund, ihren Hals und ihr Ohr mit hungrigen Küssen bedeckte. Er hatte Recht. Sie war tatsächlich zufrieden damit, dass sie ihre eigene Leidenschaft zügelte. Sie war sich nicht sicher, ob sie sich darauf einlassen sollte – zu groß schien der Schmerz zu sein, der auf der anderen Seite der Ekstase wartete.

"Es ist besser, wenn du nicht ...", sagte sie.

"Du erwartest von mir, dass ich mir diese Wonnen schenken lasse und dir selbst nichts gebe? Du bist zu großzügig, Moira", flüsterte er ihr ins Ohr, während er sie mit den Zähnen und der Zunge auf eine Weise liebkoste, dass ihr ganzer Körper zu beben begann.

"Es war nicht Großzügigkeit, wirklich nicht."

"Das hier aber auch nicht, wirklich nicht. Mach dir keine Sorgen. Du bist zumindest für eine Weile vor mir sicher. Dafür hast du eben mit deinem Mund gesorgt."

"Dann hat es doch keinen Sinn, dass du ..."

"Ach, ich mach es doch gern. Nein, ich muss einfach – so wie du." Er begann ihre Brüste zu streicheln, sodass sie ihren Widerstand rasch aufgab und in der Vorfreude auf Empfindungen schwelgte, die sie nur allzu gut in Erinnerung hatte.

Schließlich kapitulierte sie und begann seine feurigen Küsse zu erwidern. Sie drehte sich auf die Seite, um ihm die Zärtlichkeiten zu erleichtern, mit denen er ihre Brüste bedachte. Nach wenigen Augenblicken dachte sie an gar nichts mehr und genoss nur noch die Empfindungen, die er in ihr auslöste.

"Zieh dein Kleid aus."

"Ich glaube nicht, dass ..."

"Tu es."

Er half ihr, sich auf der Bettkante aufzusetzen, und öffnete die Bänder an ihrem Rücken. Sie streifte das

Kleid von sich ab und ließ es zu ihren Füßen herabsinken. Einen Moment lang saß sie mit geschlossenen Augen da und zitterte vor Erwartung.

Er streichelte ihren Oberschenkel, bis zum Saum ihres Unterhemds hinauf. "Das auch."

Sie sah ihn an. In seinen Augen brannte eine Leidenschaft, die nur zum Teil körperlicher Natur war. Sie verstand, was in ihm vorging. Nein, es war nicht Großzügigkeit, ganz und gar nicht.

Sie streifte das Unterhemd ab und saß schließlich nackt neben ihm. Er streichelte sanft ihren Rücken, und sie genoss die anregende Berührung. Mühsam rückte er ein wenig zur Seite, um etwas mehr Platz für sie zu schaffen.

"Du bist wunderschön, Moira. Knie dich hierher zu mir, damit ich dich sehen und berühren kann."

Sie kniete sich zu ihm und hockte sich auf die Fersen. Er betrachtete und erkundete sie, so wie sie ihn erkundet hatte. Und er ließ keine der süßen Rundungen und Kurven ihres Körpers aus. Die anregende Reise seiner Hand bereitete ihr solche Wonnen, dass sich ihr Blick trübte und ihre Kehle trocken wurde. Ihre Brüste bebten vor Ungeduld und Verlangen.

Er zog sie über sich, sodass sie sich zu beiden Seiten seines Kopfes mit den Händen aufstützen musste. Sie küsste ihn auf die Lippen, während er sie weiter mit seinen berauschenden Zärtlichkeiten verwöhnte. Er streichelte und rieb ihre Brustwarzen, als spürte er, wie sehr sie nach mehr Aufmerksamkeit verlangten.

In ihrem Bewusstsein war nur noch Platz für ihn und sie, während ihr wachsendes Verlangen ihr süße Qualen bescherte. Ihre Leidenschaft sprengte schließlich alle Grenzen. Er spürte es und trieb sie immer weiter auf dem Pfad der Lust, womit er ihr kleine Aufschreie entlockte. Dass sie so passiv und bewegungsunfähig war, verwirrte und erregte sie gleichermaßen. Dabei drängte alles in ihr danach, sich auf ihn zu setzen und sich an ihn zu drücken. Wie gern hätte sie die vollkommene Vereinigung mit ihm erlebt – doch sie hatte selbst vorhin dafür gesorgt, dass das im Moment nicht möglich war.

Als sie schließlich seinen Mund an ihrer Brust spürte, stieß sie einen erleichterten Laut aus, gefolgt von Seufzern und kurzen Schreien. Er leckte und saugte und neckte sie, während seine Hand über ihren Hintern und ihre Schenkel wanderte, und weiter zu ihrem Bauch und ihrem Rücken. Sie verlangte leidenschaftlich nach mehr, und er ließ ihren Wunsch nicht unerfüllt. Seine Hand glitt schließlich zwischen ihre Beine, die sie einladend öffnete. Sie stöhnte auf, als sie ihn dort spürte, wo sie ihn sich am allermeisten wünschte.

Er liebkoste ihre Brüste und verzückte sie mit seiner Hand so lange, bis sie es kaum noch auszuhalten glaubte und sich die Spannung in einem alles erschütternden Höhepunkt entlud. Sie sank auf ihn nieder und erinnerte sich gerade noch daran, dass sie auf seine Verletzungen Rücksicht nehmen musste. Er zog sie an sich, sodass ihre Wange an der seinen ruhte.

So lagen sie stundenlang da, ohne zu schlafen oder sich zu bewegen – fernab der Wirklichkeit in einer eigenen kleinen Welt, wo Glück und süßer Friede herrschte. Sie sprachen kaum ein Wort miteinander, so als wüssten sie beide, dass Worte in diesem kostbaren Hier und Jetzt nur gestört hätten.

Es ist Liebe, dachte sie. *Auch wenn man es nicht aussprach, änderte das nichts an der Schönheit dieses Gefühls, aber auch nicht an dem Schmerz.*

Sie schmiegte sich noch enger an ihn und sah zu, wie die Nachmittagssonne lange Schatten auf die Wände des Zimmers warf.

15. Kapitel

Mathilda Wake war ein schönes, klein gewachsenes und zart gebautes Mädchen mit großer Ausstrahlung. Sie hatte den Blick bescheiden gesenkt, als Thomas sie ihm draußen im Hof vorstellte. Addis betrachtete stirnrunzelnd ihr blondes Haupt. Sein erster Eindruck war, dass die Kleine zwar ihre Pflicht akzeptierte, dass sie sich ihres Wertes jedoch sehr wohl bewusst war.

Sein zweiter Gedanke war, dass sie ihn an Claire erinnerte.

Ihre Augenlider flatterten, und sie hob ganz langsam den Kopf, um ihn anzusehen. Es dauerte eine ganze Weile, bis ihr hübscher Kopf sich so weit gehoben hatte, dass sie ihm ins Gesicht sehen konnte. Thomas musste sie auf seine Narbe vorbereitet haben – doch ihr Lächeln wurde dennoch ein klein wenig unsicher.

"Ihr seid sehr groß, Sir Addis."

Er registrierte anerkennend, dass sie ihre Unsicherheit sehr gut überspielte. "Und Ihr seid eher klein, Mylady."

"Manche meinen, dass ich noch wachsen werde – aber Ihr werdet wohl kaum noch schrumpfen."

"Wenn Euch das lieber wäre, könnte ich mich ja bemühen", erwiderte er scherzend. Einst, vor langer Zeit, war er ein Meister in diesem Spiel gewesen, in dem es darum ging, einander zu necken und sich dabei spielerisch näher zu kommen.

"Oh, ich glaube nicht, dass ich mir einen kleinen Ritter wünschen würde, Sir Addis."

Thomas, der neben ihr stand, strahlte übers ganze Gesicht. Der Stolz des Vaters interessierte Addis mehr als das gehorsame Verhalten der Tochter. Ob Thomas sie wohl sehr verwöhnte? Bekam sie von ihm immer das, was sie wollte? Wenn sie ihn bat, ihr diese Heirat zu ersparen – würde er dann nachgeben?

Die Möglichkeit hätte ihn eigentlich beunruhigen sollen – doch er stellte fest, dass er sogar hoffte, dass es so war. Während ein Teil von ihm die Notwendigkeit dieser Verbindung einsah, kämpfte etwas in ihm gegen den Zwang zur Pflichterfüllung an. Und so fühlte er sich von einer seltsamen Lust getrieben, ihr Angst zu machen.

Er führte sie in den großen Saal. Angenehme Düfte erfüllten den Raum, als ihre Füße die Kräuter zerdrückten, die man zusammen mit den Binsen auf dem Fußboden ausgestreut hatte. An Balken und Fenstern waren reichlich Sommerblumen befestigt. Es gab zwar keine allzu kostbaren Ziergegenstände – dafür vermittelten die Früchte auf dem Tisch einen frischen Eindruck, als hätte man gefunden, dass Silber für diesen Spätsommertag zu schwer und förmlich wäre. In einer Ecke des Saals saßen drei Musikanten auf ihren Schemeln.

Addis hatte sich kaum um den bevorstehenden Besuch gekümmert – dafür hatte Moira alle notwendigen Vorkehrungen getroffen. Sie hatte von ihm etwas Geld verlangt, um die vielen kleinen Dinge zu besorgen, die man brauchte, wenn Angehörige einer einflussreichen Familie zu Besuch kamen. Von ihren Jahren auf Hawkesford wusste Moira, dass man bei einem solchen Anlass nicht knausern dufte. Jedes kleine Detail war ein Ausdruck seines Standes. Er betrachtete das ansprechende Ergebnis ihrer Bemühungen und fragte sich, ob dieses Kind an seiner Seite die Arbeit überhaupt zu schätzen wusste, die eine Leibeigene ihretwegen auf sich genommen hatte.

Moira war nirgends zu sehen, und sie würde sich

auch nicht blicken lassen. Er vermutete, dass sie die Arbeiten in der Küche beaufsichtigte, oder dass sie sich im Garten ausruhte, nachdem sie alle Vorkehrungen getroffen hatte.

Er wünschte sich, sie wäre bei ihm. Wenn Thomas ihren üppigen Körper und ihre leuchtenden Augen gesehen hätte, dann hätte er sich möglicherweise gewundert und auch eine Frage gestellt. Und dann hätte Addis den Vater wissen lassen können, was die Tochter schließlich würde akzeptieren müssen – nämlich dass die Leibeigene, die ihm in London diente, auch in Zukunft bei ihm bleiben würde. Dass er immer, wenn er Freundschaft und Trost brauchte, sich an sie wenden würde und nicht an das klein gewachsene Wesen, an das er gebunden war. Und er würde alles daransetzen, dass er mehr als das von seiner Geliebten bekam – wenngleich er wenig Hoffnung hatte, dass sie es ihm geben würde.

Die vergangenen Tage waren von einer bittersüßen Stimmung erfüllt gewesen. Sie hatte ihn jeden Tag in dem Haus in Southwark besucht, so lange er dort hatte liegen müssen – doch es war zwischen ihnen zu keinem intimen Kontakt mehr gekommen. An dem Abend, als er nach London zurückkehrte, hatte er auf sie gewartet und gehofft, sie möge zu ihm kommen, während er doch ganz genau wusste, dass sie es nicht tun würde. Wahrscheinlich hatte er schon an jenem Tag, als sie einander in den Armen gehalten hatten, gespürt, dass es ein letztes süßes Zusammensein war, und eine Andeutung dessen, was hätte sein können.

Thomas hatte ihm gesagt, dass Mathilda vierzehn Jahre alt war, wenngleich sie – abgesehen von ihrer kunstvollen Frisur und ihrem kostbaren Kleid – kaum so alt aussah. Addis betete zu Gott, dass niemand von ihm eine rasche Heirat zwischen ihm und diesem Kind erwartete. Vielleicht würde er ihr in allen Einzelheiten erzählen, wie er zu seinen Narben gekommen war. Das sollte genügen, um die Dinge hinauszuzögern, bis sie etwas reifer war. Vielleicht würde es dann niemals dazu kommen.

Henry und ein kurzfristig eingestellter Diener brachten das Essen herein, das von Thomas' Knappen serviert wurde. Die Musikanten begannen leise zu spielen. Richard und eine verwitwete Lady, der er den Hof machte, setzten sich zu ihnen an den Tisch. Mathilda nahm dankend das Fleisch entgegen, das Addis ihr auf einem Teller darbot, und auch die Aufmerksamkeit, die er ihr schenkte.

Sie redete selbst sehr viel. Es gelang ihr, von jedem nur erdenklichen Thema irgendwie zu sich selbst abzuschweifen. Claire war als junges Mädchen genauso gewesen. Später hatte sie sich die Raffinesse angeeignet, auch andere dazu zu bringen, nur von ihr zu sprechen. Er fragte sich, ob dieses Kind klug genug war, um es ebenfalls so weit zu bringen.

Er erfuhr alles über ihr Pony, das im Frühling entlaufen war und nach dem alle Angehörigen des Landguts suchten, bis man es schließlich nach fünf Tagen wieder fand. Er durfte sich auch eine detaillierte Beschreibung der neuen Seidenkleider anhören, die ihre Mutter kürzlich erworben hatte. Sie versicherte ihm, dass sie oft zu ihren Lieblingsheiligen betete, dass ihre besondere Verehrung jedoch der Heiligen Jungfrau galt.

Ihre etwas zusammenhanglosen Geschichten sowie Thomas' entsprechende Bemerkungen vermittelten ihm ein vollständiges Bild von ihren vielen Tugenden und Fähigkeiten. Er dachte sich, dass er während der gemeinsamen Wagenfahrt mit Moira – obwohl sie nie viel gesprochen hatten – mehr über sie erfahren hatte, als er je über die kleine Mathilda erfahren würde, auch wenn sie noch so viel redete.

Moira. Was mochte sie gerade tun? Er fragte sich, ob er sich über irgendeine Speise beschweren sollte, damit sie persönlich kommen musste. Er sehnte sich nach ihrer tröstlichen Nähe. Die eine Seele in seiner Brust meldete sich lautstark zu Wort und drohte die höfliche Fassade zu sprengen, die die andere Seele ihm auferlegte.

"Die Musikanten spielen sehr gut", bemerkte Thomas gegen Ende des Mahls.

"Ja, wirklich", stimmte Mathilda zu. "Zu schade, dass kein Minnesänger dabei ist. Ich würde so gern jemanden singen hören."

"Dann werde ich das nächste Mal den besten Minnesänger vom Hof des Königs anheuern", sagte Addis lächelnd.

"Mich dünkt, es gibt hier im Haus jemanden, der hervorragend singt", sagte einer der Knappen geistesabwesend, während er Wein einschenkte. Sein Herr quittierte diesen Verstoß gegen die Etikette mit einem missbilligenden Blick, und der junge Mann errötete.

"Ihr habt einen Minnesänger hier und lasst ihn nicht auftreten?", fragte Mathilda. Sie machte ein beleidigtes Gesicht, weil der Mann, der ihr zu imponieren suchte, nicht alles in seiner Macht Stehende tat, um sie zu unterhalten.

"Ich versichere Euch, ich habe keinen Minnesänger hier."

Thomas schien verwirrt und wandte sich an seinen Knappen, der daraufhin noch heftiger errötete. "Es ist kein Minnesänger. Verzeiht, Mylord, aber ich habe eine Lady im Garten singen gehört; es war sehr schön und ich ..."

"Eine Lady?"

"Nein, nicht wirklich eine Lady. Es ist die Dienstmagd aus der Küche."

Mathilda beschloss zu prüfen, wie ernst es Addis mit seinem Interesse an ihr meinte. Er verstand sehr wohl, was sie mit ihrem Schmollmund erreichen wollte. Sie wollte ganz einfach erproben, ob sie einen Mann mit ihrem Charme dazu bringen konnte, das zu tun, was sie wollte. Dieses Spiel hatte früher des Öfteren jemand mit ihm gespielt.

Es war Thomas, der ihrem Charme schließlich erlag. "Wenn du jemanden singen hören willst", sagte er und tätschelte ihren Arm, "dann bin ich sicher, dass diese Dienstmagd gern für uns singen wird. Nicht wahr, Addis?"

Er wandte sich seiner Zukünftigen zu. Wenn sie erst verheiratet waren, würde sie staunen, wie viel er von den weiblichen Schlichen wusste. "Sie ist es nicht gewohnt, vor Publikum aufzutreten."

"Aber wir sind doch nur eine kleine Gruppe", warf Mathilda ein und ging sogar so weit, ihre Hand kurz auf die seine zu legen. "Wenn Ihr es verlangt, muss sie es ja tun."

Thomas lächelte erwartungsvoll, und Mathilda sah ihn mit großen Augen an. Für sie beide war das eine Selbstverständlichkeit. Sie hätten es gewiss als beleidigend empfunden, wenn er ihr diesen bescheidenen Wunsch abgeschlagen hätte. Es kam ihm so vor, als würde die Zukunft von Barrowburgh davon abhängen, ob er dem verwöhnten Mädchen diesen kleinen Wunsch erfüllte.

Wie unangenehm das Ganze doch war. Moira hatte ihm gesagt, dass sie nur noch für sich allein sang. Er zögerte so lange, dass Thomas ihn stirnrunzelnd ansah.

Schließlich erhob sich Sir Richard am anderen Ende

des Tisches. "Ich nehme an, Ihr sprecht von Moira, nicht wahr, Mylord?"

Addis warf ihm einen finsteren Blick zu, den Richard ebenso finster erwiderte. *Wollt Ihr wirklich wegen einer solchen Kleinigkeit alles aufs Spiel setzen?*, schienen die Augen seines Freundes zu sagen.

Würde er so weit gehen?

Richard wartete nicht auf seine Zustimmung. Er ging entschlossen zur Küche hinüber. Thomas machte wieder ein heiteres Gesicht, und Mathilda wirkte sehr erfreut über ihren kleinen Triumph.

Richard kehrte allein zurück, und Addis fragte sich, ob Moira sich wohl geweigert hatte. Zweifellos würde Mathilda dann von ihm erwarten, dass er Moira bestrafte.

"Sie will sich erst waschen", erklärte Richard.

Sie unterhielten sich noch über dies und jenes, sodass niemand außer Addis Moira bemerkte, als sie schließlich eintrat. Sie hatte ihr Haar zu einem dicken Zopf geflochten, der unter dem Schleier hervortrat und am Rücken baumelte. Ihr heller Schleier bildete einen starken Kontrast zu dem Bronzeschimmer ihrer Haut. Augen, so klar wie Quellwasser, sahen ihn vorwurfsvoll an.

"Es ist Lady Mathildas Wunsch, dich singen zu hören", sagte er, als sie an den Tisch trat.

"Es ist mir eine Ehre, Mylord."

"Sie hegt eine große Verehrung für die Heilige Jungfrau. Kennst du ein Lied über die Jungfrau Maria?"

"Natürlich. Mindestens zwanzig. Wünscht Ihr Euch ein bestimmtes Lied, oder soll ich selbst eines auswählen?"

"Sing, welches du willst."

Sie ging zu den Musikanten und sprach kurz mit dem Lautenspieler.

"Ich dachte, sie wäre eine Bäuerin", sagte Mathilda. "Sie sieht aber gar nicht so aus. Sie sieht aber auch nicht wie eine Dienstmagd aus."

"Sehen denn die Frauen, die Euch dienen, wie Bäuerinnen oder Dienstmägde aus?"

"Nein, das stimmt. Aber sie dienen einer Lady, und hier gibt es keine Lady."

Doch, es gibt eine. Und sie ist so edel, wie du es dir nur wünschen könntest. "Sie war in ihrem Leben immer in der Nähe von Damen, viel mehr als Eure Dienerinnen."

Mathilda dachte über seine Worte nach, während sie noch das würdevolle Auftreten dieser Dienstmagd mit ihrem einfachen Leinenkleid in Einklang zu bringen versuchte. Addis wandte sich Thomas Wake zu und erkannte augenblicklich, dass der Mann über ihn und Moira Bescheid wusste. Er warf Addis einen Blick zu, der Verständnis und Nachsicht ausdrückte.

Moira sang wunderschön, obwohl sie sich nicht einmal allzu sehr bemühte. Er spürte, dass sie sich unwohl fühlte, im Mittelpunkt zu stehen. Sie sang zwei Lieder über die Mutter Gottes – das zweite so lang, dass Mathildas Verehrung für die Heilige Jungfrau gewiss Genüge getan wurde.

"Wir brauchen auch eine Sängerin", sagte Mathilda zu Thomas. "Die Minnesänger haben bei weitem keine so schöne Stimme." Sie wandte sich mit einem verschlagenen Lächeln an Addis. "Kennt sie nur religiöse Lieder? Etwas Fröhlicheres wäre jetzt nett, ein Liebeslied vielleicht."

"Ich glaube nicht ..."

Mathilda stand auf und wandte sich an die Sängerin. "Jetzt noch ein Liebeslied, Moira, um die Stimmung zu heben."

"Ich glaube nicht, dass die Frau Liebeslieder kennt. Sieh nur, wie sie zögert, meine Liebe", sagte Thomas.

"Natürlich kennt sie welche. Jeder kennt irgendwelche Liebeslieder."

Moira nickte. "Wenn Ihr es wünscht, Mylady." Sie sagte etwas zu dem Lautenspieler und begann mit dem Lied.

Abgesehen von den wenigen Zeilen, die er sie im Garten hatte singen hören, konnte sich Addis nicht erinnern, wann er Moira zum letzten Mal ein Liebeslied hatte vortragen hören. Sie sah niemanden im Saal an. Ihr Blick war auf einen Punkt beim Fenster gerichtet, als sie ihre Stimme erklingen ließ.

Sie trug dieses Lied mit etwas mehr Gefühl und Ausdruck vor, sodass die Schönheit ihrer Stimme mehr zum Tragen kam als bei den religiösen Liedern. Beim Zuhören wurde Addis plötzlich von einem seltsamen Gefühl ergriffen. Es musste viele Jahre her sein – doch es kam ihm vor, als hätte er sie irgendwann sehr oft auf diese Weise singen gehört. Es war ihm, als kenne er jede Nuance und jeden Tonfall in ihrer Stimme.

Geisterhafte Bilder huschten durch seine Erinnerung, die auf irgendeine Weise mit diesen Melodien zu tun haben mussten. Es war ihm, als hätten sie ihm einst Trost und inneren Frieden gespendet, doch seine Erinnerung daran war alles andere als deutlich. Das Ganze ergab überhaupt keinen Sinn. Moira hatte auf Hawkesford bei Tisch gesungen; damals war er stets in Gesellschaft von Claire bei Tisch gesessen – und die Erinnerung an Claire brachte ihm niemals inneren Frieden. Dennoch ließ ihn das quälende Gefühl nicht los, dass es da etwas gab, woran er sich erinnern sollte.

Während er ihrer Stimme lauschte, wuchs in ihm ein Gefühl der inneren Ruhe. Er erinnerte sich daran, wie es war, in ihren Armen zu liegen, mit dem Gesicht an ihrer Brust, und in dem Gefühl von Geborgenheit und gegenseitiger Liebe zu schwelgen. Er starrte auf ihr

Gesicht, das zum Fenster gerichtet war, und fragte sich, ob die vagen Erinnerungen, die ihr Lied in ihm auslöste, auf Tatsachen beruhten oder ob er sich das alles nur einbildete.

Sing für *mich*. Irgendwann in meinen Träumen oder in meinem Leben hast du es schon einmal getan. Ich spüre es genau. Vergiss die anderen, und tu es noch einmal für mich. Nur ein Blick, damit ich weiß, dass du dasselbe fühlst wie ich, damit ich weiß, dass du es auch akzeptierst.

Sie beendete das Lied, ohne sich ihm zuzuwenden, was ihn maßlos enttäuschte. Er hatte seine Gäste ganz vergessen, sodass er erschrak, als er die mädchenhafte Stimme zu seiner Rechten hörte. "Ihre Stimme könnte einen zum Weinen bringen", sagte Mathilda und klatschte begeistert Beifall. "Noch ein Lied!"

Moira erstarrte.

"Ich bin sicher, die Frau hat andere Pflichten", sagte Thomas.

"Ein einziges Lied noch."

"Es reicht jetzt, mein Kind. Ich habe genug Musik gehört."

Sie schmollte etwas halbherzig, beschloss dann aber, es hinzunehmen. "Bitte, ein paar Münzen, damit ich sie ihr schenken kann."

Thomas holte zehn Pence aus seinem Geldbeutel hervor, und Mathilda rief Moira zu sich. "Das ist für dich, weil du uns deine schöne Stimme hast hören lassen." Sie drückte Moira die Münzen in die Hand. "Vielleicht werde ich in Zukunft noch oft Gelegenheit haben, dir zuzuhören", fügte sie flüsternd hinzu, wenngleich es jeder hören konnte.

Moiras Blick fiel auf das Geld in ihrer Hand, dann auf das reizende Kind, das sie mit einem so strahlenden Gesicht ansah. Sie lächelte das Mädchen freundlich an.

"Ihr seid zu großzügig. Es war mir eine Ehre." Sie wandte sich an Addis, ohne ihn anzusehen. "Darf ich mich jetzt zurückziehen, Mylord?"

Er gab ihr nur zu gern die Erlaubnis zu gehen. Er wünschte sich, er hätte nach ihrem Lied genauso gefasst sein können, wie Moira es offensichtlich war.

Sie saß zusammengekauert hinter dem dicksten Baum des Gartens und lauschte auf die Geräusche, die ihr sagten, dass Lady Mathilda aufbrach. Ihr ganzer Körper wurde von tiefen Schluchzern geschüttelt, und sie barg ihr Gesicht zwischen den Knien, damit man sie nicht hörte.

Kaum war sie mit ihren Arbeiten fertig geworden, hatte sie dieser tiefe Kummer gepackt. Irgendwie hatte sie den Albtraum überlebt, ein Liebeslied für die beiden singen zu müssen. Danach hatte sie noch Jane beim Abwaschen geholfen. Während die Gäste sich allmählich zum Aufbruch fertig machten, war sie hinaus in die Nachmittagssonne gegangen, ohne irgendjemandem zu sagen, wo sie hinwollte.

Sie konnte einfach nicht aufhören zu schluchzen, obwohl sie kaum noch Luft bekam. Es war ihr, als würde ihre Brust gleich platzen. Sie umklammerte ihre Beine so fest, dass es wehtat, und bemühte sich, die Fassung wiederzugewinnen.

Sie hatte zusammen mit ihm die Vorbereitungen für diesen Tag erledigt, auch wenn er es gar nicht gewollt hatte. Sie hatte sich um das Essen, die Blumen und die Musikanten gekümmert – doch sie hatte sich geschworen, dass sie sich nicht im Saal würde blicken lassen. Geschickt hatte sie alles so eingerichtet, dass sie den Saal nicht mehr würde betreten müssen und das junge Mädchen, das ihm seine Ehre wiedergeben konnte, nicht würde sehen müssen. Sie würde ihm helfen, so wie sie es immer getan hatte – doch sie weigerte sich, mit gebrochenem Herzen zuzusehen, wie er mit einer anderen zusammen war.

Sie blickte auf ihre Hände hinunter und öffnete langsam die Hand, in der sie die zehn Pence hielt. Die Münzen hatten sich in die Handfläche eingeprägt – so fest hatte sie die Hand zusammengepresst. Mit feuchten Augen starrte sie auf die Münzen hinunter und dachte an das, was Mathilda zu ihr gesagt hatte.

Nein, sie konnte das einfach nicht tun. Es war nicht allein das Singen. Sie konnte das alles nicht tun. Ihnen dienen. Sie ständig sehen. Zusehen, wie ihre Kinder zur Welt kamen.

Er hatte nicht die Absicht, sie freizugeben – das wusste sie genau. Er hatte vor, sie bei sich zu behalten – gleichgültig, ob sie nun seine Geliebte sein würde oder nicht. Es ergab einfach keinen Sinn. Das Mädchen war schön und fröhlich und stand gewiss überall im Mittelpunkt. Er hatte auch früher nie ein Auge für sie gehabt, als Claire noch alles überstrahlt hatte. Warum sollte es jetzt anders sein, wo sie wieder im Schatten einer anderen stand?

Sie beruhigte sich allmählich und hörte zu schluchzen auf. Vom Hof her hörte sie, wie Pferde sich in Bewegung setzten. Es folgten die Geräusche von Schritten – und dann war Stille.

Sie hoffte, dass er sie nicht suchen würde. Schließlich hatte er Pläne zu schmieden und an die bevorstehende Heirat zu denken. Sie betete, dass er sich nicht auch noch bei ihr entschuldigen wollte, weil sie bei Tisch hatte singen müssen; ihr reichte schon der bedauernde Blick, mit dem Richard sie angesehen hatte, als er gekommen war, um sie in den Saal zu holen. Wenn sie Addis heute noch einmal gegenübertreten musste, würde sie erneut die Fassung verlieren – und er würde es auch noch mit ansehen. Diese Demütigung hätte sie einfach nicht ertragen.

Sie fühlte sich nun etwas ruhiger und schaute um den Baum herum. Im Garten und im Hof war niemand zu sehen. Sie ging an den Blumenbeeten vorbei zum Haus zurück und trat ein, um die Abgeschiedenheit ihrer Kammer aufzusuchen.

Vielleicht würde er es sich später einmal anders überlegen. Vielleicht würde er nachgeben, wenn er erst einmal geheiratet und Barrowburgh zurückgewonnen hatte. Doch so lange würde sie es nicht aushalten. Als Mädchen hatte sie alles ertragen – doch damals war ihr auch nichts anderes übrig geblieben. Sie war nun kein Mädchen mehr, und sie hatte es in der Hand, das Ganze zu beenden.

Sie saß auf ihrem Strohlager und nahm den Nähkorb in ihren Schoß. Sie öffnete das Futter und holte den Rubin hervor. Es war ihre Absicht gewesen, sich ein Gasthaus und einen Ehemann damit zu kaufen – doch ihr Steinmetz hatte von Heirat gesprochen, ohne eine Mitgift zu erwähnen. Rhys würde nicht etwas vermissen, was er gar nicht erwartet hatte.

Sie starrte auf den leuchtenden Edelstein hinunter. So klein und doch so kostbar. Wegen seiner Seltenheit und Schönheit begehrt. So wie manche Frauen begehrt waren.

Genug damit. Zu viele Jahre hatte sie eine kindliche Verliebtheit mit sich herumgetragen. Sie war die Gefangene ihrer eigenen Träume und Erinnerungen. Genug von der Vergangenheit. Das alles war aus und vorbei.

Addis suchte sie in der Küche und im Garten und kam zu dem Schluss, dass sie wahrscheinlich auf den Markt gegangen sein musste, um die Lebensmittelvorräte zu ergänzen. Er sagte Jane, dass sie ihn benachrichtigen solle, wenn Moira zurück war, und zog sich dann in sein Privatgemach zurück. Er hoffte, sie würde nicht lange weg sein. Er musste ihr unbedingt danken und sich bei ihr entschuldigen.

Das Festmahl war äußerst ermüdend gewesen. Das Mädchen hatte ihm das Gefühl gegeben, uralt und lebensüberdrüssig zu sein. Da war mehr zwischen ihnen als nur einige Lebensjahre. Wie eine riesige Kluft standen zwischen ihnen all die Erfahrungen, die er hatte machen müssen. Er bezweifelte, dass diese Kluft durch Leidenschaft, durch gemeinsame Kinder oder einfach durch die Zeit überbrückt werden konnte – vor allem deshalb, weil er es sich gar nicht wünschte. Sein Körper mochte sich mit dem ihren vereinigen, um Söhne zu zeugen – doch seine Seele würde niemals imstande sein, sich mit der ihren zu verbinden. Nicht weil sie jung und eitel war und große Ähnlichkeit mit Claire hatte. Das wirkliche Problem war, dass sie nicht jemand anders war.

Er trat ans Fenster, von dem aus man den Hof überblickte – in der Hoffnung, das schlichte Leinenkleid zu sehen, das ihm gesagt hätte, dass sie zurück war. Er sah erneut vor sich, mit welcher Anmut sie das Geld angenommen hatte, das Mathilda ihr gab, und wie sie den Blick starr geradeaus gerichtet hatte, als sie ihr Lied sang. Sie hatte, während sie das Liebeslied vortrug, nicht ein Mal zu ihm hinübergeblickt – obwohl er es sich so sehr gewünscht hatte. Vielleicht war es auch besser so. Dann hätten nämlich alle gesehen, wie er auf ihr Lied reagierte. Wahrscheinlich war es Thomas ohnehin nicht entgangen.

Er warf sich aufs Bett – von einem Gefühl der Leere durchdrungen, so als bildeten Körper und Seele keine Einheit mehr. Wie mühsam und schwierig sein Leben doch war. In mancher Hinsicht war er als Sklave ein freierer Mensch gewesen. Ein Joch, das einem auf die Schultern gelegt wurde, war leichter zu tragen als eine Verantwortung, die die Herkunft einem auferlegte.

Was wäre gewesen, wenn er Moira damals schon begegnet wäre, wenn sie ebenfalls dem Feind in die Hände gefallen wäre? Hätte er sie auch damals lieben und ihre tröstliche Nähe genießen können, als sein Herz sich verhärtete, um ihm das Überleben zu ermöglichen? Und wenn sich die Chance geboten hätte, die Freiheit zu erlangen – hätte er sie genutzt, auch wenn er sie dafür hätte verlassen müssen?

Ein Geräusch an der Tür unterbrach ihn in seinen Träumereien. Jane steckte den Kopf zur Tür herein.

"Ist sie zurück?", fragte er und schwang sich vom Bett herunter.

"Nein." Jane blieb in der Tür stehen und nestelte mit den Händen an ihrem Kleid herum. "Sie sagte, ich soll es Euch erst morgen geben und Euch sagen, dass sie sich heute Abend in ihrer Kammer ausruht – aber ich dachte mir, dass Ihr es vielleicht jetzt schon wissen wollt."

"Dass ich was wissen will?"

Ihre ängstliche Miene weckte sofort schlimme Befürchtungen in ihm. Sie trat ins Zimmer und legte etwas auf den Tisch.

"Ich soll Euch sagen, dass sie damit ihre Freiheit erkauft. Sie sagte, das wäre der Preis, den Ihr festgesetzt habt. Sie meinte, sie würde nicht ihren Eid brechen, weil sie nicht wegläuft, sondern als freie Frau geht."

Er schritt rasch zum Tisch hinüber. Auf einem Stück Papier lag ein Rubin, der wohl doppelt so groß war wie ein Rotkehlchenei.

Jane leckte sich nervös über die Lippen. "Sie sagte, Ihr könntet ihn jetzt bestimmt besser gebrauchen als sie. Sie meinte, Ihr könnt damit Bogenschützen anheuern."

"Wo ist sie?"

"Sie sagte nur, dass sie es nicht tun kann, was immer das bedeutet. Dass sie auch aus Freundschaft nicht dazu imstande wäre und ..."

"Wo ist sie?"

Sie zuckte zusammen. "Das weiß ich nicht. Ich schwöre es, Mylord. Sie ist schon vor einer ganzen Weile aufgebrochen und hat gemeint, sie würde ihre Sachen später holen lassen. Sie hat nur einen großen Korb mitgenommen, nicht mehr. Ich hätte sofort kommen sollen, ich weiß, aber ich habe erst nach einer Weile begriffen, was sie meinte und was sie vorhatte – und da sagte Henry, dass ich ..."

Er starrte auf den Rubin hinunter, ohne auf Janes Rechtfertigungen zu hören. Ein überraschend heftiger Schmerz schnürte ihm die Kehle zu.

Er machte eine vage Geste. "Du kannst gehen."

"Wollt Ihr, dass Henry und ich nach ihr suchen ...?"

"Ich will allein sein."

Sie eilte aus dem Zimmer. Er griff nach dem Rubin und bestaunte das tiefe Leuchten, die satte Farbe und das Funkeln des Steins. Wunderschön – so wie sie.

Woher mochte sie den Edelstein haben? Ohne Zweifel von Edith – die ihn wiederum von Bernard bekommen hatte. Sie hatte den Rubin die ganze Zeit besessen, schon daheim in Darwendon. Er war ihre Mitgift, doch nun war es ihr wichtiger geworden, ihn zu verlassen, als diese Kostbarkeit in die Ehe mitzubringen.

Sagt ihm, ich kann es nicht tun.

Nein, sie brachte es nicht fertig – genauso wenig wie er selbst es gekonnt hätte. Wenn jemand von ihm verlangt hätte, dass er tagtäglich zusehen sollte, wie sie mit einem anderen Mann zusammen war, so hätte er es bestimmt nicht gekonnt. Auch dann nicht, wenn sie ihn in ihrer Nähe gebraucht hätte. Im Grunde hatte er immer gespürt, dass sie das niemals hinnehmen würde, selbst wenn sie sich die Liebe eingestand, die zwischen ihnen war.

Er nahm den Rubin und trug ihn zu der Truhe, wo er das Geld aufbewahrte. Er hob den Deckel und sah die schimmernden Armspangen vor sich liegen; sie funkelten, als verlangten sie nach Aufmerksamkeit. Er nahm eine der Armspangen heraus und betrachtete die ineinander verschlungenen Schlangen. Plötzlich fiel ihm ein Satz ein, den Moira über die Tochter des Priesters gesagt hatte: *Sie muss dich sehr geliebt haben.*

Eufemias Gesicht tauchte in seinen Gedanken auf. War es tatsächlich so gewesen? Er sah die Frau wieder vor sich, wie sie ihn zuletzt noch einmal angesehen hatte, bevor sich ihre Wege für immer trennten. Sechs Jahre lang hatte er sie regelmäßig gesehen – doch es war ihm, als sehe er sie nun zum ersten Mal wirklich. Und in ihrem gefassten Gesichtsausdruck, der Gefühle verbarg, die er nicht teilte, sah er nun auch Moira; doch er sah Moira auch als junges Mädchen vor sich – jenes Mädchen, das ihn einst aus der Entfernung beobachtet hatte.

Seine Kehle brannte wie Feuer, und der Rubin trübte sich vor seinen Augen. Er wusste mit einem Mal alles – nein, er fühlte es, denn an Einzelheiten konnte er sich nicht mehr erinnern. Großer Gott, was hatte er ihr in seiner Selbstsucht nur angetan?

Als er sich zuvor vorgestellt hatte, dass er ihr in seiner Zeit als Sklave begegnet wäre, da hatte er sich die falsche Frage gestellt. Er hätte sich nicht fragen sollen, ob er die Chance zur Flucht genutzt hätte, auch wenn er sie dafür hätte verlassen müssen. Eufemia hatte ihm gezeigt, was Liebe und Freundschaft wirklich bewirken konnten. Die wahre Prüfung seiner Liebe wäre es gewesen, wenn er sie hätte ziehen lassen und selbst hätte zurückbleiben müssen.

Jane wusste nicht, wohin Moira gegangen war. Nun, er wusste es. Er ging zur Tür. Sollte es wirklich so sein, dass eine heidnische Zauberin mehr Größe bewies als ein christlicher Ritter?

16. Kapitel

Jedermann im Bezirk kannte Rhys, und so fand sie sein Haus ohne Mühe, nachdem man ihr den Weg beschrieben hatte. Als sie schließlich an die Tür des einfachen Hauses klopfte, kam niemand heraus – und so setzte sie sich auf die Schwelle, um zu warten.

Die schmalen hohen Häuser der Gasse standen dicht nebeneinander. Ein Kürschner und ein Weber arbeiteten in den Häusern gegenüber. Sie musterten sie ebenso wie die Frauen und Kinder, die sich vor den Häusern aufhielten. Moira hoffte, dass Rhys vor Einbruch der Nacht heimkommen würde, damit sie nicht wieder Schwierigkeiten mit der Polizei bekam.

Eine Stunde später bog er in die Gasse ein, sein Werkzeug in einem Sack über der Schulter tragend. Er sah sie sofort, und sie stand rasch auf.

Er freute sich sichtlich, sie zu sehen, was ihr die Sache sehr erleichterte. Die Gefühle, die sie hierher geführt hatten, waren inzwischen etwas verblasst, und es erschien ihr mittlerweile gar nicht mehr so vernünftig, dass sie hergekommen war. Er hatte sie nicht mehr besucht, seit Addis zurückgekehrt war – und sie wusste, dass man ihn wegen des Überfalls auf Addis verhört hatte. Wenn das Verhör unangenehm gewesen war, so konnte es sein, dass er ihr die Schuld dafür gab.

"Ich habe dir ein Abendessen gebracht", sagte sie und hob den Korb hoch.

Er nahm ihr den Korb ab und öffnete die Tür.

Er benutzte das vordere Zimmer nicht als Werkstatt, und so standen auch hier ein Tisch und mehrere Schemel. Das Haus machte einen recht gemütlichen Eindruck, auch wenn es ziemlich spärlich möbliert war. Es sah genauso aus, wie man es von einem Steinmetz erwarten konnte, der noch nicht geheiratet hatte, der aber vorhatte, es eines Tages zu tun. Sie fühlte sich plötzlich verlegen und wusste nicht recht, was sie sagen sollte – und so begann sie erst einmal, das Essen aus dem Korb zu holen.

"Sieht so aus, als hätte es ein Festmahl gegeben", stellte er fest, als sie das Weißbrot, den Kanincheneintopf und die Rehpastete auspackte.

"Ja." Sie trug den Eintopf zur Feuerstelle hinüber. Rhys machte Feuer, und sie stellte die irdene Schüssel zum Aufwärmen nieder.

"Thomas Wake ist zu Besuch gekommen." Sie wusste, dass sie nicht mehr zu sagen brauchte. Er war schon in Wakes Haus gewesen. Er kannte auch Mathilda und konnte sich bestimmt denken, warum man das Festmahl gegeben hatte.

"Ich hoffe, die Wunden deines Herrn verheilen gut? Sir Thomas hat mich vorige Woche besucht. Er wollte wissen, wo ich die letzten Tage war."

"Das fragte er alle, die wussten, wohin Addis geritten war."

"Aber Sir Addis dachte, dass ich es war, der ihm folgte, nicht wahr?"

Sie nickte.

"Und was hast du gedacht, Moira?"

"Ich sagte ihm, dass es unmöglich du gewesen sein kannst. Du würdest ihm nie so etwas antun."

"Du denkst besser von mir, als ich bin. Ich kann nicht verhehlen, dass mir der Gedanke durch den Kopf gegangen ist."

"Ich weiß, dass du es nicht getan hast." In Wirklichkeit war sie sich dessen gar nicht so sicher – denn es wies nichts darauf hin, dass es der König oder die Despensers waren, die Addis die Männer auf den Hals gehetzt hatten. Sie ging ganz einfach davon aus, dass seine Gefühle für sie nicht stark genug waren, als dass er für sie einen Mord begehen würde.

Er zuckte die Achseln. "Nein. Er hatte eine wichtige Nachricht zu überbringen. Diese Chance kommt vielleicht nicht wieder."

"Glaubst du, dass irgendjemand euch alle verraten hat? Dass der König Bescheid weiß?"

"Mag sein. Vielleicht wartet schon ein ganzes Heer auf uns, wenn wir die Stadt verlassen, um zum Heer der Königin zu stoßen."

Sie wollte nicht wieder an diese Gefahr denken. Schon in der vergangenen Woche waren ihre Gedanken immer wieder in diese Richtung gegangen, als sie sich in Southwark um Addis gekümmert hatte und am Abend die Soldaten auf der Straße gehört hatte.

Sie setzten sich schließlich zu Tisch, doch Moira hatte keinen großen Appetit. Sie musste sich immer wieder vorstellen, wie es wäre, Abend für Abend hier mit ihm zu sitzen und an ihn gebunden zu sein.

"Willst du mir nicht sagen, warum du hier bist?", fragte er schließlich, während er sich etwas Bier einschenkte.

"Vielleicht wollte ich einfach nur mit einem Freund zu Abend essen."

"Ach ja? Aber du isst kaum etwas, und du siehst außerdem ziemlich betrübt aus."

"Ich bin einfach nur müde, das ist alles."

"Hast du dieses Festmahl vorbereitet?"

"Ja, ein freudiger Anlass. Die Verbindung mit Thomas Wake ist für Addis sehr wichtig. So bekommt er die Unterstützung, die er braucht." Sie hatte es in beiläufigem Ton sagen wollen – doch ihre Stimme zitterte ein wenig, sodass er sie eindringlich ansah.

Es fiel ihr immer noch nicht leicht, Haltung zu bewahren. Sie nahm einen Schluck von dem Bier. "Ich habe mir heute die Freiheit erkauft. Er hat einen hohen Preis festgesetzt, aber ich habe ihn bezahlt. Ich hatte genug gespart ... und ich hatte gehofft ..."

"Wie hoch?"

"Zu hoch."

"Das hättest du nicht tun müssen."

Er wollte ihr zu verstehen geben, dass es ihm nichts ausmachte, ob sie eine Leibeigene war oder eine freie Frau – und dafür war sie ihm dankbar. "Ich musste es einfach tun. Ich hatte mir geschworen, nicht wegzulaufen. Egal – jetzt habe ich es ohnehin getan."

"Glaubst du, dass er es akzeptieren wird?"

"Er hat den Preis festgesetzt, und ich habe ihn bezahlt. Ein Sohn von Barrowburgh wird sein Wort bestimmt halten."

"Ich weiß nicht, ob das für ihn auch so eindeutig ist. Mir scheint, du siehst ihn etwas anders, als ich ihn sehe."

Sie wollte nicht mit ihm über Addis' Charakter sprechen. Im Moment war es sicher am besten, überhaupt nicht an ihn zu denken. Schon die Erwähnung seines Namens trieb ihr beinahe die Tränen in die Augen.

Sie ärgerte sich über ihr närrisches Herz und beschloss, zum Kern ihres Anliegens zu kommen. "Ich habe zwar viel bezahlen müssen – es ist aber immer noch etwas übrig. Ich habe außerdem mein Haus in Darwendon und etwas Land." Jetzt, da sie es aufzählte, klang es nicht allzu beeindruckend.

Er tunkte etwas Brot in seinen Eintopf. "Willst du mir gerade erklären, wie hoch deine Mitgift ist, Moira? Bist du etwa gekommen, um mir einen Heiratsantrag zu machen?"

"Ich habe gehört, dass die Mitgift für Bürger der Stadt hundert Pfund beträgt. Ich bezweifle, dass mein kleines Landgut so viel wert ist. Bei einem Steinmetz wie dir, der ein eigenes Haus hat und in Westminster arbeitet, ist die Mitgift sicher viel höher. Bestimmt rennen dir die Väter von heiratsfähigen Töchtern die Tür ein."

"Ja, ganz bestimmt", sagte er lächelnd. "Es sind Hunderte, die jeden Tag zu mir kommen."

"Aber ich habe auch noch mein Handwerk. Die Ladys zahlen gut für meine Körbe. Und wenn du heiratest, müsstest du nicht mehr in den Schenken essen."

"Das wäre schon einiges wert."

"Und das hier ist zwar ein hübsches Haus – aber ein richtiges Zuhause ist es nicht. Du könntest auch Lehrlinge einstellen, wenn du eine Frau hättest, die sich um alles kümmert."

Er stützte den Kopf auf eine Hand, von ihrem Vortrag sichtlich amüsiert. "Du brauchst mich nicht von deinem Wert zu überzeugen. Ich habe dir ja schon gesagt, dass ich selbst daran gedacht habe, dir einen Antrag zu machen. Und mir genügt jede Mitgift, die du vorzuweisen hast. Nein, das Problem liegt ganz woanders."

"Was meinst du damit?"

"Du willst nicht mit mir schlafen. Es gibt nur wenige

Dinge, die eine Ehe so schnell zur Hölle machen können wie das."

Seine offenen Worte machten sie sprachlos. Davon hatte sie eigentlich nicht sprechen wollen. Verlegen blickte sie auf den Tisch hinunter.

"Ich war nicht lange verheiratet, und ich bin in diesen Dingen immer noch unerfahren. Ich würde wahrscheinlich ein wenig erschrecken, wenn mich ein Mann berührt. Aber ich war James immer eine gehorsame Gemahlin – auch im Bett."

"Ich will aber nicht deinen Gehorsam. Wenn das die Mitgift ist, die du mir bringst, dann nehme ich sie nicht an."

Sie war erschöpft von dem langen, anstrengenden Tag – und nun verlor sie auch noch das letzte bisschen ihrer Kraft. Es war ein Fehler gewesen, hierher zu kommen. Er wollte sie überhaupt nicht. Sie hätte es wissen sollen, dass er es sich anders überlegt hatte, nachdem er sie nicht mehr besucht hatte.

Sie stand auf, um zu gehen. Es graute sie davor, in Addis' Haus zurückzukehren. Vielleicht konnte sie ihm ja aus dem Weg gehen – und wenn sie erst einmal eine Nacht geschlafen hatte, würde ihr schon etwas einfallen, wie sie allein in dieser Stadt leben konnte.

Er griff nach ihrem Arm, um sie aufzuhalten. "Ist das die einzige Art, wie du einem Ehemann begegnen kannst, Moira? In Gehorsam?"

"Das ist es doch, was die Männer wollen."

"Ich nicht."

Nein. Wenn dieser Mann nur eine pflichtbewusste Frau gesucht hätte, dann hätte er wohl schon vor Jahren geheiratet. Sie war mittlerweile zu erschöpft, um noch so etwas wie Peinlichkeit zu empfinden – und so sagte sie ganz offen, was sie dachte.

"Ich bin heute aus eigenem Entschluss hierher gekommen. Ich weiß nicht, ob ich das habe, was du dir wünschst, oder ob wir ein gutes Leben miteinander führen können. Wir lieben uns nicht, aber wir können Freunde sein – und schließlich haben die meisten Ehepaare auch nicht mehr als das. Ich habe mir gedacht, wir könnten ja sehen, ob sich zwischen uns etwas entwickelt. Ich hatte nicht vor, wieder zurückzugehen, aber ich werde es tun, wenn ich muss."

Ihre Worte klangen verzweifelter, als ihr lieb war. Er betrachtete sie nachdenklich und stand schließlich auf, um zu ihr zu kommen. "Nein. Du bleibst hier, und ich heiße dich bei mir willkommen."

Er beugte sich zu ihr hinunter und küsste sie. Es war ein Angebot der Freundschaft genauso wie der Leidenschaft. Sie nahm die Wärme entgegen, die sein Kuss ihr bot, und ignorierte den stummen Aufschrei in ihrer Brust.

Er umarmte sie vorsichtig, und sie ließ sich in seine Arme sinken. Es waren nicht die richtigen Arme, doch ihre Kraft spendete ihr doch ein klein wenig Trost. Halb hoffte und halb fürchtete sie sich davor, dass er mehr tun würde, als sie zu küssen und zu umarmen. Sie würde beginnen, die Freuden der Leidenschaft mit ihm zu entdecken, sagte sie sich. Mit der Zeit würde sie vielleicht in seinen Armen alles vergessen, was vorher war.

Da glitt ein Schatten über sie beide und hielt sie davon ab, sich noch einmal zu küssen. Sie drehten sich beide zur Türe um.

Vor ihnen stand Addis, einen gefährlich angespannten Ausdruck auf dem Gesicht. Er betrachtete sie mit funkelnden Augen, und man sah, dass sich etwas in ihm zusammenbraute.

Rhys ließ sie los und schob sie hinter sich. "Wenn Ihr hier in meinem Haus gewalttätig werdet, dann werdet

Ihr Euch vor dem Gericht der Stadt verantworten müssen."

"Ich bin nur gekommen, um mir zu holen, was mir gehört."

"Sie ist jetzt eine freie Frau."

"Noch nicht."

Es fiel ihr nicht schwer zu erraten, in welcher Stimmung sich Addis befand. Sie kannte diese Entschlossenheit und wusste, wohin sie führen konnte. "Nein, Rhys, nicht ...", stieß sie atemlos hervor.

Er hinderte sie daran, zu ihm zu gehen. "Wenn du zu ihm zurückgehst, wird er dich nicht mehr gehen lassen. Eher wird er dich töten, fürchte ich."

Sie legte die Hand auf seinen Arm. "Das ist nicht wahr. Du kennst ihn nicht. Mir droht keine Gefahr bei ihm."

"Das stimmt", pflichtete Addis ihr bei und zog sein Schwert aus der Scheide. Er hob es hoch, bis die Spitze auf Rhys' Kehle zeigte. "Aber für Euch bin ich gefährlich. Kommt mir nicht in die Quere. Ihr könnt sie haben, wenn ich mit ihr fertig bin."

"Ihr seid schon mit ihr fertig. Und sie ist fertig mit Euch."

"Nicht ganz. Komm mit, Moira."

Sie sah das wütende Funkeln in seinen Augen und fürchtete sich vor dem, was er tun könnte, wenn Rhys sich ihm weiter widersetzte. "Steck dein Schwert ein, Addis." Sie schob Rhys' Arm beiseite und ging zu ihm. "Du hast diesem Mann nichts vorzuwerfen. Du weißt, dass ich aus freien Stücken hierher gekommen bin. Du wirst ihm wegen mir nichts antun."

Er starrte Rhys wütend an. Sie trat zu ihm und legte die Hand auf seinen Arm, worauf er das Schwert langsam sinken ließ.

Sie spürte, wie seine Wut ein wenig verrauchte. Einige Augenblicke später steckte er das Schwert zurück in die Scheide.

Er sah den Steinmetz immer noch finster an, der sich davon jedoch nicht einschüchtern ließ.

"Du kommst mit mir, Moira. Schlaf heute Nacht, wo du willst, aber du kommst jetzt mit mir."

Rhys warf ihr einen warnenden Blick zu, doch sie sah ihn beruhigend an. *Er meint es ernst,* wollte sie ihm damit sagen. *Vertrau mir einfach. Ich kenne ihn.* Rhys schien das jedoch nicht so einfach hinnehmen zu wollen.

Sie sah Addis an, der sich von Rhys abwandte. Sein Gesichtsausdruck ließ beinahe ihr Herz stillstehen. Da war immer noch Zorn, aber auch ein Schmerz, wie sie ihn nie mehr bei ihm zu sehen geglaubt hatte. Ein tiefes Gefühl des Verlusts, das um nichts geringer zu sein schien als ihr eigener tiefer Kummer.

Rhys war für sie gar nicht mehr anwesend. Es gab nur noch sie beide – und sie sahen einander an und erkannten beide, was zwischen ihnen war und was nun zu Ende ging. All die Worte, die sie niemals ausgesprochen hatten, hingen nun in der Luft. Sie wusste zwar nicht, warum er wirklich gekommen war – doch sie war sich nun sicher, dass er sie nicht zwingen würde, zu ihm zurückzukehren. Und sie musste sich eingestehen, dass sie nicht nur Dankbarkeit empfand, sondern auch Enttäuschung.

Sie ging zur Tür, doch aus dem Augenwinkel sah sie noch, wie Rhys sich auf Addis stürzte. Doch noch ehe er Addis einen Schlag versetzen konnte, traf ihn Addis mit einem Fausthieb im Gesicht, der Rhys rückwärts gegen den Tisch taumeln ließ.

Addis fasste sie an der Hand und zog sie auf die Straße hinaus. Mit langen Schritten ging er mit ihr auf die Hauptstraße hinaus. Sie stolperte hinter ihm her und raffte ihren Rock hoch, um sich nicht darin zu verfangen.

"Du hättest ihn nicht schlagen müssen", sagte sie vorwurfsvoll.

"Es freut mich, dass er mir einen Grund dafür gegeben hat. Er ist noch billig davongekommen. Ich hätte ihm fast den Kopf abgerissen, als ich sah, wie er dich umarmte."

Sie wehrte sich gegen ihn, doch ohne Erfolg. "Du hast gelogen. Du hast gesagt, ich kann gehen, wohin ich will."

"Ich habe nicht gelogen. Wenn ich mit dir fertig bin, kannst du zu ihm zurückgehen. Nur – zu wissen, dass er dich hat, ist eine Sache. Aber es ist etwas ganz anderes, wenn man es mit ansehen muss. Du wirst vielleicht verstehen, dass ich ein wenig eifersüchtig bin."

Er zog sie entschlossen mit sich, ohne seine Schritte zu verlangsamen. Sie erkannte schließlich, dass er nicht zu seinem Haus zurückging.

Die Straße mündete in einen offenen Platz. Sie blickte verwirrt auf, als sie die hohen Türme sah, die von der Kathedrale in der Mitte des Platzes aufragten. Addis ging mit ihr auf das Portal zu, vorbei an den Straßenverkäufern, die schon dabei waren, ihre Stände abzubauen.

Im Inneren des Doms hielt er inne und überblickte die Tische, wo Schreiber und Rechtsgelehrte ihre Dienste anboten. Er gab einem der Geistlichen ein kurzes Zeichen und sagte: "Ich brauche sofort einen Priester."

Er führte sie zu einem der Tische an der Wand. Der Mann, der dort arbeitete, hatte bereits begonnen, seine Papiere einzusammeln.

"Seid Ihr mit dem Gesetz vertraut?", fragte Addis.

Der rundliche, fast kahle Mann nickte. "Ja."

"Ich brauche zwei Dokumente. Sie müssen bindend sein."

Rasch legte der Rechtsgelehrte seine Federn wieder auf den Tisch. "Aber gewiss, Sir. Was für Dokumente braucht Ihr?"

"Ich bin Addis de Valence, Lord of Darwendon, und das ist Moira Falkner, eine Leibeigene unserer Ländereien. Ich möchte ein Dokument, das ihre Freiheit bekräftigt."

Der Rechtsgelehrte begann zu schreiben. "Ihr braucht drei Exemplare – eines für jeden von euch und eines für die Kirche."

"Also gut, dann stellt uns das Dokument aus."

Der Geistliche, den er zuvor angesprochen hatte, kam mit einem Priester zurück, der sie beide neugierig betrachtete. "Ich gebe dieser Frau die Freiheit", erläuterte Addis. "Ich möchte, dass ein Priester es bezeugt."

Sie warteten still die halbe Stunde, die der Rechtsgelehrte brauchte, um das Dokument auszustellen.

"Auf diese Weise hat alles seine Ordnung", murmelte Addis.

"Ja, es ist sicher besser so", murmelte sie zurück. Sie wich seinem Blick aus und betrachtete aufmerksam das prunkvolle Innere der Kathedrale. Seine Nähe machte es ihr noch schwerer, ihre mühsam aufrechterhaltene Fassung nicht zu verlieren. Es war nicht ihr erster Abschied von ihm – doch diese endgültige und freiwillige Trennung schien die schlimmste von allen zu werden. Es war ein furchtbares Gefühl, wie bei einer Totenwache.

Der Rechtsgelehrte legte ihnen schließlich die drei Ausfertigungen des Dokuments vor. Addis las alle drei Papiere von Anfang bis zum Ende durch und setzte dann seinen Namen unter den Text. Der Priester und der Rechtsgelehrte waren Zeugen, und Addis rollte eines der Papiere zusammen und überreichte es ihr, womit er sie endgültig in die Freiheit entließ.

Moira starrte auf das Dokument und hatte Mühe, die Tränen zu unterdrücken. Der Priester ging weg, und Addis wandte sich erneut dem Rechtsgelehrten zu.

"Ich brauche noch ein anderes Dokument – eines, das bestätigt, dass ein Haus in London in das Eigentum von Moira Falkner übergeht, und zwar für einen Rubin, den sie mir gegeben hat."

Sie starrte ihn mit offenem Mund an. "Das war doch für ..."

"Der Preis war völlig absurd – und trotzdem habe ich mein Ziel damit nicht erreicht. Ich wollte einen Betrag festsetzen, den du unmöglich zahlen kannst. Da du es aber trotzdem geschafft hast, brauche ich nicht länger auf diesem Betrag zu bestehen."

"Trotzdem, der Rubin gehört jetzt dir. Du brauchst mir das Haus nicht zu geben."

"Ich könnte dir auch einfach den Rubin zurückgeben – aber er dürfte leichter zu verkaufen sein als das Haus – und für dich ist ein Haus sicher die bessere Mitgift."

"Es gehört beides rechtmäßig dir – das Haus und der Rubin."

"Ich werde keinen Pence für deine Freiheit verlangen, Moira. Wenn ich dich nicht wieder in die Leibeigenschaft gezwungen hätte, dann wärst du längst frei. Und ich will nicht, dass du weniger anzubieten hast als andere Frauen, wenn du zu ihm gehst. Du kannst das Haus behalten oder verkaufen, ganz wie du willst." Er wandte sich dem Rechtsgelehrten zu. "Setzt das Dokument für uns auf."

Sie mussten lange auf die Urkunde warten. Der Advokat musste sich zwischendurch mit Addis absprechen, während sie einfach nur dasaß und wartete – von einer tiefen Traurigkeit erfüllt, die kein anderes Gefühl zuließ. Sie blickte in sein Gesicht, als er sich über das Dokument beugte, und es kam ihr so vor, als wäre auch er von Traurigkeit erfüllt, was das Ganze nur noch schlimmer machte. Er gab ihr die Freiheit, und das Gasthaus, das sie sich wünschte, obendrein. Außerdem wartete ein Steinmetz auf sie, um sie zu heiraten. Alle ihre Pläne schienen plötzlich wahr zu werden – doch statt Zufriedenheit verspürte sie nichts als Traurigkeit und Kummer.

Schließlich war auch dieses Dokument fertig – doch sie war alles andere als froh darüber. Sie wäre lieber für immer hier in dieser Kathedrale geblieben, wenn sie auf diese Weise hätte verhindern können, dass alles unwiderruflich zu Ende ging. In gewisser Weise hatte sie seinen Tod leichter verkraften können als diesen Abschied.

Er ging neben ihr zum Portal der Kathedrale. Sie versuchte noch einmal seine Nähe zu genießen, doch ihr Bewusstsein war bereits so sehr von Kummer erfüllt, dass sie es kaum ertragen konnte. Draußen am Portal blieben sie stehen. Sie standen so nah beieinander, dass sie sich fast berührten – die Dokumente in den Händen haltend, die bezeugten, dass die Fesseln der Abhängigkeit endgültig durchtrennt waren.

Er blickte auf sie hinunter. Sie sah sein Gesicht durch einen Schleier von Tränen. Was für ein liebes, vertrautes Gesicht. Ganz und gar nicht grausam, sondern rücksichtsvoll und gütig. Wenn doch nur ... Sie seufzte. Es standen zu viele Wenn zwischen ihnen beiden.

"Du brauchst nicht zu ihm zu gehen", sagte er. "Du musst nicht, wenn du es nicht willst."

"Es ist Zeit, mein Leben in die Hand zu nehmen. Ich muss ganz neu anfangen."

Er blickte sich mit trauriger Miene um. Da schien plötzlich etwas in ihm zu bersten, als wäre in diesem Augenblick ein schwerer innerer Kampf entschieden worden, und als wäre er erleichtert, dass alles vorüber war.

"Dann fang mit mir gemeinsam neu an. Sag ein Wort, und wir beide bleiben zusammen."

Sie blickte ihn verwirrt an.

Er lächelte und zeigte auf das Portal des Doms. "Hier macht man das ja wohl, nicht wahr? Hier machen es die Bauern und die Stadtbewohner. Beim Kirchenportal. Drinnen ist ein Priester, wenn du ihn als Zeugen willst, aber das ist nicht unbedingt nötig. Wir müssen uns nur die Hände reichen und die Worte sprechen, die den Bund beschließen."

Sie glaubte, sie würde gleich zerspringen vor Liebe und Kummer. Und die Tränen flossen ungehemmt ihre Wangen hinunter.

Mit einer zärtlichen Geste wischte er ihr die Tränen aus dem Gesicht. "Sprich die Worte mit mir, Moira."

Sie drückte seine Hand an ihr Gesicht und schmeckte ihre salzigen Tränen und seine Haut. "Du weißt, dass es niemals sein kann. Es würde bedeuten, dass du alles aufgibst und nie mehr die Möglichkeit bekommst, deinen Besitz wiederzuerlangen."

"Ich werde damit leben."

"Das lasse ich nicht zu. Es würde dir irgendwann Leid tun. Du wärst genauso wenig zufrieden mit Darwendon, wie ich in der Abhängigkeit zufrieden wäre."

Er wollte etwas einwenden, doch sie legte ihm die Hand auf die Lippen. "Es ist unmöglich, Addis. Aber ich werde dich mein Leben lang dafür lieben, dass du mich gefragt hast."

Rasch drehte sie sich um. Ihre Füße setzten sich in Bewegung – und irgendwie folgte ihr Körper hinterher.

Sie zwang sich, das Portal des Doms zu verlassen und die Treppe hinunterzulaufen. Weg von ihm.

Sie wanderte eine Weile ziellos durch die Straßen, bevor sie sich auf den Weg zu Rhys machte. Immer noch wärmte sie sich an der Liebe, die sie erfüllte, und sogar an dem tiefen Kummer, der damit verbunden war. Sie tauchte ganz darin ein, während sie wie blind durch die Stadt wanderte. Als es schließlich Abend wurde und die Häuser lange Schatten zu werfen begannen, verabschiedete sie sich von den süßen Erinnerungen und verwahrte sie in einem Winkel ihres Herzens.

Rhys war nicht allein. Als sie das Haus betrat, war eine blonde Frau bei ihm, die sein Gesicht mit einem feuchten Tuch betupfte, während er am Tisch saß. Moira hielt an der Türschwelle inne, als die beiden sie bemerkten. Mit einem scharfen Blick in Moiras Richtung reichte die Frau ihm das Tuch und ging in die Küche.

"Sie ist Witwe und wohnt nebenan", erklärte er ihr und drückte sich das Tuch auf das Gesicht. "Sie hat den Streit gehört."

Moira beschloss, seine Erklärung zu akzeptieren – auch wenn der Blick der Frau hätte vermuten lassen, dass da mehr als nur eine nachbarschaftliche Beziehung zwischen den beiden war. Sie setzte sich neben ihm auf die Bank und legte die Dokumente auf den Tisch. "Er wollte kein Geld für meine Freiheit annehmen. Er gab mir sein Haus für das, was ich ihm bezahlt habe."

"Dann musst du ihm sehr viel gegeben haben."

"Das stimmt."

Er legte das Tuch auf den Tisch und griff nach den Dokumenten. Die Auseinandersetzung mit Addis hatte ihm eine böse Schwellung im Gesicht eingetragen.

"Es tut mir Leid, dass er dich geschlagen hat. Du wolltest mich ja nur beschützen."

"Du machst mich schon wieder besser, als ich bin. Ich habe ihn nicht nur angegriffen, um dich zu schützen."

Sie saßen eine Weile schweigend da, was sie einigermaßen beunruhigte. Sie fühlte sich immer mehr wie ein Eindringling – wie jemand, der unwillkommen in das Haus eines Fremden eingedrungen war. Er sah sie mit einem durchdringenden, harten Blick an, was sie noch mehr aus der Fassung brachte.

"Warum bist du zurückgekommen?"

Sie erschrak über seine Frage. "Ich dachte, wir ..."

"Ja, ich auch. Aber ich habe bemerkt, wie du ihn angesehen hast, Moira, und jetzt kann ich es mir nicht mehr vorstellen. Als ich dich einmal fragte, was zwischen dir und ihm wäre, da hast du mir doch nicht so präzise geantwortet, wie ich dachte. Ich habe ihn damals kaum einmal mit dir zusammen gesehen, und das war ein Fehler, glaube ich."

Plötzlich hatte sie das Gefühl, den Boden unter den Füßen zu verlieren. "Es ist vorbei", sagte sie und hielt das Dokument hoch. "Aus und vorbei. Ich bin frei! Ich besitze mehr, als die meisten Väter von heiratsfähigen Mädchen bieten könnten. Er ist aus meinem Leben verschwunden!"

"Ach, wirklich?", sagte er ziemlich kühl, stand auf und trat hinter sie. Sie spürte seine Wärme an ihrem Rücken und im nächsten Augenblick seine Hände auf ihren Schultern. Alles in ihr versteifte sich angesichts der unerwarteten Berührung. Er ließ seine Hände tiefer wandern, bis sie ihre Brüste umfassten, was sie mit zusammengebissenen Zähnen über sich ergehen ließ.

"Der falsche Mann, nicht wahr, Moira? Der falsche Mann und die falschen Hände."

Er sprach die Worte aus, die ihr Herz ihr sagte. Sie brach in sich zusammen. Sie fühlte sich unbeschreiblich elend, als sie den Kopf in ihre Arme sinken ließ und heftig zu schluchzen begann.

Er setzte sich neben sie und tätschelte ihre Schulter, während er ihr irgendwelche tröstenden Worte sagte, die sie nicht verstand. Die Flut der Gefühle ließ allmählich nach. Sie richtete sich auf und wischte sich mit den Händen übers Gesicht.

"Du bist nicht ganz fair. Mit der Zeit könnte ich bestimmt ..."

"Ja, vielleicht, aber das will ich lieber nicht riskieren. Ich habe keine Liebe erwartet, aber wenn ich heirate, soll zumindest die Chance darauf bestehen. Schließlich geht es hier um eine lebenslange Bindung. Ich bin nicht so dumm, eine Frau zu heiraten, deren Herz einem anderen gehört."

Sie wünschte, sie hätte ihm widersprechen können – doch sie konnte es nicht. Er hatte Recht. Ihr Herz gehörte Addis – und das schon seit vielen, vielen Jahren. Die acht Jahre, die er tot geglaubt war, hatten nichts daran geändert, und sie konnte nicht davon ausgehen, dass sich jemals etwas daran ändern würde.

Sie fühlte sich so erschlagen und leer. Sie hatte sich eine Zukunft vorgestellt, in der sie zwar ganz normal leben würde und vielleicht ihren eigenen Gasthof besaß – doch es würde eine Zukunft ohne Liebe und tiefe Freude sein. Rhys hatte Recht. Auch wenn sie heiratete und einem Mann ihren Körper überließ, würde ein Teil von ihr niemals daran beteiligt sein.

"Ich weiß nicht, was ich tun soll", murmelte sie.

Er zuckte die Achseln. "Du bist frei und wohlhabend. Du brauchst nicht zu heiraten, um deine Zukunft zu sichern. Du brauchst keinen Mann, der dich ernährt. Du kannst tun, was dir gefällt."

"Was mir gefällt ..."

"Ich kann mir nicht vorstellen, dass du jemals unglücklicher sein könntest als in diesem Augenblick, Moira. Wenn man einen solchen Kummer hat, dann sollte man doch wenigstens etwas erlebt haben, damit man einen Grund hat, traurig zu sein."

Damit man einen Grund hat ...

Aus der Küche hörte man Schritte und das Geklapper von Töpfen; die Witwe begann offenbar zu kochen.

Ihre Lippen zitterten immer noch, während sie die Tränen zurückhielt. Doch allmählich begann sich in ihrer inneren Leere eine neue Möglichkeit abzuzeichnen – die Chance auf etwas, das sie noch nie erlebt hatte.

Er sah sie freundlich lächelnd an. "Wenn du ein Kind bekommen solltest, ist das sicher auch keine Tragödie. Hier in der Stadt ist so etwas kein Problem. Du wärst nicht die erste Frau, die so lebt."

Erneut kullerte eine Träne über ihre Wange. Sie hätte sofort wieder weinen können – diesmal jedoch aus einem anderen Grund. Sie fühlte sich von einer wunderbaren Leichtigkeit ergriffen, als sie die Tür zu ihrem Kummer schloss und eine andere Tür in sich öffnete. Dahinter würde sie den Sinn finden, der ihr helfen würde, wenn der Kummer eines Tages zurückkam. Eine echte und gelebte Liebe. Zumindest für eine gewisse Zeit. Erinnerungen, die ihr für immer bleiben würden. Vielleicht genug Glück, um ein Leben lang davon zu zehren.

Er reichte ihr die Dokumente, stand auf und ging nach hinten zur Küche, wo die Witwe wartete. Vor der Tür hielt er noch einmal inne und sagte, ohne zurückzublicken: "Geh nach Hause, Moira."

17. Kapitel

"Ich habe den Männern gerade mitgeteilt, dass sie in den nächsten Tagen einer nach dem anderen zu uns kommen sollen – und jetzt sagt Ihr mir, dass wir sie selbst besuchen. Ich verstehe Euch einfach nicht", sagte Richard.

Addis packte weiter seine Sachen in die Satteltaschen und bemühte sich, die chaotischen Gedanken einigermaßen im Zaum zu halten, die ihm immer wieder durch den Kopf spukten.

Dass sie auch so verdammt stolz sein musste! Und so verdammt realistisch! Verdammte Frau!

Die Dunkelheit war schon hereingebrochen. Ob er sie jetzt gerade auszog und ihre prallen, vollkommen geformten Brüste in den Händen hielt? Vielleicht leckte er schon ihre harten Brustspitzen oder eine andere Stelle, die er selbst nur in seiner Fantasie mit seiner Zunge berührt hatte. Ob dieser Steinmetz sich wohl die Zeit nehmen würde, auch ihr die Freuden der Leidenschaft zu schenken? Oder würde er sie nur benutzen, so wie es dieser Wollhändler getan hatte? Würde sie sich ihm wirklich hingeben oder ihm nur ihren Körper überlassen?

"Warum sollen wir ein Gasthaus in Southwark bezahlen, wo wir doch hier reichlich Platz haben? Wenn es deshalb ist, weil Ihr der kleinen Mathilda aus dem Weg gehen wollt, so braucht Ihr Euch keine Sorgen zu machen. Wake schickt seine Familie aus der Stadt, bis alles vorüber ist."

Er sah sie wieder vor sich, mit Tränen in den wasserblauen Augen, in denen sich sein eigener Kummer spiegelte. Dieser letzte Blick war so traurig und gleichzeitig so glücklich gewesen. Er sah ihr zitterndes Lächeln vor sich, als sie ihre Lippen auf seine Hand drückte – diese Lippen, die er so gerne geküsst hätte. Schließlich ging sie entschlossen von ihm weg und nahm ihm damit das Einzige, was für ihn wirklich zählte. Wenigstens hatte er ihr die Worte gesagt, die er schon viel früher hätte sagen sollen. *Ich werde dich mein Leben lang dafür lieben, dass du mich gefragt hast,* hatte sie geantwortet.

Er verdrängte die quälenden Bilder aus seinen Gedanken, doch aus seinem Herzen konnte er sie nicht so leicht vertreiben. Jetzt hatte er nichts mehr als seine Pflicht. Er musste der Verantwortung gegenüber seiner Herkunft gerecht werden, die andererseits wie eine Mauer zwischen ihnen beiden stand. Er würde im Namen seines Vaters alles tun, was notwendig war, doch in diesem Moment machte es für ihn kaum einen Unterschied, ob er Erfolg hatte oder scheiterte.

Er öffnete die Truhe mit den Armspangen. "Es ist Zeit, diese Armreifen zu Geld zu machen. Kennt Eure Lady irgendwelche Kaufleute, die einen anständigen Preis dafür bezahlen würden?"

"Ich habe sie gefragt, wie Ihr mir gesagt habt, und sie hat mir einige Kaufleute genannt. Aber was Euer Vorhaben betrifft, auf die andere Seite des Flusses zu gehen – also, das erscheint mir nicht sehr klug. Überlegt es Euch noch einmal. Es ist schon allein deshalb keine gute Idee, weil wir wieder zurückkehren müssten, wenn alles beginnt. Und es könnte durchaus sein, dass die wenigen Brücken, die es gibt, dann gesperrt sind. Es wäre überhaupt besser, in der Stadt zu sein – vor allem, wenn etwas schief geht."

"Ich bin nicht irgendein unerfahrener Knappe, der Nachhilfe in Sachen Strategie braucht."

"Natürlich nicht, Mylord. Ich verstehe nur einfach

nicht, warum Ihr es Euch so plötzlich anders überlegt habt."

Er reichte Richard die Armspangen und danach auch den Rubin. Es erschien ihm verlockend, den Edelstein zu behalten – als ein letztes Erinnerungsstück von ihr. Doch es war besser, sich davon zu trennen – und auch von den Erinnerungen an sie. "Das hier auch. Geht gleich morgen früh los und verkauft das alles."

Richard betrachtete stirnrunzelnd die Kostbarkeiten in seiner Hand und griff schließlich nach dem Rubin. "Einer der Edelsteine Eurer Mutter? Ihr hättet mir sagen sollen, dass Ihr ihn habt – dann hätte ich viel mehr Männer anheuern können. Der Juwel hilft uns sicher weiter."

"Er ist nicht von meiner Mutter, sondern von Moira. Ich habe ihr dafür das Haus gegeben."

"Von Moira! Wer hätte gedacht, dass eine Leibeigene etwas so Kostbares besitzt! Irgendwie kommt mir das nicht richtig vor."

"Sie ist keine Leibeigene. Ich habe ihr heute die Freiheit gegeben. Und das Haus. Ich glaube, sie hat vor, ein Gasthaus daraus zu machen."

"Dann sollte sie froh sein, wenn wir bleiben. Wenn auch noch die anderen kommen, hätte sie ein volles Haus."

"Ich bezweifle, dass sie mich hier haben will. Ihr zukünftiger Gemahl will es ganz bestimmt nicht."

"Ihr zukünftiger ... Ihr meint den Steinmetz?"

"Ja."

Richard überlegte eine Weile und sagte schließlich: "Ihr glaubt, sehr genau zu wissen, was diese Frau vorhat – aber vielleicht irrt Ihr Euch ja auch. Vielleicht denkt Ihr zu kompliziert, und es wäre doch besser, wenn wir hier blieben."

"Was das betrifft, weiß ich genau, was sie vorhat –

das könnt Ihr mir glauben. Wir brechen bei Sonnenaufgang auf."

"Nun, wenn es Euch nicht stört, dann spreche ich noch einmal mit ihr, nur um sicherzugehen. Wenn sie hier wirklich ein Gasthaus eröffnen will, dann würde es sie vielleicht kränken, wenn Ihr Eure Zelte abbrecht."

"Ihr werdet sie nicht finden. Sie ist fort."

"Was redet Ihr da?"

Addis packte die Dokumente zusammen, die auf dem Tisch lagen. "Sie ist bei ihm."

"Nein, ist sie nicht. Ich hab sie noch gesehen, bevor ich zu Euch kam."

Er war wie erstarrt. "Wo?"

"Im Hof. Sie kam gerade hereingelaufen, und wir machten Scherze darüber, dass man sie wahrscheinlich fast wieder auf der Straße geschnappt hätte ..."

"War sie allein?"

"Ich glaube schon, aber ganz sicher bin ich mir nicht."

"Wie hat sie ausgesehen?"

"Na, wie Moira eben. Wie soll sie schon ausgesehen haben? Es war schon dunkel, aber sie schien auszusehen wie immer. Ein bisschen außer Atem vielleicht. Was soll denn das alles?"

Addis schritt zur Tür und weigerte sich, die verzweifelte Hoffnung zu nähren, die in ihm hochkommen wollte. Das Haus gehörte schließlich ihr. Sie hatte jedes Recht, zurückzukehren. Er war es, der kein Recht mehr hatte, hier zu sein, und sie hatte wahrscheinlich erwartet, dass er bereits fort war. Rhys war wahrscheinlich mit ihr gekommen. Bestimmt wollten sie es sich schon heute Nacht in seinem luxuriösen Bett bequem machen. Ihm fielen jede Menge Gründe ein, warum sie zurückgekommen war – und keiner dieser Gründe hatte das Geringste mit ihm zu tun. Trotzdem war da diese törichte Hoffnung in ihm, die sich einfach nicht unterdrücken ließ. Wahrscheinlich sollte er jetzt nicht zu ihr gehen – doch er wusste, dass er nicht anders konnte.

Richard rief ihm noch etwas nach, als er die Treppe hinunterstürmte. Draußen im Hof war alles still. Er wusste sogleich, dass sie weder in ihrer Kammer noch in der Küche war. Er ging an den Rand des Gartens und blickte sich im Dunkeln um.

Eine Gestalt, die sich ein wenig von der Dunkelheit abhob, bewegte sich geisterhaft zwischen den Bäumen. Er ging still die Mauer entlang und versuchte zu erkennen, ob ein Mann neben ihr ging.

Sie war allein. Er blieb stehen und beobachtete sie aus einiger Entfernung, wie sie nachdenklich dahinschritt und hier und dort ein Blatt berührte oder eine Blume pflückte. Ihr offenes, lang herabfallendes Haar hob sich von ihrem hellen Kleid ab. Es bildete einen dunklen Schleier, der ihr Gesicht verhüllte, wenn sie sich vorbeugte, um den Duft einer Rose einzuatmen.

Sie wirkte ruhig und gelassen – wie eine Frau, die mit dem Verlauf der Dinge zufrieden war. Seine Hoffnung zerbarst wie eine Seifenblase.

Dennoch hatte ihre Nähe etwas Tröstliches für ihn, und die innere Aufgewühltheit der vergangenen Stunde legte sich. Er würde eine Weile hier stehen und dieses Geschenk des inneren Friedens ein letztes Mal genießen, ehe er zusammen mit Richard aufbrechen würde.

Plötzlich blieb die helle Gestalt stehen. Für einige Augenblicke stand sie regungslos da. Er hatte ein Gefühl, als wäre im ganzen Garten die Zeit zum Stillstand gekommen – bis sie sich schließlich hinunterbeugte und eine Blume pflückte.

"Ich war schon mit zwölf in dich verliebt."

Sie sagte es, als würde sie einfach nur ein Gespräch fortsetzen, das noch beendet werden musste, bevor sie sich trennten.

Er ging auf sie zu – dankbar, dass er einen Grund hatte, ihr noch einmal nahe zu sein. Sie blieb auf dem Weg stehen, bis er bei ihr war. Er empfand jetzt weder Hoffnung noch Enttäuschung – nur dieses tröstliche Gefühl, noch eine Weile mit ihr zusammen sein zu können.

"Es war grausam von mir, dass ich es nicht gesehen habe, Moira. Ich fürchte, ich habe dir wehgetan, ohne es zu wissen."

"Es war weniger Schmerz als Freude. Oh, es hat schon wehgetan, dich zusammen mit Claire zu sehen, aber ich habe mich für euch gefreut. Obwohl es mir Kummer bereitet hat, war ich froh über meine Liebe. Sie gab meinem jungen Leben irgendwie einen Sinn."

"Ich wünschte, du hättest damals etwas gesagt."

"Claires Schatten hätte dir ihre Liebe gestehen sollen? Du hättest mich höchstens ausgelacht oder es als eine kindliche Schwärmerei abgetan, was es zu Anfang ja auch war."

"Mag sein. Wenngleich ich mir lieber vorstelle, dass ich zartfühlender gewesen wäre."

Sie erreichten die Gartenmauer, und sie lehnte sich mit dem Rücken dagegen. Sie betrachtete den kleinen Blumenstrauß in ihrer Hand. "Ich liebte dich auch noch, als du so lange fort warst. Ich dachte nicht viel darüber nach, aber es war immer da. Eigenartig, nicht wahr? Ich dachte, es würde verschwinden, als du tot warst – aber als du zurückkamst, sah ich, dass es immer noch da war. Die Liebe ist schon etwas Gefährliches. Ich lief damals auch vor ihr weg – nicht nur vor den Ketten der Leibeigenschaft."

Sie lief immer noch vor ihr davon.

"Ist er mit dir gekommen?"

"Rhys? Nein. Er hat beschlossen, dass er mich nicht will. Nicht einmal das Haus hat ihn umstimmen können."

"Er ist ein Narr."

"Ganz und gar nicht. Ich glaube fast, er ist der vernünftigste Mensch, der mir je begegnet ist. Er weiß, dass ich dich immer noch liebe. Er weiß, dass man sich davon nicht einmal mit dem wertvollsten Edelstein loskaufen kann."

Er lehnte sich mit der Schulter gegen die Mauer und wünschte sich, er könnte ihr Gesicht sehen. Er fühlte gleichzeitig Schmerz und Stolz, als er sie so gelassen von ihrer Liebe reden hörte. Ihre Stimme klang ruhig und beherrscht, als hätte sie irgendeine innere Gewissheit erlangt. Die Gefühle, die in ihm hochkamen, waren jedenfalls weit weniger ruhig. "Wenn es ein Dokument gäbe, um dich davon zu befreien, würde ich es gern für dich ausstellen lassen."

Sie lachte und kitzelte ihn mit den Blumen an der Nase. "Das glaube ich dir sofort."

"Es wird einen anderen für dich geben. Du bist schön und jetzt auch sehr wohlhabend. Und du hast ein gutes Herz. Es wird jede Menge Männer geben, die sich glücklich schätzen werden, dich zu bekommen."

"Ich glaube nicht, dass ich jemals heiraten werde, Addis."

Jetzt hatte sie es also ausgesprochen. Mit diesem Satz hatte sie die winzige Hoffnung zunichte gemacht, dass sie sich sein Angebot doch noch einmal überlegt haben könnte. Es überraschte ihn selbst, wie leer und enttäuscht er sich plötzlich fühlte. Die stolze, praktisch denkende Moira. Da gestand sie ihm zuerst ihre Liebe, um dann im nächsten Satz hinzuzufügen, dass es nicht sein konnte.

Es würde ihm unendlich schwer fallen, sich von ihr zu trennen – doch noch länger in ihrer Nähe zu bleiben erschien ihm als noch größere Qual.

"Ich dachte, du würdest heute nicht mehr kommen. Ich wollte eigentlich schon weg sein, bevor du kommst – aber ich dachte, morgen wäre früh genug. Na ja, so werden wir eben gleich aufbrechen, Richard und ich."

"Das ist nicht nötig. Das Privatgemach gehört dir, jetzt und wann immer du in London bist. Außerdem wäre es sehr unritterlich von dir, jetzt wegzugehen, da ich meinen Stolz überwunden habe und zurückgekommen bin."

Er versuchte, ihr Gesicht in der Dunkelheit zu erkennen. Fast hätte er seine Frage nicht zu stellen gewagt, weil er Angst vor ihrer Antwort hatte. "Bist du in dein Haus zurückgekommen oder zu mir?"

Sie wandte sich ihm überrascht zu, als wäre die Antwort sonnenklar. "Oh, natürlich zu dir." Sie legte eine Hand auf seine Brust. "Auch wenn uns vielleicht nicht viel Zeit bleibt."

Eine Welle der Dankbarkeit und Erleichterung überschwemmte ihn. Er hob ihre Hand an seine Lippen und schloss sie in die Arme. Ein süßer Duft strömte empor, als die Blumen zwischen ihren Körpern zerdrückt wurden. Er barg sein Gesicht in ihrem Haar und genoss es, ihre Hand an seiner Brust zu spüren. Ihre letzten Worte dämpften seine Freude ein klein wenig, ehe die reine Freude, sie bei sich zu haben, jeden Kummer verdrängte.

Sie hob den Kopf, wie um ihn zu einem Kuss einzuladen – eine Geste, die ihn jede Zurückhaltung vergessen ließ. Von einem Verlangen getrieben, das weit mehr als nur körperlicher Natur war, küsste er sie und sog den süßen Geschmack ihrer Lippen in sich auf. Ihre

Zungenspitze umspielte die seine, wie um ihm zu sagen, dass sie bereit war.

Er zog sie an sich, so als hätte er Angst, sie könnte verschwinden, wenn er seine Lippen von den ihren löste. Er wollte sie ganz an sich binden und in sich aufnehmen. Sein hartes Geschlecht drückte sich gegen ihren Bauch, und er drang mit der Zunge in ihren Mund ein – als Symbol für die Vereinigung, nach der es ihn so sehr verlangte. Sie löste ihre Lippen von den seinen und erwiderte seine Umarmung.

Er liebkoste ihren Hals, bis er ihren wilden Pulsschlag beim Ohr spürte. Seine Lippen blieben an der Stelle, so als wolle er eine Verbindung zwischen ihren beiden Herzen herstellen.

"Ich will dich. Ich brauche dich. Jetzt sofort", murmelte er an ihrer Haut.

"Ja."

Ihr atemlos gehauchtes Einverständnis ließ ihn erbeben. Fast hätte er sie auf der Stelle zu Boden gerissen.

"Wo? In deiner Kammer?", fragte er.

"Im Privatgemach. In deinem Bett."

"Es ist jetzt dein Bett."

"Nein, heute ist es unser Bett."

Er musste sie loslassen, um mit ihr ins Haus zu gehen. Er nahm sie an der Hand und führte sie durch den Garten – nicht auf den Wegen, sondern mitten durch die Blumenbeete und Hecken.

Sie stolperte hinter ihm her, so wie sie es auf dem Weg zur Kathedrale getan hatte. Ihr Kleid verfing sich in einem Busch, und sie sah sein Gesicht im Lichtschein einer Fackel, als er sich umdrehte und ihr Kleid aus dem Gebüsch befreite. Mit einem Mal fühlte sie sich gar nicht mehr so kühn wie noch zuvor, als sie ihm so offen ihre Liebe gestanden hatte. Als sie ihn nun so erwartungsvoll und voller Verlangen sah, wurde sie plötzlich unsicher und nervös.

Mit einer Hand an ihrer Hüfte führte er sie die Treppe hinauf, nur einen Schritt hinter ihr hergehend, sodass sie seine Wärme und Anspannung spürte. Sie trat in sein Privatgemach ein und blieb in der Mitte stehen. Sein Gepäck stand reisefertig auf dem Fußboden. So kühn ihr Entschluss zuvor gewesen war, so unsicher und ängstlich wurde sie nun. Er schloss die Tür und sah sie an. Dann nahm er die Kerze vom Tisch und zündete einige andere Kerzen im Zimmer an.

"Du brauchst keine Angst zu haben", sagte er mit einem angedeuteten Lächeln. "Ich werde dich nicht fressen."

"Gibst du mir dein Ehrenwort darauf?", fragte sie lachend.

Er neigte nachdenklich den Kopf. "Nein", sagte er schließlich kopfschüttelnd.

"Nun, zumindest kann dir keiner vorwerfen, du hättest mich nicht gewarnt." Mit wackeligen Beinen setzte sie sich auf die Bettkante und sah zu, wie eine Flamme nach der anderen sein Gesicht erleuchtete und seine harten Züge sowie die goldglänzenden Augen hervorhob. Er trug sein Wildledergewand aus dem Baltikum, und sie war froh, dass er nicht mehr die vornehmen Kleider anhatte wie noch beim Festmahl.

"Ich hätte fast meine ritterlichen Pflichten vergessen. Nachdem du kapituliert hast, müsste ich als christlicher Ritter eigentlich Gnade walten lassen." Er stellte die Kerze wieder auf den Tisch. "Aber ich fürchte, ich fühle mich im Moment gar nicht wie ein christlicher Ritter."

Er sah auch nicht so aus. "Nach einer so langen, geduldigen Belagerung erwarte ich auch gar kein Pardon."

"Gut."

Er streifte sein Ledergewand ab, und sie ließ ihn dabei nicht aus den Augen. Dann trat er vor sie hin – und sie spürte, wie ihr Herz mit jedem seiner Schritte ein wenig schneller schlug. Seine wie aus Stein gemeißelten Muskeln waren nur noch eine Hand breit von ihr entfernt. Sie blickte in sein angespanntes Gesicht und verspürte die gleiche erwartungsvolle Anspannung wie er.

Mit zitternden Händen begann sie seine Brust zu streicheln und genoss es, seine Haut zu spüren. Er blickte auf sie hinunter, während sie seinen flachen, festen Bauch und die schmale Taille erkundete, ehe sie ihre Hände schließlich an seinen Hüften ruhen ließ. Langsam beugte sie sich vor und berührte ihn mit den Lippen, die Augen geschlossen, während alles in ihr dem entgegenfieberte, was da kommen sollte.

Er vergrub seine Finger in ihrem Haar und küsste sie auf das Haupt. "Ich habe noch nie in wirklicher Liebe mit einer Frau geschlafen."

Sie wusste, dass das nicht stimmte – doch wenn die Zeit und der Zorn seine Erinnerung ein wenig getrübt hatten, so wollte sie ihn auch nicht erinnern. "Willst du damit sagen, dass du mich liebst, Addis?"

"Ja, ich muss es einfach sagen. Ich liebe dich von ganzem Herzen und mit beiden Seelen, die in meiner Brust wohnen. Nur mit dir fühle ich mich wirklich ganz."

Er hob sie hoch und drehte sie herum, damit er ihr grünes Kleid öffnen konnte. Während er ihr das Kleid herunterzog, streifte er sie hier und dort mit winzigen, aber äußerst anregenden Berührungen. Dann drehte er sie wieder zu sich herum und streifte ihr das Unterhemd von den Schultern, bis sie nackt vor ihm im Kerzenlicht stand. Er ließ seine Fingerspitzen ganz sacht über ihre Haut wandern, während er sie betrachtete.

Schließlich legte er sie behutsam aufs Bett, als wäre sie eine zerbrechliche Kostbarkeit. Dann zog er sich aus und kam zu ihr ins Bett, sodass sie nackt nebeneinander lagen.

Seine Fingerspitzen und seine Augen wanderten über ihre Brüste, ihre Hüften und ihre Schenkel hinweg. "Du bist wunderschön, Moira."

Sie fühlte sich auch schön – ja, sie kam sich vor wie die schönste Frau der Welt, weil sie für ihn etwas so Wertvolles war. Sie brauchte sich vor keiner Claire oder Mathilda zu verstecken. Die Liebe, die sie schon ihr halbes Leben lang in sich trug, erfüllte sie mit einem Gefühl des Glücks.

Er liebkoste sie mit sanften, tastenden Küssen und langsamen, zärtlichen Berührungen. Seine Hände und Lippen wanderten über ihren Körper, als wolle er jedes Detail an ihr erkunden, um es sich für immer einzuprägen. Nach und nach erwachte das Verlangen in ihr, und sie streckte ihm auffordernd die Brüste entgegen.

"Ich wollte mir eigentlich die halbe Nacht dafür Zeit nehmen, meinen Traum wahr zu machen – aber wie es aussieht, lässt du das nicht zu." Er lächelte und schenkte ihr die Liebkosungen, nach denen sie verlangte. Seine kreisenden Berührungen riefen eine himmlische Lust in ihr wach. "Aber mein eigenes Verlangen hätte das auch nicht zugelassen, fürchte ich."

"Beim nächsten Mal", stieß sie atemlos hervor.

Er nahm ihre Brustwarze sanft zwischen Daumen und Zeigefinger und beugte sich hinunter, um sie mit der Zunge zu liebkosen. Wie ein Pfeil schoss die Erregung durch ihren ganzen Körper, bis hinunter zu der feuchten Stelle zwischen ihren Beinen, wo sie die Lust am intensivsten und quälendsten spürte. "Ja, beim nächsten Mal", flüsterte er. "Und beim übernächsten und überübernächsten Mal. Ich habe sehr oft davon geträumt."

Dennoch nahm er sich sehr lange Zeit, um sie mit seinen intimen Liebkosungen zu verwöhnen. Er neckte ihre Brüste mit Zunge und Lippen und küsste sie mit beherrschter Leidenschaft. Und sie ließ sich von ihm in einen Taumel der Sinne versetzen, bis jede Faser ihres Körpers nach mehr verlangte. Sie nahm sein aufgerichtetes Geschlecht in die Hand, um seine Beherrschung auf die Probe zu stellen. Er reagierte, indem er seine Liebkosungen bis hinunter zwischen ihre Beine ausdehnte, bis sie die Kontrolle über ihren Körper verlor. Sie wand sich vor Lust und flehte mit jeder Bewegung um das, was er ihr noch vorenthielt.

Er drückte ihre Beine sanft auseinander, um sie dort zu berühren, wo sie am empfindlichsten war, und sie stöhnte auf vor Staunen und Dankbarkeit. Mit seinen zärtlichen Berührungen trieb er ihr Verlangen immer höher und höher, bis alles in ihr nach Erfüllung schrie. Er schien zu ahnen, was sie von ihm wollte, und ließ einen Finger tiefer in sie gleiten. Sie reagierte mit einem kurzen Aufschrei der Dankbarkeit und Erleichterung – doch schon nach wenigen Augenblicken musste sie feststellen, dass auch das ihr nicht die ersehnte Erlösung brachte, sondern im Gegenteil ihr Verlangen nur noch mehr steigerte.

"Ich sehe es gern, dass du mich brauchst", sagte er. "Ich will, dass du dasselbe fühlst wie ich und dasselbe willst wie ich."

Er sog an ihrer Brust und begann sie erneut zwischen den Beinen zu streicheln. Sie schrie auf – von einer Leidenschaft erfüllt, die sie nicht länger zu ertragen vermeinte.

Im nächsten Augenblick war er über ihr und ließ sich, auf seine Arme gestützt, zwischen ihren Beinen nieder. Sie griff nach seinem Geschlecht und führte ihn zu ihr – von einem Verlangen getrieben, das nach Erfüllung strebte. Sie umfasste seine Hinterbacken und hob die Hüften an, um ihn zu empfangen. Im nächsten Augenblick stieß er so heftig zu, dass es sie beide bis ins Innerste erschütterte. Sie schrie erschrocken auf, und der Schock ließ ihre Sinne wieder klarer werden.

Er war immer noch über sie gebeugt, auf beide Arme gestützt, und sah sie mit beunruhigter Miene an. Ihr Körper begann sich zu entspannen und sich an sein Eindringen zu gewöhnen. Er musste es gespürt haben, denn die Besorgnis schwand aus seinem Gesicht.

"Ich werde nicht bis ganz zum Schluss in dir bleiben, damit du kein Kind bekommst."

Die unangenehme Empfindung seines Eindringens verschwand völlig, sodass nur noch das beglückende Gefühl übrig blieb, ganz ausgefüllt zu sein. Sie streichelte sein Gesicht und zog seinen Kopf zu einem Willkommenskuss zu sich hinunter. "Nein. Das brauchst du nicht. Nachdem wir so lange gewartet haben, wollen wir jetzt auf nichts verzichten."

Er bewegte sich behutsam vor und zurück, manchmal kurz innehaltend, bis ihr Körper nach mehr verlangte. Es war ein so unbeschreibliches Gefühl, ihn so nah bei sich und auch in sich zu spüren, dass sie hätte weinen können vor Glück darüber, dass dieser lang ersehnte Moment nun Wirklichkeit geworden war.

Sie dachte, dass er ihren Hunger gestillt hatte, doch langsam spürte sie, wie dieses warme Drängen in ihr erneut hochkam und ihre Glieder erbeben ließ. Er senkte den Kopf und begann an ihren Brüsten zu saugen, was ihrer Leidenschaft erneut Flügel verlieh.

Er drang noch tiefer in sie ein, jetzt nicht mehr so sanft, sondern fordernd und drängend, und zwang sie damit in einen immer schnelleren Rhythmus ihrer Bewegungen. Atemlos konzentrierte sich alles in ihr auf den Gipfel der Lust, auf den sie in immer rascherem Tempo zustrebten. Er stieß immer härter und schneller zu und trieb damit ihre Lust wie auf einer Spirale immer höher und höher, bis sie schließlich den Höhepunkt erreichte, der sie in ein überirdisches Hochgefühl versetzte. Und er folgte ihr einen Augenblick später in einem Höhepunkt, der sie beide bis ins Mark erschütterte.

Er lag erschöpft auf ihr, und sie hielt ihn mit ihren Armen und Beinen umschlungen, um ihre Vereinigung aufrechtzuerhalten und das Beben der Ekstase so lange wie möglich zu spüren. Und sie stellte fest, dass sie nie zuvor einen solchen Frieden und eine solche Erfüllung erlebt hatte.

Ich fühle mich wie in einer neuen Welt. Es kommt mir so vor, als wäre nichts mehr so, wie es war, als hätte sich alles verändert – die Erde, die Luft und jede einzelne Pflanze.

Er sah sie etwas erstaunt an, und es wurde ihr bewusst, dass sie laut gedacht hatte. Doch sein fragender Blick verschwand rasch wieder. Sie lächelte, als sie seine Augen sah. Sie drückten ganz eindeutig Liebe aus. Und ein Gefühl des Glücks und der tiefen Zufriedenheit. Doch da war auch noch etwas anderes. Etwas wie ein Gefühl des Besitzens. Du bist mein, schienen diese Augen zu sagen.

Und so war es auch. Sie war sein. Diesmal nicht durch die Bande der Leibeigenschaft, sondern aus freien Stücken.

Er legte sich neben sie und schloss sie in die Arme. So lagen sie eine ganze Weile still und friedlich da, bis er irgendwann zu sprechen begann.

"Ich glaube, dein Wollhändler hat zu viel gebetet. Man hätte wirklich glauben können, dass du eine jungfräuliche Witwe warst. Du hättest nicht so ungeduldig sein dürfen. Es wäre nicht notwendig gewesen, dass ich dir wehtue."

"Du hast mich nicht gerade zur Geduld ermutigt", erwiderte sie lachend. "James und ich haben in der Fastenzeit geheiratet – deshalb haben sie mich so genannt. Er starb gleich nach der Karwoche, und die Leute dachten, dass wir mit dem Vollzug der Ehe bis nach Ostern gewartet hätten, wie es Brauch ist. Aber ganz so fromm war er dann doch nicht."

"Das ist auch schwer möglich, wenn man jemanden wie dich im Bett hat. Also gab er ein paarmal dem Verlangen nach und sah zu, dass du die Sünde wenigstens nicht genießt. Der Mann ist mir nicht allzu sympathisch. Nicht nur, weil er dich vor mir hatte – was mir, zugegeben, nicht sehr gefällt. Nein, ich glaube auch, dass er dir wehgetan hat – und das nicht deshalb, weil du ungeduldig warst."

"Ich war seine Ehefrau."

"Ein Grund mehr, ihn nicht zu mögen." Er warf ihr einen verschmitzten Blick zu. "Ich muss dich warnen – ich bete überhaupt nicht viel. Ja, ich fürchte, du könntest es noch einmal bereuen, dass du dich mit einem Kreuzritter eingelassen hast, der noch dazu lange gefangen war."

"Ich werde es nie bereuen, dass ich mich mit diesem bestimmten Kreuzritter eingelassen habe. Außerdem wirst du mir doch nicht einreden wollen, dass es acht Jahre her ist, seit du zum letzten Mal ...?"

"Nein, nur zwei – aber das ist auch eine Ewigkeit für jeden Mann. Wenn du dich nicht in Southwark ein wenig um mich gekümmert hättest, dann hätte ich dich heute Abend im Stehen an der Gartenmauer genommen."

Sie betrachtete sein anmutiges Profil. Er hatte bestimmt genug Gelegenheit gehabt, sich von den Frauen im Bordell ein wenig umsorgen zu lassen, dachte sie sich.

Er stützte sich auf einen Arm und begann sie zu streicheln – und sein nachdenklicher Blick folgte den Bewegungen seiner Hand. "Wenn jemals zwei Menschen zusammengehört haben, dann du und ich, Moira. Aber du wirst nicht bei mir bleiben, nicht wahr?"

"Ich bin jetzt hier."

"Aber du hast nicht vor, mit mir nach Barrowburgh zu kommen?"

"Ich werde hinkommen und dir zusehen, wie du durch das Tor reitest – aber ich werde nicht mit dir dort leben. Daran hat sich nichts geändert, Addis. Ich werde deine Geliebte sein, bis du dein Zuhause wiederhast oder heiratest, aber dann werde ich hier mein eigenes Leben führen."

"Was ist, wenn du ein Kind von mir bekommst?"

"Dann werde ich dein Kind aufziehen und mich darüber freuen."

"Wenn es ein Sohn wird ..."

"Wenn es ein Sohn wäre, würde er vielleicht gern Handwerker oder Kaufmann werden. Nicht alle Männer von adeliger Herkunft sind zum Ritter geboren. Unser König ist der beste Beweis dafür."

"Das musst du ihn entscheiden lassen, Moira. Und mich."

"Wenn er alt genug ist, um als Page zu dienen, dann könnt ihr beide es entscheiden. Vorher würde ich mein Kind aber sicher nicht hergeben, Addis. Das darfst du von mir nicht erwarten." *Erwarte nicht von mir, dass ich das Einzige, was ich noch von dir habe, früher hergebe als unbedingt nötig.*

Er murmelte einen Fluch. "Ich verstehe deinen eigenartigen Stolz in alldem einfach nicht, Moira. Du gibst dich mir hin, aber nur für eine begrenzte Zeit. Du teilst das Bett mit mir, willst aber nicht, dass ich mich als dein Gemahl oder dein Geliebter um dich kümmere. Du sagst, du liebst mich, aber im nächsten Atemzug sagst du, dass du mich verlassen wirst. Ich weiß nicht, ob ich damit leben kann."

"Du musst mir versprechen, dass du es akzeptierst. Du musst mich gehen lassen, wenn die Zeit dafür gekommen ist. An dem, was ich dir damals hier in diesem Zimmer gesagt habe, hat sich nichts geändert. Und auch nicht an deiner Verpflichtung, das Leben zu führen, das dir vorherbestimmt ist." Sie streichelte sein ernstes Gesicht und lächelte. "Lass uns die Tage genießen, die wir miteinander haben. Freuen wir uns am Hier und Jetzt, und lassen wir uns weder von der Vergangenheit noch von der Zukunft etwas ins Ohr flüstern. Zumindest für eine Weile bin ich ganz dein. So lange es möglich ist, wollen wir einfach nur Addis und Moira sein, die einander lieben. Ich bin so glücklich. Machen wir doch nicht alles zunichte wegen etwas, das vielleicht in einem Monat passieren wird."

"Wenn ich meine Ehre und meinen Besitz wiedergewinne, wird das also bedeuten, dass ich dich verliere. Das wird ein bitterer Sieg für mich werden."

Sie würde es nicht leicht haben, ihren Willen durchzusetzen, wenn es so weit war, das war ihr klar. Dennoch schien er es zu akzeptieren, und der Kuss, den er ihr gab, besiegelte ihre Übereinkunft.

"Ich habe in Whitly gesagt, dass ich alles an dir kennen lernen will. Als ich das sagte, wollte ich dich besitzen, wie ein Mann eine Frau nur besitzen kann – und ich dachte, ich würde ein ganzes Leben dafür Zeit haben, nicht nur ein paar Wochen. Wenn du nur für eine kurze Zeit mein sein kannst, Moira, dann ist es eben so – aber lass uns jetzt nicht mehr davon reden."

Er drehte sie sanft herum, sodass ihr Hintern sich

an seine Hüfte schmiegte. Er drang wieder in sie ein und gab ihr erneut dieses Gefühl, ganz ausgefüllt zu sein.

"Es fühlt sich so wunderbar an, in dir zu sein. Einfach vollkommen. Schöner als jeder Traum", murmelte er an ihrer Schulter. "Sag es mir noch einmal, Moira. Sag, dass du mein bist."

Es war tatsächlich vollkommen. "Ich bin ganz dein, Addis."

Seine Küsse in ihrem Nacken und an ihrem Rücken und die zärtlichen Berührungen seiner Finger an ihren Brüsten weckten ihr Verlangen aufs Neue. Es war ein ganz erstaunliches Gefühl, ihn schon in sich zu spüren, während die Glut der Leidenschaft erst in ihr zu lodern begann. Sie wiegte sich gegen ihn und forderte ihn damit auf, sich zu bewegen.

Eine kräftige Hand hielt sie an der Hüfte fest. "Nein, Liebling. Diesmal ganz langsam, damit es länger anhält."

Und sie liebten sich, als hätten sie alle Zeit der Welt. Sie nahmen ein jeder die kleinste Regung des anderen wahr, und sie schmiegte sich an ihn, sodass ihre Körper eine Einheit bildeten. Sie hatte das Gefühl, dass ihr Zusammensein der natürliche Zustand sein müsse und das Getrenntsein etwas Undenkbares war. Es war so schön mit ihm, dass etwas viel Tieferes als Lust in ihr berührt wurde – und das auch noch, als er schließlich mit der Fingerspitze jenen Punkt zwischen ihren Beinen streichelte, dessen Stimulierung ihr Erfüllung bringen würde.

Dreimal liebten sie sich, bevor sie schließlich einschliefen – und jedes Mal war es ein anderer Traum mit anderen Wonnen, der Wirklichkeit wurde. Nach dem letzten Mal sank sie schließlich ermattet auf ihn nieder. Ihre letzte selige Erinnerung war, dass sie mit der Wange an seiner Brust dalag, während seine starken Arme sie umschlungen hielten.

18. Kapitel

Moira zwängte sich zwischen den Menschen hindurch, die sich oben an den Zinnen der Mauer drängten, und blickte auf Addis hinunter.

Er stand neben dem Bürgermeister von London, umgeben von Ratsherren und Adeligen, und blickte geduldig die Straße nach Westminster hinunter. Londoner Bürger drängten sich entlang der Mauer rund um die Bogenschützen, die sich postiert hatten, um ihren Führern unten Schutz zu geben.

Sie war froh, dass er nicht nach Norden geritten war, wie er es vorgehabt hatte, als die Nachricht von der Ankunft von Königin Isabelle eintraf. Der Bürgermeister hatte davon erfahren, dass Sir Richard über zweihundert Mann aus den umliegenden Grafschaften rekrutiert hatte – und er beschloss, dass dieses kleine Heer zum Schutze der Stadt eingesetzt werden solle anstatt sich zusammen mit den anderen aufständischen Baronen der Königin anzuschließen. Schließlich wandten sich der Bürgermeister und Thomas Wake an Addis und baten ihn, in London zu bleiben, um dem Bürgerheer beizustehen – und Addis war diesem Wunsch nachgekommen.

Der Entschluss des Bürgermeisters hatte sich als überaus glücklich erwiesen – wenn auch aus anderen Gründen, als man gedacht hatte. Die Stadt hatte die Nachricht vom bevorstehenden Fall des Königs mit

Jubelstürmen aufgenommen. Doch ein triumphierendes Volk kann mitunter zum zügellosen Pöbel werden – und es gelang tatsächlich nur mit Hilfe der bewaffneten Männer, die das Stadtwappen auf den Ärmeln trugen, die Ordnung einigermaßen aufrechtzuerhalten. Immer wieder war das Heer von Addis de Valence gezwungen gewesen, größere Tumulte zu unterbinden. Er war während der vergangenen beiden Tage oft lange weg gewesen, um seine Männer hier und dort einschreiten zu lassen. In das verbarrikadierte Haus war er immer nur für kurze Zeit zurückgekehrt, um ein wenig zu schlafen. Wenn er kam – egal ob bei Tag oder in der Nacht –, ergriff Moira die Gelegenheit, um sich zu ihm zu legen, während er schlief.

The Strand, die Straße nach Westminster, schien völlig verlassen zu sein. Moira drängte sich an die Seite eines groß gewachsenen Armbrustschützen vor.

"Könnt Ihr etwas sehen?", fragte sie den Mann.

"Nein, noch nicht. Aber wenn er kommt, dann wird es bald sein. Der letzte Bote hat gesagt, dass die Königin nur noch einen halben Tag entfernt ist."

"Vielleicht weiß der König gar nicht, welche Gefahr ihm droht."

"Er weiß es wohl. Er hat Spione und Boten, so wie wir."

"Vielleicht will er den Kampf bei seiner Burg austragen."

Der Armbrustschütze grinste. "Mit wem denn? Die Leute, die dort arbeiten, sagen, dass die Höflinge Westminster fluchtartig verlassen hätten, so als stünden die Häuser in Flammen. Es ist kaum noch jemand bei ihm, und er hat auch keine Armee, die für ihn kämpft. Nein, er wird versuchen, Zuflucht in unserer Stadt zu finden."

Sie blickte auf den schwarzhaarigen Mann hinunter,

der neben dem Bürgermeister stand. Er trug keine Rüstung, und als einzige Waffe hatte er das alte Schwert von Barrowburgh umgegürtet.

"Meint Ihr, dass der Bürgermeister und die anderen da unten sicher sind?"

Er zuckte die Achseln und zeigte auf seine Armbrust. "Die Tore werden nicht geöffnet, was da unten auch geschehen mag. Aber wir hier oben verstehen unser Handwerk, und wir haben Befehl, alle außer dem König niederzustrecken, wenn der Bürgermeister und die Lords angegriffen werden."

Die Tatsache, dass Addis prompt gerächt werden würde, vermochte sie kaum zu beruhigen. Sie wusste, warum der Bürgermeister ihn da unten haben wollte. Es hatte weniger damit zu tun, dass er zweihundert Mann befehligte, die die Stadt verteidigten, sondern eher mit der Tatsache, dass er der Sohn von Patrick de Valence und ein Verwandter des verstorbenen Earl of Pembroke war; schließlich waren diese beiden Männer äußerst einflussreiche Adelige gewesen. In einer Auseinandersetzung mit König Edward konnte Addis' Anwesenheit durchaus von Nutzen sein. Trotzdem wünschte sich Moira, er wäre nicht im Haus gewesen, als man ihn rief, und hätte stattdessen die Truppen an irgendeinem anderen Tor befehligt.

"Da kommen sie, Mylady. Sie scheinen sich gar nicht sehr zu beeilen – dabei ist ihnen in Wahrheit der Teufel auf den Fersen."

Sie sparte sich die Mühe, ihm zu sagen, dass sie keine Lady war. Schließlich sah sie seit über einer Woche wie eine echte Lady aus, nachdem Addis darauf bestanden hatte, dass sie die Seidenkleider seiner Mutter trug. Sie blickte in die Ferne hinaus, wo eine Gruppe von Reitern zu erkennen war.

Die Männer, die unten vor dem Stadttor standen,

hatten die Reiter ebenfalls bemerkt. Addis drehte sich um und blickte zu den Zinnen hinauf, wo er sie in der Menge stehen sah. Mit einer Geste gab er ihr zu verstehen, dass sie sich vom Wehrgang zurückziehen solle.

Sie ignorierte seine Aufforderung. Sie hatte nicht vor, ihn auch nur einen Moment lang aus den Augen zu lassen. Ihr Herz war voller Liebe, aber auch voller Sorge um ihn, als sie beobachtete, wie der König und seine prunkvoll gewandeten Begleiter und Ratgeber sich näherten.

Es war eine wundervolle Woche der Liebe für sie beide gewesen, bevor in der Stadt alles drunter und drüber zu gehen begann. Zwei ganze Tage lang hatte es nur sie beide gegeben, bevor Richard die Männer von Southwark herüberzuschicken begann. Auch dann hatten sie noch genug Zeit für sich gehabt, und sie genossen die immer länger werdenden kühlen Nächte miteinander. Sie versuchten all die Leidenschaft und die ausgiebigen Gespräche eines ganzen Lebens in der begrenzten Zeit miteinander zu teilen, die ihnen zur Verfügung stand.

Es gab gewisse Erinnerungen, die Moira erröten ließen, aber gleichzeitig ein Lächeln auf ihre Lippen zauberten. Diese Nächte waren voll unglaublicher Freuden gewesen. Addis hatte den Wunsch, sie auf jede nur erdenkliche Weise kennen zu lernen. Bald umwarb er sie spielerisch, bald trachtete er danach, sie zu erobern und zu besitzen. Bei alldem tat er ihr niemals weh, sondern war stets zartfühlend und rücksichtsvoll, auch wenn er alle Leidenschaft von ihr forderte, die sie aufbringen konnte.

In den vergangenen beiden Tagen hatte sie ihn sehr vermisst. Bald schon würde sie ihn noch viel mehr vermissen. Richard traf bereits Vorkehrungen, damit sie mit ihrem Heer die Stadt verlassen konnten.

Sie konnte jetzt auch den König erkennen. Er ritt in seinem langen saphirblauen Umhang zwischen den Despensers. Seine Haltung war aufrecht, doch selbst aus der Entfernung spürte man geradezu, dass der Mann von Angst und Wut erfüllt war.

Um Moira herum wurde es ganz still. Es waren etwa fünfzig Reiter, die wenige Schritte vor Addis zum Stillstand kamen. Die Nachricht von ihrer Ankunft verbreitete sich rasch, und der ausgelassene Lärm in den Straßen nahm deutlich ab. Der Armbrustschütze neben ihr verschaffte sich etwas Platz, um sich besser bewegen zu können, und legte seine Waffe an.

Ein Herold wandte sich an den Bürgermeister. "Der König begehrt Einlass in die Stadt", verkündete er.

"Davon würde ich abraten", erwiderte der Bürgermeister. "In der Stadt herrscht Aufruhr. Es könnte sein, dass der König hier nicht sicher ist."

"In Eurem Haus wird er schon sicher sein."

"Dafür kann ich nicht garantieren. Erst gestern hat der Pöbel seinen Freund, den Bischof von Exeter, getötet. Sie haben ihn vom Pferd gezerrt und mit dem Schlachtmesser enthauptet. Ich fürchte, dass es im Moment nirgendwo sicher ist, auch nicht in meinem Haus."

Edward erbleichte, als er das hörte. Der ältere Despenser wurde wütend. "Öffnet die Tore! Euer König befiehlt es! Ich werde die Mörder des Bischofs finden und hinrichten lassen!"

"Darum wird sich die Stadt selbst kümmern", erwiderte der Bürgermeister. "Und diese Tore werden nicht geöffnet. Wenn es zum Krieg kommt, dann tragt ihn woanders aus."

Hugh Despenser blickte zur Stadtmauer hinauf. "Da drin sind Soldaten", sagte er zum König. Er überblickte die Reihen der Lords vor ihm, und sein Blick fiel schließlich auf Addis. "Sind das Eure Männer?"

"Ja, meine Männer."

"Ihr wagt es, ein Heer aufzustellen, ohne die Erlaubnis des Königs einzuholen?"

"Ich denke, dass ich dieses Heer gut gebrauchen kann."

Hugh biss sich beunruhigt auf die Unterlippe. "Wie viele?"

"Mehr als genug, um mit fünfzig tapferen Höflingen fertig zu werden."

"Aber auch genug, um mit einem Bürgerheer aus Handwerkern und Lehrlingen fertig zu werden. Kommt und tretet an die Seite Eures Königs, Sir Addis, wo ihr hingehört. Euer Heer ist schon in der Stadt. Befehlt Euren Leuten, dass sie ihre Pflicht gegenüber ihrem König tun sollen."

Der Bürgermeister erschrak über diese Aufforderung und sah Addis beunruhigt an.

"Mein König hat einen anderen erwählt, um an seiner Seite zu stehen, aber ich kann ihn nirgends sehen", sagte Addis.

Hugh machte ein verächtliches Gesicht. "Simon ist ein Feigling. Er nahm Reißaus, als es brenzlig wurde. Erweist Euch Eurer Herkunft würdig und macht diesem Spuk ein Ende. Euer Verwandter, der Earl, ließ seinen König nie im Stich."

"Mein Vater auch nicht. Und Ihr habt Recht – Aymer war seinem König immer treu ergeben und führte sogar das Heer an, das den Aufstand niederschlug. Aber seine Treue hat ihm letztlich den Tod gebracht."

"Ich fordere Euch noch einmal auf, Sir Addis: tut Eure Pflicht gegenüber Eurem König! Es ist Hochverrat, wenn Ihr Euch weigert. Der König verlangt es von Euch!"

"Ich habe ihn nichts verlangen gehört."

Edward war während dieser Verhandlung still geblieben, doch nun wandte er sich an Addis. "Barrowburgh gehört wieder Euch, Sir Addis, und noch viel mehr als das, wenn Ihr uns helft. Ich vergesse meine Freunde nicht."

"Daran zweifle ich nicht. Aber die beiden Männer an Eurer Seite sind vielleicht nicht die guten Freunde, für die Ihr sie haltet. Seht doch nur, in welche Lage sie Euch gebracht haben. Ihr seid darauf angewiesen, dass man Euch in der Stadt Zuflucht gewährt." Er ging auf den König zu. "Schickt sie weg. Sie sind so gut wie tot, aber Ihr seid immer noch der König. Stellt Euch unter meinen Schutz, und ich werde dafür sorgen, dass Euch nichts geschieht. Da drin sind zweihundert Mann, die mir helfen werden, wenn ich es ihnen befehle. Wir werden Euch zu den versammelten Baronen geleiten."

"Hör nicht auf ihn", zischte Hugh ihm zu. "Es bereiten sich schon Männer zum Kampfe vor, die dir treu ergeben sind. Sie werden ein Heer bilden und dieses unerhörte Schauspiel beenden."

"Es wird kein Heer geben", erwiderte Addis. "Jeden Tag kommen Dutzende Boten zu uns, die uns versichern, dass aus dem Westen und Süden kein Heer kommen wird, um Euch zu helfen. Und aus dem Norden kommt die Königin mit ihrem eigenen Heer."

"Diese französische Wildkatze", rief Edward aufgebracht. "Ich werde sie verbrennen lassen für diesen Verrat!"

"Begebt Euch in meinen Schutz. Ihr werdet in Sicherheit sein, bis Ihr Euch mit ihr trefft – und ich werde Euch den Bischöfen übergeben, nicht der Königin."

Edward schien über das Angebot nachzudenken.

"Ja, er wird Euch Schutz bieten", wandte Hugh

Despenser höhnisch ein. "So wie sein Verwandter Aymer Gaveston geschützt hat."

"Im Gegensatz zu anderen braucht der König nicht zu fürchten, das Schicksal von Gaveston zu teilen", sagte Addis.

Doch Hugh hatte mit seinem Hinweis auf den toten Geliebten des Königs ins Schwarze getroffen. Gaveston war vor vierzehn Jahren hingerichtet worden, nachdem er unter Aymers Schutz gestanden hatte, aber entführt worden war. In Edwards Miene war plötzlich ein Anflug innerer Stärke zu erkennen.

"Wir werden von hier wegreiten, aber wir werden nicht vergessen, wie diese Stadt uns beleidigt hat", sagte er. "Wir werden uns mit dem Volk und den königstreuen Baronen zusammentun und diesen Aufstand genauso niederschmettern wie den letzten. Jeder, der uns hier das Tor zur Stadt versperrt, wird das Schicksal finden, das er für seinen Verrat verdient."

Er ließ sein Pferd wenden. Sein Gefolge bildete eine Gasse für den König und ritt dann hinter ihm her. Erst als das letzte der prunkvollen Gewänder des königlichen Gefolges zwischen den Häusern verschwunden war, begann sich das schwere Fallgatter wieder zu heben.

Moira wartete bereits am Tor auf Addis. Der Bürgermeister sprach noch eine ganze Weile mit ihm, bevor Addis sich losreißen und zu ihr kommen konnte.

"Er will nicht, dass wir weggehen, aber ich habe ihm klar gemacht, dass das Schlimmste vorüber ist. Die Leute werden jetzt an die Arbeit zurückkehren", erläuterte er, während sie zum Haus gingen. "Dieser Tag war entscheidend. Wenn London den König unterstützt hätte, dann hätte es die Königin sehr schwer gehabt. Edward ist ein Narr, dass er nicht erkennt, wie wertvoll diese Stadt für seine Macht wäre. Es heißt, dass er, seit er König ist, die Bürger der Stadt immer wieder vor den Kopf gestoßen hat."

"Also ist jetzt alles vorbei?"

"Vorbei ist es noch nicht, aber so gut wie entschieden. Es wird erst vorbei sein, wenn die Barone beschlossen haben, was mit ihm geschehen soll."

"Wirst du ihm folgen?"

"Manche meinen, dass wir es tun sollten, aber das ist wohl nicht nötig. Wir wissen auch so, wohin er reitet. Er muss sich an die Barone wenden, die ihm oder Hugh noch etwas schulden. Wir können nur hoffen, dass diejenigen, die ihn finden, nicht vergessen, dass er immer noch der rechtmäßige König ist."

Im Hof waren Knappen und Diener unter Sir Richards Aufsicht damit beschäftigt, Waffen und Ausrüstung für den Aufbruch vorzubereiten. Die Stadt hatte zwar für viele von Addis' Männern Betten zur Verfügung gestellt – doch fünfzig Männer des Heeres waren irgendwo im Haus einquartiert worden oder hatten im Hof ihr Lager aufgeschlagen.

Als Richard sie sah, kam er ihnen entgegen. "Ich habe die anderen schon benachrichtigen lassen. Wir können in wenigen Stunden aufbrechen."

Erschrocken wandte sie sich Addis zu. Sie hatte gewusst, dass er fortgehen würde – doch sie hatte angenommen, dass es erst in ein, zwei Tagen so weit sein würde.

Er hatte den Arm um ihre Schultern gelegt und drückte sie aufmunternd an sich. "Ruft mich, wenn alles so weit ist. Ich bin in meinem Zimmer."

Als sie im Haus waren, blieb er stehen und nahm ihr Gesicht in beide Hände. "Morgen wäre es auch nicht leichter. Ich könnte bestimmt hundert Gründe finden, um hier zu bleiben, wenn ich mir diese Freiheit nehmen würde."

Sie hätte wissen müssen, dass er ganz plötzlich weggehen würde, um ihr den langen Abschiedsschmerz zu ersparen. Er hatte es genauso gemacht, als er Brian wegbrachte.

"Du warst die letzten beiden Tage nicht viel hier. Du hast kaum noch geschlafen und dich nur noch um die Angelegenheiten der Stadt gekümmert. Da kannst du dir doch jetzt auch ein wenig Zeit für dich nehmen."

"Wir wollen heute noch mit der Königin zusammentreffen. Sie und der Prinz sollen sehen, dass Barrowburgh auf ihrer Seite ist."

Sie sah ein, dass er das tun musste, doch das machte es ihr um nichts leichter. Er nahm sie an der Hand und führte sie hinauf.

"Komm noch einmal zu mir, Moira. Ich war schon selig, dass ich dich in den letzten Tagen einfach nur in den Armen halten konnte, wenn ich schlief – aber jetzt will ich dich noch einmal lieben."

Sie liebten sich langsam und innig, und ihr Zusammensein war nicht nur von Leidenschaft, sondern vor allem von tiefen Gefühlen getragen. Es war ihr, als würde ihre Seele die vielen kleinen Berührungen genauso genießen wie ihr Körper. Und auch ihm schien ihr Zusammensein mehr zu bedeuten als nur die Befriedigung der Lust.

Sie erreichte diesmal keinen Höhepunkt, doch das machte ihr nichts aus. Als er ermattet niedersank, hielt sie seinen Kopf an ihrer Brust und genoss einfach nur das Hier und Jetzt mit ihm.

Er begann ihre Schenkel zu streicheln, doch sie hielt seine Hand auf. Er blickte sie erstaunt an. "Es wäre unritterlich von mir, einfach so wegzugehen."

"Ich will dich nur in den Armen halten. Mehr brauche ich nicht."

"Aber ich brauche mehr." Er schüttelte ihre Hand ab

und begann ihr Schamhaar zu streicheln. "Es würde mir viel bedeuten, wenn ich dich noch einmal zum Höhepunkt bringen könnte – so wie in jener Nacht im Dorf und dann später in Southwark."

Sie öffnete die Beine. "Nun, dann will ich dich nicht enttäuschen."

"Und wir wollen nicht, dass du enttäuscht bist."

Sie schloss überrascht die Augen, als er sie zwischen den Beinen berührte, wo sie von der Vereinigung zuvor immer noch pulsierte. Schon nach wenigen Augenblicken versetzten sie seine Bewegungen in Ekstase, und sie krallte sich an ihm fest, um nicht von der Woge der Lust fortgeschwemmt zu werden. Als sie den Höhepunkt erreichte, stieß sie einen Schrei aus, den man im ganzen Haus gehört haben musste. Das Nachbeben war noch in ihrem Bauch zu spüren, als ihr Körper sich schon längst entspannt hatte.

"Das war wunderbar", seufzte sie und schmiegte sich an ihn.

"Ja, wirklich. Das muss ich mir für später merken", entgegnete er lachend. "Ich würde jetzt gern noch ein Weilchen friedlich in deinen Armen schlafen, bevor ich mich in den Sattel setze."

Er schlief, doch sie lag an seiner Seite wach. Sie hielt seine Schultern in ihren Armen, während sein Kopf an ihrer Brust ruhte. Sie wollte jeden Augenblick genießen, der ihr noch mit ihm gegeben war. Die Zeit verging langsam – doch sie verging. Zwei Stunden später stand sie an seiner Seite im Hof, während ringsum bewaffnete Männer auf ihre Pferde stiegen.

"Richard hat gehört, dass er wie erwartet nach Westen geritten ist. Er kann nirgendwohin mehr gehen außer nach Wales, wo die Despensers das Sagen haben", teilte ihr Addis mit, während er die Pferde überblickte, die dicht gedrängt im Hof standen. Seine Fußsoldaten warteten draußen auf der Straße auf den Abmarsch. "Henry of Lancaster wird das bereits ahnen und auf ihn warten."

Er sprach über all diese Dinge, als würde das ihrem Abschied die Schwere nehmen – doch Moira sah in seinen Augen, dass er das Gleiche empfand wie sie.

"Reitest du auch dorthin?", fragte sie, während sie sich im Eingang zum großen Saal an ihn schmiegte. Sie wünschte sich, ihr Abschied wäre etwas intimer gewesen. Am liebsten hätte sie den Gefühlen freien Lauf gelassen, die in ihr brannten, anstatt sich bemühen zu müssen, ihre gefasste Haltung aufrechtzuerhalten.

"Wir werden zuerst nach Norden reiten, um mit der Königin zusammenzutreffen, und uns dann westwärts wenden, um Lancaster zu unterstützen. Henry ist begierig auf Rache, nachdem sein Bruder hingerichtet wurde. Mir ist wohler, wenn ich weiß, dass eine ruhige Stimme in der Nähe ist, wenn wir den König in unsere Hand bekommen. Wir müssen Edward überzeugen, dass es das Beste ist, wenn er freiwillig auf die Krone verzichtet. Nie zuvor ist ein König hingerichtet worden; wenn es dazu kommt, wird das ganze Land von Kriegen zerrissen werden. Außerdem muss ich in Hawkesford und Darwendon Halt machen, um zu sehen, wie die Lage dort ist." Er blickte sich um und lächelte. "Dein Gasthof wird plötzlich ganz leer sein, nachdem er in den letzten Tagen überfüllt war. Nachdem du jetzt eine Woche lang so viel Betrieb hattest, solltest du dir etwas Ruhe gönnen, bevor du wieder anfängst, Zimmer zu vermieten."

"Wenn ich zur Abwechslung ein paar Nächte ausschlafen kann, wird es schon wieder gehen", sagte sie mit einem schwachen Lächeln – in dem Versuch, den bevorstehenden Abschied nicht zu tragisch zu nehmen. Sie war noch etwas verträumt und benommen nach ihrem innigen Zusammensein, doch das machte ihre Traurigkeit nur noch tiefer. Sie hasste die Vorstellung, die Nächte nun allein verbringen zu müssen, ohne seine wärmende Liebe. Und genauso einsam würden auch die Tage werden.

Er zog sie in den Saal zurück und nahm sie noch einmal in die Arme. "Ich komme zurück, sobald ich kann. Du hast doch gesagt, dass du mein bist, bis ich Barrowburgh wiederhabe. Ich werde dich daran erinnern, wenn ich zurück bin. Du wirst mit mir kommen, wenn ich dorthin zurückkehre – also suche ruhig schon jetzt jemanden, der dann deinen Gasthof für dich führt."

Ja, er würde zurückkehren – aber bis dahin würden viele Wochen vergehen. Dabei war ihnen ohnehin eine viel zu kurze Zeit des Glücks beschieden gewesen – und sehr viel mehr hatten sie nicht mehr vor sich. Würde das genügen, um ein ganzes Leben lang davon zu zehren?

"Wirst du Brian zu dir holen?"

"Das hatte ich eigentlich nicht vor."

"Er sollte den Triumph seines Vaters miterleben dürfen, wenn es so weit ist. Er wird dir nicht im Weg sein. Ich kümmere mich um ihn."

Er runzelte nachdenklich die Stirn. "Er ist sicherer da, wo er jetzt ist."

"Bitte, Addis. Ich werde ihn nie mehr sehen, wenn du ... Er ist dein Erbe. Es wäre doch schön, wenn du ihn bei dir hättest, wenn du Barrowburgh in Besitz nimmst." Er wirkte nicht sehr glücklich über ihren Wunsch, und sie zögerte, ehe sie hinzufügte: "Vielleicht lernst du ihn lieben, wenn du dieses Erlebnis mit ihm teilst."

Sie sah, wie sich sein Gesicht anspannte. "Mach mir keine Vorwürfe, dass ich keine großartigen Vatergefühle für ihn habe. Wenn ich in sein Gesicht blicke, sehe ich Verrat."

Er sah Claire – das war es, was er sagen wollte. Brian hatte ihr strahlendes Gesicht, was fast allen, die ihn sahen, ein Lächeln entlockte. Doch Moira wusste, dass Addis Claire vor acht Jahren aus seinem Herzen gerissen und gelernt hatte, nicht mehr an sie zu denken. In den vergangenen Tagen hatte er über so vieles mit ihr geredet – über den Kreuzzug, seine Zeit als Sklave, über die Frau namens Eufemia, über seinen Vater und seine Familie – doch er hatte mit keinem Wort über Claire gesprochen und über das, was zwischen ihnen vorgefallen war. Auch über Brian hatte er kaum sprechen wollen, da der Junge ihn offensichtlich an diesen alten Schmerz erinnerte. Hoffentlich würde Lady Mathilda das Kind lieben – denn sein Vater würde vielleicht nie dazu imstande sein.

"Ich verspreche dir, dass du ihn wiedersehen wirst, Moira, aber ich nehme ihn nicht zu einer Belagerung mit. Das ist zu gefährlich. Ich würde auch dich nicht mitnehmen, wenn ich dich nicht so sehr brauchen würde."

Sie legte den Kopf an seine Brust und atmete noch einmal seinen Duft ein. "Werde ich von dir hören?", fragte sie.

"Ich werde dich auf dem Laufenden halten – aber ich glaube nicht, dass die Gefahr noch sehr groß ist. Das ganze Reich hat sich von Edward abgewandt. Es ist eine Tragödie. Wir haben einen König, der sich in seinem eigenen Land verstecken muss."

"Aber das Land ist sehr groß. Es kann sein, dass du sehr lange weg bist."

"Ja, sehr lange."

Er hob ihr Kinn an, und ihre Lippen trafen sich zu einem zärtlichen, wehmütigen Kuss. "Ich lasse mein ganzes Herz hier bei dir, Moira. Mein Körper wird in Wiltshire und in Wales sein, aber mit meinen Gedanken bin ich immer hier bei dir."

Sie vergaß ihren Vorsatz, eine würdevolle Haltung zu bewahren, und umarmte ihn fast verzweifelt, während ihre Tränen zu fließen begannen. Sie sah in seine glühenden Augen, die feucht vor Sehnsucht waren. Er lächelte, streichelte noch einmal ihr Gesicht und löste sich von ihr. Und mit dem entschlossenen Gesicht des Kriegers ging er in den Hof hinaus.

Es war Rhys, der ihr in den folgenden Wochen die Neuigkeiten überbrachte. Als er zum zweiten Mal kam, lud sie ihn ein, zum Abendessen zu bleiben. Während sie auf das Essen warteten, zeigte sie ihm ihren Gasthof und die Veränderungen, die sie an den Zimmern vorgenommen hatte. Als sie in den Hof hinausgingen, sah er, wie Henry Wasser zu den Trögen beim Stall trug.

"Du solltest dir überlegen, ob du nicht noch einen Brunnen hier draußen haben möchtest. Wenn alle zehn Betten belegt sind, dann ist das keine Kleinigkeit mehr, das Wasser zu den Pferden zu schleppen."

"Ja, und ich spare auch schon, damit ich eines Tages den Stall erweitern kann. Nächsten Sommer sollte ich das Geld für beides haben. Im Moment lässt sich mit einem Gasthof leider kein großes Geschäft machen, da sich gerade der Königshof aufgelöst hat."

"Das wird sich schon bald ändern. Es heißt, dass Lancaster Edward daran gehindert hat, nach Wales zu kommen. Er und die Despensers halten sich in den westlichen Grafschaften auf, und das Netz um sie herum wird immer enger."

"Haben sie ein Heer zur Verfügung?"

"Du machst dir Sorgen um deinen Ritter? Nein, nur eine kleine Schar, nicht genug jedenfalls für eine

Schlacht. Es sollen höchstens siebzig Mann sein. Addis wird nichts geschehen."

Sie lehnte sich an die Hausmauer – froh darüber, dass es ihm nichts ausmachte, über Addis zu sprechen. Er hatte zuerst gezögert, ihre Einladung anzunehmen, doch sie war froh, dass er es getan hatte. Sie dachte sich, dass er sich deshalb bereit erklärt hatte, ihr die Nachrichten zu überbringen, damit er sehen konnte, wie sie allein zurechtkam und ob sie vielleicht einen Freund brauchte. Das war tatsächlich der Fall.

"Du siehst glücklich aus", sagte er.

"Ich bin glücklich. Und auch traurig. Aber du hattest Recht. Wenn man auch das Glück erlebt hat, bekommt die Traurigkeit einen Sinn. Er wird zurückkommen, und ich sehne mich schon danach, ihn wiederzusehen – aber das wird dann der Anfang vom Ende sein. Es bricht mir das Herz, wenn ich nur daran denke."

"Du hast beschlossen, hier zu bleiben?"

"Ich werde mit ihm gehen, wenn er um sein Zuhause kämpft. Er wird Thomas Wake sagen, dass er sich nicht verloben will, bevor er Barrowburgh wiederhat, und dass Mathilda sich nicht an einen armen Ritter binden soll. Aber die Heirat ist abgemacht, und deshalb wird Wake ihm helfen. Und wenn er sein Ziel erreicht hat, werde ich hierher zurückkehren."

"Aber er wird doch bestimmt gelegentlich nach London kommen."

"Wenn er kommt, kann er immer sein Zimmer haben. Und er kann auch auf meine Freundschaft zählen. Aber alles andere geht mit seiner Heirat zu Ende."

"Du gehst einen steinigen Weg, Moira. Bist du sicher, dass du es so willst?"

Sie hatte sich diese Frage in den vergangenen Wochen selbst des öfteren gestellt. "Es ist der einzig mögliche Weg. Nur so kann ich ihm wirklich wünschen, dass er glücklich wird in diesem Leben, von dem ich nichts mitbekommen werde. Unsere Liebe war wunderschön und vollkommen, und ich werde nicht mein ganzes Leben damit zubringen, mich an irgendwelche Überreste dieser Liebe zu klammern. Außerdem will ich nicht, dass der Schatten dieser Liebe ihn daran hindert, mit seiner neuen Familie ein zufriedenes Leben zu führen. Ja, deshalb gibt es keinen anderen Weg für mich." Sie stieß sich von der Mauer ab. "Aber jetzt gehen wir erst einmal hinein und sehen uns an, was mein neuer Koch uns anzubieten hat. Er hat zuletzt auf einem Landgut in Kent gearbeitet."

Rhys hob überrascht eine Augenbraue. "Ist er geflohen?"

Sie tat so, als wäre sie noch gar nicht auf diesen Gedanken gekommen. "Oh, das weiß ich nicht! Meinst du, dass es so sein könnte? Ich habe ihn gar nicht danach gefragt. Ich habe einfach nur gesehen, dass seine Fleischpasteten besser als die meinen sind, und ich wusste, dass du es mir nie verzeihen würdest, wenn ich ihn nicht einstelle."

Er kam in der folgenden Woche wieder und berichtete ihr, dass der ältere Despenser sich bei Bristol ergeben hatte, während der König und Hugh in Chepstow in See gestochen waren und ihren Verfolgern gerade noch hatten entkommen können. Wenig später kam die Nachricht, dass die beiden festgenommen worden waren, als sie in Glamorgan an Land gingen. Hugh Despenser war nordwärts nach Hereford geschickt worden, während Lancaster mit dem König ostwärts ritt.

Sie hatte die ganze Zeit wie in einem Traum gelebt und ihre Arbeit geistesabwesend erledigt. Nun wachten ihr Herz und ihr Körper wieder auf. Sie wusste nicht, wie lange dieses Heer brauchen würde, um das Reich zu durchqueren, und auch nicht, ob der Trupp nach London kommen würde. Ebenso wenig wusste sie, ob Addis noch andere Verpflichtungen hatte, die ihn aufhalten könnten, nachdem sie den König den Baronen übergeben hatten. Das Einzige, was sie wusste, war, dass er zurückkam und dass sie ihn nach zwei langen Monaten endlich wiedersehen würde.

Sie wartete zwei Wochen, ehe sie sich gestattete, alles für seine Ankunft vorzubereiten. Sie richtete sein Zimmer her und begann auch wieder mehr auf ihr Äußeres zu achten. Jedes Mal, wenn sie in den Hof ging, wanderte ihr Blick sofort zum Tor hinüber. Das Warten ließ die Zeit für sie immer langsamer vergehen.

Die letzten Blätter fielen von den Apfelbäumen, und die Blumen verwelkten nach und nach im Garten. Als der erste Schnee fiel, erzählte man sich überall in der Stadt, dass Hugh Despenser hingerichtet worden war und Edward im Kerker saß.

Und sie wartete weiter.

19. Kapitel

Matthew, der neue Stallbursche, kam eines Tages zu ihr zum Brunnen.

"Da sind vier Ritter im Hof, die fragen, ob wir Betten frei haben. Ich habe ihnen gesagt, wir wären voll, aber sie haben gemeint, sie würden auch im Saal schlafen, wenn es sein muss."

Moira stellte den Eimer auf den Boden und zog den Mantel enger um sich, um sich gegen den beißenden Wind zu schützen. Rhys hatte Recht gehabt: das Geschäft ging nun tatsächlich deutlich besser als zu Beginn. Nachdem König Edward im Kerker von Kenilworth saß, kamen die Barone gleich nach Weihnachten in Westminster zusammen, um über sein Schicksal zu beraten. Und da man auch noch das Parlament einberufen hatte, war in den Gasthäusern von London und Southwark schon seit längerem kein freies Bett mehr zu bekommen.

Sie blickte in den Garten hinaus, wo längst keine Blumen und Blätter mehr zu sehen waren und der Winter Einzug gehalten hatte. Der Garten war öd und leer, so wie ihr Leben. Sie biss sich auf die Unterlippe und fasste einen Entschluss.

"Wir werden sie im Privatgemach unterbringen, und ich werde auf einem Strohlager in der Küche schlafen."

Sie hatte sich lange geweigert, dieses Zimmer zu vermieten, doch nun musste sie akzeptieren, dass der Mann, für den sie das Zimmer frei gehalten hatte, wohl nicht zurückkehren würde.

Sie hatte sich lange geweigert, der Realität ins Auge zu sehen. Wie lange hatte sie nicht jedes Mal zum Tor hinübergeblickt, wenn sie ein Geräusch hörte. Doch nie war es er – und auch nicht Richard oder sonst jemand, der ihr sein Kommen angekündigt hätte.

Die Erwartung verwandelte sich in Sorge, als sie hörte, dass er den König nicht nach Kenilworth begleitet hatte. Nachdem sie Rhys immer wieder gefragt hatte, ob er etwas wisse, berichtete er ihr schließlich widerstrebend, dass Addis die Feiertage wahrscheinlich auf einem von Wakes Landsitzen in Yorkshire verbrachte. All ihre Erwartung und Sorge war in einem schrecklichen Augenblick verschwunden. Ihr blieb nichts übrig, als die einzig mögliche Schlussfolgerung zu ziehen.

Thomas Wake musste auf eine möglichst frühe Verlobung gedrängt haben. Als Addis ihr versprochen hatte, zu ihr zurückzukommen, hatte er das nicht vorhersehen können. Es wäre nicht ratsam gewesen, Wake vor den Kopf zu stoßen, nur um ein paar Wochen mehr mit Moira, der Gastwirtin, verbringen zu können. Sie hatte selbst immer gesagt, dass das Ganze irgendwann zu Ende sein würde – und sie konnte ihm keinen Vorwurf machen, wenn es früher dazu kam, als sie erwartet hatte.

Was blieb ihm denn auch anderes übrig? Was er tat, war durchaus vernünftig. Wenn er sie gefragt hätte, was er tun solle, hätte sie ihm genau dazu geraten. Er konnte nichts dafür, dass sie nun früher als erwartet vom Himmel in die Hölle abstürzte. Das war nun einmal der Preis, den man bezahlen musste, wenn man sich auf so etwas einließ.

In ihrem Herzen war kein Zorn, nur ein Gefühl der Leere und des Verlusts. Dass sie es als unausweichlich akzeptierte, machte die Enttäuschung um nichts kleiner. Ihr Kummer lastete wie ein schweres Gewicht auf ihr – und sie fragte sich, ob er jemals leichter zu ertragen sein würde.

"Im Stall ist noch Platz, falls sie Pferde haben", sagte sie und zwang sich, wieder an die praktischen Dinge des Alltags zu denken, die nun ihr Leben ausmachten. "Sag Jane und Henry, sie sollen im Privatgemach zusätzliche Strohlager vorbereiten."

"Als du sagtest, das Zimmer würde immer mir gehören, hatte ich eigentlich nicht vor, es mit irgendjemandem außer dir zu teilen", sagte eine leise Stimme von der Tür her.

Sie wirbelte herum, während ihr Herz vor Freude wie wild zu schlagen begann. Es fiel ihr schwer, den Drang zu unterdrücken, sich in seine Arme zu werfen.

Nie hätte sie erwartet, dass er nach seiner Verlobung

mit Mathilda so rasch hierher zurückkehren würde. Sie sah ihn etwas verlegen an und bemühte sich, eine würdevolle Haltung zu bewahren.

Groß und dunkel stand er vor ihr. Über seinen Wildlederkleidern trug er nur einen schlichten Umhang. Er wirkte nach der langen Reise ein wenig abgemagert – so wie damals, als er nach Jahren der Abwesenheit heimgekehrt war. In seinen Augen tanzte ein goldenes Feuer, während er sie aufmerksam betrachtete.

"Geh und sag den Männern, dass wir hier bleiben – im Saal, wenn es sein muss. Und sag Henry, er soll ein Bad im Privatgemach vorbereiten", befahl er dem Stallburschen.

Matthew eilte davon, und Addis wandte sich wieder ihr zu. "Wir wussten beide, dass ich lange weg sein würde, Moira."

"Ja, aber ich hätte nicht gedacht, dass es so lange dauern würde."

"Ich auch nicht, aber ich hatte Verpflichtungen, die mich aufhielten."

Verpflichtungen.

"Ich habe vergangenen Monat keine Nachrichten mehr von dir bekommen – es kamen nur noch Gerüchte."

"Was für Gerüchte?"

"Dass du die Weihnachtsfeiertage bei Wake verbracht hast und ..."

Sie sprach den bitteren Satz nicht zu Ende und verdrängte die Erinnerung an ihre eigenen einsamen Weihnachten im Kreise der Dienstboten. Sie hatte sich ständig vorstellen müssen, wie er zusammen mit der kleinen Mathilda ein fröhliches Weihnachtsfest verbrachte.

Genau das hatte sie vermeiden wollen. Die Eifersucht, die es ihnen beiden nur noch schwerer machen würde. Sie war sich nicht bewusst gewesen, wie schwer das werden würde – doch sie hatte auch gedacht, dass sie mehr Zeit haben würde, um sich darauf vorzubereiten.

"Sie ist ja noch ein Kind. Ein hübsches, verspieltes Kind. Ich fand sie ... langweilig."

"Sie ist deine Lady." *Und sie wird dich für immer bekommen! War es wirklich selbstsüchtig, noch ein paar Wochen mehr zu erwarten, bevor es so weit ist?*

Sie hasste sich selbst, wenn sie so dachte. Schweigend stand sie vor ihm – von Erleichterung, aber auch von Ärger und Enttäuschung erfüllt. Addis sah sie verständnislos an.

"Du bist gekränkt, und das tut mir Leid, Moira. Gehen wir ins Gemach, dann erzähle ich dir, was mich aufgehalten hat."

Das Letzte, was sie jetzt brauchen konnte, waren Einzelheiten. "Das Gemach gehört dir, wie versprochen. Du weißt ja, wo es ist." Sie hob den Eimer hoch und drehte sich um, um ihn zum Stall zu tragen.

Nach drei Schritten stellte er sich ihr in den Weg. Er riss ihr den Eimer aus der Hand und warf ihn beiseite.

"Was soll das? Haben drei Monate genügt, um deine Gefühle erlöschen zu lassen?"

"Nein, so ist es nicht. Ich freue mich, dich zu sehen, aber ..."

"Hat irgendein anderer um dich geworben? Wieder der Steinmetz? Wenn es so ist, kann er, verdammt noch mal, ein wenig warten ..."

"Du könntest Rhys sogar dankbar sein. Er hat gewusst, wo du warst, und wollte es mir nicht sagen."

"Ich musste Wakes Einladung annehmen, egal, was mein Herz mir sagte."

"Das weiß ich ja, wirklich. Aber diese Verpflichtungen, wie du es genannt hast, haben einiges verändert, nicht wahr? Erwartest du von mir, dass ich so tue, als wäre nichts geschehen? Sie ist jetzt deine Lady. Du kannst nicht von mir erwarten, dass ich so weitermache, als wäre ..."

Er zog sie an sich und unterbrach sie mit einem innigen Kuss. "Du bist immer noch mein, Moira." Es war keine Frage, sondern eine Feststellung, oder gar ein Befehl.

"Ich habe dir gesagt, dass ich nicht ..."

Er küsste sie erneut. "Komm mit in unser Gemach. Du wirst schon sehen, dass sich absolut nichts verändert hat."

Typisch Mann, dachte sie, zu glauben, dass man nur miteinander zu schlafen brauchte – und alle Wunden wären geheilt. "Nein, das geht nicht. Du hast dich verlobt, Addis."

Er löste sich stirnrunzelnd von ihr. "Ich sehe schon, ich muss dir einiges erklären."

"Überhaupt nicht. Du brauchst mir gar nichts zu erklären ... Oh!"

Er hob sie scheinbar mühelos hoch und schwang sie sich über die Schulter. Sie waren bereits in der Küche, bevor ihr klar wurde, was überhaupt vor sich ging.

"Lass mich runter, Addis!"

"Nein. Ich sehe schon, dass wir uns mit unserem Gespräch im Kreis drehen – und da ist es mir lieber, wenn wir das wenigstens in einem warmen Zimmer tun."

"Ich kann selbst gehen."

"Du wirst dich wieder weigern."

"Das ist so peinlich."

"Ich würde sagen, es ist praktisch."

Er schritt mit ihr auf der Schulter quer durch den Saal, und sie schloss die Augen, um die erstaunten Blicke der Dienstboten und Ritter nicht sehen zu müssen. Jane kam hinter ihnen her und sagte zu ihr: "Matthew hat gesagt, Ihr wollt ein Bett in der Küche."

"Ja."

"Nein, will sie nicht", erwiderte Addis und ging weiter.

Der Mann hatte anscheinend vergessen, wem das Haus jetzt gehörte. "Ich will das Bett in der Küche haben", sagte sie zu Jane.

"Die Arbeit wäre umsonst", warf Addis ein.

"Das Bett muss in die Küche", beharrte Moira und versuchte sich aufzurichten, damit sie nicht so schmählich von seiner Schulter herabbaumelte.

Er ging mit ihr in den Hof hinaus. Der neue Stallbursche und der Koch starrten sie mit offenem Mund an. "Wasser für das Bad", befahl Addis, während er an ihnen vorübereilte.

Oben im Privatgemach ließ er sie auf dem Bett nieder. "Das ist schon besser. Wenn die Stadt nicht in der Nacht ihre Tore schließen würde, wäre ich gekommen, während du im Bett liegst – völlig nackt, so wie ich dich in den vergangenen Tagen ständig vor mir gesehen habe."

"Vielleicht hättest du mich nicht allein angetroffen."

An ihrer provozierenden Bemerkung erkannte sie selbst, dass sie es ihm vielleicht doch übel nahm, dass er seinen Verpflichtungen nachgekommen war.

Ja, verdammt, sie nahm es ihm übel!

Sein Gesichtsausdruck verhärtete sich. "Ich hätte den Mann umgebracht, Moira, das kannst du mir glauben. Wenn ich höre, dass sich irgendein Liebhaber das nimmt, was mir gehört, dann werde ich ..."

"Ich war nicht untreu", gab sie schließlich zu.

Als die Diener mit vollen Eimern hereinkamen, sahen sie noch den Zorn in seinen Augen funkeln. Henry begrüßte ihn mit einem nervösen Lächeln, warf Moira einen beruhigenden Blick zu und überwachte dann die Vorbereitungen für das Bad. Die Diener hatten es eilig, wieder hinauszukommen, und ließen etwas Wasser zum Aufwärmen an der Feuerstelle stehen.

Moira erhob sich vom Bett.

Addis öffnete seinen Schwertgürtel. "Bleib liegen."

"Du willst doch nicht ...", erwiderte sie, verärgert über seine anmaßende Haltung. Sie hatte ja erwartet, dass er ihr Abkommen nicht so ohne weiteres akzeptieren würde, wenn der Zeitpunkt gekommen war – doch sie hätte nicht gedacht, dass er es einfach ignorieren würde, als hätte er ein lebenslanges Anrecht auf sie. Indem sie sich erlaubte, ihm die Schuld dafür zu geben, dass er Wakes Einladung angenommen hatte, konnte sie ihren Ärger weiter nähren. Und so gelang es ihr auch zu verdrängen, wie aufregend sie es fand, auf dem Bett zu liegen, während er vor ihr stand.

"Noch nicht. Nachdem ich eine Woche nur im Sattel und in irgendwelchen Lagern verbracht habe, brauche ich erst einmal ein Bad. Aber danach werde ich mit dir schlafen."

Einfach so.

Er streifte Mantel und Rock ab.

Ihre dreimonatige Enthaltsamkeit, ihre vielfältigen Erinnerungen an ihre gemeinsamen Nächte sowie die verborgene Freude, ihn wiederzusehen, entfachten die Glut des Verlangens in ihr. In Gedanken streichelte sie seinen nackten Rücken.

Er rieb sich die Hände über dem Feuer. "Ich bin nicht verlobt, Moira. Ich habe Wake nicht besucht, um die Heirat zu vereinbaren."

Ihr fiel ein Stein vom Herzen. Sie gestattete ihren Gefühlen wieder, frei zu fließen, nachdem sie sie in den vergangenen Wochen bewusst im Zaum gehalten hatte. Es war nur ein kurzer Aufschub – doch sie nahm die nicht mehr erwartete zusätzliche Zeit mit ihm froh und dankbar an.

"Er stimmte mir zu, dass das Mädchen sich nicht binden sollte, solange ich Barrowburgh nicht wiederhabe. Es könnte ja schließlich auch mit seiner Hilfe scheitern. Ich habe mich mit ihm nur darüber unterhalten, in welcher Weise er mir helfen könnte. Und davor besuchte ich Darwendon und Hawkesford. Ich habe auch mit Raymond gesprochen."

"Wie geht es ihm?"

"Er ist ziemlich wütend. Ich habe ihm von uns beiden erzählt. Ich wollte nicht, dass er es auf dem Schlachtfeld erfährt, falls er mit mir kämpfen sollte."

"Und wird er mit dir kämpfen?"

"Ich weiß es nicht. Als ich aufbrach, hatte ich nicht das Gefühl, dass er es tun würde. Ja, es würde mich nicht einmal überraschen, wenn er sich Simon anschließt."

"Ich kann nicht glauben, dass er so wütend ist, Addis."

"Er will dich schon seit zehn Jahren. Und das ist längst keine jugendliche Schwärmerei mehr."

"Doch nicht etwa Liebe?"

Er zuckte die Achseln. "Er selbst würde es nie so nennen."

"Nein, Raymond Orrick würde irgendwelche Gefühle für eine Leibeigene niemals Liebe nennen."

"Ich kann nicht sagen, was er empfindet; ich kann nur für meine eigenen Gefühle sprechen. Wenn er nur ein Zehntel von dem empfindet, was ich empfinde, dann ist es Liebe – ganz gleich, wie er es nennt. Und dann wird er es mir wahrscheinlich nie verzeihen."

"Es wäre schade, wenn du wegen mir seine Freundschaft und auch seine Hilfe verlieren würdest."

"Es wäre jedenfalls nicht deine Schuld. Was soll's,

wir werden schon sehen." Er nahm einen Eimer und goss warmes Wasser in die Wanne. Sie wollte aufstehen und ihm helfen.

"Nein, bleib liegen."

Sie ließ ihm seinen Willen und blieb auf dem Bett liegen. Als er genug Wasser in die Wanne gegossen hatte, sah er nachdenklich zu ihr hinüber. "Ich kann mich einfach nicht entscheiden", sagte er lachend.

"Wovon redest du?"

"Ich weiß noch nicht, ob du mir bei meinem Bad helfen sollst, oder ob es mir lieber ist, wenn du auf dem Bett liegst, damit ich dich ansehen kann."

Der Gedanke, ihn sanft einzuseifen, hatte etwas Verlockendes an sich. "Ich helfe dir."

Er betrachtete die Wanne. "Wir würden nicht viel zum Waschen kommen, fürchte ich. Außerdem scheint mir die Wanne nicht groß genug für uns beide zu sein."

Ihr erschien sie jedenfalls groß genug. Jetzt, da ihre Vorbehalte ausgeräumt waren, sehnte sie sich danach, ihn zu spüren.

Er begann seine Beinlinge auszuziehen. "Ich glaube, es wäre mir lieber, wenn du auf dem Bett liegst. Nackt."

Er zog sich aus, und sie betrachtete seinen gestählten Körper. Sie stellte sich vor, wie er sich unter ihren Händen anfühlen würde. Die Erinnerung jagte ihr ein Prickeln über die Haut.

Er setzte sich in die Wanne und wusch sein Haar. Er strich sich die feuchten Locken mit den Fingern zurück und warf ihr einen auffordernden Blick zu. "Du hast immer noch deine Kleider an. Nackt, habe ich gesagt."

Sie kniete sich aufs Bett und begann ihr Kleid vorne an der Brust zu öffnen. Es drängte sie, ihre Brüste aus dem Stoff zu befreien und sie von etwas anderem wärmen zu lassen.

Er seifte sich einen Arm ein, und ihre Augen folgten

seiner Hand auf dem Weg über seine Haut. Die Erwartung, ihn zu berühren und überall zu spüren, war so köstlich, dass sie am ganzen Leib zu zittern begann. Er strich sich etwas Seife auf die Brust. Der weiße Schaum glänzte auf seiner Haut. Sie stellte sich vor, sie würde mit dem Finger Muster in den Schaum zeichnen.

Sie streifte langsam ihr Kleid ab, und sein Blick folgte dem Weg des Kleides über ihren Körper – so als würde er sie liebkosen. Sie setzte sich auf und schlüpfte aus ihrer gestrickten Strumpfhose, zuerst mit dem einen Bein, dann mit dem anderen – und wieder beobachtete er sie aufmerksam, bis sie unten an den Füßen angelangt war.

Er stützte einen Fuß auf den Rand der Wanne, während er sie beobachtete. Sie stellte sich vor, sie würde mit der Hand über dieses wohlgeformte Bein streichen, bis hinauf zum Oberschenkel. Es wäre wirklich ein Vergnügen gewesen, ihm bei seinem Bad zu helfen.

Ihre Hände hoben sich an die Träger ihres Unterhemds, und er betrachtete sie mit ernstem, eindringlichem Blick. Langsam streifte sie erst den einen, dann den anderen Träger über die Schulter hinunter, ohne sich jedoch ganz zu entblößen. Dann schob sie den dünnen Stoff so langsam wie nur möglich über ihre Brüste hinunter.

"Du kannst schon ziemlich boshaft sein, Moira", sagte er.

Sie lächelte, machte jedoch keine Anstalten, sich zu beeilen. So schön es gewesen wäre, ihn in der Badewanne zu streicheln – dieses Spiel auf Distanz hatte auch seinen Reiz.

Als sie schließlich nackt war, kniete sie sich aufs Bett und hob die Arme, um ihr Haar zu öffnen. Ihre Brüste hoben und senkten sich im Rhythmus ihrer Bewegungen, und sie sah in seinen Augen, welche Wirkung sie damit erzielte. Ihr langes Haar hüllte ihren Körper wie ein Mantel ein, aus dem die Brüste und Hüften hervorlugten. Sie drehte sich um, um sich ein Kissen zu holen, und bot ihm damit den Blick auf einen weiteren äußerst reizvollen Teil ihres Körpers. Dann legte sie das Kissen auf die Bettkante und legte sich vor ihm auf den Bauch.

Er wusch sich weiter, ließ sie dabei aber nicht aus den Augen. "Hast du schon irgendetwas aus Kenilworth gehört?", fragte er, die Tatsache ignorierend, dass sie längst dabei waren, einem Liebesspiel auf Distanz zu frönen.

"Nur Gerüchte über den Gemütszustand des Königs, sonst nichts. Es heißt, dass er sehr deprimiert ist."

Sein Blick wanderte über ihre Schultern, ihren Rücken, den Hintern und schließlich die Beine hinunter. Sie stützte sich auf die Ellbogen, sodass er die Rundung ihrer Brust von der Seite sehen konnte.

"Wenigstens gibt es Gerüchte. Das ist ein gutes Zeichen."

Er rieb sich die Brust mit einem Lappen. Sie stellte sich vor, wie sie mit der Zunge seine Brust leckte, und danach auch etwas weiter abwärts. "Du bist immer noch um seine Sicherheit besorgt?"

"Sein Tod käme in mancher Hinsicht gelegen. Dreh dich um."

Sie kam seiner Aufforderung nach und sah zu, wie er sie beobachtete. "Was haben die Barone mit ihm vor?" Es fiel ihr nicht leicht, den lockeren Plauderton beizubehalten. Ihre zunehmende Erregung ließ ihre Gedanken bereits in ganz andere Gefilde schweifen.

"Das hängt von ihm selbst ab, glaube ich. Er hat bestimmt große Angst. Jedenfalls ginge es mir an seiner Stelle so. Er hat bestimmt gehört, dass Hugh von Hereford hingerichtet wurde. Es war genauso brutal wie die Demütigungen, die Gaveston hatte erdulden müssen. Der Erzbischof von Canterbury hat sich schließlich in das Unvermeidliche gefügt und der Königin seine Unterstützung zugesagt. In einem Monat wird Edward schon nicht mehr König sein. Setz dich jetzt hin."

Sie hörte ihn kaum noch, doch ihr Körper gehorchte. Ihre Beine baumelten von der Bettkante herunter. Er wusch nun die Körperteile, die im Wasser verborgen waren, und sie begleitete ihn in Gedanken dabei. Jetzt konnte es nicht mehr lange dauern. Sie konnte nicht glauben, dass man ohne eine einzige Berührung ein solches Verlangen entwickeln konnte.

Er stieg aus der Wanne und trocknete sich beim Feuer ab. Sie genoss den Anblick seines Körpers, der im Licht des Feuers schimmerte, und verspürte ein Prickeln auf der Haut, als sie den sichtbaren Beweis für sein Verlangen sah. An seinem Gesichtsausdruck erkannte sie, dass Edwards Sorgen bereits aus seinen Überlegungen verschwunden waren.

"In Gedanken habe ich dich jede Nacht in den Armen gehalten, als ich fort war. Ich habe mir immer vorgestellt, dass du genauso wie jetzt auf mich wartest. Ich konnte bei dem Gedanken nicht allzu gut schlafen – aber ich habe mich trotzdem den ganzen Tag darauf gefreut, wieder ausgiebig an dich denken zu können. Hast du manchmal von mir geträumt?"

"Ja." Sie blickte auf ihre harten Brustwarzen hinunter, die ihn zu sich zu rufen schienen. Sie umfasste die Rundungen ihrer Brüste, um sie einladend auf ihn zu richten. "Ich habe von dir geträumt. Ich habe von allem geträumt, was wir erlebt haben. Wirklich von allem."

Er warf das Handtuch beiseite und ging zu ihr.

Sie hielt immer noch ihre Brüste in den Händen. Er

streichelte eine der vorstehenden Brustwarzen mit den Fingerspitzen. "Gefällt dir das, Liebling?"

Die Empfindung hob sie fast vom Bett empor. "Ja."

Er rieb sie ganz sanft mit dem Daumen. "Und das?"

In ihrem Unterleib machte sich eine warme Spannung breit. "Ja."

Während er sie mit der Hand sanft streichelte und neckte, beugte er sich hinunter, um sie auf die Lippen zu küssen – langsam und zurückhaltend, wie um ihr zu sagen, dass er sich alle Zeit der Welt für sie nehmen wolle, was sie nur noch mehr erregte.

"Und das?", fragte er und ließ seinen Mund zu ihren Brüsten wandern, wo er mit der Zunge verführerisch eine der Brustspitzen umkreiste.

Sie glaubte jeden Augenblick zu sterben vor Wonne. Sie fasste ihn um die Taille und zog ihn zu sich. "Ja, und das auch."

Er war sichtlich überrascht, als sie sein hartes Geschlecht zwischen ihre Brüste bettete, sodass es an ihrem heftig pochenden Herzen ruhte.

"Und das." Sie begann ihn mit der Zunge zu necken, so wie er es zuvor getan hatte.

"Ah, Moira, du bist wirklich boshaft", seufzte er und widmete sich mit beiden Händen ihren Brüsten.

Sie streichelten und liebkosten einander, bis Moira das Gefühl hatte, es keine Sekunde länger auszuhalten. Sie umarmte ihn und rieb ihre Wange an seinem Unterleib. "Ich kann nicht länger warten", murmelte sie.

Er kniete sich zu ihr aufs Bett und spreizte ihre Beine. Sie nahm seinen Kopf in beide Hände und küsste ihn leidenschaftlich.

"Ich glaube aber, du wirst noch ein wenig warten müssen. Ich hatte so viele Träume in all den Monaten. Willst du es mir verwehren, dass ich mir wenigstens einen davon erfülle?" Er umfasste ihre Brüste und hob sie an seine Lippen, um ihre Erregung weiter zu steigern. Ihre Ungeduld schwand, und sie genoss seine Liebkosungen mit geschlossenen Augen.

"Du bist so wunderbar, Moira." Er streichelte ihre Hüfte und ihre Schenkel und schließlich auch die dunklen Löckchen zwischen den Beinen. "Ganz feucht und bereit. Sag mir, dass du nur mir gehörst."

Sie war mehr als bereit. Sie fühlte sich wie eine Verdurstende. Ihr Körper pulsierte vor Verlangen, als sie wie in Trance die Worte sagte, die er hören wollte.

Er spreizte ihre Beine noch weiter. "Leg dich hin."

Nur zu gern kam sie seiner Aufforderung nach. Sie umfasste seine Schultern, um ihn über sich zu ziehen. Er lachte leise und löste ihre Hände von seinen Schultern. "Noch nicht. Erst wenn du nach mir schreist."

Sein Mund und seine Hände brachten sie schließlich so weit. Sie stieß unkontrollierte Laute des Verlangens hervor – leidenschaftliche, flehende Laute, die immer lauter wurden, bis er ihr schließlich die Vereinigung gab, nach der ihr ganzer Körper rief. Sie erbebten beide, als er in sie eindrang.

"Du fühlst dich so gut an, Moira, einfach wunderbar."

Wieder und wieder zog er sich ganz zurück, um dann erneut in sie einzudringen. Eine Woge der Lust nach der anderen brach über sie herein, bis sie es kaum noch zu ertragen glaubte. Als sie die ersten Vorboten der nahenden Erfüllung spürte, zog sie ihn zu sich und verlangte nach mehr.

"Es ist schön, dass wir diesmal den Höhepunkt gemeinsam erleben", raunte er ihr mit heiserer Stimme ins Ohr. "Voll und ganz vereint."

Die Flammen seiner Leidenschaft stiegen immer höher und feuerten auch sie an, bis sie gemeinsam in ein Feuerwerk der Sinne eintauchten.

Als es vorüber war, blieb er auf ihr liegen. Ihre Brüste drückten sich gegen seine Brust, und ihre Beine umschlangen seine Taille. Er genoss es, ihre feuchte Haut unter sich und um sich herum zu spüren. Er machte keine Anstalten, sich von ihr zu lösen, und sie gab nicht zu erkennen, dass er ihr zu schwer wäre.

Er barg sein Gesicht an ihrem Hals und atmete ihren Duft ein. Dieses Gefühl des Vereintseins war für ihn mindestens genauso wichtig wie die körperliche Lust. Es war für ihn wie ein Vorgeschmack auf den Himmel und spendete ihm den Frieden und die Liebe, die man, wie die Priester sagten, im Himmel finde.

Er vergrub eine Hand in der Fülle ihres Haars. Ja, es war wohl Liebe – aber sie hatte ihren Preis. Er erinnerte sich an ihre kühle Entschlossenheit, als er zurückgekommen war, und sein innerer Friede wurde sofort ein wenig getrübt. Er hatte gehofft – nein, gebetet –, dass sie nicht in der Lage sein würde, sich von ihm abzuwenden, wenn der Augenblick gekommen war. Dieser Tag hatte gezeigt, dass es ihr sehr wohl ernst war und dass sie von dem Übereinkommen, das sie getroffen hatten, nicht abweichen würde.

Er stützte sich auf die Unterarme und blickte auf sie hinunter. Ihre blauen Augen verengten sich, während sie lächelte. Die Arme hatte sie immer noch um seinen Hals geschlungen. Er beugte sich vor und strich mit dem Gesicht das Tal zwischen ihren Brüsten entlang.

Sie hatte keine Ahnung, wie sehr er sie brauchte. Wenn er es hätte in Worte fassen können, dann hätte er es getan – doch für das, was ihn erfüllte, kannte er keine Worte. Als er mit Lancasters Heer unterwegs war, hatte er das Gefühl gehabt, in Wahrheit ein anderer zu sein als der, der er dort sein musste. Sein Körper wusste, wie er sich zu bewegen hatte, seine Stimme sagte die richtigen Worte – doch seine Seele schien durch irgendeinen Zauber in den falschen Körper versetzt worden zu sein. Das Gefühl, ein Fremder im eigenen Land zu sein, hatte sich in der Zeit, als er bei ihr war, etwas gelegt. Doch als er fern von ihr an der Spitze eines Heeres ritt, kam es erneut in ihm hoch. Die Vertrautheit mit der Heimat war nicht allmählich von allein zurückgekehrt – das zeigte sich deutlich, als er dieses Haus, die Stadt und sie verließ.

Das Schlimmste war, dass seine Seele nicht wusste, in welchen Körper sie eigentlich gehörte. Er war nicht mehr Addis, der Sklave, auch wenn die Geister für ihn immer noch lebendig waren. Doch genauso wenig schien die Rolle des Sohnes von Patrick de Valence noch zu ihm zu passen, auch wenn er den Verpflichtungen nachkam, die seine Herkunft ihm auferlegte.

Nur wenn er mit Moira zusammen war, hatte er wirklich ein Gefühl dafür, wer er war, weil er sich in ihrer Liebe erkennen konnte wie in einem Spiegel. Er akzeptierte seine Pflichten im Grunde auch nur deshalb, weil sie es von ihm erwartete – auch wenn er sie dadurch am Ende verlieren würde. Seine beiden Hälften verschmolzen zwar nicht ganz zu einer Einheit, wenn er mit ihr zusammen war, doch die Kluft schien dann nicht mehr so wichtig zu sein.

Er dachte daran, wie es sein würde, sie zu verlieren – ein Gedanke, gegen den sich alles in ihm sträubte. Es kam ihm so vor, als würde man ihm das Herz aus dem Leib reißen. Er hielt ihr Gesicht mit beiden Händen fest und versuchte, durch diese klaren Augen in ihre Seele zu blicken. Er wollte wissen, ob sie wirklich die Kraft aufbringen würde, ihn zu verlassen, wenn es so weit war. Doch er sah in ihren Augen nur die reine Liebe einer Frau, die als Leibeigene geboren wurde und die vom Leben gelernt hatte, nichts zu erwarten.

Es berührte ihn, wie offen sie ihn anblickte. Plötzlich war es ihm, als würde eine Freundschaft sie beide verbinden, die weit über die wenigen Monate ihres Zusammenseins zurückreichte – als wäre da etwas zwischen ihnen, das noch tiefer war als die Liebe und die Leidenschaft, die sie füreinander hegten.

Er küsste sie mit einer Innigkeit, als wolle er sie damit für immer an sich binden, ehe er schließlich an ihre Seite rollte und den Kopf an ihre Brust legte.

Nein, er konnte sie einfach nicht gehen lassen. Wenn es so weit war, würde ihm schon etwas einfallen, wie er sie bei sich behalten konnte. Wenn sie in seiner Nähe war, lebte er in einer anderen Welt. Dann war alles anders – die Erde, die Felsen, jede einzelne Pflanze …

Mit ihren festen Armen umschlang sie seine Schultern, wie sie es so gern tat, und er drückte sein Gesicht an die weiche Fülle ihrer Brust. *Es kommt mir so vor, als hätte sich alles verändert – die Erde, die Luft und jede einzelne Pflanze.* Diese Worte hatte sie geflüstert, nachdem sie sich zum ersten Mal geliebt hatten. Seltsam, wie vertraut sie ihm erschienen.

Er versuchte sich an etwas zu erinnern, das wie hinter dichtem Nebel verborgen war. Ihm fiel auf, dass sie ihn sehr oft so in den Armen hielt, wie sie es jetzt tat.

Sie hielt ihn, wie man ein Kind in den Armen hielt.

Oder einen Menschen, der sehr traurig war.

Oder jemanden, der von Kummer und Verzweiflung erfüllt war.

20. Kapitel

"Das wird nicht funktionieren."

"Sieht ganz so aus. Die Bettstatt ist zu klein."

"Es ist nicht das Bett, Addis. Auch auf dem Boden würde es nicht ..." Sie begann zu kichern. "Wie kommst du nur auf solche Gedanken?"

"Das sind meine Träume", antwortete er lachend. Er begann, ihrer beider Gliedmaßen zu entwirren, was eine ganze Weile in Anspruch nahm.

Sie streckte sich aus und zog ihn über sich. Sie konnte sich durchaus für seine fantasievollen Liebesspiele erwärmen, doch im Grunde genossen sie beide diese allereinfachste Form des intimen Zusammenseins am meisten.

Als sie sich schließlich ermattet voneinander lösten, nahmen sie die Frühlingsdüfte wahr, die im Morgengrauen ins Zelt hereinströmten. "Ich habe dich gestern mit dem Abt sprechen gesehen", sagte er. "Hat er dir wieder Vorwürfe gemacht?"

"Nur sehr zurückhaltend. Nachdem dein Heer das Lager auf seinem Land aufgeschlagen hat, fühlt er sich verpflichtet, gegen die Sünde vorzugehen. Die Huren hier im Lager stören ihn schon etwas mehr, aber auch bei ihnen meint er es nicht ganz so streng, wie er es sagt."

Er genoss immer noch das Glücksgefühl, in ihr zu sein, und rührte sich nicht, um es so lang wie möglich auszukosten. "Ja, ich glaube, er nimmt einiges in Kauf, wenn er nur Simon als Nachbarn los werden kann. Er hat gleich eingewilligt, als ich ihm den Brief von Stratford zeigte – mit der Anweisung, dass die Abtei uns hier unser Lager aufschlagen lässt."

Sie strich mit einem Finger über seinen Rücken, und er hielt den Atem an. "Es war ein Glück, dass der Bischof sich bereit gefunden hat, dir zu helfen."

"Nicht nur Glück, Moira."

"Wie meinst du das?"

Es dürstete ihn schon wieder nach ihr. "Das erkläre ich dir ein andermal."

Später ging sie mit ihm in der kühlen Luft über die feuchte Wiese auf den Hügel hinauf, wo sechs Wächter warteten. Sie hatten letzte Nacht wieder einen von Simons Männern geschnappt. Überall in der Gegend trieben sich Spione von Barrowburgh herum, die zu erkunden suchten, wo sich das Heer befand, von dem Simon genau wusste, dass es kommen würde. Bislang hatten sie noch keinen der Spione, die das Lager entdeckt hatten, nach Barrowburgh zurückkehren lassen. Simon konnte also nicht wissen, dass der Feind buchstäblich vor seiner Türe stand.

Addis ließ den Gefangenen in den Kerker der Abtei bringen und blickte auf das weite Feld hinaus, auf dem sich das Lager seines Heeres erstreckte.

"Das ist schon beeindruckend", sagte Moira, als sie die langen Reihen von Zelten und Lagerfeuern überblickte. Er nahm sie in die Arme, und sie schmiegte den Rücken an seine Brust. Gemeinsam beobachteten sie, wie die aufgehende Sonne den niedrig stehenden Nebel auflöste.

"Ja, beeindruckend, aber möglicherweise nicht genug."

"Meinst du? Obwohl die Soldaten der Königin euch helfen?"

"Barrowburgh ist eine gewaltige Festung. Wake sollte bald eintreffen, aber selbst mit seinem Heer und Lancasters Bogenschützen ist die Sache noch lange nicht entschieden."

"Es ist eine Ehre für deine Familie, dass dir so viele helfen."

"Ja, mag sein. Aber zum Teil ist es auch eine Wiedergutmachung, wie etwa die Hilfe von Stratford. Außerdem sichern sie sich damit meine Unterstützung, falls ich Erfolg habe. Im Moment bilden sich im ganzen Reich neue Machtgruppen. So wird es auch bleiben, bis der junge Edward die Krone allein tragen kann."

"Also hat sich im Grunde nichts geändert, obwohl wir einen neuen König haben." Sie schüttelte den Kopf. "Mir tun beide Leid: der Vater, der am Ende ist, und der Sohn, der vor einer ungewissen Zukunft steht."

Sie taten ihr Leid, weil sie sie beide gesehen hatte. Addis hatte sie mitgenommen, als er auserwählt wurde, sich der Gruppe anzuschließen, die den König zur Abdankung überreden sollte. An jenem Tag hatten nicht nur die Adeligen mit dem König gesprochen, sondern auch Vertreter anderer Stände aus dem ganzen Reich. Da waren Priester und Mönche, Bauern und Kaufleute, Großgrundbesitzer und Handwerker – und alle baten sie den von allen Getreuen verlassenen König, zugunsten seines Sohnes abzudanken. Edward erklärte sich zum Glück bereit, auf die Krone zu verzichten – doch nicht nur Moira hatte beim Anblick dieses Mannes geweint, den das Schicksal zu einem Leben verdammt hatte, für das er nicht geschaffen war.

"Der Junge steht zwar vor einer ungewissen Zukunft, aber ich glaube, er hat das Zeug, um es zu schaffen", sagte Addis.

"Ja. Man sieht es ihm an, obwohl er erst fünfzehn ist. Ich sah ihn, wie er seine Mutter und Roger Mortimer beobachtete, die offensichtlich glauben, dass die Krone ihnen gehört. Vermutlich ist ihm nicht entgangen, was da vor sich geht."

Aber auch Moira selbst hatte alles aufmerksam verfolgt. Er hatte sie auch zur Krönung mitgenommen. Sie trug eines der Seidenkleider seiner Mutter, und mit ihrer Anmut und Würde stand sie den anwesenden Ladys in nichts nach. Sie hatte zuerst nicht mitgehen wollen, doch als sie dort war, überwog die Freude, bei einem so großen und aufregenden Ereignis dabei zu sein. Rhys hatte einmal gemeint, dass es reiner Zufall sei, als was ein Mensch auf die Welt komme – und die Zusammenkunft an jenem Tag hatte ebenso bewiesen, dass er Recht hatte, wie die Ereignisse der vergangenen Wochen.

"Er ist aus dem gleichen Holz geschnitzt wie sein Großvater. Bald wird er mündig sein, dann kann er allein regieren. Bis dahin werden die Königin und ihr Liebhaber einen Kronrat akzeptieren müssen."

"Ich glaube nicht, dass sie auf ihre Ratgeber hören werden", erwiderte sie.

"Das glaube ich auch nicht. Und der König genauso wenig. Er hat mit mir und einigen anderen gesprochen – und zwar ganz privat und offen."

Sie wandte sich ihm überrascht zu. "Das hast du mir noch gar nicht erzählt."

"Er hat nicht viel gesagt. Es war mehr sein Gesichtsausdruck und die Art, wie er es sagte. Eigentlich begann er damit, dass er deine Figur bewunderte. Er ist zwar erst fünfzehn, aber er hat schon einen Blick für weibliche Schönheit."

Sie lachte und stieß ihn mit dem Ellbogen an. "Im Ernst, was hat er gesagt?"

"Dass meine Lady die prächtigsten Brüste zu haben scheint, die sich ein Mann nur ..."

"Addis!"

"Ich schwöre, dass er es so gesagt hat. Und dann blickte er zu seiner kleinen Philippa hinüber und sagte, dass Mortimer gemeint hätte, sie könne ihm mit ihren breiten Hüften viele Nachkommen schenken, auch wenn sie nicht aus einem der ganz großen Häuser komme und auch keine Schönheit sei. Er lächelte wie ein weiser alter Mann und fügte hinzu, dass Mortimer ihren wahren Wert verkenne, der vor allem in ihrer Treue und ihrer Liebe liege, und dass seine Frau sein erster und größter Verbündeter sei. Dann fragte er mich noch, wie ich mit meinen Vorbereitungen für Barrowburgh vorankomme, und bot mir an, seine Mutter zu bitten, dass sie mir hilft."

Sie blickte zu den Zelten hinüber, wo das königliche Banner im Wind wehte. "Du meinst, es war der junge Edward und nicht die Königin ..."

"Es war die Königin, aber auf seinen Vorschlag hin. Sie weiß wahrscheinlich gar nicht, dass er es mir gegenüber erwähnt hat. Also glaubt sie, dass sie sich meine Treue erkauft hat – aber ich weiß, wem ich wirklich zu Dank verpflichtet bin."

Er führte sie den Hügel hinunter und durch das Lager, das gerade zum Leben erwachte. Sie standen am Feuer vor ihrem Zelt, und er hüllte sie in seinen Mantel. Es fühlte sich so gut an, sie bei sich zu haben. Er fragte sich, ob sie wohl von der gleichen bittersüßen Stimmung erfüllt war, als sie sich diesen Morgen geliebt hatten. Bald würde sein Heer zum Angriff übergehen. Sie sprachen nie über die Trennung, die sie immer noch als Tatsache betrachtete, sobald Barrowburgh erobert war – doch in seinem Hinterkopf war der Gedanke daran ständig präsent. Und so hatte er die Ankunft der Männer, die ihm zu Hilfe kamen, einerseits mit Erleichterung, andererseits aber auch mit Unbehagen zur Kenntnis genommen.

Plötzlich durchbrach Hufgetrappel die morgendliche Stille. Ein Wächter kam zu ihnen geritten und zeigte nach Süden. "Ein Trupp Soldaten, Sir, vielleicht eine Meile entfernt. Sie dürften von Westen gekommen sein."

Das musste Wake sein. "Wie viele?"

"Ungefähr fünfzig, höchstens siebzig Mann."

Addis runzelte die Stirn. Thomas hätte mindestens zweihundert Mann schicken sollen. Es hatte Wake nicht gefallen, dass Moira in den vergangenen Wochen in London immer in Addis' Nähe gewesen war – doch er hatte zu verstehen gegeben, dass er es verstand. Schließlich war eine Eheschließung nichts anderes als ein Handel zwischen zwei Geschäftspartnern; außerdem war es durchaus nichts Ungewöhnliches, dass ein Mann eine Geliebte hatte. Dennoch konnte es sein, dass Wake es sich noch einmal überlegt hatte und nun der Auffassung war, dass Addis' Zuneigung zu Moira zu stark war.

Wenn es so war, warum kam er dann überhaupt? Nein, wahrscheinlich hatte er einfach nur seine Truppen geteilt, um weniger Aufsehen zu erregen. Addis verspürte fast ein wenig Enttäuschung, als ihm diese Erklärung einfiel. Er brauchte Wake, aber wenn der Mann von der Vereinbarung zurücktrat …

Sein geheimer Wunsch, Wake möge das Abkommen brechen, ließ ihn Moira zu sich winken. Sie wollte Wake jedoch nicht gegenübertreten. "Ich warte im Zelt", sagte sie.

"Du kommst mit. Er weiß über uns Bescheid. Er wird sich mehrere Tage hier bei uns im Lager aufhalten – und ich lasse es nicht zu, dass du dich verstecken musst." Er stieg in den Sattel und zog sie zu sich aufs Pferd.

"Du bist ein Narr, dass du dich so offen mit mir zeigst", zischte sie ihm zu.

Vielleicht hatte sie Recht. Doch in der Zeit, die ihm noch mit ihr blieb, würde er sie ganz bestimmt nicht verleugnen oder aus Diskretion auf ihre Nähe verzichten.

Sie ritten durch das Lager und warteten dann am südlichen Rand auf die Neuankömmlinge. Der herannahende Trupp tauchte auf der Spitze eines kleinen Hügels auf. Der Anführer sah sie und galoppierte voraus.

Das lange blonde Haar des Reiters wehte im Wind. Er verlangsamte seinen Ritt und kam schließlich an Addis' Seite zum Stillstand. Seine blauen Augen ruhten kurz auf Moira, und für einige Augenblick herrschte völlige Stille.

Raymond lächelte und zeigte auf die heranreitenden Männer. "Ich konnte nicht mehr als sechzig Mann mitbringen, weil die Leute jetzt auf den Feldern zu tun haben, aber dafür sind es kampferprobte Männer. Du hättest dir ruhig eine günstigere Jahreszeit für deinen Angriff aussuchen können, Bruder."

Addis hatte genau auf Raymonds Reaktion geachtet, die weder zornig noch wohlwollend war. Er streckte die Hand aus, und Raymond schüttelte sie freundschaftlich. "Ich bin froh, dass du gekommen bist."

"Ich konnte mir die Gelegenheit doch nicht entgehen lassen, zu sehen, wie diese Schlange gehäutet wird. Ich habe diesen hinterlistigen Kerl noch nie leiden können. Außerdem würde Bernard wahrscheinlich aus dem Grab aufstehen und mich heimsuchen, wenn unsere Familie nicht ihre Pflicht gegenüber der euren erfüllen würde."

"Es freut mich, dich wiederzusehen, Raymond", sagte Moira, als sie kehrtmachten, um ins Lager zurückzureiten.

"Ganz meinerseits. Die Liebe lässt deine Augen noch heller leuchten, Moira. Ich sehe schon, dieser Ritter passt gut zu dir." Er sagte es mit etwas gezwungener

Fröhlichkeit, doch es vermochte die Stimmung zwischen ihnen dennoch zu lockern.

"Ja, ich finde auch, dass er gut zu mir passt", sagte sie lachend.

Als sie zum Zelt kamen, ließ Moira die beiden allein. Raymond sah ihr nach, wie sie wegging. "Sie muss sehr viel für dich übrig haben, wenn sie sich samtene Kleider von dir schenken lässt. Von mir hat sie nie etwas angenommen."

"Es sind Kleider von meiner Mutter."

"Sei nicht beleidigt. Ich wollte nicht andeuten, dass du Moira gekauft hast. Wenn es nur ein paar Kleider bräuchte, um sie zu bekommen ... Sie ist eine sehr stolze Frau. Es muss wirklich Liebe sein, wenn sie ihren Stolz vergisst."

Sie hatte tatsächlich ihren Stolz überwunden. Sie ging durch dieses Lager, als hätte es absolut nichts Beschämendes an sich, mit einem Mann zu leben, der nicht ihr Gemahl war. Ihr zeitlich begrenztes Zusammensein mit Addis war für sie wie eine Oase, wo die Regeln der normalen Welt nicht galten. Und so störten die gelegentlichen missbilligenden Blicke sowie die Ermahnungen des Abtes Addis viel mehr als sie selbst.

"Ich dachte schon, dass du deswegen nicht kommen würdest."

Raymond zuckte die Achseln. "Sie hat immer gesagt, dass ich für sie wie ein Bruder bin – und das ist ja wohl das Entmutigendste, was ein Mann von einer Frau zu hören bekommen kann. Ich habe mir schon gedacht, dass sie sich geschworen hat, nie so wie ihre Mutter zu leben. Aber wenn sie diesen Vorsatz mit dir gebrochen hat, ist es vielleicht ganz gut so. Lady Mathilda wird bestimmt ihre eigenen Kinder vorziehen – da ist es sicher gut für Brian, wenn er Moiras Fürsorge in eurem Heim genießt."

"Sie hat ihren Vorsatz nicht gebrochen. Sie will nach London zurückkehren, wenn ich hier fertig bin."

Raymond sah ihn überrascht an. "Bei jeder anderen Frau würde ich sagen, das sind nur leere Worte. Und lässt du es zu?"

"Ich kann sie schwer einsperren." Wenngleich ihm der Gedanke sehr wohl durch den Kopf gegangen war.

Raymond grinste. "Du musst dafür sorgen, dass sie ein Kind von dir bekommt – dann vergisst sie diesen Unsinn."

Er hatte tatsächlich sein Möglichstes getan – und das nicht nur, weil er dadurch sein Ziel leichter erreichen würde. Er spürte, dass sie sich ebenfalls ein Kind von ihm wünschte – als sichtbares Zeichen ihrer Liebe, das weiterleben würde, wenn sie längst getrennt waren. Als sie dann letzte Woche ihre Monatsblutung bekommen hatte, war er im Stillen genauso enttäuscht gewesen wie sie.

Krieger unterhielten sich niemals lange über Frauen, und so sprach Raymond bald von den Strategien, die Addis sich zur Wiedergewinnung von Barrowburgh zurechtgelegt hatte. Doch während er die Gesellschaft seines alten Freundes genoss, waren Addis' Gedanken stets bei ihr. Er kannte ihren Tagesablauf genauso gut wie seinen eigenen und begleitete sie stets in seinen Gedanken, während immer neue Männer eintrafen, um ihn bei seinem Kampf zu unterstützen und ihm zu dem Sieg zu verhelfen, den er herbeisehnte und gleichzeitig fürchtete.

Sie wartete am nächsten Morgen, bis er sich angezogen und das Zelt verlassen hatte, ehe sie selbst aufstand. Die Nacht war süß und betörend gewesen. Stundenlang hatten sie einander in den Armen gehalten und lange Gespräche geführt. Er redete über seine Pläne für die nächsten Tage – doch es war weniger um das Thema gegangen als um das Gefühl des intimen Zusammenseins. Sie vermutete, dass er sie auf seine Weise beruhigen wollte, nachdem die Ankunft von Raymond und bald darauf von Thomas Wake sie doch einigermaßen aus dem Gleichgewicht gebracht hatte. Gestern war sowohl die Vergangenheit als auch die Zukunft in ihr ›Hier und Jetzt‹ eingedrungen.

Mehrmals hatte sie in dieser Nacht diesen Blick in seinen Augen gesehen, der in letzter Zeit immer öfter aufgetaucht war und der die Frage ausdrückte, die er nicht zu stellen wagte und die sie nicht beantworten konnte: Wirst du wirklich gehen und das alles beenden?

Sie hielt mit dem Verstand immer noch an ihrem Entschluss fest – doch ihr Herz rebellierte mit aller Macht gegen diese Entscheidung der Vernunft. Thomas Wakes Eintreffen hatte sie daran erinnert, dass schon bald der Augenblick kommen würde, in dem ihre Entschlusskraft auf die Probe gestellt wurde. Bald schon würde sie sich entscheiden müssen, ob sie ihn verließ oder mit ihm ging.

Sie legte ein einfaches Wollkleid und einen Mantel an und aß etwas Brot und Käse. Vergangenen Abend hatte Addis darauf bestanden, dass sie mit ihm und den anderen zu Abend aß – doch sie wusste, dass nun der Zeitpunkt gekommen war, wo sie als Frau hier fehl am Platz war. Und so hatte sie beschlossen, sich an diesem Tag etwas abseits zu halten und die Gelegenheit zu nützen, um etwas zu tun, das sie sich schon länger vorgenommen hatte.

Sie nahm einen Korb und ging zu den Proviantwagen, um sich einen Krug Wein zu holen. Dann ging sie zu den grob gezimmerten Pferchen, wo die Tiere gehalten wurden. Ein Pferdeknecht wurde auf sie aufmerksam und kam zu ihr. Sie erklärte ihm, was sie wollte. Als die Sonne aufgegangen war, saß sie bereits auf dem kleinen Wagen, der von einem Esel gezogen wurde, und war unterwegs zu der Straße, die nach Norden führte.

Nachdem sich das Heerlager ganz im Süden der Ländereien der Abtei befand, dauerte es fast den ganzen Vormittag, bis sie ihr Ziel erreicht hatte. Als sie im Dorf Whitly eintraf, kamen gerade die Männer von der Feldarbeit zurück, um zu Mittag zu essen.

Lucas Reeve kam aus dem Haus, als er ihren Wagen vorfahren hörte. In seinen Augen leuchtete freudige Überraschung auf. "Joan, Sir Addis' Frau ist da!" Er band die Zügel des Esels an einen Pfosten und half ihr vom Wagen herunter. "Gerade recht zum Mittagessen, Moira. Kommt herein und erzählt uns, wie es Sir Addis geht."

Sie reichte ihm den Wein und setzte sich an den Ehrenplatz, den man ihr an dem bescheidenen Tisch anbot. Sie aß jedoch nur sehr wenig, damit Lucas' Söhne nicht darunter zu leiden hatten, dass sie so unerwartet aufgetaucht war. Als sie hörten, dass Moira die vergangenen Monate in London verbracht hatte, überhäuften sie sie mit Fragen über die einschneidenden Ereignisse, die dort seit einiger Zeit vor sich gingen.

"Nun, jetzt, da der König und seine Freunde fort sind, scheinen diese Ländereien wieder den Herrn zu bekommen, den Gott ihnen zugedacht hat", sagte Lucas mit einem zufriedenen Lächeln.

"Der Kronrat hat Addis die Ländereien zurückgegeben – doch Simon akzeptiert die Entscheidung nicht", berichtete Moira.

"Das kann ich mir denken. Er lebt wie ein Earl und lässt das Volk bluten, um sich seinen Luxus leisten zu können. Wenn er alles zurückgibt, ist er wieder ein armer Ritter. Außerdem gehört er zu den Schurken, die mit den Despensers gemeinsame Sache gemacht haben – und solche Leute können sich jetzt auf einiges gefasst machen. Ich verstehe gut, dass er sich hinter den Mauern von Barrowburgh verschanzt."

"Das erklärt auch, was wir von den anderen Dörfern gehört haben", warf sein ältester Sohn ein. "Simon bereitet sich auf eine Belagerung vor."

Sie wandten sich erwartungsvoll Moira zu.

"Es ist kein Geheimnis, dass Addis sich Barrowburgh zurückholen will", sagte sie. "Das hat er Simon ganz offen gesagt."

"Ja, aber die Frage ist, wann es so weit ist", sagte Lucas mit einem nachdenklichen Lächeln. "Und wenn Ihr jetzt hier bei uns sitzt, frage ich mich, wo sich wohl Sir Addis gerade aufhält."

Sie war gekommen, um es ihnen mitzuteilen – doch sie überlegte sich gut, wie sie es sagen sollte. "Nicht auf dem Gebiet von Barrowburgh, aber ganz in der Nähe."

"Gott sei Dank", murmelte Lucas erleichtert. "Hat er auch genug Männer? Die Burg, die sein Großvater gebaut hat, ist verdammt schwer einzunehmen."

"Er sagt, bei einer Festung wie Barrowburgh kann man nie genug Männer haben."

"Sagt uns, wo er ist, und jeder Mann, der imstande ist, einen Knüppel zu halten, wird sich an seine Seite stellen. Ich habe mit dem Spieß in der Hand im Krieg gegen Schottland gekämpft – und ich kann das wieder tun, auch wenn meine Haare heute weiß sind. Verdammt, er hätte uns rufen sollen."

"Er will euch nicht in Gefahr bringen. Wenn er scheitert, dann seid ihr Simon wehrlos ausgeliefert."

"Wir sterben lieber wie Männer, als dass wir langsam verhungern. Verdammt, wir könnten schon morgen alle an irgendeiner Seuche sterben. Vor einigen Wochen haben wir vom Sturz des Königs gehört – und jetzt brennen die Leute darauf, es dem Bastard heimzuzahlen, der sich hinter diesen Mauern versteckt. Sagt uns, wo Sir Addis sich aufhält, und wir machen uns gleich morgen früh zu Hunderten auf den Weg. Wenn es sein muss, reißen wir die Mauern mit bloßen Händen nieder."

"Ich kann es Euch nicht sagen. Wenn das bekannt wird, würde auch Simon davon Wind bekommen. Addis möchte aber ganz überraschend zuschlagen. Wenn es jedoch so weit ist, werdet Ihr es erfahren. Vielleicht könnt Ihr das auch an die anderen Dörfer weitergeben."

"Wird gemacht, Moira. Wir können vielleicht nicht viel ausrichten, wenn es darum geht, über die Mauern zu klettern, aber irgendwie können wir uns bestimmt nützlich machen – und wenn tausend Mann mehr vor der Burg stehen, wird es Simon bestimmt mit der Angst zu tun bekommen. Das allein ist es mir schon wert."

Sie tauchte ein Stück Brot in ihre Suppe. "Er weiß nicht, dass ich hier bin. Es gefällt ihm vielleicht nicht, dass ich mich einmische."

Er lächelte und tätschelte ihren Arm. "Niemand hier an diesem Tisch wird verraten, dass uns jemand gesagt hat, dass wir kommen sollen. Wer braucht denn zu wissen, dass wir unsere Waffen vorher geschärft haben? Die Lords betrachten uns nicht als ganze Männer in ihren Kriegen – aber wir haben schon früher bewiesen, dass wir eine Schlacht entscheiden können. Ihr seid eine von uns, Moira. Ihr wisst, dass auch Leibeigene Rechte haben, für die es sich zu kämpfen lohnt. Es wird ein schönes Gefühl sein, an der Seite von Patricks Sohn zu kämpfen – egal, ob wir siegen oder untergehen. Er erwartet es vielleicht nicht von uns, aber wenn wir kommen, wird er froh sein."

Lucas und seine Söhne berieten, wer als Bote in die anderen Dörfer reiten solle, und Moira wandte sich Joan zu, um mit ihr über Alltägliches zu plaudern. Draußen vor der Tür gingen Männer vorbei, um auf die Felder zurückzukehren, als plötzlich von der Straße lautes Hufgetrappel zu hören war.

Befehle ertönten, die die Familien aus den Häusern riefen. Keiner am Tisch sagte ein Wort. Lucas spähte aus dem Fenster und stieß einen Fluch aus. "Leute aus Barrowburgh. Sie sind zu sechst – und der rothaarige Teufel Owen führt sie an."

Owen! Er konnte sie wiedererkennen. Sie blickte sich verzweifelt in dem kleinen Häuschen um, doch sie sah nirgends einen Platz, wo sie sich hätte verstecken können.

"Alle Leibeigenen von Barrowburgh auf die Straße!", tönten die schroffen Stimmen immer wieder. "Heraus mit euch, oder wir brennen eure Häuser nieder." Man hörte, wie Menschen auf der Straße gestoßen wurden und Frauen erschrockene Schreie von sich gaben.

"Bleibt hinter uns, Moira", sagte Lucas. "Was immer sie wollen – es dürfte nicht lange dauern."

Er und seine beiden Söhne traten ins Freie und bildeten eine Mauer, um die Frauen zu schützen. Moira ging mit gesenktem Blick hinter Lucas her. Sie betete, dass sie wie eine Dienstmagd aussah, auch wenn sie einen Schleier aus Leinen und ein Kleid aus feiner Wolle trug. Mit etwas Glück würden diese Männer sie überhaupt nicht bemerken.

Ihre Kehle fühlte sich staubtrocken an, als Owen die Straße entlang schritt. Er blieb direkt vor ihnen stehen – doch das mochte daran liegen, dass Lucas der Vogt des Dorfes war. Sie warf einen kurzen Blick auf das feuerrote Haar und die stahlgrauen Augen und versuchte sich so klein wie möglich zu machen.

"Guten Tag, Sir Owen", grüßte Lucas in freundlichem Ton, als wäre es nichts Außergewöhnliches, dass sechs Ritter kamen und die Leute aus ihren Häusern riefen.

"Ich komme mit einer Botschaft von eurem Herrn", verkündete Owen. "Die Männer dieses Dorfes müssen alle Pferde und Esel und ihr gesamtes Vieh noch vor Einbruch der Nacht nach Barrowburgh bringen. Außerdem alles Getreide, das von der Ernte des letzten Jahres noch übrig ist."

"Das ist eine seltsame Bitte, Sir."

"Es ist überhaupt keine Bitte", versetzte Owen.

"Es ist nicht Brauch und gehört auch nicht zu unseren Pflichten ..."

Owens Faust schlug so kräftig zu, dass sich der Vogt vor Schmerz krümmte. Moira senkte den Kopf noch etwas mehr, um nicht aufzufallen.

"Alles, was hier ist, gehört ihm. Euer Leben gehört ihm, wenn es notwendig ist. Jeder Dorfbewohner, der es wagt, etwas zurückzuhalten, verliert die Hand, mit der er seinen Herrn bestehlen will."

Er sprach zu Lucas, doch die anderen Dorfbewohner waren näher gekommen, um alles zu hören. Aufmerksam blickten sie über die Schwerter hinweg, die sie in Schach hielten.

Lucas richtete sich auf und erwiderte Owens finsteren Blick. "Wozu braucht Sir Simon all das Getreide und die Tiere? Will er ein Festmahl abhalten und jene, die ihm dienen, verhungern lassen?"

"Seine Gründe gehen euch nichts an. Kümmere du dich darum, dass deine Nachbarn den Befehl ausführen. Als Vogt bist du dafür verantwortlich, dass alles so geschieht, wie der Herr es will."

"Ja, wir werden tun, was Ihr verlangt. Und es stimmt, ich bin der Vogt und damit der Vertreter des

Herrn von Barrowburgh in diesem Dorf – und das betrachte ich als eine Ehre."

Moira erkannte, was Lucas mit seinen Worten wirklich meinte. Dass der Vogt sich so fügsam zeigte, besänftigte Owen ein wenig. "Bis Einbruch der Nacht", fügte er etwas ruhiger hinzu.

Sie konnte am Boden seine Stiefel sehen, die sich zu entfernen begannen. Sie hielt den Atem an und wartete darauf, dass die Gefahr vorüberzog.

Plötzlich blieb Owen stehen. Es kam ihr vor, als würden Lucas und sein ältester Sohn noch enger zusammenrücken. Die Stiefel kamen zurück und traten einen Schritt vor. Ihr Herz begann vor Angst zu pochen, und sie wünschte sich sehnlich, dass sie sich unsichtbar machen könnte.

Die Stiefel traten noch näher heran. Lucas und sein Sohn wurden auseinander gerissen, sodass Moira der Gefahr plötzlich ungeschützt gegenüberstand. Eine Hand packte sie am Kinn und riss ihren Kopf hoch, und graue Augen blickten in die ihren.

Mit der anderen Hand riss er ihr den Schleier so jäh vom Kopf, dass die Nadeln davonflogen. Ein amüsiertes Lächeln erschien auf seinem boshaften Gesicht.

"Sieh an. Ich frage mich, was die Sklavenprinzessin aus den baltischen Ländern hier macht – so weit weg von London und ihrem Herrn."

Am späten Nachmittag bemerkte Addis, dass Moira nicht im Lager war. Er hatte sich noch nichts dabei gedacht, dass sie nicht mit ihm zu Mittag aß; er hatte angenommen, dass sie die Ritter nicht bei ihren Gesprächen über die bevorstehende Belagerung stören wollte. Wie es seine Gewohnheit war, blickte er sich jedes Mal nach ihr um, wenn er durchs Lager ging – doch sie war nirgends zu sehen. Er sagte sich, dass sie vielleicht in der Abtei betete oder die Kranken besuchte – doch mit jeder Stunde, die verstrich, wurde seine Sorge größer. Schließlich ging er zu den Männern, die sich um die Tiere kümmerten. Dort erfuhr er, dass sie schon am frühen Morgen weggefahren war.

Er war wie gelähmt und unfähig, irgendetwas zu empfinden. Sie würde nicht zurückkehren, das war ihm sofort klar. Sie war gegangen, so wie sie es gesagt hatte – wenn auch früher als erwartet.

Er hatte gedacht, dass er Wut oder Schmerz empfinden würde, wenn es so weit war – aber nicht diese furchtbare Leere. Er starrte den Pferdeknecht an und bekam vage mit, dass dem Mann die Situation immer unangenehmer wurde. In seiner Benommenheit versuchte Addis zu verstehen, warum sie nicht noch die wenigen Tage gewartet hatte, die ihnen noch geblieben wären.

Er hätte sie diesen Morgen nicht allein lassen sollen. Er hatte gesehen, wie unangenehm ihr die Gegenwart von Raymond und Thomas Wake beim Abendessen war, und hatte in der Nacht versucht, sie zu beruhigen. Beide Männer waren sehr höflich gewesen, doch jeder von ihnen hatte eine ganz bestimmte Bedeutung für sie – und er spürte, dass sie sich innerlich zurückzog und dass ihr Lächeln gezwungen war.

Wenigstens hatten beide Männer sie höflich behandelt. Wäre es anders gewesen und Raymond oder Thomas Wake hätten irgendetwas gesagt, was Moiras vorzeitigen Aufbruch verursacht haben könnte, so hätte er den Betreffenden eigenhändig getötet. Aber so konnte er einfach nur dastehen, als wäre alles Leben aus ihm gewichen.

Der Pferdeknecht trat nervös von einem Fuß auf den anderen, wodurch Addis wieder einigermaßen zu sich kam. "Hat sie irgendetwas mitgenommen?", fragte er.

"Nur einen Korb."

Keine Truhe und keine Kleider. Nein, es waren ja auch die Kleider seiner Mutter. Sie hätte sie bestimmt nicht mitgenommen. Nur ein Korb, sonst nichts. Wenn man Moira kannte, dann wusste man, dass sie auch einen Monat lang mit nur einem Korb auskommen konnte.

"Hat sie gesagt, wo sie hinwill?"

Der Pferdeknecht hatte es verabsäumt, sie zu fragen, und schüttelte schuldbewusst den Kopf.

Addis ging weg und zwang seine gefühllosen Beine, ihn auf den Hügel hinauf zu tragen. Er blickte sich um, obwohl er wusste, dass er nichts sehen würde. Er würde einen Mann zur Abtei schicken – auf die kleine Chance hin, dass sie hingefahren war, um mit dem Abt zu sprechen. Doch im Grunde wusste er, dass sie nicht dort war.

Langsam begann sein Verstand wieder wie gewohnt zu arbeiten. Sein Körper erwachte erneut zum Leben, und Gefühle füllten die innere Leere aus. Er presste die Augen zu schmalen Schlitzen zusammen und blickte zur Straße hinüber, auf der Moira weggefahren sein musste.

Ein jäher Zorn flammte in ihm auf. Nicht ein einziges Wort. Nicht das kleinste Zeichen. Das wäre sie ihm schuldig gewesen, verdammt noch mal! So viel schuldeten sie einander. Selbst wenn sie geahnt hatte, dass er versuchen würde, sie umzustimmen, hätte sie ihm die Chance geben müssen, es zu versuchen. Dachte sie denn, dass es hier nur um ihr Leben und ihre Zukunft ging?

Er klammerte sich an seinen Zorn, weil er wusste, dass er wie ein Rettungsanker im Meer sein konnte. Er hatte diese Benommenheit schon früher einmal erlebt – vor kurzem in Barrowburgh, und davor auf dem

Kreuzzug. Diese Benommenheit war keine stürmische See, in der man trieb, sondern ein tückisch ruhiges Gewässer, warm und einladend, und mit sanften Wirbeln, die einen in ewigen Schlaf lullen konnten.

Er erinnerte sich daran, wie er sie noch einmal betrachtet hatte, bevor er am Morgen das Zelt verließ. Sie hatte so friedlich dagelegen, und ihre Haut hatte aus dem vollen kastanienbraunen Haar hervorgeleuchtet. Sie hatte sich bewegt und ihn bemerkt. Verschlafen hatte sie die Hand zu ihm ausgestreckt, und er hatte sie geküsst …

Wenn das das letzte Mal war, dass er sie berührt und gesehen hatte, dann hatte er ein Recht, es zu wissen. Wenn diese Nacht ihre letzten gemeinsamen Stunden waren, dann hätte sie es ihm sagen müssen, damit er noch einmal mit ihr reden konnte.

Er blickte auf die vielen Männer hinunter, die sich im Lager bewegten. Er hatte mit Schaudern der entscheidenden Schlacht entgegengeblickt, weil ein Sieg bedeutete, dass er Moira verlor – doch nun wollte er es so rasch wie möglich hinter sich bringen. Er würde diese Mauern niederreißen, wenn es sein musste. Der Stuhl seines Vaters würde wieder ihm gehören. Er würde allen zeigen, dass seine Macht ungebrochen war.

Und dann, wenn er seine Pflicht erfüllt hatte, würde er sie finden.

Er stapfte ins Lager hinunter und befahl einigen Männern, nach ihr zu suchen. Einen Mann schickte er zur Abtei. Natürlich war das alles völlig hoffnungslos – doch er wollte wenigstens sichergehen, dass sie nicht wieder zurückgekehrt war. Immer noch von tiefer Enttäuschung erfüllt, ging er durch das Lager und teilte den Rittern und ihrem Gefolge mit, dass sie am nächsten Morgen losschlagen würden. Wie ein Löffel, mit dem man in einem Topf umrührte, bewirkte sein Kommen, dass das Heer in Bewegung versetzt wurde, um alle nötigen Vorkehrungen zu treffen.

Am Abend setzte er sich mit Raymond ans Feuer vor seinem Zelt, und sein alter Freund war klug genug, keine Bemerkung über Moiras Abwesenheit oder über Addis' veränderte Stimmung zu machen. Sie sprachen über den morgigen Tag und den Plan, den es umzusetzen galt, bis Raymond schließlich ging.

Addis blieb am Feuer sitzen. Er hatte das Zelt an diesem Tag noch nicht betreten, und er wollte es auch jetzt nicht tun. Da drin waren Kleider, die nach ihr dufteten, und andere Gegenstände, die ihr gehörten. Wenn er diese Überreste ihrer Anwesenheit sah und berührte, dann würde er vielleicht seinen Rettungsanker verlieren.

Aus dem Augenwinkel nahm er wahr, dass sich in der Ferne etwas bewegte und rasch näher kam, um schließlich zwischen den Zelten aufzutauchen. Addis wurde von seinen Gedanken abgelenkt und sah schließlich, dass es sich um Richard und Small John handelte, die einen Bauern mit sich schleppten.

"Wir haben wieder einen geschnappt", rief Richard und warf den Mann zu Boden. "Simon kann nicht mehr allzu viele Spione haben, wenn er schon seine Bauern einsetzt. Der Mann will unsere Fragen nicht beantworten. Er sagt, er ist Leibeigener von Barrowburgh und würde nur mit Euch sprechen."

Der Mann sah sich mit großen Augen um, bis sein Blick schließlich auf Addis fiel. Er war noch jung und kam Addis irgendwie bekannt vor. Zu seiner Überraschung kroch der Spion auf allen vieren vor und kniete sich vor ihn.

"Ich gehöre nicht zu Simon, Mylord! Ich bin Gerald, der Sohn von Lucas, aus dem Dorf Whitly."

"Ich erinnere mich an dich. Was machst du hier?"

"Ich habe Euch und Euer Heer gesucht."

Das war nicht die Antwort, auf die er gehofft hatte. "Woher weißt du, dass das Heer hier ist?"

"Das habe ich auch gar nicht gewusst, Mylord. Jedenfalls nicht sicher. Sie hat gesagt, es wäre hier in der Nähe, und wir würden noch erfahren, wann Ihr angreift. Und da dachte ich mir, es müsste südlich von Whitly sein ..."

Er erstarrte, als die gestammelten Worte plötzlich einen Sinn ergaben. "Sie?"

"Ja. Die Frau namens Moira." Gerald steckte eine Hand ins Innere seines Rocks und holte ein Stück Stoff hervor.

Addis nahm es entgegen und breitete es auf seinen Knien aus. Ein Schleier. Er war ohne Zweifel von ihr. Erleichterung und Furcht drängte seinen Zorn beiseite. "Wo ist sie?"

"Deswegen bin ich ja gekommen, Mylord. Sie war im Dorf, als Owen kam, und er erkannte sie und nahm sie mit. Und meinen Vater auch ..."

Addis erhob sich und ging in die Nacht hinaus, bevor Gerald geendet hatte. Er drückte ihren Schleier an sein Gesicht und sog den Duft ihres Haars in sich ein. Sie hatte ihn also nicht verlassen, sondern nur das Dorf besucht, wo alles begonnen hatte.

Und Owen hatte sie dort gefunden. Simon hatte Moira in seiner Hand, und sie wusste, wo sein Heer stand. Möglicherweise würde er zur Folter greifen, um zu erfahren, was sie wusste – vorausgesetzt, er vermutete, dass sie etwas wusste.

Er empfand tiefe Freude darüber, dass sie ihn nicht verlassen hatte, aber auch Schuldgefühle, weil er sie so falsch eingeschätzt hatte – aber vor allem war da die unerträgliche Angst um sie.

Er rief Richard zu sich.

"Wie lange brauchen wir bis Barrowburgh? Nur die Männer. Die Pferdewagen können nachkommen."

"Ungefähr fünf Stunden."

Er blickte zum Himmel hinauf. Der Abend war bewölkt, doch die Wolken begannen sich zu lichten, sodass die leuchtende Scheibe des Vollmonds hervortrat. "Dann wären wir also noch vor dem Morgengrauen dort, wenn wir bald aufbrechen."

"Ja, bestimmt, aber Ihr könnt doch nicht daran denken, in der Nacht zu marschieren."

"Und ob ich daran denke. Sagt es allen weiter. Ich will, dass alle Mann so bald wie möglich marschbereit sind. Wir warten nicht bis morgen. Wir brechen gleich auf und nehmen nur mit, was wir unbedingt brauchen."

"Es sieht nach Regen aus, und selbst wenn es trocken bleibt, könnten wir die Hälfte der Männer in der Dunkelheit verlieren."

"Der Mond ist herausgekommen. Wir werden genug Licht haben."

Richard schien der Verzweiflung nahe. "Die Wolken könnten ihn jeden Moment wieder verdecken."

Addis blickte zu Menulius auf. "Das werden sie nicht." Er drehte sich um und lächelte Richard zu, der ihn völlig verdutzt ansah. "Der Mond wird heute Nacht für uns scheinen. Diesen kleinen Gefallen schuldet er mir."

21. Kapitel

Sie kniete in Simons Privatgemach wie eine Bittstellerin. Simon ging wütend vor ihr auf und ab.

"Er ist noch in London", murmelte sie undeutlich durch ihre geschwollenen Lippen.

Er sah sie zornig an und warf Owen einen auffordernden Blick zu. Sie machte sich auf einen weiteren Schlag gefasst. Der Ritter holte aus und schlug ihr so heftig ins Gesicht, dass sie das Gleichgewicht verlor.

Bald würde er nicht mehr mit der flachen Hand zuschlagen, sondern mit der Faust. Zuvor hatten sie stundenlang versucht, die gewünschte Information aus Lucas herauszuprügeln – und sie hatte dabei zusehen müssen. Sie war schon nahe daran gewesen, zu sprechen, doch die Augen des Vogts hatten sie aufgefordert, nichts zu sagen. Schließlich hatten sie den bewusstlosen Mann hinausgetragen und sich dann ihr zugewandt.

"Sie weiß, wo er ist", stellte Owen trocken fest. Er genoss das Ganze sichtlich. In seinen Augen war ein boshaftes Funkeln, auch wenn er so tat, als würde er nur eine langweilige Pflicht erfüllen. "Sie war in London seine Hure, und wenn sie jetzt hier ist, dann ist sie mit ihm gekommen."

"Nein", erwiderte sie und kämpfte die Angst nieder, die ihr nahe legte, dass sie um Gnade flehen solle. "Er will mich nicht mehr, und so bin ich nach Darwendon aufgebrochen. Ich habe unterwegs in dem Dorf Halt gemacht, um dort zu über ..."

Ein weiterer Schlag traf sie ins Gesicht. Der Schmerz zuckte durch ihren Kopf, und in ihrem Mund war der Geschmack von Blut.

Wie lange noch bis zum Morgengrauen? Wenn sie lang genug durchhielt, würde Simon kaum etwas unternehmen können, was Addis unvorbereitet traf. Das Heer bei der Abtei war Simons Truppen bei weitem überlegen – doch ein unvorbereitetes Heer konnte auch von zahlenmäßig weit unterlegenen Truppen vernichtend geschlagen werden.

Simon musterte sie eindringlich. "Ach ja, nach Darwendon? Dann bist du seine Leibeigene? Aber so siehst du überhaupt nicht aus. Wenn er seiner leibeigenen Hure überdrüssig wäre, dann würde sie doch keine kostbaren Kleider mehr tragen, oder?"

"Das sind Geschenke von ihm. Ich durfte sie behalten. Er ist recht großzügig."

"Dann war er wohl recht zufrieden mit dir, was? Na ja, das kann ich mir gut vorstellen."

Ihr Blut gefror, als die beiden Männer sie lüstern grinsend anstarrten. "So zufrieden kann er nicht gewesen sein – sonst hätte er mich nicht ganz allein durch das halbe Land reisen lassen, mit nichts als meinen Kleidern, die ich am Leib trage." Sie versuchte, ein vorwurfsvolles Gesicht zu machen. "Und dieses Kleid ist nur ein schwacher Trost, wenn ich bedenke, was er mich gekostet hat. Ich habe eine ganze Ernte verloren, weil er unbedingt wollte, dass ich ihm in London diene. Wenn er hier irgendwo in der Nähe wäre, würde ich Euch höchstpersönlich zu ihm führen."

Simon musterte sie mit verschlagener Miene. "Wo hast du denn so zu reden gelernt? Keine Leibeigene hat so feine Manieren wie du."

Sie wusste nicht, ob es ihr helfen oder schaden würde, wenn sie es ihm sagte – also beschloss sie zu schweigen. Owen trat vor und riss sie so heftig an den Haaren, dass sie glaubte, er würde ihr den Hals brechen. Er zog sie an den Haaren hoch, bis sich ihre Knie vom Boden hoben.

"Hawkesford", keuchte sie. "Ich habe als Mädchen in Hawkesford gelebt."

"Hawkesford?" Ihre Antwort überraschte Simon. Er packte sie am Kinn und hob ihr Gesicht hoch. Gefährliche, verschlagene Augen sahen sie eindringlich an. Da erkannte sie noch etwas anderes in seinem Blick.

Angst. Hinter seiner wütenden Fassade versuchte Simon die Angst des Gejagten zu verbergen. Diese Erkenntnis verlieh ihr neuen Mut.

"Hawkesford", wiederholte er nachdenklich. "Lady Claire hatte eine Freundin dort – eine Leibeigene. Sie sprach manchmal von ihr. Warst das du?"

Sie weigerte sich, zu antworten. Er trat zurück und lächelte. "Ja, das warst du. Wenn du bei ihr gelebt hast und ihre Freundin warst, dann müsstest du eigentlich wissen, wo der Junge ist. Also – wo ist er?"

"Welcher Junge?"

Owen zog sie hoch und schleuderte sie gegen die Wand. Zwei Gesichter – das eine blass und gleichgültig, das andere gerötet und ungeduldig – blickten auf sie hinunter. "Ihr Junge. Brian. Wo ist er?"

Sie war dankbar, dass Addis ihr nie gesagt hatte, wo der liebe Junge versteckt war. Sie mochten ihren Widerstand brechen – doch ihre Schwäche würde niemals dazu führen, dass sie Brian fanden. "Ich weiß es nicht."

Owen rammte ihr die Faust in den Bauch, dass ihre Sinne schwanden. Wäre nicht die Wand hinter ihr gewesen, so wäre sie zu Boden gestürzt. "Ihr verschwendet Eure Zeit", keuchte sie. "Ich bin niemand. Ich bin nur eine Leibeigene, nicht mehr. Addis de Valence wird doch nicht seiner Hure anvertrauen, wann sein Heer angreift oder wo sein Sohn versteckt ist. Ihr wisst doch selbst, wie das mit Leuten wie mir ist. Wenn ich etwas wüsste, würde ich es sofort weitersagen, wenn mir jemand genug bietet."

Simons Gesicht näherte sich dem ihren. Der Zwiebelgeruch seines Atems und der Angstschweiß, den sein Körper ausdünstete, ließ Übelkeit in ihr hochkommen. "Weißt du, Claire hat oft davon gesprochen, wie treu und verlässlich du warst. Bevor sie den Knaben zur Welt brachte, hat sie dich noch gebeten, für ihn zu sorgen, falls ihr etwas zustoßen sollte. Ich glaube, du wusstest sehr gut darüber Bescheid, was in den Familien Valence und Orrick passierte. Ich glaube, das ist immer noch so. Und wenn du lügst, um ihm zu helfen, dann frage ich mich, ob du nicht vielleicht mehr als eine Hure für ihn bist."

"Ihr redet Unsinn und schlagt eine hilflose Frau völlig umsonst. Könnte eine Frau wie ich denn für Euch jemals mehr als eine Hure sein? Und seine Herkunft ist sogar noch höher als die Eure. Es gibt nur eines, wofür ein Sohn von Barrowburgh eine Frau von niedriger Geburt brauchen kann."

"Sie redet zu viel und verrät uns zu wenig", warf Owen ein. "Lass mich ihr ein wenig zureden. Wenn er in der Nähe ist, wird sie es mir sagen."

Simon betrachtete sie und überlegte, welche Möglichkeiten ihm blieben. Neue Hoffnung flammte in ihr auf, die jedoch gefährlich war, weil ihr auch ihre Angst, gegen die sie seit Stunden ankämpfte, wieder stärker bewusst wurde. Sie sah in Owens Raubtieraugen, dass er sehr wohl spürte, dass sie wieder verwundbarer war.

"Sie wird es mir sagen", beharrte Owen.

Simon nickte und wandte sich ab. "Aber töte sie nicht. Sie kann uns noch nützlich sein."

Ja, er genoss es sichtlich. Er schien Übung darin zu haben, einen Menschen leiden zu lassen, ohne ihn zu töten. Sie betete darum, das Bewusstsein zu verlieren – doch ihr Wunsch erfüllte sich nicht. Die Hiebe prasselten ohne Unterlass auf sie ein, bis sie es nicht mehr länger zu ertragen glaubte. Dazu kündigte er ihr in schmutzigen Worten an, was er als Nächstes mit ihr anstellen würde. Die Schmerzen brachten sie allmählich an einen Punkt, wo sie ihre Seele verkauft hätte, nur um dem Grauen ein Ende zu bereiten. Und in dem Bewusstsein ihres nahen Zusammenbruchs fand sie schließlich einen letzten Funken Mutes. Sie schürzte ihre blutenden Lippen, ließ die ganze Bitterkeit, die sie erfüllte, hochkommen und spuckte ihm ins Gesicht.

Ein wuchtiger Schlag traf sie mitten ins Gesicht. Das Zimmer begann sich rund um sie zu drehen – und der steinerne Fußboden kam auf sie zu. Vor ihr leuchtete es rot auf, dann weiß, ehe sie ins Nichts fiel.

Menulius leuchtete über ihrem Weg und hielt die Wolken zurück, die sein Leuchten zudecken wollten. Sie trugen keine Fackeln – doch die Schritte von sechshundert Männern und ihren Pferden machten in der stillen Nacht genug Lärm, damit man sie leicht hätte aufspüren können. Nachdem sie immer weiter vorankamen, ohne dass sie von einem Trupp aus Barrowburgh angegriffen wurden, kam Addis zur Überzeugung, dass Moira sich geweigert haben musste, Simon das zu sagen, was er wissen wollte.

Er bemühte sich, nicht daran zu denken, was ihr auf der Burg zustoßen konnte. Wenn ihr jemand etwas zuleide tat, dann wohl nicht Simon, sondern Owen. Leute wie Simon fanden immer Kerle wie Owen, denen es Spaß machte, die Drecksarbeit zu erledigen. Er stellte sich kurz vor, wie der Mann mit dem feuerroten Haar ihr wehtat, und bezwang nur mit Mühe den Drang, seinem Pferd die Sporen zu geben und vorauszureiten.

Er blickte nach links und rechts, wo sich immer mehr schattenhafte Gestalten ansammelten. Als sie nach Whitly gekommen waren, hatte sich ihnen eine ganze Schar Männer angeschlossen. Und auch danach waren immer mehr und mehr Männer aus den Wäldern gekommen, um mit ihnen zu marschieren. Keiner von ihnen fragte erst um Erlaubnis. Einige der Männer waren mit Knüppeln oder Spießen bewaffnet, manche sogar mit Sensen, doch die meisten hatten nichts als ihre beiden Hände.

"Meint Ihr, dass sie von der Sache mit dem Vogt und der Frau gehört haben?", fragte Thomas Wake, der neben Addis ritt.

"Mag sein. Es ist dies nur eine von vielen Ungerechtigkeiten, die diese Leute haben bisher hinnehmen müssen."

"Ihr solltet sie nach Hause schicken. Sie werden uns im Weg stehen."

"Ich glaube nicht, dass sie mir gehorchen würden, wenn ich es tue. Sie sind zu allem entschlossen. Simon ist für sie das, was Hugh Despenser für uns war. Sie haben für sich denselben Entschluss gefasst wie wir vor nicht allzu langer Zeit."

"Aber wenn wir nach Barrowburgh kommen ..."

"Sie werden unserem Plan nicht im Weg stehen, und falls wir scheitern, werden wir froh sein, dass wir sie haben."

Ein herangaloppierendes Pferd durchbrach den Rhythmus der Marschierenden, und im nächsten Augenblick schloss Richard zu ihnen auf. "Noch eine Meile über diesen Hügel, wenn wir durch den Wald marschieren", sagte er und zeigte zu den Wäldern hinüber. "Wir kommen dann von Westen zur Burg. Wir haben genug Zeit, um hier eine kleine Rast einzulegen."

Addis blickte zum Himmel hinauf. Noch drei Stunden bis zum Morgengrauen, schätzte er. Sein Blick fiel auf die schattenhaften Gestalten, die ebenfalls stehen geblieben waren und zu einer dunklen Einheit verschmolzen.

"Eine kurze Rast. Wir werden uns nicht lang aufhalten."

"Ihr wollt den Plan ändern? Wenn wir gleich weitermarschieren, kommen wir zu früh an."

"Nicht zu früh. Wir werden so früh wie möglich angreifen."

Raymond trat hinzu, um sich an der Beratung zu beteiligen. "Du bist verrückt, Addis. Selbst bei Vollmond ist ein Nachtangriff reiner Selbstmord. Wir werden gar nicht sehen, wo der Feind ist ..."

"Wir greifen an. Er wird es nicht erwarten, auch wenn er bemerkt, dass wir kommen."

"Eure Sorge um diese Frau beeinträchtigt Euer Urteilsvermögen. Wenn er vorhatte, sie zu töten, dann ist sie längst tot", wandte Thomas ein.

"Und wenn er nicht vorhatte, sie zu töten?"

"Was immer seine Absicht war, er hat es sicher schon getan."

"Ihr ist nicht geholfen, wenn wir zurückgeschlagen werden, nur weil du übereilt gehandelt hast", gab Raymond zu bedenken.

"Ihr wisst, dass ein Angriff in der Dunkelheit keine gute Strategie ist", warf Richard ein.

Addis ließ sein Pferd auf die Schatten neben der Straße zutraben. "Das stimmt, aber wir werden auch nicht in der Dunkelheit angreifen, mein Freund. Die Leute hier in Barrowburgh werden tausend Feuer entzünden, um uns auf dem Weg zu leuchten."

Was, zum Teufel, sagst du da, Mann? Drück dich gefälligst klarer aus.

Die schroffe Stimme drang wie durch dichten Nebel zu ihr durch.

Da draußen bewegt sich etwas, bei den Bäumen im Westen. Da sind Männer und Pferde.

Männer, sagst du? Wie viele denn?

Die Stimme wurde etwas deutlicher. Sie war ihr vertraut; es war Simons Stimme.

Das kann man leider nicht genau erkennen, Mylord, aber

da sind riesige Schatten, die ich mehr spüre, als dass ich sie sehe.

Das bildest du dir bestimmt nur ein.

Es geht nicht nur mir so. Die anderen Wächter spüren es auch, dass da etwas ist. Ich wäre nicht zu Euch gekommen, wenn wir uns nicht einig wären …

Dann schickt mehr Männer zum Tor.

Kommt Ihr auch und seht es Euch an, Mylord?

Sie sah wieder, wo sie sich befand, und konnte plötzlich auch den Geruch von der Feuerstelle wahrnehmen. An ihrer Wange spürte sie den Stein, auf dem sie lag. Stechende Schmerzen durchzuckten sie von den verschiedenen Stellen her, wo sie geschlagen worden war. Es war überaus verlockend, wieder zurück in die Bewusstlosigkeit zu sinken. Sie hörte Schritte, doch ihr Verstand war jetzt scharf genug, um dem Drang zu widerstehen, den Kopf zu heben.

"Ich gehe auf den Bergfried hinauf, um zu sehen, was los ist", sagte Simon schroff. "Geh zurück auf deinen Posten."

"Was ist mit ihr?", fragte Owen, als der Wächter draußen war. Sie lag völlig regungslos da und hoffte, dass man sie einfach liegen ließ.

"Sieh zu, ob du sie wach bekommst."

Irgendeine Flüssigkeit spritzte ihr ins Gesicht, und sie unterdrückte ihren Schreck, obwohl sie etwas davon schluckte. Wein tropfte von ihrem regungslosen Gesicht herunter und brannte auf ihren aufgesprungenen Lippen.

"Bist du sicher, dass sie nicht tot ist? Ich hab dir doch gesagt, du sollst sie nicht töten."

"Sie atmet noch."

"Lass sie liegen. Wir sehen zuerst nach diesem Geisterheer, das der Wächter gesehen haben will. Danach versuchst du sie dann zu wecken."

Sie wartete, bis es still um sie herum war, bevor sie aufzustehen versuchte. Ihr ganzer Körper tat weh, vom Hals bis hinunter zu den Beinen; es schmerzte sogar, die Lippen zu bewegen. Sie biss die Zähne zusammen und stützte sich gegen die Wand, um sich hochzurappeln.

Sie würde wohl kaum fliehen können – doch sie hatte nicht vor, hier in diesem Zimmer zu warten, bis Owen zurückkam, um sie zu quälen. Die Meldung des Wächters hatte ihr Hoffnung gegeben. Vielleicht war Addis schon da.

Sie tastete sich die Wand entlang und spähte bei der Tür hinaus. Da wären Männer im Westen, hatte der Wächter gesagt. Sie schlich den Gang entlang und trat schließlich in ein anderes Zimmer ein. Sie schleppte ihren schmerzenden Körper zum Fenster und blickte hinaus.

Das Zimmer lag hoch genug, um über die Mauern hinweg bis zu den fernen Feldern und dem angrenzenden Jagdgebiet sehen zu können. Der Wind trieb die Wolken über die Scheibe des Vollmonds. Nur gelegentlich riss die Wolkendecke auf, um ein silbriges Licht durchscheinen zu lassen. In diesen Augenblicken kam es ihr so vor, als würde sich dort unten zwischen den Bäumen etwas bewegen – doch wahrscheinlich bildete man sich das nur ein, wie Simon gesagt hatte.

Sie stützte sich gegen den Fensterrahmen und schloss enttäuscht die Augen. Natürlich konnte er erst kommen, wenn er bereit dafür war – und auch dann würde er nicht in der Nacht angreifen. Es wäre viel zu waghalsig, auch wenn er wissen sollte, dass sie hier war.

Doch wahrscheinlich wusste er das gar nicht. Als er merkte, dass sie weg war, hatte er bestimmt den Schluss gezogen, dass sie nach London zurückgekehrt war.

Konnte es sein, dass er sie für so treulos hielt? Aber nachdem sie so plötzlich verschwunden war, konnte er wohl nichts anderes denken.

Ein jäher Schmerz erfüllte ihre Brust. Sie wollte sich gar nicht vorstellen, wie ihm zumute war. Sie wandte sich wieder dem Fenster zu und überblickte die Zinnen der inneren Burgmauer, um sich von der Vorstellung abzulenken, wie wütend und verletzt er sein musste; schließlich dachte er ja, dass sie ihn ausgerechnet vor seiner gefährlichen Mission so schmählich im Stich gelassen hatte. Die fernen Felder wurden wieder völlig schwarz, als die Wolken den Mond verdunkelten.

Da flackerte in der Ferne kurz etwas auf. Da war ein goldener Punkt, und gleich darauf ein zweiter. Plötzlich waren es vier, und wenig später schon zehn oder mehr. Verblüfft verfolgte sie, wie sich die Leuchtpunkte vermehrten und größer wurden – wie Sterne, die statt am Himmel am Horizont auftauchen.

Plötzlich erstarben die vielen kleinen Geräusche, die in einer Burg ständig zu hören waren, und es wurde völlig still ringsum. Die anderen hatten es auch gesehen. Der Wind trug ein kaum hörbares Geräusch aus der Ferne heran, und die Lichter wuchsen und vermehrten sich weiter. Sie erfüllten das ganze Feld und begannen sich nach rechts und links auszubreiten, bis sie ganz Barrowburgh umfassten. All ihre Schmerzen waren vergessen, als sie sich aus dem Fenster beugte und sah, wie sich der nächstgelegene Lichtpunkt in eine Fackel verwandelte und dann unterhalb der Burgmauer verschwand. Im gelben Licht der Fackeln traten Hunderte von Gestalten zutage. Und dort wo das Licht am hellsten war, konnte sie einen Ritter mit dem Banner der Valence erkennen.

Das Herz schlug ihr bis zum Hals, als sie ihn kommen sah. Die Geräusche des marschierenden Heeres brachen in die Stille der Burg ein. Er hob seinen Arm, und der Zug kam zum Stillstand. Doch das Heer sowie die Fackelträger teilten sich nicht in Gruppen auf, um ihr Lager aufzuschlagen, sondern schienen nur zu warten.

Ein kurzes Signal, und es kam Bewegung in das große Heer. Von allen Seiten stürmten Männer mit Sturmleitern vor. Ihre Schreie erschütterten die ganze Festung. Moira hielt den Atem an, als die Schlacht mit großem Getöse losbrach. Er griff an!

Er ritt auf seinem Pferd vor und zurück und rief Befehle, die sie in dem Lärm nicht hören konnte. Die Fackeln tauchten seine Rüstung in ein orangefarbenes Licht, als trüge er glühend heißen Stahl am Körper. Ein Mann kam an seine Seite geritten, und sie erkannte den kahlen Schädel von Sir Richard. Er übernahm die Führung über den Ansturm im Westen, während Addis nach Süden galoppierte, wo die Mauer sich um die Stadt herum erstreckte.

Ihr Herz schlug wie wild, als sie sich von dem Spektakel losriss. Er war tatsächlich gekommen – doch sie schwebte dadurch vielleicht in noch größerer Gefahr als vorher. Sie hoffte, dass Simon mit der Verteidigung der Burg beschäftigt war, doch sicher konnte sie sich nicht sein. Sie brauchte unbedingt einen Platz, wo sie sich verstecken konnte.

Sie drehte sich um und lief los, als plötzlich eine dunkle Gestalt in der Tür auftauchte. Simon schritt auf sie zu, packte sie am Arm und zog sie ans Fenster. Er drückte sich an ihren Rücken, und sie nahm seinen säuerlichen Geruch wahr. Angst.

Der Angstschweiß trat ihm aus allen Poren.

"Du kannst dich geschmeichelt fühlen. Du musst ihm mit deinem Körper wirklich großes Vergnügen bereitet haben. Er kommt wegen dir", zischte er ihr zu.

"Nein. Er kommt wegen Euch."

"Diese Mauern haben schon größeren Belagerungen standgehalten."

"Er hat über sechshundert Mann, die alle kampferprobt sind. Und es sieht so aus, als würde jeder Bauer, der auf seinen zwei Beinen gehen kann, eine Fackel tragen. Ihr solltet Euch ergeben – und wenn nicht, dann solltet Ihr schnell eine Rüstung anlegen."

"Owen wird schon mit ihm fertig. Er hat ihn schon einmal vom Pferd geholt. Er wird es auch diesmal tun."

"Es ist ihm auch damals nicht gelungen, ihn zu töten. Und er hat bewiesen, dass er im Grunde ein Feigling ist. Wenn er Addis gegenübersteht, wird er fliehen oder sich ergeben – dann steht Ihr allein da."

"Das wird er nicht tun. Owen ist wie ein Bruder zu mir – viel mehr, als Addis es jemals war."

"Wenn er Euch nicht wie einen Bruder geliebt hat, dann deshalb, weil er Euch durchschaut hat."

"Er war zu stolz, um sich mit jemandem wie mir anzufreunden! Er wollte den Reichtum von Barrowburgh nicht mit mir teilen. Ich erkannte sofort, dass ich von ihm nichts zu erwarten hatte. Owen hat es auch gesehen. Der Sohn von Patrick hat nie ein Hehl daraus gemacht, dass er mich verachtet."

"Also habt Ihr ihm gestohlen, was er Euch nicht freiwillig geben wollte?"

"Entweder man nimmt sich, was man will, oder man stirbt auf irgendeinem verdammten Schlachtfeld für irgendjemandes Ehre." Er zog sie quer durch das Zimmer. "Du kommst mit mir. Wir werden zusehen, wie dieses Heer scheitert. Er wird die innere Mauer nicht durchbrechen. Das hat noch keiner geschafft. Wenn das alles hier vorbei ist, dann werde ich dich genüsslich nehmen – so wie ich mir alles genommen habe, was ihm gehörte."

Er zerrte sie mit sich, und sie hatte Mühe, mit ihm Schritt zu halten. "Er muss die innere Mauer gar nicht durchbrechen. Eure Tiere und Vorräte sind draußen vor dem ersten Tor. Er muss nur warten, bis Euch die Vorräte ausgehen."

Er riss ihren Arm am Rücken hoch und schob sie die Treppe zum Dach hinauf. "Glaubst du wirklich, dass er dich mit uns verhungern lässt? Deshalb habe ich es ja nicht zugelassen, dass Owen dich tötet. Ich hoffe um deinetwillen, dass du ihm wirklich Vergnügen bereitet hast."

"Gehen wir rein?", fragte Raymond, als das Stadttor aufging. Menschen rannten in allen Richtungen davon, und im Licht der Fackeln sah man fünf Wächter leblos am Boden liegen. "Vielleicht ist es keine so gute Idee. Es könnte eine Falle sein."

"Das waren keine Soldaten, die weggelaufen sind, sondern Handwerker. Die Stadt hat uns die Tore geöffnet, nicht Simon."

"Trotzdem ..."

Addis ließ sein Streitross loslaufen. "Der einfachste Weg ins Innere einer Festung führt immer durch das Tor, Raymond."

"Es kommen aber noch zwei weitere Tore, und da sind dann keine Stadtbewohner mehr, die sie uns öffnen können. Im Osten haben wir schon fast den Durchbruch geschafft. Wir sollten besser warten."

Von allen Seiten war das Getöse der Schlacht zu hören. Die äußere Ringmauer würde fallen, das stand fest – doch bei der mächtigen inneren Mauer war das ungewiss. In dem dichten Kreis der Fackeln, die die Schlacht beleuchteten, hatte man das Gefühl, die ganze Szene würde sich im Inneren einer gigantischen Feuerstelle abspielen.

"Wenn wir das Tor angreifen, während sie die Mauer verteidigen, dann könnte sie das dazu bewegen, sich zurückzuziehen. Und sie wären dann gezwungen, auch den Süden abzudecken." Er gab Marcus ein Zeichen und sagte ihm, dass hundert Bauern ihnen mit dem Sturmbock folgen sollten. Dann führte er einen kleinen Trupp von Rittern und bewaffneten Männern in die Stadt.

Die Straßen waren verlassen, die Häuser verschlossen. Er konnte jetzt noch deutlicher erkennen, wie der Angriff auf die Burgmauern vorankam. Simons Männer standen einer großen Übermacht gegenüber und konnten wohl auch nicht mit Verstärkung rechnen. Simon hatte offensichtlich beschlossen, die Außenmauer zu opfern. Es sah so aus, als wäre ein Abschnitt im Osten bereits eingenommen – doch angesichts der erhöhten Position der Verteidiger konnte die Schlacht noch viele Stunden dauern.

Er ließ den Sturmbock kommen und stieg vom Pferd. Er und die anderen hoben ihre Schilde hoch, um ein schützendes Dach für die Bauern zu errichten, die den Sturmbock zogen. Die übrigen Bauern blieben außer Reichweite der feindlichen Pfeile und hielten sich bereit, um ihre Kameraden zu ersetzen, wenn es nötig sein sollte.

Der wiederholte Aufprall des Sturmbocks klang wie die Schläge einer gigantischen Trommel in der Nacht. Das Heer der Bauern, welche die Mauer umgaben, rief bei jedem Schlag im Chor: "Valence!" – und der gewaltige Lärm schien allein schon zu genügen, um die Mauer zum Einsturz zu bringen. Mit jedem neuen Vorstoß prasselten Hunderte Bolzen und Pfeile auf die Schilde nieder. Das Surren und Pfeifen der Geschosse vermischte sich mit dem rhythmischen Schlachtruf der Angreifer.

Plötzlich hörte der Pfeilhagel auf. Addis spähte nach oben und sah Thomas Wake und seine Männer auf den Zinnen des Tores – doch einige Wächter waren zurückgekehrt, um den Posten zu verteidigen. Addis rief nach Leitern und führte Marcus und fünf andere hinauf, während der Sturmbock sein Werk fortsetzte.

Er wusste nicht, wie lange er schon kämpfte, als die feindlichen Bogenschützen auf ihn aufmerksam wurden und ihn zweimal nur um Haaresbreite verfehlten. Einmal blickte er kurz auf die Spitze des Bergfrieds hinauf – und da sah er Simon mit einer Frau. Moira. Er wurde von einer unbändigen Wut erfasst – wie damals im Wald, als die drei Männer sie in ihrer Gewalt hatten. Und er sah nichts mehr um sich herum als Blut und Schwerter, bis ihm die plötzlich eintretende Stille sagte, dass sie das Tor erobert hatten.

Das Knarren des hochgehenden Fallgitters verkündete ihren Sieg – und die wenigen Wächter, die noch am Tor standen, ergaben sich sofort. Addis stürmte weiter in den Hof, während seine Männer hereinströmten.

Richard kam zu ihm und machte eine weit ausladende Geste. "Habt Ihr so etwas schon einmal gesehen?"

Der Burghof war voll mit Tieren, Wagen und Vorräten, die man hier gehortet hatte, um die Bewohner der Burg zu ernähren und gleichzeitig sicherzustellen, dass Addis weit und breit keine Vorräte finden würde.

"Bringt alles in die Stadt. Rasch, sonst schießen sie von oben auf die Tiere."

Richard gab den Befehl weiter, und die Männer begannen, von Bogenschützen gedeckt, die Tiere wegzuziehen.

"Wollt Ihr mit dem Angriff weitermachen?", fragte Richard. "Es ist bald Tag, und wir können es uns aussuchen, wie wir vorgehen."

"Was würdet Ihr empfehlen?"

Richard wischte sich etwas Blut vom Kopf und lachte. "Als würdet Ihr meinen Rat brauchen oder auch nur darauf hören, wenn ich etwas vorschlage. Na ja, ich würde die allgemeine Verwirrung ausnützen. Die Männer sind noch frisch und spüren, dass der Sieg in Reichweite ist. Und wenn wir Hilfe von drinnen bekommen, können die Leute leichter etwas unternehmen, bevor Simon einen genauen Überblick hat."

Addis schaute an der mächtigen Mauer hinauf, auf der immer mehr Ritter und Soldaten erschienen. Das schwere eiserne Fallgitter hielt jedem Sturmbock stand. Er konnte sie aushungern, aber das konnte Monate in Anspruch nehmen. Außerdem würde Moira genauso zu leiden haben wie die anderen.

Nein, das Ganze musste zu Ende gebracht werden – und zwar sofort.

Er gab den Befehl, und Richard ging los, um den Angriff zu organisieren. Er blickte zum Bergfried hinauf, doch er konnte Simon und Moira nicht mehr erkennen. Er murmelte ein kurzes Gebet für sie. Würden die christlichen Heiligen sie beschützen, nachdem die Liebe zwischen ihnen beiden streng genommen eine Sünde war?

Und so schickte er, nur um sicherzugehen, auch noch ein rasches Stoßgebet zu Kovas, dem Gott des Krieges.

Sie konnten vom Dach des Bergfrieds aus alles mit ansehen. Wie die Götter von ihren Berggipfeln aus verfolgten sie, wie der Kampf um das Tor seinen Höhepunkt erreichte und schließlich endete, als das Tor aufging. Simons Männer standen Schulter an Schulter an den Zinnen der inneren Burgmauer und schossen ihre Pfeile auf das Heer der Angreifer ab, die in den äußeren Burghof hereinströmten. Moira erkannte an

Simons Gesichtsausdruck, dass er in dieser Nacht keinen weiteren Angriff mehr erwartete.

Sie hatte Addis keinen Moment aus den Augen gelassen – auch nicht, als er seine Leute oben auf dem Tor angeführt hatte. Er hatte kurz zu ihr heraufgeblickt, ehe er wie wild zu kämpfen begann.

"Er wird zumindest bis zum Morgen warten, bis er erneut angreift. Ich glaube, dass er zuerst verhandeln will", sagte Simon, während sie zusahen, wie die Vorräte aus dem Hof hinausgebracht wurden. "Das gibt mir ein paar Stunden, in denen ich herausfinden kann, was dich für ihn so wertvoll macht."

Sie sah ihn mit dem herablassenden Blick an, den sie von Claire gelernt hatte, was seine Lüsternheit jedoch nicht zu vertreiben vermochte. "Er kämpft nicht um mich, Simon. Es wird keine Verhandlungen geben, und er wird auch nicht bis zum Morgen warten. Seht Ihr vielleicht, dass sie draußen ein Lager errichten? Seht nur Owen an – er weiß, dass es noch lange nicht vorbei ist."

Der rothaarige Ritter schritt den Wehrgang der inneren Mauer entlang, um sich zu vergewissern, wo der Feind angriff. Simon blickte zu ihm hinüber. "Er wird dafür sorgen, dass Addis nicht eindringt, oder dass er nicht lange lebt, falls er doch durchkommt."

"Ihr habt großes Vertrauen in Euren Freund. Glaubt Ihr wirklich, dass er sein Leben opfert, um Euren Anspruch auf Barrowburgh durchzusetzen?"

"Nein, das vielleicht nicht. Aber er wird bis zum letzten Atemzug kämpfen, um sich vor Addis' Rache zu schützen."

Plötzlich drangen Schreie aus dem Hof zu ihnen herauf. Die Angreifer stürmten vorwärts, um den Kampf um die Burg fortzusetzen.

Das Kampfgetümmel war nun nicht mehr so weit

entfernt wie zuvor, sodass sie aus der Nähe mitbekamen, wie viel Blut vergossen wurde. Sie sah die Gesichter, die über der Burgmauer auftauchten, und ihren entsetzten Ausdruck, wenn Schwerter ihre tödlichen Hiebe austeilten. Doch es kamen immer neue Angreifer herauf, bis einige von ihnen über die Mauer gelangten und die Kämpfe auf dem Wehrgang weitergingen.

Es war die reinste Hölle. Ihr Herz pochte wie wild, und ihre Augen füllten sich mit Tränen, als sie das Gemetzel mit ansah. Simon verfolgte das Ganze, als wäre es lediglich ein interessantes Schauspiel, doch sie spürte, dass seine Angst nicht geringer geworden war. Sie hielt nach Addis Ausschau und sah schließlich sein Wappen und sein blitzendes Schwert, während er versuchte, sich auf dem Wehrgang gegen die Verteidiger der Burg zu behaupten. Raymond und Small John kämpften an seiner Seite. Sie versuchten, den Durchbruch zu schaffen, wie sie es zuvor beim äußeren Tor getan hatten – doch Owen schickte Verstärkung zu ihnen, um den Ansturm abzuwehren.

Addis und die anderen Angreifer, die es über die Mauer geschafft hatten, waren bald auf sich allein gestellt, da Owens Männer alle weiteren Angreifer zurückschlagen konnten. Addis' kleine Schar kämpfte verbissen, um sich gegen die Übermacht zu behaupten.

Sie würden ihn töten, dachte Moira verzweifelt. Sein Schwert schlug zwar immer noch mit tödlicher Präzision zu, doch die feindlichen Soldaten waren einfach zu viele. Sie flehte ihn im Stillen an, zurückzuweichen und sich auf die andere Seite der Mauer zu retten. Schließlich wandte sie den Blick ab, um den tödlichen Hieb nicht mit ansehen zu müssen, der ihn jeden Augenblick niederstrecken würde.

Sie blickte in den inneren Hof hinunter. Zwischen all den schattenhaften Gestalten stürmten neun von Simons Männern mit gezogenen Schwertern auf die Burgmauer zu. Drei von ihnen verschwanden im Tor, während die anderen sechs zu den Zinnen hinaufstiegen. Verzweiflung machte sich in ihr breit, als ihr klar wurde, dass sie auf Addis zustürmten. Nun gab es keine Hoffnung mehr.

Sie griffen in die Schlacht ein – doch nicht so, wie man es hätte erwarten können. Die sechs Ritter begannen plötzlich, Männer von der Mauer hinunterzustoßen und Bogenschützen gegen die Zinnen zu werfen, während sie sich den Weg zu den Kämpfen oben auf dem Wehrgang bahnten. Owen blickte über die Schulter zurück und nahm an, dass die Männer gekommen waren, um ihn zu unterstützen. Als der Mann, der an seiner Seite kämpfte, von einem Schwerthieb niedergestreckt wurde, erkannte er die Wahrheit.

Moira hatte Simon ganz vergessen, doch seine wüsten Flüche lenkten ihre Aufmerksamkeit auf ihn.

"Sir Richard hat gesagt, dass Addis auch hier in der Burg Verbündete hat", sagte sie.

"Diese Verräter! Ich werde sie bei lebendigem Leib verbrennen!"

"Es sieht nicht so aus, als hättet Ihr noch Gelegenheit dazu. Sogar ich sehe deutlich, dass sich das Blatt gewendet hat. Sie werden das Tor bald erobert haben."

Sie hatte den Satz noch nicht zu Ende gesprochen, als über dem Kampfgetümmel das Knirschen von schweren Ketten zu hören war. Simon verfolgte das Ganze mit starrem Blick.

"Drei sind hineingekommen. Ihr habt Euch so auf Addis konzentriert, dass es Euch gar nicht aufgefallen ist."

Sein Blick fiel auf Owen, der nun genauso hoffnungslos kämpfte wie Addis noch wenige Minuten zuvor.

"Ergebt Euch. Owen kann Euch jetzt auch nicht mehr helfen. Wenn Ihr kapituliert, wird Addis Gnade walten lassen."

Simon hatte Schweißperlen auf der Stirn. In seinen Augen flammte Wut und Verzweiflung auf, als er sich plötzlich umdrehte und sie mit sich zog. "Ich werde mich nicht auf seine Gnade verlassen."

Er zerrte sie hinunter ins Privatgemach, wo er zwei pralle Beutel aus einer Truhe hervorholte. Er hielt Moira mit eisernem Griff am Arm fest und zwang sie, mit ihm die Treppe hinunterzusteigen. Plötzlich drangen ganz andere Geräusche vom Burghof herein. Sie hörte keine Schmerzensschreie mehr, sondern nur noch vielstimmiges Triumphgeheul.

"Es ist vorbei. Er ist drinnen", sagte sie und fragte sich, ob Simon es ebenfalls bemerkt hatte.

Er schob sie entschlossen nach unten. "Ja, aber ich werde gleich draußen sein."

"Ihr seid ohne mich viel schneller."

"Ich glaube, dass du ein viel besserer Schutzschild bist als eine eiserne Rüstung. Es wird sich auszahlen, dass ich dich mitnehme."

"Glaubt Ihr vielleicht, Ihr könnt so einfach zu Fuß durch das Land streifen, ohne dass Euch jemand bemerkt?"

"Ganz in der Nähe warten Pferde. Ich hatte zwar großes Vertrauen in Owen, aber ich bin kein Narr."

Er stieß eine kleine Tür an der Nordseite des Bergfrieds auf. In diesem Teil des Burghofes waren die Hühner- und Schweineställe untergebracht. Oben auf dem Wehrgang ergaben sich soeben Simons Männer den Angreifern unter Addis' Führung.

Simon hielt sie mit einer Hand fest, während er ihr mit der anderen den Mund zuhielt. Im Schatten der Ställe zog er sie zur Burgmauer hinüber – und sie wehrte sich nicht gegen seinen groben Griff, um ihrem geschundenen Körper noch größere Schmerzen zu ersparen.

Wenn er es schaffen sollte, mit ihr hinauszugelangen, dann war sie in noch größerer Gefahr als jetzt. In seiner Wut und Verzweiflung würde er sie vielleicht sogar töten, wenn sie ihm nicht mehr nützen konnte. Der Gedanke versetzte sie in Panik. Sie wand sich, um sich aus seinem Griff zu befreien, doch er riss rücksichtslos ihren Kopf herum und tastete in der Dunkelheit nach der Hintertür, die sich hier in der Mauer befinden musste.

Rund um den Bergfried bildete sich eine Lichterkette. Simon drückte sich noch enger an die Mauer hinter ihm, doch das Licht der Fackeln breitete sich immer weiter aus, bis sie beide deutlich zu erkennen waren. Eine große Gestalt in Ritterrüstung schritt zwischen den Fackeln auf sie zu. Das Wams des Mannes war genauso blutverschmiert wie sein Schwert. Zehn Schritte von ihnen entfernt blieb er stehen.

"Wo willst du hin, Simon? Ich könnte dich womöglich gehen lassen, wenn du nicht etwas mitnehmen würdest, was mir gehört."

Sie spürte, wie der Körper hinter ihr zu zittern begann. Simons Hand griff nach irgendetwas, das er mit sich trug, und im nächsten Augenblick landeten zwei pralle Geldbeutel vor Addis' Füßen. Einer der Fackelträger bückte sich und leerte die beiden Beutel aus, und Goldmünzen und funkelnde Edelsteine fielen zu Boden.

"Ich habe nicht die Reichtümer gemeint, die du in den vergangenen Jahren hier angehäuft hast."

Sein Arm umfasste sie etwas fester, und sie biss die Zähne zusammen, um die Schmerzen zu ertragen. "Sie bleibt bei mir, bis ich in Sicherheit bin."

"Sie bleibt hier – und du auch. Du wirst dich für einiges verantworten müssen."

"Es war ein König, der mir Barrowburgh gegeben hat, und ein königlicher Rat will es mir wieder nehmen. Ich werde mich vor diesem Rat verantworten – aber ich werde kein Urteil von dir akzeptieren!"

"Dass du den Beschluss des Rates nicht akzeptiert hast, ist noch das Geringste."

Simons Körper krümmte sich, als unterdrücke er ein heftiges Zittern. Moira verstand das nur zu gut. Addis stand voller Entschlossenheit vor ihm – ein Ritter, der soeben einen unglaublichen Sieg errungen hatte. Da war nichts mehr von dem freundlichen, gütigen Ritter an ihm, als den sie ihn ebenfalls kannte. Er hatte den Helm abgenommen, sodass man seine zornfunkelnden Augen deutlich sah.

"Wo ist Owen?", fragte Simon. "Ist er tot?"

"Du hoffst wahrscheinlich, dass es so ist – aber er ist derselbe Feigling, der er immer war. Es gab hier keine Bäume oder gedungene Mörder, hinter denen er sich verstecken konnte, und auch kein feindliches Heer, dem er seinen Mordversuch in die Schuhe schieben konnte. Als er mir im offenen Kampf gegenüberstand, ergab er sich. Und dann redete er, als hinge sein Leben davon ab – und so war es ja in der Tat."

Er trat vor, und Simon drückte sich mit ihr gegen die Wand. "Als mein Vater deine Mutter heiratete, hätte er dich nicht hier aufnehmen müssen. Doch seine Großzügigkeit hat in dir nichts als Habgier geweckt. Du wolltest meinen Platz einnehmen. Moira hat einmal gesagt, dass ich trotz meiner vielen Narben noch Glück gehabt habe, und sie hat Recht. Owen hat sich als unfähig erwiesen. Es war schon Stümperei, dass er es in zwei Versuchen nicht geschafft hat, mich zu töten."

Sie drehte den Kopf herum, bis sie aus dem Augenwinkel Simons Gesicht sehen konnte. Seine Augen waren vor Angst weit geöffnet, und der Schweiß stand ihm auf der Stirn. Ja, es stimmte tatsächlich. Es war Owen gewesen, der für Addis' Narben verantwortlich war und der ihn auf jenem Kreuzzug mit der Lanze angegriffen hatte, sodass Addis jahrelang für tot gehalten wurde.

Simons erstickter Schrei wiederholte das, was sie soeben gedacht hatte. "Es war Owen!"

"Ja, sein Schwert, seine Hände. Aber es war deine Idee und dein Vorteil. Der Plan eines habgierigen jungen Mannes. Aber auch als ich als tot galt, hat dich mein Vater nicht als seinen Sohn angenommen, nicht wahr? Dafür bot dir Lancasters Rebellion die Chance, dein Schicksal selbst in die Hand zu nehmen." Addis fuhr sich mit der Hand über die Narbe in seinem Gesicht. "Das hier könnte ich dir noch verzeihen. Vielleicht auch die Jahre in der Sklaverei. Aber ich glaube nicht, dass mein Vater eines natürlichen Todes gestorben ist. Owen ist übrigens der gleichen Ansicht."

Simon presste sie nun schon so fest an sich, dass sie kaum noch atmen konnte und ihr alles vor den Augen zu verschwimmen begann. Seine andere Hand griff suchend nach irgendetwas, und im nächsten Augenblick spürte sie einen Dolch an ihrem Hals.

"Du wirst sie jetzt loslassen", verlangte Addis.

"Nein. Du redest wie ein Wahnsinniger. Hier kann ich nicht auf Gerechtigkeit hoffen. Du hast keine Beweise für das, was du da behauptest."

"Lass sie los."

"Sie kommt mit mir. Wenn du sie lebend wiedersehen willst, dann folge uns besser nicht."

Addis blickte kurz zur Seite und trat noch etwas näher heran. Simons Angst steigerte sich spürbar. Die Klinge drückte gegen ihren Hals, und er presste ihren schmerzenden Körper so fest an sich, dass sie glaubte, ohnmächtig zu werden.

"Vergisst du da nicht etwas?", fragte Addis mit ruhiger Stimme. "Sie weiß nicht, wo Brian ist. Du hast vielleicht meine Frau, aber ich habe deinen Sohn."

Seine Worte machten sie sprachlos. Sie versuchte sich umzudrehen, um Simons Reaktion zu sehen, doch er drückte ihr als Antwort den Dolch noch fester an den Hals. Sie starrte Addis an – in der Hoffnung auf irgendein Zeichen, dass es nur ein Bluff war, was er soeben gesagt hatte, doch er schien gar nicht auf sie zu achten. Seine ganze Aufmerksamkeit richtete sich auf den Mann, der ihr seinen säuerlichen Atem ins Gesicht blies.

"Du wirst doch dem Jungen nichts tun, der dein Sohn sein könnte", erwiderte Simon.

"Er ist nicht mein Sohn – aber ein christlicher Ritter sollte ohnehin keinem Kind etwas zuleide tun, wenngleich ich mich mit jedem Moment weniger als christlicher Ritter fühle. Wenn du Moira auch nur ein Haar krümmst, wirst du keinen Funken Gnade von mir erwarten können."

Sie spürte, wie Simon von Panik ergriffen wurde. Währenddessen wirbelten ihr alle möglichen Gedanken durch den Kopf. Sie konnte einfach nicht begreifen, was Addis soeben gesagt hatte. Simons Sohn! Addis hatte Brian von Anfang an wie eine Schachfigur eingesetzt. Der Kummer schnürte ihr die Kehle zu.

"Claire hat gesagt, dass er dein Sohn ist!", rief Simon.

"Sie hat gelogen – auch dir gegenüber, wie es scheint. Aber du hast ja selbst die Wahrheit geahnt. Er hätte nicht überlebt, wenn es nicht so wäre. Es hätte ihm nichts genützt, dass Raymond und Moira ihn zu verstecken versuchten."

"Du kannst das nicht mit Sicherheit sagen ..."

"Und ob ich das kann."

Simon drückte sie so verzweifelt an sich, dass sich vor Schmerz alles um sie herum zu drehen begann. Durch ihre betäubten Sinne hindurch nahm sie noch wahr, dass er all seine Kraft zusammennahm, ehe er einen letzten verzweifelten Schritt wagte.

Im nächsten Augenblick wurde sie mit voller Wucht in Addis' Richtung geschleudert. Sie prallte gegen ihn, und er fing sie auf, schob sie jedoch sofort wieder von sich weg.

Sie sank zu Boden und bekam wie durch einen Nebelschleier das Getümmel mit, das um sie herum entstand.

Plötzlich wurde es totenstill ringsum. Starke Arme hoben sie hoch, und ihr Kopf ruhte an einer eisernen Brust. Ihr Körper fühlte sich an, als hätte man ihn mit dem Sturmbock bearbeitet. Sie wurde durch die Dunkelheit getragen und schließlich sanft auf ein weiches Bett gelegt.

Sie bekam wieder etwas mehr um sich herum mit, wenngleich sie zögerte, ganz aus ihrem Dämmerzustand aufzutauchen – aus Angst, dass die Schmerzen zurückkommen würden. Sie nahm Stimmen und Bewegung wahr, doch ihre Gedanken folgten ihren eigenen Bahnen. Da waren Erinnerungen voller Freude und Traurigkeit, doch am deutlichsten sah sie dieses neue Gesicht, das Addis ihr in dieser Nacht im Burghof gezeigt hatte. In tiefer Enttäuschung ließ sie die Augen geschlossen, als schließlich eine Frau zu ihr kam, um ihr das Gesicht zu waschen und nach ihren Wunden zu sehen.

Sie dachte daran, wie Brian mit diesem Mann weggeritten war, den sie für seinen Vater gehalten hatte. Doch der Junge war in Wirklichkeit Simons Sohn – und Addis hatte es gewusst. Es machte ihr nichts aus, dass sie vier Jahre geglaubt hatte, einen Jungen zu schützen, der in Wahrheit gar nicht in Gefahr war. Die Freude, die es ihr bereitet hatte, für ihn zu sorgen, überwog die Tatsache, dass sie einem Irrtum aufgesessen war. Nein, was ihr wirklich zu schaffen machte, war die Kaltblütigkeit, mit der Addis ihr das Kind weggenommen hatte, um es bei Fremden zu verstecken. Er hatte riskiert, dass der Junge allein und unversorgt bliebe, falls ihm selbst etwas zugestoßen wäre. Und das alles nur, um einen Trumpf gegen Simon in der Hand zu haben. Sie glaubte nicht, ihm jemals vergeben zu können, dass er das Kind so rücksichtslos für seine Zwecke benutzt hatte.

Sie hörte etwas lautere Geräusche und stellte fest, dass sie sich im Privatgemach befand. Da waren Männer, die miteinander sprachen, die hereinkamen und wieder gingen. Und sie hörte Addis' tiefe Stimme, mit der er anderen Anweisungen erteilte. Sie drehte den Kopf in seine Richtung und zwang sich, die Augen einen Spalt zu öffnen.

Er hatte die Rüstung abgelegt und einen Rock angezogen. Er saß im Stuhl des Herrn von Barrowburgh und unterhielt sich mit Sir Richard. Es sah aus, als wäre dieser Sessel nur für ihn gemacht – so stolz und mächtig wirkte er an diesem Platz. Er konnte es sich nun nicht mehr leisten, seine verborgenen Seiten zu zeigen, die sie ebenfalls an ihm kennen und lieben gelernt hatte. Als Sohn von Patrick de Valence würde er fortan nur noch der Mann sein, als den ihn die anderen kannten und fürchteten.

Er merkte, dass sie ihn ansah, und bedeutete Richard, ihn allein zu lassen. Sie sah ihn kommen, bis er schließlich bei ihr am Bett stand. Er streichelte sanft ihre Wange. "Du hast schlimme Verletzungen, Moira, aber die Frauen meinen, dass du wahrscheinlich keine inneren Blutungen hast. Es wird dir schon bald wieder besser gehen."

Sie hatte nicht das Gefühl, dass es ihr je wieder besser gehen würde. "Simon?"

"Er hat sich mit seinem Dolch auf uns beide gestürzt. Völlig verrückt – schließlich trug ich meine Rüstung. Er hat dich an der Schulter erwischt, aber die Wunde ist nicht tief."

"Hast du ihn getötet?"

"Die Bauern haben ihn getötet. Sie stürzten sich auf ihn, als er uns angriff. Als ich zu ihm durchkam, war er schon tot." Er beugte sich zu ihr hinunter und küsste sie auf die Stirn. "Ich muss jetzt hinunter in den Hof gehen und mich darum kümmern, dass die Leute ihre Tiere zurückbekommen. Ruh dich aus, Liebling."

"Kannst du Raymond rufen? Ich würde gern mit ihm sprechen."

Er nickte und wandte sich zum Gehen um.

Sie hob die Hand, um ihn aufzuhalten. "Küss mich, Addis."

"Ich würde dir wehtun."

"Bitte küss mich!"

Er streifte unendlich sanft ihre geschwollenen Lippen mit den seinen. Tränen brannten ihr in den geschlossenen Augen – Tränen, die nicht von ihren Schmerzen kamen. Er war noch einmal ganz bei ihr – ihr zärtlicher, verletzlicher Addis, der in seiner Einsamkeit bei einer Leibeigenen Liebe und Geborgenheit gefunden hatte. Sie genoss noch einmal seine Wärme und Nähe, um sich diese letzte Erinnerung für immer einzuprägen.

Ein Geräusch durchbrach die Harmonie des Augenblicks. Sie blickte mit feuchten Augen auf und sah Thomas Wake in der Tür stehen. Addis richtete sich auf – mit einem Mal wieder ganz der Lord of Barrowburgh, der gefürchtete Krieger, der es fertig gebracht hatte, eine stolze Festung in drei Nachtstunden zu erobern, und dabei kaltblütig genug war, um ein Kind als Geisel festzuhalten. Die beiden Männer ließen sie in dem Zimmer allein.

Sie hatte gewusst, dass es so kommen würde. Er brauchte sie nun nicht mehr – und der Moment, dem sie mit Bangen entgegengeblickt hatte, war da: der Moment, wo es galt, entweder Abschied zu nehmen oder in den Hintergrund zu treten, um im Schatten einer anderen zu leben.

Sie atmete tief durch, um die Tränen zu unterdrücken. So etwas wie Trost fand sie nur, wenn sie ihre Gedanken von der Vergangenheit löste und auf die Zukunft richtete – auf die Aufgabe, die auf sie wartete.

Als Raymond zu ihr ins Zimmer kam, hatte sie ihren Entschluss bereits gefasst.

"Hast du es schon gehört?", fragte sie.

Er runzelte die Stirn und nickte. "Er sagt, er ist sich sicher."

"Wird er Brian in deine Obhut geben? Du bist sein Onkel."

"Ich habe ihn noch nicht gefragt, aber ich fürchte, dass er es nicht tun wird. Es wird wohl nie ganz geklärt sein, wer der Vater ist. Auch wenn Addis ihn nicht anerkennt, gibt es keinen Beweis außer Addis' Wort. Wenn Brian volljährig ist, kann er es anfechten und würde damit den Anspruch eines Sohnes bedrohen, den Addis vielleicht noch bekommt."

"Ein Mann würde doch nicht sein eigen Fleisch und Blut zurückweisen. Addis hat bestimmt Recht."

Raymond zuckte die Achseln. "Mag sein. Aber es könnte auch seine Rache an Claire sein. Sie soll ihn ja im Stich gelassen haben, und ich weiß, dass sie sich gegen die Ehe gesträubt hat. Wenn er sie dafür hasst, könnte es sein, dass er ihren Sohn nicht als Erben haben will."

Konnte es sein, dass er wirklich so weit ging? Er empfand nicht sehr viel für den Jungen und hatte einmal gesagt, dass er in Brian immer nur den Verrat sah, der ihm widerfahren war. "Weißt du, wo er ist?", fragte sie ihn.

"Nein."

Auch sie wusste es nicht – doch sie kannte die Richtung, in die sie geritten waren, und wusste auch, wie lange es gedauert hatte, Brian zu seinem Versteck zu bringen.

"Ich will fort von hier, Raymond. Wirst du mir helfen?"

Ihre Frage erschreckte ihn. "Du kannst in deinem Zustand unmöglich reisen, Moira. Und Addis ..."

"Heute noch, Raymond. Jetzt sofort. So schnell, wie du es einfädeln kannst. Einer der Bauern wird mich dorthin bringen, wo ich hinwill. Du brauchst mich nicht zu begleiten."

"Moira, du bist verletzt und äußerst mitgenommen. Du hast den Jungen geliebt – deshalb ist das alles schwer für dich zu ertragen. Sprich doch zuerst mit Addis."

"Ja, es ist schwer zu ertragen; aber noch schwerer kann ich es ertragen, dass er das Kind dort lassen will, wo es ist – ganz allein, ohne die Geborgenheit einer Familie. Außerdem wollte ich ohnehin weg von hier. Ich habe ihm immer gesagt, dass ich noch sehen will, wie er sein altes Zuhause zurückgewinnt – und das habe ich getan. Was ich jetzt über Brian erfahren habe, bestärkt mich nur in meinem Entschluss."

Raymond seufzte und schüttelte den Kopf. "Du hast immer schon genug Stolz für drei Frauen gehabt, Moira – und es ist absoluter Wahnsinn, was du vorhast.

Er wird es dir nie verzeihen – und mir auch nicht, wenn ich dir helfe."

"Wirst du es tun?"

"Ich werde es. Um meiner Schwester willen, deren Freundin du warst. Außerdem schulde ich es dir, weil du einen Teil deines Lebens geopfert hast, um meinem Neffen zu helfen. Aber willst du nicht noch warten und mit ihm sprechen? Ihm wenigstens Lebewohl sagen?"

Wenn sie ihn noch einmal sah, würde sie ihn vielleicht nie verlassen können – trotz der Enttäuschung, die sie empfand.

"Dem Addis, den ich liebe, habe ich schon Lebewohl gesagt."

22. Kapitel

Sie bemerkte ihn nicht, als er ins Zimmer trat. Sie hatte sich aus dem kleinen Fenster gebeugt, und das goldene Licht der Spätnachmittagssonne brachte ihre Konturen zum Leuchten. Er sah sie von der Tür aus im Profil und beobachtete still, wie ihre blauen Augen sich erwartungsvoll umsahen, ehe ein reizendes Lächeln ihr Gesicht aufhellte. Sie hob eine Hand vom Fensterbrett, um zu winken, ehe sie sich aufrichtete und still dastand.

Sie erschien ihm wie eine Oase des Friedens in einer rauen Welt – ein Lichtstrahl, der das Zimmer mehr erhellte als das Sonnenlicht. Die beiden Seelen in seiner Brust hatten mittlerweile gelernt, miteinander auszukommen, doch dieses Gefühl der inneren Ruhe, das sich erneut einstellte, wurde ihm nur in ihrer Nähe zuteil.

Sie bewegte sich nicht – dennoch wusste er genau, in welchem Moment sie bemerkte, dass sie nicht allein war. Sie drehte sich jedoch nicht zu ihm um, sondern blickte weiter aus dem Fenster.

"Wie hast du mich gefunden?"

Er ging zu ihr. "Du warst nicht in London, und die Leute in deinem Haus hatten dich auch nicht mehr gesehen, seit wir im Frühling von dort aufgebrochen waren. Du warst auch nicht in Darwendon, und Raymond hat mir schließlich versichert, dass er dich nicht auf Hawkesford versteckt hat. Dann fiel mir ein, dass du einmal in Salisbury gelebt hast, als du verheiratet warst – und ich fragte mich, ob du wohl herausgefunden hast, dass Brian auch hier lebt."

Er blickte aus dem Fenster. Das Haus grenzte unmittelbar an die Mauer des Klosters, dessen Hof sie von hier aus überblicken konnte. Eine Schar Jungen spielten einander einen Ball mit den Füßen zu. Der kleinste von ihnen hatte blondes Haar.

"Die Mönche lassen mich nicht mit ihm sprechen, aber ich sehe ihm jeden Tag von diesem Fenster aus zu. Er weiß, dass ich hier bin, und er sieht zu mir herauf, wenn sie spielen. Sein Lächeln sagt mir, dass er jetzt weiß, dass er nicht mehr allein ist."

Er blickte auf das Kind hinunter, dessen Existenz ihn ständig an den Verrat erinnert hatte, der ihm widerfahren war. Doch das alles war nicht mehr wichtig. Nichts war mehr wichtig, außer der Liebe und Fürsorge, die diese Frau aufgebracht hatte, ohne einen Moment lang an sich selbst zu denken.

"Er ist nicht mein Sohn, Moira. Es ist nicht so, dass ich ihn nicht anerkennen will, um mich noch im Nachhinein an Claire zu rächen. Raymond glaubt, dass es so ist – aber er irrt sich."

"Ja, er irrt sich. Der Junge hat überhaupt nichts von

dir, das sehe ich jetzt auch. Er hat natürlich auch wenig von Simon – er ist einfach nur Claires Sohn. Sie hat mich belogen, was ihn und dich betrifft. Sie sagte, du hättest von ihr verlangt ... bevor du auf den Kreuzzug gegangen bist ... Sie sagte, du hättest sie ..."

"Vergewaltigt. Und du hast ihr das geglaubt?"

"Damals war es nicht so schwer zu glauben. Du warst ein verbitterter junger Mann, den sie schwer verletzt nach Barrowburgh zurückbrachten, und der mit einem verbitterten Mädchen verlobt war. Du musst sie gehasst haben, auch wenn du dich bestimmt nicht mehr daran erinnern kannst."

Er erinnerte sich sehr wohl. Er hatte es nie vergessen können. "Ich kannte Claire, seit sie zur Welt gekommen war. Ja, ich hasste sie damals wirklich – aber nicht etwa, weil sie sich von mir als Frau abgewandt hat, sondern weil sie mich als Freund im Stich gelassen hat. Das zumindest hätte doch bestehen bleiben können."

"Sie war jung und verunsichert."

"Sie war oberflächlich und eitel und konnte niemanden lieben außer sich selbst. Eine Frau mit deiner Empfindsamkeit und deinem Herzen kann vielleicht gar nicht verstehen, dass ein Mensch so sein kann. Ich begann es zu erkennen, als ich allmählich erwachsen wurde. Ihre strahlende Art konnte mich nicht ewig blenden. Ihr Verhalten, als ich verwundet war, zeigte mir nur mit aller Deutlichkeit, was ich insgeheim ohnehin schon gefühlt habe." Sie sah ihn immer noch nicht an, sondern blickte weiter auf das Kind hinunter. "Es kränkt mich, wenn ich mir vorstelle, dass du immer, wenn du dieses Kind angesehen hast, geglaubt hast, dass es aus einer Vergewaltigung hervorging. Dass du mich für einen Mann gehalten hast, der seiner Frau wehtun würde."

Sie runzelte unmerklich die Stirn, während sich ihr

Blick nach innen wandte. "Sie hat es zwar so geschildert, aber im Grunde habe ich es nie geglaubt. Sie war deine Frau, und ich dachte mir, dass du sie aufgefordert hättest, ihre ehelichen Pflichten zu erfüllen. Für sie mag es Gewalt gewesen sein, aber ich dachte mir, es war vielleicht so wie zwischen James und mir."

"Es war nicht einmal so wie zwischen dir und James. Ich weiß, dass er nicht mein Sohn ist, weil ich trotz unserer Heirat nie mit ihr geschlafen habe, seit ich zurück war. Ich konnte die Ehe nicht ungeschehen machen, aber für mich war sie gestorben, und ich wollte sie nicht mehr in meinem Bett."

Sie nickte, als hätte er soeben ihre eigenen Gedanken bestätigt. "Ich habe mich schon gefragt, warum sie in so einer Sache lügen sollte. Es leuchtet mir ein, warum sie behauptet, dass das Kind von dir wäre. Aber warum sollte sie dir eine solche Grausamkeit vorwerfen?"

"Alle im Haus wussten, wie es um uns stand. Vielleicht fürchtete sie, dass manche an meiner Vaterschaft zweifeln würden, wenn sie nicht eine entsprechende Geschichte dazu lieferte. Mein Vater hätte es auf jeden Fall eigenartig gefunden, wo er doch wusste, dass wir kaum noch miteinander sprachen und ich sie überhaupt nicht mehr anrührte. Aber ein wütender Gemahl, der am Vorabend seiner Abreise die ehelichen Pflichten von seiner Frau einfordert – das würde erklären, warum sie so unerwartet ein Kind zur Welt bringt."

"Aber wie konntest du wissen, dass es von Simon ist?"

"Ich kam auf die Idee, als mir klar wurde, dass er gar nicht richtig nach Brian suchte. Er wusste, dass sich der Junge in Darwendon aufhielt – auch wenn er nichts von dir wusste."

Unten im Hof schoss Brian den Ball wuchtig über den Platz. Die Jungen sausten um die Ecke eines

Gebäudes, um den Ball zu erwischen. Sie sah ihn verschwinden und wandte sich schließlich ihm zu. Ihre klaren blauen Augen suchten die seinen. "Hättest du es tun können? Hättest du es fertig gebracht, ihm etwas anzutun, um dich an seinem Vater zu rächen?"

"Ehrlich gesagt, ich weiß es nicht. Wenn Simon dich getötet hätte, dann vielleicht. Was denkst du, Moira?"

"Ich glaube nicht, aber ich weiß es auch nicht genau. Du bist ein vielschichtiger Mensch, Addis. Du hast einmal gesagt, du würdest dich fühlen, als hättest du zwei Seelen in deiner Brust. Manchmal kommt es mir so vor, als wären es mehr als nur zwei – und manche davon machen mir ein wenig Angst. Es gibt Momente, wo ich das Gefühl habe, dass ich dich überhaupt nicht kenne und auch niemals kennen lernen werde."

"Doch, du kennst mich. Wenn mich jemand kennt, dann du. Du kennst mich genauso gut, wie ich mich selbst kenne, was – wie ich zugebe – nicht allzu gut ist."

Sie senkte den Blick zu Boden. "Es freut mich, dass du gekommen bist, um es mir zu erklären, Addis."

"Das ist nicht der einzige Grund, weshalb ich gekommen bin."

Sie wirkte ein wenig ängstlich und blickte sich unsicher im Zimmer um, als suche sie nach einer Fluchtmöglichkeit.

"Hier im Zimmer ist es viel zu warm. Komm mit in den Garten, damit wir reden können."

"Ich glaube, das ist keine gute Idee, Addis."

Er nahm ihre Hand in die seine. Die Wärme ihrer Haut erfüllte sein Herz mit Erleichterung und Liebe. Er hatte gefürchtet, er würde sie nie wieder spüren.

Sie wollte nicht nachgeben – doch er ließ ihre Hand nicht los. Und er bereitete sich auf eine Schlacht vor, die für sein Leben viel bedeutender war als der Kampf um Barrowburgh.

Sie sollte nicht mit ihm gehen. Sie sollte ihn wegschicken und nicht auf das hören, was er ihr zu sagen hatte. Das war es, was ihr Verstand ihr unablässig einflüsterte, während sie mit ihm die Treppe hinunter und in den kleinen, von einer Mauer umfriedeten Garten ging, wo allerlei junge Pflanzen wuchsen.

Nein, sie sollte das eigentlich nicht tun – doch sie konnte nicht anders als diesen kräftigen Rücken unter dem braunen Wams zu betrachten, den sonnengebräunten Arm, der sich zu ihr ausstreckte, und das vertraute Gesicht, das zu ihr zurückblickte. Ihr Herz schlug höher, als sie ihn betrachtete, wie sie es schon als junges Mädchen erlebt hatte. Irgendetwas in ihr war nicht bereit, sich diesen kurzen letzten Augenblick mit ihm nehmen zu lassen – auch wenn dadurch alte Wunden aufgerissen werden sollten.

Er fand eine Bank an der Mauer, wo eine Hecke sie vor den neugierigen Blicken der Frau des Goldschmieds schützte, der das Haus gehörte. Sie löste ihre Hand aus der seinen und strich nervös die Falten ihres Rocks glatt. Er beobachtete sie, das spürte sie genau, während sie ein wenig atemlos neben ihm saß.

"Ist auf Barrowburgh alles in Ordnung?", fragte sie unsicher.

"Ja, es geht. Wir haben eine gute Ernte, und die Leute sind zufrieden. Lucas Reeve hat sich erholt, obwohl er in jener Nacht ein Auge verlor. Ich habe jedem seiner Söhne etwas Land gegeben."

"Du bist ein großzügiger und gerechter Herr. Das haben die Leibeigenen von Darwendon auch so gesehen."

"In diesem Fall ist es mir nicht schwer gefallen, großzügig zu sein."

"Und Owen – was ist mit ihm?"

"Auf meine Anregung hin hat Owen beschlossen,

seine Sünden abzubüßen, indem er an einem Kreuzzug teilnimmt – einem sehr langen Kreuzzug. Und Simons Mutter hat mich gebeten, sich in ein Kloster zurückziehen zu dürfen. Ich habe ihr die Erlaubnis dazu gegeben."

"Dann ist ja alles erledigt, und du hast dein altes Leben wieder. Es ist alles so, wie es sein sollte. Das freut mich für dich, Addis."

Er neigte nachdenklich den Kopf. "Ja, es ist alles erledigt. Ich habe allen Grund, zufrieden zu sein. Und doch verspüre ich wenig Freude, Moira. Ich habe mein altes Leben wieder, und ich bin nicht so dumm oder undankbar, dass ich nicht erkennen kann, wie wertvoll das ist. Aber die Burg ist ein kalter Ort voller lebloser Schatten. Ich tue meine Pflicht, wie ich es von Geburt an gelernt habe, aber mein Herz kann sich dafür nicht erwärmen. Manchmal fühle ich mich wieder wie ein Sklave – nur dass ich jetzt den Geistern meiner Vorfahren dienen muss."

Sie konnte sich vorstellen, wie ihm zumute war, und es fiel ihr nicht schwer, mit ihm zu fühlen. Einsamkeit war etwas, das sie nur allzu gut in ihrem eigenen Leben kennen gelernt hatte. "Das wird sich ändern. Wenn du erst verheiratet bist und eine Familie hast, wirst du wieder ein richtiges Zuhause haben. Lady Mathilda wird Wärme und Leben nach Barrowburgh bringen."

"Wenn ich einmal heirate, dann sicher nicht Lady Mathilda. Thomas Wake hat mir mit Bedauern mitgeteilt, dass das Mädchen findet, dass wir beide nicht zusammenpassen. Er wusste schon, als er mit seinem Heer nach Barrowburgh kam, dass es keine Heirat geben würde. Mathilda hält mich nicht für feinsinnig und höflich genug. Sie will einen Ritter, der Gedichte für sie schreibt und der andächtig jedem ihrer Worte lauscht."

"Sie ist eine dumme kleine Gans!"

Er streckte die Hand zu ihr aus und strich ein paar Haare zurück, die sich aus ihrem Schleier gelöst hatten. "Vielleicht ist ihr der Verdacht gekommen, dass ich die ganze Zeit, während sie in Yorkshire war und vor sich hin plapperte, in Gedanken nur bei dir war."

Seine sanfte Berührung sowie der Blick, mit dem er sie ansah, ließ sie erzittern. "Wenn es so war", brachte sie mit Mühe hervor, "dann war das wirklich unhöflich."

Er begann ihr Gesicht zu streicheln, als wolle er es ganz neu entdecken. Und mit einem Schlag war da wieder diese Liebe in ihr, mit all den Sehnsüchten und unmöglichen Wünschen – und sie wusste, dass sie in den kommenden Tagen teuer dafür würde bezahlen müssen, dass sie noch einmal mit ihm sprach. In den drei Monaten, seit sie von ihm weggegangen war, hatte sie allmählich gelernt, den Schmerz zu betäuben – doch es war ihr auch klar geworden, dass man ein Leben lang zu büßen hatte, wenn man den falschen Menschen liebte.

"Ich möchte, dass du zu mir zurückkommst."

"Oh, Addis ..."

Er nahm sie in den Arm und küsste sie, während seine Hand auf ihrer Wange ruhte. "Du musst einfach zu mir kommen."

Es war so verlockend, sich für immer in diese Arme sinken zu lassen. "Es wird eine Verlobung mit einer anderen Mathilda geben. Und mein Herz kann einfach keinen weiteren Abschied mehr ertragen. Du bist der lebende Beweis dafür, dass jeder von uns mehrere Leben hat, bevor wir sterben. Und wenn man weise ist, akzeptiert man es, wenn ein Leben zu Ende geht und ein anderes beginnt. Ich liebe dich, Addis, und daran wird sich nichts ändern. Aber es gibt in deinem neuen Leben keinen Platz für mich."

"Wenn das weise ist, dann werde ich nie weise sein. Ich will kein Leben führen, in dem du keinen Platz hast. Komm zu mir zurück, und nimm den Platz ein, den du in meinem Herzen ohnehin hast. Es stehen uns keine Verpflichtungen mehr im Weg. Wir werden heiraten."

Er wirkte so ernst und entschlossen, als würde er etwas völlig Vernünftiges vorschlagen und nicht etwas absolut Unsinniges und Undenkbares. Sie strich ihm zärtlich über den Kopf, und er beugte sich vor, um die Liebkosung zu genießen. Schließlich saßen sie schweigend da – Stirn an Stirn, und eine Hand an der Wange des anderen. "Es ist unmöglich – das weißt du besser als ich."

"Es ist nicht verboten. Wenn wir heiraten, kann nichts und niemand mehr etwas daran ändern."

"Deine eigenen Leute würden dich verachten und über dich spotten. Sogar die Bauern würden dich für verrückt halten."

"Alle, die dich kennen, werden mich nicht verachten, sondern höchstens beneiden. Außerdem kümmert es mich nicht, was andere über mich denken."

"Ich war eine Leibeigene, Addis. Dadurch ist es dir so gut wie verboten, mich zu heiraten."

"Ja, du hast als Leibeigene gelebt. Aber ich war einmal ein Sklave – also war mein Status noch niedriger als der deine."

"Das war ein unglücklicher Zufall, nicht mehr."

"Es ist immer ein Zufall, als was jemand geboren wird. Und in deinem Fall ist es ein äußerst unglücklicher Zufall. Ich weiß, man lehrt uns, dass Gott uns an unseren Platz in der Welt setzt – aber daran glaube ich nicht. Ich habe so viele Sitten und Gebräuche hinterfragt, seit ich aus der Sklaverei zurückgekehrt bin – und ich weiß heute, dass dieser eine Grundsatz ein Irrglaube ist. Ich fühle mich nicht länger daran gebunden. Und wenn es möglich ist, einen König abzusetzen, dann muss es auch möglich sein, dass eine ehemalige Leibeigene den Sohn eines Barons heiratet. Unter all den möglichen Verstößen gegen die gottgewollte Ordnung wäre der unsere vergleichsweise gering."

Sie wusste nicht, was sie ihm antworten sollte. Das Angebot, das er ihr einst an dem Kirchenportal gemacht hatte, war einer spontanen Eingebung entsprungen – doch diesmal sprach er aus reiflicher Überlegung. Dennoch war seine Idee einfach zu absurd – das musste er doch selbst einsehen.

Er runzelte die Stirn. "Glaubst du, dass du es nicht ertragen würdest, Moira? Ich meine, wenn die Leute über uns spotten oder unsere Entscheidung ablehnen? Ich weiß, dass Frauen sehr boshaft zueinander sein können – es könnte also für dich schlimmer sein als für mich. Wenn du glaubst, dass du es in meinem Leben nicht aushältst, dann könnte ja ich einen Platz in deinem Leben einnehmen. Ich könnte Barrowburgh dem König zurückgeben und als Gastwirt mit dir leben."

Großer Gott, er meinte es tatsächlich ernst. "Nein. Oh, Addis, du redest immer größeren Unsinn. Denk doch einmal nach. Deine Söhne würden eine Leibeigene als Mutter haben. Willst du ihnen das antun?"

"Sie werden eine Mutter haben, die sie genauso lieben werden, wie ich es tue. Und sie werden es genauso wenig zulassen, dass jemand schlecht über sie spricht."

Seine Beharrlichkeit brachte sie nun doch ins Wanken. Und sein liebevoller Blick machte es ihr schwer, seine absurde Idee zurückzuweisen. Sie schüttelte noch einmal den Kopf und ließ sich dann in seine Arme sinken.

Er hielt sie an seiner Brust und streichelte zärtlich ihren Rücken. "Du wirst mit mir kommen und wieder

Leben in diese kalten Mauern bringen – und du wirst mein Herz wärmen, so wie du es immer schon getan hast, Moira. Und ich werde endlich lernen, auch dir etwas zu geben, so wie du mir seit jeher so viel gegeben hast."

"Ich würde dir nichts als Ärger und Schwierigkeiten bereiten. Du willst das in deiner Sturheit einfach nicht sehen. Es gibt eben ein paar Dinge, die auch der Herr von Barrowburgh nicht nach seinem Wunsch gestalten kann", murmelte sie und verbarg ihre feuchten Augen an seinem Wams. Er konnte nicht wissen, wie sehr er sie mit diesem hoffnungslosen Traum quälte. So wie er es sagte, klang es ja durchaus möglich – doch das Blut, das in ihren Adern floss, gehorchte den uralten Traditionen, die ihr sagten, dass es einfach nicht sein konnte. Er würde das selbst früh genug einsehen und ihr dankbar sein, dass sie nicht nachgegeben hatte. Doch der Gedanke an die Möglichkeit, die er ihr eröffnete, war so unglaublich verlockend, auch wenn die Vernunft tausendmal etwas anderes sagte …

Er hob ihr Gesicht ein klein wenig an und wischte ihr eine Träne von der Wange. "Sagst du nein, Moira?"

Ihre Kehle brannte, und ihre Lippen zitterten. Er sah so traurig aus, als er ihr die Entscheidung von den Augen ablas.

"Dann bitte ich dich um ein letztes Geschenk, bevor wir auseinandergehen. Ich möchte, dass du noch einmal für mich singst. Ein Liebeslied, so wie damals beim Festmahl. Ich würde mir wünschen, dass es ein Lied über uns beide ist, damit ich an dich denke, wenn ich das Lied höre."

"Nein, Addis. Bitte …"

"Willst du mir auch das abschlagen? Diese letzte kleine Erinnerung? Es ist doch nur eine Kleinigkeit."

Es war alles andere als eine Kleinigkeit. Es würde sie

innerlich zerreißen, und die Wunde würde nie mehr verheilen.

Sie nahm sich zusammen und lehnte sich mit der Wange an seine Brust. Nur sein Herzschlag würde ihren Gesang begleiten. Sie beruhigte sich schließlich so weit, dass sie zu ihrem eigenen Erstaunen imstande war, zu singen.

Ihre Stimme war kräftig genug für einen großen Saal, doch Addis war ganz nah bei ihr. Er drückte seine Lippen auf ihr Haar. Das Lied quälte und beglückte sie gleichermaßen, während sie kraftlos in seinen Armen lag. Allerlei Bilder tauchten in ihrer Erinnerung auf, die mit der traurigen Stimmung des Liedes im Einklang waren. Sie sah einen jungen Mann vor sich, der in ihren Armen weinte. Sie sah einen Ritter, der vor Schmerz schrie. Und sie sah einen gereiften Mann, der nach vielen Enttäuschungen nichts mehr vom Leben wollte.

Ihre Stimme schwankte mehrmals, bis sie das Ende des Liedes erreichte. Die letzten Worte gingen in dem Schluchzen unter, das sie an seiner Brust erstickte. Er hielt sie fest, während sie sich die Seele aus dem Leib heulte, und rieb seine Wange an ihrem Haar. Es war, als ob ein Vater sein Kind tröstete.

Seine Stimme war heiser von all den Gefühlen, die in ihr mitschwangen. "Fragst du dich wirklich, warum ich nicht ohne dich leben will? Deine Liebe und Treue hat mich am Leben erhalten und mir einen Trost geschenkt, wie ich ihn nie zuvor gekannt habe. Sogar damals in der Sklaverei habe ich mich im Grunde nach dir gesehnt, wenn ich zu den Sternen aufblickte. Du bist seit Jahren mein engster Verbündeter. Sogar als ich für tot gehalten wurde, hast du mich nicht im Stich gelassen und dich um den Jungen gekümmert. Und du hast mich auch beschützt, als ich selbst nicht mehr den Willen hatte, mich zu verteidigen."

Sie ruhte in der besänftigenden Zuflucht seiner Arme und bemühte sich, die Flut von Gefühlen im Zaum zu halten, die das Lied ausgelöst hatte. "Wann hast du dich zum ersten Mal an früher erinnert?", fragte sie.

"In meinem Herzen wusste ich es gleich, als ich dich wiedersah. Die Erinnerung kam langsam und stückweise zurück. Es begann so richtig, als ich Barrowburgh wiederhatte. Aber ich wusste auch vorher schon, wo ich all diese Erinnerungen suchen musste."

Sie war ihm so nah, dass sie das Gefühl hatte, mit ihm zu verschmelzen. Es war ein beglückendes Gefühl der Wärme und Geborgenheit, das ihr aufgewühltes Inneres besänftigte.

"Sieh mich an, Moira."

Sie blickte in dieses Gesicht, das ihr trotz der auffälligen Narbe so lieb und vertraut war.

"Wir gehören zusammen", sagte er. "Du musst mit mir kommen. Wir werden heiraten, und wem es nicht passt, der soll sich meinetwegen zum Teufel scheren. Und wenn wir Kinder haben, werde ich ihnen die Geschichte von der Leibeigenen erzählen, die sich immer im Hintergrund hielt und die so viel Liebe gegeben hat und nie etwas dafür verlangte."

Es war nicht so, dass er sie gefragt hätte, ob sie einverstanden war. Sein Gesichtsausdruck sagte, dass es ganz einfach so sein musste. Und er hatte Recht. Es wäre auch eine Art von Sünde gewesen, das zu leugnen, was zwischen ihnen war.

Ein jäher Schmerz mischte sich in das Glücksgefühl, von dem sie beseelt war. Ihr Blick ging zu der Mauer hinüber, hinter der sich das Kloster befand. Er nahm ihr Gesicht in beide Hände und küsste sie. "Brian wird mit uns kommen. Es wird nicht Simons Blut sein, sondern deine Liebe, was ihn zu dem Menschen macht, der er einmal sein wird. Aber er ist nicht mein Sohn, und ich werde nicht zulassen, dass er unsere eigenen Kinder eines Tages verdrängt. Wir müssen ihm die Wahrheit sagen, aber ich werde ihn bei uns aufnehmen, als wäre er unser Kind. Vielleicht geht er eines Tages in dieses Kloster zurück, wenn er das will, aber wenn nicht, dann werde ich ihm mein Lehnsgut in den baltischen Ländern geben."

Sie fing beinahe wieder zu weinen an. "Du bist unglaublich großzügig, Addis – und dafür liebe ich dich umso mehr."

"Er ist ein unschuldiges Kind. Außerdem kann ich zu einem Menschen, den du liebst, nicht kaltherzig sein", sagte er und stand auf. "Wir holen ihn gleich jetzt zu uns, wenn du möchtest. Aber ich hoffe, dass es in dem Haus eine zusätzliche Bettstatt für ihn gibt. Ich will nicht, dass er heute Nacht in unserem Bett schläft."

"Ich glaube, wir werden für ihn ein Plätzchen in einem anderen Zimmer finden." Sie würde schon dafür sorgen, dass sich etwas fand. Schließlich würden sie beide das Ereignis heute Nacht auf ganz besondere Weise feiern.

Er sah sie mit einer so reinen Liebe an, dass sie zum Himmel hätte emporschweben können.

"Dann sprechen wir am besten gleich mit dem Prior des Klosters. Aber zuerst gehen wir zum Kirchenportal." Er streckte die Hand zu ihr aus. "Komm und sprich mit mir die Worte, die uns aneinander binden, Moira. Werde meine Frau, für immer."

Sie betrachtete seine Hand, die ihr den Weg in eine schier unmögliche Zukunft wies. Nur die allergrößte Liebe und Treue würde all die Schwierigkeiten meistern, die auf sie beide warteten.

Und sie legte ihre Hand in die seine.